玄壽文傳

현수문전,

자룡검 날랜 칼로 천자를 겨누다

〈지만지한국문학〉은
한국의 고전 문학과 근현대 문학을 출간합니다.
널리 알려진 작품부터
세월의 흐름에 묻혀 이름을 빛내지 못한 작품까지
적극적으로 발굴합니다.
오랜 시간 그 작품을 연구한 전문가가
정확한 번역, 전문적인 해설, 풍부한 작가 소개, 친절한 주석을
제공합니다.

玄壽文傳

현수문전,

자룡검 날랜 칼로 천자를 겨누다

작자 미상

주수민 옮김

대한민국, 서울, 지만지한국문학, 2025

편집자 일러두기

- 이 책은 홍윤표 교수가 국립 한글박물관에 기증한 4권 4책의 필사본《현수문전(玄壽文傳)》을 저본으로 삼았습니다.
- 현대어 번역 시 서사 흐름이 매끄럽지 않은 부분은 1915년에 조선서관에서 간행된 활자본《일대명장(一代名將) 현수문전(玄壽文傳)》을 참고해 보충했습니다. 활자본은 총 23회로 구성되었으며, 대략 1~6회는 홍윤표 소장본 1권, 7~12회는 2권, 3~18회는 3권, 19~23회는 4권의 서사를 담고 있습니다.
- 현대어역은 현대 독자가 쉽게 이해할 수 있도록 원문의 의미를 벗어나지 않는 범위 내에서 자연스럽게 윤색을 가했습니다.
- 원문은 저본의 표기를 그대로 따르되, 한자를 병기하고 구두법과 띄어쓰기만 현대 문법에 맞게 옮긴이가 바꾸었습니다.
- 원문에 〈1a〉, 〈1b〉와 같이 저본의 쪽수를 표시해 쉽게 대조할 수 있도록 했습니다.

차 례

현수문전

원문

제1권

송나라 신종[1] 연간에 금릉 땅에 이부시랑[2] 벼슬을 하는 현택지가 살았다. 현 시랑은 승상부[3] 참지정사[4]와 용도각[5] 태학사[6]를 역임한 현광의 손자요, 우승상을 지낸 현범의 아들로 너그러운 성품과 높은 인덕을 갖춘 장부였다. 그의 아내 장씨는 병마사[7] 장저의 딸로 외모는 눈부시게 아름다웠고 사덕[8]까지 겸비하였으니 현 시랑이 지극

---

1) 신종(神宗) : 송나라 제6대 황제. 휘는 조욱(趙頊)이며 1067년부터 1085년까지 재위했다.

2) 이부시랑(吏部侍郎) : 이부(吏部)에서 두 번째로 높은 벼슬. '이부'는 육부(六部)에서 문관의 임용과 공훈 및 봉작, 인사 고과, 정무 등을 담당하던 부서다.

3) 승상부(丞相府) : 중국의 역대 왕조에서 황제를 보필하던 최고 관직인 승상들이 모인 관부(官府).

4) 참지정사(參知政事) : 송나라 때 재상(宰相) 다음갔던 벼슬.

5) 용도각(龍圖閣) : 송나라 진종(眞宗, 재위 997~1022) 때 건립된 관부로, 태종(太宗)의 어서(御書)와 어제문집(御製文集), 보록(譜錄) 등을 봉치한 곳.

6) 태학사(太學士) : 용도각에 소속된 관리 가운데 하나.

7) 병마사(兵馬使) : 군사 관련 직책으로 사용된 벼슬 가운데 하나로, 대체로 지방의 군사 권한을 책임지던 무직(武職).

8) 사덕(四德) : 여자로서 갖추어야 할 네 가지 덕목. 마음씨[婦德], 말씨[婦言], 맵시[婦容], 솜씨[婦功]를 말한다.

히 중대할 뿐 아니라, 일가친척과 고을 사람들의 칭찬이 끊이지 않았으며 노비들 또한 공경했다. 현 시랑 부부는 집안이 부유해 부족한 것이 없었으나 슬하에 자식이 없어 항상 슬퍼했다. 이에 장 부인이 명산대천(名山大川)이며 유명 사찰들을 찾아다니며 정성을 다했으나 효험이 없자, 하루는 현 시랑이 탄식하며 말했다.

"자식이 없는 것은 내 팔자가 박복한 탓이니 어찌 인력(人力)으로 자식을 얻으리오? 내가 일찍이 악을 쌓은 적이 없고 재물을 탐하거나 어질지 못해 남을 서운하게 한 일이 없는데 나이 사십이 되도록 혈육이 없으니 조상 제사는 누구에게 전한단 말이오? 슬프다! 세상에서 우리 가문의 자취가 끊어지겠구나!"

그러고는 옥으로 만든 술병을 기울이며 스스로 마음을 달래고 있었다. 그런데 갑자기 창두[9]가 들어와 고했다.

"문밖에 한 노승(老僧)이 찾아와 뵙기를 청합니다."

현 시랑이 노승을 불러 자리를 주고 보니 흰 비단으로 만든 장삼[10]에 오색(五色) 가사[11]를 걸치고 진주로 엮은

---

9) 창두(蒼頭) : 종살이를 하는 남자.

10) 장삼(長衫) : 길이가 길고 품과 소매를 넓게 만든 승려의 웃옷.

염주를 목에 걸고 있었는데, 기상이 범상치 않은 것이 예사 승려가 아니었다.

노승이 예를 갖추어 합장하고 말했다.

"소승[12]은 서역 천축국[13] 오룡산에 있는 지정사라는 절의 화주승[14]입니다. 법당이 낡아 보수가 필요한데 듣자하니 상공[15]께서 좋은 일을 많이 하신다기에 불원천리하고 이곳에 왔나이다. 바라건대 상공은 시주하소서."

이 말을 듣고 현 시랑이 말하기를,

"존사[16]가 수만 리 밖에서 내 집을 찾아오셨으니 어찌 천한 재물을 아끼겠소이까?"

하고는 즉시 비단 백 필과 금은 수천 냥을 내어주며 말했다.

---

11) 가사(袈裟) : 승려가 장삼 위에 왼쪽 어깨에서 오른쪽 겨드랑이 밑으로 걸쳐 입는 법의(法衣).

12) 소승(小僧) : 승려가 자기를 낮추어 이르는 말.

13) 천축국(天竺國) : 인도를 일컫던 말.

14) 화주승(化主僧) : 시주를 받아 절의 양식을 대는 승려.

15) 상공(相公) : 고위 관리나 원로 관리에 대한 경칭.

16) 존사(尊師) : 스승이나 도사, 승려 등을 높여 이르는 말.

"적은 재물로 정을 표하나니 존사는 허물치 마소서."

노승이 감사한 마음을 담아 합장하며 말했다.

"이렇게 시주를 많이 하시니 어찌 감동치 않겠습니까?"

그러고는 다시 무릎을 모으며 공손하게 말하기를,

"법당 공사를 마치면 그곳에 시주한 분들의 이름을 기록하고 그들의 소원이 이루어지기를 기도합니다. 감히 여쭙나니 상공께서는 혹 원하시는 것이 있습니까?"

현 시랑이 답했다.

"우리 문중이 대대로 독신인데 내게 이르러서는 슬하의 자식이 없어 아예 대가 끊기게 생겼다오. 그래서 우리 부부가 매일 슬퍼하고 있으니 혹 병든 자식이라도 얻는다면 무후[17]의 죄를 면할까 하오니, 바라건대 존사는 부처님 앞에서 자식 얻기를 축원해 주소서."

노승이 합장하고 인사하며 말했다.

"상공의 정성이 지극하시니 세존께서 반드시 귀한 자식을 점지할 것입니다."

그러고는 재물을 수습해 돌아갔다.

노승을 보낸 현 시랑은 내당(內堂)에 들어가 장 부인에

---

17) 무후(無後) : 대를 이어갈 자손이 없음.

게 시주한 사연을 말하며 슬퍼했다. 그런데 과연 그해 가을 장 부인은 홀연 아이를 잉태했다. 현 시랑은 크게 기뻐하며 아이가 아들이기를 간절히 바랐다.

열 달 후, 하루는 부인이 갑자기 피곤하다며 자리에 눕자, 현 시랑은 해산이 임박한 것 같아 약을 준비하고 기다렸다. 얼마 후 시비가 나와 말했다.

"부인께서 순산하셨습니다."

현 시랑이 급히 방에 들어가 보니 장 부인은 옥동자를 낳고는 기운이 빠져 정신을 차리지 못하고 있었다. 아이의 모습을 본 현 시랑은 매우 기뻐하며 약물을 가져다가 부인에게 먹였고, 잠시 뒤 정신을 차린 부인은 골격이 크고 영민하게 생긴 아이의 모습을 보고는 더할 나위 없이 기뻐했다. 부부는 아이의 이름을 '수문'이라 짓고, 자[18]를 '취성'이라 했다.

하루는 현 시랑이 꿈을 꾸었는데 공중에서 한 선관[19]이 오색구름을 타고 내려와 말했다.

18) 자(字) : 본이름 외에 부르는 이름. 이름을 소중히 여겨 함부로 부르지 않았던 관습이 있어서 흔히 관례 뒤에 본이름 대신으로 불렀다.

19) 선관(仙官) : 신선이 사는 곳 즉 선계(仙界)에 있다는 관원.

"그대가 전생에 무고한 사람의 목숨을 많이 해쳤기에 자식이 없게 하였더니 세존께서 귀한 자식을 점지하셨구나. 아이가 다섯 살이 되면 그대와 이별해 세상 풍파를 겪을 것이로되 모든 액이 지난 후에는 복록(福祿)이 넘쳐 세상에서 으뜸가는 팔자가 되리라."

그러고는 간데없으니 잠에서 깬 현 시랑은 놀랍고도 두려운 마음에 날이 밝자마자 내당으로 건너가 부인에게 꿈 이야기를 전하며 앞날을 걱정했다.

시간이 흘러 세 살이 되자 수문은 나날이 영민해져 삼강오상[20]에 통달하고, 사서삼경[21]을 줄줄이 암송했다. 또한 다섯 살이 되어서는 검술을 익히고 활을 쏘거나 말을 타는 데 많은 시간을 보냈는데 그로 인해 아들이 학업을 게을리하자, 현 시랑은 못마땅해 수문에게 무예를 하지 말라고 했다.

그러자 수문이 공손한 태도로 말했다.

---

20) 삼강오상(三綱五常) : 삼강(三綱)과 오상(五常)을 아울러 이르는 말. 곧 사람이 지켜야 할 도리를 이른다.

21) 사서삼경(四書三經) : 유교에서 경전으로 삼는 사서와 삼경. 사서는 《논어》, 《맹자》, 《중용》, 《대학》을 말하며, 삼경은 《시경》, 《서경》, 《역경》을 말한다.

"남아로 세상에 태어났으면 학업에도 힘써야 할 것이나, 무예 또한 익혀 두었다가 나라가 위태로운 상황에 빠지거든 전쟁에 나가 승리해 부모님의 명성을 드날리고 가문을 빛내야 할 것입니다."

그러자 현 시랑이 꾸짖으며 말했다.

"병법은 선비가 배우고 익힐 것이 아니다. 또한 우리 가문이 대대 명문거족[22]으로 그 누구도 무예를 익힌 일이 없거늘 네가 이토록 힘쓰니 혹 영웅이 되려는 것이냐?"

이후 수문은 부친이 없을 때에만 손오병서[23]와 육도삼략[24]을 배우고 무예를 익혔으니 곧 병법에도 능하게 되었다. 현 시랑은 수문을 꾸짖으면서도 내심 세상사가 어찌 될지 모른다고 생각했다.

이적에 황숙[25] 연평왕이 우사장군[26] 장흠 등과 함께 반

---

22) 명문거족(名門巨族) : 이름난 가문과 크게 번창한 집안.

23) 손오병서(孫吳兵書) : 중국 최초의 병서로, 춘추 시대 병법의 대가인 손무(孫武)와 오기(吳起)의 병법을 담은 책.

24) 육도삼략(六韜三略) : 중국 병서의 고전으로, 주(周)나라 강태공(姜太公)이 지었다는 《육도》와 황석공(黃石公)이 지어 장양(張良)에게 주었다는 병서인 《삼략》을 아울러 이르는 말.

25) 황숙(皇叔) : 황제의 숙부.

란을 도모하다가 발각되어 연평왕은 사약을 받아 죽고 그 아들 인은 먼 곳에 유배되었으며, 나머지 역당들 또한 모두 능지처참하고 삼족을 멸하는 극형을 받았다. 이때 현 시랑 또한 역모에 동참했다는 누명을 쓰고 하옥되었다.

천자가 죄를 묻자 억울하고 두려운 마음에 현 시랑이 엎드려 울며 말했다.

"신이 조상 대대로 국가의 은혜를 입어 이부시랑 벼슬에 있고 재산 또한 차고 넘치는데 무엇이 부족해 역모에 참여하오리까? 바라옵건대 성상[27]은 신의 일편단심을 살피소서."

그러자 천자가 말했다.

"경[28]의 이름이 초사[29]에 들어 있으니 어찌하리오?"

이 말을 들은 현 시랑이 깜짝 놀라 머리를 바닥에 찧으며 말했다.

---

26) 우사장군(右師將軍) : 미상. 우익(右翼) 군대를 지휘하거나 훈련을 담당하던 고위 장군으로 추정.

27) 성상(聖上) : 살아 있는 자기 나라의 임금을 높이는 말.

28) 경(卿) : 임금이 2품 이상의 관원을 일컫던 말.

29) 초사(招辭) : 죄인이 자기의 범죄 사실을 진술하던 말.

"신이 무고하다는 것을 하늘이 아십니다. 신이 추호라도 역심을 품었다면 큰 칼 아래 목숨을 잃은들 어찌 감히 원통하다 하겠습니까?"

천자는 평소 현 시랑이 충직하다는 것을 알고 있었던 터라 그의 상황이 매우 안타까웠으나 국법이 지엄한지라 아무 말 없이 고민하고 있었다.

이때 간의대부[30]와 도어사[31] 등이 일시에 현 시랑의 죄를 논박하며 말했다.

"현택지는 비록 죄가 없다고 하오나 역당들의 초사를 통해 역모에 가담한 것이 드러났으니 어찌 그저 방면하리오? 바라건대 성상은 국법대로 관작을 빼앗고 변방으로 내치소서."

천자는 마지못해 현 시랑을 경사[32]에서 멀리 떨어진 곳으로 유배하라 명했다. 율관[33]은 서촉(西蜀)에 있는 무

---

30) 간의대부(諫議大夫) : 임금에게 잘못을 고치도록 간하는 일을 맡아보던 벼슬.

31) 도어사(都御史) : 모든 벼슬아치의 비위를 규탄하고 지방 행정의 감찰을 맡아보던 관청인 도찰원(都察院)의 장관급 벼슬.

32) 경사(京師) : 서울.

량도를 유배지로 정하고 즉시 경사를 떠나라고 했다.

이 말을 들은 현 시랑은 부인과 아들의 얼굴을 보지 못하고 유배된다는 생각에 정신이 아득할 정도로 슬프면서도 한편으로는 목숨을 살려 준 천자의 은혜에 감격해 눈물을 흘렸다.

채관[34]이 출발을 재촉하자 현 시랑은 궁궐이 있는 북쪽을 바라보고 절한 뒤 곧장 채관을 따라 서촉으로 향했다.

여러 달 만에 서촉에 도착해 보니 짙푸른 바다는 유난히 출렁거려 물결은 하늘에 닿을 것 같았고 풍랑은 크게 일어 사람들의 말소리조차 들리지 않았다. 현 시랑은 고향 생각이 더욱 간절해져 눈앞이 막막해졌다.

남편의 유배 소식을 들은 장 부인은 밤낮으로 슬퍼하며 지냈는데, 하루는 수문이 모친을 위로하며 말했다.

"어머니는 슬퍼 마세요. 소자가 반드시 무예와 병법을 익혀 입신양명하고 아버지를 고향으로 돌아오시게 하겠

33) 율관(律官) : 형조, 사헌부 등에서 법률 관련 업무를 담당한 관료. 범죄자를 심문하거나 법령을 적용해 형량을 결정하는 과정에 관여했다.

34) 채관(採官) : 법률 집행과 관련된 벼슬로 주로 죄수를 체포하고 법률을 집행하는 역할을 담당.

습니다."

이후 수문은 학문과 무예에 힘쓰며 때때로 모친을 위로했고 부인 또한 슬픈 가운데서도 수문을 의지하며 세월을 보냈다.

각설.[35] 운남이 중원[36]을 침략하자 동군태수[37] 적의가 이 사실을 급히 천자께 아뢰었다. 천자는 깜짝 놀라는 한편 크게 화가 나 대사마[38] 유연충을 대장으로 임명해 철기[39]를 비롯해 정병 30만을 주어 적과 맞서게 했다.

이때 운남은 남방(南方)에 있는 열여섯 주(州)를 함몰하고 대병을 몰아 퍼붓는 소나기와 같은 기세로 황성[40]을

---

35) 각설(却說) : 고전소설에서 화제를 돌릴 때 사용하는 말.

36) 중원(中原) : 화북 지역을 중심으로 형성된 중국 문명의 중심지. 고대 중국인들을 비롯한 동아시아인들은 중원을 세계의 중심으로 여겼으며, 넓게는 이민족의 지역을 제외한 중국 본토를 말한다.

37) 동군태수(東郡太守) : 지금의 산둥성(山東省) 서부와 허난성(河南省) 일부 지역에 해당하는 동군(東郡)을 다스리던 지방관으로 추정.

38) 대사마(大司馬) : 주로 군사 관련 업무를 맡았던 중국 관직의 하나. 오늘날의 국방부 장관에 해당한다.

39) 철기(鐵騎) : 철갑 입은 기마병.

40) 황성(皇城) : 황제가 있는 나라의 서울.

향해 진격하고 있었다. 운남의 선봉장 곽자희가 금릉에 이르자 백성들은 겁에 질려 피난했다. 장 부인 또한 수문을 데리고 황축산으로 향했는데, 도중에 적병을 만나자 우룡정이라는 마른 우물 속으로 몸을 숨겼다. 그러나 수문을 업고 있던 유모(乳母) 채란은 미처 도망가지 못하고 적에게 목숨을 잃었다.

이때 적장은 수문마저 죽이려다가 아이의 생김새가 비범한 것을 보고 놀라 말하기를,

"네가 훗날 반드시 크게 될 것이다."

하고는 수문을 어루만지며 데려갔다.

적병이 떠나 밖이 고요해지자 장 부인은 황급히 우물에서 나와 채란을 찾았으나 도무지 간 곳을 알 수 없었다. 그러자 목 놓아 울며 말하기를,

"채란과 수문이 적에게 해를 당했구나."

하고는 까무러쳤고, 이 모습을 본 시비 채섬이 장 부인을 부축해 집으로 돌아갔다.

금릉을 함락한 적장 곽자희는 푸른 강물을 사이에 두고 송나라 군대와 마주해 진을 친 뒤 송나라 진영으로 격서[41]를 보냈다.

운남 대도독[42] 곽자희는 송나라 대원수 유공에게

격서를 부치노라. 송 천자는 덕이 없고 어질지 못하다. 태조[43]께서 천하를 정하신 지 이제 10여 대(代)가 지났노라. 우리 대왕과 송 천자는 지친[44]이니 우리 임금이 어찌 골육을 해치겠냐마는, 접때 송 천자는 숙부(叔父) 연평왕을 죽이고 사촌 동생인 연평왕의 태자를 멀리 내쳤으니 불인한 것이 어찌 걸주[45]와 다르다고 하겠는가? 안타깝도다! 그대 등이 송조(宋朝) 대신이 되어 임금의 정사를 돕지 않고 불의한 데로 나아가게 했으니 어찌 신자의 도리겠는가? 무릇 임금은 신하를 가려 써 성군의 정치를 본받아야 할 것인데, 송 천자는 아득하고 교만, 방자해 대신을 모의해 죽이고 간신을 신임했으니 어찌 지혜 있다고 말하리오? 또한 우리 운남은 남

---

41) 격서(檄書) : 널리 일반에게 알려 무언가를 부추기거나 혹은 적군을 달래거나 꾸짖기 위해 쓴 글.

42) 대도독(大都督) : 전군을 지휘하고 통솔하던 벼슬.

43) 태조(太祖) : 송나라 초대 황제인 조광윤(趙匡胤, 재위 960~976).

44) 지친(至親) : 매우 가까운 친족. 아버지와 아들 혹은 언니와 아우 사이를 이르는 말.

45) 걸주(桀紂) : 중국 하나라의 걸왕(桀王)과 은나라의 주왕(紂王)을 아울러 이르는 말. 천하의 폭군을 비유적으로 이른다.

방에 있는 작고 가난한 나라인데 해마다 사신을 보내 재물을 요구하니 어찌 탐욕스럽다 않으리오? 그럼에도 우리 대왕이 신하의 예절을 잃지 않고 항상 조공을 폐하지 않았거늘 무슨 이유로 군사를 일으켜 죄를 묻겠다는 것인가? 내 요사이 천문(天文)을 보고 송조의 운수가 이미 나했음을 알았노라. 천하는 한 사람의 천하가 아니니 하늘이 우리 대왕을 선택하신다면 우리는 하늘의 명을 받들어 송나라를 멸하고 천하를 통일할 것이다. 그대가 비록 백만 대군을 몰고 왔으나 모두 오합지졸이니 어찌 괘념하겠는가? 그대는 모름지기 일찍 항복해 무죄한 사람들의 목숨을 도탄에서 구하라.

격서를 본 유연충이 분노해 이를 갈며 말했다.

"오랑캐의 무리가 감히 천조[46]를 능멸하고 대신을 욕보이니 어찌 용서하리오?"

그러고는 격서를 가져온 운남의 사신을 꾸짖었다.

"너를 죽여 분을 풀고 싶으나 전쟁 중에는 사신을 죽이지 않는 법이니 살려 보내노라. 빨리 돌아가 곽자희에게

46) 천조(天朝) : 천자의 조정. 여기서는 송나라를 가리킴.

오늘은 용서하겠으나 내일은 생포하겠다고 전하거라."

이튿날 해가 뜨자 송나라 진영에서 포 쏘는 소리가 들리더니 갑옷을 입고 봉의 깃털로 꾸민 투구를 쓴 장수가 한 손에 개산대부[47]를 들고 부운총[48]을 타고 나타났다. 그는 동군태수 적의로, 매우 위엄 있고 날렵해 보였다.

적의가 운남의 진영을 향해 큰 소리로 외쳤다.

"운남에서 나를 대적할 자가 있거든 나와 내 칼을 받아라."

잠시 후, 운남의 진중에서 한 장수가 그 옛날 항우가 탔다는 오추마[49]를 타고 나타났다. 머리에는 봉의 깃털로 한껏 멋을 낸 순금 투구를 쓰고 서천(西川)에서 만든 값비싼 전포[50]를 입고 있었으며 손에는 삼척(三尺) 양인도[51]를 들고 있어 평범한 장수는 아닌 것 같았다.

---

47) 개산대부(開山大斧) : 산을 가를 만한 위력을 지닌 큰 도끼.

48) 부운총(浮雲驄) : 구름처럼 가볍게 달리는 푸른빛 말의 이름으로, 빠른 준마(駿馬)를 지칭함.

49) 오추마(烏騅馬) : 옛날 초패왕 항우가 탔다는 명마로, 검은 털에 흰 털이 섞인 말.

50) 전포(戰袍) : 장수가 입던 긴 웃옷.

51) 양인도(兩刃刀) : 양쪽으로 다 날을 낸 칼.

그가 큰 소리로 말했다.

"나는 운남왕의 둘째 아들 조승이다. 송 천자는 탐욕스럽고 포악하며 너희는 신하가 되어 국록을 먹으면서도 임금을 선한 길로 이끌지 않아 백성들로 하여금 도탄에 들게 했다. 우리 대왕이 하늘의 뜻을 받아 천하를 다스리고자 우리를 이곳으로 보낸 것이다. 그러니 너희는 항복해 우리 대왕을 도와 후세에 이름을 빛내라."

이 말을 들은 송나라 장졸들은 모골이 송연하고 부끄러워 아무 말도 하지 못했다. 적의 또한 싸울 마음이 없었으나 억지로 참고 큰 소리로 꾸짖으며 말했다.

"너희 역천무도한[52] 무리가 어찌 망언을 지어내어 군심(軍心)을 어지럽히느냐?"

그러고는 곧장 조승에게 달려들었다. 두 사람은 서로 뒤엉켜 싸웠으나 40여 합이 넘도록 승부를 보지 못했다. 그런데 갑자기 조승이 말고삐를 잡고 말했다.

"내가 생명을 아껴 그저 보내나니 너는 돌아가 마음을 고쳐 임금을 선한 길로 인도해 어진 이름을 빛내어라."

그러고는 말 머리를 돌려 자기 진영으로 돌아갔다.

---

52) 역천무도하다(逆天無道-) : 하늘의 뜻을 거스르고 무도하다.

적의 또한 별수 없이 본진으로 돌아가려 했는데, 이때 적진에서 한 사람이 급히 말을 타고 달려오며 큰 소리로 외쳤다.

"송나라 장군은 가지 말고 내 말을 들어라."

이 사람은 산양 사람 범영으로 적의와는 어려서부터 동문수학하던 사이였다.

적의가 놀라 물었다.

"동생이 어찌 여기에 있는가?"

범영이 가볍게 목례한 뒤 말했다.

"갑옷을 입어 예를 온전히 행치 못하니 형은 허물치 마소서. 작금의 송 천자는 덕을 잃어 제후(諸侯)를 공경치 않고 어진 신하를 죽이며 재물과 미인을 탐하고 있으니, 이는 모두 망국의 징조입니다. 또한 간신과 술사(術士)들을 가까이하고 불도(佛道)를 공경하니 어찌 임금이라 하겠습니까? 우리 대왕은 돌아가신 선제[53]의 동생이자 어진 제후임에도 불구하고 송 천자는 매년 사신을 보내 재물과 미녀를 요구하고 이유 없이 책망하기를 일삼았습니다. 우리 대왕이 두 번이나 표[54]를 올려 간언했으나 오히려 사

53) 선제(先帝) : 선황제(先皇帝)의 준말로, 돌아가신 황제 혹은 천자.

신을 죽이고 듣지 않았으니, 우리 대왕은 신하가 군사를 일으켜 천자를 정벌하는 것이 불가한 줄 알면서도 혹여 천자께서 정도(正道)로 옮기실까 해 기병했습니다. 모름지기 형은 돌아가 천자께 아뢰어 허물을 고치고 성군이 되게 하소서. 운남이 비록 소국이나 정병이 수십만이요, 맹장(猛將) 또한 셀 수 없으며, 그들 가운데 이희철과 이희백은 항적[55]과 손오[56]를 대적할 만합니다. 문관 가운데 승상 적지안과 이익은 가히 장자방[57]에 비할 수 있으며, 상서 유겸과 시랑 우상백은 와룡선생[58]과 견줄 수 있습니

---

54) 표(表) : 고대 중국의 문체로, 신하가 황제에게 올리는 글.

55) 항적(項籍) : 중국 진나라 말기의 군벌로, 서초(西楚)를 건국한 항우(項羽, BC 232~BC 202).

56) 손오(孫吳) : 중국 춘추 전국 시대의 병법가인 손무(孫武, BC 545~BC 470)와 오기(吳起, ?~BC 381)를 아울러 이르는 말.

57) 장자방(張子房) : 중국 한나라 초기의 유명한 전략가이자 정치가인 장양(張揚, BC 250~BC 186). 한 태조 유방(劉邦)의 군사적 조언자로서 한나라 건국에 중요한 역할을 했고 이후 한나라 국정에도 큰 영향을 미쳤다.

58) 와룡선생(臥龍先生) : 촉한의 재상인 제갈량(諸葛亮, 181~234). 탁월한 능력과 뛰어난 충성심으로 충신과 훌륭한 재상을 상징하는 인물이다.

다. 또 곽자희는 한신[59]과 팽월[60]의 무리이니 어찌 송나라를 두려워하리오마는 우리 대왕은 오직 천자가 회심(回心)하기만을 바라고 있으니 어찌 감격치 않겠습니까?"

말을 마친 범영은 품속에서 봉서를 꺼내 적의에게 주며 이 표를 천자께 전하라 말하고는 자기 진영으로 돌아갔다.

본진으로 돌아온 적의는 범영이 준 표를 유원충에게 전하며 조승과 범영 등이 한 말을 하나도 빠뜨림 없이 전했다. 이 말을 들은 유원충은 오랫동안 생각에 잠겨 있다가 갑자기 피를 토하며 쓰러졌다. 군사들은 깜짝 놀라 유원충을 자리에 눕히고 구호했는데, 잠시 후 정신을 차린 유원충이 탄식하며 말했다.

"모든 것이 우리의 불충이다. 어찌 저들을 탓하겠는가?"

그러고는 봉서를 뜯어 표를 보았더니, 다음과 같은 글이 쓰여 있었다.

---

59) 한신(韓信, ?~BC 196) : 한나라의 초대 대장군. 당대 군사적 상식을 파격적으로 뒤집고 연전연승했던 천재적 명장으로 알려져 있다.

60) 팽월(彭越, ?~BC 196) : 유방을 도와 한나라를 세운 명장이자 개국공신.

번신[61] 운남왕은 송 천자께 머리 조아려 절하고 삼가 표를 올립니다. 신이 송나라를 섬겨 신하의 예를 잃지 않았고 불공(不恭)한 마음을 품은 적이 없사옵거늘 매해 재물을 요구하시고 사신을 두 번이나 죽이셨으니 이는 천자의 도리가 아닙니다. 또한 연평왕이 역모를 꾸몄으니 그를 죽인 것은 그르다 할 수 없으나 죄 없는 세자를 유배하고 나머지 자식들을 처참하게 죽였으니 고금(古今)에 듣지 못한 일입니다. 아! 태조께서 천하를 정하신 지 거의 수백 년이 되었습니다. 충언을 들으시고 간당을 배척해 덕을 세상에 펴야 하건마는 폐하는 밝지 않아 종족을 죽였을 뿐 아니라, 어진 신하를 쫓고 간신을 신임하며, 술과 미색에 빠져 황후를 박대해 후궁의 무리가 내사(內事)를 맘대로 하게 했으니 어찌 좋은 임금이라 할 수 있겠습니까? 신이 군사를 일으킨 것은 성지[62]를 약탈하려는 것이 아니라 세상인심을 알리고자 함입니다. 고로 신이 얻은 남방 16주를 돌려드리오니 개과천선하사 황후를 중히 대하시고 충신을 부

61) 번신(藩臣) : 천자에게 봉지를 하사받은 제후국의 왕.

62) 성지(聖地) : 성스러운 땅. 여기서는 황제의 영토를 말한다.

르시며 간신을 물리치소서. 원하옵건대 폐하는 신의 뜻을 밝히 살피소서.

표를 본 유원충은 참혹하면서도 공경하는 마음이 들어 말했다.

"작은 운남 땅에 이렇게 영웅이 많은 줄을 어찌 알았겠는가?"

그러고는 즉시 회군했으니, 혹자는 이러한 상황에 탄복했고 혹자는 매우 분해 발을 굴렀다.

적병이 모두 제 나라로 물러갔다는 소식을 들은 장 부인은 곧장 채섬과 함께 수문을 찾아 나섰다. 그러나 수문은 간데없고 거리에는 주검만이 산처럼 쌓여 사람들의 통곡 소리가 산과 들에 가득했다.

장 부인은 눈물을 흘리며 집으로 돌아왔는데, 적병이 가산을 노략질한 것도 모자라 불을 놓아 집은 이미 잿더미가 되어 있었다. 장 부인은 별수 없어 채섬을 데리고 현 시랑이 있는 서촉 무량도로 향했다.

이적에 적장이 제 나라로 돌아가려 하자 수문은 차마 고국을 떠날 수 없다고 보챘고, 이에 적장은 마지못해 수문을 회계산 아래 두고 가며 말했다.

"훗날 귀한 사람이 될 것이니 부디 무사해라."

적장과 이별한 수문은 갈 곳을 알지 못해 모친을 부르짖으며 길을 헤맸다. 그러나 모친의 종적은 알 수 없었고 어느덧 인적은 사라지고 해마저 떨어지려 하자 슬피 울며 말했다.

"하늘은 살피소서. 어머니와 피란하다가 헤어졌사오니 가슴이 미이지는 것 같습니다. 어디로 갈 줄 알지 못하니 어느 날 어느 때에 부모를 찾겠습니까?"

이후에도 정처 없이 길을 헤매던 수문은 배가 고프고 목이 말라 가던 길을 멈추고 수풀에 누워 하늘을 바라보았다. 해는 저물어 하늘은 어둑어둑했고 그런 하늘을 보자 슬픔을 참을 수 없어 눈물이 비처럼 흘렀다.

그때 어디선가 한 노인이 나타나 말했다.

"너는 누군데 여기서 이러고 있느냐?"

그러고는 소매 안에서 과일 하나를 주며 다시 말했다.

"네 모친이 저기에 있으니, 이것을 먹고 나를 따라 오거라."

온몸의 기운이 빠져 일어날 힘조차 없던 수문은 뜻밖의 말을 듣고 반가워하며 과일을 받아먹었다. 그러자 점차 정신이 맑아지는 것 같았다. 노인을 따라 산골짜기로 들어갔더니 빽빽한 숲속에 정결한 집이 몇 채 있었는데, 사람은 없고 경관이 수려한 것이 말로만 듣던 별세계 같았다.

그때 푸른 옷을 입은 동자가 나와 노인에게 공손히 절하며 말했다.

"어찌 이제야 오십니까?"

노인이 말했다.

"길에서 송나라 대원수를 만나 이제야 왔노라."

인사를 마친 노인과 동자는 수문을 데리고 어딘가로 향했다. 도착해 보니 좌우에는 기이한 화초와 수목들이 즐비했고 청학(靑鶴)이 쌍쌍이 왕래했다. 또한 푸른 안개가 시냇가를 두르고 있었는데 그 가운데 매우 정결한 작은 초옥(草屋)이 있었다.

노인이 집으로 들어가 평상에 앉자, 동자는 곧 차를 내와 따라 주었다. 차를 마신 노인은 동자에게 명해 밥을 차려 수문을 주라 했다. 밥을 먹은 수문은 그제야 집안을 둘러보았는데 책 한 권과 큰 환도[63]가 있을 뿐 어디에도 모친의 모습은 보이지 않았다.

수문이 계속 주위를 살피자 노인이 웃으며 말했다.

"네 모친은 무사하니 염려 말거라. 내가 너와 9년간 연

---

63) 환도(環刀) : 주로 허리에 차는 칼. 곡선형의 날을 가진 칼로 동아시아 지역에서 실전용 무기로 사용되었다.

분이 있으니 너는 이제부터 여기 머물며 내가 가르치는 것이나 열심히 배우거라."

수문은 어쩔 수 없어 노인과 함께 머물기로 했다.

이튿날 노인이 작은 옥피리 하나를 주며 곡조를 가르치자, 수문이 탐탁지 않아 하며 말했다.

"피리는 풍류를 위한 것입니다. 저는 무예를 배워 장수가 되고 싶습니다."

그러자 노인이 말했다.

"검술이나 진법(陣法)은 차차 배울 것이니, 피리 부는 법부터 배우거라."

며칠 뒤 수문은 10여 곡을 불 수 있을 정도로 피리 불기에 능통하게 되었다.

이후에도 수문은 노인의 가르침에 따라 낮에는 활쏘기와 말타기를 연습하고 밤이면 병법을 익혔는데, 총명해 하나를 들으면 열을 알아 그 재주가 일취월장했다.

그러자 노인이 흡족해하며 말했다.

"네가 훗날 송나라 사직을 안보하고 부모를 만나 대대손손 부귀영화를 누릴 것이다."

수문은 마음속으로 기뻐하며 더욱 배움에 정진했고 오래지 않아 천문 지리를 꿰뚫고 팔문둔갑[64]에도 능통하게 되었다.

그러던 어느 날 노인이 수문을 불러 말했다.

"네가 이제 모든 재주를 배웠다. 능히 중임을 감당할 수 있을 것이니 빨리 세상에 나가거라."

이 말을 들은 수문은 갈 곳이 없어 근심 어린 표정으로 물었다.

"스승님, 소자가 이제 어디로 가야 합니까?"

노인이 말했다.

"네가 여기 온 지 아홉 달이 되었으나, 이곳의 한 달은 인간 세상의 1년과 같다. 그러니 네가 이곳에 왔을 때는 불과 다섯 살 된 어린아이였으나 지금은 열세 살 청년이 된 것이다. 이 산의 이름은 남악 화산이요, 이곳은 자운동이다. 나는 서역 천축국에 있는 지정사라는 절에서 온 일광대사로, 너를 위해 이곳에 잠시 머문 것이다. 네가 이미 장성했고 우리의 연분도 다했으니 너는 이제 세상에 나가 공을 세워야 할 것이다."

말을 마친 일광대사는 겉봉에 일(一), 이(二), 삼(三)이라는 숫자가 적힌 봉서 세 개를 주며 다시 말을 이었다.

---

64) 팔문둔갑(八門遁甲) : 음양이나 점술에 능한 사람이 귀신을 부리는 술법.

"네 액이 아직 다하지 않았으니 부디 이것들을 잘 간직했다가 차후 답답하거나 흉격(胸膈)이 막히는 일이 생기거든 순서대로 열어 보아라. 부디 충효를 힘써 행하고 입신양명하기를 원하노라."

수문은 봉서를 수습하고 몇 번이나 고개를 조아려 인사한 뒤 말했다.

"스승님의 은혜는 백골난망입니다. 저승에 간들 어찌 잊겠습니까? 바라건대 벽에 걸린 보검을 소자에게 주시면 쓸데가 있을 것입니다."

그러자 일광대사가 웃으며 말했다.

"하늘이 너를 위해 갑주와 보검을 준비한 지 오래다. 이 칼은 불과 일광(日光)을 희롱할 뿐이니 쓸모가 없을 것이다."

수문이 작별 인사를 올리며 물었다.

"제가 부모님을 언제나 만날 수 있겠습니까? 밝히 가르쳐 주소서."

일광대사가 미소 지으며 말했다.

"정성이 지극하면 빨리 만날 수 있을 것이다."

수문은 눈물을 흘리며 산문[65]을 떠났다.

앞서, 무량도에 도착해 작은 초가에서 지내던 현 시랑은 밤낮으로 천자의 은사[66]만을 바라며 하루하루를 기도

하는 마음으로 살고 있었다. 천만의외에 장 부인이 찾아오자 반갑고도 놀라워 아무 말 없이 한동안 끌어안고 눈물만 흘렸다. 반나절이 지난 후 두 사람은 마침내 정신을 차렸으나, 장 부인이 다시 눈물을 흘리며 지난 병란(兵亂) 때 수문을 잃어버렸다고 말하자 현 시랑은 외마디 비명과 함께 혼절해 버렸다.

채섬이 구호하자 잠시 후 정신을 차린 현 시랑이 하늘을 우러러 탄식하며 말했다.

"현택지의 팔자가 기구해 7대 독신으로 태어나 요행히 늘그막에 아들을 얻어 무후의 죄를 면할까 싶었더니, 하늘이 미워해 아이를 잃게 하셨구나! 나 죽은 뒤에 누가 내 시신을 수습하며 누구에게 조상의 제사를 전하리오? 슬프다! 어찌 이토록 팔자가 기구하단 말인가!"

그러고는 부인을 바라보며 다시 눈물을 흘렸다.

비록 수문을 잃어버렸으나 이후 현 시랑 부부는 서로를 위로하며 무정한 세월을 보냈다.

---

65) 산문(山門) : 산의 어귀 또는 절.

66) 은사(恩赦) : 천자의 사면(赦免). 천자가 죄를 용서해 형벌을 면제하는 일을 말한다.

이 무렵 화산에서 내려와 정처 없이 떠돌던 수문은 배가 고프고 몸이 곤해 어느 개울가 반석 위에 올라 잠이 들었다. 그런데 잠시 후 한 노인이 흔들어 잠을 깨우자 수문은 깜짝 놀라 엎드려 절했다.

노인이 물었다.

"너는 어디서 왔으며 이디로 가다가 여기에 누워 있느냐?"

수문이 두 손을 모으고 공손하게 답했다.

"소자는 정처 없이 떠도는 아이로 구태여 가는 곳은 없나이다."

그러자 노인이 또 물었다.

"그렇다면 부모도 친척도 없단 말이냐?"

수문이 눈물을 머금고 말했다.

"소자가 다섯 살 때 병란을 만나 부모와 헤어졌나이다."

노인이 말했다.

"네 말을 들으니 측은한 마음이 드는구나. 내 집에서 머무는 것이 어떠하냐?"

수문이 말했다.

"소자 같은 걸인을 거두고자 하시니 은혜가 하해(河海)와 같습니다."

수문은 곧장 노인을 따라나섰다.

한참을 걸어서 한 곳에 이르자 단청을 곱게 꾸민 웅장한 집이 있었는데 수풀과 연못 사이에 지어 놓은 정자들이 매우 아름다웠고 화초가 무성해 앵무새와 공작이며 청학, 백학 등이 한가하게 노닐고 있었다.

수문을 데려온 노인의 이름은 석광위로 일찍이 참지정사 벼슬을 지냈는데, 조정의 기강이 나날이 해이해지자 벼슬을 버리고 고향으로 돌아와 낚시질하고 밭을 갈며 한가롭게 세월을 보내고 있었다. 이날도 청의동자에게 낚싯대를 들려 고기를 잡으러 갔다가 우연히 수문을 보고 아이가 범상치 않아 집으로 데려온 것이었다.

집으로 돌아온 석 공이 내당으로 들어가 방씨에 말했다.

"내가 오늘 길에서 한 아이를 만났는데 짐짓 영웅의 기상이 있어 데려왔다오. 하늘이 운혜를 위해 보내신 배필이니 부인은 모름지기 신경 써 대접하시오."

운혜는 일찍 세상을 떠난 석 공의 전실 부인 조씨가 낳은 딸로, 지금의 아내 방씨는 조씨가 죽은 뒤 얻은 재취(再娶)였다. 방씨는 덕행이 부족하고 마음이 불량해 늘 석 소저를 해치려 했으나 소저의 효성이 지극해 아직 해칠 조각[67]을 얻지 못하고 있었다. 그런 까닭에 석 참정이 영웅을 데려왔다고 하자 마음속에서는 시기심이 일었으나, 얼굴색을 바꿔 걱정하듯 말했다.

"상공이 어디서 거지 아이를 데려와 이렇게 총애하시나이까? 운혜는 뛰어난 아입니다. 제 모친이 기세해[68] 일신이 고단했으니 특별히 신중하게 배필을 골라야 할 것입니다. 또 걸인을 배필로 삼으면 반드시 계모가 박대했다는 말이 돌 것이니, 바라건대 상공은 다시 생각하소서."

석 공이 냉소하며 말했다.

"저 아이를 집에 두면 우리 가문이 빛날 것이니, 부인은 염려 말고 나중을 보라."

그러고는 수문을 방으로 불러 물었다.

"너의 성명은 무엇이며 부모는 뉘시냐?"

수문이 말했다.

"소자의 성명은 현수문입니다. 또 부친의 이름은 모르나 사람들이 '현 시랑'이나 '현 공'이라 부르던 것이 기억납니다."

석 공이 다시 물었다.

"그럼 너는 어쩌다 혼자가 된 것이냐?"

---

67) 조각(條脚) : 일을 꾸밀 만한 단서나 핑계나 명분.

68) 기세하다(棄世-) : 웃어른이 돌아가시다. 세상을 버린다는 뜻에서 나온 말이다.

그러자 수문이 어두운 표정으로 말했다.

“소자 다섯 살에 병란을 만나 모친과 헤어졌는데 도적이 소자를 데리고 가다가 제 나라로 돌아갈 때 버리고 갔기에 이후 길을 헤매게 되었나이다. 그러다가 한 도인이 보시고 소자를 데려다가 8, 9년을 양육하는데 며칠 전 인연이 다했다며 세상으로 나가라 하셨기에 다시 길을 헤매다가 이곳까지 오게 된 것입니다.”

석 공이 듣고 탄식하며 말했다.

“자고로 영웅호걸치고 초년에 고생하지 않은 이가 없는 법이다. 내가 너에게 부탁할 것이 있는데 들어주겠느냐?”

수문이 말했다.

“소자가 어찌 대인의 말씀을 따르지 않겠습니까?”

석 공이 말했다.

“전처 조씨가 딸 하나를 낳고 세상을 떠났다. 그 아이가 장성했으나 아직 배필을 만나지 못해 근심하던 터에 너를 만났으니, 이는 하늘이 정한 연분이라. 내 딸의 아름다운 짝이 되겠느냐?”

수문은 깜짝 놀라 자리를 피하며 말했다.

“대인께서 소자를 사위 삼고자 하시니 어찌 놀랍고 감격스럽지 않겠습니까? 그러나 소자는 일개 걸인이요 대인은 명문거족이십니다. 제가 이 혼인을 어찌 감당하겠습니까?”

석 공이 흔연히 웃으며 말했다.

"내 딸이 어질지 않아서 거절한다면 모르겠으나, 그것이 아니라면 쾌히 허락하라."

수문이 곰곰이 생각한 뒤 말했다.

"대인께서 소자의 빈천함을 꺼리지 않으시고 이렇게 대하시니 어찌 존명[69]을 거역하겠습니까?"

석 공이 크게 기뻐하며 말했다.

"그대는 오늘 한 말을 잊지 말라."

그러고는 금현당을 수리하고 깨끗하게 청소해 수문을 머물게 했다. 또 각별하게 의식을 신경 쓰며 지극히 사랑했으니 방씨는 수문이 미웠으나 해칠 틈을 얻지 못해 한스러워했다.

며칠 후 석 공이 수문에게 말했다.

"그대가 어려서 부모와 이별했으나 시서(詩書)를 알 것만 같으니, 앞으로는 글공부에 힘써라."

석 공이 서책을 마련해 주자 수문은 밤낮으로 열심히 공부했다. 그러던 하루는 석 공이 석 소저의 침소인 재성각에 들러 소저에게 말했다.

---

69) 존명(尊命) : 남의 명령을 높여 이르는 말.

"네가 장성했으나 배필을 얻지 못해 근심했는데 하늘이 영걸을 보내셨으니 좋은 날을 골라 혼인시키고자 한다."

이 말을 들은 석 소저는 얼굴이 붉어져 고개를 숙이고 아무 말도 하지 못했다. 또한 석 공은 내당으로 가 방씨에게 수문의 특출함을 자세히 이르며 길일을 골라 운혜와 혼인시키자고 했는데, 이 말을 들은 방씨는 시기심이 끓어올라 석 소저와 수문의 혼사를 휘젓고 싶었다.

석 공이 자리를 뜨자 조용히 시비 난향을 불러 말했다.

"상공이 영웅호걸을 얻어 운혜의 배필을 삼고자 하니 훗날 운혜가 영귀(榮貴)하게 된다면 내 자식들은 보잘것 없게 될 것이다. 혼사를 방해할 방법이 없겠느냐?"

난향이 말했다.

"상공께서 요사이 정신이 흐려지셔서 어디서 빌어먹는 놈을 데려다가 천금 같은 아가씨를 허락하시니 그 뜻을 알지 못하겠습니다. 저가 훗날 대사마나 대장군이 된다 해도 지금은 부모 없는 한낱 걸인입니다. 또 상공의 나이가 많으니 오래지 않아 세상을 버리실 것이고 그런즉 부인이 집안 대소사를 모두 다스릴 것이니, 저가 무슨 힘으로 천하고 가난한 처지에서 벗어나 발신하리오?[70] 저가 발신치 못하면 소저의 일생은 자연 고단할 것이니 부인은 오히려 그 혼사를 강력하게 권하소서."

이 말을 들은 방씨는 기뻐하며 이후에는 석 공에게 빨리 두 사람을 혼인시키라 보챘다. 석 공은 방씨의 속셈을 짐작했으나 모르는 체하고 날을 골라 육례[71]를 갖추어 수문과 석 소저를 혼인시켰다.

혼인날 수문의 풍채는 더욱 빛났고 석 소저는 눈이 부시도록 아름다웠다. 이후 두 사람은 원앙이 쌍쌍이 노닐고 비취[72]가 서로를 공경하듯 금실마저 좋아 주변 사람들의 부러움을 샀다.

이러구러 세월은 흘러 수문은 열네 살이 되고 석 소저는 열다섯이 되었다. 이 무렵 방씨는 더 이상 난향의 말을 믿지 못해 앙앙하며 수문 부부를 해치려 했으나 좋은 묘책도 없고 석 공 또한 건재해 남모르게 수문 부부를 박대할 따름이었다. 방씨의 마음을 짐작한 석 소저는 더욱 효심을 다해 방씨를 섬기면서도 한편으로는 남편에게 해를 미

---

70) 발신하다(發身-) : 천하고 가난한 처지를 벗어나 형편이 좋아지다.

71) 육례(六禮) : 우리나라에서 전통적으로 내려오는 혼인의 여섯 가지 예법. 납채, 문명, 납길, 납폐, 청기, 친영을 이른다.

72) 비취(翡翠) : 물총새. 중국에서는 물총새가 원앙과 같이 부부 금실이 좋은 새로 알려져 있다.

칠까 늘 조심하며 살아갔다.

방씨가 낳은 석 공의 차녀 취혜는 장성해 같은 마을에 사는 전임 통판[73]인 이경의 셋째 아들과 혼인했는데, 이생은 얼굴이 희고 입술이 붉으며 말을 잘했으나 심히 경박했다. 또 셋째 딸 현혜는 참지정사인 진관오의 장남 한종과 혼인했는데 진생은 천성이 포악하고 술과 여자를 좋아했으며 특히 방씨 알기를 제집 늙은 종처럼 여겨 조금도 장모로 대접하는 법이 없었다. 방씨는 이들을 몹시 원망하면서도 수문을 더욱 미워했다.

슬프다! 석 공이 홀연 병들었는데 백약이 효과가 없어 병세가 날로 위중해졌다. 석 공은 스스로 회복하지 못할 것을 알고 먼저 수문 부부를 불러 둘의 손을 잡고 흐느끼며 말했다.

"내가 이제 세상과 이별할 것이니 지금 죽어도 한은 없으나 너희 부부를 생각하면 황천[74]에 돌아가도 눈을 감지 못할 것 같구나. 내가 죽은 뒤 방씨가 반드시 너희를 해칠 것이니 삼가 조심해라."

---

73) 통판(通判) : 지방 행정의 감찰 및 보좌 역할을 맡은 관직의 하나.

74) 황천(黃泉) : 저승.

그러고는 석 소저에게 봉서 하나를 주며 급한 일이 생기면 열어 보라고 말한 뒤 다시 눈물을 흘리며 수문에게 말했다.

"내가 믿는 것은 오직 그대뿐이니 혹여 방씨의 죄 때문에 딸아이를 벌하지 말라. 그리한다면 황양[75]에 돌아가도 그대의 은혜를 잊지 않으리라."

수문은 평소 석 공을 아버지처럼 섬겼던지라 슬프고 황망한 마음이 들어 울며 말했다.

"거리에서 방황하던 소자가 장인의 은덕으로 아내를 만났으니, 일신이 편안하고 학문에도 정진할 수 있었습니다. 이제 입신양명[76]해 부모님을 찾은 후 장인의 은혜를 갚을까 했는데 오히려 영이별하게 되었으니 어찌 슬프지 않겠습니까? 부탁하신 말씀은 절대 잊지 않을 것이니 장인은 후일을 염려치 마소서."

석 공이 탄식하며 말했다.

"그대는 오늘 한 말을 잊지 말라. 또한 침은 내가 늘그막에 얻은 유일한 아들이라. 침이 자못 인후하고 효성이

---

75) 황양(黃壤) : 사람이 죽은 뒤에 그 혼이 가서 산다고 하는 세상.

76) 입신양명(立身揚名) : 출세해 이름을 세상에 떨침.

있으니, 힘을 다해 가르쳐서 석씨 후사를 잇게 할지니라."

그러고는 침을 불러 손을 잡고 말했다.

"네가 비록 나이는 어리나 족히 인간사를 알 것이니 내가 죽은 뒤 네 모친이 매형을 박대하거든 간청해 매형을 구하거라."

석 공자가 눈물을 흘리며 명을 받았다.

석 공이 또 방씨와 두 딸을 불러 말했다.

"내 이제 세상을 버리나 무엇이 부족하리오? 한 나라의 신하로서 재상의 반열에까지 올랐고 나이 칠순이 넘었으니 어찌 미련이 있으리오마는 한스러운 것은 침의 혼사를 보지 못한 것이고 또 가련한 것은 사위의 일신이 외로운 것이니 부인은 각별 사랑해 내 생전과 같이 사위를 대하시오. 그리한다면 내가 저승에 가서라도 부인의 은혜를 잊지 않으리다."

그러고는 두 딸을 보며 말했다.

"너희가 모두 혼인했으나 자녀 낳는 것을 보지 못하고 죽으니 어찌 슬프지 않으리오? 너희 남매는 우애를 잃지 말고 운혜 부부를 각별 돌보아라. 훗날 내가 지인지감[77]

77) 지인지감(知人之鑑) : 사람을 잘 알아보는 능력.

이 있었음을 알게 될 날이 올 것이다."

말을 마친 석 공은 음력 8월 향년 76세로 세상을 버렸다. 온 가족이 석 공의 혼을 부르며 슬피 울었다. 수문이 극진하게 초상을 치르고 예를 다해 석 공을 단원에 안장하자 일가친척과 노복들은 친자식이라도 이보다 더하지 못할 것이라 말하며 감탄했다.

이후 방씨는 노복과 같이 거름도 치게 하고 나무도 베고 뜰도 쓸게 하며 수문을 심하게 박대했으나 수문은 조금도 개의치 않고 모든 일을 시키는 대로 했다.

이때 석침은 열 살이었는데 이 모습을 보고 모친께 말했다.

"노복들이 많이 있는데 무슨 까닭으로 매형을 괴롭게 하십니까? 매형을 노비처럼 부리신다면 소자 또한 매형과 똑같이 할 것입니다."

그러자 방씨가 크게 화를 내며 말했다.

"현가 축생[78]은 본래 걸식하는 놈으로 식충이에 불과하다. 밥만 먹고 세월을 낭비하니 어찌 분하지 않겠느냐? 거름이나 치고 나무나 벨 것이지 제가 무슨 재주로 과거에

78) 축생(畜生) : 사람답지 못한 사람을 짐승으로 낮잡아 이르는 말.

급제해 공명을 얻고 문호를 빛내리오?"

방씨는 이후에도 말은 좋게 했으나 시시때때로 수문을 노복들과 다름없이 부려 먹었다. 수문은 이런 일을 당할 때마다 방씨가 시키는 일들을 순순히 하면서도 이 집에서 떠날 날이 머지않다고 생각했다.

그러던 하루는 석 소저가 문득 참혹한 마음이 들어 말했다.

"첩[79]이야 팔자가 기구해 계모에게 해코지를 당해도 한이 없으나 낭군께서는 어찌 이 같은 욕을 감내하신단 말입니까? 제가 돈을 마련해 드릴 테니 아무 절간에나 가 머무시면 일신이 편안할 것입니다."

수문은 본래 도량이 넓은 장부인지라 석 소저의 말을 듣고 웃으며 말했다.

"남자가 되어 어찌 거름 치기와 나무 베기를 꺼리겠습니까?"

그러고는 말과 낯빛이 평소와 다름이 없자 석 소저는 남편의 관대함에 감탄하면서도 더욱 슬퍼했다.

---

79) 첩(妾) : 결혼한 여자가 윗사람을 상대해 자기를 낮추어 이르던 일인칭 대명사.

한편 이생과 진생이 방문하자 방씨는 크게 반가워하며 술과 안주를 장만해 후하게 대접하며 말했다.

"현서[80] 등은 수문을 혹 보더라도 동서의 정을 허락지 말라. 전일 상공이 빌어먹는 거지를 데려다가 사위 삼아 집안에 욕을 미쳤으니, 그것이 한이 되어 내가 저를 노복처럼 부리노라."

이 말을 들은 두 사람이 크게 웃으며 말했다.

"근본도 없는 놈이 감히 우리와 동서지간이 될 수 있겠습니까?"

이들의 말은 들은 석침은 몹시 마음이 상해 재성각으로 건너가 이생과 진생의 말을 전하며 불평했다.

수문이 웃으며 말했다.

"그 아이들의 말이 정말 이상하구나. 내가 빈천하나 자기들에게 무슨 해가 되리오?"

그러나 석침의 말을 들은 석 소저는 분노해 차라리 죽어서 이 일을 모르는 것이 낫겠다고 말하며 한탄했다.

그러자 수문이 위로하며 말했다.

---

80) 현서(賢壻) : 어진 사위라는 뜻으로, 자기 혹은 남의 사위를 높여 이르는 말.

"부인의 통달한 소견으로 어찌 이런 망령된 말을 듣고 분통해 죽기를 원한단 말입니까? 마음을 편하게 하소서."

이생과 진생은 수십 일을 머물다 돌아갔으나 한 번도 수문 부부를 보러 재성각에 오지 않았고 수문 또한 굳이 이들을 찾지 않았다.

하루는 이 집 노복이 산에서 밭을 갈다가 호랑이를 보고 기겁해 집으로 돌아왔다. 이 말을 들은 방씨는 기뻐하며 이곳에 보내 죽게 할 생각으로 급히 수문을 불러 위로하는 체하며 말했다.

"상공이 돌아가신 후 내가 집안일을 총찰하다 보니 일이 많아 그대를 자주 청하지 못했으니, 그대가 나를 원망하지 않았나 모르겠네. 지금 노복들이 일이 많아 가을갈이를 못해 장차 때를 놓치게 생겼으니, 그대가 산으로 가 밭을 좀 갈아 주지 않겠는가?"

수문은 흔쾌히 허락하고 쟁기를 들고 소를 몰아 밭이 있는 산으로 향했다. 산 아래에 도착해 보니 밭 주변은 나무가 하늘을 가릴 정도로 울창한 숲을 이루고 있었다. 생각보다 밭이 넓어 며칠간 소에게 쟁기를 메어 밭을 갈았다. 그런데 거의 일이 끝나 갈 무렵, 쟁기 날에 무언가가 걸려 꺼내 보니 석함이 하나 있었다. 그 위에는 금색으로 다음과 같은 글이 쓰여 있었다.

춘방한림학사 금문직사 중서사인 문연각 태학사 병부상서 대원수 금자광록대부 좌승상 황태자사부 계림후 위왕 현수문은 친히 덮개를 열라.

놀랍고 신기해 수문이 덮개를 열고 보니 그 안에는 수은갑[81]과 금으로 만든 투구 및 삼척 보검이 들어 있었다. 자세히 보니 갑옷과 칼등에 각각 '보신갑(保身甲)'과 '자룡검(紫龍劍)'이라는 글자가 새겨져 있었다. 수문은 과거 일광대사가 한 말이 떠올라 한편으로는 놀랍고 한편으로는 크게 기뻐하며 석함을 들고 집으로 돌아와 깊숙한 곳에 간직했다.

이 무렵 수문이 분명 호랑이 밥이 됐을 것이라 확신한 방씨는 밭으로 노복을 보내 쟁기와 소를 찾아오라 했다. 그런데 노복이 그곳에 도착하니 밭은 이미 다 갈려 있었으나 소와 수문은 보이지 않았다. 그러자 노복은 급히 집으

81) 수은갑(水銀甲) : 쇠로 만든 갑옷의 일종. 《세종실록(世宗實錄)》 '오례의(五禮儀)'에 의하면 쇠로 미늘을 만들고 수은을 입힌 다음 가죽끈으로 가지런히 꿰어 짜서 만들었다고 한다.

로 돌아와 재성각으로 가 보았는데, 그곳에서 수문은 의관을 정제하고 바르게 앉아 태연하게 서책을 보고 있었다. 노복은 내당으로 건너가 방씨에게 이 일을 알렸다.

방씨가 놀라 혼잣말하기를,

“흉악하구나! 짐승도 잡아먹지 않으니 모진 원수로다!”

하고는 탄식했다.

방씨는 수문을 해칠 다른 묘책을 생각하다가 문득 독약으로 죽일 생각을 하고 있었다.

때마침 서출[82]인 사촌 동생 방덕이 찾아왔다. 방덕은 본래 상인으로 장사 땅에 살고 있었는데 아내를 잃고 이후 서촉으로 장사하러 가던 길에 사촌 누이인 방씨를 만나러 온 것이었다.

방씨는 방덕을 크게 반기며 내당으로 들여 은근한 말투로 물었다.

“네 아내가 죽은 걸 내가 아노라. 재취는 구했느냐?”

방덕이 말했다.

“아직 구하지 못했나이다.”

이 말을 들은 방씨가 더욱 가까이 다가가며 말했다.

82) 서출(庶出) : 첩의 소생.

"돌아가신 상공이 전실 부인 조씨에게서 낳은 딸이 하나 있는데 인물과 재주가 아주 비상하다. 그런데 일찍이 상공이 길에서 빌어먹는 거지를 데려다가 사위로 삼았으니, 그놈이 내 눈엣가시가 되어 일시라도 대면하기 싫다. 그러나 집에서 쫓아내면 계모가 박대했다는 소리를 들을 것이니 네가 독약을 구해 준다면 내가 수문을 죽이겠다. 그럼 너는 딸아이를 데려다 살면 될 것이니 우리의 일생이 모두 평안할 것이다."

이 말을 들은 방덕은 기뻐하며 즉시 독약 일봉을 구해 왔다. 방씨는 밥에 독을 섞은 뒤 난향을 불러 수문에게 저녁밥을 보내라 했다.

이때 재성각에 있던 수문은 이제 집을 떠나야 할 때가 되었다는 생각이 들었으나 딱히 갈 곳도 없고 자신이 떠난 후 석 소저의 일생을 생각하니 심사가 요란해 가슴이 답답해졌다. 문득 예전에 일광대사가 헤어질 때 준 봉서들이 떠올라 '일(一)'이라는 숫자가 쓰인 봉서를 뜯어보았더니, 다음과 같은 글이 쓰여 있었다.

> 석 공이 죽은 뒤 방씨가 백방으로 너를 괴롭히다 독을 먹일 것이니 밥을 주거든 피리를 내어 불어라. 그리하면 독기가 사라질 것이다.

이를 본 수문은 필경 방씨가 자기의 음식에 독약을 섞을 것 같았다. 그날 밤 평소와 달리 난향이 저녁밥을 가져오자 이상한 마음이 들어 평소 지니고 있던 옥피리를 꺼냈다. 그러고는 맑은 노랫가락 한 곡조를 불었더니, 밥에서 한 줄기 푸른 내가 피어났다. 수문은 아무 말 없이 연기가 모두 사라지기를 기다렸다가 밥을 먹었다.

한 식경 후, 방씨는 난향에게 명해 수문의 상태를 확인하라 했다. 그런데 돌아온 난향이 밥상을 들고 와서는 아무 일이 없다고 고하자, 약의 효능을 의심해 수문이 먹다 남긴 밥을 수통이라는 종놈에게 먹게 했다. 밥을 삼킨 수통은 그 자리에서 죽었고, 변소에 갔다가 우연히 이 모습을 본 수문은 놀란 가슴을 애써 진정하며 재빨리 재성각으로 돌아와 석 소저에게 말했다.

"내가 이곳에 있다가는 방씨에게 죽음을 면치 못할 것 같습니다. 어찌하면 좋으리오?"

그러고는 오늘 집에서 있었던 일들을 석 소저에게 모두 말했다.

석 소저가 눈물을 흘리며 말했다.

"군자의 생각이 이러하신데 어찌 한 시간인들 머물 수 있겠습니까? 곧 행장[83]을 준비하겠나이다."

그러고는 유모 춘섬을 불러 옥가락지와 금비녀를 주며 빨리 시장에 가 팔아 오라고 했다. 춘섬은 곧장 집을 나가 몇 시간 뒤 은자 백여 냥을 가지고 돌아왔다.

석 소저가 수문에게 마련한 돈을 주며 말했다.

"낭군께서 이제 떠나시면 언제나 다시 만나리오?"

수문이 말했다.

"부평초 같은 인생 어찌 만남을 기약할 수 있겠습니까?"

석 소저는 설움이 북받쳐 한동안 흐느껴 울었다. 그러나 곧 마음을 다잡고 정성스럽게 행장을 꾸려 수문에게 주었다.

수문이 근심 어린 표정으로 말했다.

"내가 떠나면 부인 또한 생각지 못한 환란을 당할 것이니 어찌하면 좋으리오?"

석 소저가 눈물을 닦으며 깊게 탄식하고 말했다.

"사람의 목숨은 하늘에 달렸다고 했으니 설마 무슨 일이 있겠습니까? 첩은 걱정 마시고 부디 몸을 보중하시길 바랍니다."

수문이 말했다.

---

83) 행장(行裝) : 여행할 때 쓰는 물건과 차림.

"장부가 세상에 태어나매 하늘이 아비 되고 땅이 어미 되나니 어찌 살기를 근심하겠습니까? 부인은 비록 여자나 군자의 기풍이 있으니 춘섬을 우익[84] 삼아 아무쪼록 귀체를 보호할 방법을 찾으소서."

그러고는 석침을 불러 작별했다. 그리고 방씨에게 가 하직하려 했더니 석 소저가 앞을 가로막으며 말했다.

"흉악한 어미를 보는 것이 낭군께 유익하지 않을 것이니 그냥 가소서."

수문이 말했다.

"내가 지은 죄가 없으니 어찌 몰래 떠나리오? 방씨가 비록 나를 해치려 했으나 수년간 은혜를 베풀었으니 그저 가면 덕망 있는 장부가 아닙니다."

그러고는 시비 난향을 불러 방씨를 뵙고자 한다고 전했다. 이 말은 들은 방씨는 재빨리 술에 독을 타 놓고 득달같이 수문을 청해 반기며 말했다.

"상공이 돌아가신 후 사위의 일신이 매우 고단했으니 혹여 내 대접이 시원찮아 서운해 집을 떠나려는가? 그렇다면 내가 무슨 낯으로 말리겠냐마는 섭섭한 마음은 어쩔

---

84) 우익(羽翼) : 새의 날개를 말하는 것으로, 보좌하는 사람을 의미.

수 없으니 내 한잔 술로 정이나 표하려 하네."

그러고는 큰 잔에 술을 가득 부어 주었다.

수문은 흔쾌히 잔을 받아 앞에 놓은 뒤 소매 속에서 옥피리를 꺼내며 말했다.

"소생이 할 줄 아는 것이 이뿐인지라, 피리 한 곡조로 장모께 이별을 고하고자 합니다."

수문이 피리를 불자 술잔 가운데서 푸른 기운이 일어나더니 방 안 가득 퍼졌고 그러자 안에 있던 사람들의 정신이 혼미해졌다. 잠시 후 푸른 기운이 사라지자 수문은 피리를 다시 소매 안에 넣고 마치 매우 목이 말랐던 사람처럼 술 한 잔을 다 비우고는 말했다.

"장모께서는 내내 평안하소서."

그러고는 소매를 떨치고 밖으로 나갔다.

놀란 방씨가 난향에게 말했다.

"현생의 옥피리가 수상하구나. 피리를 불 때 술잔 가운데서 푸른 것이 솟아났으니 분명 독기가 사라진 것이로다!"

재성각으로 돌아온 수문은 석 소저만 두고 가는 것이 못내 마음에 걸려 차마 집을 나서지 못하다가 춘섬을 불러 말했다.

"내가 믿는 것은 어미뿐이네. 훗날 우리 부부가 다시 만난다면 그것은 모두 어미의 공이니 부디 지극정성으로 소저를 보호하게."

그러고는 표연히 문을 나섰으니, 수문의 뒷모습을 바라보는 석 소저의 애처로운 눈빛은 말로 다 표현할 수 없었다.

집을 나선 수문은 먼저 단원에 있는 석 공의 무덤으로 가 실정한 사람처럼 한동안 아무 말 없이 서럽게 울다가 이윽고 정신을 차리고 말했다.

"소자가 대체 무슨 죄를 지었기에 어려서 부모와 이별하게 된 것입니까? 정처 없이 다니다 다행히 장인어른을 만나 슬하에서 편히 살며 여러 해 태산 같은 은혜를 입었는데, 또 하늘이 미워하사 장인과 영이별하게 하시니 이는 모두 소자가 박복한 탓입니다. 집을 나와 다시 방황하게 되었으니 이제 누구를 의지하리오? 슬프다! 장인의 신령께서는 굽어살피소서!"

이후에도 수문은 한참을 통곡하다가 마침내 마음을 추스르고 묘소를 떠났다.

며칠을 정처 없이 다니다가 구계촌에 있는 한 주점(酒店)에서 쉬고 있었는데, 한 늙은 여승이 다가와 합장하며 말했다.

"소승은 금산사 칠보암에서 온 화주승입니다. 절을 중

수하는 데 동참하시기를 바라나이다."

수문이 말했다.

"길 가는 행인이 무슨 돈이 있으리오? 가진 것은 이뿐이니 보태 쓰소서."

그러고는 은자 백여 냥을 주었다. 그러자 중이 다시 합장하고 인사하며 말했다.

"이렇게 시주를 많이 하시니 만년이 지나도 그 은혜를 잊지 못할 것입니다. 절이 중수되면 시주한 분들의 이름을 써 놓고 그분들의 소원이 이루어지도록 축원하오니 상공의 거주지와 성명을 적어 주소서."

수문은 재삼 사양하다가 부득이해 '절강 소흥부 벽계촌에 사는 현수문과 아내 석씨'라고 적어 주었다.

이적에 낭군을 떠나보낸 석 소저는 슬픔으로 식음을 전폐하고 침상에 누워 눈물만 흘리며 시간을 보내고 있었다.

그러던 어느 날 난향이 방씨에게 이 일을 전하자, 방씨는 다음 날 소저를 불러 위로하며 말했다.

"네가 이미 장성했으니 어진 배필을 얻어 시부모를 효로써 봉양해 문호를 빛낼 것이거늘, 상공이 뜻밖에도 떠도는 거지를 데려다가 네 앞길을 망쳐 놓았으니 내가 홀로 슬퍼한 지 오래다. 네가 무슨 죄로 현가 축생을 만나서 일생을 망쳐야 한단 말이냐? 이제 저가 스스로 집을 나갔으니 얼마나 다행이냐? 네 나이도 열여섯이나 되었는데 배은망덕한 현가를 기다리며 공방에서 늙는다면 내가 얼마나 근심하겠느냐? 또 홀로 있다가 흉한 무리가 네 처소를 범한다면 너는 몸을 망치고 가문의 명성도 땅에 떨어질 것이다. 내가 너의 배필을 새로 구할 것이니 너는 슬퍼하지 말고 내 말을 좇아라."

이 말을 들은 석 소저는 모골이 송연하고 심담(心膽)이 떨어지는 것 같아 아무 말도 하지 못하고 고개 숙여 인사한 뒤 침소로 돌아왔다.

이후에도 방씨는 여러 차례 석 소저를 불러 달랬으나 소저는 말을 듣지 않았다. 하루는 크게 화가 나 소저를 꾸짖으며 말하기를,

"네가 종시 내 말을 듣지 않으니 반드시 야밤에 담을 넘어 너를 겁탈할 자가 있을 것이다. 그때가 오면 네가 무슨 수로 피하겠느냐?"

하고는 심히 구박했으니, 석 소저는 침소로 돌아와 벽에 기대어 어떻게 이 화를 피할 수 있을까 고민했다.

이 시각 방씨는 방덕을 불러 오늘 밤 삼경[85]에 석 소저

85) 삼경(三更) : 하룻밤을 오경(五更)으로 나눈 셋째 부분. 밤 11시에서

를 겁탈하라고 말한 뒤 함께 날이 저물기를 기다렸다.

이때 석침이 우연히 내당에 갔다가 방에서 흘러나오는 모친과 방덕의 말을 듣고 깜짝 놀라 재성각으로 달려와 눈물을 머금고 말했다.

"오늘 밤 삼경에 방덕이 담을 넘어 누님을 겁탈하려 하오니 빨리 방비하소서."

이 말을 들은 석 소저는 혼비백산해 춘섬을 불러 석침이 한 말을 전하며 말했다.

"이제 어찌하면 좋단 말인가?"

문득 부친이 임종 직전에 주신 봉서가 떠올라 급히 찾아 펼쳐 보았더니, 거기에는 다음과 같은 글이 쓰여 있었다.

> 내가 죽은 후 네 계모가 결단코 너희 부부를 해칠 것이니 너는 급한 일이 있거든 남복(男服)으로 갈아입고 금산사에 있는 칠보암으로 가거라. 그리하면 반드시 구할 사람이 있을 것이다.

석 소저는 기뻐하며 남자의 옷으로 갈아입고 그날 밤

새벽 1시 사이.

이경[86]에 춘섬과 함께 담을 넘어 도주했다.

삼경이 되자 방덕은 살금살금 재성각으로 들어갔다. 그런데 사면이 고요해 인적이 없을 뿐 아니라, 방문을 열었더니 소저 또한 간데없자 깜짝 놀라 내당으로 돌아왔다. 이 말을 들은 방씨는 재성각으로 가 소저가 춘섬과 함께 달아난 것을 알고 몹시 화가 났으나 별수 없어 방덕을 달래어 집으로 돌려보냈다.

집을 나온 석 소저는 춘섬과 함께 밤이 새도록 금산사 칠보암을 찾아다니다가 이튿날 석양 무렵에야 하늘에 닿을 듯한 어느 산 아래 도착했다. 산속으로 깊숙이 들어가 보니 암자가 하나 있었는데 처마 밑에 풍경을 달아 놓아 바람이 불자 영롱한 소리가 들리는 것이 진실로 별천지요 인간 세상은 아닌 것 같았다.

이때 한 나이 든 여승이 다가와 합장하며 인사한 뒤 공손히 물었다.

"귀한 공자께서 어찌 누추한 곳에 오셨습니까?"

석 소저 또한 자세를 바르게 하고 공손하게 말했다.

---

86) 이경(二更) : 하룻밤을 오경으로 나눈 둘째 부분. 밤 9시에서 11시 사이.

"존사가 일개 서생을 이렇게 대접하시니 황공합니다. 감히 묻사오니 저희가 이곳에서 오래 머물 수 있겠습니까?"

여승이 말했다.

"객실(客室)에 머무신다 한들 무슨 상관이 있겠습니까?"

이 말에 석 소저가 다시 물었다.

"객실이 번잡하지는 않겠습니까? 나는 운수가 불행한 사람으로 가화(家禍)를 간신히 면하고 이곳에 왔습니다."

여승이 말했다.

"그러하시면 소승이 머무는 방장[87]으로 가소서."

여승은 석 소저를 데리고 동편 협실(夾室)로 향했는데 그곳에는 아주 정결한 방이 하나 있었고, 내외 또한 분명하게 구별되어 있었다. 석 소저는 춘섬과 함께 이곳에서 머물기로 하고 방 안으로 들었다.

그러자 여승이 말했다.

"상공을 보니 여자가 남자의 복색을 한 것이 아닌가 싶습니다. 이곳이 매우 조용하고 사람의 발길이 닿지 않으니 염려 마시고 편안히 머무소서."

---

87) 방장(方丈) : 화상(和尙), 국사(國師) 등의 고승(高僧)이 거처하는 처소.

이후 석 소저와 춘섬은 절 안에 머물면서 편안한 세월을 보냈다.

그러던 어느 날 한 여승이 물었다.

"공자의 이름은 무엇입니까?"

석 소저가 웃으며 말했다.

"내 이름은 알아도 쓸데가 없습니다. 그냥 석 공자라 부르소서."

이로부터 절의 여승들은 모두 석 소저를 석 공자라 불렀다. 하루는 석 소저가 나이 든 여승이 불전에서 소흥현 사는 현수문과 그 처 석씨를 위해 축원하는 소리를 듣고 그 사연을 물었다. 노승은 전날 현수문이 써 준 문서를 보여 주었는데, 이를 본 석 소저가 깜짝 놀라며 물었다.

"이 사람의 성명이 어찌 여기 있습니까?"

노승이 말했다.

"올봄에 소승이 절의 중수를 위해 시주를 받으러 다니다가 벽계촌 주점에서 만난 상공께 시주를 청했습니다. 그 상공이 행장을 열어 많은 재물을 시주하셨기에 매일 축원하고 있나이다. 공자는 무슨 일로 자세히 묻습니까?"

석 소저가 답했다.

"이 사람이 내 가족입니다."

이 말을 들은 노승은 석 소저를 더욱 공경했고 석 소저 또한 이후에는 노승과 함께 불전에 들어가 하루라도 빨리 수문과 재회하게 해 달라고 기도했다.

하루는 석 소저가 노승에게 말했다.

"우리가 어찌 남의 의식을 계속 허비만 하겠습니까? 내가 비록 재주는 없으나 그림 그리는 법을 조금 배웠으니 화본[88]을 얻어 주신다면 그림을 그려 족자를 만들어 팔고자 합니다."

여승들이 크게 기뻐하며 흰색 비단을 가져다주자 석 소저는 붓을 잡아 외로운 섬에 핀 매화 한 가지를 그려 주었고, 이후 이 족자는 남경(南京) 상인 왕평에게 은자 백 냥에 팔렸다.

한편 가진 재물을 모두 시주한 현수문은 다시 정처 없이 길을 가고 있었다. 이 무렵 운남왕의 표를 본 천자는 지난 잘못을 뉘우치고 천하를 평안하게 할 만한 어진 선비와 용맹한 장수를 구하고자 과거를 열어 천하의 선비들이 다투어 황성으로 가고 있었다.

그중 한 선비가 수문을 보고 물었다.

"그대는 어디로 가느뇨?"

88) 화본(畵本) : 그림을 그리는 데 쓰는 바탕이 되는 종이나 천.

수문이 답했다.

“복[89]은 황성으로 가노라.”

그 선비가 기뻐하며 말했다.

“형이 사는 곳과 성명을 알려 줄 수 있겠는가?”

수문이 말했다.

“복은 남방 사람 현수문이라 하네.”

선비가 다시 말했다.

“내가 과거를 보려고 집을 나섰다가 도중에 동행을 잃고 매우 심심했는데 우리 함께 가는 것이 어떠한가?”

수문은 기꺼이 허락하고 여러 선비와 함께 길을 가 여러 날 만에 황성에 도착했다.

이때 다른 선비들은 모두 여관을 정했으나 수문은 돈이 없어 홀로 거리를 다니며 주변을 살피고 있었는데, 문득 한 사람이 반가운 얼굴로 달려와 수문을 붙들고 말했다.

“내 집이 비록 누추하나 머물기를 바랍니다.”

그러고는 수문을 데리고 어느 집으로 들어갔는데 그 집은 근방에서 가장 정결했다. 주인이 술과 안주를 내와 대접하자 수문이 감사하며 말했다.

---

89) 복(僕) : 자신의 겸칭.

"과객을 머물게 함도 감사하거늘 이렇게 후히 대접하시니 은혜가 난망입니다."

주인이 말했다.

"내가 경사에 살고는 있으나 행인에게 방을 빌려주고 음식을 파는 점한[90]은 아닙니다."

수문이 말했다.

"내가 비록 시골에서 성장했으나 어찌 모르겠습니까? 나는 본래 가난한 사람으로 과장을 구경코자 경사에 오기는 했으나 지필묵을 살 돈도 없는 처지입니다."

주인이 말했다.

"필요한 물품은 걱정하지 마시고 글이나 잘 지어 올리소서. 기필코 장원을 할 것입니다."

그러고는 지성으로 대접하니 수문은 감격해 진심으로 고마운 마음을 전했다.

이러구러 과거 보는 날이 되자 천자는 황극전[91] 어탑[92]

---

90) 점한(店漢) : 여관을 운영하는 점인(店人)을 홀하게 이르는 말.

91) 황극전(皇極殿) : 황제의 궁궐에서 가장 중요한 전각 중 하나로, 즉위식, 대례(大禮)를 비롯한 중요한 정치적 행사가 열리던 장소.

92) 어탑(御榻) : 임금이 앉던 의자.

에 앉아 시관(試官)을 좌우에 서게 하고 시험 문제를 종이에 써 높이 달았다.

수문이 앞으로 다가가 시제를 보니 과거 일광대사가 항상 이르던 글인지라 마음속으로 크게 기뻐하며 순식간에 글을 써 바쳤다. 그러고는 무과(武科) 시험장을 구경하고 싶어 교장[93]으로 갔는데, 그곳에는 천하의 무사들이 구름처럼 모여 화살을 들고 재주를 겨루고 있었다.

수문은 시험을 막 치른 듯 보이는 기골이 준수한 한 무사에게 다가가 말했다.

"그대가 잠깐 화살을 빌려준다면 내가 무재(武才)를 시험코자 하네."

그 사람이 수문을 빤히 쳐다보다가 말했다.

"그대의 기상이 특이하니 반드시 좋은 점수로 합격할 것이네. 그러니 내 어찌 활과 화살을 아끼겠는가?"

그러고는 활과 화살뿐 아니라 장창(長槍)과 준마도 흔쾌히 빌려주었고, 수문은 기뻐하며 이것들을 가지고 교장으로 들어갔다. 그러나 이미 시험은 끝난 상태였다.

---

93) 교장(敎場) : 군사 교육 혹은 군사 훈련을 위한 교육 시설을 갖추어 놓은 곳.

수문은 무과를 관리하는 장수에게 달려가 말했다.

"하방[94]의 무사가 길이 멀어 이제야 도착했습니다. 장군은 죄를 용서하시고 시험에 응하게 하소서."

이 말을 들은 표기장군[95] 유기가 화를 내며 말했다.

"누가 감히 과법(科法)을 모르고 이렇게 무례하게 구는 것이냐?"

그러고는 좌우 교위[96]에게 수문을 내쫓으라 하자 사예교위[97] 곽희가 급히 말리며 말했다.

"불가하다! 천자께서 문무 인재를 뽑으시거늘 조금 늦었다고 해 어찌 재주를 보지 않는단 말인가?"

곽희는 수문을 불러 시험에 응시하게 했고, 수문은 바

---

94) 하방(遐方) : 서울에서 멀리 떨어진 지방.

95) 표기장군(驃騎將軍) : 군사 명령을 집행하거나 군을 지휘하는 장군. 고전소설 등에서 군사적 수장이나 병력 관리의 책임자로 등장하는 경우가 많다.

96) 교위(校尉) : 과거 시험에서 시험을 감독하거나 응시자의 절차를 관리하는 임무를 수행하던 관리.

97) 사예교위(司隷校尉) : 후한 시대에 설치된 관직으로, 오늘날의 서울특별시장 겸 경기도지사, 수도방위사령관 겸 감사원장의 역할을 했던 고위 관직.

로 활을 잡아 홍심(紅心)을 향해 다섯 발을 쏘아 모두 명중시켰다. 그러자 유기와 곽희는 놀라며 무예를 시험했는데 수문이 말을 타며 창을 휘두르자, 교장 안에 있는 모든 이가 넋을 잃고 쳐다보았다. 유기 등은 흡족해하며 그 자리에서 수문을 무과 장원으로 뽑았다.

이 시각 천자는 시관이 올린 시험지를 훑어보고 있었는데 마음에 드는 글이 한 장도 없었다. 이에 근심하다가 마지막 장을 보니 글의 뜻이 웅장하고 필법(筆法)도 신기해 자기도 모르게 서안을 치며 말했다.

"세상에 이런 기이한 재주가 있다니 기쁘구나!"

그러고는 장원으로 정한 뒤 비봉[98]을 떼어 급제자를 부르라고 재촉했다.

전독관[99]이 천자의 명을 받들어 소흥현에 사는 현수문이 장원이라 말하며 수문의 이름을 세 번 부르자 수문이 전 아래로 나아왔다. 천자가 장원의 모습을 보니 오작(烏

---

98) 비봉(祕封) : 남이 보지 못하게 피시험자의 이름과 거주지 등을 봉한 것을 말함.

99) 전독관(典讀官) : 왕세자에게 경서나 역사 등을 가르치는 교육 담당 관원. 여기서는 황명을 대신 읽어 전하는 관원을 이른다.

鵲) 가운데 봉황이요, 우마(牛馬) 사이에 있는 기린(麒麟)과도 같아 매우 기뻐했다.

이때 유기가 무과 장원 또한 소흥부 출신 현수문이라고 아뢰자 천자가 크게 칭찬하며 말했다.

"짐이 역대 급제자들을 많이 보았으나 한 사람이 문과와 무과에서 모두 장원을 했다는 말은 듣지 못했으니 어찌 기특치 않으리오?"

그러고는 가까이 불러 청삼[100]과 계화[101]를 하사하고 춘방한림 금문직사 겸 사예교위에 임명했다.

수문이 감사 인사를 올린 뒤 엎드려 말했다.

"신이 천은을 입사와 외람되게 용문[102]에 올라 분에 넘치는 벼슬을 받사오니 황공해 몸 둘 데를 모르겠습니다. 바라건대 성상은 신의 벼슬을 거두시고 미관말직[103]을 주

---

100) 청삼(靑衫) : 나라의 제향 때 입던 남색 빛깔의 웃옷.

101) 계화(桂花) : 계수나무꽃. 선비가 과거에 급제하면 임금이 머리에 쓴 관에다 계수나무 꽃가지를 꽂아 주었다.

102) 용문(龍門) : 잉어가 중국 황하강 중류의 급류인 용문을 오르면 용이 된다는 전설에서 유래한 말로, 흔히 등용문(登龍門)이라 하며 어려운 관문을 통과해 크게 출세하게 됨을 이르는 말.

103) 미관말직(微官末職) : 지위가 아주 낮은 벼슬.

소서."

천자는 수문의 마음을 기특히 여겼으나 이를 허락하지 않고 친히 술을 내리며 물었다.

"경의 선조 가운데 조정에 출사한 이가 있느냐?"

수문이 아뢰었다.

"신은 다섯 살 무렵 병란으로 부모를 잃었습니다. 그러니 선대에 출사한 이가 있는지는 알지 못합니다."

천자가 다시 물었다.

"그대가 어려서 부모를 잃었으니 분명 빈곤하게 살았을 것이다. 아내는 얻었는가?"

그러자 현수문이 머리를 조아리며 말했다.

"신은 부모와 헤어진 뒤 도로를 방황하다가 화산 일광대사를 만나 글과 병법을 배웠고, 이후 하산해 다시 길을 헤매던 중 전임 참지정사 석광위를 만나 그 딸과 성혼했습니다."

천자는 흐뭇해하며 즉시 노비와 전답을 하사하고 수문이 머물던 주인의 집으로 금은과 비단을 보내라 명했다. 수문은 천자의 은혜에 땅에 머리가 닿도록 고개를 숙여 감사 인사를 올렸다. 수문이 궁을 나와 준비된 말에 오르자, 거리에는 풍악이 울렸고 청의동자를 비롯한 수많은 무리가 수문의 행차를 따랐으니 남녀노소가 그 행렬을 구경하며 칭찬했다.

수문이 주인의 집 앞에 도착하자 주인이 달려와 말 앞에서 절하며 눈물을 흘리고 말했다.

"소인은 금릉에 사는 현 시랑 댁 노복이오니 이름은 차복이라 합니다. 몇 년 전 우리 노야[104]가 유배 가시며 집을 지키라 명하셨는데, 며칠 전 꿈에 한 공자가 황룡을 타고 나타나 '내가 시랑 댁 공자다'라고 하며 소인의 집으로 들어왔습니다. 이상한 꿈이라 생각하고 있었는데 그날 공자를 보니 꿈속 공자의 모습과 조금도 다르지 않으시기에 머무시기를 청했던 것입니다."

이 말을 듣고 수문이 감탄하며 말했다.

"그대는 참으로 충성스럽고 의로운 사람이로다! 그 댁 어른의 함자는 무엇이며 무슨 이유로 유배되셨는가?"

차복이 탄식하며 말했다.

"우리 노야의 함자는 '현택지'이시고 이부시랑 벼슬을 하셨는데 늘그막에 아들을 낳으시고 벼슬에 뜻이 없어 금릉 본가로 돌아와 세월을 보내셨습니다. 그런데 황숙 연평왕의 역모 사건 때 노야의 이름이 초사에 올랐다고 해

---

104) 노야(老爺) : 늙은 남자를 높이 이르는 말.

서촉에 있는 무량도에 유배되셨습니다."

이 말을 들은 수문이 말했다.

"나도 어려서 부모를 잃었고 내 부친 또한 귀양 가셨다는 말을 들었으나 자세한 일을 알지 못하니 천자께 아무 말씀도 드리지 못했다."

수문은 천자가 하사한 모든 재물을 차복에게 맡겼고 삼일유가[105] 후 천자께 다음과 같이 표를 올렸다.

> 춘방한림학사 현수문은 폐하께 한 장 표를 올립니다. 신은 본래 하방 천인으로 일찍 부모를 잃고 방황하다가 남악 화산 일광대사를 만나 오랜 시간을 의탁했고 이후 다시 길을 헤매다가 천만다행으로 전임 참지정사 석광위를 만나 그 딸과 혼인해 세월을 보냈습니다. 그런데 석광위 사후 후처 방씨가 신을 해치려 하자 마지못해 아내와 이별하고 다시 길을 헤매다가 과거를 보러 가던 선비들을 만나 함께 황성에 이르렀고 천은으로 문무 장원에 뽑히는 영광을 얻게 되었습니다. 그

105) 삼일유가(三日遊街) : 과거에 급제한 사람이 사흘 동안 광대를 앞세우고 풍악을 울리면서 은문(恩門)과 선배, 친척 등을 방문하는 일.

러나 영화로운 가운데 부모를 생각하는 마음이 오히려 사해를 덮었사오니 폐하께서 10년 말미를 주신다면 천하를 돌아 부모와 아내를 찾고자 합니다. 이후 국사를 도와 성은을 갚겠사오니 폐하는 허락하소서.

표를 본 천자가 수문의 효성을 칭찬하며 다음과 같은 비답[106]을 내렸다.

경의 간절한 마음은 알겠으나 어찌 10년이나 말미를 구하느냐? 경은 모름지기 망령된 말을 하지 말라. 정사를 돌보다 보면 자연히 부모를 찾을 것이다. 또한 경의 처 석씨는 그곳 태수에게 명해 호송하라 할 것이니 경은 안심하고 직분을 살피라.

수문은 천자의 은혜를 감축해 다시는 사의를 표하지 않았고 국정을 성심껏 살폈다. 그러나 항상 부모와 석 소저를 잊지 못해 가슴 아파했다.

이적에 남만[107]이 반란을 도모하며 장사와 군사들을

106) 비답(批答) : 상소에 대한 임금의 대답.

모집한다고 하자 천자가 대신들과 의논하며 말했다.

"남만이 역심을 품었으니 누구를 사신으로 보내면 좋겠는가?"

그러자 여러 신하 중 앳되어 보이는 한 사람이 앞으로 나와 말했다.

"신이 비록 나이 어리고 재주 없으나 원하건대 남만의 인심을 진정시켜 천은을 만분의 일이라도 갚겠나이다."

모두가 고개를 들어 보니 그는 바로 현수문이었다.

천자가 기뻐하며 말했다.

"경의 충심은 내가 잘 아노라. 남만은 강한 나라니 삼가 조심해 일을 성사하고 빨리 돌아와 짐의 마음을 평안케 하라."

그러고는 현수문을 남만 안찰어사[108]로 임명했다.

길을 떠난 수문은 수삭(數朔) 만에 남만에 도착했다. 이 소식을 들은 남만왕이 신료들과 의논하며 말했다.

---

107) 남만(南蠻) : 조선 시대 문헌에서 동남아시아 지역을 지칭하는 말. 특히 베트남, 캄보디아, 태국과 같은 지역들이 남만의 범주에 들어갔을 가능성이 크다.

108) 안찰어사(安察御史) : 부정부패를 감시하고 지방을 순회하며 법과 질서를 바로잡고 풍속과 교육을 감독하던 매우 중요한 직책.

"송 천자가 어떤 사람을 보내 죄 없이 죽게 하는가 보리라."

그러고는 좌우에 큰 칼과 도끼로 무장한 군사 수십 명을 준비한 뒤 송나라 사신을 불렀다. 수문이 들어가 보니 남만왕이 자리에 그저 앉아 자신을 보고도 전혀 요동하지 않았다.

이에 수문이 화를 내며 말했다.

"그대가 일방(一方)을 차지해 왕의 자리에 있으니 일찍이 예의를 알 것인데, 천자가 보낸 사신을 보고도 이렇게 무례하니 어찌 신하 된 자의 도리라 하겠는가?"

이 말에 남만왕이 분노하며 말하기를,

"너는 어떤 축생인데 이렇게 당돌한 말을 하는 것이냐?"

하고는 좌우를 호령해 빨리 수문을 끌어내 참수하라 명했다. 왕의 말이 끝나자마자 좌우에서 군사들이 달려와 현수문을 잡아 끌어내어 온몸을 묶었다.

수문은 몸이 묶인 상태로 북쪽을 향해 고개 숙여 절한 뒤 말했다.

"신이 국가를 위해 이곳에 왔거늘 오히려 몸이 망하게 되었으니 죽어서라도 면목이 없나이다. 성상께서는 부디 만수무강하소서."

그러고는 노기(怒氣) 등등해 남만왕을 바라보았으니

그 기상이 웅장하고 위엄은 추상과도 같았다.

이 모습을 본 남만왕이 적이 놀라며 말했다.

"네가 귀순해 내 신하가 된다면 나와 함께 부귀를 누릴 것이다."

그러자 수문이 크게 꾸짖으며 말했다.

"네가 남방 오랑캐로 어찌 감히 천자의 사신을 모욕하느냐? 내가 비록 용렬하나 너 같은 오랑캐와 대면해 천자를 욕되게 했으니 만 번 죽어 이 일을 모르고자 하노라."

화가 난 남만왕은 빨리 수문을 참하라 재촉했고, 무사들은 달려들어 수문을 베려 했다.

이때 수문이 탄식하며 말했다.

"소신이 재주가 없어 남만을 진정시키지 못하고 천조를 욕되게 했으니 죽는 것은 한스럽지 않으나 어찌 애달프지 않으리오?"

그러고는 초연히 죽음을 기다리자, 수문의 충심에 항복한 남만왕이 자리에서 내려와 친히 묶은 줄을 풀어 주며 말했다.

"과인이 그대의 사람됨을 알고자 무례를 범했으니 용서하시오. 어찌 과인이 천자가 보낸 사신을 죽이겠소?"

이 말에 수문 또한 한층 누그러진 음성으로 말했다.

"복이 왕의 성심을 짐작했나니 어찌 허물이라 하리오?"

남만왕은 기뻐하며 잔치를 열고 수문을 상빈례[109]로 극진하게 대접했다. 수문이 천자의 조서[110]를 전하자 남만왕은 신하들을 거느리고 계단 아래로 내려가 조서를 받았다.

이후 수문이 남만왕에게 간곡하게 말했다.

"대왕은 백성을 아끼시고 차후 불의를 멀리하사 대대 부귀를 누리소서."

그러고는 천자가 하사한 물품을 전하자 남만왕 또한 기이한 예단을 바치려 했다. 그러나 수문이 이를 거절하고 남만을 떠나자, 이 일을 들은 사람들은 남녀노소를 불문하고 수문을 칭송했으며 남만의 군신들은 10리 밖까지 나와 수문을 전송했다.

남만을 떠난 수문은 황궁으로 가는 길에 여러 군현을 지나게 되었는데 이때는 흉년으로 굶주린 백성들이 도적이 되어 사방에서 난을 일으키고 있었다. 수문은 황성으로 공문을 보내 이러한 각 군현의 사정을 알렸으며, 천자는 사관 편에 조서를 내려 수문을 순무사[111]로 삼아 각 도

---

109) 상빈례(上賓禮) : 지위가 높은 손님을 모시는 예의.

110) 조서(詔書) : 임금이 내리는 공식적인 명령이나 문서.

의 백성을 어루만지고 돌아오라고 명했다.

사관이 밤낮으로 달려 현수문에게 조서를 전하자, 수문은 황성이 있는 북쪽을 향해 절한 뒤 이후 각읍(各邑)을 시찰하며 어진 수령은 칭찬하며 상을 주고 불인한 자들은 관직을 빼앗고 내치자 수문의 위엄이 여러 고을에 진동했다. 또한 창고를 열어 굶주린 백성들을 구제하자 도적들은 다시 양민이 되어 천자의 은혜를 감축하고 현수문의 인덕을 칭송했다. 이후 수문은 다시 황성으로 향했는데 지나는 길에 금산사 칠보암이 있다는 말을 듣고 한번 구경하고자 절에 선문[112]을 보냈다.

이때 칠보암에서 세월을 보내던 석 소저는 남편의 존망을 알지 못해 밤낮으로 슬퍼하고 있었는데, 하루는 산문이 요란해 여러 여승에게 물었다.

"어찌 산문이 이렇게 요란스럽습니까?"

한 승려가 답했다.

---

111) 순무사(巡撫使) : 군사 및 행정 책임자로 특정 지역의 방어와 행정 업무를 총괄하는 관직. 주로 국경 지역이나 전란이 발생한 지역에 파견되어 군사 지휘와 민정 안정을 담당했다.

112) 선문(先文) : 벼슬아치가 출장 시 어떤 곳을 가기 전 그곳에 도착 날짜를 미리 알리던 공문.

"남만 안찰어사께서 경사로 돌아가시는 길에 구경차 절을 방문하신답니다."

이 말을 들은 석 소저는 의관을 정제하고 춘섬과 함께 산속 누각에 숨어 안찰어사의 행차를 구경했다. 곧 무수한 사람들이 어사를 옹위해 절 안으로 들어왔는데 이때 안찰어사와 눈이 마주친 석 소저가 흠칫 놀라 몸을 피한 뒤 춘섬에게 말했다.

"어사의 얼굴이 낭군과 흡사하구나."

그러고는 슬퍼하기를 마지않았다.

산문에 도착한 수문은 금으로 장식한 수레에서 내려와 산천과 경물을 구경하다가 우연히 한 공자를 보았는데, 그 얼굴이 석 소저와 같아 내심 이상하다고 생각하며 산당(山堂)에 올라앉았다. 그러자 수문을 기다리던 방백과 수령들이 다가와 인사했다. 이들과 인사를 마친 수문은 한쪽에 서 있던 나이 든 여승에게 물었다.

"몇 년 전 이 절을 중수할 때 한 노승이 권선[113]을 가지

113) 권선(勸善) : 불가에서 시주를 청하는 행위. 혹은 시주의 내용을 기록하는 문서. 시주자의 이름, 시주 물품, 액수, 기원 내용 등을 상세히 적어 공덕을 기리고 후대에 전하는 용도로 활용되었다.

고 다녔는데, 그 노승이 아직도 이곳에 있느냐?"

노승이 답했다.

"상공께서 그 일을 어찌 아십니까?"

그러자 수문이 웃으며 말했다.

"그대는 나를 자세히 보라."

눈을 들어 안찰어사의 얼굴을 살핀 노승이 반갑게 웃으며 말했다.

"상공이 구계촌 주점에서 은자를 시주하던 분이 아니십니까?"

수문이 웃으며 말했다.

"노승이 오래전 일을 어찌 기억하는가?"

노승이 다시 합장하며 말했다.

"소승이 바로 그 화주승입니다."

수문이 기뻐하며 각별 관대하고 물었다.

"아까 보니 누상(樓上)에 한 소년 서생이 있던데 혹 그 사람이 누군지 아는가?"

노승이 말했다.

"그 공자가 여기 머문 지 벌써 수년이 지났으나 여전히 성명을 감추고 문밖을 나서지 않으니 정체는 모르오나 단아한 사람임은 분명합니다. 그러고 보니, 한번은 소승이 불전에서 상공의 이름을 부르며 축원하고 있었는데 그 공자가 듣고는 상공과 가족이라 말하며 슬퍼했나이다."

이 말을 들은 수문이 문득 이상한 생각이 들어 노승에게 말했다.

"내가 본래 일가친척이 없다. 그대는 나를 인도해 그 소년을 보게 하라."

노승은 즉시 수문과 함께 석 소저의 거처로 향했다.

협실에 도착하자 수문이 말했다.

"혹여 공자가 나를 무례하다고 생각할 수 있으니 먼저 들어가 내가 왔다고 알려라."

이때 석 소저는 안찰어사의 행차를 구경하다가 어사와 눈이 마주치자 부끄럽고 두려운 마음이 들어 얼른 처소로 돌아와 마음을 진정하고 있었다. 그런데 천만의외에 노승이 들어와 안찰어사가 자기를 찾아왔다고 고하자 깜짝 놀라 의관을 정제하며 어찌할 바를 몰랐다. 곧 수문과 석 소저는 마주 앉아 서로를 보았으나 두 사람은 반향[114]이 되도록 아무 말도 하지 않았다.

한참 뒤 수문이 정적을 깨고 말했다.

---

114) 반향(半晌) : 본래 '한낮의 절반'이라는 뜻으로, 한때, 잠시 동안, 반나절 가량의 시간 단위를 이르는 말.

"그대가 석 소저가 아니십니까? 비록 남자의 복색을 했으나 내가 어찌 밤낮으로 오매불망하던 그대를 몰라보리오?"

이 말에 석 소저는 더 이상 슬픔을 참지 못하고 흐느껴 울었고, 수문 또한 눈물을 흘리며 말했다.

"모든 것이 하늘의 뜻이니 어찌하겠소? 그대는 슬픔을 억누르라."

이때 밖에 나갔던 춘섬이 돌아와 어사를 보고 소리 지르며 말했다.

"상공이 어디 계셨다 이제야 오셨습니까?"

그러고는 소매를 붙들고 통곡하자 모든 여승이 이상히 여기면서도 함께 슬퍼했다.

잠시 후 수문이 탄식하며 말했다.

"그대와 이별하고 길을 헤매다 우연히 과거를 보러 가던 선비들을 따라 황성에 갔다가 뜻밖에 문무과에서 모두 장원을 했습니다. 이에 망극하게도 천자께서 무거운 관직을 내리시고 많은 노비와 전답을 비롯해 집에서 쓰는 모든 물품을 하사하셨습니다. 표를 올려 부모와 그대를 찾기 위해 사직을 청했으나 허락하지 않으시니 감히 다시 말씀드리지 못하고 국사에 골몰하며 세월을 보냈는데 마침 남만이 반란을 도모하자 천자의 명을 받고 남만에 갔다가 일을 마치고 돌아오던 길에 이곳을 찾게 된 것입니다. 그런데 뜻밖에 그대를 만났으니 어찌 기쁘지 않으리오?"

이 말을 듣고 석 소저가 기뻐하며 말했다.

"첩의 지난 고생은 일장춘몽이라 어찌 한탄하리오? 첩은 군자와 이별 후 방씨가 극히 흉한 일을 도모하기에 몰래 집을 나와 이곳에 은신한 시 벌써 7년이 되었습니다. 그러나 천행으로 군자를 만났으니 이제 무슨 한이 있겠습니까?"

그러자 춘섬은 방씨가 석 소저를 서출인 사촌 동생 방덕에게 재취로 주려 했던 말을 이르며 눈물을 흘렸고, 이 말을 들은 수문은 다만 웃을 뿐 별다른 말을 하지 않았다.

잠시 후 여러 여승을 불러 감사하며 말했다.

"부인이 수년 동안 무사한 것은 모두 그대들의 공이라."

그러고는 본현(本縣)에 분부해 백미 백여 석과 비단 1천 필이며 금은 3천 냥을 하사하니 모든 승려가 황공해 저마다 두 사람의 수복(壽福)을 축원했다. 이후 수문은 본관에 명해 가마와 시비들을 구해 석 소저뿐 아니라 춘섬 또한 가마에 태워 황성으로 향했다.

몇 달 뒤 경사에 도착한 수문은 석 소저와 춘섬을 차복의 집으로 보낸 뒤 즉시 궁으로 와 천자를 알현했다. 수문을 인견한 천자는 남만에서 있었던 일과 각 고을을 순무하던 일을 하나하나 물으시며 수문의 공을 치하한 뒤 수문을 문연각 태학사로 삼았다.

그런데 이때 갑자기 북방에서 적의 침략을 알리는 표문이 도착했으니, 그 내용은 다음과 같다.

> 토번[115]이 철기 3만을 거느리고 북방을 침범했나이다. 선봉장은 약대로 지략과 용맹을 겸비해 만 명의 장부도 당할 수 없다고 합니다. 벌써 북방 50여 주(州)를 정벌하고 중원으로 향하고 있사오니 바라건대 성상은 용맹과 지략을 겸비한 장수를 보내소서.

놀란 천자는 즉시 대신들을 소집해 대책을 의논하며 물었다.

"누가 토번을 물리쳐 짐의 근심을 덜겠는가?"

말이 끝나자마자 한 사람이 앞으로 나와 말했다.

---

115) 토번(吐蕃) : 영웅소설에 자주 등장하는 중국의 적국. 7세기부터 9세기까지 현재의 티베트와 남아시아, 중앙아시아에 존속했으나 이 작품의 배경인 송나라 신종 연간에는 여러 독립 세력과 지방 정권으로 분열되어 토번이라는 이름은 쓰이지 않았다.

"신이 비록 재주는 없사오나 적을 물리쳐 폐하의 근심을 덜겠나이다."

이 사람은 바로 문연각 태학사 현수문이었다. 신하들은 나이 어린 현수문의 등장에 어찌할 바를 몰랐는데, 이때 우승상 경필이 말했다.

"현수문이 비록 나이는 어리오나 지략과 무용을 겸비했으니, 성상께서는 현수문을 병마도총독[116] 겸 북토대원수(北討大元帥)로 봉하시고 진동장군[117] 유기를 부원수로 삼으소서."

천자는 경필의 말을 가납하고 여러 문무 대신에게 소임을 맡긴 뒤 철기 10만과 정예병 70만을 조발했다. 그러고는 수문에게 인검[118]과 어궁(御弓)을 하사하자 수문은 곧장 출병했으며 천자는 어가를 타고 10리 밖까지 나와 군사들을 전송했다.

---

116) 병마도총독(兵馬都摠督) : 한시적으로 사용된 임시 군사 지휘관으로, 전시 상황에서 총사령관급 인물에게 사용하던 관직.

117) 진동장군(鎭東將軍) : 중국의 고대 군사 관직 중 하나로, 동쪽 지역을 방어하거나 평정하는 역할을 맡은 장군.

118) 인검(引劍) : 임금이 병마를 통솔하는 장수에게 주던 검. 명령을 어기는 자는 보고하지 않고 죽일 수 있는 권한을 주었다.

수문이 작별 인사를 올리자 천자가 수문의 손을 잡고 말했다.

"경이 천 리 밖에서 날카로운 적의 공격을 감당하게 되었으니 짐이 어찌 홀로 평안하리오마는 천하 백성을 위해 부디 수고를 아끼지 말라. 또한 적을 가볍게 생각지 말고 반드시 승리하고 돌아오라."

그러고는 친히 잔에 술을 부어 주자 수문은 천자의 은혜에 감축하며 머리 숙여 말했다.

"신이 천은을 입고도 갚을 길이 없었는데 미친 도적이 국경을 범했으니 그 죄를 물어 천자의 위엄과 덕을 드높여 만분의 일이나마 폐하의 은혜를 갚고자 하나이다."

현수문은 곧장 대군을 이끌고 북쪽으로 향했는데, 몸에는 보신갑을 입었고 한 손에는 자룡검이 들려 있었다. 송나라 대군은 호호탕탕(浩浩蕩蕩)히 수일을 행진해 동관(東關)에 진을 쳤는데, 이 무렵 토번의 선봉은 함곡관[119]을 빼앗고 승승장구하고 있었다.

---

119) 함곡관(函谷關) : 중국 하남성(河南省)에 있던 요새로, 관중(關中)으로 드나드는 동쪽 관문. 진(秦)나라가 수도 함양을 방어하기 위해 설치한 관문으로, 후대에는 '천하의 요충지'로 불렸다.

제2권

토번의 군사들은 바람에 빗겨 내리는 빗줄기처럼 거세게 진격했다. 그러다 송나라 대원수 현수문이 80만 대군을 거느리고 동관에 진을 쳤다는 말을 듣고 오림산을 등지고 백마강을 마주해 본진을 쳤다.

이 무렵 수문은 말을 진문 밖에 있는 깃발 아래 세워 두고 적진의 모습을 살피고 있었다. 그때 문득 적의 사신이 찾아와 내일 자웅을 겨루자는 내용의 격서를 전했다. 이를 본 수문은 가만히 웃을 뿐 별다른 말 없이 격서에 회답한 뒤 곧장 선봉장 유기에게 오늘 밤 적진을 기습할 것이라고 전령했다. 그리고 군을 정비한 뒤 초경[120] 무렵 군사들을 밥 먹이고 이경에 북과 징을 울리며 적진으로 향했다.

고요했던 천지는 송나라 군사들의 함성으로 진동했고 이후 송군이 가는 곳마다 적군의 머리가 추풍낙엽처럼 떨어졌다. 순식간에 적진을 함몰한 수문은 말을 몰아 토번왕을 생포해 함거[121]에 넣었다. 그리고 날이 밝자 굶주린

---

120) 초경(初更) : 하룻밤을 오경(五更)으로 나눈 첫째 부분. 저녁 7시에서 9시 사이.

121) 함거(檻車) : 죄인을 실어 나르던 수레.

토번 백성들을 무휼하고[122] 사방에 방을 붙여 이들을 안심시켰으니, 토번 백성들 모두가 대원수 현수문의 덕을 칭송했다. 수문은 곧장 조정에 승리를 알리는 첩서[123]를 보냈다.

수문을 토번으로 보낸 천자는 걱정스러운 마음에 침식이 편하지 않았다. 그런데 영주 병마사 조임의 장계[124]가 도착해 열어 보았더니, 다음과 같은 내용이 있었다.

> 서번의 석상왕[125]이 반하여 익주를 비롯한 서천 36도를 함락하고 대군을 거느리고 변경을 침범했나이다. 적의 모사 양평공은 지략이 신출귀몰하며 선봉장 약대

122) 무휼하다(撫恤-) : 어려운 처지에 있는 사람을 불쌍히 여겨 위로하고 물질로 돕다.

123) 첩서(捷書) : 싸움에서 승리한 것을 보고하는 글.

124) 장계(狀啓) : 지방에 나가 있는 신하가 자기 지방에 발생한 중요한 일들을 왕에게 보고하던 일이나 그런 문서.

125) 석상왕 : 홍윤표본이나 활자본에서 '석상왕'이 석상국의 왕인지 혹은 왕의 이름인지 명확하지 않다. 그러나 이후 석상왕이 죽자 노연충을 서번왕에 봉했다는 내용이 있어, 이 책에서는 석상왕을 서번왕의 이름으로 설정했다.

는 용맹하고 검술 또한 천하에 겨룰 자가 없다고 하오
니 바라건대 황상[126]은 빨리 방비하소서.

글을 읽은 천자는 깜짝 놀라 얼굴이 창백해져 급히 문무 대신들을 소집해 말했다.

"지금 현수문이 북방에 있으니 누구를 선봉으로 삼아 적을 막으리오?"

이때 우승상 경필이 앞으로 나와 말했다.

"우리나라에 장사가 많으나 지모와 용맹을 겸비한 자가 없으니, 바라건대 폐하께서는 친히 군사들을 이끌고 적과 싸워 민심을 안정시키소서."

그 말을 들은 좌의정 최경덕이 말했다.

"폐하께서 천 리 밖에 있는 적을 몸소 정벌하심은 만만불가합니다. 차라리 종사[127]를 위해 일찍 항복하소서."

이 말을 들은 용도각 태학사 두원충이 최경덕을 향해 눈을 부릅뜨고 분노하며 말했다.

"최경덕의 말은 국가를 위한 것이 아니라, 다만 제 몸을

126) 황상(皇上) : 현재 살아서 나라를 다스리고 있는 황제.

127) 종사(宗社) : 종묘와 사직이라는 뜻으로, 나라를 일컬음.

편히 하고자 함이니 폐하께서는 먼저 경덕의 머리를 베어 조정의 기강을 잡으소서. 그리고 경필의 말에 따라 적들을 친히 정벌하소서."

말이 채 끝나지 않아 태자태부[128] 황언승이 말했다.

"폐하께서 친히 전장에 나가신다면 여러 장수와 군사들이 모두 충성을 다해 나라를 지킬 것이니, 폐하께서는 두원충의 말대로 하소서."

천자는 한참을 생각한 뒤 마침내 친히 대장이 되어 우승상 경필을 부원수로 봉하고 표기장군 하원길을 중군장(中軍將)으로 삼아 싸움을 준비하는 한편, 현수문에게 사람을 보내 조정의 상황을 알렸다. 그리고 흠천감[129]에서 추칠월(秋七月) 임오일(壬午日)을 길일로 정하자 당일 대군을 이끌고 황성을 떠났다. 80만 대군이 좌우에서 천자를 옹위하니 창검은 하늘을 가리고 살기가 충천해 찬 바람이 크게 일어났고, 며칠 뒤 천자를 태운 수레는 서평관에

---

128) 태자태부(太子太傅) : 태자의 학문, 예절, 정무 등 전반적인 교육과 훈육을 맡은 주요 관직.

129) 흠천감(欽天監) : 천문을 관측하고 역수(曆數)를 정하고 길흉을 점치며 금기를 판별하는 등의 일을 맡아 하던 기관.

도착했다.

이적에 양평관을 빼앗은 석상왕이 여러 장수들과 의논하며 말했다.

“송 천자가 친히 80만 대군을 이끌고 서평관에 진을 쳤다고 하니 우리도 진을 옮기고 격서를 보내 싸움을 걸어 보는 것이 어떠한가?”

그러자 모사(謀士) 양평공이 말했다.

“송 천자가 직접 전장에 나온 것은 길조(吉兆)이오니 대왕은 근심치 마소서.”

그러고는 즉시 군중에 호령하여 자하산을 등지고 송군과 마주해 진을 친 뒤 송나라 진영으로 격서를 보냈으니, 그 내용은 다음과 같았다.

> 서번 석상왕은 한 줄 글을 송나라 황제께 전하노라. 그대가 덕이 없어 백성을 잔해하고 사방 제후가 부지하지 못하는 고로 내가 천명을 받들어 중원을 쳐 생명을 도탄에서 구하고자 군사를 일으켰노라. 재주가 있거든 내일 나와 자웅을 겨루라. 그러나 모름지기 일찍 항복해 죽기를 면하는 것이 좋을 것이다. 만일 더디면 무죄한 군졸들이 살육을 당할 것이니 어찌 가련치 아니하리오?

격서를 보고 화가 난 천자는 다음 날 장졸들을 거느리고 진 앞으로 나아왔다. 이때 적진에서 포 쏘는 소리가 나며 진문이 열리더니 머리에는 자금색 투구를 쓰고 엄신갑[130]을 입은 한 장수가 개산대부를 비껴들고 오추마를 타고 나타났으니, 이 사람은 석상왕의 동생 준절네로 천신(天神)이 비룡(飛龍)을 타고 하강한 것 같았다.

준절네가 큰 소리로 외쳤다.

"송 천자는 빨리 나와 내 칼을 받아라."

그러자 송나라 진영에서 도총병마사 계기가 분을 참지 못하고 말을 타고 달려와 큰 소리로 외쳤다.

"무도한 오랑캐가 감히 천시(天時)를 알지 못하고 당돌하게 천자의 지경을 침범했으니 네 머리를 베어 내 분을 풀리라."

그러고는 달려들어 싸웠으나 두 사람은 50여 합이 되도록 승부를 보지 못했다. 이때 적진에서 신장이 구 척(九尺)이나 되는 한 장수가 말을 타고 달려왔으니, 그는 바로 적의 선봉장 약대였다. 약대가 천리대완마를 타고 달려오

130) 엄신갑(掩身甲) : 몸을 감추어 주는 갑옷의 일종.

는 모습은 마치 청룡이 푸른 바다를 헤치는 것 같았고 그의 기합 소리는 천지를 진동시켰다.

계기가 약대를 향해 말 머리를 돌리자 약대가 큰 소리로 말했다.

"너는 내 적수가 아니니 돌아가 송 천자에게 내 칼을 받으라고 전하라."

이 모습을 본 송나라 장졸들은 혼비백산했고 계기 또한 이기지 못할 줄 알고 군사들을 이끌고 본진으로 돌아갔다. 신하들을 거느리고 높은 곳에 올라 이 모습을 보고 있던 천자는 매우 놀라 진문을 굳게 닫고 싸우지 말라고 명했다.

승세를 탄 약대는 이튿날 말을 타고 부산스럽게 송나라 진영 앞을 오가며 송군을 향해 무수히 욕을 퍼부으며 싸움을 걸었다.

이 소식을 들은 천자가 문무 대신을 돌아보며 말했다.

"약대를 베는 자가 있다면 내 강산을 나누리라."

그러나 아무도 자원하는 이가 없었다.

시간이 흘러도 송나라 진영에서 나오는 이가 없자 싸울 장사가 없다고 생각한 약대는 다시 천자를 욕하며 송나라 진영을 향해 외쳤다.

"오늘은 너희 모두를 죽일 것이니 그 전에 빨리 항복

하라."

이때 송나라 평장군(平將軍) 하서길이 마침내 분을 참지 못하고 이를 갈며 약대를 향해 달려갔으나 수합이 못 되어 약대의 칼이 빛나는 곳에 서길의 머리가 떨어졌다.

하서길을 죽이고 더욱 승세를 탄 약대는 좌충우돌하며 송나라 진영을 누볐고 송나라 장졸들은 놀라 사방으로 달아났으니, 이때 아군에게 짓밟혀 죽은 자 또한 셀 수가 없었다. 이후 적군은 송나라 진영을 철통같이 에워쌌으니 곧 군량마저 끊어져 송나라 군사들은 이른바 독 안에 든 쥐와 같았다. 잠시 후 서번의 모사 양평공이 기를 들고 나타나 군사를 지휘해 송나라 진영을 다시 네 겹으로 에워싸자, 천자는 마침내 하늘을 우러러보며 큰 소리로 울며 말했다.

"짐이 최경덕의 말을 들었던들 오늘날 이런 환란을 당했겠는가? 슬프다! 하늘이 어찌 송나라를 망하게 하시는가?"

그러고는 신하들과 항복하기를 의논하며 항서 쓸 준비를 했다.

토번을 물리친 수문은 군사들을 배불리 먹인 뒤 회군 준비를 하고 있었다. 이때 천자의 사신이 찾아와 다급하게 칙지[131]를 전했다. 수문은 황궁이 있는 북쪽을 향해 절한 뒤 글을 열어 보았는데, 다음과 같은 글이 적혀 있었다.

서번이 모반해 서천 36주를 빼앗고 이제 황성을 향해 돌진하고 있으니 짐이 대군을 거느리고 친히 정벌하려 하노라. 경은 모름지기 빨리 돌아와 짐을 도우라.

글을 본 수문은 깜짝 놀라 유기를 불러 말했다.

"천자께서 서번을 친히 정벌한다고 하시나 분명 싸울 장수가 없을 것이다. 늦어진다면 무슨 일이 일어날지 몰라 내가 먼저 달려갈 테니 그대는 삼군을 거느려 빨리 내 뒤를 따르라. 지체하면 군법으로 다스릴 것이다."

말을 마친 수문은 즉시 필마단창[132]으로 경사를 향해 달렸다. 그러던 중 길에서 한 무리의 백성들을 만났는데 이들에게 천자의 상황을 묻자 한 사람이 말했다.

"천자께서 서평관에서 적에게 대패해 곧 항복하신다니 백성들이 모두 피란하나이다."

수문은 너무 놀라 말을 채찍질해 곧장 서평관으로 달

---

131) 칙지(勅旨) : 칙명(勅命). 즉 임금의 명령.

132) 필마단창(匹馬單槍) : 한 필의 말과 한 자루의 창이란 뜻으로, 혼자 간단한 무장을 하고 한 필의 말을 타고 감을 이르는 말.

려갔다.

이적에 적병에 의해 며칠째 고립된 천자는 식량은 물론 말 먹을 꼴조차 바닥나고 구원병 또한 오지 않자, 하늘을 우러러 탄식하며 말했다.

"짐이 태조의 기업을 이은 지 거의 40년이 되었건만 어질지 못해 일조에 망하게 되었으니 어찌 슬프지 않으리오?"

그러고는 즉시 적에게 항서를 보내려 하자 신하들 가운데 혹자는 천천히 일이 돌아가는 것을 보아 항복하자 하고, 혹자는 일찍 항복하여 옥체를 보전하라는 등 의견이 분분했다. 천자는 더욱 근심했으나 딱히 할 수 있는 일이 없었는데, 이때 두원충이 관을 벗고 띠를 푼 뒤 땅에 엎드려 통곡하자 깜짝 놀라 물었다.

"경이 무슨 가르침이 있기에 이런 모습을 보이는가?"

그러자 두원충이 눈물을 흘리며 말했다.

"신이 국은을 입어 벼슬이 재상의 자리에 이르렀나이다. 그런데 지금 폐하께서는 일시의 곤경을 견디지 못해 항복하려 하시니 신은 용납할 수 없나이다. 자고로 나라를 어지럽히는 무리는 늘상 있기 마련입니다. 그런데 폐하께서는 어찌하여 작은 적의 위풍에 휘둘려 태조께서 얻으신 천하를 바치고 그의 수하가 되려 하십니까? 한나라 유종은 채모의 말을 듣고 형양 아홉 군(郡)을 조조에게 바치고 몸이 편하기를 바라다가 결국은 조조에게 죽었습니다.[133] 또 촉한의 유선은 강유의 말을 듣지 않고 위나라에 항복하여 끝내 종사를 망하게 했으니,[134] 어찌 아깝지 않겠습니까? 폐하께서 순간의 유익을 생각해 항복하신다면 마침내 구차하기는 노비와 같고 빈곤하기는 걸인보다 더해 근심

---

133) 한나라… 죽었습니다 : 유종(劉琮)은 후한 말기의 관료이자 전한 경제(景帝)의 11대손으로 형주 일대를 다스리던 유표(劉表, 142~208)의 아들이다. 유표가 병사하자 유표와 인척 관계를 맺고 중용되었던 채모(蔡瑁) 등의 추대로 형주를 넘겨받았는데, 이후 조조가 형주를 공격하자 어린 시절 조조와 친분이 있었던 채모는 유종에게 형양 구군을 바쳐 투항하라 권했고 이에 유종은 순순히 투항했다. 정사에는 유종의 죽음이 기록되지 않았으나 《삼국지연의》에서 유종은 조조의 명으로 청주 자사가 되어 부임지로 가던 도중 조조의 명을 받은 우금(于禁, ?~221년)에게 모친과 함께 살해되었다.

134) 촉한의… 했으니 : 유선(劉禪, 207~271)은 촉한의 초대 황제인 유비(劉備, 161~223)의 적장자로 유비가 죽자 17세에 제위에 올라 촉한의 마지막 황제인 회제(懷帝)가 되었다. 승상 제갈량에게 내정과 외정을 총괄케 했으며 제갈량 사후에는 강유(姜維, 202~264)에게 국정을 맡기고 정치에 관여하지 않다가 재위 41년 위나라 장군 등애(鄧艾, 197~264)가 성도(成都)를 기습하자 그해 겨울에 위나라에 항복했는데, 이 무렵 검각에서 진영을 정비하던 강유는 유선의 항복 소식을 듣고 화가 나서 칼을 뽑아 옆에 있던 돌을 베었다고 한다. 그때 자른 돌은 지금도 검각 협곡 안에 있는데, 이 돌을 '감도석(感刀石)'이라고 부른다.

과 원망으로 얼룩진 여생을 보낼 것입니다. 그리된다면 여러 선황(先皇)의 제사는 어찌 받들 것입니까? 또한 신이 지난밤 건상[135]을 보니 천자의 별인 자미성이 비록 세성[136]의 위협으로 희미해졌으나 여전히 은은한 빛을 뿜고 있었나이다. 그리고 서북쪽에서 한줄기 노란빛이 있어 자세히 보았더니, 이 빛은 천랑성[137]에서 뿜어져 나오는 것으로 세성을 향하고 있을 뿐 아니라 자미성을 옹위하고 있으니 이는 반드시 서북으로부터 폐하를 구하고 적들을 물리칠 사람이 올 징조입니다. 그러니 폐하는 세 번 생각하사 사직을 그릇되게 마소서."

두원충의 말이 끝나자, 천자가 울며 말했다.

"짐이 항복하고자 하는 것은 내 몸을 위함이 아니다. 지금 식량과 꼴이 없어 서방 억만 창생이 도탄에 빠졌으니, 짐이 어찌 천하를 아껴 사해 백성들의 생명을 생각지 않겠

---

135) 건상(乾象) : 《주역》에 나오는 말로, 하늘의 형상이나 천체를 뜻함.

136) 세성(歲星) : 목성을 가리키는 것으로, 중국과 조선의 전통 점성학에서는 외적(外敵)의 침입을 암시함.

137) 천랑성(天狼星) : 고대 중국에서 전쟁, 침략, 용맹한 장수 등을 상징하는 별. 경우에 따라 구원병의 도래를 의미하기도 했다.

는가? 차라리 일찍 귀순해 사졸과 백성을 구하려는 것이니 경은 짐의 허물을 더 이상 이르지 말라."

그러고는 다시 소리 내어 울었다.

이 무렵 서평관에 도착한 수문은 험출령에 올라 급히 적과 아군의 상황을 살폈는데, 이때 적군은 송군을 철통같이 둘러싸고 천자를 핍박하며 항복을 강요하고 있었다. 깜짝 놀란 수문이 얼굴이 하얗게 질린 채 천리마를 타고 내려가 무서운 기세로 적진을 헤치고 들어가니 아무도 그를 당할 수 없었다.

이 모습을 본 약대는 방천화극[138]을 들고 말을 타고 달려가 수문을 향해 큰 소리로 외쳤다.

"너는 분명 송나라 구원병이로구나! 내 칼을 더럽히지 말고 어서 물러가라!"

수문이 크게 외쳐 말했다.

"무도한 오랑캐가 망령되게도 천위[139]를 범하다니! 나

---

138) 방천화극(方天畵戟) : 《삼국지연의》에 나오는 무장 여포와 당나라의 장수 설인귀가 쓴 것으로 유명한 장병기로, 양쪽에 초승달 모양의 칼날인 월아가 하나씩 달린 창.

139) 천위(天威) : 제왕의 위엄.

는 송나라 북토대원수 현수문이다. 하늘을 거역한 너희들을 어찌 용서하리오?"

그러고는 바로 달려들어 약대와 더불어 싸웠으나 80여 합이 되도록 승부를 가리지 못했다. 그러자 현수문은 화가 나 더욱 거세게 자룡검을 휘둘렀고, 두 사람은 다시 백여 합을 더 싸웠으나 여전히 승부를 보지 못했다. 그러나 시간이 흐를수록 현수문의 검술은 화려해졌고 이에 비해 약대의 창법은 점점 힘을 잃었다. 이에 약대는 분기가 하늘을 찔렀으나 당할 수 없음을 깨닫고 내심 하늘을 원망했는데, 이때 수문이 칼로 약대의 허리를 찌르자 약대는 겨우 피해 간신히 균형을 잡고 창을 휘둘러 수문을 찔렀다. 그러자 수문은 왼손으로 약대의 창을 잡고 오른손을 들어 약대를 칼로 찔렀고 이에 약대는 필사적으로 자룡검을 잡으며 저항했다. 이에 수문은 어쩔 수 없이 창을 놓고 달아나다가 약대가 추격하자 갑자기 말 머리를 돌려 돌진해 약대의 말을 밀쳤는데, 약대의 말이 놀라 앞굽을 들며 허둥대자 약대는 곧 말에서 떨어졌다. 그러나 약대는 급하게 달려온 서번의 장수 소준과 장희의 도움으로 위기에서 벗어날 수 있었다.

이후 본진에 온 약대는 분을 이기지 못해 투구와 갑옷을 벗고 가벼운 몸으로 말에 올라 이를 갈며 수문을 향해 내달았다. 약대와 수문은 곧 다시 뒤엉켜 싸우기 시작했는데, 이 모습을 본 석상왕이 깜짝 놀라 발을 구르며 양평공에게 말했다.

"천하에 초패왕[140]이 또 있다니! 약대가 반드시 상할 것 같구나!"

그러자 양평공은 곧 징을 쳐서 약대를 불렀고, 약대가 말 머리를 돌려 본진으로 향하자 수문은 약대를 추격해 적진으로 뛰어들었다. 그러고는 좌충우돌하며 마치 무인지경을 누비는 것처럼 칼을 휘둘러 적장 10여 명을 찔러 죽였는데, 이때 수문의 공격에 놀라 달아나던 서번의 장졸들 가운데 아군에게 짓밟혀 죽은 자 또한 부지기수였다.

이때 겨우 목숨을 건진 양평공은 패잔병을 거느리고 50리쯤 달아나 새로이 진을 구축했으나 더 이상 싸울 마음이 생기지 않았다. 이 무렵 유기는 대군을 거느리고 마침내 험출령에 도착했는데, 갑자기 함성이 진동해 바라보았더니 대원수 현수문이 적진에 돌입해 적병을 무수히 죽이

---

140) 초패왕(楚霸王) : 진나라 말기의 농민 봉기 지도자이자 항양(項梁)의 조카인 항우(項羽, BC 232~BC 202). 항우는 진나라가 망하자 자립해 서초패왕(西楚霸王)이 되어 유방(劉邦)과 대립했다.

고 있었다.

이 모습을 본 유기가 감탄하며 말했다.

"원수는 정말 천신이로다!"

그러고는 즉시 한 군사들을 이끌고 가 적의 일진(一陣)을 기습해 적장 석인을 비롯한 많은 적군을 벴다. 유기를 본 혀수문은 반가워하며 빨리 온 것을 칭찬하고 삼군을 배불리 먹인 뒤 군사들을 엄히 정돈했다. 그리고 다시 장수들을 불러 적진에 가 싸움을 걸게 했으나, 서번은 진문을 굳게 닫고 밖으로 나오지 않았다.

이때 울면서 항복을 준비하던 천자는 뜻밖에 대군의 함성이 들리자 깜짝 놀라 울음을 멈추고 좌우를 돌아보며 말했다.

"이 소리가 무엇이냐? 짐이 며칠째 먹지 못해 헛것이 들리는 것이냐? 어디에서 구원병이 이르러 흉악한 약대를 물리치고 짐을 구하는 소린지 아니면 적병이 짐을 죽이려고 달려드는 소린지 알 수가 없구나!"

그러고는 손으로 눈을 비비며 재차 바깥 상황을 물었으나 여러 신하와 장군들 또한 수일 동안 아무것도 먹지 못하고 죽기만을 기다리던 터라 정신은 없고 눈도 어두워져 제대로 상황을 파악하지 못했다.

한 장수가 말했다.

"송구하오나 신들 또한 자세히 알지 못하나이다."

그러자 장졸들 사이에서는 함성에 대한 의견만이 분분했는데, 멀리서 홀연 젊은 장수가 말을 타고 검을 들어 적진을 깨치고 송나라 진영으로 들어오고 있었다. 날래기는 제비 같고 사납기는 맹호 같았으며 빠르기는 쏜살과도 같았으니 이 모습을 본 천자와 대신들은 너나 할 것 없이 감탄하며 말했다.

"분명 천신이로다! 사람이라면 어찌 저럴 수 있으리오!"

진 밖에서 이를 살피던 두원충이 자세히 보니 그자는 분명 북토대원수 현수문이었다.

놀란 두원충이 급히 군중에 들어와 천자께 말했다.

"북토대원수 현수문이 이리로 달려오고 있사오니 폐하께서는 빨리 표문을 보내 진문을 열라고 명하소서."

이 말을 들은 천자는 놀랍고도 기뻐하며 어림장군[141] 곽영에게 표신(標信)을 주며 현수문을 들이라 명하는 한편, 친히 신하들을 이끌고 장대(將臺)에서 내려와 현수문

---

141) 어림장군(御臨將軍) : 왕실의 중요한 자산을 보호하고 왕의 명령을 수행하며 군사를 이끄는 역할을 했던 장군. '어림(御林)'은 왕의 숲을 지킨다는 뜻이다.

을 기다렸다.

이윽고 수문이 나타나 말에서 내려 절하자 천자는 차마 말을 하지 못하고 수문을 붙잡고 눈물만 흘렸고, 문무대신들 또한 수문의 얼굴을 보자 그간의 설움이 북받쳐 말을 이루지 못했다.

잠시 후 두원충이 먼저 입을 열었다.

"사직의 위태함이 조석에 있었는데 천행으로 원수가 대군을 이끌고 왔으니 더 이상 근심이 없을 것이오. 우리 1만 문관은 붓과 먹을 희롱해 국록만 허비할 뿐 아무 쓸데가 없고, 무장 또한 셀 수 없이 많으나 이들은 모두 밥과 술이나 축내는 자들이라. 나라가 평안할 때는 눈썹을 실룩이며 말은 잘도 하나 모두 변변치 않아 약대 한 사람을 보고 겁에 질려 목을 움츠리고 숨을 죽여 아무도 나서서 나라를 구하지 않으니 무슨 말을 하리오? 최경덕이 천자께 항복을 종용하는 지경에 이르렀으니 내가 분을 참지 못해 죽기를 다짐하고 한번 싸우려 했으나 나이 팔십이라. 전장에 나갈 수 없어 스스로 목숨을 끊으려 했더니 그마저 이루지 못하고 지금까지 살아 죽기를 기다리고 있었는데, 하늘이 도우사 지금 원수를 만났으니 족히 송나라 사직을 보전하고 성상의 근심을 덜 것이오. 어찌 기쁘고 다행스러운 일이 아니리오?"

말을 마친 두원충의 얼굴에는 눈물을 가득했다.

이 모습을 본 수문이 공손히 말했다.

"합하[142]의 말씀이 지나치십니다. 문무 대신들이 어찌 국록만 허비하고 나라를 위하는 마음이 없겠습니까? 모두 불행한 때를 만났기 때문입니다. 그러나 약대 하나를 두려워해 이 지경에 이른 것은 매우 한심하오니, 마땅히 약대를 죽여 치욕을 씻고 최경덕을 죽여 후인(後人)을 경계해야 할 것입니다."

이 말을 들은 신하들은 부끄러워 아무 말도 하지 못했는데, 잠시 후 태사(太師) 고덕순이 천자를 향해 말했다.

"대원수 현수문이 적을 물리치고 천하를 안정시킬 것입니다. 바라건대 성상은 옥체를 보중하소서."

천자는 이 말을 듣고 비로소 눈물을 거두고 장대에 올라 수문에게 현 상황을 알렸다.

그러자 수문이 말했다.

"형세가 매우 급하니 신이 바삐 나가 약대를 베고 돌아오겠나이다."

그러고는 곧장 말에 올라 나는 듯이 적진으로 나아가

---

142) 합하(閤下) : 정1품 벼슬아치에 대한 경칭.

싸움을 걸었다.

이때 수문에게 패한 약대는 기세가 꺾여 진문을 굳게 닫고 나서지 않았는데, 병사 하나가 달려와 적장이 진문 밖에서 싸움을 건다고 전했다. 약대는 분노를 참지 못하고 즉시 말에 올라 진문 밖으로 달려가 큰 소리로 꾸짖으며 말했다.

"송나라 어린아이야! 어제 너를 죽이려다 어린것을 불쌍히 여겨 살려 주었더니 네가 스스로 죽음을 재촉하는구나! 어찌 딱하지 않으리오?"

그러고는 곧장 수문에게 달려들었다.

그러자 수문이 말했다.

"미친 오랑캐가 천시를 알지 못하고 감히 천조를 범해 죽음을 재촉하느냐?"

말이 채 끝나기 전에 두 사람은 달라붙어 50여 합을 겨루었으나 좀처럼 승부를 보지 못했다. 이때 약대가 방천극을 들어 수문의 갑옷을 찔렀다. 그러나 수문은 아무런 타격이 없는 듯 재빨리 몸을 굽혀 피했고 두 사람은 다시 70여 합을 싸웠으나 여전히 승부는 나지 않았다. 수문이 자룡검을 날렸으나 약대 또한 몸을 기울여 피하기를 반복하니 두 사람의 모습은 마치 태산에서 맹호가 밥을 다투거나 쌍룡이 벽해(碧海)에서 여의주를 다투는 것만 같았다.

그럴 때마다 양진에서는 고각함성[143]이 일어 천지를 흔들었다. 오랜 시간을 싸웠으나 두 사람의 기운은 오히려 점점 더 강해지는 것 같았는데, 이때 양진에서 징을 치자 어쩔 수 없이 두 사람은 각자의 진으로 말 머리를 돌렸다.

송나라 진영으로 돌아온 수문이 천자께 물었다.

"신이 거의 적장을 잡을 뻔했는데 무슨 이유로 징을 치셨나이까?"

천자가 말했다.

"약대는 명장이라. 또 짐이 보니 경의 말이 매우 지쳐 혹 실수하지 않을까 걱정이 되어 징을 쳐 불렀노라."

한편 약대가 진으로 돌아오자 양평공이 급하게 다가와 물었다.

"아까 싸운 송나라 장수는 어떤 사람인가? 용맹함을 보니 진실로 장군의 적수라. 오늘 천자를 사로잡고 송나라의 항복을 받으려 했더니 그 장수로 인해 뜻을 이루지 못했으니 분하고 분하구나! 장군 보기에 그 장수는 어떠하냐?"

---

143) 고각함성(鼓角喊聲) : 전투에서 돌격 태세로 들어갈 때, 사기를 북돋우기 위해, 북을 치고 나발을 불며 아우성치는 소리.

약대가 말했다.

"힘은 소장만 못하나 매우 날쌔고 검법과 말 타는 재주가 특히 비상하더이다. 또 갑옷이 신기해 소장이 방천극으로 여러 번 찔렀으나 몸이 전혀 상하지 않으니, 하늘에서 내려온 장수 같더이다."

이 말에 양평공은 놀랍고도 낙담해 얼굴이 창백해졌으나 곧 마음을 다잡고 송나라 천자와 수문을 잡을 계교를 생각하며 장졸들을 쉬게 했다.

이적에 수문 또한 적진을 무너뜨릴 계획을 세우고 여러 장수들을 불렀다. 먼저 유기에게 말했다.

"그대는 5천 군사를 이끌고 서쪽으로 30리를 가라. 그리하면 자하산이라 불리는 산이 있을 것이니 그곳에 매복했다가 여차여차하면 산벽 작은 길을 따라 봉각성으로 올라가 장익을 도우라."

또 장익에게 말했다.

"그대는 10만 철기를 이끌고 오늘 밤 자하산을 지나 화림원으로 가라. 그곳에 가 명령대로 하면 적을 물리칠 수 있을 것이다."

그러고는 지용태에게 말했다.

"그대는 화포군(火砲軍) 1만을 거느리고 자하산으로 가 군사를 동서남북으로 나누어 몸을 수풀 사이에 숨겼다가 밤이 깊어지면 금고함성[144]을 지르며 적을 기습해 혼란케 하라."

명을 받은 장수들은 먼저 군사들을 배불리 먹인 뒤 밤이 깊어지자 사람은 재갈을 물리고 말은 방울을 떼 소리가 나지 않도록 행군했다.

다음 날 수문은 천자를 중군으로 삼아 대군을 거느리고 적진으로 가 싸움을 걸었다. 이때 양평공은 문무 대신들과 함께 묘책을 의논하고 있었는데, 소교[145]가 급히 달려와 송나라 장졸들이 몰려와 싸움을 건다고 전했다.

이 말을 들은 약대가 이를 갈며 말에 올라 양평공을 향해 말했다.

"소장이 오늘 이 필부를 잡지 못한다면 결단코 돌아오지 않을 것입니다! 현수문을 베고 송 천자를 사로잡아 천하를 정할 것입니다."

그러자 양평공이 말했다.

---

144) 금고함성(金鼓喊聲) : 전쟁터에서 징소리, 북소리와 군사들이 크게 외치는 소리.

145) 소교(少校) : 무관 계급의 하나로, 장수 밑에서 작은 단위 부대를 이끌던 무관.

"장군은 적을 얕보지 말라."

흥분한 약대는 이 말을 흘려듣고 말을 채찍질해 곧장 진 앞으로 달려가 큰 소리로 외쳤다.

"송나라 필부는 나와 자웅(雌雄)을 겨루라!"

수문은 아무 말 없이 약대에게 달려들었고 두 사람은 백여 합을 겨루었으나 좀처럼 승부가 나지 않자 각자 자기 진영으로 돌아갔다.

본진으로 돌아온 수문은 잠시 생각하더니 군사들에게 쇠뇌[146]를 만들어 진 앞에 묻게 했다. 다음 날 다시 싸움을 걸자 말을 탄 약대가 창을 들고 나타나 크게 꾸짖으며 말했다.

"오늘은 네 머리를 베고 송 천자를 사로잡아 그간 쌓인 나의 분을 깨끗이 씻으리라!"

수문은 여전히 아무 말 없이 뛰어나와 약대와 뒤엉켜 70여 합을 겨루었다. 그런데 갑자기 힘이 다한 척하며 말머리를 돌려 자기 진영을 향해 달리기 시작했다.

약대가 큰 소리로 외쳤다.

---

146) 쇠뇌 : 쇠로 된 발사 장치가 달린 활로, 여러 개의 화살을 연달아 쏘게 되어 있음.

"필부는 도망치지 말라!"

그러고는 급하게 추격해 송나라 진영으로 들어가는 현수문을 잡으려는 순간, 본진으로 돌아오라는 양평공의 다급한 징 소리가 들렸다. 약대가 무언가 잘못된 것을 직감한 순간, 서번의 장졸들이 타고 있던 말들은 모두 쇠뇌에 걸려 거꾸러졌고 기다렸다는 듯 송나라 장졸들이 달려와 서번의 군사들을 죽이기 시작했다. 이때 누군가가 약대를 옭아매자 약대는 날뛰며 송나라 군사들을 머리로 들이받고 발로 차며 두 손으로 들어 집어던졌고, 송나라 군사들은 그 힘을 당할 수 없어 약대를 놓아 버렸다. 호랑이 굴에서 벗어난 약대는 곧장 본진을 향해 달렸는데 영채에 도착해 보니 투구와 갑옷은 모두 망가졌고 방천극은 부러졌으며 얼굴은 상처투성이였다.

이 모습을 본 양평공이 위로하며 말했다.

"그대가 아니었다면 능히 살아서 돌아오지 못했을 것이오."

약대가 분기를 참지 못하고 소리 지르며 말했다.

"대장부가 세상에 태어나 장수가 되었으면 적과 싸우다 전장에서 죽어 말가죽에 싸여 돌아오는 것이 쾌사인지라. 내 어찌 죽음을 두려워하리오?"

이날 밤 양평공은 송나라 진영을 기습해 불로 치기 위

해 화구(火具)를 준비하고 밤이 되기를 기다렸다. 그런데 문득 자하산에서 함성이 일자 깜짝 놀라 살펴보았더니 그곳에는 아무도 없었다. 잠시 후 또 자하산에서 함성이 진동하자 다시 병사를 보내 탐지했는데 역시 그곳에는 한 사람도 없었다.

양평공이 의심스러워 말했다.

"이것은 분명 현가 어린아이가 요사스러운 계교로 우리를 미혹하려는 것이다. 그러니 장수들은 동요하지 말라. 오늘 밤에는 반드시 송 천자를 잡을 것이다!"

그러고는 약대를 비롯한 여러 장수에게 임무를 부여하니 모두가 명령을 듣고 흩어졌다.

이튿날 약대는 송진 앞으로 가 싸움을 걸었다.

그러자 송진에서 현수문이 나와 맞섰는데 이 모습을 본 약대가 말했다.

"너 같은 필부가 암계[147]를 쓴다 한들 내 어찌 쉽게 잡히리오?"

수문은 아무런 대꾸도 없이 곧장 약대에게 달려들었다. 그러나 역시 쉽게 승패가 나지 않았는데 이번에는 약

---

147) 암계(暗計) : 몰래 일을 꾀함. 또는 몰래 꾀한 일.

대가 패한 척 달아났고 수문은 달아나는 약대를 추격해 다시 10여 합을 겨루었다. 그런데 다시 약대가 도망하니 수문은 약이 올라 화를 참지 못하고 약대를 추격해 어느새 자하산 서편에 있는 호석곡에 이르게 되었다.

한편 양평공은 송나라 진영에 현수문이 없음을 확인하고 재빨리 군사들을 몰아 일시에 송나라 진영을 습격했는데, 이때 천자는 몇몇 신하들과 함께 장대에 올라 양진의 승패를 살펴보고 있었다. 그런데 갑자기 서번의 대군이 송진으로 들어와 불을 놓고 큰소리를 지르며 돌입하자 그 기세를 당할 수가 없었다. 곧 천자는 석상왕의 부장인 맹담의 군사들에게 둘러싸여 항복을 강요받는 처지가 되어 어찌할 바를 몰랐다.

이적에 약대를 뒤쫓던 현수문은 수하로부터 본진에 불이 일어났다는 보고를 듣고 깜짝 놀라 약대를 버리고 급히 본진으로 돌아갔는데, 이미 천자는 적에게 포위된 채 항복을 강요받고 있었다. 수문은 분노를 이기지 못해 자룡검을 쳐들고 적에게 달려들어 먼저 맹담을 베고 사력을 다해 남은 적병들을 물리쳤으니, 누가 그의 봉예[148]를 당하겠

148) 봉예(鋒銳) : 날카롭고 민첩함.

는가? 석상왕과 양평공은 현수문의 용맹함을 보고 마침내 당할 수 없어 천자를 버리고 달아났다.

현수문은 분노해 석상왕과 양평공을 잡으러 적진으로 달려들어 닥치는 대로 적의 장졸들의 목을 베었고 낙담상혼[149]한 적병들은 목숨을 건지기 위해 도망쳤으며, 미처 진을 거두지 못한 양평공과 석상왕 또한 생포될 위기에 처했다. 이때 어디선가 약대가 정병을 거느리고 나타나 이들을 구해 자하산을 향해 달렸는데 문득 지용태가 이끄는 화포병이 나타나 앞뒤를 막고 공격하자 석상왕은 대패해 봉각성 쪽으로 달아났다. 그런데 또 어디선가 한 장수가 철기를 이끌고 달려드니 그는 송나라 장군 장익이었다.

더 이상 달아날 곳이 없어진 석상왕이 양평공에게 말했다.

"앞에는 강이 있고 뒤에는 추격병이 있으니 이를 어찌 한단 말이오? 공은 잠깐 군을 멈추고 요술로 적군을 물러가게 하라."

왕의 명령에 양평공은 즉시 진 앞에 나와 진언을 외웠다. 그러자 양평공의 입에서 안개가 뿜어져 나왔고 송나

149) 낙담상혼(落膽喪魂) : 몹시 놀라거나 마음이 상해서 넋을 잃음.

라 군사들은 곧 지척을 분별할 수 없게 되었다. 그러는 사이 양평공은 약대와 더불어 강을 건너려고 했다.

안개를 본 현수문이 말했다.

"이것은 분명 양평공의 간사한 요술이라."

그러고는 즉시 소매에서 옥피리를 꺼내 한 곡조를 불었더니 안개가 점점 사그라들며 다시 날씨가 맑아졌다. 자세히 보니 약대가 벌써 강변에 이르러 강을 건너려 하고 있었다. 수문은 바로 기(旗)를 휘둘러 군사들에게 적병을 추격하라 명했다.

강을 건너려던 양평공은 무심결에 수문의 피리 소리를 듣고 깜짝 놀라 발을 구르며 말했다.

"우리의 명줄이 오늘 여기서 끊어질 줄 어찌 알았으리오? 송나라 대원수의 재주와 지혜를 이제야 바로 알겠구나. 나의 술법을 바로 격파하니 가장 두렵고, 피리 소리를 들으니 이는 분명 서역국 지정사 일광대사의 옥피리 소리와 같으니 슬프고 안타깝도다! 내가 중국에 인재가 없다고 생각했는데 오늘 현수문을 만났으니 10년 공부 허사 되고 속절없이 죽을 따름이로다!"

그러고는 다시 진으로 들어가 문을 굳게 닫고 나서지 않았다. 수문은 적진 앞을 왕래하며 계속 싸움을 재촉했다. 약이 오른 약대가 당장이라도 뛰쳐나가려 하자, 그 모습을 본 양평공이 급히 말리며 말했다.

"장군은 나가지 말라. 현수문은 천하 영웅이라 쉽게 이길 수 없을 것이니 지금은 분을 참아라."

이 말에 약대가 소리 지르며 말했다.

"군사는 겁내지 말라! 내 갑옷을 벗고 현수문과 자웅을 겨룰 것이니 부디 징을 쳐 군사를 거두지 말라!"

그러고는 투구와 갑옷을 벗고 가벼운 몸으로 말에 올라 진 밖으로 나갔다. 곧장 현수문에게 달려들어 몇 차례 싸웠는데 한순간 수문의 자룡검이 번득이더니 약대의 머리는 땅에 떨어져 몸체만 말을 타고 달아났다. 약대를 죽인 수문은 말을 몰아 적진에 뛰어들어 서번 장졸들을 베었고 약대가 죽는 것을 본 석상왕은 있는 힘을 다해 달아나려 했으나 곧 송나라 장졸들에게 생포되어 함거에 갇히는 신세가 되었다. 그런데 아무리 찾아도 양평공의 모습이 보이지 않았다. 이때 주인 없는 말 한 필이 백마강을 향해 달아나자 수문은 재빨리 피리를 꺼내 불었고, 그러자 그 말은 크게 소리를 지르며 거꾸러져 곧 자하관150)을 쓰고

150) 자하관(紫霞冠) : 보라색[紫] 노을[霞]을 뜻하는 이름을 가진 관(冠)으로, 도교에서 주로 도사가 쓰는 관.

송학의[151]를 입은 양평공으로 변했다.

수문은 기뻐하며 양평공을 잡으러 달려갔는데 홀연 양평공이 제비가 되어 하늘 높이 날자 다시 피리를 불었고 공중에서 떨어진 양평공은 마침내 생포되어 석상왕과 함께 함거에 갇혔다.

한편 적병에게 둘러싸였던 천자는 여전히 넋을 잃고 놀란 마음을 진정시키지 못하고 있었는데, 천만의외에 현수문이 약대를 베고 석상왕과 양평공을 생포해 돌아온다는 소식에 매우 기뻐하며 신하들을 돌아보며 말했다.

"천하 강산을 다 현수문에게 주리라."

수문은 곧 승전가를 올리며 약대의 머리를 수자기[152]에 달고 석상왕과 양평공을 생포해 돌아왔다.

천자는 친히 진 앞으로 나와 수문이 탄 말의 고삐를 붙잡아 고마움을 표했다. 이 모습을 본 수문이 놀라 말에서 내려 엎드려 절했다. 천자는 다가가 수문의 손을 잡고 눈

151) 송학의(松鶴衣) : 소나무[松]와 학(鶴)이 새겨진 옷을 뜻하는 것으로, 송학 문양은 신선과 관련이 깊어 도사나 장수를 기원하는 사람들이 입는 경우가 많았음.

152) 수자기(帥字旗) : 전장에서 장군의 위치를 알리거나 지휘권을 상징하는 용도로 사용된 깃발.

물을 흘리며 말했다.

"짐이 살아난 것은 모두 원수의 공이니, 무엇으로 갚으리오? 약소하나 천하 강산을 경에게 줄 것이니 사양치 말라."

그러고는 수문을 데리고 장대에 올라가 좌정했고, 그러자 만조백관이 차례로 들어와 승전을 축하하며 만세를 불렀다.

잠시 후 천자는 토번왕과 석상왕 및 양평공을 진전에 꿇리고 이들의 죄를 물은 뒤 무사를 명해 참수하고 죄인들의 머리를 높은 곳에 달았다. 그리고 덕경후 노연충을 서번왕에 봉해 즉시 본국에 도읍하라 명했다.

이때 수문이 말했다.

"서천의 인심이 사나워 백성들이 도주해 나라에 반기를 든다고 하니 이들을 달래어 안정시킨 후 경사로 돌아가겠나이다."

천자가 기뻐하며 말했다.

"짐의 뜻 또한 그러하나 경이 오래 전장에서 애를 써 차마 말하지 못했다. 그런데 경이 이렇게 자청하니 짐의 마음이 편하구나. 서천은 땅이 넓고 국가의 요지다. 경이 아니면 백성을 달랠 수 없을 것이니 삼가 조심해 임무를 수행하고 빨리 돌아오라."

수문은 천자께 작별 인사를 한 뒤 추종 몇 명만을 데리고 서천으로 향했다.

각설. 서천에 도착한 수문은 창고를 활짝 열어 굶주린 백성들을 구제했는데 이들 태반은 '오야'에서 온 사람들이었다. 수문은 이들을 모두 고향으로 돌려보냈고 백성들은 수문의 은혜에 감사하며 길을 떠났다. 그런데 유독 한 부인이 눈물을 흘리며 몇 번이나 감사 인사를 해 자세히 보았더니, 그 부인의 턱 밑에 알같이 둥근 혹이 있어 어린 시절 헤어진 모친을 생각나게 했다. 그러자 눈물은 쏟아지고 감정이 점점 격해져 흉격이 막혀 숨을 쉴 수가 없었다. 이에 일광대사가 준 두 번째 봉서가 떠올랐다. 급히 숫자 이(二)가 쓰인 봉서를 찾아 열어 보았더니, 다음과 같은 글이 적혀 있었다.

> 갑자년 추구월 25일에 대공을 이루고 모친과 재회할 것이니 어찌 반갑지 않으랴? 내가 모자 상봉을 축하하려고 이 글을 남기노라.

수문은 깜짝 놀라 황급히 그 부인을 불러 단상으로 모셨다. 부인은 이유를 몰라 망설이다가 자리에 앉았고, 수문이 근본을 묻자 답했다.

"노첩[153]은 본래 경성 사람으로 서천 무량도로 옮겨 가 살고 있었는데 이렇게 명공[154]의 덕으로 귀환하게 됐으니 은혜가 백골난망입니다."

수문이 또 물었다.

"사대부가 여자인 것 같은데 부군은 있으십니까?"

부인이 탄식하며 말했다.

"맞습니다. 노첩은 사대부가 여자로 남편과 헤어져 홀로 이곳에 왔나이다."

수문이 또 물었다.

"자식은 있으십니까?"

자식 얘기에 부인이 탄식하며 말했다.

"제 남편은 전임 이부시랑으로 수년 전 무량도에 유배되었습니다. 이후 저는 고향 금릉에서 아들과 함께 살았는데, 얼마 지나지 않아 전쟁이 나 아들을 잃고 집도 모두 불에 타 의지할 곳이 없어 남편의 적소인 무량도로 오게

---

153) 노첩(老妾) : 나이 든 여자가 높은 신분의 사람에게 자신을 낮추어 이르는 말.

154) 명공(明公) : 듣는 이가 높은 벼슬아치일 때, 그 사람을 높여 이르던 이인칭 대명사.

되었습니다. 그리고 다시 난을 만나 이곳까지 오게 된 것입니다. 잃은 자식 외에 다른 자녀는 없나이다."

깜짝 놀란 수문이 물었다.

"그러면 자제의 이름은 무엇이며 나이는 얼마나 되었습니까?"

부인이 흐느껴 울며 말했다.

"성명은 현수문이요, 다섯 살 먹은 해에 잃어버렸으니 올해 스물여섯이 되었겠군요."

이 말에 수문은 목 놓아 울며 관을 벗고 엎드려 절한 뒤 말했다.

"어머니께서는 불초자[155] 수문을 모르시겠나이까?"

부인은 꿈에도 생각지 못했던 말을 듣자 기쁘면서도 슬퍼 정신을 차릴 수 없었다. 한참 동안을 아무런 말도 하지 못했는데, 이에 수문이 울며 말했다.

"소자가 어릴 때 어머니 무릎에 앉아 어머니 턱 아래 난 혹을 어루만지며 놀던 일과 부친을 찾을 때 멀리 적소에

---

155) 불초자(不肖子) : 부모님을 닮지 않은 자식. 즉 어버이의 덕행이나 사업을 이어받지 못한 자식을 이르는 말로, 흔히 아들이 부모에게 자기를 낮출 때 사용한다.

갔다고 말씀하시던 일을 기억합니다."

그러고는 소매에서 일광대사의 편지를 꺼내 보이자, 장 부인은 그제야 수문이 자기 아들인 것을 알고 손을 잡고 통곡하며 말했다.

"내가 너를 잃어버리고 오매불망 슬픔으로 세월을 보냈다. 이것이 꿈이냐 생시냐!"

두 사람은 누가 먼저랄 것도 없이 서로를 부둥켜안고 실성한 사람들처럼 울었으니, 초목과 금수라도 함께 슬퍼할 것 같았다.

수문이 한참을 흐느끼다가 울음을 그치고 물었다.

"아버지께서는 지금 어디에 계십니까?"

장 부인이 말했다.

"네 부친께서는 난리가 나자 나와 함께 무계산으로 피난했다가 양식을 구하러 마을로 내려가셨다. 내가 그사이에 이리로 잡혀 왔으니 살아 있다면 아직 무량도에 계실 것이다. 그러나 생사를 어찌 알겠느냐?"

그러고는 다시 통곡하니 수문은 슬픔을 억누르고 온화한 표정과 밝은 목소리로 모친을 위로했다.

이적에 도적들을 피해 무계산에 숨었던 현 시랑은 양식이 떨어지자 부인과 시비 채섬을 두고 동자 하나를 데리고 그곳 별장[156]을 찾아가 먹을 것을 꾸어 돌아왔다. 그런데 부인과 채섬의 모습이 보이지 않았다. 여기저기를 두루 찾아다녔으나 혹자는 난리 통에 죽었다 하고, 혹자는 오야로 끌려갔다고 해 정확한 행방을 알 수 없었다. 하릴없이 무량도로 돌아와 슬픔의 나날을 보내고 있었는데, 친정하고 돌아온 천자가 오래 적거한[157] 현 시랑을 불쌍히 여겨 죄를 사하고 계양태수를 삼자 급히 계양 땅에 부임했다. 이후에도 부인을 찾으러 무량도에 왔으나 집은 비었고 별장 또한 도적에게 죽고 신관(新官)이 내려와 백성을 돌보고 있다는 소문만 들었다.

이때 수문은 지나가는 곳마다 사람들에게 부친의 소식을 물었으나 그 행방을 알 수 없자 먼저 표를 올려 모친과 상봉한 일을 조정에 알리고 창고를 열어 굶주린 백성들을 구제한 뒤 경사로 향했다. 천자는 수문이 올린 표문을 보고 기특히 여겨 벼슬을 높여 금자광록대부 우승상 겸 계림후 위국공 삼도순무도어사를 삼고 수문의 모친에게도 부인 직첩[158]을 내렸다. 사신이 이러한 내용이 담긴 천자의 교

156) 별장(別將) : 절도사나 군영 휘하에 두어 특정 군사 업무를 담당하게 한 종속 장수.

157) 적거하다(謫居-) : 귀양살이를 하고 있다.

지를 전하자 수문은 북쪽을 향해 절한 후 교지를 받았다.

이후 수문이 모친을 모시고 길을 나섰으니 지나가는 길에 여러 고읍에서 영접하는 소리가 진동했다. 수문은 금릉에 고택이 있다는 모친의 말에 그곳 수령에게 선문하고 곧장 소흥현으로 가 석 참정 댁 소식을 탐지했다. 방씨가 이웃 백성에게 양식을 구하다 얻지 못하자 이웃의 아내를 잡아다가 악형으로 죽여 관아에서 방씨 대신 석침을 잡아 가둔 지 사흘이 됐다는 것을 알게 되었다.

수문은 방씨의 악행에 이가 갈릴 정도로 화가 났으나 석침을 불쌍히 여겨 그곳 태수에게 말했다.

"석 참정의 아들 침이 사람을 죽이고 옥중에 있다고 하니 상부에 고해 방면하라. 내가 내일 데리고 석 공의 산소에 갈 것이니 제사에 올릴 음식 또한 준비하라."

옥졸이 석침을 불러 이 소식을 전하자 석침은 혹여 죽은 부친의 벗이 자신을 찾는가 해 옥졸을 따라가 우승상 현수문 앞에 이르렀다.

석침을 보자 수문이 말했다.

158) 부인 직첩(夫人直帖) : 고위 관료나 무신, 공신의 모친이나 부인에게 내려진 품계 증서.

"네가 나를 알아보겠느냐?"

석침이 공수하며 답했다.

"하방의 미천한 선비가 어찌 조정 대신을 알겠습니까?"

그러자 수문이 부드러운 목소리로 말했다.

"나를 자세히 보아라."

이 말에 침은 고개를 들어 승상의 얼굴을 보았으나 누군지 알 수 없자 조심스럽게 말했다.

"송구하오나 잘 모르겠나이다."

수문이 말했다.

"나는 네 매형 현수문이다. 누이는 무탈하시냐?"

이 말에 석침은 깜짝 놀라 달려들어 수문을 잡고 눈물을 흘리며 말했다.

"형님이 나가신 후 소식이 끊어져 알 길이 없었는데 어떻게 이렇게 높은 자리에 오르셨습니까? 침의 눈이 어두워 형님을 미처 알아보지 못했나이다."

그리고 잠시 망설이다 말했다.

"누이는 형이 나가시고 오래지 않아 불행하게도 세상을 버렸습니다."

수문이 모르는 척 탄식하며 물었다.

"진실로 누이가 죽었단 말이냐?"

석침이 답했다.

“형님이 나가신 후 병이 골수에 스며들어 백약이 무효하더니 얼마 못 가 세상을 버렸나이다.”

수문이 말했다.

“누이의 산소는 어디에 썼느냐? 내일 장인 산소에 갔다가 부인 산소에 갈 것이니 너는 오늘 집으로 돌아가 나를 기다리거라.”

옥에서 나온 석침은 무심결에 누이가 죽었다고 했으나 앞으로 닥칠 일을 생각하니 차라리 옥중에서 죽는 것이 나을 것만 같았다. 석침이 돌아오자, 방씨가 깜짝 놀라 반기며 풀려난 이유를 물었고 이에 석침이 말했다.

“대원수 순무어사 겸 우승상께서 관아에 들르셨다가 나를 방면하셨는데 알고 보니 그가 현형이더이다. 현형 말 한마디에 태수가 소자를 놓아주었나이다. 그런데 현형이 누이의 안부를 묻기에 당황해 죽었다고 했는데 내일 아버지 무덤에 갔다가 누이의 무덤에도 제사하겠다 하오니 어찌해야 합니까? 달아나고 싶어도 대원수가 사람을 풀어 곧 찾을 것이니 차라리 죽어 모든 일을 모르는 것이 낫겠습니다.”

방씨는 깜짝 놀라 얼굴이 하얗게 질려서 말했다.

“침아, 이 일을 어찌하느냐? 네 부친께서 생전에 현가가 귀히 될 거라 하셨는데 과연 옳았구나! 대체 어느 사이에 이렇게 귀하게 되었단 말이냐? 네가 아주 잘했다. 내일 보거든 산에 있는 아무 무덤에나 가 인사하거라. 그런들 제 어찌 알겠느냐? 그런데 만일 누이 일을 알게 되면 장차 어찌하랴?"

석침이 위로하며 말했다.

"형님은 너그러운 군자입니다. 사소한 일을 괘념치 않을 것이니 어머니는 걱정하지 말고 부디 지난 일을 먼저 사죄하소서."

석침이 자리를 뜨자 방씨는 심신이 산란해 난향을 불러 말했다.

"네 말을 들었다가 큰 화를 당하게 되었으니 모두 네 탓이다. 그때 그냥 현가를 죽였다면 어찌 후환이 있겠느냐?"

난향이 화를 내며 말했다.

"두 번이나 승상에게 독약을 먹였고, 승상이 나가신 후 방덕에게 겁탈당할 걸 미리 안 소저가 도망했으니 이 일들이 모두 내 머리에서 나왔나이까? 내일 승상이 오시거든 그간의 사연들을 다 아뢰겠나이다."

이 말을 들은 방씨가 달래며 말했다.

"구태여 네 탓을 하는 것이 아니다. 네가 비록 종이나 어릴 때부터 나와 함께 자랐으니 명분은 주인과 노비나 실은 동기 같거늘 어찌 이런 말을 하느냐? 행여 절대 누설치 말아라.”

그러고는 아무 말도 하지 말라고 여러 번 당부하고 침소에 들었으나 방씨는 밤이 늦도록 잠을 이루지 못했다.

날이 밝자 수문은 승상의 위엄을 갖추고 벽계촌 단원에 이르렀는데 한 무리의 장졸들은 번쩍이는 갑옷을 입고 좌우에서 옹위했으며, 또 한 무리는 창검을 높이 들고 또 다른 군사들은 깃발을 펄럭이며 황월[159]을 비껴들었으니 실로 장관이었다.

이들 가운데 금관을 쓰고 쇄금포[160]를 입은 젊은 재상이 있었는데, 가슴에는 1품 벼슬을 보여 주는 흉배[161]를 붙이고 손에는 일월 사이에서 노니는 봉황이 그려진 부채를 들고 있었으니 보는 이들이 모두 감탄하며 칭찬했다. 수문이 단원에 오자 두 딸 내외와 함께 승상 행차를 구경하던 방씨가 부러운 마음이 들어 말했다.

---

159) 황월(黃鉞) : 황금으로 장식한 도끼.

160) 쇄금포(鎖金袍) : 쇄금전포(鎖金戰袍). 옛날 장수들이 입던 옷으로, 가늘게 무늬를 아로새기고 금을 박아 넣은 군복이다.

161) 흉배(胸背) : 관복의 가슴과 등에 학이나 범을 수놓아 붙이던 사각형의 표장(表章).

"현가 걸인이 어찌 저리 귀하게 되었는고! 아깝다! 조 부인은 무슨 복으로 저런 사위를 두었는고?"

수문은 석 공 묘소 앞으로 와 음식과 술을 차려 놓고 절했다. 그러고는 큰 소리로 손수 쓴 제문을 읽었으니 그 내용은 다음과 같았다.

> 유세차 모년 모월 모일 금자광록대부 겸 우승상 계림후 위국공 도총병마대원수 삼도순무어사 현수문은 삼가 보잘것없는 음식으로 악장[162]인 참지정사 석 공 영전에 고합니다. 슬프고 슬프다! 현수문이 어려서 부모와 헤어져 해진 옷조차 입지 못할 정도로 누추한 모습으로 도로에 표박하니 사람이 변해 귀신이 되고 용이 변해 뱀이 된 것과 같았습니다. 그런데 악장께서 저를 거두어 양육하셨으니 죽은 나무에서 꽃이 핀 것과 같은 은혜를 입었습니다. 저를 낳은 분은 부모이시나 다시 살리신 분은 장인이십니다. 또 저의 빈천함을 꺼리지 않고 천금 같은 딸을 주사 조정 대신의 사랑하는 사위가 되게 하셨으니 어찌 귀신이 변해 신선이 되고

162) 악장(岳丈) : 장인의 경칭.

물고기가 변해 용이 된 것이 아니겠습니까? 슬프고 슬프구나! 그러나 수문의 액이 다하지 않아 악장의 죽음을 재촉했고, 악장께서는 딸과 아들을 부탁하시고 세상을 떠나셨으니 어찌 잊겠습니까? 그런데 악장의 말씀을 지키지 못하고 집안이 날로 어지러워져 영녀[163]의 말에 따라 집을 떠나게 되었으니, 이는 밤낮으로 깊이 생각해도 이 집에서는 목숨을 보전할 수 없었기 때문입니다. 그러나 영녀를 두고 떠나려니 1만 가지 슬픔이 몰려왔고 실로 갈 곳도 없었습니다. 그런 제가 악장의 보살핌으로 오늘날 높은 벼슬에 올라 지극히 귀하게 되었으니 과거 쫓기듯 집을 떠나던 일이 한바탕 꿈과 같습니다. 이제 두어 줄 글과 보잘것없는 음식들로 옛날 사랑하시던 마음에 대한 정회를 고하나니 바라건대 악장의 영혼께서는 수문의 무정한 죄를 용서하고 기쁘게 흠향하소서.

그러고는 목 놓아 우니 시위하던 사람들 또한 모두 슬퍼했다. 잠시 후 수문이 눈물을 닦고 석침을 돌아보며 물

163) 영녀(令女) : 윗사람의 딸을 높여 이르는 말.

었다.

"누이의 무덤은 어디냐?"

석침이 얼굴빛이 흑색이 되어 주저하며 답했다.

"이 산 아래 있습니다. 산길이 험하니 형님이 이곳에 계시면 제가 홀로 다녀오겠습니다."

수문이 말했다.

"그렇다면 내가 여기 있을 것이니 빨리 다녀오너라."

산에서 내려온 석침은 한 무덤을 골라 제사를 지내는 척했는데 과거에 있었던 일을 생각하니 참담하고 슬픔이 복받쳐 자기도 모르게 피를 토하며 쓰러졌다. 이 모습을 본 종자가 놀라서 석침을 붙들고 울자, 이 소식을 들은 수문은 급하게 약물을 구해 석침을 먹인 뒤 탄식하며 말했다.

"포악한 방씨가 이런 군자를 낳았으니, 이것은 모두 석공이 덕을 쌓았기 때문이다."

잠시 후 정신을 차린 석침은 수문과 함께 집으로 돌아왔다. 승상이 되어 나타난 현수문을 본 방씨는 어찌할 바를 몰라 허둥거렸고 수문은 석 참정의 신위를 모신 사당을 찾아 절한 뒤 재성각으로 갔는데, 과거 석 소저와 함께한 시간들이 떠올라 슬픔이 북받쳤다. 이후 내당으로 가 방씨를 보니 방씨는 얼굴이 흙빛이 되어 아무 말도 하지 않았다.

이 모습을 본 수문이 먼저 웃으며 말했다.

"이 집을 떠난 지 벌써 한 해가 지났습니다. 부인께서는 그간 무탈하십니까? 영녀가 세상을 버렸다고 하니 슬프기가 그지없습니다."

그러고는 시비를 불러 술상을 들이게 한 뒤 친히 잔에 술을 따라 주며 말했다.

"이 잔에는 독이 들지 않았으니 마시소서."

이 말에 방씨는 부끄러워 몸 둘 바를 몰랐으나 마지못해 술잔을 받았다. 그리고 수문이 웃으며 술잔을 권하자 거스를 수 없어 주는 대로 마셨더니 어느새 만취해 부끄러움과 두려움이 모두 사라져 광언망설[164]을 쏟아내기 시작했다. 이를 본 석침은 민망함을 이기지 못해 좌불안석했고, 그런 침을 불쌍히 여긴 수문은 그만 자리를 뜨려 했다.

그러자 방씨가 말했다.

"내 두 사위 이생과 진생이 밖에 있으니 불러 보소서."

수문이 말했다.

"군대를 사택에 오래 주둔할 수 없습니다. 지금은 보지 못하고 떠나나 후일 만날 날이 있을 것입니다. 부인은 건

164) 광언망설(狂言妄說) : 이치에 맞지 않고 도의에 어긋나는 말.

강하소서."

그러고는 방문을 열고 나와 나는 듯 수레에 올라 집을 나섰다. 동리 사람들은 방씨의 과거 악행을 혐의치 않고 인사만 하고 돌아간 수문을 보고 너그럽고 도량이 넓은 군자라며 침이 마르게 칭찬했다.

이후 수문은 모친을 모시고 계양 땅으로 향했는데 계양에 이르러 자신을 영접하는 태수의 이름이 현택지라는 말을 듣자 이상한 마음이 들었다.

그래서 그날 모친께 문후를 고하며 말했다.

"계양태수의 성명이 부친과 같습니다."

그 말에 부인이 기뻐하며 말했다.

"오늘 가마 안에서 꿈을 꾸었는데 네 부친께서 나를 찾으러 왔다가 아들을 만나 데리고 왔다며 서로 부둥켜안고 통곡하다가 잠에서 깼다. 심신이 몹시 놀라 너를 부르려 했는데 네가 이런 말을 하니 진짜 이상하구나."

수문이 말했다.

"세상에 어찌 동성명이 없겠습니까?"

부인이 말했다.

"그래도 꿈이 심상치 않으니 자세히 살펴보아라."

이 말을 들은 수문은 갑자기 부친 생각에 천지가 망망하더니 어느 순간 기운이 막혀 숨이 끊어질 것만 같았다.

그래서 일광대사가 준 마지막 봉서를 열어 보았는데, 편지에는 다음과 같은 글이 적혀 있었다.

> 갑자년 동십일월, 그대는 서천을 진무하고 높은 벼슬에 올라 계양 땅을 지나다가 부친을 만나 천륜이 완전해질 것이니 어찌 반갑지 않으리오?

글을 본 수문은 크게 기뻐하며 즉시 사람을 보내 계양 태수를 청했다. 태수가 들어와 인사하자 수문은 각별 공손하게 답례하고 태수의 얼굴을 유심히 보았는데, 머리가 태반이나 샌 노인이었으나 수려한 용모에 단정함과 엄숙함이 배어 있었다.

수문이 공경하며 물었다.

"대인께서는 이곳에 부임하신 지 오래되셨습니까?"

태수가 말했다.

"불과 몇 달이 되지 않았습니다."

수문이 다시 물었다.

"자식이 몇이나 있으십니까?"

태수가 탄식하며 말했다.

"가운이 불행해 자식은 없습니다."

이 말을 들은 수문은 못내 서운해 더 이상 말을 잇지 못했는데 이때 태수가 조심스럽게 물었다.

"감히 묻사오니 합하의 나이는 어떻게 되십니까?"

수문이 말했다.

"올해 스물일곱 됐습니다."

태수가 칭찬하며 말했다.

"나이 서른 전에 지혜와 용기를 겸전해 양국 도적을 물리쳐 종사를 보전하고 정승의 자리에 올라 복록이 당세에 무쌍하니 부모의 영화가 극에 달하고 일가에 영광이 극진하겠습니다."

이 말에 수문이 탄식하며 말했다.

"소생이 팔자가 기구해 영효[165]할 곳이 없나이다."

태수가 놀라 물었다.

"양친이 모두 돌아가셨습니까?"

수문이 자기도 모르게 눈물을 흘리며 말했다.

"소생이 다섯 살에 난을 만나 부모를 잃고 유리걸식하다 우연히 국은을 입어 서천을 진무하고 돌아오는 길에 천행으로 어머니를 만났습니다. 그러나 아직 아버지를 찾지 못했으니 천지에 이런 죄인이 어디 있겠습니까?"

---

165) 영효(榮孝) : 부모를 영화롭게 하는 효도.

이 말을 듣고 태수 또한 눈물을 흘리며 말했다.

"하관[166]도 20년 전 난리 통에 다섯 살 된 아들을 잃고 근래에는 아내와도 헤어져 고단한 신세가 되었으니 매양 슬픔에 젖어 사나이다."

이 말을 들은 수문은 눈물이 솟아나는 것을 참고 다시 물었다.

"아드님을 난리 중에 잃어버리셨다 하시니 부인과는 어디서 헤어지셨습니까?"

태수가 말했다.

"하관은 본래 금릉 사람으로 외람되게도 천은을 입어 이부시랑 벼슬을 하였는데 가운이 불행해 뜻하지 않게 누명을 쓰고 서천 무량도에 유배되었습니다. 그 후 부인이 난리를 만나 아들을 잃고 홀로 무량도에 왔으나 이곳에서 다시 난을 만나 부인마저 잃어버렸나이다."

태수의 말이 끝나기도 전에 수문은 관을 벗고 당 아래로 내려가 엎드려 울며 말했다.

"불초자 수문이 어머니를 만나 이곳에 모셨나이다."

---

166) 하관(下官) : 직위가 낮은 벼슬아치가 상관을 대해 자신을 낮추어 이르는 말.

그러고는 당황하는 태수 앞에 일광대사의 글을 올렸다.

태수는 당황해 어찌할 줄 모르다가 그 편지를 읽고서야 비로소 앞에 있는 승상이 자기 아들임을 깨닫고 수문을 붙들고 통곡했다. 이때 장 부인은 수문의 곡소리에 놀라 채섬을 보내 사정을 알아보게 했는데, 잠시 뒤 채섬이 달려와 급히 고했다.

"이곳 태수가 곧 우리 노야라 하십니다."

이 말을 들은 장 부인은 한동안 아무 말도 하지 못했다. 곧 수문이 태수와 함께 내당으로 들어오자 세 사람은 서로를 부둥켜안고 안부를 물으며 슬피 울었다.

태수가 겨우 마음을 추스르고 수문에게 말했다.

"너는 그만 울음을 그쳐라. 우리 가족이 모두 살아서 다시 만났으니 얼마나 기쁜 일이냐? 너는 그간 어디에 가 누구에게 의탁했으며 어찌 이리 귀하게 된 것이냐?"

수문이 진정하고 말했다.

"소자 남악 화산에 있는 일광대사로부터 가르침을 받았습니다."

태수가 칭찬하며 말했다.

"네가 어릴 때부터 말타기와 병서를 좋아하더니 이는 하늘이 너를 보내 송나라 사직을 보전하게 하신 것이구나!"

다음 날 수문은 먼저 천자께 부친과 상봉한 일을 알리

고 그곳의 수령과 관찰사들을 모두 초대해 3일 동안 잔치를 열었는데, 하객들이 선물한 예단[167]이 셀 수 없이 많았다.

수문의 글을 본 천자는 그날로 사관을 보내 부자 상봉을 축하하며 계양태수 현택지를 양현후 초국공에 봉한다는 황명을 전하고 빨리 경사로 돌아오라고 했다. 황명을 본 수문은 감격해 북쪽을 향해 네 번 절하며 감사를 표하고 사관을 후히 대접해 돌려보낸 뒤 부모를 모시고 함께 금릉 고택에 들렀는데 집안은 텅 비어 잡초만이 무성해 마음을 슬프게 했다. 수문은 선산에 제사한 뒤 금릉태수에게 집수리를 부탁하고 곧장 황성으로 향했다.

수문이 황성에 도착했다는 보고를 받은 천자는 10리 밖에 나와 수문 일행을 맞이했고, 현택지와 현수문 부자는 천자를 보고 머리를 조아리며 말했다.

"폐하께서 신의 부자를 이처럼 맞으시니 황공해 몸 둘 바를 모르겠나이다."

천자가 그간의 수고를 위로하며 말했다.

"짐이 경을 수만 리 밖에서 수고롭게 하고도 그 공덕을

---

167) 예단(禮緞) : 예물로 보내는 비단.

잊고 있었노라. 경은 종사의 주석[168]이자 고굉지신[169]이라. 또 짐을 두 번 구한 은혜를 간폐[170]에 새겼으니 어찌 자리에 앉아 경을 맞겠는가?"

그러고는 수문의 손을 잡아 장막 안으로 들인 뒤 부모와 상봉한 일과 서천을 진무한 일을 물으며 못내 칭찬하며 친히 술을 따라 주며 반가움을 표했다. 천자의 은혜에 감동한 현수문과 현택지 부자는 눈물을 흘리며 감사하는 한편 너무 큰 은혜에 복을 잃을까 두려워했다.

밤이 되자 천자는 환궁하며 초국공 현택지를 집으로 보내 쉬게 했고, 이에 초국공은 장 부인을 가마에 태워 차복의 집으로 향했다. 이때 수문은 이미 석 소저와 함께 차복의 집에 있었는데, 부친과 모친이 도착하자 차복 및 석 소저와 함께 반갑게 맞이했다. 주인 가족과 상봉한 차복은 못내 즐거워했고 초국공은 그간 차복의 행실을 기특하

---

168) 주석(柱石) : 기둥과 주추란 뜻으로, 가장 중요한 사람을 이르는 말.

169) 고굉지신(股肱之臣) : 팔과 다리가 될 만한 신하라는 뜻으로, 중요한 신하를 이르는 말.

170) 간폐(肝肺) : 간과 허파를 아울러 이르는 말로, 정성스러운 마음을 비유함.

게 여겨 집안 대소사를 총괄하게 했다. 이후 석 소저는 시부모를 지극 정성으로 봉양했으니 당대에 이런 효부가 없었다.

다음 날 천자는 크게 잔치를 열어 열후[171] · 종친[172]은 물론 전쟁에 참여한 모든 장수를 불러 기쁨을 나누었다. 그리고 잔을 잡아 수문에게 주며 말했다.

"토번과 서번을 쳐 승리했으니 짐이 어찌 강산을 아끼리오? 오늘부터 경은 군국의 대사를 총찰하라."

그러자 수문이 황급히 자리에서 나와 머리를 조아리며 말했다.

"폐하께서 신에게 만세에 용납하기 어려운 일을 맡기시니 신은 머리 둘 곳이 없나이다."

그러고는 실성한 사람처럼 눈물을 흘렸다.

천자는 수문의 뜻이 굳음을 보고 잠시 생각한 뒤 서천과 한중을 떼어 주며 수문을 위왕에 봉했는데 수문이 이 또한 거절하자 말했다.

"계속 거절한다면 이는 경이 짐으로 하여금 공신을 저

---

171) 열후(列侯) : 영토를 가지고 영내 백성을 지배하던 제후.

172) 종친(宗親) : 임금의 친족.

버렸다는 오명을 듣게 하는 것이오. 그러니 더 이상 거절하지 말라."

수문은 더 이상 사양하지 못하고 마침내 천자의 명을 받들어 위왕이 되었다.

각설. 황제의 사촌인 제남후 조길은 전일 연평왕과 함께 모반을 꾀했으나 무탈했고 자신의 죄를 감추기 위해 오히려 어진 신하들을 모함했는데, 그 당시 현택지의 이름이 초사에 올랐던 것도 모두 조길의 소행이었다. 또한 여전히 역심을 품고 군마를 조련시키고 전쟁에 필요한 식량을 비축하고 있었으나 현수문을 두려워해 감히 군사를 일으키지 못했다. 그런데 자신이 모함했던 현택지가 현수문의 부친임이 밝혀져 조정으로 귀환하자 간담이 서늘해지고 마음이 조급해지기 시작했다.

조길의 수하에는 용맹하고 힘이 장사인 우사기라는 사람이 있었다. 그는 본래 수문 휘하의 기판별장[173]이었으나 토번과의 전쟁 중에 황궁에 장계를 늦게 보낸 죄로 수

---

173) 기판별장(旗判別將) : 일반 지휘관보다 낮은 급의 장수로 특정 임무를 맡아 지휘하는 무관인 별장 벼슬의 하나로, 군대 조직에서 특정 기치를 따르는 부대의 별장으로 추정됨.

문에게 곤장을 맞고 쫓겨나 이후 벼슬을 하지 못하고 제남후 밑으로 들어가 함께 역모를 꾀하고 있었다. 이때 천자는 미앙궁[174]에 머물다가 알 수 없는 재화(災禍)가 끊이지 않아 거처를 태양궁으로 옮겼는데, 이 일 또한 모두 조길과 우사기의 소행이었다.

하루는 천자가 어가[175]를 타고 행차하고 있었는데, 한 사람이 달려와 앞을 막고 큰 소리로 말했다.

"장차 사직이 위태한데 폐하께서는 어찌 살피지 않으십니까?"

천자가 놀란 마음을 진정하고 그 사연을 묻자, 그자가 품속에서 칼을 빼 올리며 말했다.

"현수문이 토번과 서번을 파한 공이면 중원 강산 절반을 주어도 부족하거늘 겨우 서천, 한중과 같은 척박한 땅의 왕으로 봉하시니 실속은 없고 지위와 명성만 높아졌다고 불평하며 이 칼을 신에게 주어 용체[176]를 범하라 했나

174) 미앙궁(未央宮) : 중국 전한(前漢)의 수도 장안(長安)에 세워진 궁전으로, 한고조가 건립한 황궁. '미앙(未央)'은 '끝이 영원하다'는 의미를 지니며 황제의 통치가 지속되기를 바란다는 뜻이 담겨 있다.

175) 어가(御駕) : 임금이 타던 수레.

이다. 그러나 송나라 신하로서 어찌 역적의 괴수가 되겠습니까? 죽기를 무릅쓰고 아뢰오니 폐하께서는 빨리 반역자를 다스리소서."

천자를 시위하던 신하들이 깜짝 놀라 그자를 보았더니 그는 바로 전 별장 우사기였다.

천자는 급히 조회를 열었고 이 소식을 들은 초국공과 위왕 부자는 황망해 궐 밖에서 관을 벗고 띠를 푼 채 엎드려 천자의 처분만을 기다리고 있었다.

천자는 문무 대신들을 소집하고 형구를 갖추어 우사기를 문책하려 했는데, 좌승상 신담이 말했다.

"이런 방법으로는 저놈이 사실을 말하지 않을 것이니, 폐하께서는 극형으로 엄히 다스려 성상의 마음을 놀라게 한 죄를 물으소서."

천자가 말했다.

"저자가 이런 일을 저지른 것은 분명 누군가의 사주가 있었기 때문일 것이다."

그러고는 초국공과 위왕 부자를 데려오라고 명하는 한편, 우사기를 매우 치게 했다. 장 열 대를 맞자 우사기의

176) 용체(龍體) : 천자의 신체.

몸 곳곳에서는 피가 솟구쳐 옷을 적셨고 곧 피륙이 떨어지고 다리가 부서졌다. 서른 대를 맞자 우사기는 마침내 아픔을 이기지 못해 말했다.

"형벌을 멈추시면 실상을 말하리다."

이 말을 들은 천자는 형벌을 멈추라 명했다.

우사기가 말했다.

"제남후 조길이 역심을 품어 장사를 모으고 군마를 훈련한 지 오래되었으나 현수문을 두려워해 군사를 일으키지 못했나이다. 그런데 요사이 현수문이 토번과 서번을 물리쳐 대공을 세워 일이 더욱 쉽지 않자, 현수문과 혐극[177]이 있는 소인을 시켜 현수문을 모함해 가둔 후 궐을 범하려 했나이다."

이 말을 들은 천자는 분노해 용상을 치며 말했다.

"짐이 조길을 극히 사랑하거늘 어찌 이런 흉악한 일을 꾸몄단 말인가!"

그리고는 급히 조길과 그 무리를 잡으라 명했다. 그리고 궁궐로 들어와 한쪽에서 엎드려 있는 위왕 현수문을 보고 말했다.

177) 혐극(嫌隙) : 서로 꺼리고 싫어해 생긴 틈.

"경의 충심은 하늘의 위엄으로도 흔들지 못하거늘 조그만 도적이 우리 군신 사이를 휘저으려 하다니 세상의 인심이 슬프구나."

이 말을 들은 초국공과 위왕은 눈물을 비처럼 쏟으며 천자의 은혜에 감사했다.

이적에 조길은 우사기를 궐에 보내 놓고 돌아가는 상황을 은밀하게 지켜보고 있었다. 일이 뜻대로 되지 않고 자기의 죄행마저 드러났다는 사실을 알자마자 바로 사병을 이끌고 궐로 향했다.

조길의 범궐[178] 소식을 들은 천자는 놀랍고도 분해 대신들에게 어찌할 바를 물었는데, 우승상 경필이 말했다.

"난신적자[179]가 어느 때에 없으리오만은 조길과 같은 역적은 천고에 없사오니 어림군[180]을 풀어 급히 잡아 엄히 죄를 다스리소서."

천자가 슬퍼하며 말했다.

---

178) 범궐(犯闕) : 대궐을 침범함.

179) 난신적자(亂臣賊子) : 나라를 어지럽히는 불충한 신하와 역적의 무리.

180) 어림군(御臨軍) : 황제를 가까이서 지키는 군사.

"짐이 박덕해 변란이 자주 일어나 백성이 도탄에 드니 심히 괴롭도다. 누가 짐을 위해 조길의 무리를 잡겠는가?"

그러자 위왕 현수문이 분기탱천해 말했다.

"소신이 조길의 머리를 베어 오리다."

천자는 어림군 3천을 수문에게 주었고, 수문은 곧장 융복을 입고 천리토산마에 올라 자룡검을 비껴들고 금문 밖으로 향했는데 그곳은 이미 조길의 군사들로 가득했다.

현수문이 큰소리로 조길을 꾸짖으며 말했다.

"무지한 필부가 하늘의 뜻을 모르고 역심을 품다니, 머리 없는 귀신이 되려는 것이냐?"

조길 또한 큰 소리로 말했다.

"혼군[181]이 어질고 충성스러운 신하들을 멀리하고 너 같이 간악한 무리를 가까이하니 천하가 머지않아 남의 손에 넘어갈 것이다. 그래서 내가 하늘의 명을 받들어 송나라 사직을 차지하려는 것이다. 또 네가 비록 두 나라와 싸워 공을 세웠으나 네 아비는 역적이다. 그러니 이제 너와 네 아비의 머리를 베어 종사에 제사하리라."

그러고는 곧장 칼을 들고 수문에게 달려들었다. 그러

---

181) 혼군(昏君) : 사리에 어둡고 어리석은 임금.

자 수문이 분노해 말했다.

"너는 천하에 용납하지 못할 도적이고 나의 원수로다!"

두 사람은 뒤엉켜 싸웠으나 곧 수문이 자룡검을 들어 치자 조길의 머리는 말 아래로 떨어져 뒹굴었다.

수문은 떨어진 조길의 머리를 주워 기에 달고 돌아왔고, 이때 초국공과 함께 둘의 싸움을 지켜보던 천자가 기뻐하며 말했다.

"위왕의 재주는 삼국 적 조자룡[182]도 당할 수 없으리라. 짐이 무슨 복으로 경의 부자를 신하로 두었는고?"

이후 천자는 조길의 가속을 모두 붙잡아 죽이고 집을 적몰[183]하고 노비와 전답을 몰수했다.

이적에 서토에 도읍한 서번왕 노연충은 토번왕과 서번

---

182) 조자룡(趙子龍) : 조운(趙雲, ?~229). 상산 진정 사람으로 자가 자룡이다. 삼국 시대 촉한의 무장으로 본래 백마장군(白馬將軍) 공손찬(公孫瓚)의 휘하에서 유비를 만나 그를 평생 동안 섬겼다. 유비를 따라 30여 년 동안에 박망파 전투, 장판파 전투, 강남평정 전투 등에 참여했고, 단독으로 천(川), 한수(漢水), 기곡(箕穀) 등지에서 전투를 벌여서 큰 공을 세웠으며 '호위장군(虎威將軍)'으로 일컬어졌다. 또 관우, 장비, 마초, 황충과 더불어 '오호대장군(五虎大將軍)'으로 일컬어진다.

183) 적몰(籍沒) : 중죄인의 재산을 몰수하고 가족까지도 처벌하던 일.

왕은 물론 양평공과 약대의 가속들마저 모두 죽이고 재산을 몰수했다. 이때 양평공의 딸 계양춘과 약대의 딸 녹양춘은 간신히 무계산으로 도망해 목숨을 구할 수 있었다.

계양춘이 말했다.

"우리 조상은 모두 번국[184] 신하다. 우리 부친이 불행해 전쟁 중에 돌아가셨고 노연충이 가족을 모두 죽이고 집과 전답을 관아에 넘겼으니 이는 다 현수문 때문이다. 듣자 하니, 현수문이 그 공으로 서천과 한중을 받고 위왕이 되었다고 하니 곧 위국이 개창할[185] 것이다. 본시 국가가 처음 세워질 때는 시녀를 구하는 법이니 우리가 잠시 몸을 굽혀 위왕을 섬긴다면 위왕은 젊은 남자인지라 분명 우리를 가까이할 것이다. 그때가 되어 현수문을 죽이고 부모의 원수를 갚는다면 타일 황천에서 부모를 만날 수 있을 것이나, 그렇지 않으면 무슨 면목으로 세상에 살겠는가?"

두 사람은 유비, 관우, 장비의 도원결의[186]를 본받아

---

184) 번국(藩國) : 제후의 나라. 즉 번방(藩邦)을 말한다.

185) 개창하다(開創-) : 새로 시작하거나 서다. 또는 그렇게 세우다.

186) 도원결의(桃園結義) : 《삼국지연의》에 나오는 말로, 후한 말 훗날 촉한의 초대 황제가 되는 유비가 장비의 집 뜰인 도원(桃園)에서 관우,

형제의 의를 맺은 뒤 남자의 옷으로 갈아입고 곧장 위국으로 향했다.

위왕 현수문은 천자께 하직하고 부모 및 아내와 함께 한중 땅으로 가던 중 소흥부를 지나게 되자 그곳 수령에게 분부해 벽계촌 석 참정 댁에서 묵어갈 준비를 하게 했다. 이때 방씨는 재산을 탕진해 아침과 저녁밥조차 제대로 먹지 못하고 있었는데, 뜻밖에 위왕이 자기 집에 묵는다며 수령과 관찰사가 사람들을 이끌고 와 객실을 수리하고 청소하자 의아한 마음이 들었다.

얼마 후 위왕과 왕비 석씨가 탄 수레가 벽계촌에 이르렀는데, 황금 갑옷과 순은 투구를 쓴 3천 군사가 말을 타고 좌우에서 위왕의 수레를 옹위했고, 1천 시녀는 진주로 된 발이 드리워진 왕비의 수레를 시위했으니 그 모습은 실로 장관이었다. 거리는 방씨 모녀를 비롯한 위왕의 행차를 구경하는 사람들로 꽉 차 있었다.

이때 사람들이 앞다투어 칭찬했다.

"누가 저런 자손을 두었는고?"

잠시 후 위왕의 행렬이 석 참정 댁에 도착하자 위왕은

장비와 함께 의형제를 맺은 데에서 유래한 말.

먼저 석침을 불렀다. 석침은 망극해 땅에 엎드려 일어나지 못했고 그러자 위왕이 부드러운 목소리로 말했다.

"그사이 별일 없었느냐? 또한 악장과 누이의 무덤은 퇴락하지 않았느냐?"

이 말에 침은 위왕이 현수문인 것을 알고 놀란 마음을 애써 감추고 물었다.

"위국으로 가시는 길이십니까?"

현수문이 말했다.

"그렇다. 네 모친을 뵈려고 하니 너는 먼저 들어가 전하라."

석침이 방씨에게 가 이 말을 전하자, 방씨가 놀라 당황하며 말했다.

"또 산소 얘기를 꺼냈으니 만일 운혜가 도망한 줄 알면 우리를 다 죽일 것이다. 그러니 너는 전처럼 말하거라."

방씨는 몇 번이나 석침에게 당부한 뒤 위왕을 맞이했다. 머리에는 통천관[187]을 쓰고 촉에서 나는 값비싼 비단

---

187) 통천관(通天冠) : 임금이 정무를 보거나 조칙을 내릴 때 쓰던 관. 검은 비단으로 만들었는데 앞뒤에 각각 열두 솔기가 있고 옥잠과 옥영을 갖추었다.

으로 만든 진홍색 황룡포[188]를 입은 위왕의 모습은 하늘에서 내려온 신선 같았다. 이 모습을 본 방씨는 정신이 흐려져 감히 아무런 말을 하지 못했다.

위왕이 먼저 몸을 굽혀 인사하며 말했다.

"그사이 무탈하시며 악장과 망녀의 제사는 빠뜨리지 않으셨나이까?"

방씨가 답했다.

"상공과 딸아이의 제사를 어찌 잊으리오? 여아가 청춘에 죽어 원귀가 되었사오니 첩이 슬퍼 여러 해가 지나도록 아침저녁으로 영전에 음식을 올렸는데 올해 가산이 탕진해 그쳤나이다."

위왕이 말했다.

"이번에는 두 무덤에 석물[189]을 설치할 것입니다. 또 소저가 생전에 쓰던 물건이 있거든 주소서. 개사초[190] 할 때 한데 묻을 것입니다."

---

188) 황룡포(黃龍袍) : 임금이 입던 시무복으로, 여름에는 운문사(雲紋紗), 겨울에는 운문단(雲紋緞)에 홍색 안을 넣어 만든 황색의 포(袍).

189) 석물(石物) : 능이나 묘에 설치한 각종 석조물.

190) 개사초(改莎草) : 무덤의 떼를 갈아입히는 일.

방씨가 속으로 깜짝 놀라며 말했다.

“세간 즙물이 많았으나 병치레하느라 다 팔아 쓰고 딱히 없나이다.”

이때 난향이 급히 고했다.

“위국 정궁[191]께서 재성각으로 행차하신 뒤 곡소리가 나 가 봤더니 춘섬이 정궁과 함께 있더이다.”

방씨가 말했다.

“요망한 년이로다! 소저와 같이 죽은 춘섬이 어떻게 다시 살아오리오?”

그럴 즈음에 문밖이 분주하더니 위국 왕비의 시비가 고했다.

“정궁께서 부인을 보고자 하나이다.”

방씨가 놀라 물었다.

“정궁께서는 지극히 귀한 분이요, 나는 산야에 사는 천한 백성인데 어찌 먼저 몸을 굽혀 나를 찾으신다는 말이냐?”

그러고는 황급히 자리에서 일어섰다.

이때 이 소식을 들은 석침 또한 내당을 찾았는데, 홀연

---

191) 정궁(正宮) : 왕비나 황후를 후궁과 비교해 상대적으로 이르던 말.

붉은 비단옷을 입은 한 무리의 시녀들이 칠보로 만든 화관을 쓰고 운무의[192]를 입은 위국 정궁을 인도해 내당으로 들어왔다. 방씨가 살짝 보았더니 옥경[193]의 선녀가 인간 세상에 하강한 것 같았다. 석침은 얼른 땅에 엎드렸고 놀란 방씨는 우두커니 계단 아래에 서 있었는데 정궁이 방씨 앞으로 다가와 절하니 방씨가 더욱 놀라 엎드리며 말했다.

"정궁께서 향촌 천인에게 어찌 이러십니까? 황공해 몸 둘 바를 모르겠나이다."

이때 춘섬이 방씨 앞으로 다가와 머리를 숙이고 말했다.

"소비 춘섬입니다. 위국 정궁이 바로 우리 소저십니다. 부인은 그간 평안하셨습니까?"

이 말을 들은 방씨는 천둥이라도 맞은 듯 얼굴이 하얗게 질려 앞을 제대로 볼 수 없었으나 애써 눈을 크게 떠 정궁과 춘섬의 얼굴을 확인했다. 이내 석침의 다리를 붙잡고 슬피 울며 말했다.

---

192) 운무의(雲霧衣) : 선녀나 궁중의 고귀한 여인들이 입었다는 비단결보다 가볍고 은은한 빛깔의 의복.

193) 옥경(玉京) : 옥황상제가 사는 궁전.

"침아! 이를 어찌하냐? 이제 우리가 다 죽으리로다."

방씨는 두려운 마음에 두 손으로 얼굴을 감싸며 울었고 석침은 재빨리 위왕 앞에 엎드려 그간 왕을 기만한 죄를 청했다.

이러한 방씨와 석침의 모습을 본 왕비는 부끄럽기도 하고 슬프기도 해 두 사람을 붙들어 앉히고 위로하며 말했다.

"모친은 걱정하지 마소서. 제가 비록 불민하나 어찌 지난 일을 괘념하겠습니까? 부자유친은 천륜입니다. 모친이 비록 저를 구박하셨으나 제가 어찌 이를 마음에 두겠습니까?"

그러고는 여러 번 위로했으나 방씨는 한마디도 못하고 마치 송장처럼 자리에 앉아 있었다. 왕비는 석침과 함께 부친의 사묘에 가 통곡한 뒤 특별히 석침을 어루만지며 안심시켰다. 그날 밤 왕과 왕비는 전처럼 재성각에 앉아 이런저런 이야기를 나누었는데, 지난 일이 떠오르자 감개무량해 못내 슬퍼했다.

이튿날 위왕은 방씨에게 하직하고 석침을 불러 말했다.

"위국에 도읍한 후 너를 부를 것이니 꼭 오거라."

왕비 또한 방씨 및 두 여동생과 작별하고 수레에 올랐는데 춘섬 또한 화려한 수레에 올라 시비들의 시위를 받는 모습을 본 방씨는 분한 마음이 치솟았다. 이것이 두고두고 마음의 병이 되어 결국 세상을 버렸으니, 석침은 예를 갖추어 방씨를 선산에 매장했다.

위왕이 서천에 도읍하자 문무 대신들은 두 손을 높이 들고 '천세(千歲)'를 외치며 축하했다. 이후 위왕은 궁궐을 크게 지어 부모를 편히 모시고 여러 신하와 더불어 백성들을 인의로 다스렸다.

그러자 위국 백성들은 격양가[194]를 부르며 다음과 같이 말했다.

"우리 임금은 부귀하시고 많은 아들을 낳고 천수를 누리소서!"

다음 이야기도 기대하시오.

---

194) 격양가(擊壤歌) : 풍년이 들어 농부가 태평한 세월을 즐기는 노래. 요임금 때에, 태평한 생활을 즐거워해 불렀다고 한다.

제3권

위국에 온 계양춘과 녹양춘은 과거 친분이 있었던 미양이라는 궁인의 도움으로 궁중에 들어갈 수 있었다. 두 사람은 아름답고 길쌈도 잘해 많은 궁인의 관심을 받았고 이들의 명성은 위왕에게까지 알려져 곧 왕을 만날 기회를 얻을 수 있었다. 미양은 계양춘과 녹양춘을 데리고 왕 앞으로 나아와 엎드려 인사했다.

이때 두 사람의 자태를 본 위왕이 매우 기뻐하며 말했다.

"참으로 요조숙녀로구나! 너희는 어디 사람이며 어찌하여 궁궐에 들어오게 되었느냐?"

계양춘이 말했다.

"신첩은 서천에 사는 양인의 딸로 부모가 일찍 죽어 의지할 곳이 없었는데, 마침 사촌 언니 미양이 위국 궁인인지라 미양으로 인해 들어오게 되었나이다. 신첩의 이름은 계양춘이며 올해 열여덟 살이 되었고, 함께 온 아우 녹양춘은 열여섯입니다."

위왕이 또 물었다.

"너희가 매우 영리해 보이는구나. 혹시 글자를 아느냐?"

계양춘이 답했다.

"양가의 천한 여자가 어찌 글자를 알겠습니까? 이름자나 적을 따름입니다."

위왕은 두 사람이 마음에 들어 이들의 얼굴을 찬찬히 살폈다. 그러다가 문득 놀라 미간을 찌푸렸으나 곧 온화하게 말했다.

"이만 물러가거라."

궁 밖으로 나온 미양은 만면에 희색이 가득해 계양춘과 녹양춘에게 소원을 이룰 수 있을 거라 말했다.

다음 날 조회 때 좌승상 노자경이 왕께 아뢰었다.

"전하께서 친히 미인들을 불러 보시고 흡족해 이들을 후궁으로 삼으려 하신다는 말을 들었사오니 재삼 살피소서."

위왕이 웃으며 말했다.

"과인이 서른 살이 다 되도록 왕비에게서 아들을 얻지 못해 후궁을 들일까 했는데 마침 서천 양가의 여식들이 궁에 들었다 하기에 불러 보았소. 그런데 막상 보니 얼굴은 아름다웠으나 하나는 양쪽 미간에 요사하고 음울한 기운이 있었고, 다른 하나는 살기가 등등하니 필경 남편을 죽일 상이라. 그래서 물리쳤으니 염려 마시오."

다시 노자경이 말했다.

"그러하면 다른 이를 후궁으로 뽑으리까?"

위왕이 말했다.

"급하지 않으니 천천히 하시오."

미양이 이 소식을 계양춘과 녹양춘에게 전하자 두 사

람은 위왕을 해칠 기회를 놓친 것을 한스러워하면서도 위왕의 지인지감에 탄복하며 다시 남자의 옷으로 갈아입고 이번에는 진번으로 향했다.

이적에 진번의 진왕은 조정 대신들을 모아 놓고 토번과 서번이 송나라에게 반했다가 망한 일에 대해 논의하고 있었다.

대장군 우골대가 말했다.

"용맹하지도 않고 꾀도 없는 토번왕이 망령되게 군사를 일으켰다가 아까운 장졸들의 목숨만 잃었습니다. 그러고도 부끄러운 줄 모르고 우리에게 현수문의 재주를 자랑하니 참으로 용렬하기 짝이 없습니다."

이 말에 맞장구를 치며 진왕이 말했다.

"서번은 또 어떠한가? 그간 서번왕은 모사 양평공은 제갈량과 같고 대장 약대는 초패왕에 필적한다며 득의양양했는데, 이들 모두가 현수문에게 죽고 나라가 망했네. 게다가 서번왕이 된 노연충이 이들의 가속들을 모두 죽였으니 비참하기 짝이 없구나. 당분간 중원 침범은 꿈도 꾸지 말아야 할 것이야."

이 무렵 계양춘과 녹양춘은 진번으로 들어와 궁인을 사귀어 궁중에 들어갔고, 또다시 진왕을 알현할 기회를 얻을 수 있었다.

두 사람의 자태를 본 진왕이 매우 기뻐하며 말했다.

"이런 절색이 있다는 것을 천하가 어찌 몰랐단 말이냐? 이는 하늘이 내게 주신 것이다."

그러고는 녹양춘을 후궁으로 삼고 계양춘은 우골대에게 첩으로 주었다. 녹양춘이 여기까지 오게 된 사연을 말하자, 진왕이 슬퍼하며 말했다.

"그대의 부형이 위왕 현수문에게 죽었다니 탄식이 절로 나는구나. 그대는 어떻게 도망했는가?"

녹양춘이 울며 말했다.

"첩의 팔자가 기구해 아비는 전장에서 죽고 일가 종족 모두가 노연충에게 죽임을 당했으니 어찌 홀로 살고 싶은 마음이 있겠습니까? 그러나 살아서 아비의 원수를 갚고자 이렇게 도망했나이다. 또 일전에 전하께서 우리 국왕께 시첩[195]을 구한다고 하셨다는 말씀이 기억나 의형제를 맺은 양평공의 딸과 함께 이리로 왔나이다. 엎드려 바라오니 성상은 아비의 원수를 갚아 주소서."

이 말을 들은 진왕이 기뻐하며 말했다.

"그대 부친의 원수를 갚는 것은 어려운 일이 아니다. 그

195) 시첩(侍妾) : 귀인이나 벼슬아치의 시중을 드는 첩.

러나 복수가 뭐 그리 바쁘랴?"

그날 밤 진왕은 녹양춘과 함께 침소에 들었고 이후 녹양춘은 교언영색으로 진왕을 미혹했다. 진왕이 국사를 잘 돌보지 않고 모든 일을 녹양춘의 뜻대로만 하자 진나라 조정은 곧 크게 어지러워졌다. 우골대 또한 계양춘에게 빠져 그녀의 말이라면 모든 것을 믿고 따랐으니, 계양춘과 녹양춘은 득의양양해 만나기만 하면 군사를 일으키는 일에 대해 의논했다.

그러던 하루는 녹양춘이 웃으며 진왕에게 말했다.

"대왕께서는 어찌 헛장[196]만 하시고 실은 없으십니까?"

진왕이 웃으며 말했다.

"그게 무슨 말인고?"

녹양춘이 정색하며 말했다.

"군사를 일으킨다고 말씀만 하시고 실제로는 그러지 않으시니 실이 없다고 한 것입니다."

그러자 위왕이 멋쩍게 웃으며 말했다.

"내 어찌 실이 없겠느냐? 다만 조정의 말을 들으니 현수문의 장략[197]이 뛰어나 당세에는 당할 자가 없다고 하

196) 헛장 : 허풍을 치며 떠벌리는 큰소리.

니 쉽사리 기병했다가 서번의 뒤를 쫓을까 해 재삼 살피는 것이다.”

이 말을 들은 녹양춘이 손뼉을 치고 웃으며 말했다.

“대왕께서는 진실로 지혜 없는 군자요, 우물 안 개구리 같으십니다. 서둘러 강병(强兵)과 맹장(猛將)을 몰아 함곡관을 친다면 세작[198]이 미처 천자께 보고할 시간이 없을 것입니다. 또 변방에서 장계가 가지 않는다면 천자가 어찌 이를 알고 방비하겠습니까? 우리의 기병 소식을 알게 된 뒤에야 비로소 성문을 닫을 것인데, 그때는 이미 우리 대병이 황성을 여러 겹으로 싸고 있을 것입니다. 그리하면 곧 송나라 황궁에 양식과 시초[199]가 끊길 것이니 궁중이 다 굶주리게 될 것이고, 그렇게 되면 송나라 천자가 무릎을 꿇어 항복할 것이니 힘들이지 않고 천하 강산을 차지할 수 있습니다. 위국은 황성에서 수천 리 밖에 있으니 비록 현수문의 재주가 뛰어나다고는 하나 어찌 달려와 천자를 구하리오?”

---

197) 장략(將略) : 장수로서의 지략과 기량.

198) 세작(細作) : 간첩.

199) 시초(柴楚): 땔나무, 장작을 뜻하는 말.

진왕이 감탄하며 말했다.

"범의 새끼, 개 안 된다는 말이 옳구나! 그대가 부친의 지혜를 물려받았도다! 만일 천하를 얻으면 그대를 황후에 봉하리라."

그러고는 우골대를 선봉으로 삼아 친히 대병을 거느리고 출정하려 했다.

이때 녹양춘이 말했다.

"옛날 초패왕은 우미인을 싸움터에 데리고 다녔습니다. 신첩 우미인을 본받아 대왕을 따라 종군하고자 합니다."

진왕은 기뻐하며 친히 녹양춘을 천리마에 태워 함께 적진으로 향했다. 진번의 선봉장 우골대는 대군을 이끌고 물밀듯 함곡관으로 나아가 송나라 장수 조영의 목을 베고 밤낮을 가리지 않고 황성으로 진군했는데 가는 곳마다 대적하는 자가 없었다.

이때 송 천자는 사방에 일이 없고 국가가 태평해 군무(軍務)에는 관심을 두지 않았는데, 천만의외에 서북 수문장[200] 왕약수의 장계가 도착해 보았더니, 그 내용은 다음과 같았다.

---

200) 수문장(守門將) : 궁궐 혹은 성을 지키던 무관 벼슬.

북쪽 오랑캐 진번이 50만 대병을 이끌고 황성 가까이에 이르렀사오니 폐하는 지략 있는 맹장을 보내 빨리 막으소서.

천자는 놀랍고도 두려운 마음에 얼굴이 하얗게 질려 성문을 굳게 닫으라 명했는데, 그 사이 남문을 지키는 장수 마희가 달려와 난데없이 나타난 적병이 산과 들을 덮었다고 보고했다.

천자가 탄식하며 말했다.

"진번은 강하고 사악한 오랑캐다. 짐이 평생을 꺼렸는데 이렇게 대군을 몰고 왔으니 큰 근심이로다. 지금 조정에 명장과 모사가 없고 현수문은 위국으로 돌아갔으며 유기마저 병들어 군사를 부리지 못하니 비록 임기와 지용태를 비롯한 몇몇 장수가 있다고는 하나 어찌 적을 당하리오? 송나라 종사가 위태롭겠구나!"

이 말을 들은 사예교위 임기가 말했다.

"외성(外城) 수문장에게 단단히 일러 문을 굳게 닫으라 하시고, 수성군에게 성가퀴[201]를 굳이 지키라 명하소서."

천자는 임기의 말이 옳다고 여겨 즉시 수성군을 뽑아 성 앞에 일렬로 세운 후 대사마 장기를 대도독으로 삼아 수성군 10만과 어림군 5천을 주어 성을 지키게 했다. 그러고는 만조백관과 함께 용봉루에 올라가 적을 무너뜨릴 계책을 의논했다. 혹자는 나가 싸우자 하고 혹자는 성문을 굳이 닫고 지키자 했으며 더러는 성을 버리고 피란하자는 등 의견이 분분했다. 이런 지 여러 날이 지나 마침내 식량과 시초가 떨어져 도성 백성들이 굶주리게 되었으나 천자는 망극하기만 할 뿐 여전히 적을 물리칠 방도를 찾지 못했다.

이때 장기가 말했다.

"신이 서번을 칠 때 선봉이 되어 여러 장수를 베고 도적을 멸했사온데, 어찌 조그만 진번에게 둘러싸여 나라가 곤함을 보겠나이까? 신이 비록 늙었으나 한번 나아가 진번을 멸하겠습니다."

천자는 나이 많은 장기가 걱정되었으나 한편으로는 그의 용맹함을 믿었기에 3만 군사를 주며 적과 싸우게 했다. 장기는 곧장 서문(西門)을 열고 나가 적병을 향해 돌진해 우골대와 20여 합을 겨루었으나 쉽게 승부가 나지 않았

201) 성가퀴 : 성 위에 낮게 쌓은 담. 여기에 몸을 숨기고 적을 감시하거나 공격하거나 한다.

다. 그런데 홀연 우골대가 힘을 다해 비사검을 들어 치자 검광이 번득이며 장기의 머리가 땅에 떨어졌다. 또한 우골대가 장기의 머리를 창에 꿰어 들고 서문을 향해 질주하자 겁에 질려서 달아나다가 목숨을 잃은 장기의 군사들이 셀 수 없이 많았다.

이 소식을 들은 천자는 적의 기세에 놀라 임기에게 진을 굳게 지키라 명한 뒤 양화에게 궁성을 호위하게 하고 용봉루에 올라 목 놓아 통곡했으니 시위하던 신료들 가운데 함께 울지 않는 자가 없었다.

이적에 녹양춘과 함께 성문루[202]에 올라 장기와 약대의 싸움을 지켜보던 진왕은 기뻐하며 급히 황성을 치라고 명했는데, 황성으로 달려드는 진군의 기세는 무척이나 매서웠다.

한편 위국으로 떠나며 1년에 한 번씩 조회해 천자를 보러 오겠다고 약속했던 위왕은 조회 날이 임박하자 군사들을 이끌고 황성으로 향했다. 진교역에 이를 무렵 한 군사가 다급하게 달려와 진번의 기병 소식을 전했다. 이 말을 들은 위왕은 깜짝 놀라 홀로 토산마를 채찍질해 쉬지 않고

202) 성문루(城門樓) : 성문 위에 지어진 누각. 일종의 초소를 말한다.

황성을 향해 달렸는데, 반나절쯤 가다 보니 말이 기력이 빠져 더 이상 달리지 못했다. 위왕은 어쩔 수 없어 말에게 죽을 먹이며 잠시 숨을 돌리고 있었다. 피란하는 백성들이 보여 이들에게 황궁 소식을 물었더니 진군이 황궁을 포위해 성안의 백성들이 모두 굶어 죽기 직전이라고 말했다. 위왕은 망극한 마음에 다시 말을 채찍질해 황성을 향해 달렸다. 이때 진군에게 쫓겨 달아나던 장기의 군사들이 위왕을 보고 달려와 장기의 사망 소식과 적의 형세를 전했다. 놀란 위왕이 진번의 장수들에 대해 묻자, 한 하급 무관이 말했다.

"확인된 적장은 우골대, 마골대, 호골대, 제골대 네 사람이며 그 밖에도 뛰어난 장수들이 셀 수 없이 많다고 합니다."

위왕이 다시 물었다.

"천자는 어디에 계시며 아직 항복하지 않으셨느냐?"

그러자 무관이 말했다.

"자세히는 알 수 없으나 곧 항복하신다 하옵니다."

위왕은 놀랍고도 분한 마음을 다잡고 다시 말에 올라 생각했다.

'옛날 조자룡이 아두를 품은 채 필마단창으로 조조의 백만 대군을 뚫고 장판교(長板橋)를 향해 달렸으니 그 이

름이 천하에 진동했다.203) 나 또한 어찌 진번의 사장(四將)을 두려워하겠는가?'

그러고는 나는 듯이 달렸다.

현수문이 달려오고 있다는 사실을 꿈에도 알지 못했던 진왕은 서문 위에 앉아 기뻐하며 녹양춘에게 말했다.

"그대가 남자로 태어났다면 천자가 되어 천하 강산을 차지하고 사방의 제후들에게 조공을 받았을 것이다. 내가 오늘 그대의 계책으로 천하를 얻게 되었으니 이 일은 천고에 드문 일이다. 제위에 오르는 날 그대를 황후로 봉해 백년해로하리라."

녹양춘이 만면에 미소를 띠었으나 자못 겸양한 태도로 말했다.

"대왕께서 신첩의 공을 과도하게 생각하시나이다."

득의양양한 진왕이 큰 소리로 군중에 명했다.

"빨리 천자를 잡아내라."

---

203) 조자룡이… 진동했다 : 조자룡은 촉한의 명장 조운(趙雲, ?~229)을 말하며 아두(阿斗)는 유비의 적장자이자 촉한의 마지막 황제인 회제(懷帝) 유선(劉禪, 207~271)의 아명이다. 유비가 당양(當陽) 장판(長坂)에서 조조에게 추격당해 처자를 버리고 남쪽으로 달아나자, 조운이 백만 적군을 뚫고 어린 아두를 구출했다.

이적에 위왕이 황성 서쪽에 도착해 보니 진왕이 문루에 앉아 천자를 잡아내라고 큰 소리로 호령하고 있었다. 위왕은 분노해 토산마를 채찍질해 서문을 향해 달렸고, 부지불식간에 위왕을 만난 진번의 장졸들은 미처 손을 놀리지 못하고 목 없는 고혼이 되었다. 이에 진나라 군중이 매우 소란스러워졌다. 녹양춘의 무릎을 베고 있던 진왕은 밖이 요란하자 자리에서 일어나 진중을 살폈다. 진 안에는 죽은 아군들의 시신이 널려 있었다.

진왕이 깜짝 놀라 물었다.

"이것이 어찌 된 것이냐?"

그러자 한 장수가 당황하며 말했다.

"방금 어떤 장수 하나가 말을 타고 나는 듯이 달려왔는데 그가 가는 곳마다 장졸들의 머리가 떨어졌습니다. 그 장수의 이름은 알 수 없나이다."

진왕은 깜짝 놀라 문무 대신들을 모았다. 이때 위왕이 궁성을 향해 큰 소리로 외쳤다.

"무도한 진왕이 감히 우리 천자를 업신여겨 당돌하게도 황성을 침범했으니 내가 너의 머리를 베어 우리 종사에 제사하리라. 진왕은 급히 나와 내 칼을 받아라."

그러고는 진군을 향해 달려들자 제골대가 나와 맞섰는데, 두 합이 못 되어 자룡검이 번득이더니 제골대의 머리가 말 아래로 떨어졌다. 위왕은 제골대의 머리를 칼끝으로 찔러 들어 말 옆에 달고 다시 진번의 군사들을 향해 돌진했다.

이때 우골대는 궁을 둘러싸고 천자를 압박하고 있었는데, 한 군사가 급히 달려와 말했다.

"한 장수가 홀로 말을 타고 들어와 제골대를 베고 군중을 누비고 있나이다."

우골대는 곧장 말 머리를 돌려 위왕에게로 달려갔고, 맞닥뜨린 두 사람은 수합을 싸웠다. 말에 탄 위왕이 동에 번쩍 서에 번쩍하며 자룡검을 휘두르는 모습은 천신이 비룡을 타고 번개를 치는 것 같았다. 그러자 곧 우골대의 머리 또한 땅에 떨어졌고 이 모습을 본 진번의 장졸들은 놀라 달아나다가 서로를 짓밟아 죽게 했으니 이때 죽은 장졸의 수가 셀 수 없이 많았다.

그 가운데서 위왕이 칼을 번쩍 들며 말했다.

"무도한 진왕은 어디 있느냐?"

그러고는 날개 돋친 듯 다시 군중을 누비기 시작했다.

한편 제골대와 우골대의 전사 소식을 들은 진왕은 당황해 어쩔 줄 몰랐으나 이내 정신을 차리고 군사들에게 천자를 압박하라고 명했다. 그러자 진번의 대군이 천지가 떠나갈 듯 함성을 지르며 궁성으로 달려들었다.

이 무렵 항복을 결심한 천자는 한림학사를 명해 항서를 쓰게 하고 신하들과 함께 통곡하며 궁문을 열려고 했는데, 궁 밖이 매우 요란해 대 위에 올라 적진을 살폈다. 한 장수가 홀로 말을 타고 적진을 누비고 있었으며 서릿발 같은 그의 칼날 아래 적들의 머리가 쌓여 갔으니 이 모습을 유심히 보던 천자가 눈가에 기쁜 빛을 띠며 말했다.

"저자가 천신이 아니라면 분명 위왕이겠구나."

위왕이 적의 장졸을 셀 수 없이 베자, 이번에는 호골대가 분을 참지 못하고 칼을 들고 달려들며 마골대에게 뒤를 쫓으라 했다. 그러고는 위왕과 맞붙어 싸웠는데 위왕이 자룡검을 높이 들어 호골대의 어깨를 치자 호골대가 급히 칼로 막았으나 칼이 두 동강이 났다. 이에 호골대는 깜짝 놀라 달아났다. 곧장 마골대가 달려들어 삼모창[204]으로 위왕을 찔렀으나 이상하게도 창날이 보신갑에 닿자마자 바스러졌다. 이에 마골대 또한 놀라 달아났는데, 위왕은 재빨리 마골대를 추격해 자룡검으로 그의 머리를 베어 제골대 및 우골대의 머리와 함께 말에 달고 적진을 누볐다.

---

204) 삼모창(三矛槍) : 세 개의 창끝을 가진 창으로, 실전과 의장용으로 두루 쓰임.

이 모습을 본 호골대는 두려운 마음에 진문을 굳이 닫고 밖으로 나오지 않았다.

위왕이 큰 소리로 말했다.

"나는 위왕 현수문이다. 내가 누군지 모른다면 토번에 가 물어보거라."

그러고는 다시 적진을 좌충우돌하자 감히 대적하는 이가 없었다.

위왕은 곧장 궁성문을 향해 달려가 큰 소리로 외쳤다.

"수문장은 빨리 천자께 고하라. 위왕 현수문이 진번의 세 장수를 베고 삼장(三將)의 머리를 진상하러 왔노라고!"

수문장 지용태는 매우 기뻐하며 이 소식을 천자께 전했다. 천자는 반신반의하면서도 무척이나 기뻐하며 서둘러 문을 열라고 명한 뒤 허둥지둥 위왕을 맞으러 갔다.

궁 안으로 들어온 위왕이 황급히 말에서 내려 엎드려 절한 뒤 말했다.

"미친 도적이 창궐해 폐하께서 곤욕을 당하시니 이는 모두가 신이 불충한 탓입니다."

천자가 위왕의 손을 어루만지며 말했다.

"박덕한 짐을 위해 홀로 사지(死地)에 뛰어들었으니 이 은혜를 장차 어떻게 갚으리오?"

그러고는 혹여 상한 곳이 없나 해 온몸을 자세히 살폈

더니 옷 곳곳이 피로 얼룩져 있었다.

천자가 눈물을 흘리며 말했다.

"나를 위해 천금 같은 몸이 상했으니 어찌 슬프지 않으리오? 그나저나 짐이 이런 줄 어찌 알고 왔느뇨?"

위왕이 말했다.

"조회하러 오는 길에 진교역에서 폐하께서 위기에 처하셨다는 말을 듣고 시신과 군마를 버리고 급히 달려왔나이다."

천자가 크게 칭찬하며 말했다.

"그대는 송나라를 위해 하늘이 내신 자로다!"

천자는 수문의 어깨를 어루만지며 위로했고 모든 신하는 위왕의 공을 치하했다. 잠시 뒤 천자가 근심스러운 얼굴로 대신들을 돌아보며 말했다.

"위왕의 공으로 목숨을 보전했으나 여전히 적이 물러가지 않으니 장차 어찌하면 좋으리오?"

이때 지용태가 급히 달려와 고했다.

"적이 진을 풀고 달아나고 있습니다."

위왕이 말했다.

"소신이 진왕을 마저 잡아 나라의 후환을 없애겠나이다."

그러고는 토산마를 이끌었는데, 말이 일어섰다가 거꾸

러져 더 이상 움직이지 않았다. 놀란 위왕은 말을 살피다가 말 머리를 붙들고 통곡하며 말했다.

"토산마, 어찌 나를 버리고 죽는단 말이냐?"

위왕이 슬피 울자 천자가 위로하며 군사들에게 말했다.

"이 말이 비록 짐승이나 송실(宋室)을 위해 수고했으니, 비단으로 몸을 싸 잘 묻어 주어라."

위왕이 낙심천만해[205] 죽은 말을 보고 말했다.

"내가 삼국(三國)과 싸워 이긴 것은 모두 너의 공이다. 그런데 오늘 네가 죽었으니 이제 어찌 내가 만국을 누비겠느냐?"

천자는 슬픔에 싸인 위왕을 위로하고 자기가 타던 천리대완마를 하사했다.

위왕은 곧 임기를 선봉으로 삼아 군사 3천과 장수 30여 명을 거느리고 즉시 적의 뒤를 추격했다. 이때 적병은 오장원을 지나 곡강(曲江)을 건너고 있었는데 후군이 달려와 송나라 병사들이 추격한다고 전하자 진왕은 군사를 재촉해 강을 건너 진을 치라고 명했다.

그러자 호골대가 말했다.

---

205) 낙심천만하다(落心千萬-) : 마음이 몹시 상하다.

"산골짜기에 숨어 적을 치는 것이 어떻겠습니까?"

진왕이 화를 내며 말했다.

"적이 뒤를 쫓아 불로 치면 길은 좁고 초목은 무성한데 어디로 도망가려느냐? 곡강을 사이에 두고 진을 치면 저가 어떻게 우리 진을 범하리오?"

호골대가 말했다.

"그래도 패한다면 그땐 어디로 도망가시렵니까?"

이 말에 진왕이 다시 화를 내며 말했다.

"그대는 60만 대군을 이끄는 대장이다. 어찌 현수문을 두려워해 도망갈 생각부터 하느냐? 내 그대를 군령으로 다스리고 싶으나 적병이 급히 따라오매 용서하나니 이후 다시 그런 말을 한다면 두 가지 죄를 함께 벌하리라."

호골대는 무안해 진왕의 명령대로 사곡을 등지고 곡강을 향해 진을 쳤다.

이 모습을 지켜보던 군사가 위왕에게 달려가 말했다.

"적군이 사곡을 등지고 진을 치나이다."

이 말을 들은 위왕의 얼굴에 은은하게 미소가 번지자, 이를 본 한 장수가 물었다.

"어찌 기뻐하십니까?"

위왕이 말했다.

"진왕이 참으로 지혜가 없어서 웃노라. 사곡을 지나면

광활한 들이다. 적들이 말을 타고 달아난다면 우리가 어찌 따라잡을 수 있겠는가? 말을 달려 곧장 제 나라로 돌아갈까 염려했는데 사곡을 등지고 곡강을 향해 진을 쳤으니, 이것은 우리로 하여금 배수진[206]을 치게 하려는 것이다. 내 어찌 이 꾀를 모르리오?"

그러고는 마원수에게 1천 군사를 주며 말했다.

"그대는 오늘 밤 삼경에 강을 건너 사곡 서쪽으로 가라. 그리하면 갈대가 무성한 '노원'이라는 들이 있을 것이니 그곳에서 불을 놓을 준비를 하고 숨어 있다가 적군이 오거든 일시에 불로 치라."

또 지용태를 불러 말했다.

"그대는 5백 군사를 거느리고 오늘 밤 사경[207]에 길을 떠나 사곡 동편 좌우에 매복했다가 적군이 오거든 불로 치라."

그러고는 직접 1천 5백 군사를 거느리고 강을 건너 사곡을 향해 곡강을 등지고 배수진을 쳤다.

---

206) 배수진(背水陣) : 강이나 바다를 등지고 치는 진.

207) 사경(四更) : 하룻밤을 오경으로 나눈 넷째 부분으로 새벽 1시에서 3시 사이.

장대에 올라 위왕이 진 치는 모습을 본 진왕이 크게 기뻐하며 말했다.

"누가 현수문을 지혜롭다고 했던가? 배수진 치는 것을 볼작시면 전혀 아니로다."

이 말에 호골대가 말했다.

"사람들이 현수문의 장략을 제갈량과 견주더이다. 적은 군사를 데리고 배수진을 쳤으니 분명 무슨 꾀가 있을 겁니다. 사곡의 골이 좁으니 행여 불로 친다면 어찌하시렵니까? 대왕은 가볍게 보지 마소서."

진왕이 화를 내며 말했다.

"저가 어디에 군사를 매복했나 두려워 그러시오? 그대는 염려치 말라."

한편 마원수와 지용태는 위왕의 명령에 따라 초경에 군사들을 배불리 먹이고 삼경 무렵 길을 떠났다.

나머지 군사들을 향해 위왕이 말했다.

"내일은 화공을 써 적을 칠 것이니 오늘 밤 여러 장수는 불을 피울 도구들을 준비하라."

날이 밝자 적군이 먼저 진문을 열고 나와 싸움을 걸었다. 그러자 위왕이 갑주를 입고 말에 올라 진문 깃발 아래 서서 큰 소리로 외쳤다.

"나 홀로 칼 한 자루를 들고 말에 올라 너희 군중을 누비며 대장 셋을 벤 것을 알 것이다. 이제 우리 군사가 풍족하니 너희는 빨리 항복해 죽음을 면하라!"

말이 끝나자마자 호골대가 소리를 지르며 달려들었고 두 사람은 30여 합을 겨루었으나 승부가 나지 않았다. 호골대가 말 머리를 돌려 달아났으나 위왕은 쫓지 않고 자기 진영으로 돌아갔다.

이 모습을 본 진왕이 근심스러워하며 말했다.

"위왕 현수문은 참으로 영웅이구나! 검법과 기마술이 뛰어나 나는 제비 같을뿐더러 호골대가 달아났으나 의심해 따르지 않을 정도로 지혜로우니 쉽게 파하지 못할 것이다."

이때 막 진으로 돌아온 호골대가 웃으며 말했다.

"위왕 현수문은 낭중취물[208]입니다."

한편 위왕이 본진으로 돌아오자 여러 장수가 달려와서 물었다.

"호골대를 쫓지 않은 이유는 무엇입니까?"

위왕이 말했다.

---

208) 낭중취물(囊中取物) : 주머니 속에 있는 것을 꺼낸다는 뜻으로, 쉽게 취할 수 있음을 이르는 말.

"믿는 것이 없다면 어찌 호골대가 그리 쉽게 달아나리오? 진번이 지난밤 진 앞에 구덩이를 파고 쇠뇌와 올무를 설치했을 것이니 어찌 무작정 쫓겠는가?"

다음 날도 호골대는 위왕에게 싸움을 걸다가 달아났으나 위왕은 뒤를 추격하지 않고 본진으로 돌아왔다. 이러기를 몇 차례 하자 진왕은 어쩔 수 없이 징을 쳐 군을 거두고 여러 장군과 함께 화공(火攻)을 준비했다.

본진으로 돌아온 위왕이 급히 장수들을 불러 말했다.

"오늘 밤에 적군이 불로 공격할 것이니 군사들은 전포[209]를 벗어 강물에 적셨다가 진 앞에 불이 나거든 동시에 달려들어 젖은 전포로 불길을 잡아라. 다만 불이 나기 전에는 말안장을 벗기지 말고 항오를 떠나지 말며 진중에 불도 켜지 말라. 또 경점[210]도 그치고 솔발[211]도 흔들지 말며 모두 자는 듯이 있어라. 이리한다면 내일 유림원에

---

209) 전포(戰袍) : 군사들이 입던 긴 웃옷.

210) 경점(更點) : 북이나 징을 쳐서 알려주던 시간. 하룻밤의 시간을 다섯 경(更)으로 나누고 한 경은 다섯 점(點)으로 나누어서 경은 북을, 점은 징을 쳐서 알렸다.

211) 솔발 : 놋쇠로 만든 종 모양의 큰 방울. 위에 짧은 쇠자루가 있고 안에 작은 쇠뭉치가 달려 있으며 군령이나 경고 신호에 썼다.

서 호골대를 베고 진왕을 생포할 수 있을 것이다."

장수들은 모두 위왕의 명령에 따라 각자의 위치로 가 대기했다.

이 무렵 호골대가 문득 의아한 생각이 들어 진왕에게 말했다.

"소장의 창으로 찌르면 백 근 철갑도 두부와 같이 되나이다. 그런데 소장이 수문의 갑옷을 여러 번 찔렀으나 수문의 몸이 상하지 않고 오히려 창날만 상했으니 도무지 알 수가 없습니다."

이 말을 들은 진왕은 근심하며 군중에 명해 화약, 염초, 홰[212] 등을 준비시키고 그날 밤 삼경, 말에 달린 방울을 떼고 조용히 송나라 진영을 습격하려 했다. 그리고 송나라 진영을 탐지하게 했는데 곧 군사가 돌아와 말했다.

"송나라 군사들이 모두 불을 끄고 자더이다."

진왕은 기뻐하며 군사를 이끌고 송진으로 향하려 했다.

이때 녹양춘이 말리며 말했다.

"첩이 간밤에 꿈을 꾸었는데 부친이 나타나 말씀하시

---

212) 홰 : 화톳불을 놓는 데 쓰는 물건. 싸리, 갈대, 또는 노간주나무 따위를 묶어 불을 붙여서 밤길을 밝히거나 제사를 지낼 때 쓴다.

기를, 위왕 현수문이 우리가 불로 치려는 것을 알고 준비했으니 삼가 조심하라 하더이다. 그러니 대왕께서는 한 번 더 살피소서."

진왕이 웃으며 말했다.

"꿈 때문에 대사를 그르치리오? 그대는 염려 말라."

그러고는 선봉을 재촉해 송나라 진영으로 가 화구에 불을 놓아 보냈다. 그러자 곧 송진에 화광이 충천했고, 진번의 군사들은 포를 쏘고 일제히 소리를 지르며 송나라 진영으로 달려들었다. 그런데 죽은 듯 조용하던 송나라 진영에서 문득 포 쏘는 소리가 들리더니 수많은 군사가 나타나 젖은 전포로 불을 끄기 시작했다. 그리고 밝은 불빛을 뚫고 어느새 나타난 위왕이 적병을 향해 무서운 기세로 달려들자 놀란 적병은 무망중[213]에 미처 수족을 놀리지 못하고 항오를 잃고 사방으로 흩어졌다.

위왕이 자룡검을 휘두르며 큰 소리로 말했다.

"간사한 진왕은 어디 있는가?"

그러고는 나는 듯이 적병을 덮쳤으니 이후 적의 머리는 추풍낙엽처럼 떨어져 뒹굴었다.

---

213) 무망중(無妄中) : 별 생각이 없이 있는 상태.

이 광경을 보고 놀란 진왕은 미처 진을 치지도 못하고 사곡을 향해 달아났다. 위왕은 군사를 호령해 급히 진왕을 추격했다.

정신없이 달아나던 진왕 일행은 수목이 빽빽하고 층암절벽이 곳곳에 솟아난 곳에 도착하자 숨을 돌릴 겸 잠시 그곳에서 쉬어 가기로 했다. 그런데 산골짜기 좌우에서 함성이 나더니 화광이 하늘 높이 솟아오르고 곧 화살이 빗발치듯 날아왔다. 놀란 진왕은 사력을 다해 간신히 그곳을 벗어나 겨우 유림원에 이르렀는데, 이때 군사를 점고해[214] 보니 죽은 자가 태반이었다.

밤이 되자 더욱 불안해진 진왕이 말했다.

"현수문이 만일 이곳에 복병하고 갈밭에 불을 지른다면 우리는 어디로 가야…?"

말을 채 다하지 못해 포 쏘는 소리가 나며 함성이 대진하더니[215] 송나라 장군 마원수가 한 무리의 군사를 이끌고 와 이들의 앞을 막았다.

---

214) 점고하다(點考-) : 명부에 일일이 점을 찍어 가며 사람의 수를 조사하다.

215) 대진하다(大振-) : 크게 떨치다.

마원수가 호골대를 보고 외쳤다.

"적장은 빨리 말에서 내려 목을 늘려 내 칼을 받아라. 네가 이제 어디로 가리오?"

복병의 등장에 당황한 진왕이 녹양춘을 돌아보며 말했다.

"그대 부친이 고혼이 되어서도 나를 위해 그대에게 현몽해 경고했거늘 내가 마음에 두지 않고 군사를 일으켰다가 이 환란을 당하니 누구를 원망하고 누구를 탓하겠는가? 이것이야말로 하늘이 망하게 하는 것이로다!"

진왕이 목 놓아 울자 이 모습을 본 진번의 장졸들 또한 싸울 마음이 없어져 눈물만 흘렸다.

위왕이 사곡 봉우리에 올라서 보니 울창한 수풀 좌우에 크게 불빛이 일며 함성이 천지를 진동했다. 위왕은 기뻐하며 나머지 군사들을 이끌고 적의 후군을 쳤다.

겁먹은 진왕은 스스로 손을 묶어 항복하려 했고 화가 난 호골대는 분노를 참지 못하고 위왕에게 달려들었으나 위왕의 자룡검이 번쩍이며 곧 호골대의 머리 또한 말 아래로 떨어졌다. 이때 그의 목에서 한 줄기 은빛 기운이 나와 적진을 뚫고 사라졌으니 호골대는 천하의 명장으로 위왕이 아니었다면 아무도 그를 이길 수 없었을 것이다.

호골대의 죽음을 본 진왕은 세궁역진해[216] 하늘을 우러러 통곡한 뒤 칼을 빼 녹양춘을 먼저 죽이고 자기 목을 찔러 스스로 목숨을 끊었다. 진군이 항복하자 지용태는 군을 거두고 진왕의 머리를 베어 장대에 달고 승전곡을 울리며 행군했다.

이때 위왕 또한 말을 타고 전진하고 있었는데 문득 군사들이 시신 하나를 요리조리 피해 다니는 것이 보였다. 위왕이 다가가 보니 남자의 옷을 입었으나 분명 여인의 얼굴을 하고 있었는데 좀 더 자세히 보았더니 그녀는 몇 해 전 위국에 와 자신을 만났던 녹양춘이었다.

위왕을 전장에 보내놓고 전전긍긍하던 천자는 승전보를 듣고는 기뻐하며 신하들을 돌아보며 말했다.

"위왕의 재주와 지모는 천고에 드물도다! 이 사람의 공로를 무엇으로 갚으리오?"

그러고는 사관을 하루 세 번씩 보내 위왕에게 반사[217]를 재촉했고 이후 친히 수레를 타고 30리 밖까지 나와 위왕을 맞았다.

---

216) 세궁역진하다(勢窮力盡-) : 기세가 꺾이고 힘이 다 빠져 꼼짝할 수 없게 되다.

217) 반사(班師) : 군사를 이끌고 돌아옴.

위왕이 황공하여 엎드려 절하며 말했다.

"옥체가 멀리까지 임하시니 신이 몸 둘 바를 모르겠나이다."

천자가 다가가 위왕의 손을 잡고 말했다.

"짐이 무슨 복으로 그대를 얻어 다 무너져 가는 사직을 보전했는고?"

그러고는 용안 가득 화색이 무르녹았다.

환궁한 천자는 먼저 사직에 제사하고 모든 나라에 승전을 선포한 후 위왕의 초상화를 그려 기린각[218]에 붙이고 치하했다. 천자는 공에 따라 여러 장수의 벼슬을 차례로 높여 주었고 위왕을 위해 사흘간 잔치를 열었는데, 이때 제후들에게 진공[219] 받은 예단이며 보화를 모두 위왕에게 하사했다. 위왕은 하사품 일부는 출전 장사들에게 상으로 주었고 나머지는 세금에 충당해 백성들의 부담을

---

218) 기린각(麒麟閣) : 전한(前漢) 궁전의 이름. 무제(武帝)가 기린을 얻었을 때 마침 전각이 낙성되어 전각 안에 기린의 화상을 그려 붙이고 '기린각'이라 불렀다. 선제(宣帝)가 곽광(霍光)을 비롯한 11명의 초상을 그려 벽에 걸어 둔 후부터 공신들을 기리는 상징적인 장소로 인식되었다.

219) 진공(進貢) : 공물을 갖다 바침.

덜게 했다.

위국으로 떠날 날이 되자 천자는 10리 밖에서 위왕을 전송하며 못내 아쉬워했고 위왕 또한 천자의 은혜에 감사하며 눈물로 하직하고 본국으로 돌아갔다.

위왕이 서천에 도착하자 백성들은 위왕의 덕을 송축하며 천세를 불렀다. 위왕이 내전에 들어 부모께 인사하자 상왕 부부는 기특하고도 슬픈 마음이 들어 위왕의 어깨를 어루만지며 못내 애달파했고, 왕비 또한 매우 반겼다.

이후 위왕은 사람을 보내 석침을 위국으로 불러 노비와 전답을 하사하고 벼슬을 주었는데, 석침이 정성을 다해 정사를 돌보자 차차 벼슬을 높여 정승으로 삼았다. 위왕은 왕비 석씨에게서 아들 셋과 딸 하나를 얻었고 후궁들로부터 일곱 아들과 딸 셋을 얻었으니 다복함이 만방 제후들 가운데 으뜸이었다.

시간이 흘러 상왕 부부가 73세에 승하하자 위왕은 애통해하며 부모의 시신을 금릉 선산에 매장했다. 어느덧 천자의 춘추는 69세가 되었고 위왕의 나이 또한 53세가 되었다.

그러던 어느 날, 위왕이 조회하러 황성에 오자 천자는 매우 반기며 위왕을 상빈례로 맞았고, 위왕은 그러한 천자의 은혜에 진심으로 감사를 표했다.

이때 천자가 말했다.

“짐이 나이가 많고 태자가 있으나 나이가 어려 치국안민할 깜냥이 되지 못하니 걱정이오. 게다가 조정에는 어진 신하가 없고 간신만 가득해 권력을 제 맘대로 휘두르려 하니 경의 아들을 하나 주어 태자를 돕게 하시오.”

이 말에 위왕이 황공해 엎드려 아뢰었다.

“신의 집안이 대대로 송나라의 신하이오니 어찌 하교를 거역하리오? 신의 둘째 현담으로 하여금 태자를 돕게 하겠나이다.”

천자는 기뻐하며 즉시 위국으로 사신을 보내 현담을 불렀고, 며칠 후 황궁에 도착한 현담은 천자의 은혜에 감사하며 절했다.

이때 위왕이 말했다.

“백마천, 진수하, 여동후 3인은 태평한 시대에는 유능한 신하요, 난세에는 영웅이 될 법한 뛰어난 인재들입니다. 이들이 태자를 돕는다면 무슨 염려가 있으리오?”

천자는 매우 기뻐하며 세 사람을 불러 높은 관직을 주며 현담과 함께 태자를 도와 송실을 보호하라고 명했다. 위왕 또한 세 사람의 손을 잡고 말했다.

“복이 그대들을 천거했으니 부디 내 자식과 함께 국사를 부지런히 돌보시게. 황상의 춘추가 높으시니 곧 태자가 즉위할 것이네. 그때가 되면 복 또한 자주 조회하지 못할 것이니 그대들은 삼가 조심하라."

또 현담을 보며 말했다.

"너는 충성을 다해 사직을 보전하라. 또한 백마천 등은 나의 벗이니 부디 공경해 잘 대접하라."

그러고는 바로 천자께 작별을 고하자 천자가 위왕의 손을 잡고 눈물을 흘리며 말했다.

"짐의 나이가 많으니 어찌 다시 보기를 바라리오? 경 또한 나이가 많으니 이후 황천에서 만난다면 내 그대의 은혜를 반드시 갚으리라. 태자가 나이가 어리고 덕이 없으니 짐이 죽거든 부디 태자를 짐을 보는 듯 도와 사직을 안보하라."

천자가 말을 마치고 하염없이 눈물을 흘리자, 위왕 또한 눈물을 흘리며 말했다.

"성은이 망극해 신이 외람되게 왕위에 거하게 되었습니다. 또한 폐하께서 이렇듯 믿고 자식의 장래를 부탁하시니 비록 신의 나이 많사오나 어찌 폐하의 뜻을 따르지 않으리오? 바라건대 성상은 만수무강하소서."

그러고는 본국으로 돌아갔다.

슬프다! 시운이 불행하고 국운이 망극하구나! 위왕이 떠난 후 천자가 슬픔을 이기지 못해 병이 들었는데 백약이 들지 않았다.

이에 천자가 태자를 불러 말했다.

"내 병이 중해 회생하지 못할까 싶다. 내가 죽으면 너의 일신이 고단하고 조정에 간신이 많아 사직이 위태로울 것이니 매사 조심해라. 또한 현수문이 천 리 밖에 있을뿐더러 연로해 조회하지 못할 것이나 송조의 충신이니 어려운 일이 있거든 사신을 보내 가르침을 구하라. 그리하면 그릇된 일이 없을 것이니 내 말을 잊지 말거라. 그리고 현담의 직간에 귀 기울일 것이며 위왕이 천거한 백마천 등 3인과 함께 국정을 다스리면 천하가 태평할 것이다. 삼가 짐의 유언을 잊지 말라."

그러고는 곧 승하하자 일광은 빛을 잃었고 먹구름이 하늘을 가렸다. 신료들은 천자의 장례를 예를 갖추어 치렀고 곧 태자는 즉위해 천자가 되었다. 천자의 부음을 들은 위왕은 망극해 북쪽을 향해 절하며 통곡했으니 슬픔이 하늘에 사무치는 것 같았다.

신천자(新天子)가 정사를 돌보기 시작하자, 조돈을 비롯해 그간 산속에 숨어 있던 역당들이 하나둘씩 조정으로 돌아와 교언영색으로 천자를 꾀었다. 어느덧 조정은 간신들로 가득하게 되었고, 이후 신천자는 부왕의 유교[220]를 잊고 간신들의 말을 신청해[221] 어진 신하들을 의심했으니 정사는 나날이 어지러워졌다.

이에 현담이 조정에 있는 충신들에게 근심하며 말했다.

"오래지 않아 송나라가 망할 것이니 어찌하면 좋겠습니까?"

그러고는 신천자에게 간신들을 내쫓으라 간언했으나 신천자는 크게 화를 내며 오히려 간언한 대신들을 모두 파직하고 조돈을 비롯한 간신들에게 벼슬을 주고 현담의 죄를 의논했다.

조돈이 말했다.

"위왕 현수문이 비록 작은 공로가 있다고는 하나, 이는 모두 선제께서 여러 장수 가운데 뽑아 쓰셨기 때문입니다. 또한 서천과 한중을 떼어 왕에 봉하셨으니 그 은혜가 백골난망인데도 선제가 붕어하신 후에는 한 번도 조회하러 오지 않았으니, 이것은 폐하를 업신여기는 것입니다. 그냥 두면 반드시 후회할 것이니 사신을 보내 서천과 한중 두 곳 중 하나를 반납하고 공물이나 예단을 다른 나라들과 같이 하라 명하소서."

---

220) 유교(遺敎) : 임금이나 부모가 죽을 때에 남긴 명령.

221) 신청하다(信聽) : 믿고 곧이듣다.

신천자는 즉시 위왕에게 사신을 보내 조서를 전달했으니, 그 내용은 다음과 같았다.

선제가 붕어하시니 일국 백성이 천붕지통[222]을 이기지 못하거늘 경은 한 번도 입조(入朝)하지 않았으니, 이것은 선제의 덕을 배반한 것이다. 고로 짐이 당장 잡아들여 죄를 물어야 할 것이나 선제께서 총애하시던 일을 생각해 아직은 그저 두겠노라. 그러나 공은 적고 국은은 지나치게 넘치니 서천과 한중 중 하나를 반납하고 진공의 절차를 다른 나라와 같게 해 신하의 절(節)을 잊지 않게 하라.

조서를 본 위왕은 크게 화가 나 사신을 꾸짖어 내친 뒤 대신들을 소집해 조서를 보이며 말했다.

"신천자가 간신을 신임하니 천하가 장차 어지러울 것이오. 송나라 종사가 위태로울 것이니 어찌 아깝고 분하지 않으리오?"

---

222) 천붕지통(天崩之痛) : 하늘이 무너지는 슬픔이라는 뜻으로, 제왕이나 아버지의 상사를 당한 고통을 비유적으로 이르는 말.

그러고는 그 자리에서 표를 써 송나라 사신에게 전했다. 본국으로 돌아온 사신은 신천자에게 표를 올리며 위왕을 갖은 말로 헐뜯었다.

화가 난 천자가 표를 보니 이렇게 쓰여 있었다.

위왕 현수문은 머리를 백 번 조아리며 폐하께 표를 올립니다. 신이 외람되게도 천은을 입어 몸이 귀해져 그 은혜를 갚고자 마음을 다해 동정서벌했고[223] 또한 조길과 같은 난신적자를 물리치고 충성스러운 신하들로 선제를 보좌하게 했으니, 사방은 태평하고 각국에는 일이 없어 만민이 배를 두드리며 격양가를 불렀나이다. 그런데 폐하께서 즉위해 선제의 가르침을 잊고 현신을 멀리하고 소인을 가까이하시니 송나라 사직이 오래지 않아 타인의 손에 넘어갈 것입니다. 그러니 어찌 애달프고 슬프지 않으리오? 또 선제께서 보잘것없는 신의 공로를 포장하사 서천과 한중에 봉하셨으니 신은 복이 사라질까 해 밤낮으로 두려웠나이다. 그런데 한중을 돌려 달라 하시니 이는 신의 소원이라 어찌

223) 동정서벌하다(東征西伐-) : 여러 나라를 이리저리 정벌하다.

거리끼는 마음이 있으리오마는, 선제께서 할토봉왕[224] 하신 것을 환수하시면 폐하의 누덕[225]이 될 것이니 주저하옵니다. 또 신이 선제께서 붕어하신 후 특별히 사신을 보내 예물을 전하며 예를 표했으니, 번신의 도리가 지극했거늘 폐하께서 간사한 이들의 말을 굳게 믿으사 조회에 참석하지 않았다고 죄를 물으시니 이것은 위국안민하시던 선제의 뜻이 아닙니다. 바라옵건대 폐하께서는 선제의 유교를 봉행하사 간신을 멀리하시고 충언을 들으사 사직을 위태롭게 마소서.

표를 본 신천자가 분노하며 말했다.

"위왕 현수문이 어찌 짐을 이처럼 능욕한단 말인가? 마땅히 군사를 보내 그 죄를 물을 것이다."

그러자 조돈이 말했다.

"위왕이 이처럼 거만하게 폐하를 책망하오니 그 죄는 용서할 수가 없습니다. 그러나 아직 위왕을 어찌할 수 없으니 먼저 그 아들 현담을 잡아 가두고 사신을 보내 한 번

---

224) 할토봉왕(割土封王) : 땅을 나누어 주고 왕에 봉함.

225) 누덕(累德) : 덕을 욕되게 함. 또는 그런 행위.

더 압박하심이 좋을 듯하옵니다."

신천자는 조돈의 말대로 먼저 현담을 잡아 옥에 가둔 뒤 위국으로 사신을 보내 이 일을 알렸다.

황지를 본 위왕은 신천자의 무도함을 한탄하다가 사신에게 말했다.

"선제께서 주신 한중을 어찌 돌려주리오? 그대는 폐하께 이대로 고하라."

사신이 황궁으로 돌아가 이 말을 전하자 신천자는 크게 화를 내며 현담을 구리산성에 가두었다.

이 소식을 들은 백마천, 진수하, 여동후는 신천자에게 황명의 부당함을 간했으나 천자는 화가 나 세 사람마저 파직했다. 이에 이들 모두 가속들을 데리고 위국으로 왔는데, 백마천 등으로부터 천자의 무도함을 들은 위왕은 몹시 분노했으나 한편으로 선제의 은혜가 떠올라 매우 슬퍼했다.

얼마 후 신천자가 보낸 사신이 다시 위국을 찾았으나 위왕은 사신을 보지 않았고, 황궁으로 돌아간 사신은 이 일을 그대로 전했다. 격분한 신천자는 군사를 끌고 가 위왕의 죄를 물으려 했다.

그러자 조정 대신들이 만류하며 말했다.

"지금 군사를 일으키시면 반드시 위왕에게 패할 것입

니다. 차라리 현담을 죽여 젓을 담아 위왕에게 보내 그가 격분해 먼저 군사를 일으키게 하시고, 몰래 서번과 진번에 사신을 보내 송군을 도우라 청하시면 쉽게 수문을 죽이고 서천과 한중 모두 빼앗을 수 있을 것입니다."

신천자가 허락하자 대신들은 곧 현담를 죽여 젓을 담아 사신 편에 위국으로 보냈다. 처참한 현담의 모습을 본 위왕은 목 놓아 통곡하다가 분노해 사신을 죽이려 했다.

그러자 좌승상 석침이 엎드려 말했다.

"불가합니다. 신천자가 자식의 고기를 아비에게 보냈다고 해 대왕께서 사신을 죽이신다면 후세에 분명 오명을 남길 것이니 사신을 돌려보내시고 조공을 그치소서."

위왕이 분노가 충천해 말했다.

"자식을 죽여 그 고기를 아비에게 보냈다는 말은 들어본 적이 없노라. 사신을 베고 군사를 일으키면 혼군(昏君)이 또한 군을 일으켜 대응할 것이니 그때 간신의 무리를 싹 다 베어 자식의 원수를 갚을 것이다."

석침이 말했다.

"그러신다면 전하의 치세에 누덕(累德)이 될 것입니다."

위왕이 잠시 고민한 후에 말했다.

"그대의 말이 옳다."

그러고는 사신을 용서했다.

목숨을 보전한 사신은 쥐 숨듯 황궁으로 돌아와 이 일을 신천자에게 전했다. 이 말을 들은 신천자는 무안하면서도 분노했다.

그러자 조돈이 말했다.

"은밀하게 서번과 진번에 사신을 보내 기병해 서천을 치라 명하시고, 이때를 타 우리 대군을 보내 위국 도성을 빼앗으소서. 제아무리 현수문이라도 어찌 삼국의 대군을 당하겠습니까?"

이 말에 천자는 기뻐하며 양국으로 사신을 보냈다.

이적에 정찰병으로부터 대국[226] 사신이 진번과 서번으로 향하고 있다는 말을 들은 위왕은 신천자가 양국과 함께 위국을 치려고 한다는 것을 알았다. 그래서 셋째 아들 현우와 왕손(王孫) 현후를 비롯한 자손들을 불러 말했다.

"서번에서 군사를 보낸다면 반드시 서평관을 칠 것이고, 진번의 병사들은 한중을 칠 것이다. 또 대국은 우리의 도성을 노릴 것이니 현후는 3천 군사를 이끌고 서평관 부

---

226) 대국(大國) : 국력이 강하거나 국토가 넓은 나라를 이르는 말로, 과거 우리나라에서 중국을 일컫던 말. 여기서는 천자국인 송나라를 가리킨다.

근에서 대기하라."

또 현우에게 말했다.

"너는 한중으로 가 군마를 조련하며 진번이 오기를 기다려라. 나는 이곳에서 사기를 탐지하다가 때에 따라 방비할 것이다."

이날 삼 왕자 현우와 왕손 현후는 각각 군을 영솔해 한중과 서평관으로 떠났고 위왕은 도성에서 전투 준비를 하며 계속 양국의 소식을 탐지했다.

이 무렵 송나라 사신이 서번에 도착해 신천자의 조서를 전했으니, 그 내용은 다음과 같았다.

> 위왕 현수문이 천조(天朝)를 능멸해 조공을 폐하고 장차 짐을 대적하려 하니 그 죄를 묻고자 한다. 그러나 수문의 재주와 용맹이 아직 쇠하지 않아 대국이 홀로 감당하기 어려워 사신을 보내니 그대는 모월 모일 기병해 서천을 치라. 그리하면 짐이 육군을 거느려 함께 맞설 것이며 진번은 한중이 칠 것이니 삼가 명령을 어기지 말라.

조서를 본 서번왕이 문무 대신들을 소집해 이 일에 대해 의논하자 한 신하가 말했다.

"위왕의 힘과 지혜는 두려우나 천자의 명을 거역할 수는 없습니다. 왕은 응하소서."

서번왕은 신천자의 명령을 받들겠다고 한 뒤 대국 사신을 후히 대접해 돌려보냈다.

한편 또 다른 사신이 진번으로 가 조서를 전했으나 진왕은 쉽게 결정을 내리지 못했다.

그러자 한 신하가 말했다.

"위왕을 치는 것은 선왕의 원수를 갚는 것으로 신들이 밤낮으로 원하던 일입니다. 또 천자의 명이니 어찌 거역하겠습니까? 왕은 지체하지 마시고 빨리 허락하소서."

진왕이 말했다.

"현수문으로 인해 선왕이 돌아가셨으나 저는 분명 대국 충신이라. 충신을 이리 대하니 대국은 오래지 않아 망할 것이다. 경들 또한 대국 신하거늘 어찌 대국을 위하는 마음이 없는가?"

그러나 진왕 또한 마지못해 기병하겠다고 회답하고 잔치를 베풀어 사신을 송별했다.

양국에 갔던 사신들이 돌아와 양국이 청병을 허락했다는 소식을 전하자, 신천자는 크게 기뻐하며 병마사 유돈을 대원수로 삼고 한단목을 참모로 삼았다. 그리고 군사 30만과 장수 천여 명을 주자 유돈은 천자께 하직하고 대군을 이끌고 위국 도성을 향해 호호탕탕히 진군했다.

이때 서번왕은 대장 진골대에게 군사 20만을 주어 서평관을 치라고 명하며 말했다.

"위국이 우리나라와 원수진 적이 없을 뿐 아니라, 위왕은 선왕과도 친분이 깊었다. 마지못해 조서를 따르기는 하나 힘써 싸우지 말고 조심하라."

한편 위왕의 명에 따라 서평관에서 대기하던 현후는 좌승상 석침과 모의해 서강원에 진을 치고 남주성에 사는 백성들을 모두 피난시킨 뒤 적의 소식을 탐지하고 있었다. 얼마 후 20만 대군을 이끌고 남주성으로 들어간 진골대는 백성들의 모습이 하나도 보이지 않자 이상한 느낌이 들었다. 그러나 일단 먼 길을 행군하느라 지친 군사들을 위해 밥을 지어 먹게 했다. 이때 멀리서 이 모습을 지켜보던 현후는 돌연 포를 쏘며 대군을 거느리고 달려들어 서번의 군사들을 기습한 뒤 높은 곳에 올라 위국 깃발을 꽂으며 큰 소리로 외쳤다.

"서번이 어찌 혼군의 명을 듣고 감히 서천을 범하는가? 내 너희가 올 줄 미리 알고 남주성을 비워 너희를 가두었으니 이제 너희가 어디로 가겠는가? 전일 양평공과 우골대가 모두 여기서 죽었으니, 너희 또한 오늘 여기서 죽을 것이다. 너희는 나를 원망치 말고 천자를 원망하거라."

그러고는 불붙인 화살을 성으로 쏟아부었더니 화염이 하늘로 솟구치며 성안은 곧 불과 안개로 자욱해졌다.

서번의 군사들은 화공을 견디지 못하고 황망히 강을 향해 달아났다. 그러나 위국 병사들이 거세게 추격하자 곧 길이 막혀 혼란 가운데 서로에게 짓밟혀 죽는 자가 셀 수 없었다.

이 모습을 본 진골대가 탄식하며 말했다.

"위왕은 진실로 만고의 영웅이라. 인력으로는 위국을 당할 수가 없구나!"

그러고는 곧장 항복하며 말했다.

"우리 대왕은 천자의 명으로 마지못해 군사를 보낸 것입니다. 서천을 쳐 이길 뜻은 추호도 없었나이다. 바라건대 장군이 군사를 물리신다면 소장 또한 군사를 데리고 회군하겠나이다."

이 말을 들은 현후는 즉시 군사를 물리라 명했다. 그리고 큰 소리로 말했다.

"서번이 본래 우리나라와 친하다. 또한 기병한 것이 본뜻이 아니라 하니 그대들을 보내 주겠다. 그러나 차후에는 대국에 조공하지 말 것이며, 만일 그 때문에 대국이 죄를 묻거든 즉시 위국에 전하라."

진골대는 거듭 머리를 조아려 인사하고 남은 군사들을

수습해 고국으로 돌아갔다.

차설.[227] 진번의 대장 구골대는 천병만마를 몰아 한중으로 향했다. 이때 한중에서 군사들을 조련하며 진번의 군마를 기다리던 현우는 수하 장수 정도관을 불러 30만 군사를 주며 화음현에 진을 치게 하고, 각 고을에 일러 적병을 만나면 백성들이 해야 할 말들을 일러 주었다.

한편 한중 땅에 들어와 한 고을에 이른 구골대는 길가에서 밭을 갈고 있는 백성을 보고 물었다.

"이곳에서 위국 도성이 얼마나 되느냐?"

백성이 말했다.

"6백 리쯤 됩니다. 그런데 듣자 하니 서번이 서평관으로 와 서천을 함락하고 대국 군사들이 도성을 쳐 위왕이 중전과 비빈이며 모든 왕자와 신하들을 거느리고 거창산성으로 피란했다고 합니다."

이 말을 들은 구골대가 크게 기뻐하며 물었다.

"여기서 거창산성은 얼마나 되며 어느 쪽으로 가야 하는가?"

백성이 말했다.

227) 차설(且說) : 고전소설에서 화제를 돌려 말할 때 첫머리에 쓰는 말.

“90리쯤 떨어져 있으며, 화음현 쪽으로 가야 합니다.”

이 말을 들은 구골대는 위왕이 쫓겨 산성에 숨었으니 이를 치면 큰 공을 세울 수 있다고 생각해 바로 거창산성으로 향했다.

이적에 현우는 정도관에게 명해 화약과 염초를 감추고 거창산성에 사는 백성들을 다른 곳으로 피신시킨 뒤 적병을 기다리고 있었다. 얼마 후 화음현에 도착한 구골대는 백성들이 길가에서 서럽게 울고 있는 것을 보았다.

이에 한 백성에게 물었다.

“너는 어찌 우는 것이냐?”

백성이 눈물을 닦으며 말했다.

“위왕이 서번에 패해 거창산성에 들어와 백성들을 징발해 전쟁에 보내려 하니 백성들이 견디지 못하고 도망할 새, 저마다 처자를 생각해 우는 것입니다.”

구골대는 하늘이 돕는가 싶어 매우 기뻐하며 선봉을 앞세워 서둘러 거창산성으로 갔다. 그런데 산길이 매우 높고 험했으며 수목까지 빽빽이 들어서 있어 쉽게 전진할 수 없었다.

진번의 선봉이 말했다.

“산이 높고 골짜기가 험해 마치 좌우 석벽이 병풍을 두른 것 같으니 반드시 적의 복병이 있을 것입니다.”

그러자 구골대가 웃으며 말했다.

"산세가 험하니 위왕이 이리로 숨은 것이다. 선봉은 걱정하지 말고 빨리 가 위왕을 잡아 공을 세우라."

거창산성에 도착한 진군은 조심스럽게 주변을 살폈다. 그러자 즐비하게 늘어선 깃발 사이로 군사들의 모습이 보였다. 문을 부수고 성안으로 들어갔더니 군사들을 모두 짚으로 만든 초인(草人)이었으며 성안에는 단 한 사람도 없었다.

순간 구골대가 매우 당황하며 말했다.

"빨리 퇴군하라. 복병이 있으면 벗어나지 못할 것이다. 위왕이 늙었으나 지모와 용맹을 겸비했다더니 과연 그 말이 옳구나!"

화음현에 진을 치고 적세를 탐지하던 현우는 구골대가 거창산성으로 들어갔다는 말을 듣고 기뻐하며 즉시 진을 산림원으로 옮기고 박명덕에게 군사 3만을 주며 산골짜기 좌우에서 매복하라고 명했다.

이때 위국 장수 정동원은 군사 1만을 데리고 현우의 명에 따라 거창산성 근처에 있는 자비산성에 대기하고 있었는데, 정찰병이 진번의 군사들이 거창산성에 들어갔다고 전하자 기뻐하며 군사들에게 명해 거창산성 안으로 돌을 날리고 불화살을 쏘았다. 그러자 성안 곳곳에서 불길이 일어나며 연기가 하늘로 솟구쳤고, 이를 본 진번의 군사들은 깜짝 놀라 살기 위해 정신없이 도망가다가 서로에게 밟혀 죽는 자가 셀 수 없는 지경에 이르렀다.

구골대는 갑작스러운 위국 군사들의 공격에 낙심해 군사들을 재촉해 연기를 뚫고 성문을 향해 달아났다. 그때 좌우 산골짜기로부터 함성이 들리더니 산 위에서 돌이 물 흐르듯 내리고 화살이 비 오듯 쏟아졌다. 홀연 박명덕이 이끄는 위국 군사들이 앞을 막고 뒤에서 치자 곧 진번 군사들의 주검이 산처럼 쌓였고 이들이 흘린 피가 물줄기를 이루었다.

구골대는 죽을힘을 다해 패잔병을 수습해 산 밖으로 향했다. 그런데 위병이 또다시 길을 막고 공격하자 하늘을 우러러 탄식하고는 투구를 벗고 말에서 내렸다. 그러고는 엎드려 살려 달라고 애원하자 현우는 군사들을 명해 구골대를 결박하고 장막 아래 꿇린 뒤 큰소리로 꾸짖어 말했다.

"네게 무슨 재주가 있다고 감히 우리나라를 침범했느냐?"

그러고는 태장 30대를 쳐 내쫓았다. 구골대는 겨우 목숨을 보전해 남은 군사들을 데리고 진번으로 향했으나 가는 길에 태장 맞은 자리가 덧나 목숨을 잃었으니, 따르던 군사들은 슬퍼하며 그의 주검을 싣고 고국으로 돌아갔다.

이 소식을 들은 진왕이 후회하며 말했다.

"내가 망령되게 군사를 일으켰다가 아까운 장졸만 다 죽이고 위국과 원한을 맺었으니 누굴 원망하겠는가? 차후는 결코 위국 지경을 범하지 못할 것이다."

그러고는 예를 다해 구골대를 매장하고 이후 국가의 도읍을 지키며 정사를 어질게 다스렸다.

한편 송나라 대원수 유돈은 참모 한단목과 함께 군사를 이끌고 위국 도성을 향해 물밀듯이 진군했다. 이들의 움직임을 살피던 위국 정찰병은 곧 이 소식을 위왕에게 전했다. 그런데 웬일인지 위왕은 아무 일 없다는 듯 태연했다.

대신들이 의아해 물었다.

"대국 대군이 30리 밖에 이르렀는데 어찌 이리 태연하십니까? 성상은 빨리 군사를 일으키소서."

위왕이 말했다.

"과인이 그것을 어찌 모르리오? 다 생각이 있으니, 그대들은 염려 말라."

그리고 얼마 후 조정 대신들을 모아 큰 소리로 말했다.

"성안의 백성들이 집밖에 나오지 못하게 하고 연기도 내지 말게 해 마치 성이 빈 것처럼 보이게 하고 도성 백성 한 무리를 피란하는 것처럼 꾸미라. 또 군사들을 좌우 산골짜기에 매복하라.”

그러고는 친히 보신갑을 입고 자룡검과 천리마를 준비해 전장에 나설 준비를 마쳤다.

며칠 뒤 위국 지경에 들어온 유돈은 남녀노소 할 것 없이 위국 백성들이 오장원으로 향하는 것을 보고는 한 백성에게 물었다.

“너희가 위국 백성 같은데 어디로 가는 것이냐?”

백성이 말했다.

“위왕이 서천으로 가시고 세자 또한 한중으로 갔다 하니 우리도 피란하는 중입니다.”

이 말을 들은 유돈은 위왕이 대군이 왔다는 소식을 듣고 두려움에 도성을 버렸다고 생각했다. 그래서 마음을 놓고 천천히 도성으로 들어갔는데, 난데없이 포 쏘는 소리와 함께 함성이 진동하더니 좌우로부터 수많은 깃발이 나부끼며 위국 장졸들이 나타났다.

그 사이에서 말을 탄 노장이 나타나 큰 소리로 외쳤다.

“나는 위왕 현수문이다. 네가 간사한 꾀로 혼군을 돕는 적자로구나! 내가 비록 늙었으나 내 칼은 늙지 않았으니 이리 와 내 칼 쓰는 재주를 보아라.”

그러고는 자룡검을 들고 제비처럼 날쌔게 달려들었다. 그러자 칼이 빛나는 곳마다 대국 장졸들의 머리가 추풍낙엽처럼 떨어졌다. 이 모습을 본 유돈과 한단목은 마치 손이라도 묶인 것처럼 어찌 줄 모르고 제자리에 서 있었는데, 순간 위왕의 자룡검이 번득이자 유돈과 한단목의 머리가 일시에 땅으로 떨어졌다. 남은 송나라 군사들은 스스로 손을 묶어 항복했으며 혹자는 목을 늘여 칼을 받았으니, 30만 대군이 태반이나 목숨을 잃었다.

대승을 거둔 위왕은 개선가를 부르며 도성으로 돌아왔다. 위국 신하들은 위왕의 용맹과 지혜는 삼국 시대 오호대장[228]도 따라올 수 없다며 침이 마르도록 위왕을 칭찬하며 기뻐했다.

또한 현우와 현후가 보낸 군사들이 각각 승리의 소식을 전하자 위왕은 기뻐하며 군사들에게 상을 내리고 잔치를 크게 열어 장졸들의 노고를 위로했다.

이적에 대원수 유돈을 위국 도성으로 보낸 신천자는 대신들과 함께 승전 소식을 기다리고 있었는데, 뜻밖에도 삼국 대군이 모두 위왕에게 대패했다는 소식을 듣자 탄식

---

228) 오호대장(五虎大將) : 정사 《삼국지》가 아닌, 나관중이 쓴 《삼국지연의(三國志演義)》에 등장하는 촉한의 유비를 섬긴 다섯 명의 장수들을 일컫는 말로, 관우 · 장비 · 마초 · 황충 · 조운을 말함.

하며 말했다.

"위왕은 과연 천신이로구나! 이러니 어찌 선황이 각별 대접하지 않았으리오? 짐이 간신의 말을 곧이듣고 충신을 공격했으니 훗날 지하에서 어찌 선제의 얼굴을 뵈리오?"

천자는 이후 자는 것도 먹는 것도 편치 않았다. 그러자 조정에 남아 있던 몇몇 충신이 계단에 머리를 찧으며 눈물을 흘리며 말했다.

"신들은 폐하의 실덕[229]을 심히 부끄럽게 여기나이다. 위왕은 선제의 충신이요, 송나라 사직에 있어 으뜸가는 공신입니다. 과거 위왕이 친정[230]에 나섰다가 약대에게 포위된 선제를 구한 일은 모르는 이가 없습니다. 이때 선제께서는 천하 강산을 모두 위왕에게 주려고 하셨으나 위왕이 죽기로써 사양한 까닭에 서천과 한중을 베어 왕으로 봉하신 것입니다. 또한 천 리 밖에서 조회하러 오다가 진번의 침략 소식을 듣고 홀로 말을 타고 달려와 한 번 더 선제의 목숨을 구했으니 이만한 공이 또 어디 있겠습니까? 그런데 폐하께서는 위왕을 후대하라는 선제의 유교를 저버

229) 실덕(失德) : 덕망을 잃음. 또는 그런 행실.

230) 친정(親征) : 임금이 몸소 나아가 정벌함.

리시고 한중을 회수하고자 그 아들을 죽여 젓을 담아 보내셨습니다. 인간이라면 모두 자식 사랑하는 마음이 있사오니 위왕이 만일 조금이라도 사나운 마음이 있었다면 어찌 자식의 처참한 주검을 보고도 가만히 있었겠습니까? 그런데도 폐하께서는 그 충성심을 모르고 서번과 진번에 명해 서천과 한중을 치게 하고 대군을 일으켜 위국 도성을 치시다가 애먼 장졸들만 죽였으니 앞으로 불의지변이 일어난다면 누구와 함께 적을 물리치려 하십니까? 신들이 죽기를 각오하고 폐하의 허물을 아뢰나니 바라건대 폐하께서는 간신들을 내치시고 이제라도 선제의 유교를 따르소서. 그런다면 분명 위왕 또한 마음을 돌려 다시 조정에 귀순할 것이며, 머지않아 당우지치[231]를 이룰 것입니다."

신천자는 부끄러운 마음에 아무 말 없이 생각에 잠겼다가 마침내 입을 열었다.

"경들의 말이 옳으나 지난 일은 어찌할 수 없으니 이제

231) 당우지치(唐虞之治) : '당우'는 중국에서 가장 이상적인 성왕으로 칭송받는 요임금 도당씨(陶唐氏)와 순임금 유우씨(有虞氏)를 함께 이르는 말로, '당우지치'는 '요순시대'를 말한다. 이 시절은 지상의 낙원으로 일컬어지며 역대의 제왕들은 요순의 정치를 재현해 요순시대가 다시 도래하게 하는 것을 통치의 최고 목표이자 이상으로 삼았다.

어쩌면 좋단 말이오? 경들이 밝히 가르쳐 주시오."

그러자 한 신하가 말했다.

"먼저 사신을 위국으로 보내 폐하의 실덕을 이르시며 사과하시고 그래도 듣지 않거든 친히 위국에 임하소서. 그런다면 어찌 위왕이 듣지 않으리오?"

신천자는 이들의 말대로 사신을 위국에 보냈으나 위왕은 세 번이나 사신을 내쫓았다. 이에 신천자가 친히 위국에 가려 하자 조돈 등이 말리며 말했다.

"위국에 친히 가셨다가 위왕이 맞이하지 않으면 무안하기가 막심할 것입니다. 또한 자고로 천자가 제후에게 사죄하러 친히 임한 일이 없사오니 폐하께서는 가지 마소서. 가신다면 차후 위왕의 방자함을 측량할 수 없을 것입니다. 또한 신이 죽어도 현수문은 두렵지 않으니 바라건대 폐하는 위왕을 근심하지 마소서."

신천자는 조돈의 말을 듣고 위국에 가는 일을 미루며 또다시 간신들과 더불어 위왕을 해하고자 했다.

이적에 흉노의 국왕 묵특은 호시탐탐 중원을 넘보고 있었다. 신천자가 무도하고 어리석어 위왕의 아들을 죽여서 젓을 담아 보낸 것도 모자라 서번, 진번과 함께 위국을 치다가 대패했다는 소식을 듣고 기뻐하며 말했다.

"송 천자가 망할지라도 위왕이 구하겠느냐? 그러니 먼

저 중원을 치는 자가 천하의 주인이 될 것이다."

그러고는 대장 굴통을 대원수로 삼아 정병 80만을 뽑아 진군해 함곡관을 함락하고 황성으로 향했으니 지나는 곳마다 대적할 자가 없었다.

이때 신천자는 술과 여자를 탐하며 세월을 보내고 있었다. 하루는 정찰병이 흉노가 굴통을 선봉으로 삼아 대군을 이끌고 쳐들어와 만리장성의 수문장을 죽이고 황성으로 오고 있다고 보고했다.

신천자는 깜짝 놀라서 신하들을 모아 적을 물리칠 방법을 의논했는데, 조돈을 비롯한 간신들 가운데 대책을 내놓는 자는 단 한 사람도 없었다. 결국 조정은 병마도총사 장기백을 대원수로 삼고 우흥기를 참모로 삼아 정병 70만과 철기 5만을 주어 즉시 출사하게 했다.

여러 날 만에 하남성에 도착한 장기백은 학림산을 등지고 적과 마주해 일자장사진[232]을 쳤다. 그러고는 황금투구를 쓰고 순은으로 된 갑옷을 입고 말에 올라 장창을 비껴들고 적세를 살폈는데, 이때 굴통이 송군의 형세를 살피고 기뻐하며 말했다.

232) 일자장사진(一字長蛇陣) : 일자(一字)처럼 곧고 길게 늘어선 진형.

"송나라가 친 진의 모양새를 보니 위엄이 하나도 없는 것이 명장은 물론 유능한 모사도 없겠구나. 오늘 격서를 보내고 내일 싸울 것이다."

그러고는 바로 격서를 송군에 보냈으니, 그 내용은 다음과 같았다.

> 배은망덕하고 무도한 송 천자의 휘하 장수는 빨리 나와 항복해 나의 선봉이 되어 황성을 취하는 데 공을 세워라.

격서를 본 장기백은 분노해 흉노의 사신을 태장 50대를 쳐 군영 밖으로 내쳤다. 이 소식을 들은 굴통은 화가 치밀어 올라 한 무리의 군사를 이끌고 가 송나라 진영을 기습했다. 그 기세가 어찌나 사나운지 송나라 군사들은 미처 손을 쓰지 못하고 10리 밖으로 물러나 다시 진을 쳤다.

이후 장기백은 여러 장수를 거느리고 굴통에게 맞섰으나 장기백을 비롯한 송나라 장수들은 모두 10여 합 만에 머리 없는 귀신이 되었으며, 대원수를 잃은 송나라 장졸의 머리 또한 흉노의 군사들로 인해 추풍낙엽과 같이 되었다. 흉노의 군사들은 개선가를 부르며 기세등등하게 황성으로 진격했고 지나는 길에 있는 고을 사람들은 모두 도주해 흉노를 막을 자가 아무도 없었다.

이 소식을 들은 신천자는 얼굴이 하얗게 질려 성문을 굳게 닫으라고 명한 뒤 신하들을 불러 모았는데, 머지않아 굴통이 황성을 겹겹이 쌓고 팔문(八門)을 기습했다는 말을 듣자 하늘을 우러러 탄식하며 말했다.

"장기백의 대군이 패했고 밖에서 구원해 줄 군사가 없으니 수성군만으로 어찌 흉노를 당하겠는가?"

그러고는 수문장에게 싸우지 말고 굳게 황성을 지키라고만 전교했다.

한편 밤낮으로 공격해도 쉽게 황성을 함몰할 수 없자 굴통은 군사들을 시켜 성가퀴에 사다리를 놓고 올라가 성안으로 화전과 화포를 쏘게 했다. 그러자 성안 곳곳이 불길에 휩싸였고 화기와 연기를 견디지 못한 백성들의 울음소리가 성안에 울려 퍼졌다. 신천자는 그날 밤 신하들을 거느리고 통화문을 통해 구리산으로 달아났고, 이 소식을 들은 굴통은 군사들을 데리고 신천자 일행을 추격했다.

한편 벼슬을 버리고 수양산에 은거하던 전 승상 진단은 흉노가 중원을 침범했다는 소식을 듣고는 천리마를 타고 위국으로 달려갔다. 그리고 위왕을 보자 무도한 신천자를 개탄한 뒤 다음과 같이 말했다.

"왕과 우리 집안은 대대로 녹을 받은 송나라의 신하요.

이제 흉노가 승승장구해 하남성에 웅거했다 하니 순식간에 황성을 덮칠 것이오. 그런데 조정에 모사와 맹장이 없으니 송나라 사직이 곧 흉노의 손에 넘어갈 것이오. 왕이 아니면 회복할 수 없을 것이니 부디 전일을 개의치 말고 선제가 각별 부탁하신 일과 불원천리하고 달려온 노신의 수고를 생각해 송나라를 구해 주시오."

그러자 위왕이 정색하며 말했다.

"혼암한 신천자가 죄 없는 내 자식을 죽여 젓을 담아 보내고도 모자라 군사를 일으켜 내 나라를 쳤으니 내가 어찌 천자를 구하리오? 형은 다시는 그런 말 말라."

진단이 말했다.

"왕의 아들은 또한 나의 사위라. 어찌 내 마음이 편안하리오마는 송나라를 돕는 것은 종사를 위함이지 암군을 위함이 아니오. 바라건대 왕은 선제의 유교를 생각하소서."

위왕은 충심이 가득 담긴 진단의 말에 자기도 모르게 눈물을 흘리며 말했다.

"아직도 부탁하신 말씀이 귀에 쟁쟁한데 내가 어찌 선제의 유교를 잊었으리오? 혼군은 추호도 돌아볼 필요가 없으나 선제의 지우지은[233]과 형의 충언에 감동해 곧 군사를 이끌고 갈 것이니 형은 염려 말라."

진단은 매우 기뻐하며 궁 안에 있는 딸을 만나 부녀의

정을 나눈 뒤 이튿날 위국 군사가 출전 준비를 하는 것을 보고 왕께 하직 후 수양산으로 돌아갔다.

위왕은 철기 10만과 정병 10만을 이끌고 서둘러 송나라 경사를 향해 진군했다. 도착해 보니 이미 도성은 텅 비어 있었다. 한 백성에게 물었더니 천자가 적군에게 쫓겨 구리산성으로 도망갔는데, 적병이 추격하고 있으니 곧 잡힐 것이라고 말했다. 위왕은 탄식하고 군을 몰아 구리산으로 향했다.

이 무렵 구리산성은 적병에게 겹겹이 둘러싸여 있었는데 시간이 흘러 양식과 시초마저 끊기자 굶어 죽는 장졸들이 셀 수 없이 많았다. 절망한 신천자는 하늘을 우러러 탄식한 후 항복하고자 성문을 열려고 했다.

그런데 문득 남쪽에서 티끌이 일어나며 대군이 풍우같이 몰아쳐 굴통의 군사들을 물리쳤다. 천자는 기쁘고도 놀라운 마음에 신하들을 데리고 성루(城樓)에 올라 주변 상황을 살피고 있었다.

이때 구리산에 도착한 위왕이 자룡검을 들고 큰 소리

233) 지우지은(知遇之恩) : 자기의 인격이나 학식을 알아 잘 대우해 준 은혜.

로 말했다.

"너희가 위왕 현수문을 아느냐?"

그러고는 곧장 굴통에게 달려들었고, 몇 합 싸우지도 않아 굴통의 머리는 땅에서 떨어졌다. 위왕은 굴통의 수급을 들고 다시 적진을 종횡무진하며 적병을 풀 베듯 했고, 위왕의 기세에 놀란 흉노의 왕은 징을 쳐서 군사들을 물렸다. 흉노의 군사들이 쥐 숨듯 달아나자 위왕은 도망가는 적들을 쫓지 말라고 명한 뒤 징을 쳐 군사들을 거두어 구리산성 아래로 돌아와 진을 쳤다. 그러고는 굴통의 머리를 성안으로 들여보낸 뒤 큰 소리로 외쳤다.

"나는 위왕 현수문이다. 오늘 흉노를 물리친 것은 신천자를 위해서가 아니다. 다만 선제를 생각해 송나라 사직을 구하기 위해 적장을 베고 돌아가나니, 앞으로는 서로를 다시 보기 어려울 것이다."

그러고는 곧바로 진을 풀어 위국으로 돌아갔다.

누상에서 이 모습을 지켜보던 신천자가 매우 놀랍고도 부끄러워 말했다.

"위왕은 진정한 충신이자 영웅이로다! 만일 위왕이 아니었다면 짐의 어리석음을 개의치 않고 누가 흉노를 물리쳐 송실을 구했으리오?"

그리고 위왕에게 감사의 말을 전하려고 했는데, 조돈

등이 이를 막으며 말했다.

"수문이 스스로 선제를 위한 것이지 폐하를 위해 흉노를 물리친 것이 아니라 했거늘 어찌하여 폐하께서 감사의 말을 전하려 하십니까? 아직 수문이 근처에 있으니 지체하신다면 오히려 무슨 일이 있을지 모릅니다. 그러니 폐하께서는 빨리 환궁하소서."

신천자는 또 다시 이들의 말을 듣고 아무런 인사 없이 궁으로 돌아갔다.

각설. 진번이 망한 후 양평공의 딸 계양춘은 남자의 복색을 하고 홀로 천리마를 타고 여진국으로 향했다. 그리고 며칠을 달려 진강에 이르렀으나 길은 끊기고 인가(人家) 또한 보이지 않았다. 이에 계양춘이 막막해 하늘을 우러러 탄식하며 말했다.

"여자의 몸으로 태어나 이렇게 고달프게 사는 이는 만고에 없을 것이다. 강이 길을 막았으니 내가 이곳에서 죽겠구나!"

그러고는 슬픈 마음에 통곡하고 있었는데, 문득 멀리 산 위에서 백발노인이 죽장을 짚고 내려오는 것이 보였다. 계양춘은 반가운 마음에 노인 앞으로 달려가 공손하게 절하고 말했다.

"소자는 진국 사람으로 나라가 망하여 여진국으로 가

려 하오니 노인께서는 길을 가르치소서."

노인이 말했다.

"그대가 아비의 원수를 갚기 위해 여인의 몸으로 남자의 옷을 입고 천하를 배회하면서 어찌 길을 모른다고 말하며 내게 갈 곳을 묻느냐?"

노인의 말에 계양춘이 깜짝 놀라 말했다.

"선생께서 이미 내 근본을 알고 계시니 어찌 숨기겠습니까?"

그러고는 그간 자기에게 있었던 일들을 하나도 숨기지 않고 말했다.

그러자 노인이 말했다.

"그대의 정성이 지극해 하늘이 원수를 갚게 하시는구나! 이제 해가 저물고 근처에 인가가 없으니 어찌할 것이냐? 나를 좇아오겠느냐?"

계양춘이 말했다.

"선생 말씀이 그러하신데 어찌 따르지 않겠습니까?"

계양춘이 노인을 좇아 산속으로 들어가자 겹겹이 둘러싸인 푸른 산은 하늘에 닿을 듯했고 봉오리에 올라서 보니 일찍이 사람의 발걸음이 닿지 않은 곳만 같았다. 조금 더 걷자 집 한 채가 나왔는데, 노인은 계양춘을 문밖에 세워두고 들어갔다. 곧 푸른 옷을 입은 동자가 나와 계양춘을 맞으며 말했다.

"이곳은 범인이 출입하지 못하는 곳입니다. 공자께서는 목욕 후 선생을 뵈십시오."

목욕을 마친 계양춘은 동자를 따라 집 안으로 들어갔다. 그러자 경치가 빼어난 것이 마치 무릉도원에 온 것만 같았다. 노인을 본 계양춘은 공손하게 인사하고 동자의 인도에 따라 자리에 앉았다. 노인은 함께 차를 마신 뒤 동자에게 석반(夕飯)을 내오라고 명했는데, 모든 음식이 맛이 좋고 향기로울 뿐 아니라, 이상하게도 조금만 먹어도 배가 불렀다.

식사를 마치자 노인 말했다.

"나는 진강도사다. 그대는 부친의 원수를 갚고자 진국으로 가 분골쇄신했으나 결국 실패하고 오늘날 나를 만났다. 위왕은 천축국 일광대사의 제자이니 감히 누가 당하겠는가? 그러나 천문을 보니 송 태자가 천자가 된 후 간신의 농단으로 위왕을 박대할 것이니 위왕이 한 번은 선제의 은혜를 생각해 송실을 구할 것이나, 이후에는 신천자를 돕지 않아 송나라가 곧 망할 것이다. 그러니 그대는 여진국에 들어가 충심을 다해 왕을 섬기라. 그리하면 반드시 원수를 갚고 황후가 될 것이니 어찌 기쁘지 않겠는가?"

이 말을 들은 계양춘이 엎드려 절한 뒤 물었다.

"그런데 궁중에 닿는 이가 없으니 과연 누구를 디딤돌 삼아 들어갈 수 있겠습니까?"

진강도사가 말했다.

"모든 일이 자연스럽게 될 것이니 염려 말고 바삐 여진으로 가거라."

그러고는 세 알의 환약을 주며 말했다.

"그대가 나와 사제의 인연이 있으니 내가 어찌 돕지 않으리오? 이 환약 가운데 하나는 개용단(改容丹)으로 이것을 먹으면 얼굴을 자유자재로 바꿀 수 있다. 그대는 여진에 들어갈 때 이것을 먹어라. 다른 하나는 은형보명단(隱形保命丹)으로 먹으면 남의 눈에 보이지 않아 목숨을 구할 수 있을 것이니 대국과 싸울 때 자객에게 먹이거라. 또 남은 하나는 혼향단(昏香丹)으로 이것을 먹으면 몸이 가벼워지고 힘이 세질 뿐 아니라, 몸에서 향기가 나 주변 사람들을 혼절시킬 것이니 역시 대국과 싸울 때 쓰거라. 또한 여진왕은 천자가 될 기상이 있으나 혼자는 힘들 것이다. 그러니 반드시 천문과 지리에 통달하고 지용과 장략을 겸비한 도인의 도움을 받아야 할 것이다. 그대가 여진으로 가는 길에 화룡산 아래서 한 도인을 만날 것이니 그자의 이름은 신비회다. 나이 삼십이 안 되었으나 재주가 신출귀몰해 당할 자가 없으니 그대는 그자를 데려다가 여

진국 군사[234]로 삼으라."

말을 마친 진강도사가 갈 길을 재촉하자 계양춘은 큰 절을 올리고 길을 떠났다.

계양춘의 앞날이 궁금하다면 다음 이야기를 보시오.

234) 군사(軍師) : 으뜸 장수 밑에서 작전을 짜고 군대를 지휘하는 사람.

제4권

진강도사와 작별하고 여진으로 향하던 계양춘은 마침내 화룡산 아래 도착했다. 그런데 산 앞으로 큰 강이 흘러 더 이상 앞으로 나아갈 수 없었다. 어찌할 바를 모르고 있었는데, 소요관[235]을 쓴 사람이 낚시질하며 다음과 같은 노래를 부르고 있었다.

> 여자가 남자의 옷을 입고 있으니,
> 그 행색이 처량하도다.
> 진강도사와 헤어져 홀로 길을 가니,
> 그 마음 더욱 슬프구나.
> 화룡산에 이르렀으나 작은 배 한 척 없으니,
> 어찌 큰 강을 건너리오?
> 그러나 여진국으로 가면 반드시 소원을 이룰 것이니,
> 계속 나아갈밖에.

노래를 들은 계양춘은 깜짝 놀라며 이 사람이 진강도사가 말한 신비회일 것이라 생각했다. 급히 다가가 인사했는데, 그 사람은 본 체도 않고 낚싯대를 챙겨 자리를 떴다.

---

235) 소요관(逍遙冠) : 도사들이 주로 쓰는 관.

계양춘은 별수 없이 그자의 뒷모습만 바라보며 눈시울을 붉혔다. 잠시 후 홀연 강 상류에서 작은 배 하나가 쏜살같이 다가오는 것이 보였다. 계양춘은 손으로 눈을 비비고 다급하게 사공을 향해 큰 소리로 말했다.

"나는 타국 사람으로 여진에 가려다 강을 만나 건너지 못하고 있습니다. 선주는 부디 배를 태워 주소서."

사공은 계양춘이 있는 곳으로 다가와 배를 멈췄고 계양춘은 몇 번이고 감사 인사를 하며 배에 올랐다. 그러자 배는 순식간에 강을 건넜다.

사공이 양춘을 배에서 내려주며 말했다.

"이 강은 수심이 깊은 데다가 본래 오가는 배가 없어 아무도 건널 수 없습니다. 오늘 공자가 운 좋게 나를 만나 강을 건넜으니 뱃삯이나 후히 주소서."

계양춘이 말했다.

"내가 여러 날 길에서 헤매느라 돈을 다 썼으니 어찌하면 좋겠습니까?"

사공이 말했다.

"그렇다면 훗날 만나거든 더 많이 주소서."

그러고는 아무 일 없었다는 듯 노를 저으며 사라졌다.

며칠 후 계양춘은 마침내 여진국에 도착해 진강도사 준 개용단을 먹었다. 그러자 얼굴은 아름다워지고 몸은 더욱 날래졌을 뿐 아니라 머리 또한 명석해져 마치 천하의 일들을 모두 헤아릴 수 있을 것만 같았다.

이후 계양춘은 천행으로 봉세라는 궁녀를 사귀어 궁중으로 들어갈 수 있었다. 계양춘을 본 궁녀들은 그녀의 미모와 지혜를 보고 다투어 칭찬했고 그 소리는 어느덧 여진왕의 귀에까지 들어갔다. 이에 여진왕은 계양춘을 불러보았는데, 절세미인인지라 매우 기뻐하며 근본을 물었다.

그러자 계양춘이 말했다.

"저는 진강도사의 딸입니다. 어미가 일찍 죽고 아비가 후실을 취했는데 계모의 박대가 극심해 견디지 못하고 도망하다가 이곳에까지 이르렀나이다."

이 말을 들은 여진왕이 더욱 기뻐하며 말했다.

"진강도사의 고명은 일찍부터 들었으나 아직 만나지 못했는데, 그대가 도사의 딸이라니 반갑구나. 또한 하강한 선녀처럼 아름다우니 그대는 하늘이 나를 위해 이곳으로 보낸 것이다. 그러니 내 어찌 하늘의 뜻을 어기리오?"

이날 밤 여진왕과 계양춘은 동침했고 두 사람의 은근한 정은 비길 데가 없었다.

머지않아 계양춘은 수태해 1년 후 사내아이를 낳았는데, 오랜 시간 후사를 보지 못했던 여진왕은 아이의 이름을 봉취라 했고 신하들은 매우 기뻐하며 양춘 모자를 신선

(神仙)의 자손이라 부르며 귀하게 여겼다.

여진왕은 계양춘에게 깊이 빠져 양춘과 더불어 국정을 의논하기에 이르렀다. 어느 날 양춘이 지략과 용맹을 갖춘 군사들을 뽑아야 한다고 주장하며 말했다.

"어찌 대왕께서는 변방을 다스리는 번왕(藩王)의 자리에 만족하십니까? 이제 군마를 훈련해 한번 대국과 중원 강산을 다투어 봐야 하지 않겠습니까? 바라건대 대왕은 황성을 치소서!"

여진왕이 말했다.

"과인이 어찌 그런 생각을 하지 않았겠느냐? 그러나 위왕 현수문이 대국을 도울 것이니 감히 도모치 못한 것이다."

계양춘이 웃으며 말했다.

"왕이 아직 소문을 듣지 못하셨나이까? 위왕은 서역 일광대사의 제자로 진실로 지략과 용맹을 갖춘 뛰어난 장수입니다. 과거 송 선제가 삼국으로부터 나라를 구한 공을 갚고자 서천과 한중을 떼어 위왕에 봉한 것은 유명한 일입니다. 그런데 선제가 승하하고 즉위한 태자가 간신의 말을 듣고 한중을 빼앗고자 위왕의 아들을 죽여 젓을 담가 위국에 보냈고, 그것도 모자라 서번 및 진번과 연합해 위국을 공격하다가 대패했나이다. 그 후 흉노가 중원을 침범해 거의 송실이 망할 뻔했으나 위왕은 선제의 은혜를 생각해 한 번 더 대국을 구했나이다. 그러나 신천자가 또다시 간신의 말을 듣고 고맙다는 말 한마디 전하지 않았으니, 장차 위왕이 대국을 돕는 일은 더 이상 없을 것입니다. 이런 때를 놓친다면 언제 대국을 도모하리오?"

여진왕이 매우 기뻐하며 말했다.

"그대는 진실로 신선의 딸이요, 여자 중에 군자로다. 그대의 말과 같을진대 어찌 군사를 일으키지 않겠는가?"

계양춘이 말했다.

"군사를 일으키려면 뛰어난 모사가 있어야 합니다. 첩의 부친이 화룡강에 사는 신비회라는 도사가 신출귀몰하다 했습니다. 예단을 잘 준비해 어진 신하와 함께 친히 가서 청하소서. 그자가 군대를 지휘하는 군사가 되어 준다면 반드시 천하를 얻을 수 있을 것입니다."

여진왕은 기뻐하며 즉시 곽수의와 함께 화룡강 아래 있는 신비회의 집으로 향했다.

여진왕 일행이 신비회의 집에 도착하자 한 아이가 나와 공손히 인사하며 이들을 맞았다. 곽수의가 먼저 안으로 들어가 여진왕이 왕림했다고 말했다.

그러자 신비회가 재빨리 방에서 나와 왕에게 절하며 말했다.

"대왕께서 누추한 곳에 친히 임하시니 황공함을 이기지 못하겠나이다."

여진왕은 답례한 뒤 신비회와 함께 방 안에 들어갔고, 곧 공경하는 말투로 소회를 털어놓았다. 신비회는 고개를 숙이고 한참을 생각한 뒤 말했다.

"소생이 나이 어리고 재주 또한 없으니 어찌 왕의 말씀을 따를 수 있겠습니까?"

사양하는 뜻을 밝히자 왕은 재삼 간절하게 청했고 이에 신비회는 마지못해 허락해 여진의 군사가 되었다. 여진왕은 기뻐하며 그 길로 신비회를 데리고 궁으로 돌아와 아골대를 선봉으로 삼고 70만 대군을 뽑아 갑자일에 출병하기로 했다.

갑자일이 되자 계양춘이 웃으며 말했다.

"옛날 초패왕도 우미인[236]을 데리고 전장을 누볐사오니 첩도 우희를 효칙해[237] 대왕과 함께 가겠나이다."

여진왕은 기뻐하며 손수 계양춘에게 군복을 입히고 천

---

236) 우미인(虞美人, ?~BC 202) : 초한(楚漢) 전쟁 때 유방(劉邦)과 천하를 다투었던 초패왕 항우가 사랑한 여인. 우희(虞姬)라고도 한다.

237) 효칙하다(效則-) : 본받아 법으로 삼다.

리마에 태워 함께 출병했다.

이적에 신천자는 또다시 간신들의 부추김에 한중을 빼앗으려 했다가 위왕의 공을 생각해 군을 일으키지 않았다. 이 무렵 위왕은 자기 사후에 신천자가 위국을 침략할 것을 걱정해 먼저 한중을 반납해 후환을 덜고자 했다. 위왕이 스스로 한중을 반납하자 신천자는 한중이 환수된 것을 기뻐하며 간신들과 더불어 날마다 연회를 즐겼다.

하루는 국경을 살피던 정찰병이 여진의 선봉 아골대가 대군을 거느리고 국경에 이르렀다고 보고했다. 깜짝 놀란 신천자는 신하들을 모아 놓고 적을 막을 방도를 의논했는데, 이때 대사마 장계원이 말했다.

"신이 비록 재주는 없사오나 적을 베어 폐하의 근심을 덜겠나이다."

신천자는 기뻐하며 장계원을 도독으로 삼아 천여 명의 장사와 60만 대군을 주었고, 장계원은 다음 날 국경에 있는 풍주성으로 향했다. 며칠 후 풍주성에 도착한 장계원은 먼저 적진을 탐색했는데, 아골대는 이미 대군을 이끌고 와 진을 쳤고 여진왕은 막 30만 대군을 거느리고 도착한 상태였다.

대국 군마가 풍주성에 진을 쳤다는 소식을 들은 아골대는 이 일을 곧장 여진왕에게 알렸다.

그러자 여진왕이 말했다.

"대국 군사들이 도착했다 하니 이제 어찌하리오?"

신비회가 말했다.

"대왕은 염려치 마소서. 신이 이미 저들의 움직임을 헤아리고 있나이다."

그러고는 아골대를 보고 말했다.

"그대는 본진에서 군사들을 독려해 만반의 준비를 해 전투에 지장이 없도록 하라."

또한 산골대와 진골대에게도 각각 오국성과 백룡강 근처로 가 진을 치라 말하며 군사들을 나누어 주고 작전을 일러 주었다.

이때 장계원이 슬슬 진 밖으로 나와 여진군에게 싸움을 걸기 시작했다. 그러자 아골대의 부장 조관이 말을 타고 나와 큰 소리로 외쳤다.

"나를 대적할 자가 있다면 나와라."

그러자 송나라 진영에서 장계원의 부장인 조만이 달려왔고 두 사람은 30여 합을 겨루었으나 승부를 보지 못했다.

이 모습을 본 신비회가 아골대에게 말했다.

"송나라 장수가 용맹하니 쉽게 이기지 못할 것이다."

그러고는 조용히 작전을 일러 주었더니 아골대는 기뻐하며 징을 쳐 조관을 부른 뒤, 본진으로 돌아와 쇠뇌와 올무를 진 앞에 묻었다.

다음 날, 조관은 다시 송나라 진영으로 와 소리를 지르며 싸움을 걸었고 송나라 장군 조만과 접전을 벌이다가 패한 척하며 본진으로 달아나기 시작했다. 조만을 비롯한 송나라 장졸들은 승세를 타고 급히 여진군을 추격해 적진 앞까지 왔는데, 갑자기 이들이 탄 말들이 무언가에 걸려 거꾸러지기 시작했다.

이 모습을 본 아골대가 깃발을 흔들자 여진의 군사들은 송나라 장졸들을 향해 불화살을 쏘았다. 자기 휘하의 장졸들이 죽어 가는 모습을 본 장계원은 분노해 여러 장수의 만류에도 불구하고 친히 말을 타고 달려와 큰 소리로 외쳤다.

"적장은 나 장계원을 아는가? 조그만 쥐 무리가 변변찮은 꾀로 어찌 천병(天兵)을 해하느냐? 빨리 나와 내 칼을 받아라."

그러고는 싸움을 걸었으나 신비회의 가르침에 따라 아골대는 싸움에 응하지 않았다. 장계원은 한동안 허공에 대고 욕만 늘어놓다가 자기 진영으로 돌아갔다.

이날 밤 신비회가 아골대에게 말했다.

"군사들을 시켜 우리 진 앞에 구덩이를 파고 그 위에 살짝 흙을 덮어 놓았으니 내일 그대는 적과 더불어 싸우라."

다음 날 아골대는 날이 밝자마자 급히 송나라 진영으로 달려가 싸움을 걸었고 이에 장계원은 친히 나와 맞섰다. 10여 합쯤 싸웠을 때, 돌연 아골대가 자기 진영으로 달아나자 장계원이 급히 추격했는데, 적진 앞에 이르자 순식간에 장계원이 말을 탄 채로 땅속으로 꺼져 버렸다. 이 모습을 지켜본 여진의 장졸들은 일시에 송나라 군사들을 향해 함성을 지르며 달려들었다. 장계원은 여러 장수의 도움으로 간신히 구덩이에서 빠져나왔으나 분을 참지 못하고 다시 아골대에게 달려들었다. 그러나 곧 아골대의 창끝이 눈앞에서 번쩍이며 장계원의 투구는 두 동강이 나 말 아래로 떨어졌고 장계원은 한 번 더 여러 장수의 도움으로 겨우 목숨을 구했다.

대승을 거둔 여진의 장졸들은 신비회의 계책을 칭찬하며 오래지 않아 송나라 대원수를 잡을 수 있을 거라 자신했다.

그러자 신비회가 말했다.

"오늘 밤 삼경에 적진을 기습해 장계원을 잡을 것이다."

그러고는 전령해 군사들에게 밥을 먹이고 송나라 진영을 기습할 준비를 마쳤다.

이 무렵 장계원은 상처에 약을 바른 뒤 침상에 누웠으나 차오르는 분노를 참을 수가 없었다. 심야 삼경에 큰 함성과 함께 적들이 기습하자 송나라 군사들은 미처 무기를 챙길 겨를도 없이 백룡강 쪽으로 달아나기 시작했고, 장계원 또한 미처 갑옷을 입지 못하고 도망쳤다. 아골대는 달아나는 송나라 군사들을 매섭게 추격했고 당황한 송나라의 장졸들은 사방으로 도망갔으나 앞이 보이지 않아 서로에게 짓밟혀 죽는 자가 셀 수 없었다. 얼마 남지 않은 송나라 장졸들은 아직 날이 밝지 않아 간신히 백룡강 하류에 도착해 혹자는 물을 마시고 혹자는 휴식을 취하고 있었다.

그런데 홀연 물결이 하늘로 솟구쳤고 어두워서 이를 보지 못한 군사들이 물에 휩쓸려 모두 물귀신이 되었으니, 이것은 신비회의 명령을 받은 진골대가 미리 강 상류를 막았다가 송군이 왔다는 말을 듣고 급히 둑을 텄기 때문이다. 송군 태반이 목숨을 잃었고 남은 군사들은 오국성을 향해 달아났다.

이적에 오국성에 웅거하던 산골대는 신비회의 명령에 따라 깃발을 눕히고 마치 아무도 없는 것처럼 숨죽이고 있다가 송나라 군사들의 모습이 보이자 함성을 지르며 일시에 군사들을 몰아 달려들었다. 송나라 장졸들은 너나 할 것 없이 모두 살기 위해 본국으로 달아났다.

한편 장계원을 전장으로 보낸 신천자는 승패를 몰라 걱정하고 있었는데, 정찰병이 도착해 전투에서 패했다는 소식을 전하자 당황해 급히 박여신에게 30만 대군을 주며 장계원을 도우라 명했다. 곧 박여신은 대군을 이끌고 풍주성에 도착했다.

이 소식을 들은 계양춘이 여진왕에게 말했다.

“첩이 무지하오나 양진의 형세를 보니 비록 한 번은 이겼으나 두 번 이기기는 쉽지 않을 것 같습니다. 또 송장 박여신이 구원병을 이끌고 왔으니, 대왕은 일단 진문을 굳게 닫고 나서지 마소서. 첩이 오늘 밤 장계원과 박여신의 머리를 베어 오겠나이다.”

여진왕이 이 말을 신비회에게 전하자, 신비회는 여자가 무슨 방법으로 송나라 장수 둘을 죽일 수 있다는 건지 믿을 수가 없어 의아해했다.

이 시각 계양춘이 진도관을 불러 말했다.

“내가 그대의 재주를 아나니 그대가 마땅히 자객이 되어 송진에 들어가 두 장수의 머리를 베어 오겠느냐?”

진도관이 말했다.

“들어갈 수만 있다면야 어찌 그것이 어렵겠습니까? 그러나 좀처럼 송진에 들어갈 수 없으니 힘들 것입니다.”

계양춘이 말했다.

“내게 은형보명단이라는 약이 있는데, 이것을 먹으면 곁에 있는 사람이 알아볼 수가 없어 적진에 들어가서도 몸을 보호할 수 있다네. 그러니 어찌 송진에 들어가는 것을 걱정하리오?"

진도관은 밤을 기다렸다가 비수를 품고 송나라 진영으로 갔다. 진 앞에 도착해 계양춘이 준 약을 삼켰더니 과연 아무도 자기의 존재를 눈치채지 못하고 각자의 일을 하느라 정신이 없었다. 송나라 진영으로 들어간 진도관은 이곳저곳을 살피며 두 장수를 찾고 있었는데, 한 막사 안을 보니 박여신은 촛불 아래서 칼을 어루만지며 병서를 읽고 있었고 상처가 덧난 장계원은 서안에 몸을 의지해 신음하고 있었다.

진도관은 먼저 박여신을 향해 비수를 날렸다. 그러자 촛불 그림자 사이로 검광이 빛나더니 박여신의 머리가 바닥으로 떨어졌다. 진도관은 다시 비수를 들어 장계원을 죽이고 두 장수의 수급(首級)을 들고 자기 진영으로 돌아갔으나, 송나라 군사들은 아무도 두 장수의 죽음을 알지 못했다.

진도관이 두 장수의 머리를 들고 오자, 여진왕과 장수들은 매우 기뻐하며 계양춘의 재주를 칭찬했다. 그리고 양장의 머리를 장대에 높이 단 뒤 송나라 군사들을 향해 외쳤다.

"너희 대장들의 머리가 여기 있으니 어서 찾아가라."

두 장수의 머리를 본 송나라 군사들은 얼굴이 하얗게 질려 장막으로 달려갔고, 마침내 두 장수의 목 없는 시신이 바닥에 거꾸러져 있는 것을 발견할 수 있었다.

이를 본 한 군사가 놀랍고도 참담해 말했다.

“어찌 이러한 변이 있단 말인가?”

다른 장졸들도 놀랍고 두려운 마음에 하늘을 우러러보며 하늘이 송나라를 돕지 않는다고 탄식한 뒤 두 장군의 죽음을 조정에 알렸다.

이 소식을 들은 신천자는 두려운 마음에 자기도 모르게 눈물을 비 오듯 흘렸다. 그리고 곧 만조백관을 모아 앞으로의 대책을 의논했는데, 태학사 진담이 말했다.

“여진국 대장 아골대는 천하의 명장이며 모사 신비회의 재주는 와룡선생을 능가해 위로는 하늘의 이치를 통달하고, 아래로는 땅의 원리를 꿰뚫는다고 합니다. 그러니 위왕 현수문이 아니면 대적할 자가 없을 것입니다. 폐하께서는 급히 위국에 사신을 보내 그간의 일들을 사과해 위왕의 마음을 위로하시고 선제의 유교를 생각해 종묘와 사직을 구하라 간청하소서.”

신천자가 말했다.

“그것이 가장 좋은 방법이나 짐이 벌써 한중을 환수했고 위왕이 흉노를 물리쳤으나 고맙다는 말조차 하지 않았으니 무슨 면목으로 사신을 보내 도움을 청하리오?"

그러고는 눈물을 비 오듯 흘렸다.

그러자 진담이 말했다.

"일이 급하오니 폐하는 사사로운 생각을 마시고 나라의 안위만을 생각하소서."

여러 신하가 합심해 위왕에게 도움을 청하라고 간청하자 그제야 천자는 염치 불고하고 위국에 사신을 보냈다.

위국에 도착한 사신이 위왕에게 천자의 말을 전하자, 위왕은 그간의 일들이 떠올라 낯빛이 붉으락푸르락했다. 그러더니 이윽고 냉소하며 말했다.

"내가 이제 나이가 많아 기력이 쇠했으니 어찌 청년 때처럼 전장을 누비리오? 그대는 천자께 늙은 몸에 병이 깊어 명을 받들 수 없다고 전하라. 그리고 모름지기 진충갈력해[238] 천자를 도와 만수무강하게 하라."

사신은 여러 날을 더 머물며 계속해서 도움을 청했으나 하릴없어 황성으로 돌아가 천자에게 위왕의 뜻을 전했다. 천자는 절망하며 눈물을 흘렸고 이 소식을 들은 성안의 백성들은 간신이 어린 황제를 속여 백성을 죽이고 나라

---

238) 진충갈력하다(盡忠竭力-) : 충성을 다하고 있는 힘을 다 바치다.

를 망하게 했다며 통곡했다.

이때 파발마가 도착하더니 아골대가 승승장구하며 황성으로 오고 있다고 전했다. 그러자 천자는 급한 마음에 다시 위국으로 사신을 보내 한중을 돌려줄 테니 선제가 임종 전에 하시던 말씀을 생각해 송나라를 한 번 더 구해 달라고 간청했다. 그러나 위왕은 사신을 만나지도 않았고 다만 병들어 명령을 받들 수 없다는 말만을 전했으니, 사신은 울며 황성으로 돌아와 위왕의 말을 그대로 전했다. 신천자는 별수 없어 군사들에게 성문을 굳게 닫고 성가퀴를 지키라 명했다.

한편 황성에 도착한 아골대는 바로 황성을 취하려 했으나 성첩[239]이 높고 해자[240]가 깊어 시간이 흘러도 성을 함락하지 못했다. 그러자 계양춘이 득의양양한 표정으로 여진왕에게 말했다.

"이 상태로는 황성을 무너뜨리지 못할 것입니다. 첩이 오늘 밤 반드시 성문을 열 것이니 대왕은 안심하소서."

여진왕은 의아하면서도 지난번 두 장수의 머리를 베어

---

239) 성첩(城堞) : 성 위에 낮게 쌓은 담.

240) 해자(垓子) : 성 주위에 둘러 판 못.

온 일을 생각하며 기뻐했다.

계양춘은 곧바로 진도관을 불러 말했다.

"오늘 밤 삼경에 북문을 열 것이니 그대는 신 공께 이 말을 전하고 착실히 준비하라."

진도관은 명을 받들어 즉시 계양춘의 말을 신비회에게 전했고, 신비회는 진강도사의 환약을 쓸 것이라 짐작하고는 진골대에게 명했다.

"장군은 군사 3천을 거느리고 남문 10리 밖에 있는 남보단이라는 곳으로 가 매복하라."

그러고는 아골대를 불러 말했다.

"오늘 밤 삼경에 북문이 열릴 것이니 장군은 성 밖에서 매복했다가 송 천자가 나오거든 잡으라."

또한 산골대에게 말했다.

"아군이 궁성에 돌입하면 송 천자가 도망할 것이니 그대는 그때를 타 우리 대왕을 호위해 황극전으로 모셔라."

그러고는 또 다른 장수들에게도 임무를 분배한 뒤 밤이 되기를 기다렸다.

황혼 무렵 계양춘은 서웅이라는 날쌘 장수를 불러 말했다.

"그대가 날쌔고 용맹하다고 들었다. 오늘 밤 궁성을 넘어가 성문을 열 수 있겠는가?"

서웅이 말했다.

“성을 넘기는 어렵지 않으나 문 지키는 장졸들이 많으니 소장 혼자서 어찌 문을 열 수 있겠습니까?”

계양춘이 말했다.

“문 지키는 장졸들을 제어할 방법이 있으니 그대는 염려치 말라.”

그러고는 주머니에서 환약 하나를 꺼내 주며 말했다.

“이것은 혼향단으로, 먹으면 몸이 가벼워질 뿐 아니라 그대 몸에서 나오는 향기 때문에 주변 사람들이 정신을 잃고 쓰러질 것이다. 그러니 성을 넘기 전에 이 약을 먹어라.”

서웅은 곧장 성 밑으로 가 환약을 먹었다. 그러자 어둠 속에서 눈이 더욱 밝아지고 용맹이 배나 더해지는 것 같았으며 몸 또한 날듯이 가벼워졌다. 서웅이 몸을 날려 성을 넘자 성을 지키는 장졸들은 홀연 깊은 잠에라도 빠진 듯 쓰러졌으며, 북문으로 가자 그곳에서 금고[241]를 울리던 수문장이며 창검을 바짝 쥐고 보초를 서던 군사들 또한 저절로 쓰러져 버렸다.

서웅은 성을 지키던 송나라 군사들이 모두 쓰러진 것

241) 금고(金鼓) : 군중에서 호령하는 데 사용하던 징과 북.

을 확인한 후 북문을 열었고 그러자 밖에서 매복하던 아골대의 군사들이 일시에 함성을 지르며 성안으로 쏟아져 들어왔다. 적의 갑작스러운 침입에 놀란 송나라 군사들은 성을 방비하기는커녕 자기 목숨을 보전하기 위해 사방으로 흩어졌다.

이때 황극전에 있던 천자 또한 성이 함락됐다는 소식에 목숨을 구하고자 신하들과 함께 북문으로 향해 달아났다. 그런데 북문 앞은 이미 여진의 군사들로 가득했다.

천자는 망연자실해 탄식하며 말했다.

"장차 어찌한단 말이오!"

그러고는 실성한 사람처럼 통곡했다.

신하들은 천자를 모시고 겨우 궁을 빠져나와 남보단 쪽으로 달렸다. 그런데 포 쏘는 소리가 나더니 돌연 길 양쪽에서 매복하고 있던 진골대와 여진의 장졸들이 쏟아져 나왔다. 천자 일행은 깜짝 놀라 산골짜기로 도망갔다. 이때 여진왕은 산골대의 호위를 받으며 황극전으로 들어가 천자의 자리에 앉아 기뻐하며 신하들과 더불어 승리를 축하는 잔치를 열었다. 또한 황후를 비롯한 송 천자의 가족들을 잡아 구리산성에 가두고 아골대에게 명해 달아난 천자를 추격해 잡으라 했다.

신천자는 밤낮으로 달아나 경양현이라는 곳에 도착했

는데, 곧 아골대와 맞닥뜨리자 살 수 있다는 희망이 사라져 신하들을 돌아보며 말했다.

"적이 또 갈 길을 막으니 어찌하리오?"

그러고는 하늘을 우러러 통곡하니 하늘도 먹먹해져 송나라의 멸망을 함께 슬퍼하는 것만 같았다.

천자 일행은 오래지 않아 여진의 군사들에게 포위되었고, 아골대는 천자를 생포하라며 군사들을 재촉했다. 그러자 충신 육수부[242]가 천자를 등에 업고 강물에 뛰어들었으니, 송 천자의 죽음과 함께 마침내 송나라가 망했다. 이때 천자가 박대하던 충신들은 모두 천자를 따라 강물에 몸을 던졌으나 조돈을 비롯한 천자가 사랑하던 간신들은 모두 살기를 도모해 다투어 아골대에게 항복했다.

천자가 된 여진왕은 즉위한 것을 기념해 온 나라의 죄인들을 사면했다. 또한 공을 세운 신하들에게 차례에 따라 벼

---

242) 육수부(陸秀夫, 1237~1279) : 참지정사 등을 역임한 송나라 문신. 남송 말기, 원나라가 송나라를 침공해 점점 남쪽으로 밀고 오자 송 조정은 어린 황제를 모시고 해상으로 도주했는데, 육수부는 소제(少帝, 재위 1278~1279)를 업고 바다에 뛰어들어 순절했다. 이때 나라를 지키기 위해 최후까지 항전한 문천상(文天祥), 장세걸(張世傑)과 함께 송말삼걸(宋末三傑)로 불린다.

슬을 내리고 산골대를 여진국으로 보내 가속들을 데려와 계양춘을 황후로 봉하고 아들 봉취를 태자로 삼았다.

운무의를 입고 용봉관(龍鳳冠)을 쓴 계양춘이 황후가 되어 만조의 축하를 받았으니 그 영광은 세상에 비길 데가 없었다.

또한 천자가 신비회에게 말했다.

"그대의 공은 천고에 드무니 어찌 상을 내리지 않겠는가? 그대는 여진의 왕이 되어 나라를 잘 다스려 백성들을 편안케 하라."

천자는 백성들의 세금을 줄이고 환과고독[243]을 돌보았으니 그 명성은 나날이 높아져 이후 사방 제후들이 조회하러 왔다. 그러나 위국과 서번은 조회도 하지 않았고 진공하는 일 또한 없었다.

이에 화가 난 천자는 군사를 보내 이들의 죄를 물으려 했는데 이때 신비회가 말했다.

"위왕의 용맹과 기력이 아직 쇠하지 않았으니 만일 공

---

243) 환과고독(鰥寡孤獨) : 늙고 아내가 없는 홀아비, 젊고 남편 없는 과부, 어리고 부모 없는 고아 그리고 늙고 자식 없는 사람을 이르는 말로, 의지할 데 없는 사람들을 한 데 묶어서 부르는 말.

격하다가 패한다면 제위를 보전치 못할 것입니다. 그러니 먼저 위국과 서번에 사신을 보내어 양국의 동정부터 살피소서."

천자는 신비회의 말이 일리가 있다고 생각해 두 나라에 사신을 보냈다.

이후 신비회는 천자께 하직하고 장졸들을 거느리고 여진으로 돌아와 왕위에 올랐고, 화룡산으로 사신을 보내 가족들을 궁으로 데려왔다. 이후 나라를 잘 다스리자 백성들은 격양가를 부르며 왕의 천세를 기원했다.

이적에 대국(大國) 사신이 위국 서천에 이르렀으나 위왕은 병을 핑계로 승상 석침에게 사신을 맞이하게 했다. 그러자 사신은 분노해 석침을 책망했는데 이 말을 들은 위왕은 화가 나서 사신을 죽이려다가 신하들의 만류로 장 50대를 쳐 본국으로 내쫓았다.

사신은 분을 참고 대국으로 돌아와 이 일을 그대로 전했다. 위왕의 방자함에 크게 화가 난 천자는 군사를 보내 위국을 정벌하려 했다. 그러자 황후 계양춘이 계단 아래로 내려와 엎드려 말했다.

"신첩이 폐하를 기망하고 황후의 자리에 앉았으니 벌해 주소서. 첩은 본래 서번의 모사인 양평공의 딸입니다."

그러고는 그간 아비의 원수를 갚기 위해 위국과 진번

을 전전하다가 진강도사를 만나 황후가 되기까지의 사연을 낱낱이 고했다. 그리고 이어서 말했다.

"위왕은 아비를 죽인 원수입니다. 폐하를 권해 몇 번이고 원수를 갚고 싶었으나 위왕은 천하의 영웅으로 그 위엄이 두려워 감히 도모치 못했습니다. 그런데 오늘 폐하께서 위왕을 치려 하시니 첩은 진실로 두렵습니다. 신비회 또한 여진으로 돌아갔으니 지금 누가 위왕을 대적하겠습니까? 바라건대 폐하는 깊이 생각하소서."

계양춘의 말을 들은 천자는 감탄하며 몸소 계단 아래로 내려가 계양춘을 붙들어 올렸다. 그러고는 자기 무릎 위에 앉힌 뒤 등을 어루만지며 말했다.

"그대는 실로 여자 가운데 군자로다. 아비 원수를 갚기 위해 삼국을 전전하며 고군분투하다가 천하를 얻고 황후가 되었으니 이는 천고에 없는 일이다. 위국 정벌은 서번에 간 사신이 돌아오거든 결단할 것이니 그대는 안심하라."

머지않아 서번에 갔던 사신이 돌아와 말했다.

"서번왕이 위국과 화친을 약속했다면서 신을 박대하며 신하의 예를 행하지 않더이다."

이 말을 듣고 혹자는 군대를 보내자 하고 혹자는 상황을 좀 더 지켜보자고 하는 등 조정의 의견이 분분했다. 천자는 신비회의 의견을 들은 뒤 일을 도모하고자 여진으로 사신을 보냈고 그가 돌아오기만을 기다렸다.

대국 사신을 내친 위왕은 천자가 분명 군사를 일으켜 서천을 정벌할 것이라 짐작하고 전투 준비를 하고 있었다.

이때 서번의 사신이 이르러 말했다.

"근래 대국에서 우리 서번에 사신을 보냈으나 왕께서 위국과의 화친을 생각해 박대하고 돌려보내셨습니다. 응당 군사를 보내 죄를 묻고자 할 텐데 어찌하면 좋겠습니까?"

위왕이 말했다.

"과인도 대국에서 사신을 보냈기에 그냥 베려다가 신하들의 간청으로 목숨만 살려 보냈노라. 지금 대국이 기고만장해 세상에 사람이 없는 줄 알고 있으니 아마도 곧 서천을 칠 것이다. 우리가 패하지 않으면 서번은 무사할 것이니 그대는 돌아가 군기와 병마를 준비하고 우리의 기별을 기다리라."

서번의 사신은 하직하고 본국으로 돌아갔다.

이 무렵 천자가 위국을 정벌하려 한다는 말을 들은 신비회는 서둘러 황성으로 갔다.

천자가 반기며 말했다.

"위왕 현수문이 감히 짐이 보낸 사신을 때려 내쫓았으니, 군사를 보내 그 죄를 물으려 했으나 조정의 의견이 분분해 부득이하게 그대를 청했네. 어찌하면 좋겠는가?"

여진왕 신비회가 말했다.

"신이 위왕의 재주를 직접 보지는 못했으나 산중에 있을 때 듣자오니 재주는 비상하고 술법은 세상에 따를 자가 없다 합니다. 그러나 지금은 나이가 많으니 비록 지혜는 줄지 않았다고 하나 분명 힘은 예전과 달리 많이 쇠했을 것입니다. 또한 이기고 지는 것은 싸움터에서 늘 있는 일이니 만일 폐하께서 싸우고자 하신다면 무엇을 꺼리겠습니까? 다만 패한다면 제위를 위왕에게 넘겨야 할 것이니 바라건대 폐하께서는 깊이 생각하소서."

그러자 천자가 한참을 생각한 뒤 말했다.

"짐이 친히 대군을 이끌고 갈 것이니 그대는 짐을 도우라."

신비회가 말했다.

"신이 비록 재주는 없사오나 견마의 힘을 다하여 폐하를 도와 반드시 위국을 파하겠나이다."

천자가 크게 기뻐하며 말했다.

"위왕이 재주가 있다고는 하나 분명 그대보다 낫지는 않을 것이니 어찌 근심하리오?"

그러고는 즉시 아골대를 대원수로, 산골대를 선봉으로 삼았으며, 진골대를 후군장으로 임명해 양초[244]를 운반하게 했다. 그리고 신비회를 군사로 삼아 정병 70만을 주어 위국으로 출발했다.

이때 위왕은 날마다 군사들을 훈련하며 시간을 보내고 있었는데 정찰병이 급히 달려와 말했다.

"대국 대원수 아골대가 모사 신비회 및 선봉 산골대와 함께 70만 대군을 이끌고 한중 구계현에 도착했다고 합니다."

위왕은 급히 서번으로 밀서를 보낸 뒤, 삼 왕자 현우를 불러 말했다.

"너는 군마 10만을 이끌고 하수(河水) 소로(小路)를 통해 급히 황성으로 가라. 만약 도중에 적의 정찰병을 만나거든 반드시 죽여 우리 군의 행방을 적이 알 수 없게 해야 한다. 만약 일을 소홀히 한다면 대사를 그르칠 것이니 매사를 신중히 살펴 행하라."

또 넷째 아들 현의를 불러 말했다.

"적의 모사 신비회는 지략이 넘치는 자다. 응당 장수를 보내 우리 도성을 칠 것이니 너는 이곳 서천을 굳게 지켜라."

그러고는 할 일을 상세히 일러 주었다.

---

244) 양초(糧草) : 군사가 먹을 양식과 말을 먹일 꼴을 통틀어 이르는 말.

또 장수 백수길을 불러 말하기를,

"그대가 담략이 뛰어나고 말을 잘한다고 들었다. 내 명을 감당할 수 있겠느냐?"

백수길이 머리를 숙이며 말했다.

"무슨 명이든 다 따르리다."

위왕이 말했다.

"과인이 군을 이끌고 지굴현에 가 있을 것이니, 대국이 침범하면 그대는 대국 군사들을 지굴현 근처에 있는 천광산성으로 유인하라. 소임을 감당할 수 있겠느냐?"

백수길이 말했다.

"성공하지 못하면 죽을 따름입니다. 신하가 되어 어찌 이만한 일을 사양하겠습니까?"

위왕은 크게 기뻐하며 수성군 3천을 주어 현의에게 도성을 지키게 하고 남은 군사들을 이끌고 곧장 지굴현을 향해 출발했다. 지굴현에 도착하자 백성들을 불러 대국 군사를 만나면 해야 할 말을 일러 주었다.

며칠 뒤 아골대는 대군을 이끌고 한중을 지나 마침내 서천에 도착해 진을 쳤다.

이때 한 사람이 대국 진영을 찾아와 말했다.

"서천 사는 백수길이 원수께 고할 말씀이 있으니 어서 진문을 열라."

잠시 후 아골대 앞으로 인도된 백수길은 관을 벗고 땅에 엎드려 말했다.

"소장은 본디 토번국의 모사였던 신양공의 아들로 현수문의 손에 아비를 잃고 복수하고자 이름을 바꾸고 위국을 섬기는 척했습니다. 그러나 때를 얻지 못해 원수도 갚지 못하고 생을 마치면 어찌하나 근심하고 있었나이다. 그런데 하늘이 도우사 대국에서 군사를 일으켜 서천을 치러 오셨으니, 소장이 비록 재주는 없사오나 원수께서 투항을 허락하신다면 대국 선봉이 되어 위국을 치겠나이다. 현수문이 이제 나이 많고 용맹이 쇠해 대병을 당할 수 없어 군마를 이끌고 천광산성에 숨었으니, 현수문을 베는 것은 이 한칼에 있나이다. 바라건대 원수께서는 소장을 받아 주소서."

이 말을 들은 아골대는 매우 기뻐하며 백수길을 장막 안으로 들여 자리에 앉히고 주찬을 내와 환영했다. 그러고는 그간의 노고를 위로하며 그 자리에서 선봉으로 삼았고, 이에 백수길은 머리를 조아리며 감사하다가 해가 지고 어둠이 깔린 뒤에야 집으로 돌아갔다.

늦은 밤, 이 소식을 들은 신비회는 깜짝 놀라 아골대를 불러 말했다.

"백수길이 투항했다 하나 분명 간사한 뜻이 있을 것이

니 원수는 삼가 조심하시오."

아골대가 말했다.

"토번국 신양공이 현수문에게 죽은 일은 모두가 아는 사실입니다. 그러니 백수길을 의심할 수 없나이다."

신비회가 말했다.

"위왕은 진실로 만만한 상대가 아니오. 백수길의 말이 의심스러우니 원수는 그자를 선봉으로 삼지 말고 진골대가 도성을 칠 때 돕게 하시오."

아골대는 별수 없어 신비회의 말에 따라 백수길을 진골대의 선봉으로 삼아 철기 3천을 주어 서천으로 가라 명하고 스스로 대군을 이끌고 천광산성으로 갔다.

며칠 후 아골대가 천광산성 부근에 이르자 서천 백성들이 분주하게 움직이는 것이 보였다. 그 이유를 물었더니 하나같이 위왕이 천광산성에 왔기 때문이라 했다. 이 말을 들은 아골대는 군사들을 재촉해 급히 천광산성으로 갔다.

한편 위왕은 지굴현에 웅거하며 천광산 정상으로 화약과 염초 등을 옮겨 쌓아 두었고, 깃발을 높이 세우고 산성 북문을 활짝 열어 놓고는 산봉우리마다 체탐[245]을 파견해

245) 체탐(體探) : 군사나 정세를 파악할 때 정찰하거나 적국에 잠입해

아골대가 산골짜기에 들어오거든 급히 깃발을 흔들라 명했다. 또한 정조원에게 명해 군사 1천을 데리고 산속에 매복하게 했으며, 산성 북문 밖에는 쇠사슬과 올무를 묻어 놓고 땅을 움푹 파 그 안에 군사들을 숨겨 놓은 뒤 사람들의 접근을 엄히 금하고 적병을 기다렸다.

얼마 후 체탐으로부터 대국 선봉이 천광산성을 향해 오고 있다는 소식이 오자 정조원은 급히 성 가운데로 진을 옮기고 깃발을 동서로 세우며 분주하게 움직였다. 조용하던 성안이 자연히 요란해졌고 잠시 후 성문이 굳게 닫혔다.

이때 성 가까이에 접근한 아골대는 성안이 소란스럽자 군사들을 재촉해 무서운 기세로 성문을 열고 안으로 들어갔는데, 이상하게 성안에는 아무도 없었다. 이를 본 신비회는 함정에 빠진 것을 짐작하고 깜짝 놀라 이곳에서 벗어날 방법을 생각하고 있었다.

성안에 숨어 있던 정조원이 복병들을 이끌고 성안에서 가장 높은 곳에 올라가 깃발을 휘둘렀다.

이를 본 아골대가 큰 소리로 외쳤다.

정보를 수집하는 행위. 혹은 그러한 행위를 하는 사람.

"저자가 분명 위왕이다."

그러고는 선봉을 재촉해 북문으로 달려갔는데 이때 포 쏘는 소리가 나더니 천광산 정상에서 일시에 화살이 벌떼처럼 날아왔고, 타고 있는 말들은 구덩이에 빠지거나 덫에 걸려 버둥거렸다. 정조원이 다시 한번 깃발을 휘두르자 숨어 있던 위국 군사들이 나와 대국 군사들을 철통같이 싸고 이들을 향해 화약과 염초를 터뜨렸으니 대국 장졸들 가운데 타 죽은 자가 셀 수 없었다.

눈앞에 펼쳐지는 참담한 경상에 놀란 아골대와 신비회는 간신히 불길을 뚫고 천광산성을 빠져나왔다.

이 무렵 지굴현에 있던 위왕은 아골대가 천광산성으로 들어갔다는 말을 듣고 군사들을 이끌고 골짜기 어귀에서 대국 군사들을 기다리고 있었다. 그리고 대국 장졸들이 근처에 오자 수자기[246]를 휘두르며 북을 울렸다. 그러자 산골짜기 사면에 숨어 있던 위국 군사들이 함성을 지르며 적군에게 달려들었고, 이에 천지가 진동하는 것 같았다.

---

246) 수자기(帥字旗) : 진영 앞에 세우던 대장의 군기(軍旗). 장수나 지휘관을 상징하는 깃발로, 누런 바탕에 검은색으로 '수(帥)' 자가 쓰여 있으며 드림이 달려 있었다.

아골대는 혼비백산해 어찌할 줄을 몰랐고 신비회 또한 무슨 술책을 쓰든 곧 위왕에게 잡힐 것이라는 생각에 통곡하고 있었다.

문득 위왕이 자룡검을 들고 서서히 말을 몰아 다가오며 외쳤다.

"나는 위왕 현수문이다. 모사 신비회와 대장군 아골대는 어찌 깊은 산중에서 슬피 우느냐? 너희가 이 늙은이를 당하지 못하고 이런 신세가 되었으니 어찌 남의 비웃음을 피하겠느냐? 항복하면 목숨을 보전하려니와 그렇지 않으면 죽음을 피할 수 없을 것이다."

신비회는 평소 위왕의 인덕과 관대함을 남몰래 흠모하던 터라 곧장 말에서 내려와 스스로 손을 묶어 항복했고, 아골대 또한 투구를 벗고 땅에 엎드려 위왕에게 자비를 구했다.

위왕은 무사를 명해 두 사람을 잡아 함거에 넣고 본진으로 돌아왔는데, 이때 마침 정조원이 산골대를 생포해 돌아왔다.

위왕은 세 사람을 한군데에 가두고 이들을 향해 말했다.

"너희가 무슨 죄가 있겠느냐? 내가 곧 천자와 진골대를 잡을 것이니 그때 다시 보자."

신비회는 두려운 마음에 몸이 떨려 감히 위왕의 얼굴

을 쳐다볼 수 없었다.

이 무렵 위왕의 밀서를 받은 서번왕의 명으로 서번 대장 방골대는 정병 10만을 이끌고 서천으로 와 현우와 합세해 가는 길에 만난 대국 정찰병들을 모두 베고 하수 소로를 따라 조용하고도 재빠르게 황성으로 향하고 있었다.

한편 백수길은 진골대와 함께 서천에 도착했는데, 이때 부왕의 명으로 도성을 지키던 현의는 남문 밖에 함정을 파고 군사들을 매복해 대국 군사들을 기다리고 있었다. 백수길이 앞장서서 남문을 향해 달리자, 진골대는 아무런 의심 없이 기뻐하며 군사들과 함께 백수길을 따라갔다. 그런데 갑자기 진골대가 탄 말이 구덩이에 빠져 거꾸러졌고 남문 좌우에서 복병들이 함성을 지르며 달려들자 대국 장졸들은 깜짝 놀라 사방으로 달아났다.

백수길이 함정에 빠진 진골대를 꾸짖으며 말했다.

"네 꼴이 참혹하구나! 감히 서천을 공격하다니! 그대는 우리 대왕의 소문도 듣지 못했느냐?"

그러고는 진골대를 결박해 위왕에게로 향했다.

이때 황성에 인접한 현우와 방골대가 이끄는 군사들은 대국 패잔병으로 위장했으나, 정찰병의 보고가 끊긴 천자는 이 일을 까마득하게 모른 채 전장에 나간 장수들의 첩서만을 기다리고 있었다.

문득 남문을 지키던 장수가 급하게 와 고했다.

“우리 군사들이 위국에서 패하고 돌아오나이다.”

천자는 깜짝 놀라 남문을 활짝 열고 군사들을 맞으라 명했다. 대국 패잔병으로 위장한 위국과 서번의 군사들이 남문에 도착했을 때는 이미 해가 저물고 있었다. 그런 까닭에 대국 수문장은 이들이 코앞에 다가온 뒤에야 적병인 것을 알고 깜짝 놀라 칼을 들고 달려들었다. 그러나 곧 방골대에게 목숨을 잃었고, 위국과 서번의 군사들은 곧장 황성으로 달려들었다.

아골대와 신비회를 맞이하러 나왔던 천자는 천만의외의 광경에 놀라 아무것도 하지 못하고 부지불식간에 생포되었다. 현우는 천자를 함거에 싣고 군사들을 호령해 천광산성으로 향했다.

백수길이 진골대를 잡아 위왕 앞에 끌고 오자 위왕은 기뻐하며 진골대를 신비회 등과 함께 가두었고, 이들은 놀라움과 반가움이 뒤섞여 각자 잡혀 온 사연을 말하다가 종래에는 혀를 내두르며 위왕의 지혜를 칭찬했다.

얼마 후 서번의 장수 방골대와 현우가 천자를 잡아 함거에 실어 오고 있다는 소식을 들은 위왕은 위의를 갖추고 장대에 높이 앉았다. 그리고 잠시 후 천자를 가둔 함거가 계단 아래 도착하자, 위왕은 군사들에게 결박된 신비회 등을 끌고 오라 명했다. 그러고는 장대에서 내려와 친히 함거를 열고 천자를 이끌어 계단 위에 세우며 말했다.

"폐하가 죄 없는 우리나라를 침노했으나 늙은 나를 이기지 못해 애먼 장졸들만 죽이고 이런 욕을 보시니 어찌 된 일이뇨?"

천자는 부끄럽고 망극해 아무 말도 하지 못했다.

그런데 위왕이 돌연 천자의 손을 잡더니 천천히 장대로 이끌어 자기 동편에 앉혔다. 그리고 신비회와 아골대를 비롯한 대국 장군들이 끌려오자 이들을 꾸짖으며 말했다.

"너희가 송나라를 업신여겨 황성을 함몰하고 송 천자를 익사하게 하고도 무엇이 부족해 변방에 있는 내 나라를 침략했느냐? 그러니 내가 어찌 그저 있으리오? 신비회는 재주가 뛰어나다더니 어찌 이 늙은이에게 잡혔는가? 생각 같아서는 너희 쥐 무리를 모두 베고 싶으나 천자의 낯을 보아 살려 줄 것이니 이후에는 외람된 뜻을 버리고 너희 임금께 충성을 다하라. 송 천자가 무도해 하늘의 뜻이 이미 여진에게 임했음을 알고 이를 거역하지 못해 모두 무사히 돌려보내는 것이니 너희는 천자를 모시고 대국으로 돌아가 충성을 다해 후대 사람들의 비웃음을 면하라. 또 18년 후면 여진이 위태로워지고 원나라가 설 것이다. 욕심이 과하면 분명 망할 것이니 너희는 삼가 조심하고 이후 타국을 침략하지 말라."

생각지도 못했던 위왕의 말에 대국 장졸들은 모두 놀라 왕의 덕을 칭찬했으며, 천자와 신비회 또한 놀라우면서도 감격해 아무 말도 하지 못했다.

위왕이 부드러운 얼굴로 천자를 보며 말했다.

"송 천자가 걸주와 같이 무도해 마침내 천하를 잃었으니 그 누구를 원망하리오? 다만 선제의 종묘가 갈 곳이 없으니, 폐하께서 한중을 선제의 막내아들인 양평대군에게 주신다면 어찌 다행이 아니겠습니까? 또 폐하께서 구리산성에 가둔 송 천자의 황후와 대군들을 방면하시면 다행이겠나이다."

죽음을 면한 천자는 정신을 차리고 그제야 위왕의 얼굴을 천천히 보았는데, 비록 나이는 들었으나 귀상(貴相)에 충효가 얼굴에 나타나며 가슴속에는 천지조화를 품은 것만 같았다.

천자는 고개를 숙이며 말했다.

"왕이 청하는 바를 어찌 감히 좇지 않으리오? 피차 생전에 서로 돕고 살기를 바라나이다."

그러고는 그 자리에서 조서를 써 한중을 양평대군에게 주고 구리산성에 가두었던 송 천자의 황후와 대군들을 석

방하라 명했다.

위왕은 매우 기뻐하며 천자를 예로써 대접했고 천자는 감사하는 마음으로 특별히 서천에서는 조공을 받지 않고 오히려 대국이 매해 위문사[247]를 보내겠다고 약속했다. 위왕은 매우 기뻐하며 감사했다.

그리고 또 다시 말하기를,

"간신 조돈 등 18인을 내어 주시면 자식의 원수를 갚겠나이다."

천자가 고개를 끄덕이며 말했다.

"이자들을 대국에 둔다면 해가 될 것이니 데려가신다면 오히려 은혜라."

그리고는 즉시 명해 이들을 잡아 위왕에게 보냈고, 위왕은 이들의 오체(五體)를 찢어 죽였다. 이 소식을 들은 백성들 가운데 통쾌하게 여기지 않는 이가 없었다.

천자는 재삼 위왕에게 감사의 말을 전한 뒤 신비회 등과 함께 황성으로 떠났고, 위왕은 십 리 밖에 나와 이들을 전송했다.

위왕이 도성으로 돌아오자 여러 신하가 물었다.

---

247) 위문사(慰問使) : 위문하기 위해 보내던 사신.

"천자를 잡았는데 어찌 그냥 놓아 보내신 것입니까?"

위왕이 말했다.

"과인이 여진왕의 얼굴을 보니 과연 천자가 될 만했으나 오래 누리지는 못할 상이었소. 그래서 그저 돌려보낸 것이오. 또 송 천자의 아들 양평대군을 한중에 봉해 송나라 종묘를 지키게 했으니, 송실의 후사가 끊긴 것은 아니오. 그러니 경들은 이상하다고 생각지 마시오."

이 말을 들은 신하들은 모두 위왕의 선견지명과 충심에 항복하지 않을 수 없었다.

며칠 후, 위왕은 황후와 양평대군을 한중으로 모시기 위해 거마와 위의를 갖추어 현의를 구리산성으로 보냈다. 구리산성에 도착한 현의는 먼저 양평대군에게 위왕의 서찰을 전했는데, 이를 본 양평대군은 눈물을 흘리며 위왕의 충심에 다시 한번 탄복했다.

그날로 길을 떠나 무사히 한중에 도착해 국호를 '한'이라 했으니, 이때 한왕의 나이 26세였다. 현의가 황후와 대군을 모시고 서천에 도착하자 위왕은 성 밖에 나와 이들을 맞았고, 선제의 가묘(家廟)를 보자 붙들고 통곡했으니 이 모습을 보았다면 목석이라도 슬퍼했을 것이다.

위왕은 또한 사람들을 하수로 보내 송 천자와 육수부를 비롯한 송조 신하들의 시신을 낱낱이 수습해 예를 다해 장사하고 묘당과 비를 세워 이들의 혼백을 위로했다. 그리고 한중에 궁궐을 지어 한왕을 안전하게 거하게 하고 매사에 도움을 주었다. 그랬더니 오래지 않아 깊은 산중에 숨어 있던 어진 신하와 장수들이 한중으로 와 한왕의 정사를 도왔고, 이에 한중은 백성들이 격양가를 부르는 살기 좋은 곳이 되었다.

어느덧 세월이 흘러 위왕의 나이는 70세가 훌쩍 넘었다. 하루는 서번왕과 한왕을 노장원으로 초대해 문무 제신과 함께 잔치를 열고 풍류를 즐겼는데 분위기가 무르익자 위왕이 말했다.

"오늘의 기쁨도 모두 선제께서 주신 것이니 잔치를 크게 열어 즐김이 옳도다!"

그러고는 눈물을 흘렸다.

3일간 지속되었던 잔치가 끝나자 각국 군신들은 만취해 본국으로 돌아갔다. 그런데 위왕이 이들을 전송하고 돌아와 보니 보신갑 조각이 편편이 떨어져 나갔고 자룡검 또한 잘게 부서져 있었다.

위왕이 탄식하며 말했다.

"이것들이 지금 스스로 망가져 나에게 이별을 고했으니 나도 이제 곧 죽을 것이다."

이후 위왕은 몸이 쇠약해져 침식이 불안하더니 마침내

자리에 누워 일어나지 못했다. 위왕은 왕후와 후궁들에게서 모두 9자 3녀를 얻었는데, 이들 가운데 다섯 번째 아들 현첨을 유독 사랑했다. 병세가 위중해지자 위왕이 자녀들을 불러놓고 먼저 세자에게 말했다.

"시녀 춘섬과 채섬을 각별히 살피고 그 자손들을 중용하라."

그러고는 현첨의 손을 잡고 말했다.

"너의 몸이 빛나는 것을 보지 못하고 죽는 것이 한이로구나. 너는 나의 삼년상을 마치거든 남정산을 찾아가라. 그리하면 자연 너를 도울 사람이 있으리라."

그러고는 승하했으니 궁중 사람들이 발상[248]하며 애통해했다. 이튿날 왕후 석씨마저 졸하자 온 나라가 망극해 통곡했으며, 자녀들은 궁중 예법에 따라 왕과 왕비를 금릉에 안장했다.

이 무렵 위왕의 인품을 사랑해 자주 위국에 사신을 보내 친분을 쌓아 가고 있었던 천자는 일관[249]이 서방에서

248) 발상하다(發喪-) : 상례에서, 죽은 사람의 혼을 부르고 나서 상제가 머리를 풀고 슬피 울어 초상난 것을 알리다.

249) 일관(日官) : 천문을 관측하고 달력을 만드는 역할을 하던 관원.

장성이 떨어졌다고 말하자 매우 이상하게 생각하고 있었다. 머지않아 위왕의 부고가 전해지자, 천자는 물론 대국 백성들 또한 슬퍼하지 않는 이가 없었고 한왕과 서번왕 또한 이 소식을 듣고 대성통곡했다.

위왕이 승하한 지도 3년이 지났다. 삼년상을 치른 현첨은 허탈한 마음에 검술과 궁마지재[250]를 익히며 시간을 보내고 있었다. 하루는 부왕이 타던 천리마를 타고 산행에 나섰는데 그 후 아무 기별 없이 돌아오지 않자, 형제들이 두루 찾았으나 현첨의 종적을 알 수 없었다.

이 무렵 해주 땅에 도착한 현첨은 날이 저물자 한 민가에 들어갔는데, 백발의 노인이 술과 안주를 내와 친절하게 대접하자 감사하며 말했다.

"지나가는 객을 이렇게 후히 대하시니 몸 둘 바를 모르겠나이다."

노인이 웃으며 말했다.

"약간의 술과 안주를 대접했을 뿐인데 말씀이 지나치십니다. 나는 최 공이라 하오. 내가 아들자식 없이 늘그막에 딸아이를 얻었는데 올해 열여덟 살이 되었다오. 그래

---

250) 궁마지재(弓馬之才) : 활 쏘고 말 타는 재주.

서 딸아이를 위해 좋은 배필을 찾고 있었는데, 절강 땅에 소아적이라는 사람이 사주와 관상을 보고 미래사를 신통하게 맞춘다고 하기에 그자를 찾아갔다오. 그런데 그자가 딸아이의 남편감이 위왕의 다섯 번째 아들이라며 크게 기뻐하는 것이 아니겠소? 그래서 자세히 물었더니 모월 모일 위왕의 아들이 우리 집에 올 것이니 꼭 사위로 삼으라 했소. 그날이 바로 오늘이오. 그러니 어찌 그대가 반갑지 않겠소? 딸아이와 그대는 분명 하늘이 정한 배필이니 딸아이를 사양하지 마시오."

현첨이 반신반의하여 말했다.

"소생이 위왕의 다섯 번째 아들인 것은 맞습니다. 그러나 장성해 이미 아내를 얻었으니 또 아내를 취하기는 난처합니다."

노인이 말했다.

"내가 지식이 없어 잘은 모르나 그대가 세 명의 부인을 둘 운명이라 하오. 그러니 며칠 머물러 내 딸과 인연을 맺고 가시오."

그러자 현첨이 고개 숙이며 말했다.

"그렇다면 어찌 하늘의 뜻을 어기리오?"

다음 날 현첨은 노인의 딸과 혼인했는데, 아름다운 최소저를 본 현첨은 마음속으로 크게 기뻐했다.

수일이 지나자 최 공이 탄식하며 말했다.

"내 나이가 많아 이번에 이별하면 다시는 그대를 볼 수 없을 것이네. 내 자식은 언제쯤 데려갈 것인가?"

현첨이 말했다.

"천하를 유람하려 하오니 어느 때에 아내를 찾을지 기약할 수 없습니다."

노인이 다시 물었다.

"이제 그대는 어디로 가려는가?"

현첨이 말했다.

"소자 우선 남정산으로 가려 합니다."

이 말에 최 공이 크게 기뻐하며 말했다.

"내 이름은 최주평이네. 내 동생 주영이 남정산에 있는 엄 도사의 제자이니 그곳에 가거든 내 소식을 전해 주겠는가?"

현첨이 고개를 끄덕이자, 노인은 그 자리에서 편지를 써 주었다. 그러고는 협실에서 삼척검을 가져와 현첨 앞에 놓으며 말했다.

"이것이 우리 집안의 보배라네. 다른 자식도 없고 내가 쓸데도 없으니 가져가게."

그 칼은 현첨이 언뜻 봐도 범상한 물건이 아니었다.

노인이 이어서 말했다.

"이 칼은 경해 용왕의 요물이네. 부친이 오래전 운남에 사신으로 가셨다가 경해에서 어부들이 큰 거북이를 잡아 먹으려는 것을 보고 거북을 은자와 바꾸어 물에 방생한 일이 있었다네. 그리고 며칠 뒤 계양 땅 주점에서 쉬고 계셨는데 천둥 번개가 치며 천지가 아득해지더니 한 동자가 구름을 타고 나타나 자기를 경해 용왕의 아들이라 소개하며 은혜를 갚겠다 하고는 이 칼을 두고 갔다네. 그대가 남정산에 가면 분명 엄 도사를 만날 것이니, 그자는 천지조화를 익히 아는 사람이라네. 이 칼을 가져가서 보이면 분명 그대에게 검술을 가르칠 것이니 어찌 천하를 활보하지 못하겠는가?"

현첨은 매우 기뻐하며 최씨 부녀와 하직하고 남정산으로 향했다.

며칠이 지나 산어귀에 도착했는데, 갑자기 타고 가던 천리마가 쓰러져 눈물을 흘리더니 더 이상 움직이지 않았다. 현첨은 이 말이 부왕과 함께 전장에서 많은 공을 세운 명마임을 생각하며 슬퍼하다가 입고 있던 옷을 벗어 시체를 싸 산 아래에 정성스럽게 묻어 주었다. 그리고 산속으로 들어가 엄 도사를 찾았다.

얼마 후 한 곳에 이르러 보니 구름 사이로 몇 칸짜리 초가집이 보였는데 열린 문 사이로 꼿꼿하게 앉아 있는 한 노인이 보였다.

현첨이 다가가 공손하게 인사하자 노인이 물었다.

"그대는 누구며 심산궁곡에 들어와 누구를 찾느뇨?"

현첨이 말했다.

"소자는 서천 사람 현첨이라 하옵니다."

그러자 노인이 말했다.

"위왕의 다섯 번째 아들이로구나."

현첨이 놀라 자기의 근본을 숨기지 않고 말하니 노인이 웃으며 말했다.

"반갑구나. 위왕은 만고의 영웅호걸이요, 송나라의 충신이었노라. 그런데 그대는 무슨 연유로 이곳에 왔는고?"

현첨이 말했다.

"소자 엄 선생님을 뵈러 왔나이다."

노인이 말했다.

"나는 엄 선생님의 제자인 최 공이라 하네."

최 공이라는 말에 현첨은 문득 장인의 말이 생각나 짐 속에서 편지를 꺼내 주었다.

편지를 본 최 공이 매우 반가워하며 말했다.

"형님이 말년에 딸아이를 두고 배필을 구하지 못해 근심하시더니 그대 같은 사위를 얻었으니 매우 기쁘구나. 우리 선생은 이 산 너머에 계시니 나와 함께 가자."

최 공은 현첨을 데리고 길을 나섰고 한참 뒤 경치가 매우 빼어난 곳에 도착했다. 그곳에는 평소 보지 못하던 금수가 가득했고 단출한 초가집 한 채와 정자 하나가 운무에 둘러싸여 있었는데, 그 풍경이 매우 신비로워 별천지 같았다. 최 공을 따라 집으로 들어가니 백발노인이 두건을 쓰고 학창의[251]를 입은 채 앉아 있었고, 어린 동자는 학을 춤추게 하고 있었다.

최 공이 노인에게 다가가 인사하고 현첨을 소개하며 말했다.

"이 자는 형의 사위 현첨입니다."

엄 도사가 말했다.

"여기까지 오다니 기특하고 반갑도다."

그러고는 현첨을 당 위로 오르라 하고, 현첨이 엎드려 절하자 다시 말했다.

"간밤에 천문을 보니 장성이 남정산을 비추고 있어 이상하다고 생각했는데, 오늘 그대를 보니 범상한 사람이 아니로다. 근본을 말하라."

---

251) 학창의(鶴氅衣) : 소매가 넓고 뒤 솔기가 갈라진 흰옷의 가를 검은 천으로 넓게 댄 웃옷.

현첨은 엄 도사에게 자기를 위왕의 아들이라 소개했다.

이 말을 들은 엄 도사가 말했다.

"위왕은 남악 일광대사의 제자다. 내가 어려서 일광대사를 스승으로 모시고 있을 때 부모를 잃고 거리를 헤매던 위왕을 본 적이 있노라. 3년 전 장성이 떨어진 것을 보고 위왕의 죽음을 짐작했노라. 그나저나 그대가 이곳을 찾아온 것은 무슨 까닭이뇨?"

현첨이 말했다.

"선생님을 뵙고자 천 리를 멀다 않고 왔나이다."

엄 도사가 한참을 생각한 뒤 말했다.

"내 나이가 많으니 어찌 제자를 받겠는가? 그대 빙숙[252]에게 배울 것이 많을 것이니 그곳에 머물라."

그러자 최 공이 말했다.

"현첨의 소원이 제자와 달라 선생이 아니시면 헛걸음만 한 것이니 다시 살피소서."

엄 도사가 말했다.

"내가 이제 기력이 없도다."

그러자 최 공이 다시 한번 간절하게 말했다.

---

252) 빙숙(聘叔) : 처삼촌.

"제자의 낯을 보아 현첨을 부디 스승님 슬하에 두시옵소서."

엄 도사는 어쩔 수 없이 허락하고 그날부터 현첨과 함께 지냈다. 하루는 후원에 올라 천문을 보고 말했다.

"그대는 무엇을 배우고자 하느냐?"

현첨이 말했다.

"검술과 진법 그리고 궁마지재를 배우고 싶습니다."

엄 도사는 이후 현첨에게 육도삼략을 비롯한 온갖 병법을 가르쳤고 현첨은 배우는 대로 익혀 곧 병법에 능통하게 되었다.

그러던 어느 날 현첨이 삼척검을 들고 오자, 엄 도사가 물었다.

"그것이 무엇이뇨?"

현첨이 말했다.

"이곳으로 오기 전에 장인께서 주신 칼입니다."

엄 도사는 칼을 달라고 해 자세히 보고 깜짝 놀라며 말했다.

"과연 천하의 보검이구나! 송 시절에 그대의 부친이 쓰던 자룡검과 필적할 만하구나!"

이후 엄 도사는 현첨에게 검술을 비롯한 다양한 술법을 가르쳤다.

얼마간의 시간이 흐른 뒤 하늘을 우러러보며 말했다.

"내가 천기를 보니 여진이 천하를 통일했으나 머지않아 망할 것이다. 그러니 그대는 이제 이곳을 떠나 몽골을 섬겨라. 그대의 재주가 뛰어나니 어찌 천하를 근심하겠는가? 그대 빙숙에게 명마가 있으니 그것을 얻어 타고 바삐 하산해 몽골왕이 있는 기국으로 가라."

현첨은 엄 도사에게 작별 인사를 올렸으나 섭섭한 마음이 들어 한동안 걸음을 떼지 못했다.

한참 뒤 도사의 초막을 떠난 현첨은 최 공의 초당으로 갔다. 현첨을 본 최 공이 반기며 물었다.

"그사이 공부는 많이 했는가?"

현첨이 말했다.

"스승께서 소자에게 하산해 몽골을 도와 천하를 얻으라 하셨습니다. 그리고 떠나기 전 빙숙께 말을 얻으라 하시더이다."

최 공은 곧 어딘가에서 용종준마[253] 한 필을 끌고 와 말

253) 용종준마(龍種駿馬) : 용의 핏줄을 타고난 명마라는 뜻으로, 흔히 장수나 영웅의 탈 것을 비유하는 표현. 준비된 인재를 은유하는 말로 쓰이기도 한다.

했다.

"예전에 우연히 말 한 필을 얻었는데, 알고 보니 뛰어난 명마였다네. 그대에게 주노니 데려가게."

현첨이 기뻐하며 그 말을 자세히 보았더니 키는 7척(尺)이고 빛깔은 붉으며 눈은 은방울 같았다. 현첨은 최 공에게 작별 인사를 올린 뒤 말을 타고 기국으로 향했다.

이적에 기국[254]왕 홀필렬[255]은 중원을 차지하고 싶었으나 일을 도모하지 못하고 있었다. 하루는 홀필렬이 여러 장수와 함께 산에서 사냥을 즐기고 있었는데, 멀리 남쪽으로부터 한 소년이 말을 타고 나는 듯이 달리고 있었다. 그 모습을 본 홀필렬이 감탄하며 말했다.

"진짜 천신 같구나! 세상에 저런 사람이 있다니! 자세히 보고 싶으니 불러 오거라."

명을 받은 사자는 즉시 달려가 현첨의 말 머리 앞에 이르러 말했다.

---

254) 기국 : 역사상으로 홀필렬이 다스렸던 지역이나 나라의 이름이 아니다. 다만 '위엄 있는 제후국'이라는 느낌을 주기 위해 고대 중국 주나라의 발상지인 '기산(岐山)'에서 따온 이름으로 추정된다.

255) 홀필렬(忽必烈) : 몽골 제국의 제5대 칸(재위 1260~1294)이자 중국 역사상 원(元)나라의 초대 황제 원 세조(元世祖)의 중국식 이름.

"기국 대왕께서 사냥하시다가 그대를 보고 싶어 청하십니다. 함께 가시지요."

현첨은 마음속으로 기뻤으나 몇 번이나 사양하다가 왕 앞으로 갔다.

왕이 말했다.

"과인이 오늘 사냥하러 왔다가 우연히 그대를 만났으니 얼마나 다행인가!"

기국왕이 현첨을 자세히 살폈더니 생김새는 비범하고 거동 또한 신중한 것이 이 세상 사람 같지 않았다.

기국왕이 기뻐하며 말했다.

"그대의 거주는 어디이며 성명은 무엇인가? 또 어디로 가는 길인가?"

현첨이 말했다.

"소생은 서천 사람 현첨이라 합니다. 지금 여진으로 가는 길입니다."

기국왕이 고개를 갸우뚱하며 말했다.

"그대가 서천 사람인데 어찌 위왕을 버리고 여진으로 가느뇨?"

현첨이 말했다.

"위왕은 저의 부친이십니다. 과거 부왕께서 여진왕 신비회와 인연이 있어 한번 보고자 가는 길입니다."

이 말을 들은 기왕이 반가워하며 말했다.

“이렇게 반가울 수가! 위왕은 만고의 영웅이요, 송나라의 충신이다. 말은 많이 들었으나 보지 못한 것을 평생 한스럽게 생각하고 있었는데, 이렇게 그대를 보니 마치 위왕을 뵙는 듯하구나. 듣자 하니 그대 부친께서 승하하신 후 아골대가 천자를 권해 서천, 서번, 한중을 친다고 하니 혹 그대가 이 일로 여진에 가는 것인가?”

현첨이 깜짝 놀라 물었다.

“그런 일이 있었습니까? 전혀 모르고 있었나이다.”

기국왕이 말했다.

“그대가 이 일도 모르고 수천 리나 떨어진 여진으로 가려 했는가?”

현첨이 말했다.

“제가 어려서부터 사냥을 좋아했는데 부왕이 돌아가신 후 형장께서 산행을 엄히 금하셨습니다. 그런데 이제 삼년상이 끝났으니 그간 하지 못했던 산행을 하고자 여진으로 가려 한 것입니다.”

기국왕이 말했다.

“그렇다면 굳이 여진으로 갈 것이 아니라, 과인 또한 사냥을 좋아하니 나와 함께 머무는 것이 어떠한가?”

현첨이 허락하자 기왕은 기뻐하며 따르는 자들을 재촉

해 서악산으로 갔다. 그런데 갑자기 바람이 크게 일어나더니 커다랗고 눈처럼 하얀 호랑이 한 마리가 달려들어 군사 하나를 물고 나는 듯이 달아났다.

기국왕이 깜짝 놀라 장수들을 돌아보며 말했다.

"저것이 말로만 듣던 3천 근 백호(白虎)로구나! 잡는 자가 있으면 천금을 상으로 주고 중한 벼슬을 내릴 것이다."

그러나 두려운 마음에 누구 하나 나서는 이가 없었다. 그러자 현첨이 말했다.

"제가 비록 재주도 없고 여독도 풀리지 않았으나 저 백호를 잡겠나이다."

그러고는 칼을 들고 말을 몰아 백호를 쫓았다. 잠시 후 인기척을 느낀 백호는 포효하며 공중으로 날아올라 현첨에게 달려들었고 현첨은 두 손으로 칼을 굳게 잡고 몸을 날려 백호의 입속을 겨냥했다. 백호의 입속으로 들어간 칼은 온몸을 관통해 꼬리 쪽으로 나왔고 백호는 언제 포효했냐는 듯 눈도 깜빡 못하고 그 자리에서 주검이 됐다.

현첨이 칼에 백호를 꿰어 오자 기국왕과 신하들은 놀라운 광경에 한동안 아무런 말도 하지 못하고 현첨과 백호만 바라보았다. 현첨이 장대 앞에 백호를 내려놓자 드디어 기국왕이 입을 열었다.

"내가 3천 근 백호를 혼자서 잡았다는 말은 여태 듣지 못했다. 그대가 실로 부친의 용맹함을 빼닮았구나."

기국왕은 즉시 궁으로 돌아와 별당을 내주고 현첨을 극진히 대접했다. 때때로 현첨과 함께 시국을 논했는데 식견 또한 남다른 것을 알고는 더욱 공경하게 되었다.

그러던 하루는 기국왕이 말했다.

"그대가 나를 돕는다면 천하 강산을 도모한 후 이를 둘로 나누어 은혜를 표하리라."

현첨이 말했다.

"대왕께서 그런 뜻을 가지고 저를 쓰고자 하신다면 어찌 사양하겠습니까?"

기국왕이 감격하며 말했다.

"과인이 이 뜻을 품은 지 오래되었으나 함께할 사람을 만나지 못해 주저하고 있었노라. 이제 그대를 만났으니 어찌 중원을 근심하리오? 오늘날 그대와 군신지의[256]를 맺으리라."

그러자 현첨 또한 기뻐하며 말했다.

"신(臣) 현첨 이제부터 대왕을 섬기겠나이다."

---

256) 군신지의(君臣之義) : 임금과 신하 사이의 도리 혹은 의리. 여기서는 군신 관계를 맺음을 말한다.

기국왕은 매우 기뻐하며 그날로 현첨을 병마대도독으로 삼아 군무와 관련된 모든 일을 맡겼다.

위왕이 승하한 후 아골대는 천자를 부추겨 다시 군사를 일으켜 서천과 서번, 한중을 치려 했다. 그러자 천자는 신비회를 청하고자 여진에 사신을 보냈다. 며칠 후 사신이 여진국에 도착했으나 이미 천자의 의중을 짐작한 신비회는 병을 핑계로 대국에 가지 않았다. 홀로 돌아온 사신이 이 일을 천자에게 전하자 옆에 있던 아골대가 말했다.

"위왕 현수문이 이미 죽었으니, 삼국은 개 무리와 같습니다. 신비회 없이도 쉽게 정벌할 수 있으니 바라건대 폐하는 염려치 말고 치소서."

천자가 허락하자 아골대는 기뻐하며 자미위를 대원수로 삼고 진골대를 선봉으로 삼았다. 그리고 곽자기를 모사로 삼고 진도관에게 중군장을 맡겼으며 추기란을 운량관[257]으로 삼아 70만 대군을 이끌고 삼국으로 향했다.

이때 기국왕과 현첨은 함께 국사를 의논하고 있었는데 대국에 갔던 체탐이 돌아와 대국의 기병 소식을 상세하게

257) 운량관(運糧官) : 고전소설이나 역사 기록에서 자주 등장하는 군량을 운반하거나 관리하는 벼슬.

전하자 현첨이 기뻐하며 말했다.

"대국 장수들이 지금 서천, 서번, 한중으로 향하고 있다고 합니다. 그렇다면 황성이 비었을 것이니 이때를 틈타 기주관을 치고 물밀듯 들어간다면 순식간에 천하를 도모할 수 있습니다. 빨리 날을 골라 출사하게 하소서."

기국왕이 기뻐하며 출사를 허락하자 현첨은 철기 3만을 조발하고, 맹장을 뽑아 이들에게 각각의 임무를 맡기고 위엄을 갖추어 흡사 바람에 비껴 치는 소나기같이 무서운 기세로 황성을 향해 진군했다.

이 무렵 아골대를 비롯한 장졸들을 모두 전장으로 보낸 천자는 곧 삼국을 가질 수 있을 것이라는 생각에 기뻐하며 신하들과 더불어 이야기를 나누고 있었는데, 천만의외에 하수를 지키던 장수가 급하게 들어와 말했다.

"기국 대장 현첨이 3만 철기를 이끌고 와 기주관을 치고 있습니다. 또한 기국왕이 뒤에서 응하고자 정병 10만을 몰아 주야로 달려오고 있다고 합니다."

천자는 깜짝 놀라 성문을 굳게 닫고 산골대에게 황성을 지키라고 명했다. 그리고 장대에 올라 황성 주변을 살폈는데, 기국왕의 선봉이 성을 둘러싸고 불화살을 쏘니 백성들이 견디지 못하고 목숨을 구하고자 급히 성을 빠져나가고 있었다.

이 모습을 본 천자는 놀라 신하들과 함께 달아났는데, 동문에 이르자 주변을 지키던 늙은 군사 수백 명이 울고 있었다. 그중 한 사람이 천자를 원망하며 말했다.

"위왕이 우리 천자를 함거에서 풀어 주며 18년 뒤면 나라가 위태로울 것이니 욕심을 버리고 타국을 침범하지 말라 한 말이 지금까지 귓가에 쟁쟁하다. 그런데 우리 천자가 이 말을 잊고 지금 서천을 치다가 기국의 공격을 받았으니 죽으면 죽었지, 나라가 망하는 꼴을 어찌 보겠는가?"

그러자 나머지 군사들도 주먹으로 가슴을 치며 천자를 원망했다. 이 말을 들은 천자는 차마 아무 말도 하지 못하고 하늘을 바라보며 눈물을 흘렸다.

이때 현첨은 기국 선봉에게 달아나는 천자를 쫓지 말고 기국왕을 모시고 궁궐로 가 즉위하게 하라고 명했다. 마침내 천자의 자리에 앉은 기국왕은 국호를 '원(元)'이라 하고 온 나라의 죄인을 사면하고 백성들을 위로했다.

한편 아골대를 비롯한 대국 장수들은 삼국을 치러 행군해 단명관에 이르렀으나 곧 기국왕이 황성을 습격했으니 빨리 궁궐로 돌아오라는 전령을 듣고 깜짝 놀라 회군 준비를 했다.

이 모습을 지켜보던 체탐이 즉시 돌아와 현첨에게 대국 군사들의 움직임을 전했고, 현첨은 기다렸는 듯 군사들을 이끌고 단명관으로 가 진을 친 뒤 아골대를 향해 큰 소리로 외쳤다.

"나는 돌아가신 위왕의 다섯째 아들 현첨이다. 너희가 무도해 천의를 잃었기에 기국왕이 응천순인하여[258] 원 천자가 되셨으니, 너희는 빨리 항복해 목숨을 보전하라."

그러자 대국 진영에서 분노한 아골대가 달려들어 맞섰다. 두 사람은 70여 합이 넘도록 승부를 보지 못했는데, 홀연 현첨이 말 머리를 돌려 달아나자 아골대는 기세등등해져 현첨을 추격했다. 이때 현첨이 날쌔게 몸을 돌려 칼로 아골대를 치자 아골대의 머리가 말 아래로 떨어졌다.

이 모습을 본 진골대와 진도관은 동시에 현첨에게 달려들었고, 현첨은 더욱 정신을 집중해 이들과 맞섰다. 그러자 10여 합 만에 두 장수의 머리가 검광을 따라 떨어졌으니, 장수들을 잃을 대국 군사들은 전의를 상실해 너나없이 항복하기 시작했다. 현첨이 승전 소식을 들고 궁궐에 돌아왔을 때, 기국왕은 이미 천자의 자리에 앉아 있었다.

현첨을 본 원 천자는 자리에서 내려와 현첨의 손을 잡

---

258) 응천순인하다(應天順人-) : 하늘의 뜻에 순응하고 백성의 뜻을 따르다.

고 칭찬하며 말했다.

"그대는 진실로 천신이로다. 천하에 그대의 적수가 없구나! 짐이 그대의 은혜를 무엇으로 갚으리오? 이제 천자가 도망갔으니 분명 여진으로 가 신비회와 함께 다시 천하를 노리고자 할 것이다. 그대는 군을 정비해 미리 준비하라."

현첨이 말했다.

"신비회는 일개 서생인지라 비록 폐제[259]를 도와 천자의 기업을 이루었으나 이후 자기의 간언이 쓰이지 않고 폐제의 행동이 전과 같지 않으니 마음을 두지 않았을 것입니다. 또한 과거 부왕이 폐제를 생포했다가 방면할 때, 폐제는 애걸하며 생전에 환란이 있거든 피차 구원하자고 청했나이다. 그런데 부왕이 승하하신 지 얼마 되지 않아 삼국을 치려 했으니, 신비회는 분명 폐제를 무도한 위인이라고 생각해 폐제의 청에 응하지 않았을 것입니다. 그러니 폐제가 지금 여진으로 가 도움을 청한다 해도 결국 자중지란[260]이 날 것이니 걱정하지 마소서. 또 만약 신비회가 폐제를 돕는다 해도 그쯤은 쉽게 상대할 수 있으니, 먼저 체탐을 보내

259) 폐제(廢帝) : 폐위된 황제.

260) 자중지란(自中之亂) : 같은 편끼리 하는 싸움.

여진의 상황을 살핀 뒤 출사해도 늦지 않을 겁니다."

원 천자가 감탄하며 말했다.

"천하의 일을 거울처럼 밝히 살피고 있으니 그대는 과연 하늘이 낸 자로구나!"

그러고는 황극전에 좌정해 백관의 조회를 받았고, 새 천자의 등극 소식에 황성은 백성들의 만세 소리로 진동했다.

이 무렵 폐제는 계양춘을 데리고 몇몇 신하와 수천 군사를 이끌고 여진으로 향하고 있었다. 용강 하류에 도착해 말을 먹이기 위해 잠시 쉬고 있었는데 계양춘이 다가와 울며 말했다.

"폐하께서 여진으로 향하시나 신비회는 간웅(奸雄)입니다. 폐하를 반가이 맞지 않을 것이니 첩은 이를 근심하나이다."

폐제가 말했다.

"신비회는 충신이오. 어찌 그런 마음을 품겠는가?"

계양춘이 말했다.

"당금 천하에 위왕 현수문과 같은 충신은 없나이다. 폐하께서 삼국을 치자고 청하실 때 이미 신비회가 병을 핑계로 거절한 바 있으니 지금 같은 상황에서 폐하를 도울 리 없나이다."

폐제가 말했다.

"신비회가 오지 않은 것은 몸에 병이 중하고 과거 위왕의 은혜를 생각해 그런 것이니 더 이상 의심치 말라."

이적에 폐제가 여진으로 쫓겨 오고 있다는 소식을 들은 신비회는 폐제를 용납할 수 없어 군사를 보내 후환을 덜기로 했다. 그래서 용골대를 불러 말했다.

"철기 3만을 거느리고 가 폐제가 국경을 넘지 못하게 하라."

용골대는 곧장 군사들을 이끌고 국경으로 향했는데, 용강에 이르자 폐제의 무리가 보였다.

이때 여진의 군사들을 본 폐제가 감격하며 말했다.

"신비회는 진실로 충신이로다."

그러고는 기뻐하며 맞으려 했는데, 이때 용골대가 무기를 들고 병사들을 호령해 폐제를 공격했다. 그리고 당황하는 폐제를 향해 큰 소리로 말했다.

"천하는 한 사람의 천하가 아니요, 만인의 천하라. 그런데 폐제는 천위에 만족하지 않았을 뿐 아니라, 위왕의 은혜를 저버리고 타국을 도모하다가 하루아침에 천하를 잃었다. 그러니 어찌 구차하게 살기를 바라는가?"

그러고는 바로 폐제를 향해 달려들었다.

폐제는 깜짝 놀라 급히 말을 몰아 달아났으나 용강이

길을 막았고, 여진의 군사들이 사방에서 협공하자 결국 누군가의 칼날 아래 외로운 영혼이 되었다.

멀리서 이 모습을 지켜보던 계양춘 또한 칼을 들어 스스로 목숨을 끊었고, 폐제가 타던 말은 북쪽을 향해 울부짖다가 동서남북을 돌아보고 강물에 뛰어들었다. 그러자 폐제의 신하들 또한 슬퍼하며 모두 물에 빠져 익사했다.

천하를 통일한 원 천자는 사람을 보내 기국에 있는 가족들을 황성으로 데려왔다. 그리고 전장에서 수고한 장졸들의 공을 치하하며 차례로 상을 내렸고, 천하 통일에 대공을 세운 현첨을 특별히 기국왕에 봉했다. 현첨은 성은에 감축한 뒤 금릉에 있는 부모의 능침[261]을 찾아 제사하고 기국으로 가고자 했다.

이적에 원 천자에게는 열일곱 살 된 누이 명현 공주가 있었는데, 얼굴은 달과 같이 아름다웠고 말과 행실은 송죽(松竹) 같았다. 또한 아무리 다급한 일이 있어도 매화(梅花) 같은 얼굴에는 늘 화기가 무르녹아 있었으니, 모두가 탄복하며 군자의 기풍이 있다고 칭찬했다. 그러나 안타깝게도 공주는 그에 맞는 배필을 만나지 못하고 있었다.

---

261) 능침(陵寢) : 임금이나 왕후의 무덤.

하루는 원 천자의 꿈에 선왕이 나타나 현첨의 공을 칭찬하며 말했다.

"너의 누이가 지금까지 혼자인 것은 하늘이 주신 짝을 만나지 못해서다. 그런데 오늘날 현첨이 너를 도와 원나라를 세웠으니, 그자가 바로 하늘이 정한 공주의 배필이다. 현첨이 벌써 두 아내를 두었다고 하나 너는 현첨을 공주의 부마로 삼아 천정(天定)을 이루고 현첨의 공에 보답하라."

원 천자가 놀라 깨어보니 비록 남가일몽[262]이었으나 심히 기쁘고 반가운 마음이 들었다.

아침이 되자 황후와 공주를 불러 몽사(夢事)를 말했는데, 말을 들은 후 공주가 맑은 목소리로 말했다.

"어젯밤 꿈속에 부왕께서 제 손을 잡고 여인의 덕을 닦고 동렬의 부인들과 화목하며 남편을 잘 섬기라고 몇 번이나 당부하셨습니다. 의아한 마음이 들어 무슨 일인가 여쭙고자 했으나 학 우는 소리에 잠이 깨었으니 무슨 뜻인가를 헤아리고 있었나이다."

---

262) 남가일몽(南柯一夢) : 덧없는 꿈이나 한때의 부귀영화를 이르는 말로, 여기서는 꿈을 의미함.

공주의 말을 들은 원 천자는 크게 기뻐했다. 그리고 조회를 열어 문무 대신들에게 기국왕 현첨을 공주의 부마로 삼겠다고 말하고, 흠천감에 명해 공주와 현첨의 혼삿날을 잡으라 했다.

길일이 되자 현첨은 길복(吉服)을 입고 궁중으로 가 화촉 사이로 기러기를 전하고 공주를 친히 신부로 맞았다. 이후 두 사람은 함께 신방에 들어가 동방화촉(洞房華燭)을 밝히고 잔을 바꾸어 술을 나누어 마셨다.

두 사람의 온화한 표정과 고운 자태는 마치 산들바람에 이끌려 만난 푸른 잎과 모란꽃처럼 어우러져 있었고, 서로를 바라보는 눈빛은 말로 다 표현할 수 없을 만큼 정답고도 애틋했다.

사흘 후, 현첨은 원 천자께 하직하고 위의를 갖추어 황성을 떠났다. 곧장 금릉으로 가 부모의 능침에 제사한 뒤 서천으로 가 가족들을 만났는데, 형제들을 비롯한 모든 이들이 반가워하며 선왕의 지감(知鑑)을 탄복했다.

형제들과 더불어 잔치를 즐긴 현첨은 첫째 부인 조씨와 명현 공주를 데리고 기국으로 향했다. 가는 길에 최 공의 집에 들렀으나 최 공은 이미 기세한 뒤였다. 이에 그 무덤을 찾아 축문을 지어 제사한 뒤 최씨를 데리고 남정산으로 갔으나 엄 도사는 물론 빙숙인 최 공의 자취도 찾을 수 없었다. 별수 없이 현침은 울적한 마음을 뒤로 하고 기국으로 갔다.

왕위에 오른 현첨은 나라를 잘 다스렸다. 조정은 충성스러운 신하들로 가득했고 머지않아 산에는 도적의 무리가 모이지 않았고 길가에 떨어진 물건조차 줍는 이가 없는 태평성세가 되었다. 또한 세 부인은 각각 도덕을 닦아 기국왕을 섬겼고, 이들 사이는 친자매들보다 더 가까웠으니 고금에 드문 일이었다.

조 왕후는 3남 2녀를 낳았고, 최씨는 1남 1녀를 낳았으며 명현 공주 또한 2남 1녀를 낳았는데, 모두가 부모를 닮아 아들은 군자가 아니면 영웅호걸이었으며 딸들은 다 요조숙녀였다. 현첨은 자식들 가운데 장자 현극을 태자로 봉했고, 최씨 소생의 현성은 여섯 살 무렵 엄 도사의 청으로 도학(道學)을 닦기 위해 궁을 떠났다. 또한 공주의 큰아들 현린은 천자가 특별히 사랑해 태원과 안읍을 주어 조국왕이 되었다.

그 밖에도 자손들이 대대손손 무한한 복록을 누리며 태평했으니 이는 모두 위왕의 덕이 미친 것이다.

기미년 12월 초하루 하대동 담계에서 마치다.

원문

현슈문젼(玄壽文傳) 권지일(卷之一)

〈1a〉 ᄃᆡ송(大宋) 신죵(神宗) 년간(年間)의 이부시랑(吏部侍郎) 현ᄐᆡᆨ지ᄂᆞᆫ 승상부(丞相府) 참지정ᄉᆞ(參知政事) 뇽두각(龍圖閣) ᄐᆡᄒᆞᆨᄉᆞ(太學士) 현광의 손(孫)이오 우승샹(右丞相) 현범의 ᄌᆡ(子)라. 공(公)의 셩품(性品)이 관후(寬厚)ᄒᆞ고 인덕(仁德)이 거록ᄒᆞᆫ 쟝뷔(丈夫)라. 기쳐(其妻) 당시ᄂᆞᆫ 병마ᄉᆞ(兵馬使) 당져의 녜(女)라. 인물(人物)리 현요(眩耀)ᄒᆞ고 ᄉᆞ덕(四德)이 겸비(兼備)ᄒᆞ니 공이 즁ᄃᆡ(重待)ᄒᆞ고 향당(鄉黨)이 칭찬(稱讚)ᄒᆞ며 노복(奴僕)이 흠앙(欽仰)ᄒᆞ더라. 일즉 가계(家計) 요부(饒富)ᄒᆞ여 부족(不足)ᄒᆞ미 업스되 슬ᄒᆞ(膝下)에 ᄒᆞᆫ낫 골육(骨肉)이 업서 ᄆᆡ양 셜워ᄒᆞ더니 부인(夫人)이 명산ᄃᆡ쳔(名山大川)에 기도(祈禱)ᄒᆞ며 도관ᄉᆞ찰(道觀寺刹)에 정셩(精誠) 밋지 아니ᄒᆞᆫ 곳이 업스되 효험(效驗)이 업ᄉᆞ니 공이 탄왈(歎曰),

"이난 다 나의 팔ᄌᆡ(八字) 박복(薄福)ᄒᆞ미니 엇지 〈1b〉 인녁(人力)으로 ᄒᆞ리요? ᄐᆡᆨ지 일즉 젹악(積惡)ᄒᆞ미 업고 탐ᄌᆡ불인(貪財不仁)ᄒᆞ여 무의박ᄒᆡᆼ(無義薄倖)ᄒᆞ미 업건마ᄂᆞᆫ 년급ᄉᆞ십(年及四十)의 일졈혈륙(一點血肉)이 업ᄉᆞ니 됴션향화(祖先香火)[1]를 뉘게 젼ᄒᆞ며 의지(依支)ᄒᆞ리요? 슬푸다! 세상(世上)에 ᄌᆞ최 ᄭᅳᆫ어지리로다."

ᄒᆞ고 쥬ᄇᆡ(酒杯)를 나와 심ᄉᆞ(心思)를 위로(慰勞)ᄒᆞ

더니 홀련 창뒤(蒼頭) 드러와 고왈(告曰),

"문밧게 ᄒᆞᆫ 노승(老僧)이 와 뵈오물 청ᄒᆞᄂᆞ이다."

시랑이 즉시 불르니 그 노승이 드러와 ᄇᆡ례(拜禮)ᄒᆞ거ᄂᆞᆯ 시랑이 좌(座)를 쥬고 보니 얼골이 비범(非凡)ᄒᆞ고 ᄇᆡᆨ화쟝삼(白羅長衫)의 오ᄉᆡᆨ가ᄉᆞ(五色袈裟)를 메고 진쥬념쥬(珍珠念珠)를 목에 걸고 긔상(氣像)이 비범(非凡)ᄒᆞ여 속승(俗僧)이 아니러라.

노승이 합장ᄇᆡ례왈(合掌拜禮曰),

"빈승(貧僧)이 셔녁(西域) 텬츅국(天竺國) 오릉산 지경ᄉᆞ 〈2a〉 법당(法堂) 듕슈(重修) 화쥬(化主)옵더니 듯ᄉᆞ오니 샹공(上公)이 젹션(積善)ᄒᆞ시기를 일숨ᄂᆞᆫ다 ᄒᆞᄆᆡ 불원쳔니(不遠千里)ᄒᆞ고 왓ᄉᆞ오니 ᄇᆞ라옵건ᄃᆡ 권션(勸善)ᄒᆞ옵심 ᄇᆞ라ᄂᆞ이다."

시랑 왈,

"죤ᄉᆡᆨ(尊師) 슈만니(數萬里) 밧게셔 ᄂᆡ 집을 향ᄒᆞ여 오시니 ᄂᆡ 엇지 쳔ᄒᆞᆫ ᄌᆡ물를 앗기리요?"

인ᄒᆞ여 ᄎᆡ단(綵緞) 일ᄇᆡᆨ 필(一百匹)과 금은(金銀) 슈쳔 냥(數千兩)을 권션의 긔록(記錄)ᄒᆞ고 닐오ᄃᆡ,

---

1) 조선향화(祖先香火) : 조상들의 제사를 받듦.

"ᄉᆞ쇼(些少)ᄒᆞᆫ ᄌᆡ물노 졍표(情表)ᄒᆞᄂᆞ니 죤ᄉᆞᄂᆞᆫ 허물치 말나."

노승이 합장ᄇᆡ샤왈(合掌拜謝曰),

"시쥬(施主)를 만히 ᄒᆞ시니 불승미감(不勝未感)ᄒᆞ여이다."

ᄒᆞ고 다시 념슬왈(斂膝曰),

"법당을 필역(畢役)ᄒᆞᆫ 후 시듀ᄒᆞ시 니를 제명(題名)[2] ᄒᆞ여 각각 츅원(祝願)ᄒᆞᄂᆞᆫ지라. 아지 못게라. 감히 뭇ᄌᆞᆸᄂᆞ니 노야(老爺)ᄂᆞᆫ 〈2b〉 무삼 일을 원ᄒᆞ시ᄂᆞᆫ잇가?"

시랑 왈,

"우리 문듕(門中)이 ᄃᆡᄃᆡ(代代)로 독신(獨身)이옵더니 ᄂᆡ게 니ᄅᆞ러ᄂᆞᆫ 슬하(膝下)의 혈쇽(血屬)[3]이 업서 졀손(絶孫)게 되오니 부뷔(夫婦) 평ᄉᆡᆼ(平生) 슬허ᄒᆞᄂᆞ니 원컨ᄃᆡ 혹 병든 ᄌᆞ식이라도 졈지ᄒᆞ시게 ᄒᆞ면 무후(無後)를 면ᄒᆞᆯ가 ᄒᆞᄂᆞ니 ᄉᆞ뷔(師父) 불젼(佛殿)의셔 츅원ᄒᆞ시되 ᄒᆞᆫ낫 ᄌᆞ식 엇기를 ᄇᆞ라ᄂᆞ이다."

그 노승이 합쟝답왈,

---

2) 제명(題名) : 명승지에 이름을 기록함.

3) 혈속(血屬) : 혈통을 이어 가는 살붙이.

"샹공의 소원(所願)ᄃᆡ로 ᄒᆞ리이다."

ᄒᆞ고 인ᄒᆞ여 ᄌᆡ물를 슈습(收拾)ᄒᆞ여 가지고 ᄇᆡ샤ᄒᆞ직(拜賜下直)ᄒᆞ거ᄂᆞᆯ 시랑이 답녜(答禮)ᄒᆞ여 보ᄂᆡ고 ᄂᆡ당(內堂)의 드러가 부인을 ᄃᆡᄒᆞ여 말를 니ᄅᆞ고 슬허ᄒᆞ더니 과연 그ᄒᆡ 츄절(秋節)의 부인이 홀연 잉ᄐᆡ(孕胎)ᄒᆞ여 십 삭(十朔)이 당ᄒᆞᄆᆡ 시랑이 남자(男子)〈3a〉를 바라더니 일일(一日)은 부인이 피곤(疲困)ᄒᆞ여 침셕(寢席)의 누으니 시랑이 부인의 ᄒᆡ복(解腹)ᄒᆞᆯ 쥴 알고 약을 ᄃᆡ후(待候)ᄒᆞ엿더니 시비(侍婢) 고ᄒᆞ되,

"부인이 ᄒᆡ복(解腹)ᄒᆞ여 계시다."

ᄒᆞ거ᄂᆞᆯ 시랑이 년망(緣忙)이 들어가니 부인이 엄ᄉᆡᆨ(嚴色)ᄒᆞ엿난ᄃᆡ 일ᄀᆡ(一介) 옥동(玉童)을 ᄉᆡᆼᄒᆞ여시니 시랑이 ᄃᆡ희(大喜)ᄒᆞ여 약을 나외여 부인을 구호ᄒᆞ더니 이윽고 부인이 정신을 슈습ᄒᆞ여 ᄉᆡᆼ아(生兒)를 돌아보고 심듕의 환희(歡喜)ᄒᆞ여 부뷔 셔로 치하(致賀)ᄒᆞ더라.

부인이 신아(新兒)를 일홈을 청ᄒᆞ니 시랑 왈,

"삼칠일(三七日) 후 ᄒᆞᆫ 도사(導師)를 청ᄒᆞ여 일홈을 지으려 ᄒᆞᄂᆞ이다."

ᄒᆞ더니 일일은 공이 일몽(一夢)을 어드니 공듕〈3b〉으로셔 ᄒᆞᆫ 션관(仙官)이 ᄂᆞ려와 니오ᄃᆡ,

"그ᄃᆡ 젼ᄉᆡᆼ(前生)의 나셔 인명(人命)을 만히 ᄒᆡᄒᆞᄆᆡ

되엿기로 무ᄌᆞ(無子)ᄒᆞ게 되엿더니 세존(世尊)이 귀ᄌᆞ(貴子)를 졈지ᄒᆞ여시나 오 세(五歲)의 니별(離別)ᄒᆞ기를 지난 후 복록(福祿)이 영귀(榮貴)ᄒᆞ리라."

ᄒᆞ고 간ᄃᆡ업거ᄂᆞᆯ 놀나 ᄭᆡ니 남가일몽(南柯一夢)이라. 몸이 ᄯᅥᆯ니고 ᄆᆞ음이 놀나 명죠(明朝)의 ᄂᆡ당의 드러가 부인을 ᄃᆡᄒᆞ여 몽ᄉᆞ(夢事)를 니르고 부뷔 의아홈을 마지아니ᄒᆞ더라.

아ᄒᆡ 졈졈 잘아ᄆᆡ 얼골이 비범ᄒᆞ고 긔상이 쥰ᄆᆡ(俊邁)ᄒᆞ여 영긔(英氣) 찬난(燦爛)ᄒᆞᆫ지라. 일홈을 슈문이라 ᄒᆞ고 ᄌᆞ(字)를 취셩이라 ᄒᆞ다. 슈문이 삼 셰 후로 ᄒᆞᆨ업을 일삼아 삼강오샹(三綱五常)을 달통(達通)ᄒᆞ여 ᄉᆞ셔삼경(四書三經)을 독숑(讀誦)ᄒᆞ니 그 〈4a〉 영민(英敏)ᄒᆞ미 날노 더ᄒᆞ더라. 세월(歲月)이 자연 여류(如流)ᄒᆞ여 슈문이 오 세(五歲) 되ᄆᆡ 궁마지ᄌᆡ(弓馬之才)를 조화ᄒᆞ거늘 부뫼 깃거 아냐 글를 힘쓰라 ᄒᆞ니 슈문이 경셔(經書)를 힘쓰지 아니ᄒᆞ고 손오병셔(孫吳兵書)와 뉵도삼냑(六韜三略)을 일삼고 텬문죠화(天文造化)[4]를 찰심(察審)ᄒᆞ더니 현 공 왈,

4) 천문조화(天文造化) : 하늘의 이치.

"병법(兵法)은 션ᄇᆡ의 ᄒᆞᆨ습(學習)ᄒᆞᆯ ᄇᆡ 아니라. 우리 션군(先君)이 ᄃᆡᄃᆡ로 명문거족(名門巨族)으로 무예지사(武藝之事)를 힘쓰신 뵈 업ᄉᆞ오신ᄃᆡ 네게 당ᄒᆞ여 힘쓰니 네 엇지 영웅이 되고져 ᄒᆞ난다?"

슈문이 이후로붓허 공이 업난 ᄣᆡ면 병셔와 뉵도삼냑과 무예를 닉혀 능통ᄒᆞᄂᆞᆫ지라. 시랑이 ᄆᆡ양 즐칙(叱責)ᄒᆞ되 셰사(世事)를 짐〈4b〉작ᄒᆞ더라.

무정세월(無情歲月)[5]이 여류ᄒᆞ여 이적의 황슉(皇叔) 연평왕이 불의지심(不義之心)이 이셔 우ᄉᆞ쟝군(右師將軍) 댱흠 등으로 ᄒᆞ여 ᄃᆡ역간계(大逆奸計)를 ᄂᆡ다가 발각(發覺)ᄒᆞ여 연평왕을 ᄉᆞ샤(賜死)ᄒᆞ고 기ᄌᆞ(其子) 인을 원찬정ᄇᆡ(遠竄定配)[6] ᄒᆞ시니라. ᄂᆡ부시랑 현ᄐᆡᆨ지 ᄯᅩ ᄒᆞᆫ 역모(逆謀)의 드럿ᄂᆞᆫ지라. ᄉᆞ관(士官)[7]이 ᄂᆞ려와 나슈엄문(拿囚嚴問)[8]ᄒᆞ니 ᄐᆡᆨ지 망극(罔極)ᄒᆞ여 부복읍쥬

---

5) 무정세월(無情歲月) : 덧없이 흘러가는 세월.

6) 원찬정배(遠竄定配) : 먼 곳으로 죄인을 유배함.

7) 사관(士官) : 군사적 임무나 공적 업무를 수행하는 관리. 죄수를 압송하는 역할을 맡기도 했다.

8) 나수엄문(拿囚嚴問) : 죄인을 잡아 가두고 엄히 문책함.

왈(俯伏泣奏曰),

"신(臣)이 국녹(國祿)을 먹어 벼살이 니부시랑의 잇삽고 직산(財産)이 누만(累萬)이라. 엇지 역모를 증참(證參)ᄒᆞ오리잇가? 원(願) 셩상(聖上)은 신의 일편단심(一片丹心)을 슬피쇼셔."

샹 왈,

"경(卿)의 일홈이 초ᄉᆞ(招辭)의 들어ᄂᆞ시니 엇지하리요? 특교(特敎)로 노ᄒᆞ 보ᄂᆡᄂᆞ니 츙셩갈력(忠誠竭力)ᄒᆞ라."

간의틱ᄉᆞ(監儀太史) 틱우(太尉) 도어사(都御史) 등이 일시〈5a〉의 논죄왈(論罪曰),

"현틱지 비록 ᄋᆡ미ᄒᆞ오나 일반 역적이라. 엇지 그져 특방(特放)ᄒᆞ리요? 관작(官爵)을 앗고 변지(邊地)예 ᄂᆡ치쇼셔."

샹(上)이 됴신(朝臣)의 말를 괴로이 너기샤 극변원찬(極邊遠竄)ᄒᆞ라 ᄒᆞ신ᄃᆡ 금오(金吾)[9]의셔 ᄇᆡ쇼(配所)를 정ᄒᆞᄆᆡ 셔촉(西蜀) 무양도를 정ᄒᆞ여 보ᄂᆡᆯ시 즉일 발힝

9) 금오(金吾) : 조선 시대 때 임금의 명령을 받들어 죄인을 추국(推鞫)하는 일을 맡아보던 의금부(義禁府)를 달리 이르는 말.

(發行)ᄒᆞ라 ᄒᆞ다. 공이 ᄒᆞᆫ말를 못ᄒᆞ고 길 날ᄉᆡ 부인과 공ᄌᆞ를 다시 못 보고 가는 심ᄉᆞ를 ᄉᆡᆼ각ᄒᆞ니 졍신이 아득ᄒᆞᆫ지라. 이젹의 ᄎᆡ관(採官)이 현 공을 달이고 무양도로 향할ᄉᆡ 여러 달 만의 쵹의 니르러ᄂᆞᆫ 벽ᄒᆡ(碧海) 창창(蒼蒼)ᄒᆞ여 물결이 하ᄂᆞᆯ에 다핫고 풍랑(風浪)이 ᄃᆡ작(大作)ᄒᆞ여 셔로 언어(言語)를 듯지 못ᄒᆞᄂᆞᆫ지라. 〈5b〉 현 공이 더옥 고향을 ᄉᆡᆼ각ᄒᆞᄆᆡ 졍신이 아득ᄒᆞ더라. ᄎᆞ시(此時) 댱부인이 이 ᄀᆡ별(奇別)를 듯고 졍신이 아득ᄒᆞ여 공ᄌᆞ를 달이고 쥬야(晝夜) 슬허ᄒᆞ니 슈문이 왈,

"쇼ᄌᆡ 궁마지ᄌᆡ(弓馬之才)를 ᄇᆡ화 닙신양명(立身揚名)ᄒᆞ와 부친(父親)을 구ᄒᆞ와 도라오시게 ᄒᆞ리이다."

ᄒᆞ고 이후로붓터 칼 쓰기와 말달니기를 일삼아 그 모친을 위로ᄒᆞ더라. 부인이 망극듕이나 공ᄌᆞ를 위로ᄒᆞ더라.

각셜(却說). 운남왕(雲南王)이 듕원(中原)을 침노(侵擄)ᄒᆞ난지라. 동군ᄐᆡ슈(東郡太守) 급히 쥬문(奏聞)ᄒᆞᄆᆡ 황야(皇爺)[10] 이 말를 들으시ᄆᆡ ᄃᆡ경ᄒᆞ사 ᄃᆡᄉᆞ마(大司馬) 유언츙을오 ᄃᆡ장(大將)을 ᄇᆡ(拜)ᄒᆞ시고 표긔댱군

10) 황야(皇爺) : 봉건 사회의 신하들이 황제에게 부여하던 칭호.

(驃騎將軍) 니민으로 션봉(先鋒) ᄒᆞ이시고 악필노 좌션봉(左先鋒)을 ᄒᆞ이시고 영쥬〈6a〉도독(營州都督) 한희로 운냥관(運糧官)[11]을 ᄒᆞ이시고 청ᄌᆔ 병마위군장(兵馬衛軍將) 됴광분을 후군구응ᄉᆞ(後軍救應使)를 ᄒᆞ이시고 정병(精兵) 이십만(二十萬)과 쳘긔(鐵騎) 십만(十萬)을 죠발(調發)ᄒᆞ여 반젹(叛賊)을 치라 ᄒᆞ시다.

ᄎᆞ시 도젹이 ᄃᆡ국(大國) 군현(郡縣) 십륙쥬(十六州)를 쳐 항복 밧고 ᄃᆡ병(大兵)을 휘동(麾動)ᄒᆞ여 황셩(皇城)을 범ᄒᆞ니 그 세(勢) 취우(驟雨) 갓ᄒᆞᆫ지라. 남방(南方) ᄇᆡᆨ셩(百姓)이 피란(避亂)ᄒᆞ더라. 운남 션봉장 ᄌᆞ희 금능(金陵)을 범ᄒᆞᄆᆡ 댱 부인이 ᄃᆡ경ᄒᆞ여 공ᄌᆞ를 달이고 황츅산으로 피란ᄒᆞᆯᄉᆡ 듕노의셔 젹당(賊黨)을 만나ᄆᆡ 밋쳐 피치 못ᄒᆞ여 우룡정이란 우물의 드러 숨으며 슈문은 유모(乳母) ᄎᆡ란이 공ᄌᆞ를 업고 ᄃᆞ라나다가 미쳐 피치 못ᄒᆞ여 젹의 상한 ᄇᆡ 되고 슈문니을 〈6b〉 ᄆᆞᄌᆞ 쥭이랴 ᄒᆞ다가 상뫼(相貌) 비범(非凡)ᄒᆞᆷ을 보고 놀ᄂᆞ니로ᄃᆡ,

"타일(他日) ᄃᆡ귀(大貴)ᄒᆞ리라."

---

11) 운량관(運糧官) : 전쟁에서 군량 운반의 일을 맡아보던 임시 벼슬.

ᄒᆞ고 슈문을 어로만져 니로ᄃᆡ,

“날를 조ᄎᆞ오라.”

ᄒᆞ고 달이고 가니라.

화셜(話說). 당 부인이 젹병 물너가물 보고 취란을 차자 ᄂᆞ아가며 워여 부ᄅᆞᄃᆡ 간 곳이 업거ᄂᆞᆯ 더욱 망극ᄒᆞ여 왈,

“유모와 슈문이 도젹의 ᄒᆡ를 닙도다.”

ᄒᆞ고 혼졀(昏絶)ᄒᆞ거ᄂᆞᆯ 시비 취셤이 구호ᄒᆞ더라.

각셜. 젹장 곽ᄌᆞ희 금능을 함몰(陷沒)ᄒᆞ고 쳔병장(天兵將)[12] 뉴언츙으로 더부러 ᄃᆡ진(對陣)ᄒᆞᆯ식 벽하(碧河)를 ᄉᆞ이ᄒᆞ여 진(陣) 치고 격셔(檄書)를 보ᄂᆡ니 기셰왈(其書曰),

‘운남(雲南) ᄃᆡ도독(大都督) 젼부 션봉 ᄇᆡᆨ호장군(白虎將軍) 곽ᄌᆞ희ᄂᆞᆫ 격셔(檄書)를 ᄃᆡ송 뉴원슈긔 부치노라. 송쥐(宋主) 덕(德)이 〈7a〉 쳔박(淺薄)ᄒᆞ고 어지지 못ᄒᆞᆫ지라. 우리 ᄐᆡ죠(太祖) 황애 텬ᄒᆞ를 어더 이제 젼ᄒᆞ여 흡십여ᄃᆡ(合十餘代)라. 아쥬(我主)와 송황(宋皇)과 지

---

12) 천병장(天兵將) : 천자의 군대 즉 송나라 군대를 지휘하는 장수를 말함.

친(至親)이라. 골육(骨肉)이 상잔(相殘)ᄒᆞ리요마난 져즘게 연왕[13]을 쥭이며 그 ᄐᆡᄌᆞ(太子)를 안치(安置)ᄒᆞ니 이는 불인(不仁)ᄒᆞ미요 황친국족(皇親國族)을 능지(凌遲)홈은 듯지 못ᄒᆞᆫ 일이라. 송황졔는 아ᄌᆞ비와 죵제(從弟)를 몰오고 악형(惡刑)을 ᄒᆞ니 엇지 걸쥬(桀紂)에셔 심(甚)치 아니ᄒᆞ리요. 오회라. 그ᄃᆡ 등이 송조 ᄃᆡ신이 되여 님군을 돕지 아니코 무릇 ᄉᆞ람이 치신(治身)ᄒᆞᄆᆡ 몬져 마음을 닥고 치가(治家)ᄒᆞᄆᆡ 안히를 교제(敎悌)ᄒᆞ며 치국(治國)ᄒᆞᄆᆡ 님군을 ᄀᆞᆯ히여 셩군지치(聖君至治)[14]를 효측(效則)ᄒᆞᆯ 거시어ᄂᆞᆯ 송〈7b〉황은 아득ᄒᆞ여 교만방ᄌᆞ(驕慢放恣)ᄒᆞ여 ᄃᆡ신(大臣)을 모살(謀殺)ᄒᆞ며 간신(奸臣)을 신임(信任)ᄒᆞ니 엇지 셩명텬ᄌᆞ(聖明天子)라 ᄒᆞ며 우리 운남왕이 남방(南方)의 거ᄒᆞᄆᆡ 본ᄃᆡ 미즌ᄒᆞᆫ 나라이여늘 년년(年年)이 사신(使臣)을 보ᄂᆡ여 금보(金寶)를 구ᄒᆞ니 엇지 암용(暗庸)ᄒᆞᆫ 님군이 아니리요? 우리

---

13) 연왕 : 경판본에는 앞에 나온 바와 같이 '연평왕'이라 되어 있어 오기로 추정됨.

14) 성군지치(聖君至治) : 덕이 아주 뛰어난 어진 임금의 매우 잘 다스려진 정치

ᄃᆡ왕(大王)은 신ᄌᆞ(臣子)의 졀(節)를 일치 아니ᄒᆞ샤 무ᄉᆞᆷ 연고(緣故)로 흥ᄉᆞ문죄(興師問罪)ᄒᆞᄂᆞ뇨? ᄂᆡ 텬문(天文)을 보ᄆᆡ 숑죠 긔쉬(氣數)[15] 임의 진(盡)ᄒᆞ엿ᄂᆞᆫ지라. 텬ᄒᆞᄂᆞᆫ ᄒᆞᆫ 사람의 텬히 아니라 텬ᄒᆞ ᄉᆞ람의 텬ᄒᆞ라. 시고로 아쥐 슈명어텬(受命於天)[16]ᄒᆞ샤 숑죠를 물니치고 운남이 일통(一統)ᄒᆞᆯ지라. 그ᄃᆡ 비록 ᄇᆡᆨ만지즁(百萬之衆)이나 이ᄂᆞᆫ 오합지졸(烏合之卒)이라 엇지 ᄀᆡ렴ᄒᆞᆯ ᄇᆡ리요? 일즉 항복ᄒᆞ라.'

ᄒᆞ엿더라. 〈8a〉 뉴언츙이 격문을 보고 블승분노왈(不勝忿怒曰),

"오랑키 감히 쳔죠(天朝)를 능멸(凌蔑)ᄒᆞ고 ᄃᆡ신을 슈욕(受辱)ᄒᆞ니 엇지 용셔ᄒᆞ리오?"

ᄒᆞ고 ᄉᆞᄌᆞ(使者)를 ᄭᅮ지져 왈,

"ᄂᆡ 너를 버혀 셜분(雪憤)ᄒᆞᆯ 거시로되 냥국(兩國)이 샹젼(相戰)ᄒᆞᄆᆡ 죽이지 아니ᄒᆞᄂᆞ니 돌아가 곽ᄌᆞ희달여 니르라. 오날은 용셔ᄒᆞ거니와 명일(明日)은 ᄉᆡᆼ금(生擒)ᄒᆞ리라."

15) 기수(氣數) : 저절로 오고 가고 한다는 길흉화복의 운수.

16) 수명어천(受命於天) : 하늘의 명을 받아 왕위에 오름.

ᄒᆞ고 잇튼날 평명(平明)[17]에 송진(宋陣) 문긔(門旗) 열니ᄂᆞᆫ 곳에 일원(一員) ᄃᆡ장(大將) 츌마(出馬)ᄒᆞ니 ᄌᆞ금(紫金) 봉신(鳳翅) 투고에 엄신갑(掩身甲) 닙고 손에 ᄀᆡ산ᄃᆡ부(開山大斧)를 들고 좌하(座下)의 ᄇᆡᆨ셜(白雪) 분운춍(浮雲驄)을 타시니 웅장(雄壯)ᄒᆞ고 가쟝 효용(驍勇)ᄒᆞᆫ지라. ᄃᆡ호왈(大呼曰),

“운남지즁(雲南之中)의 날 ᄃᆡ젹(對敵)ᄒᆞᆯ ᄌᆡ 잇거든 나ᄋᆞ오라.”

ᄒᆞ거ᄂᆞᆯ 모다 보니 이ᄂᆞᆫ 동군ᄐᆡ슈 젹의라. 〈8b〉 운남 진듕의셔 ᄒᆞᆫ 당ᄉᆔ 젹초(赤綃) 쇽발관(束髮冠)의 셔쳔(西川) 젼포(戰袍)를 닙고 삼쳑(三尺) 냥인도(兩刃刀)를 들고 독각(獨角)[18] 오연마(烏驠馬)[19]를 ᄂᆡ몰라 워여 왈,

“나ᄂᆞᆫ 쳔ᄌᆞ의 졔 왕ᄌᆞ[20] 죠승이어니와 우리 굿ᄒᆡ여 치고져 ᄒᆞ미 아니라 숑황이 젼일 허물를 구과(舊過)의

---

17) 평명(平明) : 해가 뜨는 시각.

18) 독각(獨角) : 뿔이 달린.

19) 오연마(烏驠馬) : 전체적으로 검으나 꽁무니가 흰 말.

20) 천자의 제 왕자 : 구활자본 및 경판본 대조 결과 천자 동생의 제이(第二) 왕자(王子)의 오기로 추정됨.

도라가며 탐ᄌᆡ호ᄉᆡᆨ(貪財好色)ᄒᆞᄂᆞᆫ 허물을 고치고 셩명인의(聖明仁義)ᄒᆞ여 회과ᄌᆞᄎᆡᆨ(悔過自責)ᄒᆞᆷ을 ᄌᆞ각(自覺)ᄒᆞ면 엇지 깃부지 아니리오? 너희 등이 신ᄌᆞ로 이셔 님군을 간치 아니ᄒᆞ고 학졍(虐政)을 권ᄒᆞ며 츙냥(忠良)을 살ᄒᆡᄒᆞ여 군졍(群情)[21]을 일흐니 붓그럽디 아니며 진을 님ᄒᆞ여 감히 교무비양(矯誣飛揚)[22]ᄒᆞᄂᆞᆫ다?"

숑진 쟝졸이 ᄎᆞ언을 듯고 모골(毛骨)이 숑연(悚然)ᄒᆞ여 참ᄉᆡᆨ무언(慙色無言)[23]이라. ᄊᆞ올 마음이 업ᄉᆞ되 강잉즐ᄎᆡᆨ(強仍叱責)ᄒᆞ〈9a〉여 왈,

"너희 역텬무도(逆天無道)ᄒᆞᆫ 물이 엇지 망언(妄言)을 쥬츌(做出)ᄒᆞ여 군심(軍心)을 쇼요(騷擾)케 ᄒᆞᄂᆞ뇨?"

말를 맛츠며 발오 죠승을 취ᄒᆞ니 죠승이 ᄃᆡ로ᄒᆞ여 ᄉᆞ십여 ᄒᆞᆸ에 승뷔(勝負) 업더니 승이 문득 말혁을 잡고 니로ᄃᆡ,

"ᄂᆡ 잠간 셩명(性命)을 요ᄃᆡᄒᆞ고 보ᄂᆡᄂᆞ니 ᄲᆞᆯ니 돌아

---

21) 군정(群情) : 군중의 감정 즉 민의 혹은 민심을 말함.

22) 교무비양(矯誣飛揚) : 이리저리 꾸며대며 남을 속이고 잘난 체하고 거드럭거림.

23) 참색무언(慙色無言) : 부끄러워 말이 없음.

가 ᄆᆞ음을 곳치고 님군을 션도(善道)로 도와 어진 일홈을 빗ᄂᆡ라."

말를 두로혀 가거ᄂᆞᆯ 송 ᄃᆡ장이 젹의게 ᄒᆞᆯ 말리 업셔 본진(本陣)으로 향코져 ᄒᆞ더니 젹진 즁으로셔 일인이 츌마 ᄃᆡ호왈,

"송장(宋將)은 가지 말고 ᄂᆡ 말을 드르라."

모다 보니 이ᄂᆞᆫ 산양인 범녕이라. ᄌᆞᄂᆞᆫ ᄌᆞ픠니 일즉 젹의로 더부러 동문수학(同門修學)이라. 젹의 경문왈(驚問曰),

"현졔(賢弟)[24] 엇지 여긔 잇ᄂᆞ〈9b〉뇨?"

범녕이 읍왈(揖曰),

"몸의 갑쥐(甲冑)[25] 잇기로 녜(禮)를 다 힝치 못ᄒᆞ노라. 허물치 말나. 당금(當今) 송황이 실덕(失德)ᄒᆞ여 졔후(諸侯)를 공경(恭敬)치 아니ᄒᆞ고 ᄌᆡ물를 탐ᄒᆞ고 호쥬기식(好酒嗜色)ᄒᆞ며 션비를 멸ᄃᆡ(蔑待)ᄒᆞ며 술ᄉᆞ(術士)를 친히 ᄒᆞ고 불도(佛道)를 공경ᄒᆞ니 이 엇지 님군이리오? 우리 운남은 숑황으로 지친이오 ᄯᅩᄒᆞᆫ 그른 일 업거

---

24) 현제(賢弟) : 아우뻘 되는 사람이나 남의 아우를 높여 이르는 말.

25) 갑주(甲冑) : 갑옷과 투구.

늘 쳔지 년년이 ᄉᆞ신을 보ᄂᆡ여 ᄌᆡ보를 구ᄒᆞ고 무단 즐칙홀식 두번 표(表)를 올녀 간ᄒᆞᆷ미 ᄉᆞᄌᆞ를 참ᄒᆞ고 듯지 아니ᄂᆞᆫ 고로 이신벌군(以臣伐君)[26]이 불가(不可)ᄒᆞᆫ 쥴 아나 힝여 션도의 돌아가실가 ᄒᆞ미오 실은 셩디를 탐ᄒᆞ미 아니라. 몰오미 형은 돌아가 험을를 곳치고 셩군이 되게 ᄒᆞ미라. 운남이 비록 쳔쇼(淺小)ᄒᆞ나 〈10a〉 정병이 슈십만이요 ᄆᆡᆼ쟝(猛將)이 부지기쉬(不知其數)라. 문관즁(文官中)의 승샹 젹지안과 니익은 ᄀᆞ히 ᄑᆡ공(沛公) ᄌᆞ방(子房)의 비길 거시요 샹셔 뉴셤과 시랑 우샹빅은 ᄀᆞ히 왕충(王忠)의 비홀 거시요 무댱즁(武將中)의 니희쳘 니희빅은 가이 항젹(項籍)과 손오(孫吳)를 ᄃᆡ젹홀 거시요 승샹 곽ᄌᆞ희ᄂᆞᆫ 한신(韓信) ᄑᆡᆼ월(彭越)의 뉴(類)라. 엇지 송국을 근심ᄒᆞ리오마ᄂᆞᆫ 우리 ᄃᆡ왕이 ᄃᆡᄆᆡ왈(大罵曰), '슌쳔ᄌᆞ(順天者)ᄂᆞᆫ 챵(昌)ᄒᆞ고 역텬ᄌᆞ(逆天者)ᄂᆞᆫ 망(亡)이라' ᄒᆞ샤 텬ᄌᆞ의 ᄀᆡ과(改過)ᄒᆞ시물 닐으시ᄂᆞ니 엇지 감격지 아니리요?"

말를 맛츠며 픔으로죳ᄎᆞ ᄒᆞᆫ 봉 표를 ᄂᆡ여 쥬며 왈

"텬ᄌᆞ긔 들이라."

---

26) 이신벌군(以臣伐君) : 신하가 군을 일으켜 자기 임금을 침.

ᄒᆞ고 가거ᄂᆞᆯ 적이 바다 가지고 본진(本陣)의 와 원슈(元帥) 뉴원츙을 보고 범녕 〈10b〉 등의 말를 일일히 니ᄅᆞ니 원츙이 듯고 문득 입으로 피를 토ᄒᆞ고 엄식ᄒᆞ거ᄂᆞᆯ 삼군(三軍)이 ᄃᆡ경ᄒᆞ여 구호ᄒᆞ며 보호ᄒᆞ여 정신을 ᄎᆞ리ᄆᆡ 탄왈,

"차홉다! 아등(我等)이 불츙(不忠)이 심ᄒᆞ니 져 ᄒᆡ를 엇지 갈희리오?"

ᄒᆞ고 표를 ᄯᅥ혀 보니 갈와시ᄃᆡ,

'번신 운남왕 조승은 돈슈ᄇᆡᆨᄇᆡ(頓首百拜)[27] ᄒᆞ고 삼가 일쟝 표를 ᄃᆡ송 룡탑하(龍榻下)의 올니ᄂᆞ이다. 신이 ᄃᆡ송을 셤겨 신절(臣節)를 신례(臣禮)로 일치 아니ᄒᆞ오며 불공지ᄉᆡ(不恭之事) 업ᄉᆞ오며 ᄯᅩᄒᆞᆫ 상국(上國)을 ᄇᆡ반ᄒᆞ미 업거ᄂᆞᆯ 년년이 ᄌᆡ보를 구ᄒᆞ시며 ᄯᅩ 불공지심(不恭之心)이 업거ᄂᆞᆯ ᄉᆞᄌᆞ를 두 번 쥭이시고 탐ᄌᆡᄒᆞ시니 이ᄂᆞᆫ 군샹(君上)[28]의 되(道) 아니오 션왕(先王)은 폐ᄒᆞ(陛下)의 죵제(從弟)라. 〈11a〉 연왕을 임의 ᄉᆞᄉᆞᄒᆞ문 가커니와 그 세ᄌᆞ(世子)를 능지쳐참ᄒᆞ시니 고금(古今)의 듯

---

27) 돈수백배(頓首百拜) : 머리가 땅에 닿도록 수없이 계속 절을 함.

28) 군상(君上) : 임금.

지 못흔 빅라. 희라! 틱죠 황애 텬흐를 정흐샤 거의 슈빅 년이라. 츙신을 쓰시며 간당을 업시흐샤 젼지무궁(全知無窮)흐시며 포덕(表德)흘 거시여늘 금(今) 황제난 불명(不明)흐샤 종족(宗族)을 참흐고 츙냥을 방츅(放逐)흐며 간당을 심신(深信)흐시며 궁쳡(宮妾)의 물리로 닉스(內事)를 결단(決斷)흐시고 탐쥬흐식흐샤 종스(宗社)를 불관이 너기시고 정궁(正宮)을 박딕(薄待)흐시며 불고국정(不顧國政)흐샤 참형(慘刑)을 조화흐시니 엇지 군상의 흘 빅리오? 신이 딕병을 닐후혀문 셩지를 노략흐미 아니라 인심을 알고져 흐미러니 이졔 보온즉 이곳 셩샹의 불⟨11b⟩찰이라. 신이 어든바 남방(南方) 십뉵쥬(十六州)를 돌로 드리는니 신은 마지 못흐온 일이라. 기과천션(改過遷善)흐샤 틱즈를 브르시며 정궁을 경딕(敬待)흐시며 튱냥을 납용(納用)흐시고 간당을 물니치시며 인졍을 닥그시고 종스를 싱각흐샤 치국흐쇼셔. 셰강속말(世降俗末)[29]흐와 위국츙심(爲國忠心)은 업삽고 간악탐음(奸惡貪淫)흐여 이신벌군지샹(以臣伐君之象)을 아닌 이 업亽오니 복원(伏願) 폐하는 명찰(明察)흐쇼셔.

29) 세강속말(世降俗末) : 세상이 기울고 풍속이 어지러워짐.

신이 쳬읍(涕泣)ᄒᆞ와 ᄃᆡ강(大綱) 앙달(仰達)이로소이니 복걸(伏乞) 회과(悔過)ᄒᆞ옵쇼셔.'

ᄒᆞ엿더라.

뉴원쉬 보기를 다ᄒᆞᄆᆡ 참연(慘然)이 공경왈,

"운남왕 번국(藩國)[30]의 엇지 여ᄎᆞ 영웅이 다다(多多)ᄒᆞᆫ 줄 알니요?"

ᄒᆞ고 즉시 회군(回軍)ᄒᆞᄆᆡ 혹ᄌᆞ(或者)ᄂᆞᆫ 가련(可憐) 탄복(歎服)ᄒᆞ고 〈12a〉 혹 무쟝(武將)은 분(憤)ᄒᆞ다 ᄒᆞ더라.

각셜. 당부인이 젹병의 물너가물 보고 취셤만 ᄃᆞ리고 슈문을 ᄎᆞ즈니 간ᄃᆡ업ᄂᆞᆫ지라. 죽엄은 뫼 갓고 부부 형제 상니(相離)ᄒᆞ고 우난 솔의 만산편야(滿山遍野)[31]ᄒᆞ여시니 망극ᄒᆞ여 슈일 찻다가 못ᄒᆞ여 딥으로 도라오니 가산(家産)을 노략ᄒᆞ고 소화(燒火)ᄒᆞ엿거ᄂᆞᆯ 갈 ᄇᆡ 업셔 셤을 ᄃᆞ리고 셔촉 무량도를 ᄎᆞ자가니라.

ᄌᆡ셜(再說).[32] 현 공ᄌᆡ 젹당의게 잡혀가다가 젹진(敵

---

30) 번국(藩國) : 제후의 나라. 변방.

31) 만산편야(滿山遍野) : 산과 들에 가득하다.

32) 재설(再說) : 고전소설에서 다른 이야기를 하다가 앞에 했던 이야

陣)이라 ᄒᆞ여 ᄯᅩ로지 아니ᄒᆞ니 젹이 슈문을 회계산에 ᄇᆞ리고 가며,

"네 후(後)의 귀히 될지라. 무ᄉᆞ이 잇시라."

ᄒᆞ고 가니 슈문이 젹도를 니별ᄒᆞ고 갈 ᄇᆞ를 아지 못ᄒᆞ여 모친을 부ᄅᆞ지져 ᄎᆞᄌᆞ되 죵젹〈12b〉이 업ᄂᆞᆫ지라. 인젹(人跡)은 아죠 긋쳐 갈 길이 아득ᄒᆞᆫᄃᆡ 울며 왈,

"챵텬(蒼天)은 살피쇼셔. 모친을 ᄯᅡ라 피란ᄒᆞ다가 실산(失散)ᄒᆞ오니 ᄀᆞᆫ쟝(肝腸)이 뮈여지니 하일하시(何日何時)의 부모ᄅᆞᆯ ᄎᆞᄌᆞ리잇가?"

ᄒᆞ니 산쳔쵸목(山川草木)이 슬허ᄒᆞᄂᆞᆫ 듯ᄒᆞ더라. 슈문이 졍쳐 업시 가다가 긔갈(飢渴)ᄒᆞ여 슈푸를 의지ᄒᆞ여 누엇더니 하늘이 당ᄎᆞ 져물거ᄂᆞᆯ 슈풀ᄅᆞᆯ 뷔여잡고 슬푸물 졍치 못ᄒᆞ더니 홀연 ᄒᆞᆫ 노인이 불너 왈,

"너ᄂᆞᆫ 엇던 아희완ᄃᆡ 이곳의 잇ᄂᆞ뇨?"

ᄒᆞ고 ᄉᆞᄆᆡ 안흐로 실과(實果)를 쥬며 왈,

"네 모친이 져긔 이스니 이ᄅᆞᆯ 먹고 날를 ᄯᆞ라오라."

슈문이 긔운이 싀진(澌盡)ᄒᆞ엿더니 의외(意外)예 이 말를 듯고 반겨 실과ᄅᆞᆯ 먹으니 졍〈13a〉신이 쇄락(灑落)

기를 이어서 할 때 첫머리에 쓰는 말.

ᄒᆞᆫ지라 노인을 ᄯᆞ라 산곡(山谷)으로 힝ᄒᆞ더니 만쳡산듕(萬疊山中)에 드러가니 슈간정ᄌᆡ(數間淨齋)[33] 이시되 인젹은 업고 다만 쳥동(靑童) ᄒᆞ나히 나화 맛거ᄂᆞᆯ 슈문이 ᄯᆞ라 드러가 보니 벽상(壁上)의 칙 ᄒᆞ나와 큰 환도(環刀) ᄒᆞ나히 이시되 모친은 업ᄂᆞᆫ지라. 모친을 찻거ᄂᆞᆯ 노인이 웃고 왈,

"네 모친은 무ᄉᆞᄒᆞ니 념녜 말고 이의 이셔 ᄂᆡ ᄀᆞᄅᆞ치ᄂᆞᆫ 법을 ᄇᆡ호라."

슈문이 ᄒᆞᆯ일업셔 머무니라. 이튼날 노인이 단져[34]를 ᄂᆡ여 주며 곡죠(曲調)를 ᄀᆞ르치거ᄂᆞᆯ 슈문 왈,

"져ᄂᆞᆫ 풍뉴의 쇽ᄒᆞᆫ 거시오 칼쓰문 댱슈(將帥)의 ᄒᆞᆯ ᄇᆡ라. 칼쓰기를 원ᄒᆞᄂᆞ이다."

ᄒᆞ니 노인 왈,

"칼쓰기ᄂᆞᆫ 죵ᄎᆞ(從次) ᄒᆞ려니와 〈13b〉 져 불기ᄂᆞᆫ 네게 쇽ᄒᆞ다."

ᄒᆞ고 져를 ᄇᆡ홀ᄉᆡ 슈일 ᄂᆡ로 십여 쟝단곡(長短曲)을 능통ᄒᆞᄂᆞᆫ디라. 그제야 검슐(劍術)를 가르친ᄃᆡ 슈삭(數

---

33) 수간정재(數間淨齋) : 몇 간의 정결한 집.

34) 단저(短-) : 길이가 짧은 피리.

朔)ᄂᆡ여 검슈을 닉이 아니 노인이 ᄃᆡ희ᄒᆞ여 육도삼략과 팔만ᄃᆡ진(八萬對陣)을 연습ᄒᆞᄆᆡ 슈문이 능통ᄒᆞ니 노인이 깃거 왈,

"네 이제 세샹에 나가나 장부의 쇼임(所任)을 ᄒᆞ리로다. 이곳은 오ᄅᆡ 이슬 곳이 아니니 나아가 세샹 쟝긔를 희롱ᄒᆞ라."

ᄒᆞ니 슈문이 지향(指向)ᄒᆞᆯ 바를 모로ᄂᆞᆫ지라. 뭇ᄌᆞ오ᄃᆡ,

"어ᄃᆡ로 향ᄒᆞ올잇가? ᄉᆞ부(師傅)를 ᄯᅥ나지 말과져 ᄒᆞᄂᆞ이다."

노인 왈,

"네 올 ᄯᅢᄂᆞᆫ 오세러니 지금은 십삼세니 완 지 구삭(九朔)이나 인간(人間) 구세(九歲)라. 산 일홈이 ᄌᆞ운동이라. 〈14a〉 너를 위ᄒᆞ여 이곳에셔 머무더니 네 이제 돌아가나 념네 업ᄂᆞᆫ지라. ᄂᆡ 널노 더부러 인연(因緣)이 진(盡)ᄒᆞᄆᆡ 보ᄂᆡᄂᆞ니 너는 비계(祕計)를 루셜치 말나. ᄎᆞ후의 어려온 ᄯᅢ 잇거든 이 봉셔(封書)를 ᄯᅥ혀보라."

ᄒᆞ여 당부ᄒᆞ고 봉셔 세흘 쥬되 일(一) 이(二) 삼(三)을 써 ᄎᆞ례(次例)로 보라 ᄒᆞ엿더라.

"네 ᄋᆡᆨ(厄)이 이제도 미진(未盡)ᄒᆞ여시니 부되 이거슬 일치 말나."

슈문이 ᄇᆡ사ᄒᆞ고 왈,

“션ᄉᆡᆼ의 은혜는 ᄇᆡᆨ골난망(白骨難忘)이라 잇지 아니리이다. ᄇᆞ라건ᄃᆡ 벽샹의 걸닌 칼을 졔ᄌᆞ를 쥬시면 ᄃᆞ힝홀가 ᄒᆞ나이다.”

노인 왈,

“하놀이 너를 위ᄒᆞ야 갑쥬와 댱검(長劍)을 ᄀᆞᆷ쵸와 두언 지 올ᄋᆡ니 〈14b〉 이 칼은 불과 일광(日光)을 희롱ᄒᆞᄂᆞᆫ 거시라. 이러무로 쥬지 못ᄒᆞ노라.”

슈문이 하직왈,

“부모를 언제 샹면(相面)ᄒᆞ올잇가? ᄇᆞᆰ히 ᄀᆞᄅᆞ치쇼셔.”

노인이 쇼왈,

“네 졍셩이 지극ᄒᆞ면 ᄌᆞ연 슈히 만나 보리라.”

슈문이 눈물을 흘니고 다시곰 ᄒᆞ직고 산문(山門)을 ᄯᅥ나니라.

션시(先時)의 댱 부인이 ᄎᆡ셤을 달리고 젼젼ᄎᆞᆫᄎᆞᆫ(轉轉寸寸) 거러 무량도를 향홀ᄉᆡ ᄎᆞ시 현 공이 젹소(謫所)의 가 슈간초옥(數間草屋)을 어더 쥬야로 은ᄉᆞ(恩赦)[35]만 바라고 츅원ᄒᆞ더니 쳔만의외(千萬意外)예 부인 댱시

35) 은사(恩赦) : 사면(赦免).

ᄎᆞ자니ᄅᆞ니 반가온 듕 ᄃᆡ경ᄒᆞ여 말를 못ᄒᆞ고 셔로 붓들고 통곡ᄒᆞ다가 반향후(半晌後) 정신을 슈습ᄒᆞ여 젼일(前日) 병난(兵亂)을 만나 슈문을 노변(路邊)의서 실〈15a〉산ᄒᆞᆫ 일를 ᄌᆞ셔이 고ᄒᆞ니 시랑이 청파(聽罷)의 ᄒᆞᆫ 쇼ᄅᆡ를 질으고 혼절ᄒᆞ거ᄂᆞᆯ ᄎᆡ셤이 구호ᄒᆞ여 정신를 진정ᄒᆞ여 앙텬탄왈(仰天歎曰),

"현ᄐᆡᆨ지 팔ᄌᆡ 긔박ᄒᆞ여 칠ᄃᆡ(七代)를 독신(獨身)으로 오다가 요ᄒᆡᆼ으로 슈문을 만득(晩得)ᄒᆞ여 션됴(先祖)의 무후죄(無後罪)를 면ᄒᆞ올가 ᄒᆞ엿더니 하ᄂᆞᆯ이 뮈이 녁이샤 유ᄋᆞ(幼兒)를 일케 ᄒᆞ시니 쇽절업시 뉘라셔 ᄒᆡ골를 슈습ᄒᆞ며 ᄯᅩᄒᆞᆫ 됴션향화를 뉘게 젼ᄒᆞᆯ리요? ᄎᆞ회라. 엇지 이ᄃᆡ도록 명되(命途)36) 긔구(崎嶇)ᄒᆞ뇨?"

ᄒᆞ고 ᄉᆞᆯ어 말삼을 일오지 못ᄒᆞ니 부인이 비록 슈문을 일러시ᄂᆞ 시랑을 만ᄂᆞᄆᆡ 마음이 제기 반셕 갓ᄒᆞ여시며 일이 ᄒᆞᆯ일업ᄂᆞᆫ지라 〈15b〉 다만 위로ᄒᆞ더라.

이젹의 슈문이 산문을 ᄯᅥ나 정쳐 업시 뉴리ᄀᆡ걸(流離丐乞)37)ᄒᆞᆯᄉᆡ 긔갈(飢渴)이 심ᄒᆞ고 몸이 곤뷔(困憊)ᄒᆞ여

---

36) 명도(命途) : 운명과 재수를 아울러 이르는 말.

37) 유리개걸(流離丐乞) : 정처 없이 떠돌아다니며 빌어먹음.

계반셕(溪盤石) 우희 올ᄂᆞ 잠들엇더니 문득 ᄒᆞᆫ 노인이 청의동자로 ᄒᆞᆫ 낙ᄃᆡ[38]를 들니고 ᄌᆞ하관을 쓰고 시ᄂᆡ가흐로 오다가 슈문의 누어스물 보고 반셕의 올나 ᄭᆡ오거ᄂᆞᆯ 슈문이 놀ᄂᆞ ᄭᆡ여 절ᄒᆞᆫᄃᆡ 그 노인이 문왈,

"너ᄂᆞᆫ 어ᄃᆡ 이스며 어ᄃᆡ로 향ᄒᆞ난다? 근본(根本)을 ᄌᆞ셔이 니로라."

슈문이 공경ᄃᆡ왈,

"쇼ᄌᆞ(小子)는 유리(流離)ᄒᆞᄂᆞᆫ 걸ᄋᆞ(乞兒)요 향ᄒᆞ는 ᄇᆡ 굿히여 업ᄂᆞ이다."

노인 왈,

"연즉 네 부모도 업고 친쳑도 업ᄂᆞᆫ다?"

슈문이 ᄃᆡ왈,

"오세의 병난을 만나 부모를 실산ᄒᆞ고 뉴리기걸ᄒᆞ와 〈16a〉 졍쳐업시 ᄃᆞᆫ니나이ᄃᆞ."

노인 왈

"연즉 아직 ᄂᆡ집으로 가 머물미 엇더ᄒᆞ뇨?"

슈문이 ᄃᆡ왈,

"쇼ᄌᆞ 갓ᄒᆞᆫ 걸인을 거두사 이갓치 ᄋᆡ휼(愛恤)ᄒᆞ시니

38) 낙대 : 낚싯대.

엇지 죤명(尊命)을 거역ᄒᆞ올잇고?"

니의 노인을 ᄯᆞ라가니 ᄒᆞᆫ 곳의 궁젼이 이스되 산졍(山亭)과 연졍(蓮亭)이 쇄락ᄒᆞ고 화쵀(花草) 무셩ᄒᆞ여 잉무(鸚鵡) 공쟉(孔雀) 쳥학(靑鶴) ᄇᆡᆨ학(白鶴)이 ᄒᆞᆫ가이 노ᄂᆞᆫ지라. 쥬란화각(朱欄畫閣)[39]이 웅댱ᄒᆞ더라.

노인의 셩명(姓名)은 셕광위니 일즉 참지졍ᄉᆞ(參知政事)의 잇더니 죠졍(朝廷) 긔강(紀綱)이 날노 ᄒᆡ틱(懈怠)ᄒᆞᄆᆡ 별ᄉᆞ를 바리고 고향의 돌아와 일신이 ᄒᆞᆫ거(閑居)ᄒᆞᄆᆡ 낙시질ᄒᆞ기와 밧갈기를 일솜더니 이날 슈문을 만나 거두어 도라왓더라.

그 부인 됴시 〈16b〉 일녀(一女)를 ᄉᆡᆼᄒᆞ고 셰상을 바리ᄆᆡ ᄌᆡ취(再娶)ᄒᆞᆫ 방시 덕ᄒᆡᆼ이 ᄇᆡᆨᄒᆞ고 ᄂᆡ심(內心)이 불량(不良)ᄒᆞ여 ᄆᆡ양 쇼져(小姐)를 ᄒᆡ코져 ᄒᆞ더라. 셕 쇼져의 일홈은 운혜요 ᄌᆞᄂᆞᆫ 월궁션이라. 쇼제 일즉 자모(慈母)를 여희고 계모(繼母)의게 효셩(孝誠)이 극진(極盡)ᄒᆞ기로 아직 ᄒᆡ홀 죠각[40]이 업셔ᄒᆞ더라.

일일은 셕 공이 ᄂᆡ당의 들어가 방시를 ᄃᆡᄒᆞ여 왈,

---

39) 주란화각(朱欄畫閣) : 단청을 곱게 하여 아름답게 꾸민 누각.

40) 조각 : '겨를'의 옛말.

“ᄂᆡ 맛촘 노듕셔 ᄒᆞᆫ ᄋᆞ희를 어드니 과연 영웅의 긔상이요 신긔ᄒᆞᆫ 고로 ᄃᆞ려왓거니와 ᄂᆡ 평ᄉᆡᆼ 운혜의 ᄇᆡ필를 근심ᄒᆞ더니 이ᄂᆞᆫ 하ᄂᆞᆯ이 정하시미라. 몰오미 부인은 범연(泛然)이 ᄃᆡ졉(待接)지 말로쇼셔.”

ᄒᆞ거ᄂᆞᆯ 방시 듯고 ᄂᆞ심의 시긔(猜忌)ᄒᆞ여 변ᄉᆡᆨ왈(變色曰),

“샹공이 어ᄃᆡ 가 걸인 ᄋᆞ의를 ᄃᆞ려오샤 여ᄎᆞ 〈17a〉 [낙장][41] 〈17b〉 현 공이라 ᄒᆞ더니 ᄋᆡᆨ을 만나 모친을 일코 도젹이 쇼ᄌᆞ를 ᄃᆞ려가다가 듕노의 ᄇᆞ리고 가거ᄂᆞᆯ 거리로 울며 다니더니 ᄒᆞᆫ 노인이 다려다가 팔구 년을 양휵ᄒᆞ더니 인연이 진ᄒᆞ여 이리로 왓ᄉᆞ오니 엇지 거주(居住)를 알니잇고?”

셕 공이 ᄎᆞ언을 듯고 탄왈,

“자고로 영웅호걸이 쵸년(初年)의 곤(困)치 아니 니 업다.”

ᄒᆞ고 닐오ᄃᆡ,

---

41) [낙장] : 〈17a〉는 낙장이다. 전후 내용으로 추정컨대 방씨의 말과 이후 거주를 묻는 석 공의 질문에 대한 수문의 답변이 담겨 있을 것이며, 현대어 번역은 활자본의 내용을 참고했다.

"닉 그딕를 딕ᄒᆞ여 ᄒᆞᆫ 말을 니라고져 ᄒᆞᄂᆞ니 용납ᄒᆞ랴?"

ᄉᆡᆼ 왈,

"쇼ᄌᆡ 엇지 딕인(大人) 죤명(尊命)을 봉ᄒᆡᆼ(奉行)치 아니리잇고?"

공이 왈,

"젼취(前娶)[42] 됴시 일녀를 ᄉᆡᆼᄒᆞ고 기세(棄世)ᄒᆞᆫ지라. 녀ᄋᆞ이 쟝셩ᄒᆞ여시나 영웅을 만ᄂᆞ지 못ᄒᆞ여 민울(悶鬱)ᄒᆞᄂᆞᆫ 빅러니 그딕를 만ᄂᆞ니 하늘이 쥬신 빅라. 능히 노인의 말를 〈18a〉 용납ᄒᆞ랴?"

ᄉᆡᆼ이 쳥파의 피셕딕왈(避席對曰),

"딕인이 쇼자로써 종ᄉᆞ의 두고져 ᄒᆞ시니 엇지 황감(惶感)치 아니리잇고마ᄂᆞᆫ 쇼ᄌᆞᄂᆞᆫ 일ᄀᆡ 걸ᄋᆡ요 딕인은 명문거족으로 공명(功名)ᄒᆞᆫ ᄌᆡ상(宰相)이시라. 엇지 명교(命敎)를 감당ᄒᆞᆯ이잇고?"

공이 흔연쇼왈(欣然笑曰),

"그딕 말리 불가ᄒᆞ다. 그딕의 영춍(英聰)으로 닉 ᄋᆞ히 현불쵸(賢不肖)[43]를 아지 못ᄒᆞ미 이ᄀᆺ치 견집(堅執)

---

42) 젼취(前娶) : 전처.

ᄒᆞ미나 녀ᄋᆡ 누질(陋質)은 면ᄒᆞᆯ 거시오 ᄯᅩᄒᆞᆫ 그ᄃᆡ를 셤겨 거의 칠거지악(七去之惡)은 면ᄒᆞᆯ 거시니 몰오미 그ᄃᆡ는 쾌허(快許)ᄒᆞ라.”

ᄉᆡᆼ이 침음냥구(沈吟良久)의 왈,

“ᄃᆡ인이 쇼ᄌᆞ의 비쳔(卑賤)ᄒᆞ물 ᄉᆡᆼ각지 아니시고 여ᄎᆞᄒᆞ시니 쇼ᄌᆡ 엇지 존명을 거역ᄒᆞ올잇가?”

공이 ᄃᆡ열왈(大悅曰),

“그ᄃᆡ는 금일지언(今日之言)〈18b〉을 잇지 말지어다.”

ᄒᆞ고 금현당 슈쇼(修掃)ᄒᆞ여 머물게 ᄒᆞᆯᄉᆡ 의식을 각별 신칙(申飭)ᄒᆞ여 공궤(供饋)ᄒᆞ미 ᄌᆞ못 후ᄒᆞ게 ᄒᆞ더라.

공 왈,

“그ᄃᆡ 아시(兒時)의 부모를 니별ᄒᆞ여시나 능히 시셔(詩書)를 알가 시부니 글을 힘쓰라.”

ᄒᆞ고 셔ᄎᆡᆨ(書冊)을 ᄀᆞᆺ초와 주니 슈문이 ᄃᆡ왈 오세의 약간 글자 ᄇᆡ홧다가 부친을 니별ᄒᆞᆫ 후 남악 화산 노인을 만나 ᄯᅩ 글을 죰간 ᄇᆡ호며 병법 가릇치던 말삼ᄒᆞ니 공이 더욱 긔특이 너겨 ᄉᆡᆼ각ᄒᆞᄃᆡ,

43) 현불초(賢不肖) : 어짊과 못남. 또는 어진 사람과 못난 사람을 아울러 이르는 말.

'영웅이 직죠를 닷가시니 반ᄃᆞ시 문호(門戶)를 빗닉리로다.'

ᄒᆞ고 ᄉᆞ랑ᄒᆞ더라.

일일은 셕 공이 쇼져 침쇼 직셩각의 드러가 쇼져를 불너 닐오ᄃᆡ,

"네 나이 쟝셩ᄒᆞ여시ᄃᆡ 빅필를 엇지 못⟨19a⟩ᄒᆞ믹 근심ᄒᆞ더니 하늘이 살피ᄉᆞ 영걸(英傑)를 쥬시믹 ᄃᆞ려왓ᄂᆞ니 길일(吉日)를 튁ᄒᆞ여 빅복지원(百福之源)[44]을 니루고져 ᄒᆞ노라."

쇼져 아미(蛾眉)[45]를 ᄉᆞᆨ여시니 홍광(紅光)이 취지(聚之)ᄒᆞ여 능이 말삼을 답지 못ᄒᆞ더라. 방시 슈문의 위인(爲人) 츌어범인(出於凡人)[46]ᄒᆞ믈 드르믹 무이 너겨 믹양 히코져 ᄒᆞ여 시비 난향을 불너 ᄀᆞ마니 니로ᄃᆡ,

"샹공이 영웅의 ᄋᆞ히를 어더와 운혜의 빅필을 삼으려 ᄒᆞ시니 만일 후일의 영귀ᄒᆞ면 나의 ᄌᆞ식은 ᄌᆞ연 무식(無

44) 백복지원(百福之源) : 만복의 근원. 혼인을 말한다.

45) 아미(蛾眉) : 누에나방의 눈썹이라는 뜻으로, 주로 미인의 눈썹을 이르는 말.

46) 출어범인(出於凡人) : 평범한 사람들보다 뛰어남.

色)ᄒᆞ미 될 거시니 엇지 ᄒᆞ면 운혜의 ᄇᆡ필이 못 되게 ᄒᆞ리오?"

난향이 ᄃᆡ왈,

"상공 노애 요ᄉᆞ이ᄂᆞᆫ 더옥 노혼(老昏)ᄒᆞ샤 어ᄃᆡ 가 비러먹ᄂᆞᆫ 놈을 어더와 천금쇼교(千金小嬌)47)로ᄡᅥ 허ᄒᆞ시니 ᄯᅳᆺ을 아〈19b〉지 못ᄒᆞᆯ 쇼이다. 이후의 비록 ᄃᆡ사마 ᄃᆡ승상을 ᄒᆞ와도 지금은 부모 업고 하천ᄒᆞ거ᄂᆞᆯ ᄯᅩ 샹공이 년노ᄒᆞ시니 불구(不久)의 세상을 ᄇᆞ리실지라. 여ᄎᆞ즉 부인이 범ᄉᆞ(凡事)를 ᄌᆞ작(自作)ᄒᆞ시리니 제 무삼 힘으로 발신(發身)ᄒᆞ리잇고? 그러ᄒᆞᆫ즉 쇼져의 일ᄉᆡᆼ이 고단ᄒᆞ와 졀노다 업ᄉᆞ질 거시니 부인은 도로혀 그 혼인을 구ᄒᆞ쇼셔."

ᄒᆞ거ᄂᆞᆯ 방시 깃거 이후ᄂᆞᆫ 혼인을 권ᄒᆞ며 셩네(成禮)ᄒᆞ물 ᄌᆡ촉ᄒᆞ니 공이 방시의 흉계(凶計)를 짐작ᄒᆞ나 몰오ᄂᆞᆫ 체ᄒᆞ고 ᄉᆞ례ᄒᆞ며 즉시 ᄐᆡᆨ일ᄒᆞ여 뉵네(六禮)를 ᄀᆞ쵸와 셩친(成親)ᄒᆞ니 그 원앙(鴛鴦)이 쌍유(雙遊)ᄒᆞ며 비취(翡翠) 공경(恭敬)ᄒᆞ물 어이 다 측냥ᄒᆞ리오?

이러구러 세월이 여류ᄒᆞ니 〈20a〉 셕 쇼졔의 년은 십

---

47) 천금소교(千金小嬌) : 천금같이 귀한 어린 딸.

오세요 현싱의 년은 십ᄉᆞ세라. 방시 난향의 말을 깃거ᄒᆞ나 오히려 밋지 못ᄒᆞ여 앙앙ᄒᆞ여 슈문의 부부를 박ᄃᆡᄒᆞ니 고샹이 더은지라. 쇼졔 방시 심ᄉᆞ를 아ᄂᆞᆫ 고로 효로ᄡᅧ 방시를 셤겨 ᄆᆡ양 념녜 깁더라.

각셜. 방시의 쟝녀(長女) 취혜 쟝셩ᄒᆞ여시ᄆᆡ 동리(洞里)의 젼임통판(前任通判) 니경의 졔삼ᄌᆞ와 셩친(成親)ᄒᆞ니 니싱의 얼골이 희고 입시울이 븕으며 언ᄉᆡ(言辭) 영오(穎悟)ᄒᆞ나 경박ᄌᆡ(輕薄子)[48]라. 또 ᄎᆞ녀(次女) 현혜 댱셩ᄒᆞᄆᆡ 승샹부 참지졍ᄉᆞ 진관오 쟝ᄌᆞ 진한죵으로 셩친홈은 다 방시의 쥬션(周旋) 구혼(求婚)ᄒᆞ미러라. 진싱이 쳔셩(天性)이 강포(强暴)ᄒᆞ고 탐쥬호ᄉᆡᆨᄒᆞ니 방시 알기를 제집 노〈20b〉ᄎᆞ환(老叉鬟) 갓치 알고 일분(一分) 빙모(聘母)로 ᄃᆡ졉ᄒᆞ미 업ᄉᆞ니 방시 돌돌이 원망ᄒᆞ며 현랑을 시오ᄒᆞ더라. 슬푸다. 셕 공이 홀연 침병(沈病)ᄒᆞ여 ᄇᆡᆨ약(百藥)이 무효(無效)ᄒᆞ고 병세(病勢) 날노 침즁(沈重)ᄒᆞ여 회츈(回春)치 못홀 쥴 알고 현싱 부부를 불너 손을 잡고 늣기며 니로ᄃᆡ,

"ᄂᆡ 이제 세샹을 니별홀지라. 이제 죽으ᄆᆡ 한이 업ᄉᆞ

48) 경박자(輕薄子) : 말과 행동이 가볍고 신중하지 못한 사람.

되 다만 너희 부부를 ᄉᆡᆼ각ᄒᆞᄆᆡ 황텬(黃泉)의 도라가도 눈을 감지 못ᄒᆞᆯ가 ᄒᆞ노라. ᄂᆡ 죽은 후 방시 결단코 ᄒᆡᄒᆞᆯ 거시니 현낭의 계후를 ᄌᆞᄎᆞᄒᆞ라. 그럿치 아니면 ᄃᆡ홰(大禍) 밋ᄎᆞᆯ 거시니 ᄂᆡ 죽어도 혼ᄇᆡᆨ(魂魄)이 평안치 못ᄒᆞ리로다."

ᄒᆞ고 다시 현ᄉᆡᆼ을 향ᄒᆞ여 눈물를 흘녀 왈,

"ᄂᆡ 죽은 후 〈21a〉 밋ᄂᆞᆫ 바 그ᄃᆡᄲᅮᆫ이라. 방시의 죄로 녀아를 년좌(連坐)치 말나. 황향(黃壤)의 돌ᄋᆞ가나 그ᄃᆡ의 은혜를 엇지 니ᄌᆞ리오?"

말을 ᄆᆞᆺᄎᆞ며 긴긴이 늣기거ᄂᆞᆯ ᄉᆡᆼ이 셕 공 셤기를 친부의 ᄂᆞ리지 아니ᄒᆞ더니 임죵(臨終) 유언(遺言)을 들으ᄆᆡ 심ᄉᆡ 비황ᄒᆞ여 읍고왈(泣告曰),

"쇼ᄌᆡ 일즉 부모를 실산ᄒᆞ고 남악 이인(異人)을 만나 팔구 년을 슈ᄒᆞᆨ(修學)ᄒᆞ와 치국평텬하지도(治國平天下之道)를 ᄇᆡ화 츌댱입샹(出將入相)ᄒᆞ와 빙가(聘家) 문ᄒᆞ(門戶)에 길이 뫼셔 영화를 빗ᄂᆡ고져 ᄒᆞ더니 ᄉᆡᆼ각 밧 우리 ᄉᆞ부를 하직ᄒᆞ고 도로의 뉴리ᄒᆞ더니 ᄃᆡ인을 만나 지우금 일신이 안안(晏晏)ᄒᆞ고 ᄌᆡ조를 더욱 슉련(熟練)ᄒᆞ엿ᄂᆞᆫ지라. 닙신양명ᄒᆞ여 부모를 ᄎᆞᄌᆞᆫ 후 악댱(岳丈) 은혜 갑흘가 〈21b〉 쥬의러니 이제 쇼ᄌᆞ를 황텬이 혹 별ᄒᆞ샤 ᄃᆡ인의 명을 ᄌᆡ촉ᄒᆞ시니 ᄒᆞᆫ홉지 아니며 쇼ᄌᆡ 하등지인(下等之人)이완ᄃᆡ 금일 명교를 니져 마음을 변ᄀᆡᄒᆞ리잇고? 고언(古言)의 고인(古人)이 운(云)ᄒᆞ되, '녕인부아(寧人負我)언졍 무아부인(無我負人)이라'[49] ᄒᆞ엿ᄉᆞ오니 아몰리 악모(岳母)의 박ᄃᆡ를 당ᄒᆞ오나 엇지 부인을 혐의ᄒᆞ리잇고?"

공이 감탄왈,

"ᄌᆞ고로 영웅호걸이 곤치 아니 니 업ᄉᆞ니 그ᄃᆡᄂᆞᆫ 금일 긔언을 잇지 말나. ᄂᆡ 만득ᄒᆞ여 ᄉᆞ속(嗣續)이 침아 일인(一人)ᄲᅮᆫ이라. ᄎᆞ의 ᄌᆞ못 인후효순(仁厚孝順)ᄒᆞ니 ᄒᆡᆼ이라. 힘을 다ᄒᆞ여 ᄀᆞᆯ아쳐 셕시 후ᄉᆞ를 닛게 ᄒᆞ물 그ᄃᆡ게 밋노라."

ᄒᆞ고 침을 도라보아 손을 잡고 체읍왈(涕泣曰),

"네 나히 비록 어리나 족히 인ᄉᆞ를 아ᄂᆞ〈22a〉니 ᄂᆡ 죽은 후 네 모친이 현낭을 ᄇᆞᆨᄃᆡᄒᆞᆯ지라도 네 간ᄒᆞ여 현낭을 구ᄒᆞ라."

공ᄌᆡ 눈물을 흘니며 명을 밧더라. 공이 또 방시와 냥녀를 불너 왈,

49) 영인부아(寧人負我) 무아부인(無我負人) : 남은 나를 배반할지언정 나는 남을 배반하지 않는다.

"닋 이졔 셰상을 바리나 무어시 부족ᄒᆞ리요? 위극인신(位極人臣)[50]ᄒᆞ고 나히 칠슌(七旬)이 넘은지라. 엇지 유련홀 빅 이스리오마는 ᄒᆞᆫᄒᆞ는 바는 침을 셩혼치 못ᄒᆞ고 버거 현랑의 외로온 일신이 가련ᄒᆞᆫ지라. 부인은 각별 이휼(愛恤)ᄒᆞ여 나의 싱젼과 ᄀᆞᆺ치 ᄒᆞ면 닋 구원(九原)[51]의 도라가도 부인 은혜를 잇지 아니ᄒᆞ리라."

ᄒᆞ고 ᄯᅩ 낭녀를 도라보아 왈,

"너희 각각 셩인(成姻)[52]ᄒᆞ믹 영귀ᄒᆞ물 보지 못ᄒᆞ고 돌라가니 엇지 혼빅인들 슬프지 〈22b〉 아니ᄒᆞ리오? 부딕 현낭 부부를 각별 고호(顧護)ᄒᆞ라. 후에 닋 님죵지언(臨終之言)이 무삼 지인지감(知人之鑑)이 잇던가 ᄒᆞ리니 잇지 말나."

말을 마ᄎᆞ며 쵸챵(怊悵) 슈셩(壽星)[53]의 졸(卒)ᄒᆞ니 일싀(日色)이 무광(無光)ᄒᆞ더라.

---

50) 위극인신(位極人臣) : 신하로서는 가장 높은 벼슬자리인 재상의 지위에 오름.

51) 구원(九原) : 저승.

52) 성인(成姻) : 성혼(成婚) 즉 혼인함.

53) 수성(壽星) : 음력 8월.

합기(合家) 발상거익(發喪擧哀)54)ᄒᆞ니 ᄎᆞ시 셕 공의 향년(享年)이 칠십륙세라. 현싱이 악공의 익휼ᄒᆞ던 은혜를 싱각고 익통ᄒᆞ물 마지 아니ᄒᆞ고 홀노 샹측(喪側)을 직희여 치샹(治喪)ᄒᆞ물 극진이 ᄒᆞ여 네로ᄲᅧ 단원의 안쟝(安葬)ᄒᆞ니 일가(一家) 노복(奴僕)이 칭찬ᄒᆞ여 왈, 친자(親子)라도 효힝(孝行)이 예셔 더 못ᄒᆞ리니 노야의 지식을 탄복ᄒᆞ고 현낭의게 승복지 아니 리 업더라.

ᄎᆞ시 방 부인이 셕 공의 죽은 후로 현낭을 박ᄃᆡᄒᆞ미 심ᄒᆞ여 혹 거름도 치이고 나모도 뷔〈23a〉이고 ᄯᅳᆯ도 쓸니고 노복의 소임(所任)을 시기지 못ᄒᆞ여 ᄋᆡ가 말나 ᄒᆞ나 싱이 죠곰도 ᄀᆡ회(介懷)치 아니ᄒᆞ고 시기ᄂᆞᆫ ᄃᆡ로 ᄒᆞ더라. ᄎᆞ시 셕침의 나이 십셰라. 모친긔 엿ᄌᆞ와 ᄀᆞᆯ오ᄃᆡ,

"아직 노복의 무리 유여(有餘)ᄒᆞ거ᄂᆞᆯ 하고(何故)로 현형을 괴롭게 ᄒᆞ시니 만일 현형을 노비(奴輩)갓치 부리실진ᄃᆡ 쇼ᄌᆞ도 ᄒᆞᆫ가지로 ᄒᆞ여 졍박(情薄)게 아니 ᄒᆞᆯ 리이다."

---

54) 발상거애(發喪擧哀) : 발상해 슬퍼함. '발상(發喪)'은 상례에서 죽은 사람의 혼을 부르고 나서 상제가 머리를 풀고 슬피 울어 초상난 것을 알리는 것을 말한다.

셰셰히 간ᄒᆞ니 방시 ᄃᆡ로ᄒᆞ여 ᄭᅮ지져 왈,

"현가 축ᄉᆡᆼ(畜生)은 본ᄃᆡ 식량(食量)이 너른 놈이니 밥을 만히 먹고 셰월를 허숑ᄒᆞ니 통ᄒᆡ치 아니ᄒᆞ랴? 거름과 남기나 식이지 제 무삼 ᄌᆡ죠로 급제(及第)ᄒᆞ여 영귀ᄒᆞᆫ 공명(功名)ᄒᆞ랴?"

ᄒᆞ고 이럿ᄯᅳᆺ 헐ᄲᅮᆯ려 공갈ᄒᆞ니 현ᄉᆡᆼ이 방시〈23b〉의 보ᄎᆡ물 보고 올ᄋᆡ 잇지 못ᄒᆞᆯ 쥴 알고 방시의 시기ᄂᆞᆫ ᄃᆡ로 슌슌히 ᄒᆞᄂᆞᆫ지라. 쇼제 그 경샹을 보고 참혹(慘酷)히 네계 일일은 현ᄉᆡᆼ을 보고 니로ᄃᆡ,

"낭군이 의탁ᄒᆞᆯ 곳이 업셔 여ᄎᆞ 관경을 당ᄒᆞ시니 쳡(妾)의 팔ᄌᆡ 긔구ᄒᆞ여 계모의 독환(毒患)을 만ᄂᆞ도 ᄒᆞᆫᄒᆞᆯ ᄇᆡ 업슬려니와 군ᄌᆡ(君子) 엇지 이 ᄀᆞᆺ튼 욕(辱)을 감심(甘心)ᄒᆞ리요? 반젼(半錢)을 ᄎᆞ려 드릴 거시니 아모 졀간의나 가 머무시면 일신이 편안ᄒᆞ실가 ᄒᆞᄂᆞ이다."

현ᄉᆡᆼ은 본ᄃᆡ 도량이 너른 쟝뷔라. ᄃᆡ쇼왈,

"ᄉᆞ셰고연(事勢固然)[55]이라 남ᄋᆡ(男兒) 되여 엇지 거름 모호기와 나모 뷔기를 혐의ᄒᆞ리오?"

ᄒᆞ고 ᄉᆞᄉᆡᆨ(辭色)이 ᄌᆞ약(自若)ᄒᆞ거ᄂᆞᆯ 쇼제 그 관ᄃᆡᄒᆞ

55) 사세고연(事勢固然) : 일의 형세로 보아 그러함이 마땅함.

물 탄복ᄒᆞ나 심즁의 더욱 슬허ᄒᆞ〈24a〉더라.

ᄎᆞ시 니싱과 진싱이 오니 방시 마자 크게 반기며 쥬찬(酒饌)을 장만ᄒᆞ여 ᄃᆡ졉ᄒᆞ기를 후히 ᄒᆞ더라.

니로ᄃᆡ,

"현셔(賢壻) 등은 슈문을 혹 보와 말ᄒᆞ되 동녈(同列)의 졍(情)을 허치 말나. 젼일 상공이 비러먹ᄂᆞᆫ 걸어지를 ᄃᆞ려다가 동상(東床)[56]을 ᄉᆞᆷ아 문호의 욕이 밋게 ᄒᆞ시ᄆᆡ ᄂᆡ 이러모로 ᄆᆡ양 셜워 유흔이 된지라. 그러모로 노복과 ᄀᆞᆺ치 부리노라."

ᄒᆞ니 냥인이 ᄃᆡ쇼왈,

"져ᄀᆞᆺ치 근본 업ᄉᆞᆫ 놈이 감히 우리와 ᄒᆞᆫ가지로 동녈의 ᄎᆞᆷ네ᄒᆞ리오? ᄀᆞ장 노흡도쇼이다."

ᄒᆞ고 좌즁(座中)이 모다 슈문을 ᄒᆡᄒᆞᆯ ᄯᅳᆺ이 잇더라. 셕침이 겻ᄒᆡ 잇다가 이 말을 듯고 ᄒᆡ연(駭然)ᄒᆞ여 ᄌᆡ셩각의 가 그 말〈24b〉를 젼ᄒᆞ니 현싱이 이 말를 듯고 박장ᄃᆡ쇼왈(拍掌大笑曰),

"이 아ᄒᆡ덜의 말리 가장 고이ᄒᆞ도다. ᄂᆡ 무삼 허물리 될이오?"

---

56) 동상(東床) : 사위.

ᄒᆞ니 쇼제 분노ᄒᆞ여 죽어 몰오고져 ᄒᆞ거ᄂᆞᆯ ᄉᆡᆼ이 위로왈,

"부인의 통달(通達)ᄒᆞᆫ 쇼견(所見)으로ᄡᅧ 이런 광언망셜(狂言妄說)를 듯고 죽기를 ᄌᆞ분ᄒᆞᄂᆞ뇨? 다만 안심ᄒᆞᆯ지여다."

ᄒᆞ더라.

니랑 등이 이십여 일를 머무다가 돌아갈ᄉᆡ 지셩각의가 셜로 찻는 일이 업스니 현ᄉᆡᆼ이 ᄯᅩᄒᆞᆫ ᄎᆞ자미 업더라. 일일은 노복이 산젼(山田)을 갈아 긔경(起耕)코자 ᄒᆞ다가 도망ᄒᆞ여 온 슈말을 일일이 고ᄒᆞᆫᄃᆡ 방시 이 말를 듯고 깃거 ᄂᆡ렴의 ᄉᆡᆼ각ᄒᆞ되,

'현낭을 이곳의 보ᄂᆡ여 스ᄉᆞ로 죽게 ᄒᆞ미 심히 묘ᄒᆞ〈25a〉도다.'

ᄒᆞ여 현낭을 청ᄒᆞ여 거즛 위로ᄒᆞᄂᆞᆫ 쳬ᄒᆞ고 왈,

"샹공이 기셰ᄒᆞ신 후 ᄂᆡ가 가ᄉᆞ를 친집(親執)ᄒᆞᄆᆡ 자연 일리 공총(倥傯)ᄒᆞ여 현낭을 ᄌᆞ로 쳥치 못ᄒᆞ니 심히 셔어ᄒᆞ거니와 현낭이 아녀ᄌᆞ를 허물ᄒᆞ시랴? 노복이 다ᄉᆞ(多事)ᄒᆞ기로 츄경(秋耕) 못ᄒᆞ여 쟝ᄎᆞᆺ ᄯᅢ를 일케 되니 정졔ᄒᆞ고 완연이 산젼의 가 약간 젼장(田莊)을 갈아쥬미 엇더ᄒᆞ뇨?"

ᄉᆡᆼ이 쾌허ᄒᆞ고 나아와 잠기와 농우(農牛)를 인ᄒᆞ여

산하(山下)의 니ᄅᆞ니 그곳의 슈목(樹木)이 참텬(參天)ᄒᆞᆫ지라. 쇠게 잠기를 메워 슈일 경(耕)을 거의 필역(畢役)ᄒᆞ더니 문득 잠기날의 셕ᄒᆞᆷ(石函) ᄒᆞᄂᆞ이 들쳐 ᄂᆡ닷거ᄂᆞᆯ ᄀᆞ쟝 고이ᄒᆞ야 보니 그 우희 금자(金字)로 써시되,

'츈방한님(春坊翰林) 금문〈25b〉직ᄉᆞ(禁門直司) 듕셔ᄉᆞ인(中書舍人) 문연각(文淵閣) ᄐᆡ학ᄉᆞ(太學士) 병부샹셔(兵部尙書) ᄃᆡ원슈(大元帥) 겸(兼) 금ᄌᆞ광록ᄐᆡ우(金紫光祿大夫) 좌승샹(左丞相) 황ᄐᆡᄌᆞᄉᆞ부(皇太子師傅) 계림후(鷄林侯) 위국공(衛國公) 발히왕(渤海王) 현슈문은 친님(親臨) ᄀᆡ탁(開坼)이라.'

ᄒᆞ엿거늘 슈문이 경괴(驚怪)ᄒᆞ여 ᄂᆡ여 보니 그 안에 슈은갑(水銀甲) 일부와 금 투고 ᄒᆞ나와 삼쳑(三尺) 보검(寶劍)이 들엇거ᄂᆞᆯ ᄌᆞ셔이 보니 갑옷 거족에 금ᄌᆞ로 현슈문의 보신갑(保身甲)이라 쓰고 칼등의 삭여시되 ᄌᆞ룡검(紫龍劍)이라 ᄒᆞ엿거ᄂᆞᆯ 그제야 남악노인의 말를 ᄉᆡᆼ각ᄒᆞ고 일변 놀ᄂᆞ며 일변 깃거 슈습ᄒᆞ여 돌아와 깁히 간슈ᄒᆞ고 잇더라.

어시(於是)의 방시 노복을 불너 산ᄒᆞ의 가 보라 ᄒᆞ고 슈문이 일정 호표(虎豹)의 밥이 되다 ᄒᆞ여 잠기ᄂᆞ ᄎᆞ자〈26a〉오고 소를 차ᄌᆞ보라 노복이 즉시 가 보니 밧출 다 갈고 쇼와 현랑이 업ᄂᆞᆫ지라. 놀나 급히 ᄌᆡ셩각의 ᄀᆞ 보

니 현낭이 완연이 안주 셔칙을 보거놀 방시긔 슈말을 고ᄒᆞ니 방시 놀나 헤오듸,

'흉악도다. 즘싱도 잡아먹지 아니니 모질스 원쉬라.'

ᄒᆞ고 ᄎᆞ탄ᄒᆞ다가 다른 묘칙(妙策)을 싱각ᄒᆞ고 독약(毒藥)을 구ᄒᆞᆯ시 맛츰 쟝ᄉᆞ ᄯᅳᆨ히 잇ᄂᆞᆫ 방덕이란 놈은 방시의 셔죵남(庶從男)이라. 셔쵹(西蜀) 상고(商賈)[57]로 단니더니 상실(喪失)ᄒᆞ고 죵ᄆᆡ(從妹) 방시를 보려 왓거늘 방시 크게 반겨 ᄂᆡ당으로 청ᄒᆞ여 은근이 일너 왈,

"네 상쳐(喪妻)ᄒᆞ여시니 ᄌᆡ취(再娶)를 구ᄒᆞ너냐?"

덕 왈,

"아직 정치 못ᄒᆞ엿ᄂᆞ이다."

방시 ᄂᆞ아 안져 니로듸

"젼실 됴시 일녀를 두어⟨26b⟩시되 인물과 ᄌᆡ경이 비샹ᄒᆞᆫ지라. 일즉 샹공이 거리의 빌어먹ᄂᆞᆫ 걸ᄋᆞ를 달여ᄃᆞ가 사회를 삼앗더니 그거시 집의 이셔 ᄂᆡ 눈의 가싀 되여 일시라도 듸면ᄒᆞ기 슬흐니 방축(放逐)고져 ᄒᆞ되 계모(繼母)의 박듸ᄒᆞᆫ다 허물이 될지라. 독약을 어더 쥬면 슈문을 먹여 죽이고 셕녀를 겁칙ᄒᆞ여 가면 일싱이 평안ᄒᆞ리라."

57) 상고(商賈) : 장사하는 사람. 상인.

ᄒᆞᄃᆡ 방덕이 방시의 감언니셔(甘言利說)를 듯고 ᄀᆞ장 깃거 허락고 가더니 즉시 ᄉᆞ약(死藥) 일봉을 가져왓거ᄂᆞᆯ 방시 깃거 일일은 현싱의 밥의 셕거 주니라.

ᄎᆞ시 현낭이 직셩각의 이셔 고ᄒᆡᆼ(苦行)이 참혹(慘酷)ᄒᆞ고 별탈이 층층ᄒᆞ니 집을 ᄯᅥ날 ᄯᅳᆺ을 두어시나 거쳐를 졍ᄒᆞᆯ ᄃᆡ 업고 ᄉᆞᆫ져의 평ᄉᆡᆼ스를 ᄉᆡᆼ각〈27a〉ᄒᆞ미 졍신이 아득ᄒᆞ여 곤뷔ᄒᆞ여 션칙(善策)을 ᄉᆡᆼ각다가 문득 ᄉᆡᆼ각ᄒᆞ되 젼일 산즁의셔 ᄉᆞ부를 ᄒᆞ직ᄒᆞᆯ제 쥬시던 봉셔를 ᄯᅥ혀보니 ᄒᆞ여시되,

'셕 공 ᄉᆞ후의 방시 간계(奸計) ᄇᆡᆨ츌(百出)ᄒᆞ여 독약을 먹일 거시니 밥을 주거든 단져를 ᄂᆡ여 불면 독긔(毒氣) 소삭(消索)ᄒᆞ리라.'

ᄒᆞ엿거ᄂᆞᆯ ᄉᆡᆼ이 ᄭᆡᄃᆞ라 ᄉᆡᆼ각ᄒᆞ되,

'일졍 음식의 독약을 셧그리라.'

ᄒᆞ여 기ᄃᆞ리더니 이윽고 과연 셕반(夕飯)이 나오거ᄂᆞᆯ 단져를 ᄂᆡ여 쳥가(靑歌) 일곡(一曲)을 부니 그 밥의셔 플은ᄂᆡ ᄒᆞᆫ 쥴이 나거ᄂᆞᆯ 고이 녀기나 구외불츌(口外不出)[58] ᄒᆞ고 그 밥을 먹으니 댱뷔(臟腑) 평안ᄒᆞ더라.

---

58) 구외불출(口外不出) : 말을 입 밖에 내지 않음.

ᄎᆞ시 방시 현낭의 식상(食床)을 보ᄂᆡ고 시비를 가 보라 ᄒᆞ니 이윽고 도라와 〈27b〉 여젼ᄒᆞ물 알왼ᄃᆡ 방시 의심ᄒᆞ여 슈통이라 ᄒᆞ난 죵을 먹겨 보리라 ᄒᆞ고 즉시 그 나문 밥을 먹이니 그곳의셔 쥭ᄂᆞᆫ지라.

ᄎᆞ시 현낭이 목젼(目前)의 변을 보ᄆᆡ 놀나 쇼져를 ᄃᆡᄒᆞ여 왈,

“ᄂᆡ 이곳의 잇다가 방시의 독수(毒手)[59]를 면치 못ᄒᆞᆯ지라. 엇지ᄒᆞ리오?”

소제 옥안(玉顔)의 누쉬(淚水) 흘너 옷깃살 젹시니 그 형샹을 차마 보지 못ᄒᆞᆯ너라.

소졔 오열왈(嗚咽曰),

“군ᄌᆞ의 쥬의(主義) 여ᄎᆞᄒᆞ실진ᄃᆡ 엇지 일신들 뉴ᄒᆞ실이잇고? 어ᄂᆡ 날 어ᄂᆡ 곳으로 가랴 ᄒᆞ시ᄂᆡ잇가? ᄒᆡᆼ댱(行裝)을 ᄎᆞ리리이다.”

ᄒᆞ고 츈섬을 위로왈,

“ᄂᆡ 나간 후의 부인이 또ᄒᆞᆫ 불의지환(不意之患)[60]을 만날 〈28a〉 거시니 엇지 념네를 노흐리오?”

---

59) 독수(毒手) : 남을 해치려는 악독한 수단.

60) 불의지환(不意之患) : 뜻밖의 환란.

쇼제 누슈를 거두고 길이 탄식왈,

"인명지텬(人命在天)이라 혓마 엇더ᄒᆞ리잇고? 쳡을 뉴렴 마ᄅᆞ샤 평안이 보즁ᄒᆞ시믈 ᄇᆞ라ᄂᆞ이다."

현낭 왈,

"장뷔 셰(世)의 나ᄆᆡ 하ᄂᆞᆯ이 아비 되고 ᄯᅡ히 어미 되ᄂᆞ니 살기를 근심ᄒᆞ리오? 부인은 비록 녀ᄌᆡ나 녀즁(女中) 군자지풍(君子之風)이 잇ᄉᆞ오니 아못죠록 귀체(貴體)를 안보ᄒᆞᆯ 도(道)를 ᄒᆞ와 보즁ᄒᆞ와 츈셤을 우익(羽翼)으로 ᄒᆞ쇼셔."

침으로 은졍(恩情)이 깁흐니 니별ᄒᆞ물 니ᄅᆞ고 셜로 ᄯᅥ나기를 슬허ᄒᆞ더라. ᄉᆡᆼ이 ᄯᅩ 방시를 보고 ᄒᆞ직ᄒᆞ려 ᄒᆞᆫᄃᆡ 쇼졔 압히 막켜 말녀 왈,

"흉모(凶母)를 보시나 육익(有益)지 아니리니 그져 가쇼셔."

ᄉᆡᆼ 왈,

"ᄂᆡ 쟉죄(作罪)ᄒᆞ미 업ᄉᆞ니 〈28b〉 엇지 숨어 갈이오? 방시 날을 히코져 ᄒᆞ나 슈년 경ᄃᆡ(敬待)ᄒᆞ던 은혜 이스니 무단이 가면 장지(長者) 아니라."

ᄒᆞ고 방시 난향의 젼어를 듯고 술의 독약을 ᄯᅩ 타노코 셩화(星火)갓치 쳥ᄒᆞ거ᄂᆞᆯ ᄉᆡᆼ이 들어가니 방시 거즛 반겨 왈,

"샹공이 기세ᄒᆞ신 후 현셔(賢壻)의 일신이 고단ᄒᆞᆫ지라. 나의 인ᄉᆡ 불민(不敏)ᄒᆞ여 ᄃᆡ졉이 셔어ᄒᆞ여 이곳을 ᄯᅥᄂᆞ고져 ᄒᆞ시니 무삼 낫츠로 만뉴ᄒᆞ리오? 졍니(情理)의 셥셥ᄒᆞ니 일빅(一杯) 박쥬(薄酒)[61]로 ᄂᆡ 졍을 표ᄒᆞ노라."

ᄒᆞ고 큰 잔의 술을 가득 부어 쥬거ᄂᆞᆯ ᄉᆡᆼ이 흔연이 바다 상의 노코 ᄉᆞᄆᆡ로조ᄎᆞ 옥져를 ᄂᆡ여 니로ᄃᆡ,

"쇼ᄉᆡᆼ이 빅혼 빅 이쌘이라. 오날 악모를 하직ᄒᆞ오니 일곡을 〈29a〉 부ᄂᆞ이다."

ᄒᆞ고 일곡을 놉히 부니 술잔 가온ᄃᆡ로죠ᄎᆞ 젼쳐로 청긔(靑氣) 니러나 방듕의 가득ᄒᆞ니 방듕 사람이 다 혼미(昏迷)ᄒᆞᄂᆞᆫ지라.

져를 ᄉᆞᄆᆡ의 녀코 술를 마시며 왈,

"악모ᄂᆞᆫ ᄂᆡᄂᆡ 안강(安康)ᄒᆞ쇼셔."

ᄒᆞ고 ᄉᆞᄆᆡ를 ᄯᅥᆯ쳐 나오니 거지 ᄆᆡ몰ᄒᆞᆫ지라.

방시 난향을 불너 왈,

"현낭의 옥제 가장 고히ᄒᆞ도다. 져를 불 제 보니 슐잔

---

61) 박주(薄酒) : 맛이 좋지 못한 술이라는 뜻으로, 남에게 대접하는 술을 겸손하게 이르는 말.

가온ᄃᆡ로 푸른 긔운이 소사나니 일정 독ᄒᆞᆫ 긔운이 소삭ᄒᆞ도다."

ᄒᆞ고 의심ᄒᆞ물 마지아니ᄒᆞ더라.

ᄎᆞ시 현낭이 ᄌᆡ셩각의 가 부뷔 셔로 니별ᄒᆞᆯᄉᆡ 써나물 연연불망(戀戀不忘)[62] ᄒᆞ더라.

현낭이 쇼져의 유모(乳母)를 불너 왈,

"다만 밋는 바는 너ᄲᅮᆫ이라. 쇼져를 안보ᄒᆞ여 〈29b〉 후일의 셔로 만나게 ᄒᆞ라. 이는 네 졍셩을 다 극진 보호ᄒᆞ라. 다 너의 공(功)이라."

ᄒᆞ고 ᄉᆞᄆᆡ를 ᄯᅥᆯ쳐 표연(飄然)이 나가니 그 형용(形容)은 일필난긔(一筆難記)[63]며 금쉬(禽獸) 다 슬어ᄒᆞ는 듯ᄒᆞ더라.

ᄎᆞ설(且說).[64] 방시 난향을 보ᄂᆡ여 방덕을 부르라 ᄒᆞ고 방시 이날브터 쇼져를 ᄀᆡ유(開諭)ᄒᆞ여 방덕으로 결

---

62) 연연불망(戀戀不忘) : 그리워서 잊지 못함.

63) 일필난기(一筆難記) : 한 붓으로 이루 적을 수 없다는 뜻으로, 내용이 길거나 복잡해 간단히 기록하기 어려움을 이르는 말

64) 차설(且說) : 고전소설에서 이야기하던 내용을 그만두고 화제를 돌릴 때 그 첫머리에 쓰는 말.

친(結親)코져 ᄒᆞ여 계교(計巧)을 ᄉᆡᆼ각ᄒᆞᆯᄉᆡ 희긔양양(喜氣揚揚)ᄒᆞ여 ᄒᆞ더라. 이ᄯᅢ 현ᄉᆡᆼ이 호혈(虎穴)를 버셔나 바로 단원의 니ᄅᆞ러 셕 공 묘젼(墓前)의 나아가 실셩통곡(失性痛哭)ᄒᆞ니 산쳔쵸목(山川草木)이 위ᄒᆞ여 슬허ᄒᆞ며 일월이 무광ᄒᆞ더라. 이예 통곡ᄒᆞ기를 마지아니니 산쳔쵸목이 위ᄒᆞ여 슬허ᄒᆞ며 통곡ᄒᆞ다가 혼졀ᄒᆞ니 뉘 구호ᄒᆞ리요? 슬푸다. 셕 공의 묘상(墓上)의 〈30a〉 모ᄉᆡ(茅沙)65) 다 슬어ᄒᆞ더라.

이윽고 졍신을 찰여 츄연탄왈,

"슈문은 무삼 죄로 어려서 부모를 니별ᄒᆞ고 듕노의 셕 공을 만나 하늘 갓흔 은혜를 닙ᄉᆞ와 공의 슬ᄒᆞ에 누년(累年)을 머무러 은혜 ᄐᆡ산 갓삽더니 황텬(皇天)이 무이 너기샤 쇼자로 셕 공 ᄃᆡ인을 영별(永別)케 ᄒᆞ시니 ᄯᅩ ᄒᆞᆫ 쇼ᄌᆞ의 박복ᄒᆞ미라. 이ᄯᅢ를 당ᄒᆞ여 누를 의탁ᄒᆞ리오? 오회라. 신녕(神靈)이 알으시미 잇삽거든 ᄒᆞ찰(下察)ᄒᆞ옵쇼셔."

ᄒᆞ고 ᄒᆡᆼᄒᆞ여 구계촌 쥬졈(酒店)의 니ᄅᆞ니 ᄒᆞᆫ 화쥬 노

---

65) 모사(茅沙) : 제사에서 술을 따르는 그릇에 담은 모래와 거기에 꽂은 띠의 묶음.

승이 합쟝ᄇᆡ례왈,

“쇼승(小僧)은 금산ᄉᆞ 칠보암 분향(焚香) 화쥬승(化主僧)이옵더니 졀를 즁슈(重修)ᄒᆞᄆᆡ 동참(同參)ᄒᆞ실가 바라ᄂᆞ이다.”

ᄉᆡᆼ 왈,

“ᄒᆡᆼ인이 무삼 푼젼이 이셔 시쥬ᄒᆞ리오? 다ᄆᆡᆫ 〈30b〉 가진 은ᄌᆡ 이ᄲᅮᆫ이라. 보ᄐᆡ여 쓰라.”

ᄒᆞ고 슈십 냥 은ᄌᆞ를 주니 그 듕이 합쟝ᄇᆡ례왈,

“시쥬를 만히 ᄒᆞ시니 만셰불망(萬歲不忘)이로쇼이다.”

ᄒᆞ고,

“이후 공양시(供養時)예 시쥬를 졔명(題名) 츅원ᄒᆞ옵ᄂᆞ니 상공의 거쥬(居住)와 셩명(姓名)을 긔록(記錄)ᄒᆞ쇼셔.”

ᄉᆡᆼ이 ᄌᆡ삼 ᄉᆞ양ᄒᆞ다가 셩명을 긔록ᄒᆞᆯᄉᆡ 졀강 소흥 벽계촌의 잇ᄂᆞᆫ 현슈문과 부인 셕시라 ᄡᅧ주니라.

ᄌᆡ셜(再說). 난향이 ᄌᆡ셩각의 와 쇼져의 겻ᄒᆡ 안ᄌᆞ며 무ᄉᆞᆷ 공교ᄒᆞᆫ 말노 달ᄂᆡ고져 ᄒᆞ더니 이날 소제 몸을 금금(錦衾)의 ᄇᆞ려 식음(食飮)을 물니치고 누ᄉᆔ(淚水) 여우(如雨)ᄒᆞ거ᄂᆞᆯ 난향이 조흔 말노 위로ᄒᆞ고 즉시 도라가 방시긔 고ᄒᆞᆫᄃᆡ ᄃᆡ희ᄒᆞ여 즉시 난향으로 더부러 쇼져의

게 위로왈,

"네 임의 〈31a〉 장셩ᄒᆞᄆᆡ 어진 ᄇᆡ필를 어더 구고(舅姑)[66]를 효양(孝養)ᄒᆞ고 문호를 빗ᄂᆡ고져 ᄒᆞ엿더니 샹공이 뜻밧긔 유걸(流乞)[67]를 달여다가 네 젼졍(前程)을 희지여 나의 한을 씻쳐시니 ᄂᆡ 홀노 슬허ᄒᆞ더니 네 무슴 죄로 현가 축ᄉᆡᆼ(畜生)을 만나 네 신세를 그릇되게 ᄒᆞ리오? 제 스ᄉᆞ로 잇지 못ᄒᆞ여 무단이 나가시니 만일 흉ᄒᆞᆫ 물이 예 들어 제 몸이 망ᄒᆞ고 집이 ᄑᆡᄒᆞᆯ 쥴 ᄂᆡ 몬져 알아시니 이제 나히 이팔의 니르러시니 너ᄂᆞᆫ 부절업시 흉악ᄒᆞᆫ 현가 축ᄉᆡᆼ을 이후 다시 ᄉᆡᆼ각도 말고 무정ᄒᆞᆫ 세월를 헛도이 보ᄂᆡ려 ᄒᆞᄂᆞᆫ다? 이후로 마음을 정ᄒᆞ여 무도무신(無道無信)ᄒᆞᆫ 놈이 너의 은혜를 닙고 무단이 ᄇᆡ반ᄒᆞ〈31b〉니 네 무삼 절ᄀᆡ(節概)로 공방(空房)의 홀노 늘거 나의 원을 니르혀고 근심을 돕게 ᄒᆞ나뇨?"

ᄒᆞ고 만단(萬端)으로 ᄀᆡ유(改諭)ᄒᆞ여 왈,

"ᄂᆡ 말은 ᄉᆞ람을 어더 원앙의 뺭을 닐위고져 ᄒᆞ나니 너는 몰오미 슬허 말고 ᄂᆡ 말를 좃ᄎᆞ라."

---

66) 구고(舅姑) : 시부모.

67) 유걸(流乞) : 남에게 빌어먹고 사는 사람. 거지.

ᄒᆞ거늘 쇼졔 이 말를 들으ᄆᆡ 모골이 송연ᄒᆞ고 심담(心膽)이 ᄡᅥ러져 답홀 말이 업ᄂᆞᆫ지라. 아미(蛾眉)를 숙이고 강잉(強仍)ᄒᆞ여 침소로 돌아오니라.

방시 이렷탓 ᄒᆞ기를 여러 슌ᄒᆞᄆᆡ 쇼졔 죽기로ᄡᅥ 듯지 아니ᄒᆞ니 방시 ᄃᆡ로ᄒᆞ여 ᄭᅮ지져 왈,

"네 죵시 나의 교훈을 슌죵치 아니니 이리ᄒᆞ다기ᄂᆞᆫ 반야(半夜) 삼경(三更)의 월쟝(越墻) 겁칙홀 사람이 이스리라. 그ᄯᅢ를 당ᄒᆞ면 네 슈단으로 엇지 능히 〈32a〉 모피(謀避)ᄒᆞ리오?"

ᄒᆞ고 무수히 구박ᄒᆞ더라. 쇼졔 바야흐로 침소의 도라와 벽을 의지ᄒᆞ고 계교를 ᄉᆡᆼ각ᄒᆞ더니 ᄎᆞ시 방시 방덕을 불너 쇼져 구박할 말을 니ᄅᆞ니 덕이 ᄃᆡ희왈,

"금야 삼경의 겁칙ᄒᆞ리라."

ᄒᆞ고 말을 맛ᄎᆞ며 져믈기를 기다리더니 이ᄯᅢ 셕침이 졔 모친이 덕과 셜계(設計)ᄒᆞ믈 듯고 크게 놀나 ᄌᆡ셩각의 드러가 눈물을 먹음고 왈,

"오날 밤 삼경의 방덕이 담을 너머 저저(姐姐)[68]를 겁칙ᄒᆞ려 ᄒᆞᄂᆞ니 ᄲᆞᆯ니 방비(防備)ᄒᆞ쇼셔."

68) 저저(姐姐) : 누님을 달리 이르는 말.

쇼제 이 말을 듯고 혼비ᄇᆡᆨ산(魂飛魄散)ᄒᆞ여 살이 썰니고 정신이 산란ᄒᆞ여 유모 츈심을 불너 왈,

"방시 금야의 여ᄎᆞ여ᄎᆞᄒᆞ리라 ᄒᆞ니 〈32b〉 엇지ᄒᆞ여 불측지환(不測之患)69)을 방비ᄒᆞᆯ이오?"

ᄒᆞ고 문득 부친 유교(遺敎)를 ᄉᆡᆼ각고 급히 ᄯᅧ여보니 유서(遺書)의 ᄒᆞ여시되,

'ᄂᆡ 죽은 후 네 계모 결ᄃᆞᆫ코 너희 부부를 ᄒᆡᄒᆞᆯ 거시니 급ᄒᆞᆫ 일이 잇거든 남복(男服)을 변착(變着)ᄒᆞ고 금산ᄉᆞ 칠보암의 가면 운슈ᄌᆡ 구ᄒᆞᆯ이라.'

ᄒᆞ엿거놀 쇼제 깃거 츈셤달려 니ᄅᆞ고 남복을 다 갓쵸고 ᄎᆞ야 이경(二更)의 월장(越墻) 도쥬(逃走)ᄒᆞ니라.

이날 밤 ᄉᆞ경(四更)의 방덕이 ᄌᆡ셩각의 들어가 쇼져를 겁칙ᄒᆞ려 ᄒᆞ더니 방문의 니ᄅᆞ러 문을 여니 ᄉᆞ면(四面)이 고요ᄒᆞ여 쇼제 간ᄃᆡ업ᄂᆞᆫ지라. 방덕이 ᄃᆡ경 무류ᄒᆞ여 급히 방시ᄃᆞ려 ᄎᆞ언을 니ᄅᆞ고 ᄎᆡᆨᄒᆞ니 방시 ᄯᅩᄒᆞᆫ 놀나며 고이히 너겨 ᄌᆡ셩각의 니ᄅᆞ〈33a〉러 보건ᄃᆡ 긔물(器物)은 여젼ᄒᆞ고 쇼져와 츈셤이 업ᄂᆞᆫ지라. 일정 다라나물 헤아리고 통한ᄒᆞ며 원망ᄒᆞ여 방덕을 위로ᄒᆞ더라.

---

69) 불측지환(不測之患) : 미리 생각하지 못했던 고통이나 재난.

잇씨예 셕 소제 츈셤을 달이고 밤이 시도록 거쳐 업시 가며 금산ᄉᆞ 칠보암을 ᄎᆞᆺ더니 익일(翌日) 셕양(夕陽)의 멀니 발라보니 ᄒᆞᆫ 뫼히 하늘의 다ᄒᆞᆺ거늘 졈졈 나아가니 슈목(樹木)이 참텬(參天)ᄒᆞ여 슬픈 회포(懷抱)를 돕는지라. ᄒᆞᆫ 고기를 넘어가니 일좌 암ᄌᆡ(庵子) 이스되 쳠ᄒᆞ(檐下)의 풍경(風磬)을 ᄃᆞ라 바람을 희롱ᄒᆞ니 진실노 별유텬지(別有天地) 비인간(非人間)이러라.

동구(洞口)를 바라며 들어가니 노고승(老高僧)이 합장비례왈,

"공ᄌᆞ 어ᄃᆡ로좃ᄎᆞ 누디(陋地)의 님ᄒᆞ시니잇고?"

극진이 공경ᄒᆞ거늘 쇼제 ᄯᅩᄒᆞᆫ 공경왈,

〈33b〉 "존사(尊師)는 일기(一介) 셔싱(書生)을 보시고 이렇타시 관곡히 ᄃᆡ졉ᄒᆞ시니 불감(不敢)ᄒᆞ오나 감히 뭇ᄂᆞ니 존사의 속ᄀᆡᆨ(俗客)이 올ᄋᆡ 머물고져 ᄒᆞ오니 허ᄒᆞ시물 어드리잇가?"

니괴(尼姑) ᄃᆡ왈,

"ᄀᆡᆨ실(客室)이야 관계ᄒᆞ미 이시리잇가?"

쇼제 샤례ᄒᆞ고 ᄀᆡᆨ실를 ᄎᆞ자가며 니고달려 닐너 왈,

"ᄀᆡᆨ실이 번잡지 아니ᄒᆞ랴? 나는 위틱ᄒᆞᆫ 곳을 버셔난 사람이라. ᄯᅩᄒᆞᆫ 운싊 불힝ᄒᆞ여 가홰(家禍) 공참(孔慘)ᄒᆞ기로 이곳의 와 슈월(數月)를 머물고져 ᄒᆞᄂᆞ이다."

니괴 갈오ᄃᆡ,

"진실노 그러ᄒᆞ시면 쇼승의 방장(方丈)으로 가ᄉᆞ이다."

ᄒᆞ고 쇼져를 인도ᄒᆞ여 동녁 협실노 들어가니 방이 가장 졍결ᄒᆞ고 ᄂᆡ외(內外) 분명(分明)ᄒᆞᆫ지라.

인ᄒᆞ여 노ᄃᆔ(奴主) 이곳의 머물ᄉᆡ 니괴 문왈,

"상공을 뵈〈34a〉오니 심히 쳥졍(淸淨)ᄒᆞ신지라. 의심컨ᄃᆡ 녀화위남(女化爲男)인가 ᄒᆞ노라. 이곳이 졍쇄(精灑)ᄒᆞ니 념녜 마옵고 머무러 안둔(安屯)ᄒᆞ쇼셔."

ᄒᆞ거ᄂᆞᆯ 노쥬 냥인이 져기 평안ᄒᆞ더라.

일일은 니괴 문왈,

"공ᄌᆞ의 셩명은 뉘라 ᄒᆞ시나잇가?"

쇼졔 쇼왈,

"나의 셩명은 알라 쓸ᄃᆡ업산지라. 다만 셕 공ᄌᆡ라 불ᄅᆞ노라."

ᄒᆞ니 일노 인ᄒᆞ여 셕 공ᄌᆡ라 부르더라. 일일은 불젼의 츅원ᄒᆞᄂᆞᆫ 소ᄅᆡ를 들으니 '소흥현 거(居) 현슈문과 그 쳐 셕시'라 ᄒᆞ거ᄂᆞᆯ 쇼졔 고히 너겨 니고를 쳥ᄒᆞ여 츅원ᄒᆞᄂᆞᆫ 문셔를 구ᄒᆞ여 보니 그즁의 졀강 소흥현 벽계촌의 거ᄒᆞᆫ 현슈문이라 ᄒᆞ고 ᄯᅩ 그 쳐 셕시라 ᄒᆞ엿거ᄂᆞᆯ 쇼졔 크게 놀라 문〈34b〉왈,

"이 사람의 셩명이 어이 여긔 잇ᄂᆞ뇨?"

니괴 ᄃᆡ왈,

"금년(今年) 듕츈(仲春)의 소승이 불샹을 위ᄒᆞ와 화쥬를 낫ᄃᆞ가 벽계촌 졈의 니ᄅᆞ러 ᄒᆞᆫ 샹공을 만나오ᄆᆡ 사람 가온ᄃᆡ 군ᄌᆡ라. 그 샹공의 압히 나아가 권션을 노코 시쥬를 청ᄒᆞ오니 힝장을 여러 시쥬를 만히 쥬시ᄆᆡ 이후로부터 현등(懸燈) 츅원(祝願)ᄒᆞᄂᆞ이다. 공ᄌᆡ 무삼 연고로 ᄌᆞ셔이 뭇ᄂᆞ니잇고?"

쇼졔 ᄃᆡ왈,

"이 사람은 나의 지친(至親)일너니 ᄌᆞ셔이 뭇노라."

니괴 이 말를 들으ᄆᆡ 더욱 공경ᄒᆞ더라. 쇼졔 이후로브터 니고를 ᄯᆞ라 불젼의 드러가 ᄒᆞᆷ긔 츅원ᄒᆞ니 모든 니괴 그 거동(擧動)을 보고 고이히 너겨 의아ᄒᆞ더라.

일일은 쇼졔 니고ᄃᆞ려 왈,

"아등(我等)은 ᄒᆞᆫ 걸인이어늘 존ᄉᆞ의 후은(厚恩)〈35a〉을 닙어 일신이 안한(安閑)ᄒᆞᆫ지라. 엇지 남의 의식을 허비ᄒᆞ리오? ᄂᆡ 비록 무ᄌᆡ(無才)ᄒᆞ나 화법(畫法)을 잠간 아노니 화본(畫本)을 어드면 족ᄌᆞ를 그려 풀녀 ᄒᆞ노라."

모든 니괴 크게 깃겨 즉시 흰 깁을 주거ᄂᆞᆯ 쇼졔 화필(畫筆)을 잡아 ᄆᆡ화(梅花) ᄒᆞᆫ 가지를 주거ᄂᆞᆯ 이를 가지고 져ᄌᆞ의 날려가ᄆᆡ ᄉᆞ 리 업더니 남경(南京) 상고(商賈)

왕평이란 사람이 보고 크게 깃거 금 슈빅 냥을 쥬고 사가니 니괴 도라와 그 슈말을 닐으며 탄복ᄒᆞ더라.

각셜. 현슈문이 가진 은자를 시쥬ᄒᆞ고 몸의 푼젼이 읍스되 긔탄(忌憚)ᄒᆞ미 업시 동셔(東西)로 단니더니 ᄎᆞ시 만세 황애 운남왕의 표를 보시고 탄복ᄒᆞ시며 치국평텬ᄒᆞ(治國平天下)하시며 현ᄉᆞ(賢士) 밍쟝(猛將)을 구ᄒᆞ실세 문무과(文武科)를 뵈시니 〈35b〉 텬ᄒᆞ 션비 황셩(皇城)으로 향ᄒᆞ난지라.

슈문도 과유(科儒)를 ᄯᅡ라 동힝ᄒᆞ더니 기듕 ᄒᆞᆫ 션비 현싱을 보고 니로ᄃᆡ,

“그ᄃᆡ난 어ᄃᆡ로 향ᄒᆞᄂᆞ뇨?”

싱이 답왈,

“복(僕)은 남방 사람이러니 황셩(皇城)으로 향ᄒᆞ노라.”

그 션비 깃거 왈,

“ᄂᆡ 일즉 과거(科擧)의 가다가 듕노의서 가동(家僮)을 일코 심히 고단ᄒᆞ더니 우리 ᄒᆞᆫ가지로 가미 엇더ᄒᆞ뇨?”

싱이 쳥파의 깃거 즉시 허락ᄒᆞ고 힝ᄒᆞ여 여러 날 만의 황셩의 니ᄅᆞ니 모단 션비 각각 쥬인(主人)을 정ᄒᆞ되 오직 현싱은 홀노 걸리로 단니며 쥬인을 살피더니 문득 ᄒᆞᆫ 사람이 반겨 ᄂᆡᄃᆞ라 붓드러 왈,

"닉집이 비록 정치 못ᄒᆞ나 머물기를 ᄇᆞ라노라."

ᄒᆞ고 싱을 인도ᄒᆞ거늘 〈36a〉 싱이 감ᄉᆞᄒᆞ물 니긔지 못ᄒᆞ여 ᄯᆞ라가니 집이 가쟝 정쇄ᄒᆞᆫ지라.

이윽고 쥬찬(酒饌)을 나위여 ᄃᆡ접ᄒᆞ니 싱이 빅샤왈,

"과긱이 머물기도 감샤ᄒᆞ거늘 이럿틋 관ᄃᆡᄒᆞ니 은혜 난망이로다."

쥬인 왈,

"나ᄂᆞᆫ 비록 경셩(京城)의 ᄉᆞ오나 힝인을 치ᄂᆞᆫ 졈ᄒᆞᆫ(店漢)이 아니로쇼이다."

싱 왈,

"닉 ᄯᅩᄒᆞᆫ 향촌(鄕村)에 싱쟝(生長)ᄒᆞ나 엇지 모로이오? 연이나 닉 본ᄃᆡ 빈ᄒᆞᆫ한 사람이라. 픈젼이 업ᄉᆞ니 ᄎᆞ시 과쟝(科場)을 구경코져 ᄒᆞ되 지필(紙筆)이 업ᄉᆞ니 엇지ᄒᆞ리오?"

쥬인 왈,

"금번 과쟝긔구(科場器具)ᄂᆞᆫ 념네 말으시고 글리나 졀 지여 밧치쇼셔. 기필코 장원(壯元)ᄒᆞ리라."

ᄒᆞ고 공궤ᄒᆞ기를 지셩으로 ᄒᆞ거늘 싱이 감격ᄒᆞ여 은혜를 치샤ᄒᆞ더라.

〈36b〉 이러구러 과일(科日)을 당ᄒᆞ니 텬ᄌᆞ 금화젼(金華殿)의 어탑(御榻)을 도도시고 시관(試官)이 좌우(左

右)에 버렷ᄂᆞᆫᄃᆡ 글제를 놉히 다랏거ᄂᆞᆯ ᄉᆡᆼ이 나아가 보니 젼일 일광ᄃᆡ사의 니ᄅᆞ시던 글리라. 심듕의 크게 깃거 슌식(瞬息)의 글을 밧치고 ᄉᆡᆼ각ᄒᆞ되,

'ᄂᆡ 맛당이 무쟝(武場)을 구경ᄒᆞ리라.'

ᄒᆞ고 즉시 교쟝(敎場)의 나아가 보니 텬ᄒᆡ 무ᄉᆡ(武士) 구름 못듯 ᄒᆞ여 궁시(弓矢) 갓쵸고 ᄌᆡ조를 결우나 ᄉᆡᆼ은 긔계(器械) 업ᄂᆞᆫ지라. 그듕의 ᄒᆞᆫ 무ᄉᆡ 긔골(氣骨)이 쥰슈(俊秀)ᄒᆞ고 여력(膂力)이 과인(過人)ᄒᆞᆫ지라.

드ᄃᆡ여 쳥왈,

"그ᄃᆡ난 과쟝을 보와써든 긔계를 빌녀든 ᄒᆞᆫ번 무ᄌᆡ(武才)를 시험ᄒᆞ여 보미 엇더ᄒᆞ뇨?"

기인(其人)이 냥구히 보다가 왈,

"그ᄃᆡ 긔샹이 가쟝 긔특ᄒᆞ니 〈37a〉 반ᄃᆞ시 고등(高等)ᄒᆞᆯ지라. ᄂᆡ 엇지 궁시를 앗기리오?"

ᄒᆞ고 즉시 궁시와 쟝창(長槍) 쥰마(駿馬)를 쥬거ᄂᆞᆯ 몸을 ᄡᆡ혀 나아가니 발셔 시각이 되엿다 ᄒᆞ고 과쟝을 파ᄒᆞ랴 ᄒᆞ거ᄂᆞᆯ ᄉᆡᆼ이 즉시 교쟝의 나아가 ᄃᆡ호왈,

"하방(遐方) 무ᄉᆡ 길이 멀기로 지금이야 당ᄒᆞ엿ᄂᆞ니 쟝군은 죄를 샤ᄒᆞ쇼셔."

ᄒᆞᆫᄃᆡ 잇ᄯᆡ 표긔쟝군(驃騎將軍) 유긔 이 쇼ᄅᆡ를 듯고 ᄃᆡ로왈,

"엇던 필뷔(匹夫) 감히 과법(科法)을 아지 못ᄒᆞ고 이러틋 무례ᄒᆞ나뇨?"

ᄒᆞ고 좌우를 명ᄒᆞ여 미러 ᄂᆡ치라 ᄒᆞ니 샤예교위(司隸校尉) 곽희 급히 말녀 왈,

"불가ᄒᆞ다. 방금 텬ᄌᆡ 문무ᄌᆡ(文武才)를 ᄲᅡ시거늘 일즉이 오지 못ᄒᆞ다 ᄒᆞ고 인ᄌᆡ(人才)를 보지 아니리오?"

ᄒᆞ고 ᄉᆡᆼ을 불너 〈37b〉 ᄌᆡ조를 시험ᄒᆞᆯᄉᆡ ᄉᆡᆼ이 응명(應命)ᄒᆞ여 활을 잡고 홍심(紅心)을 향ᄒᆞ여 다ᄉᆞᆺ 슬를 다 맛치거늘 유긔 곽희 등이 놀나 무예(武藝)를 년습(演習)ᄒᆞ라 ᄒᆞ니 ᄉᆡᆼ이 말타기와 챵쓰기를 죠곰도 어긔미 업ᄉᆞ니 교쟝 안 무ᄉᆡ 다 실혼(失魂)ᄒᆞᆫ 듯ᄒᆞ더라. 장원의 ᄲᅡ히미 유긔 등이 모다 칭찬ᄒᆞᆷ 마지아니ᄒᆞ더라.

ᄎᆞ시 시관(試官)이 시지(試紙)를 ᄌᆡ쵹ᄒᆞ여 어젼(御前)의 드린ᄃᆡ 샹이 낫낫치 보시미 셩안(聖眼)의 ᄒᆞᆫ 쟝도 드지 못ᄒᆞ물 한탄ᄒᆞ시며 인ᄌᆡ 업ᄉᆞ물 근심ᄒᆞ시더니 최말(最末)의 ᄒᆞᆫ 쟝 시지를 보시니 ᄉᆞ의(辭意) 웅장ᄒᆞ고 신긔ᄒᆞ며 필법이 긔특ᄒᆞᆫ지라.

샹이 크게 깃그샤 셔안(書案)을 쳐 갈오샤ᄃᆡ,

"세샹의 긔ᄌᆡ(奇才)며 희ᄌᆡ(希才)라."

ᄒᆞ시고 〈38a〉 졔신(諸臣)을 명ᄒᆞ여 보라 ᄒᆞ시니 즁관(重官)이 모다 보건ᄃᆡ 기셔(其書)의 왈,

'텬고디졔혜(踐股之制兮)여 셩군(聖君)이 즉위(卽位)로다. 분평샹하(分平上下)ᄒᆞ니 튱냥(忠良)이 쇼쇼로다. 관홍(寬弘)이 응텬혜(應天兮)여 ᄒᆡᄂᆡ(海內) 흉흉(凶凶)이라. 묵암(默暗)이 졉텬혜(接天兮)여 고명귀국(告名歸國)이라.'

ᄒᆞ엿더라. 니로 다 긔록지 못ᄒᆞᆯ너라.

샹이 갈ᄋᆞ샤ᄃᆡ,

"이 글은 고금(古今)의 무썅(無雙)이라."

ᄒᆞ시니 ᄇᆡᆨ관이 다 칭복ᄒᆞᄂᆞᆫ지라. 밧비 비봉(祕封)을 ᄯᅥ혀 신ᄅᆡ(新來)70)를 ᄌᆡ촉ᄒᆞ라 ᄒᆞ시니 젼두관(展讀官)이 슈명(受命)ᄒᆞ여 호명(呼名)할ᄉᆡ,

"금방 쟝원은 소흥현 거 현슈문이라."

브르기를 세 번 ᄒᆞᄆᆡ 슈문이 뎐하(殿下)의 츄진(趨進)ᄒᆞ니 오작듕봉황(烏鵲中鳳凰)이오 우마(牛馬) 가온ᄃᆡ 긔린(麒麟)이라.

〈38b〉 샹이 ᄃᆡ열(大悅)ᄒᆞ샤 왈,

"짐이 녁ᄃᆡ(歷代)를 만히 보와시되 ᄒᆞᆫ 사람이 문무 쟝원ᄒᆞᆫ다 ᄒᆞ문 듯지 못ᄒᆞ엿ᄂᆞ니 엇지 긔특지 아니리오?"

70) 신래(新來) : 과거에 급제한 사람.

ᄒᆞ시고 인견(引見)ᄒᆞ샤 쳥삼(靑衫) 계화(桂花)를 쥬시고 츈방한님 금문직ᄉᆞ 겸 샤예교위를 ᄒᆞ이시니 만됴시신이 아니 놀나 리 업더라.

슈문이 샤은 후 복지쥬왈,

"신이 텬은(天恩)을 닙ᄉᆞ와 외람이 쳥직(淸職)[71]의 거ᄒᆞ오니 황공무지(惶恐無地)ᄒᆞ여 부지소운(不知所云)이로쇼이다. 신은 본ᄃᆡ 하방 쳔인이라. 무삼 ᄌᆡ덕(才德)으로 폐ᄒᆞ의 졍ᄉᆞ(政事)를 돕ᄉᆞ오며 무삼 인의(仁義)로 죠졍을 화목(和睦)ᄒᆞ리잇고? 복원(伏願) 셩상은 신의 쟉명(爵名)을 거두시고 말관(末官)의 츙슈(充數)ᄒᆞ심을 ᄇᆞ라ᄂᆞ이다."

샹이 〈39a〉 슈문의 쥬ᄉᆞ(奏辭)를 들으시고 더욱 긔특히 너기샤 친히 ᄉᆞ듀(賜酒)ᄒᆞ시고 문왈,

"경의 션죠(先祖)의 닙죠(入朝)ᄒᆞ 니 잇ᄂᆞ냐?"

슈문이 ᄃᆡ쥬왈,

"신이 져즈음긔 젹화(敵禍)를 당ᄒᆞ와 오세의 부모를 일럿ᄉᆞ오니 신의 션세(先世) 닙됴ᄒᆞ물 긔록지 못ᄒᆞ오니 아비는 난셰젼(亂世前)의 업습고 어미를 ᄃᆞ리고 잇삽더

71) 쳥직(淸職) : 사헌부, 사간원, 홍문관 관리를 이름.

니 난세의 일코 ᄉᆞ방으로 ᄀᆡ걸ᄒᆞ옵더니 남악노인의 도를 ᄇᆡ홧나이다."

상이 갈오ᄉᆞᄃᆡ,

"그 글를 보니 과연 신션(神仙)의 글이로다."

ᄒᆞ시고 문왈,

"경이 부모를 일허시니 빈곤ᄒᆞᆯ지라. 취쳐를 엇지 ᄒᆞ엿ᄂᆞ뇨?"

한님이 돈슈쥬왈,

"셩은이 여ᄎᆞᄒᆞ시니 황공감은(惶恐感恩)이로소이다. 신이 십숨의 화산 일광〈39b〉ᄃᆡ사를 하직ᄒᆞ고 갈 ᄇᆡ를 아지 못ᄒᆞ옵더니 위연이 ᄒᆞᆫ 노인을 만나 거두어 동상(東床)을 삼으니 노인은 젼임 참지정ᄉᆞ 셕광위로쇼이다."

샹이 칭찬왈,

"경이 원ᄂᆡ 이인을 만나 슈학ᄒᆞ엿기로 문무를 겸젼ᄒᆞ엿도다."

ᄒᆞ시고 즉시 노비(奴婢) 젼답(田畓)과 ᄎᆡ단(綵緞) 금은(金銀)을 다 쥬인의 집으로 보ᄂᆡ시니 한님이 고두ᄉᆞ은(叩頭謝恩)ᄒᆞ고 물너 궐문(闕門)의 나오니 풍악(風樂) 청동(靑童) 쌍ᄀᆡ(雙個)며 하리(下吏) 츄종(騶從)이 길희 덥혓시니 그 위의(威儀)와 영광(榮光)이 찬난(燦爛)ᄒᆞ여 쟝안(長安) ᄇᆡᆨ셩이 남녀(男女) 노쇼(老少) 업시 닷토

와 귀경ᄒᆞ며 칭찬ᄒᆞ더라.

한님이 용문(龍門)의 올나 영춍(榮寵)이 무궁(無窮)ᄒᆞ나 우흐로 부뫼 업고 아릭로 형제와 친쳑이 업슨 사람이라. 초챵(怊悵)ᄒᆞ물 마지아니코 〈40a〉 쥬인의 집으로 도라오니 쥬인이 마ᄌᆞ 들어가 체읍고왈,

"소인은 본ᄃᆡ 금릉 현 시랑 ᄃᆡᆨ 노복이옵더니 일홈은 ᄎᆡ복이니이다. 노애(老爺) 년젼(年前)의 젹거(謫居)ᄒᆞ실제 집이 비엿스니 직히라 ᄒᆞ시기로 잇삽더니 일젼의 ᄒᆞᆫ ᄭᅮᆷ을 엇ᄉᆞ오니 ᄂᆡ 노야 ᄃᆡᆨ 공ᄌᆡ라 ᄒᆞ고 황뇽(黃龍)을 타고 쇼인의 집으로 드러와 뵈옵거ᄂᆞᆯ 고히이 넉여습더니 그 공ᄌᆞ의 얼골이 압희 뵈난 듯ᄒᆞ옵던 ᄎᆞ의 공ᄌᆡ 상뫼 과연 일호(一毫) ᄎᆞ착(差錯)이 업삽기로 쳥ᄒᆞ엿삽더니 이제 당ᄒᆞ와는 아지 못ᄒᆞ오며 젼일를 ᄉᆡᆼ각ᄒᆞ니 눈물이 압흘 갈이옵ᄂᆞ이다."

ᄒᆞ고 통곡ᄒᆞ니 일ᄀᆡ 다 통곡ᄒᆞᄂᆞᆫ지라.

한님이 탄왈,

〈40b〉 "쥬인의 튱의(忠義)ᄂᆞᆫ 드무리로다."

ᄒᆞ고 탄왈,

"그ᄯᅢ 그 노야의 호(號) ᄶᅩᄂᆞᆫ 뉘시고 젹거ᄂᆞᆫ 무슴 연고로 ᄒᆞ시뇨?"

ᄎᆡ복이 정신을 차려 답왈,

"노야의 흠ᄌᆞ(銜字)는 퇵지시고 별ᄉᆞ른 니부시랑으로 늣게야 공ᄌᆞ를 나흐시미 명환(名宦)의 ᄯᅳᆺ 업서 별슐을 바리고 금능 본퇵(本宅)의 도라가샤 세월를 보ᄂᆡ시더니 황슉 연왕 초사(招辭)에 나와 무양도의 젹거ᄒᆞ시더니 기후 진국 병난(兵難)의 그 ᄃᆡᆨ이 도젹의게 흠몰ᄒᆞ다 ᄒᆞ오니 엇지 쓸푸지 안ᄉᆞ올잇가?"

ᄒᆞ고 늣기물 마지아니ᄒᆞ니 한님이 쳥파의 ᄌᆞ긔 어려셔 부모를 일코 ᄯᅩ 부친이 젹거ᄒᆞ시단 말은 짐즉ᄒᆞ나 본ᄉᆞ(本事)를 모로기로 텬ᄌᆞ긔 쥬달(奏達)치 못ᄒᆞ엿노라 ᄒᆞ고 〈41a〉 삼일유과(三日遊街) 후 인ᄒᆞ여 표를 올녀 벼슬을 ᄉᆞ양ᄒᆞ고 듀류텬ᄒᆞ(周遊天下)72)하여 부모를 찻고져 표를 올니니 기표(其表)의 ᄒᆞ여시되,

'츈방한님흑ᄉᆞ(春芳翰林學士) 현슈문은 셩상(聖上) 좌하(座下)의 일봉 표를 올니옵ᄂᆞ니 신(臣) 현슈문은 본ᄃᆡ 하방의 쳔인으로 일즉 부모를 일습고 텬하의 죄인이 되여 듀야 욱억ᄒᆞ옵더니 금쟈의 텬은을 닙ᄉᆞ와 몸이 비록 영귀ᄒᆞ오나 부모를 ᄉᆡᆼ각ᄒᆞ옵는 심ᄉᆡᆨ ᄉᆞ희에 덥혓는

72) 주유천하(周遊天下) : 천하를 두루 다닌다는 뜻으로, 세상 곳곳을 돌아다니며 경험하는 일을 이르는 말.

지라. 복원 폐ᄒᆞ는 신의 벼슬를 가라 주시면 텬하의 둘로 도라 부모의 ᄉᆞᄉᆡᆼ존망(死生存亡)을 알고져 ᄒᆞ오며 ᄯᅩᄒᆞᆫ 셕시를 아라보와 부모 쳐ᄌᆞ를 모든 후 〈41b〉 학업을 힘써 국ᄉᆞ를 돕ᄉᆞᆸ고 셩은(聖恩)을 갑ᄉᆞ오리니 복원 폐하는 윤허(允許)ᄒᆞ쇼셔.'

ᄒᆞ엿더라.

상이 됴회를 님ᄒᆞ야 졍ᄉᆞ를 다살이실ᄉᆡ 황문시랑(黃門侍郎)이 현슈문의 표를 올니거늘 상이 어ᄉᆞᄐᆡ우(御史大夫) 뎡명길노 닑으라 ᄒᆞ신ᄃᆡ 길이 승명(承命)ᄒᆞ여 닑기를 다ᄒᆞᄆᆡ 상이 칭찬왈,

"문쟝(文章)과 효ᄒᆡᆼ(孝行)이 고금(古今)의 드무니 엇지 긔특지 아니ᄒᆞ리오? 연이나 말ᄆᆡ를 주어 직임(職任)을 뷔오리오?"

ᄒᆞ시고 비답왈(批答曰),

'짐이 경의 표를 보니 졍ᄉᆡ 비록 간졀ᄒᆞ나 엇지 십년 말ᄆᆡ를 구ᄒᆞᄂᆞ뇨? 경은 몰오미 망녕된 말을 말나. 국가를 위ᄒᆞ여 졍ᄉᆞ를 보익(補益)ᄒᆞ면 자연 부모를 차ᄌᆞ리니 안심물녀(安心勿慮)ᄒᆞ라. 년쇼미셩〈42a〉지시(年少未成之時)의 텬ᄒᆞ의 듀류ᄒᆞ다가 부모도 찻지 못ᄒᆞ고 금일의 니르러시니 짐이 눌노 더부러 졍ᄉᆞ를 의논ᄒᆞ리오? 경의 쳐 셕시는 졀강ᄐᆡ슈로 호송(護送)ᄒᆞ리니 경은 안

심ᄒᆞ고 찰직(察職)ᄒᆞ라.'

ᄒᆞ시니 한님이 텬은을 감튝ᄒᆞ여 감히 다시 주치 못ᄒᆞ고 국졍을 진심ᄒᆞ여 술피니 ᄇᆡᆨ뇌(百僚) 무릅흘 쓰러 공경ᄒᆞ더라.

이후로 한원(翰苑)[73]의 입직(入直)ᄒᆞ여 국ᄉᆞ를 다ᄉᆞ리ᄆᆡ 만ᄉᆡ 민쳡ᄒᆞ거늘 샹이 크게 ᄉᆞ랑ᄒᆞ샤 금ᄇᆡᆨ을 ᄌᆞ로 샹ᄉᆞ(償賜)ᄒᆞ시더라.

ᄎᆞ시 동ᄒᆡᆼᄒᆞ엿던 신유 녀동후 ᄇᆡᆨ안견 등이 다 참방(參榜)[74]ᄒᆞᆫ지라. 신인(新人) ᄉᆞ인(四人) 등이 셔로 치샤왈,

"ᄎᆞ후 우리 등으로 더브러 듁마지괴(竹馬之交) 되여 죠셕(朝夕) 〈42b〉 샹죵(相從)ᄒᆞ미 엇더ᄒᆞ뇨?"

현 한님이 ᄃᆡ희ᄒᆞ여 ᄉᆞ례ᄒᆞ고 인ᄒᆞ여 막역지괴(莫逆之交) 되다. ᄎᆞ시 남만왕(南蠻王)이 반(叛)ᄒᆞᆯ ᄯᅳ지 이셔 장ᄉᆞ를 부로며 군ᄉᆞ를 쵸모ᄒᆞᆫ다 ᄒᆞ거ᄂᆞᆯ 우승샹 경필이 쥬왈,

"남만이 도뢰(道路) 요원(遙遠)ᄒᆞ여 법강(法綱)[75]이

---

73) 한원(翰苑) : 임금의 명령을 받아 문서를 꾸미는 일을 맡아보던 관아인 한림원(翰林院)을 이르는 말.

74) 참방(參榜) : 과거에 급제해 이름이 방목(榜目)에 오름.

밋지 못ᄒᆞ여 ᄌᆞ로 모반(謀叛)ᄒᆞ니 원컨ᄃᆡ 폐ᄒᆞ는 지략(智略)이 겸비(兼備)ᄒᆞᆫ 사ᄅᆞᆷ을 갈희여 ᄉᆞ신을 삼고 만왕의게 죠서(詔書)를 나리오샤 그 마음을 안졍케 ᄒᆞ오면 군ᄉᆞ를 허비(虛費)치 아니ᄒᆞ리이다."

샹이 가장 올히 녜기ᄉᆞ 즉시 지모(智謀) 잇ᄂᆞᆫ 사ᄅᆞᆷ을 구ᄒᆞ시ᄆᆡ 됴졍 졔신이 쥬왈,

"현슈문이 족히 이 소임을 당ᄒᆞ리이다."

샹이 ᄃᆡ열ᄒᆞ샤 즉일의 츈방한님 현슈문으로ᄡᅥ 남만안찰어ᄉᆞ(安察御史)를 ᄇᆡᄒᆞ시니 어ᄉᆡ 즉시 샤은ᄒᆞ고 장ᄎᆞᆺ 길흘 〈43a〉 ᄯᅥ날ᄉᆡ 샹이 인견(引見)ᄒᆞ샤 왈,

"경은 짐의 고굉(股肱)[76]이라. 몰오미 졍셩을 다ᄒᆞ여 셩공이환(成功而還)ᄒᆞ라."

ᄒᆞ시고 ᄉᆞ쥬(賜酒)ᄒᆞ시니라.

어시(於是)의 발힝ᄒᆞ여 수삭 만의 남만의 니ᄅᆞ니 남만왕이 현어ᄉᆡ 니ᄅᆞ물 듯고 의논왈,

75) 법강(法綱) : 법률과 기강.

76) 고굉(股肱) : 다리와 팔이라는 뜻으로, 온몸을 이르는 말. 여기서는 고굉지신(股肱之臣), 즉 임금이 가장 믿고 중히 여기는 신하를 가리킨다.

"송텬ᄌᆡ 엇던 사람을 보ᄂᆡ여 무죄히 죽게 ᄒᆞᄂᆞᆫ고 보리라."

ᄒᆞ고 좌우를 졍제ᄒᆞ고 도부슈(刀斧手)77) 수십 명을 ᄆᆡ복(埋伏)ᄒᆞᆫ 후 즉시 텬ᄉᆞ(天使)를 쳥ᄒᆞ여 서로 볼ᄉᆡ 이ᄯᆡ 어ᄉᆡ 드러가다가 쥰비ᄒᆞᆷ을 살피고 만왕을 볼ᄉᆡ 만왕이 교(轎) 위예 거좌(踞坐)ᄒᆞ야 텬ᄉᆞ(天使)를 보되 죠곰도 요동ᄒᆞ미 업거늘 어ᄉᆡ ᄃᆡ로ᄒᆞ여 닐오ᄃᆡ,

"그ᄃᆡ 일방(一方)을 ᄎᆞ지ᄒᆞ여 왕위(王位)예 거ᄒᆞ미 일즉 네의를 알녀든 텬ᄌᆞ의 텬ᄉᆞ와 됴서를 보고 안연부동(晏然不動)〈43b〉ᄒᆞ니 이 무삼 신졀(臣節)리리요?"

왕이 ᄯᅩᄒᆞᆫ ᄃᆡ로왈,

"너ᄂᆞᆫ 엇던 츅ᄉᆡᆼ으로 당돌이 나를 보고 인ᄉᆡ 광망(狂妄)타 ᄒᆞ너뇨?"

좌우를 ᄭᅮ지져,

"이놈을 빨니 잡아ᄂᆡ여 참ᄒᆞ라."

ᄒᆞ니 언미필(言未畢)의 좌우 도부쉬 ᄂᆡ다라 어ᄉᆞ를 잡아ᄂᆡ여 버히려 ᄒᆞᄂᆞᆫ지라.

어ᄉᆡ ᄃᆡ로ᄒᆞ여 불변안ᄉᆡᆨ(不變顔色)ᄒᆞ고 크게 불너 왈,

---

77) 도부수(刀斧手) : 큰 칼과 큰 도끼로 무장한 군사.

“현슈문이 국가를 위ᄒᆞ여 이의 니ᄅᆞ럿거든 도로여 ᄃᆡ국을 욕되게 ᄒᆞ니 죄신(罪臣)이라. 엇지 세샹의 셔리오?”

ᄒᆞ고 노긔등등(怒氣騰騰)ᄒᆞ니 긔상이 웅장ᄒᆞ고 위엄(威嚴)이 츄상(秋霜) 갓ᄒᆞ며 호령(號令)이 뇌졍(雷霆) 갓ᄒᆞᆫ지라.

만왕이 놀나 소ᄅᆡ 질너 왈,

“네 일즉 귀슌(歸順)ᄒᆞ여 나의 신ᄒᆡ 되면 부귀를 ᄒᆞᆫ가지로 ᄒᆞ리라.”

어ᄉᆡ ᄎᆞ언을 듯고 크게 ᄭᅮ지져 왈,

“네 〈44a〉 남방 오랑ᄏᆡ로 엇지 감히 군부(君父)를 몰오며 텬ᄌᆞ를 이럿틋 욕ᄒᆞᄂᆞᆫ다? ᄂᆡ 비록 용녈(庸劣)ᄒᆞ나 너 갓ᄒᆞᆫ 오랑캐와 ᄃᆡᄒᆞ여 군샹을 욕되게 ᄒᆞ니 만 번 죽어 몰오고져 ᄒᆞ노라.”

ᄒᆞ고 위엄이 씩씩ᄒᆞ거늘 만왕이 그 영웅 긔샹을 항복ᄒᆞ여 발로 샹의 날이달라 그 ᄆᆡᆫ 거ᄉᆞᆯ 그ᄅᆞ고 갈오ᄃᆡ,

“과인의 광ᄑᆡ무례(狂悖無禮)ᄒᆞᆫ 죄를 샤ᄒᆞ쇼셔.”

어ᄉᆡ ᄃᆡ왈,

“복이 왕의 셩심(聖心)을 짐쟉ᄒᆞ나니 엇지 허물ᄒᆞ리오?”

만왕이 ᄃᆡ열ᄒᆞ여 네부(禮部)로 잔치를 ᄇᆡ셜ᄒᆞ고 텬ᄌᆞ를 청ᄒᆞ여 샹빈네(上賓禮)로 극진이 ᄃᆡ졉ᄒᆞ니 어ᄉᆡ

텬ᄌᆞ의 됴셔를 니ᄅᆞ고 무휼(撫恤)ᄒᆞ시ᄂᆞᆫ 셩덕(聖德)을 ᄃᆡ강(代講)ᄒᆞ니 만왕이 제신을 거ᄂᆞ리고 계하(階下)의 ᄂᆞ려 슌죵〈44b〉ᄒᆞ거ᄂᆞᆯ 어ᄉᆡ 만왕ᄃᆞ려 왈,

"샹ᄌᆞ(上者) 텬ᄌᆞ(天子)로붓허 공후(公侯)의 니ᄅᆞ러 각각 지방이 이셔 치국 안민ᄒᆞᄂᆞ니 ᄎᆞ후ᄂᆞᆫ 셩심을 변치 말르시고 불의를 먼리ᄒᆞ샤 부귀를 누리시고 ᄉᆡᆼ녕(生靈)을 무ᄋᆡ(撫愛)ᄒᆞ쇼셔."

ᄒᆞ고 인ᄒᆞ여 텬ᄌᆞ의 ᄉᆞ물(賜物)을 뎐ᄒᆞ니 만왕이 북향ᄇᆡ샤(北向拜謝)ᄒᆞ더라.

어ᄉᆡ 임의 남만을 진졍ᄒᆞ고 황셩으로 향코져 ᄒᆞᆯᄉᆡ 만왕이 진공(進供) 긔물(器物)과 녜단(禮緞)을 드리거ᄂᆞᆯ 밧지 아니코 도라오니 길히 남녀노소 업시 관광지(觀光者) 칭찬치 아니 리 업더라. 남만 군신이 십니졍(十里亭)의 나와 젼숑ᄒᆞ더라.

어ᄉᆡ 남만을 ᄯᅥ나 황도(皇都)로 향ᄒᆞᄆᆡ 몬져 션문(先文)을 노흐니 주현(州縣)이 셩야로 텬뎡의 주흔ᄃᆡ 샹이 들으시고 깃그샤 날노 기ᄃᆞ리시더니 이ᄶᅦ 〈45a〉 시절이 흉황(凶荒)ᄒᆞ여 샤방의 냥민(良民)이 도젹이 되여 장찻 난을 짓고져 ᄒᆞᄂᆞᆫ지라.

샹이 근심ᄒᆞ샤 됴신으로 더부러 의논ᄒᆞ실ᄉᆡ 좌승샹 김젼이 쥬왈,

"됴셔를 닷가 각도(各道)의 나리오샤 ᄇᆡᆨ셩을 진무(鎭撫)ᄒᆞ고 슈령방ᄇᆡᆨ(守令方伯)의 츌쳑(黜陟)을 임의(任意)로 ᄒᆞ게 ᄒᆞ신즉 ᄇᆡᆨ셩이 져기 평안ᄒᆞ오리니 이 소임은 도라오ᄂᆞᆫ 안출ᄉᆡ 맛당ᄒᆞ니이다."

샹이,

"연(然)ᄒᆞ다."

ᄒᆞ시고 즉시 셩지(聖旨)를 ᄂᆞ리샤 현슈문으로 겸 각도 슌무ᄉᆞ(巡撫使) 도찰사(都察使)를 ᄒᆞ이시고 ᄉᆞ관(士官)을 ᄌᆡ쵹ᄒᆞ시니 ᄉᆞ관이 셩지를 주야ᄇᆡ도(晝夜倍道)[78] ᄒᆞ여 뎐ᄒᆞ거ᄂᆞᆯ 어ᄉᆡ 뎐지(傳旨)를 보고 북향샤은ᄒᆞ고 위의를 두루혀 각읍의 슌ᄒᆡᆼ(巡行)ᄒᆞᆯᄉᆡ 혹 암ᄒᆡᆼ(暗行)도 ᄒᆞ며 혹 슌ᄒᆡᆼᄒᆞ여 어진 슈령은 〈45b〉 포양(褒揚)ᄒᆞ고 불인자(不仁者)ᄂᆞᆫ ᄂᆡ치니 그 위엄이 녈읍(列邑)의 진동ᄒᆞ더라. 챵고를 녀러 긔민(飢民)을 진휼(賑恤)ᄒᆞ니 도젹이 화(化)ᄒᆞ여 냥민이 되여 황은(皇恩)을 감축ᄒᆞ며 어ᄉᆞ의 인덕을 칭숑ᄒᆞ더라.

인ᄒᆞ여 황셩으로 향ᄒᆞᆯᄉᆡ 녁노(歷路)[79]의 금산ᄉᆞ 칠

78) 주야배도(晝夜倍道) : 밤낮으로 달림.

79) 역로(歷路) : 지나가는 길.

보암을 구경코져 ᄒᆞ여 션문을 노흐니라.

ᄎᆞ시 셕쇼제 칠보암의 이셔 세월을 보ᄂᆡ며 현ᄉᆡᆼ의 존망을 아지 못ᄒᆞ여 듀야 슬허ᄒᆞ더니 일일은 산문이 요란ᄒᆞ거늘 셕시 놀나 제승ᄃᆞ려 문왈,

"엇지 쇼요ᄒᆞ뇨?"

ᄃᆡ왈,

"안출도어ᄉᆡ(按察都御史) 구경ᄎᆞ로 오신다 ᄒᆞᄂᆞᆫ지라."

쇼제 의관(衣冠)을 졍ᄒᆞ고 츈셤을 다리고 안루각 그윽ᄒᆞᆫ ᄃᆡ 몸을 숨겨 구경ᄒᆞ더니 무슈ᄒᆞᆫ ᄒᆞ리 어ᄉᆞ를 옹위(擁衛)ᄒᆞ여 올나오거늘 쇼제 츈〈46a〉셤을 도라보와 왈,

"어ᄉᆞ의 얼골이 현낭과 흡ᄉᆞᄒᆞ다."

ᄒᆞ고 쵸창 비감ᄒᆞ물 마지안터니 이윽고 어ᄉᆡ 산문의 당ᄒᆞ며 금교(金轎)의 나려 산천경물(山川景物)을 유완(遊玩)ᄒᆞ다가 문득 셕 공ᄌᆞ의 얼골을 보고 마음이 비챵ᄒᆞ며 정신이 산란ᄒᆞ여 ᄌᆞ로 고시(顧視)ᄒᆞ며 산당(山堂)의 좌(坐)ᄒᆞ니 ᄃᆡ령ᄒᆞ엿던 방ᄇᆡᆨ(方伯) 슈령(守令)이 문후(問候)ᄒᆞ기를 맛ᄎᆞᄆᆡ 어ᄉᆡ 제승(諸僧)을 불너 문왈,

"ᄂᆡ 젼일 이 졀 듕슈ᄒᆞᆯ ᄊᆡ의 권션 가지고 단니던 노승을 아더니 그져 잇ᄂᆞ냐?"

노승이 ᄃᆡ왈,

"샹공 노애 엇지 알르시ᄂᆞ잇가?"

어ᄉᆡ 쇼왈,

"나를 ᄌᆞ시 보라."

노승이 울러보니 군ᄌᆡ라. 식감(識鑑)을 ᄉᆡᆼ각ᄒᆞ며 ᄌᆞ셔이 보니 현ᄉᆡᆼ이라. 셕 공ᄌᆞ의 말도 ᄉᆡᆼ각ᄒᆞ며 ᄃᆡ왈,

"샹공이 아니 구계촌 쥬졈의셔 〈46b〉 은ᄌᆞ를 시쥬ᄒᆞ시던 상공이시니잇가?"

어ᄉᆡ 답왈,

"엇지 오ᄅᆡᆫ 일을 긔록ᄒᆞᄂᆞ뇨?"

니괴 다시 니러 합댱ᄇᆡ샤왈,

"쇼승이 기시(其時)의 화쥬승이로쇼이다."

어ᄉᆡ 가쟝 귀히 녀겨 각별 관ᄃᆡᄒᆞ고 우문왈(又問曰),

"ᄂᆡ 앗가 보니 루샹(樓上)의 ᄒᆞᆫ 쇼년 셔ᄉᆡᆼ이 날을 보고 은신(隱身)ᄒᆞ니 이 엇던 ᄉᆞᄅᆞᆷ이뇨?"

노승 왈,

"그 공ᄌᆡ 여긔 머물런 지 오ᄅᆡᆫ지라. 지금 륙칠년의 니로ᄃᆡ 셩명을 감쵸고 문밧긔 나지 아니며 심히 단아(端雅)ᄒᆞ신지라. 쇼승이 불젼 츅원시의 샹공의 셩명을 들으시고 뭇거늘 쇼승이 그 연고를 뭇ᄌᆞ온즉 샹공과 지친이라 ᄒᆞ시며 ᄆᆡ양 슬허ᄒᆞ시나이다."

ᄒᆞ거ᄂᆞᆯ 듯고 문득 니고달려 문왈,

"ᄂᆡ 본ᄃᆡ 친쳑이 업ᄂᆞᆫ지라. 날을 인〈47a〉도ᄒᆞ여 그 쇼년을 보게 ᄒᆞ라."

노승 왈,

"그 샹공을 보려 ᄒᆞ시면 쇼승을 ᄯᆞ라오쇼셔."

어ᄉᆡ 왈,

"그 샹공이 날를 무례히 알으셔도 몬져 드러가 통ᄒᆞ라."

ᄒᆞ고 통ᄒᆞᆫ 후 니고를 조차 드러가니 이ᄯᆡ 셕 쇼졔 어ᄉᆞ의 위의를 구경ᄒᆞ다가 어ᄉᆞ의 눈이 마조치며 심듕의 자연 심히 붓그려 신셰를 차탄(嗟歎)ᄒᆞ고 침셕의 도라와 ᄎᆞ탄ᄒᆞ더니 쳔만의외예 노승이 급히 드러와 고ᄒᆞ되,

"샹공의 친쳑이 되신다 ᄒᆞ고 슬허ᄒᆞ시며 ᄉᆡᆼ각ᄒᆞ시던 샹공이 어ᄉᆞ로 오신 샹공이러이다."

ᄒᆞ고 인도ᄒᆞ니 어ᄉᆡ 들어오거ᄂᆞᆯ 쇼졔 놀나 의관을 졍졔ᄒᆞ며 아몰이 ᄒᆞᆯ 쥴 몰오더니 어ᄉᆡ 들어와 셔로 보고〈47b〉 반향(半晌)이나 셔로 말를 일우지 못ᄒᆞ다가 왈,

"그ᄃᆡ 아니 셕 쇼졔시냐? 비록 변복ᄒᆞ여시나 ᄂᆡ 그ᄃᆡ를 오ᄆᆡ불망(寤寐不忘)ᄒᆞ여 하일하시(何日何時)의 ᄉᆡᆼ각지 아니리오?"

쇼졔 이 말를 듯고 ᄯᅩᄒᆞᆫ 비회(悲懷) 교집(交集)ᄒᆞ여 통곡ᄒᆞ니 어ᄉᆡ 왈,

"그디는 슬프물 관억(寬抑)홀지여다."

쇼제 눈물를 거두고 긴긴 늣기더라. 추시 츈셤이 어스를 보고 빈알(拜謁)ᄒᆞ니 어식 탄왈,

"닉 방시의 화를 피ᄒᆞ여 그디를 니별ᄒᆞ고 갈 바를 몰오더니 남방 과유를 ᄯᅡ라 황셩의 나아가 뜻밧긔 문무 쟝워을 ᄒᆞ여 텬은이 망극ᄒᆞ샤 듕작(重爵)을 밧ᄌᆞ와 쳔답쳔결(千結)과 가ᄉᆞ즙물(家舍什物)80)과 금은을 ᄉᆞ급ᄒᆞ시니 일시도 〈48a〉 ᄶᅥᄂᆞ지 못ᄒᆞ게 ᄒᆞ시ᄂᆞᆫ지라. 표를 올녀 ᄉᆞ졍을 쥬ᄒᆞ나 맛츰닉 헛치 아니시고 비답이 여ᄎᆞ여ᄎᆞ ᄒᆞ시미 감히 다시 쥬치 못ᄒᆞ고 국ᄉᆞ의 골몰ᄒᆞ와 세월를 보닉며 일야(日夜)의 부모를 ᄎᆞ즐 마음과 그디를 싱각ᄒᆞ나 시러곰 홀일업셔 쥬야 ᄎᆞ탄ᄲᅮᆫ이러니 맛츰 남만이 반ᄒᆞ매 쬬정의셔 날노 사관을 삼으미 봉명(奉命)ᄒᆞ여 갓다가 회환(回還)ᄒᆞᄂᆞᆫ 길의 이곳을 보고져 ᄒᆞ여 들어오미라. 싱각 밧긔 그디를 만나니 이ᄂᆞᆫ 하ᄂᆞᆯ리 쥬시미라. 엇지 깃부지 아니리오? 몸이 외람이 듕작(重爵)을 띄여시니 엇지 디완(遲緩)ᄒᆞ리오?"

쇼제 문파(聞罷)의 탄왈,

---

80) 가사집물(家舍什物) : 집에서 쓰는 온갖 도구.

"쳡의 지난 고ᄒᆡᆼ(苦行)은 ⟨48b⟩ 일진츈몽(一場春夢)이라. 엇지 한탄ᄒᆞᆯ ᄇᆡ리오? 그러나 쳡이 군ᄌᆞ를 니별ᄒᆞ고 일신이 표박(漂迫)ᄒᆞ여 무의ᄒᆞ올 ᄃᆡ 업ᄉᆞᆸ더니 기후 방시 모계(謀計) 궁흉(窮凶)ᄒᆞᆫ 곳의 니ᄅᆞ러 급박(急迫)ᄒᆞ오ᄆᆡ 탈신(脫身)ᄒᆞ여 이곳의 은신(隱身)ᄒᆞ연지 하마 칠년이라. 텬ᄒᆡᆼ으로 군ᄌᆞ를 만나오니 금셕 수ᄉᆡ나 무ᄒᆞᆫ 이로소이다."

어ᄉᆡ 방시의 ᄒᆡᆼᄉᆞ를 들으ᄆᆡ 다만 우울ᄲᅮᆫ이러라. 인ᄒᆞ여 졔승을 불너 칭샤왈,

"셕 부인의 뉵칠년 동고(同苦)ᄒᆞᆫ 졍은 동긔(同氣)의 지나고 부인의 안보(安保)ᄒᆞ미 다 그ᄃᆡ 등의 공(功)이라. 오날늘 부뷔 셔로 만나 도라가ᄂᆞ니 타일(他日) 은혜를 갑흐리라."

ᄒᆞ고 본현(本縣)의 분부(分付)ᄒᆞ여 ᄇᆡᆨ미(白米) ᄇᆡᆨ여 셕과 ᄎᆡ단 일쳔 필과 ⟨49a⟩ 금은 삼쳔 냥을 주니 모든 듕이 황공감은ᄒᆞ여 무수히 치ᄒᆞᄒᆞ고 슈복(壽福)을 져마다 튝원ᄒᆞ더라.

어ᄉᆡ 본관(本官)의 일승(一乘) 교ᄌᆞ(轎子)와 수쌍(數雙) 시비(侍婢)를 구ᄒᆞ고 츈셤도 교ᄌᆞ ᄐᆡ와 황셩으로 향ᄒᆞᆯᄉᆡ 수월의 경ᄉᆞ(京師)의 도라와 부인의 ᄒᆡᆼᄎᆞ(行次)는 ᄎᆡ복의 집으로 보ᄂᆡ고 즉시 궐하의 복명(復命)ᄒᆞ온ᄃᆡ

샹이 인견ᄒᆞ샤 남만의서 지ᄂᆡᆫ 일과 슌무ᄒᆞ여 곤고ᄒᆞ던 바를 무르시고 칭찬ᄒᆞ시며 벼슬를 도도와 문현각 ᄐᆡᄒᆞᆨ ᄉᆞ를 ᄒᆞ이시니 공명과 상춍이 비길 ᄃᆡ 업더라.

각셜(却說). 셔관(西關) 춍병(摠兵)이 급히 계문(啓聞)ᄒᆞ되,

'토번왕(吐蕃王) 곽긔 쳘긔 심만을 거ᄂᆞ려 북방을 범ᄒᆞ고 션봉장 약ᄃᆡᄂᆞᆫ 〈49b〉 용ᄆᆡᆼ이 겸비ᄒᆞ여 만부부당(萬夫不當)[81]ᄒᆞᄂᆞᆫ지라. 발셔 열읍(列邑) 오십여쥬를 항복밧고 장ᄎᆞ 듕원을 향ᄒᆞᄂᆞ니 원 셩샹은 지뫼(智謀) 겸젼(兼全)ᄒᆞᆫ 장슈를 보ᄂᆡ샤 방비ᄒᆞ쇼셔.'

ᄒᆞ엿거ᄂᆞᆯ 샹이 ᄃᆡ경ᄒᆞ샤 즉시 황극뎐의 뎐좌ᄒᆞ시고 문무 즁관을 모으샤 ᄃᆡ원슈 ᄒᆞ일 ᄉᆞ람을 구ᄒᆞ실ᄉᆡ 문득 일위 명ᄉᆡ 츌반쥬왈(出班奏曰)

"신이 비록 ᄌᆡ죄 업ᄉᆞ오나 특별이 토번의 머리를 버혀 폐하 근심을 덜니이다."

ᄒᆞ거ᄂᆞᆯ 모다 보니 이ᄂᆞᆫ 얼골이 ᄇᆡᆨ옥(白玉) 갓고 신장(身長)이 팔쳑(八尺)이라. 봉안(鳳眼)을 놉히 ᄯᅳ고 단계(段階)의 셧시니 문연각 ᄐᆡᄒᆞᆨᄉᆞ 현슈문이러라. 좌위 경

81) 만부부당(萬夫不當) : 많은 장부로도 능히 당해낼 수 없음.

아(驚訝)ᄒᆞ여 불감앙시(不敢仰視)[82]러니 우상샹 경필이 쥬왈 현슈문〈50a〉으로 병마도춍관(兵馬都摠管) 겸 ᄃᆡ원슈(大元帥)를 ᄒᆞ이시고 진동장군(鎭東將軍) 양긔로써 부원슈(副元帥)를 봉ᄒᆞ시고 슈군병마졀제ᄉᆞ(水軍兵馬節制使) 님빅으로 듕군장(中軍長)을 ᄒᆞ이시고 표긔장군 유긔로 좌션봉을 삼고 후군교위(後軍校尉) 빅○○ 후응ᄉᆞ(後應事)를 삼고 한님ᄒᆞᆨᄉᆞ(翰林學士) 빅안견으로 듕군참모(中軍參謀)를 삼고 듕셔ᄉᆞ인(中書舍人) 신유하와 금문직ᄉᆞ(禁門直使) 녀동으로 군듕쥬문관(中軍主文官)을 삼고 쳘긔(鐵騎) 오만과 정병(精兵) 칠십만을 조발(調發)ᄒᆞ여 주시고 인검(引劍)과 어궁(御弓)을 쥬시니 ᄃᆡ원쉬 샤은퇴죠(謝恩退朝)ᄒᆞ고 츌ᄉᆞ(出師)ᄒᆞᆯ식 상이 심니외(十里外)의 어가(御駕)를 동ᄒᆞ샤 젼숑ᄒᆞ실식 원슈의 손을 잡고 갈ᄋᆞ샤ᄃᆡ,

"경이 쳔니 젼진의 봉예(鋒銳)를 무릅쓰게 되니 짐이 엇지 홀노 〈50b〉 이 ○○○리오마는 텬ᄒᆡ 위틱ᄒᆞ고 빅셩이 ○○○○조를 헤아려 그 도젹을 경젹지 말라."

ᄒᆞ시고 어쥬(御酒)를 친히 부어 주시며 인검을 ○오

---

82) 불감앙시(不敢仰視) : 두려워서 감히 쳐다보지 못함.

시니 원쉬 황은(皇恩)을 감축ᄒᆞ여 돈슈주왈,

"미신(微臣)이 텬은을 닙ᄉᆞ와 갑흘 길이 업습더니 밋친 도젹이 텬위(天威)를 범ᄒᆞ미 ᄒᆞᆫ번 나아가 문죄(問罪)ᄒᆞ와 텬ᄌᆞ의 위덕(威德)을 베프옵고 하늘 갓흔 셩은을 만분일(萬分一)이나 갑ᄉᆞ올가 ᄒᆞᄂᆞ이다."

ᄒᆞ고 인ᄒᆞ여 농탑의 ○○ ᄃᆡ군을 휘동(麾動)ᄒᆞ여 북으로 향홀ᄉᆡ 젼일 어든 바 은갑(銀甲)과 ᄌᆞ룡검을 가지고 호호탕탕(浩浩蕩蕩)이 나아가 여러 날 만의 동관(東關)의 니르러 결진하ᄎᆡ(結陣下寨)[83]ᄒᆞ니 발셔 북군(北軍)의 션봉이 발셔 함곡관(函谷關)을[84]

---

83) 결진하채(結陣下寨) : 진을 치고 영채(營寨) 즉 병영(兵營)을 세움.

84) 이하 없음.

원문

현슈문젼(玄壽文傳) 권지이(卷之二)

〈1a〉 차셜(且說). 토번왕의 북군(北軍) 션봉(先鋒)이 함곡관(函谷關)을 함몰(陷沒)ᄒᆞ고 승승장구(乘勝長驅)ᄒᆞ여 ᄉᆞ풍취우(斜風吹雨)[85]갓치 나아오다가 송 원슈(宋元帥)를 만나 발아보고 오림산을 등져 ᄇᆡᆨ마강을 님ᄒᆞ여 진(陣) 치ᄂᆞᆫ지라. 원쉬 ᄇᆞ라보고 노긔(怒氣) 등등(騰騰)ᄒᆞ여 몰를 문긔하(門旗下)의 세우고 젹진(敵陣)을 ᄉᆞᆯ피더니 문득 젹진의셔 격셔(檄書)와시되,

'명일(明日)은 ᄌᆞ웅(雌雄)을 결ᄒᆞ자.'

ᄒᆞ엿거늘 원쉬 간파(看罷)의 잠쇼(潛笑)ᄒᆞ고 말을 아니ᄒᆞ니 이ᄂᆞᆫ 격동(激動)ᄒᆞ미오 실노 ᄊᆞ호지 아니ᄒᆞ고 ᄃᆡ치(大寨)를 겁칙ᄒᆞ려 ᄒᆞ미라.

원슈 그 ᄯᅳ즐 짐작고 미리 쥰비ᄒᆞᆯᄉᆡ 일변으로 격셔를 회답ᄒᆞ고 즉시 〈1b〉 젼령(傳令)ᄒᆞ여 쵸경(初更)의 밤 먹고 이경(二更)의 금고(金鼓)를 울니며 고조납함(高潮吶喊)[86]ᄒᆞ고 물미듯 항ᄒᆞ니 그 소ᄅᆡ 텬디진동(天地震動)ᄒᆞᄂᆞᆫ지라. 발로 젹진을 ᄶᅧ쳐 드러가 튱살(衝殺)ᄒᆞ니 니ᄅᆞᄂᆞᆫ 곳의 젹장(敵將)의 머리 츄풍낙엽(秋風落葉) 갓더

---

85) 사풍취우(斜風吹雨) : 바람에 불려온 빗줄기.

86) 고조납함(高潮吶喊) : 힘이 세차게 일어나서 일제히 소리를 지름.

라. 젹군이 불의지변(不意之變)을 만나 모진 밍장(猛將)을 무수이 죽이고 즉시 원쉬 믈를 치쳬 젹진을 함몰ᄒᆞ고 토번왕을 ᄉᆞ로잡아 함거(檻車)의 너코 젹장(敵將)의 머리를 긔(旗)예 달아 호령(號令)ᄒᆞᆫ 후 삼군(三軍)을 샹ᄉᆞ(償賜)ᄒᆞ고 승젼곡(勝戰曲)을 울니며 북토 긔민(飢民)을 무휼(撫恤)ᄒᆞ니 ᄇᆡᆨ셩ᄃᆞ리 아니 송덕(頌德)ᄒᆞ 리 업거늘 인ᄒᆞ여 쳡셔(捷書)를 됴졍(朝廷)의 올이니라.

ᄎᆞ시 텬ᄌᆞ 원슈를 보ᄂᆡ고 침식(寢食)이 불안(不安)ᄒᆞ사 졍히 근심⟨2a⟩ᄒᆞ시더니 문득 영쥬 병마ᄉᆞ(兵馬使) 됴일이 주문(奏文)ᄒᆞ엿거늘 ᄯᅥ여보니 ᄒᆞ여시되,

‘석상왕이 반ᄒᆞ여 익쥬를 치며 ᄌᆞ사(刺史)를 죽이고 셔쳔(西川) 삼십뉵도(三十六道)를 쳐 엇고 합군(合軍)ᄒᆞ여 디경(地境)을 범ᄒᆞᄆᆡ 션봉장 아골ᄃᆡ87) 만부부당지용(萬夫不當之勇)이 잇고 ᄯᅩᄒᆞᆫ 검슐(劍術)이 텬하(天下)의 무빵(無雙)ᄒᆞ오니 복원(伏願) 황상(皇上)은 ᄲᆞᆯ니 방비(防備)ᄒᆞ쇼셔.’

ᄒᆞ엿더라.

텬ᄌᆞ 남필(覽畢)의 ᄃᆡ경실ᄉᆡᆨ(大驚失色)ᄒᆞ샤 문무제

87) 아골대 : 내용상 ‘약대’의 오기로 추정됨.

신(文武諸臣)을 모화 의논왈,

"이제 현슈문이 북방의 가 승부(勝負)를 몰오거놀 또 흔 눌노뻐 션봉을 삼으리오?"

흐시고 탄식흐시물 마지아니시니 우승샹 경필이 츌반쥬왈(出班奏曰),

"디국(大國)의 장시(將士) 만스오나 지모(智謀)와 용밍(勇猛)이 겸젼(兼全)흔 〈2b〉 지 업스오니 복원 폐흐는 친솔졔신(親率諸臣)[88]흐샤 자장격지(自將擊之)[89]흐실만 갓지 못흐니이다."

이쎄예 좌각노(左閣老) 연평후 최경덕이 쥬왈,

"이제 셩상(聖上)이 쳔니(千里) 원정(遠征)흐시미 만만불가(萬萬不可)흐오니 직삼 싱각흐쇼셔. 또흔 셔양왕의 검슐은 귀신도 측냥치 못흐옵누니 폐흐는 종스(宗社)를 위흐샤 일즉 항복흐물 개회(介懷)치 말으쇼셔."

흐거늘 농두각 티혹스 두언츙이 분연왈(奮然曰),

"최경덕이 국가를 위흐미 아니라 한갓 제 몸을 편코져 흐미니 위션 경덕의 머리를 버혀 됴정의 경계흐쇼셔."

---

88) 친솔제신(親率諸臣) : 몸소 신하들을 인솔함.

89) 자장격지(自將擊之) : 몸소 군사를 거느리고 싸움.

언미필(言未畢)의 ᄐᆡᄌᆞᄐᆡ부(太子太傅) 황언승이 쥬왈,

"이제 셩상이 친ᄒᆡᆼ(親行)ᄒᆞ시면 졔장과 ᄉᆞ졸이 각각 튱(忠)을 다ᄒᆞ여 보국(保國)ᄒᆞ〈3a〉올 거시니 원 폐ᄒᆞ는 ᄌᆡ삼 살피쇼셔."

샹이 침음냥구(沈吟良久)의 크게 ᄭᆡᄃᆞᆯ으샤 친히 ᄃᆡ쟝이 되시고 우승샹 경필노 부원슈(副元帥)를 봉ᄒᆞ시고 표긔쟝군(驃騎將軍) 하원길노뼈 듕군쟝(中軍將)을 ᄒᆞ이시고 거긔쟝군(車騎將軍) 소경으로 션봉을 삼고 듕낭쟝(中郎將) 원세길노 후군쟝(後軍將)을 ᄒᆞ이시고 쳬찰ᄉᆞ(體察使) 보경으로 냥초관(糧草官)을 삼으시고 예람후 곽귀건으로 참모ᄉᆞ(參謀師)를 ᄒᆞ이시고 일변 현슈문의게 ᄉᆞ쟈(使者)를 보ᄂᆡ여 ᄲᆞᆯ니 도으라 ᄒᆞ시고 ᄐᆡᆨ일츌ᄉᆞ(擇日出師)ᄒᆞ실ᄉᆡ 흠텬관(欽天官)이 주ᄒᆞ되,

"츄칠월(秋七月) 임오일(壬午日)이 길ᄒᆞ니이다."

ᄒᆞ거늘 ᄎᆞ일 텬지 황셩을 ᄯᅥ나 친졍(親征)ᄒᆞ시니 문무졔신(文武諸臣)이 좌우(左右)의 버럿시며 도챵검극(刀槍劍戟)이 일월(日月)을 가리오〈3b〉고 음풍(陰風)이 ᄃᆡ작(大作)ᄒᆞ며 살긔(殺氣) 튱텬(衝天)ᄒᆞ더라. ᄃᆡ개(大駕) ᄒᆡᆼᄒᆞ여 셔평관의 니ᄅᆞ시니 셔양국 션봉이 황화관을 범ᄒᆞᄂᆞᆫ지라.

ᄎᆞ시 셔양왕이 즁장(衆將)을 모호고 의논왈,

“들으니 송텬ᄌᆡ 팔십만 ᄃᆡ군을 몰라 친정ᄒᆞ여 양평관의 진쳣다 ᄒᆞ니 우리도 진을 옴겨 일변 싸홈을 도도미 엇더ᄒᆞ뇨?”

양평공 왈,

“ᄃᆡ왕은 근심치 마옵쇼셔. 송텬ᄌᆡ 친정ᄒᆞ문 우리의 길됴(吉兆)라.”

ᄒᆞ고 듕군(中軍)을 호령ᄒᆞ여 ᄌᆞ하산을 등지고 양평관을 ᄃᆡᄒᆞ여 진치고 송진(宋陣)의 격셔를 보ᄂᆡ엿거늘 텬ᄌᆡ 격셔 보시고 ᄃᆡ로ᄒᆞ샤 쟝졸을 거ᄂᆞ려 진젼(陣前)의 나ᄋᆞ오시니 젹진의셔 방포일셩(放砲一聲)의 진문이 열〈4a〉니ᄂᆞᆫ 곳의 일원 ᄃᆡ장이 머리의 ᄌᆞ금투고를 쓰고 몸의 엄신갑(掩身甲) 닙고 개산ᄃᆡ부(開山大斧)를 빗기고 오츄마(烏騅馬)를 타시니 사람은 텬신(天神) 갓고 말른 비룡(飛龍) 갓트니 이ᄂᆞᆫ 셕샹왕의 동ᄉᆡᆼ 쥰절네라.

크게 불너 왈,

“송텬ᄌᆞ는 섈니 나와 항복ᄒᆞ여 죽기를 면ᄒᆞ라.”

ᄒᆞ니 송진문(宋陣門) ᄀᆡ하(旗下)의 ᄒᆞᆫ 장쉬(將帥) ᄂᆡᄃᆞ르니 이ᄂᆞᆫ 도춍병마(都摠兵馬) 계긔라.

분기(憤氣)를 촘지 못ᄒᆞ여 웨여 왈,

“무도(無道)ᄒᆞᆫ 오랑키 엇지 텬위(天威)를 모로고 당돌이 지경(地境)을 범ᄒᆞ니 너희 머리를 버혀 분을 풀니라."

ᄒᆞ고 졉젼ᄒᆞ여 오십여 합의 니로ᄃᆡ 불분승뷔(不分勝負)러니 젹진으로셔 일원 ᄃᆡ장이 츌마ᄒᆞ니 신장이 구쳑이오 용ᄆᆡᆼ이 비〈4b〉호(飛虎) 갓ᄒᆞ니 이ᄂᆞᆫ 젹장 약ᄃᆡ라. 쳔리ᄃᆡ완ᄆᆞ(千里大宛馬)를 몰라 진젼(陣前)의 나아오니 비컨ᄃᆡ 쳥뇽(靑龍)이 챵ᄒᆡ(蒼海)를 헷치고 여희쥬를 바로 희롱ᄒᆞᄂᆞᆫ 듯 쇼ᄅᆡ 텬디진동ᄒᆞ더라.

송진 장졸이 이를 보고 혼비ᄇᆡᆨ산(魂飛魄散)ᄒᆞ여 아몰이 ᄒᆞᆯ 줄 모로더니 계괴 교젼(交戰)ᄒᆞᄆᆡ 당치 못ᄒᆞ여 본진(本陣)으로 도라와 진문을 구지 닷고 나지 아니니 약ᄃᆡ 승승ᄒᆞ여 진젼의 와 무수 즐욕(叱辱)ᄒᆞ며 왕ᄂᆡ치빙(往來馳騁)ᄒᆞ거늘 텬ᄌᆞ 문무졔신을 모와 냥장(兩將)의 승픽를 보시다가 ᄃᆡ경(大驚)ᄒᆞ시니라. 샹이 근심ᄒᆞ샤 제장으로 젹당 물니칠 계교를 의논ᄒᆞ시되 맛ᄎᆞᆷᄂᆡ ᄌᆞ원(自願)ᄒᆞᄂᆞ 니 업더라.

이튼날 젹장이 ᄯᅩ 와 ᄊᆞ홈을 도도거늘 텬ᄌᆞ 좌우를 돌〈5a〉아보샤 왈,

"만일 졔장듕(諸將中)의 약ᄃᆡ를 버힐 ᄌᆡ 이스면 강산(江山)을 난화 공(功)을 갑흐리라."

ᄒᆞ시되 맛ᄎᆞᆷᄂᆡ 응락ᄒᆞ 리 업ᄉᆞ니 ᄎᆞ시 약ᄃᆡ 혜ᄋᆞ리되,

'송국의 당시 업ᄉᆞ물 가히 알니로다.'

ᄒᆞ고 승승ᄒᆞ여 진젼의 나와 텬ᄌᆞ를 즐욕ᄒᆞ며 크게 불너 왈,

"오날은 ᄂᆡ 너희를 ᄒᆞᆷ몰ᄒᆞᆯ이니 ᄲᆞᆯ니 항복ᄒᆞ여 죽기를 면ᄒᆞ라."

ᄒᆞ거늘 평댱군(平將軍) 하셔길이 분ᄒᆞᆷ을 니긔지 못ᄒᆞ여 니를 갈고 ᄂᆡ다라 약ᄃᆡ를 ᄃᆡ젹ᄒᆞᆯᄉᆡ 젼불슈합(戰不數合)[90]의 약ᄃᆡ의 칼이 니ᄅᆞᄂᆞᆫ 곳의 셰길의 머리 마ᄒᆞ(馬下)의 ᄯᅥ러지니 약ᄃᆡ 승세ᄒᆞ여 좌츙우돌(左衝右突)ᄒᆞ여 니ᄅᆞᄂᆞᆫ 곳의 송진 쟝졸이 사산분궤(四散奔潰)[91]ᄒᆞ여 〈5b〉 서로 즛발아 죽ᄂᆞᆫ ᄌᆡ 무수ᄒᆞ더라. 젹군이 승세ᄒᆞ여 쳘통갓치 ᄡᆞ고 군냥(軍糧)을 ᄭᅳᆫ쳐시니 이 니른바 독의 든 쥐 갓튼지라. 엇지 인력(人力)으로 당ᄒᆞ리요?

잇ᄯᅢ 젹진 모ᄉᆞ(謀士) 양평공이 긔를 들고 군ᄉᆞ를 지휘ᄒᆞ여 텬진(天陣)을 네 겹을 ᄡᅳ니 샹이 방셩ᄃᆡ곡왈(放聲大哭曰),

"ᄂᆡ 최경덕의 말을 들엇던덜 오ᄂᆞᆯ날 이 환(患)을 당ᄒᆞ리오? 슬프다. 하ᄂᆞᆯ이 엇지 ᄃᆡ송를 망게 ᄒᆞ너뇨?"

---

90) 전불수합(戰不數合) : 싸운 지 얼마 되지 않아.

91) 사산분궤(四散奔潰) : 사방으로 흩어져 재빨리 달아남.

ᄒᆞ고 맛ᄎᆞᆷ니 항서(降書)를 닷가 보ᄂᆡ고져 ᄒᆞ더라.

각셜(却說). 현 원슈 삼군을 호궤(犒饋)ᄒᆞ고 회군(回軍)ᄒᆞ려 젼녕(傳令)ᄒᆞ더니 텬ᄉᆡ(天使) 급히 니ᄅᆞ러 칙지(勅旨)를 뎐ᄒᆞ거ᄂᆞᆯ 원슈 북향ᄉᆞᄇᆡ(北向四拜) 후 급히 ᄲᅧ혀보니 ᄒᆞ여시되,

'셕샹왕이 모반(謀反)ᄒᆞ여 셔쳔 삼십〈6a〉뉵읍을 쳐앗고 합셰ᄒᆞ여 황도(皇都)를 침노ᄒᆞᄆᆡ 짐이 삼군을 거ᄂᆞ려 친졍ᄒᆞ노라.'

ᄒᆞ엿더라.

원쉬 남파(覽罷)의 ᄃᆡ경ᄒᆞ여 션봉쟝 유긔를 불너 왈,

"텬ᄌᆡ 셕샹의 난을 만ᄂᆞ샤 친졍ᄒᆞ시다 ᄒᆞ매 ᄂᆡ 맛당이 셩예로 쥬야ᄇᆡ도(晝夜倍道)ᄒᆞ여 갈지라. 이제 삼군을 거ᄂᆞ려 가면 지완(遲緩)ᄒᆞᆯ 거시오 만일 더ᄃᆡ면 승픽 엇지 될 줄 알니오? 이러몰오 ᄂᆡ 몬져 필마(匹馬)로 독ᄒᆡᆼ(獨行)ᄒᆞᄂᆞ니 그ᄃᆡ는 삼군을 거ᄂᆞ려 듀야로 나아오라. 만일 지체ᄒᆞᆫ즉 군법(軍法)을 시ᄒᆡᆼᄒᆞ리라."

유긔 청녕(聽令)ᄒᆞ고 물너나와 삼군을 휘동(麾動)ᄒᆞ더라.

원쉬 필마단창(匹馬單槍)으로 본진을 ᄯᅥ나 셔평관을 ᄇᆞ라고 달너가더니 양셩 지경의 니ᄅᆞ러는 〈6b〉 피란(避亂)ᄒᆞᄂᆞᆫ ᄇᆡᆨ셩을 만나 무ᄅᆞᆫᄃᆡ ᄃᆡ왈,

"텬지 양평관의 진쳣더니 두 번 ᄊᆞ홈의 픽ᄒᆞ여 위팃ᄒᆞ시믹 항복ᄒᆞ랴 ᄒᆞ신다 ᄒᆞ며 빅셩드리 피란을 ᄒᆞᄂᆞ이다."

원쉬 ᄎᆞ언을 듯고 더욱 놀나 ᄆᆞ를 칰쳐 셔평관을 ᄇᆞ라고 가니라.

ᄎᆞ시 왕기[92] 텬ᄌᆞ를 쳘통갓치 ᄊᆞ고 핍박(逼迫)ᄒᆞ더니 원쉬 흠츄령의 올나 송진을 ᄇᆞ라보니 위틱ᄒᆞ미 경긱(頃刻)의 잇ᄂᆞᆫ지라. ᄃᆡ경실ᄉᆡᆨ(大驚失色)ᄒᆞ여 쳔니토산마(千里土産馬)를 모라 쎄쳐 드러가니 양양등등ᄒᆞᆫ 세(勢)를 뉘 당ᄒᆞ리오? 약ᄃᆡ 현슈문의 세를 보고 급히 ᄆᆞᆯ긔 올나 방쳔화극(方天畫戟)을 들고 슈문의 오ᄂᆞᆫ 양을 보더니 장ᄎᆞᆺ 진젼의 다ᄃᆞᆺᄂᆞᆫ지라.

약ᄃᆡ 정신이 황홀ᄒᆞ여 ᄃᆡ호왈,

〈7a〉 "오ᄂᆞᆫ ᄋᆞᄒᆡ 필련 송국 구완이로다. 몰오미 너ᄂᆞᆫ 내 칼을 더러이지 말나."

원쉬 ᄃᆡ로왈,

"무도ᄒᆞᆫ 오링캐 망녕도이 텬위를 범ᄒᆞᄂᆞᆫ다? 나ᄂᆞᆫ ᄃᆡ송 북토원슈(北討元帥) 현슈문이라. 너희 등의 역텬무도(逆天無道)ᄒᆞᆫ 죄를 엇지 용셔ᄒᆞ리오?"

---

92) 왕개 : 미상.

ᄒᆞ고 바로 약ᄃᆡ를 ᄎᆔᄒᆞ여 팔십여 합의 승부를 결치 못ᄒᆞ더니 원ᄉᆔ 더욱 ᄃᆡ로ᄒᆞ여 ᄌᆞ룡검을 둘너 약ᄃᆡ를 치니 약ᄃᆡ 몸을 놀녀 피ᄒᆞ고 다시 ᄇᆡᆨ여 합을 ᄊᆞ호ᄃᆡ 승ᄇᆔ 업더니 적진 듕의셔 원슈의 용ᄆᆡᆼ을 보고 모다 놀나더라. 원ᄉᆔ 약ᄃᆡ로 더브러 진시(辰時)로븟터 미시(未時)ᄭᆞ지 ᄊᆞ화 승ᄇᆔ 업ᄉᆞᄆᆡ 졍신이 더욱 등등ᄒᆞ여 검슐이 더욱 신츌〈7b〉귀몰(神出鬼沒)ᄒᆞ니 약ᄃᆡ 분긔츙텬(憤氣衝天)ᄒᆞ여 능히 당치 못ᄒᆞ물 한ᄒᆞ며 창법(槍法)이 졈졈 산난ᄒᆞ거늘 원ᄉᆔ ᄌᆞ룡검을 드러 약ᄃᆡ를 지ᄅᆞ니 약ᄃᆡ 몸을 기우려 피ᄒᆞ고 창을 둘러 원슈를 지르려 홀ᄉᆡ 원ᄉᆔ 발셔 약ᄃᆡ의 창을 잡고 우슈(右手)로 칼흘 드러 약ᄃᆡ를 지ᄅᆞ니 약ᄃᆡ ᄯᅩ 원슈의 칼을 잡고 냥쟝이 셔로 다릴ᄉᆡ 원ᄉᆔ 거ᄌᆞᆺ 힘써 다리ᄂᆞᆫ 쳬ᄒᆞ다가 밀치니 약ᄃᆡ ᄆᆞᆯ긔 ᄲᅥ러져 졍히 위급ᄒᆞ더니 약ᄃᆡ 뒤으로셔 소쥰 당희 이쟝(二將)이 구ᄒᆞ여 본진으로 도ᄅᆞ가니 약ᄃᆡ 분을 이긔지 못ᄒᆞ여 투고와 갑을 버셔바리고 니ᄅᆞᆯ 갈며 ᄆᆞᆯ를 돌오혀 나아오더니 원ᄉᆔ ᄯᅩᄒᆞᆫ 졍신이 ᄇᆡᆨ승ᄒᆞ며 〈8a〉 도라갈 마음이 업ᄉᆞᆫ지라. 셔로 마자 수흡이 못ᄒᆞ여 이ᄢᅢ 셕샹왕이 양평공으로 더부러 냥진 승ᄑᆡ를 보다가 ᄃᆡ경ᄒᆞ여 발 굴너 왈,

"텬하의 ᄯᅩ 초패왕(楚霸王)이 이시니 약ᄃᆡ 반다시 샹ᄒᆞ리로다."

ᄒᆞ고 징 쳐 약ᄃᆡ를 부를시 원ᄉᆔ 분긔를 이긔지 못ᄒᆞ여 쎄쳐 약ᄃᆡ를 쓰라 바로 젹진의 돌입(突入)ᄒᆞ여 좌츙우돌ᄒᆞ여 젹장 십여 인을 버히고 무인지경(無人之境) 갓치 츙살(衝殺)ᄒᆞ니 젹진 장졸이 서로 즛ᄇᆞ라 죽ᄂᆞᆫ 재부지기쉬(不知其數)라. 이ᄯᆡ 양평공이 겨오 명(命)을 도망ᄒᆞ여 ᄑᆡ잔군(敗殘軍) 거날려 오십니를 물너가 하ᄎᆡ(下寨)ᄒᆞ고 다시 ᄊᆞ홀 마음이 업셔 근심ᄒᆞ더라.

ᄎᆞ시 북토ᄃᆡ당(北討大將) 유긔 원슈〈8b〉의 녕을 듯고 ᄃᆡ군을 휘동ᄒᆞ여 험츌녕의 당ᄒᆞ여 ᄌᆡ촉ᄒᆞ여 진셰(陣勢)를 ᄇᆞ라보더니 함셩이 진동ᄒᆞᄂᆞᆫ 곳의 원쉬만 군즁의 돌입ᄒᆞ며 젹장의 머리 츄풍낙엽 갓ᄒᆞ니 유긔 칭찬왈,

"원슈ᄂᆞᆫ 진즛 텬신(天神)이로다."

ᄒᆞ고,

"숑진 듕의셔는 장졸간(將卒間) 츌입(出入)도 업ᄉᆞ문 엇진 연곤(緣故)고?"

ᄒᆞ며 군을 몰아 일진(一陣)을 엄ᄉᆞᆯ(掩殺)ᄒᆞ니 원ᄉᆔ 반겨 슈히 오물 치사(致謝)ᄒᆞ고 삼군을 위로ᄒᆞ며 호궤ᄒᆞ며 다시 군위(軍威)를 엄히 정제(整齊)ᄒᆞ여 젹진을 급히 엄살(掩殺)ᄒᆞ리라 ᄒᆞ고 제장을 불너 지휘ᄒᆞ여 향ᄒᆞᆯ ᄉᆡ 이젹의 당ᄒᆞᆯ ᄌᆡ 업ᄉᆞᆫ지라. 양평공이 셕상왕과 약ᄃᆡ로 더부러 진문을 구지 닷고 ᄂᆞ지 안터라.

〈9a〉 현슈문이 파북호(破北胡)ᄒᆞ고 필마단긔(匹馬單騎) 구숑황(救宋皇)ᄒᆞ다.

ᄎᆞ셜(且說). 텬ᄌᆞ 젹진의 곤ᄒᆞ신 지 ᄉᆞ오일의 이로ᄆᆡ 안흐로 양쵸(糧草) ᄭᅳᆫ쳐지고 밧그로 구병(救兵)이 업ᄂᆞᆫ 지라.

이의 앙텬탄왈(仰天歎曰),

"짐이 ᄐᆡ죠(太祖)의 긔업(基業)을 니은 지 거의 ᄉᆞ십 년의 짐이 어지지 못ᄒᆞ여 슈ᄇᆡᆨ셰(數百歲) 텬하를 일죠(一朝)의 망케 되니 엇지 슬프지 아니ᄒᆞ며 엇지 호흡지 아니리오?"

ᄒᆞ시고 항셔(降書)를 올니려 ᄒᆞ시거ᄂᆞᆯ 졔신이 혹 셔셔이 보아 ᄒᆞ쟈 ᄒᆞᄂᆞᆫ 졔신도 잇고 혹 일즉 항복하여 죵ᄉᆞ(宗社)을 완젼ᄒᆞ며 뇽톄(龍體)를 보젼ᄒᆞ라 ᄒᆞ니 즁논(衆論)이 불일(不一)ᄒᆞ거ᄂᆞᆯ 상이 더욱 민망(憫惘)ᄒᆞ사 쵸죠(焦燥)ᄒᆞ시나 ᄒᆞᆯ일업셔 ᄒᆞ더니 홀〈9b〉연 일인(一人)이 면관ᄒᆡᄃᆡ(免冠解帶)[93]ᄒᆞ고 복지통곡(伏地痛哭)ᄒᆞ거ᄂᆞᆯ 상이 놀나 급히 보시니 이ᄂᆞᆫ 문현각 ᄐᆡ학ᄉᆞ 두원츙이라.

---

93) 면관해대(免冠解帶) : 관을 벗고 띠를 품.

상이 문왈,

"경(卿)이 무숨 가라치미 이셔 거죄(擧措) 여ᄎᆞᄒᆞ뇨?"

원츙이 읍쥬왈(泣奏曰),

"신이 국은(國恩)을 만히 입ᄉᆞ와 위국인신(位極人臣)이라. 이졔 폐히 일시 곤ᄒᆞ물 견듸지 못ᄒᆞ샤 항코져 ᄒᆞ시니 신이 그윽이 폐하를 위ᄒᆞ여 취치 아니ᄒᆞᄂᆞ이다. ᄌᆞ고로 난신젹ᄌᆡ(亂臣賊子) 하ᄃᆡ무지(何代無之)[94]리오마ᄂᆞᆫ 이졔 폐하 쇼젹(小敵)의 위풍(威風)을 둘려ᄒᆞ시니 고황졔(高皇帝)ᄂᆞᆫ 쳑검(尺劍)을 집흐샤 즐풍목우(櫛風沐雨)[95]ᄒᆞ여 어드신 쳔하을 일케 되니 멧번 굿기신동 알니오? 이럿〈10a〉틋 ᄒᆞ샤 ᄉᆞ히를 진졍ᄒᆞ샤 폐하긔 젼ᄒᆞ여 겨시거늘 쳔ᄌᆞ의 귀ᄒᆞ무로뼈 남을 쥬시고 ᄉᆞ름의 슈히(手下) 되여 곤급(困急)ᄒᆞ시물 피코져 ᄒᆞ시나 엇지 시러금 쉬우며 뉴종(劉琮)이 쵀모(蔡瑁)의 말을 듯고 형양

---

94) 난신적자(亂臣賊子) 하대무지(何代無之) : 임금을 배신하고 부모를 해치는 자식, 즉 나라를 어지럽히고 가정을 파괴하는 무리가 어느 대에 없겠는가?

95) 즐풍목우(櫛風沐雨) : 머리털을 바람으로 빗질하고 몸은 빗물로 목욕한다는 뜻으로, 오랜 세월을 객지에서 방랑하며 온갖 고생을 다 함을 이르는 말.

(荊襄) 구군(九郡)을 조죠(曹操)의게 드리고 그 몸이 편홀가 바라다가 도로혀 조됴의게 죽은 빅 되고 한후쥐(漢後主) 강유(姜維)의 말을 쓰지 아니ᄒᆞ고 고집ᄒᆞ다가 뉴시(劉氏) 종ᄉᆞ(宗社)를 망ᄒᆞ니 엇지 가셕(可惜)지 아니리오? 이제 폐히 졔신의 말을 조치샤 한번 항복ᄒᆞ시면 일이 맛당ᄒᆞ고 몸의 유익(有益)홀 듯ᄒᆞ시나 마참닉 여의(如意)치 못ᄒᆞ여 몸이 히외 변〈10b〉방의 져근 틱쉬(太守) 되고 구구ᄒᆞ미 인가(人家) 노비(奴婢)와 깃ᄒᆞ며 빈곤ᄒᆞ미 걸인의 지닉고 눈셥을 찡긔고 슈한(愁恨)을 먹음어 일싱 불평홀제 무엇스로 십슴딕 향화(香火)를 밧뜰며 눌노 더부러 무삼 말을 ᄒᆞ시리오? 여ᄎᆞ지시(如此至時)를 당ᄒᆞ여 셕일(昔日) 만승지위(萬乘之位)로 졔후(諸侯)의 진공(進貢)을 밧고 히릭(海內)를 호령(號令)ᄒᆞ샤 위엄(威嚴)을 뵈던 일이 일쟝츈몽(一場春夢)이 될지라. 여ᄎᆞ지시을 당ᄒᆞ여 녯일을 싱각ᄒᆞ시면 쇽졀업산 탄식과 부졀업슨 한슘쁜니라. 엇지 ᄒᆞ흡지 아니리오? 신이 거야(去夜)의 건상(乾象)을 살피니 ᄌᆞ미셩(紫微星)이 비록 희미ᄒᆞ오나 오히려 은은ᄒᆞᆫ 명긔(明氣) 잇사오며 셰셩(歲星)〈11a〉이 겁살지긔(劫殺之氣)로 가져ᄉᆞ오며 오릭지 아냐 ᄒᆞᆫ쥴 황긔(黃氣) 셰셩을 범ᄒᆞ옵거늘 가장 고이히 너겨 ᄌᆞ시 보오니 텬낭셩(天狼星)이 살긔(殺

氣)를 씌여 셔북(西北)으로조ᄎᆞ 셰셩을 침노ᄒᆞ오ᄆᆡ 셰셩이 동남(東南)으로 향ᄒᆞ여 써러지고져 ᄒᆞ오며 쳔낭셩이 자미셩을 옹위(擁衛)ᄒᆞ오ᄆᆡ ᄌᆞ미셩이 고쳐 명낭(明朗)ᄒᆞ오니 이ᄂᆞᆫ 반다시 셔북을로조ᄎᆞ 폐하를 구ᄒᆞ고 젹진을 함몰ᄒᆞᆯ ᄉᆞ름이 올지라. 복원 폐하ᄂᆞᆫ 셰 번 살펴보샤 그로게 마로쇼셔."

샹이 톄읍왈(涕泣曰),

"짐이 엇지 모로리오마ᄂᆞᆫ 하고져 ᄒᆞ미 ᄂᆡ 몸을 위ᄒᆞ미 아니라. 짐이 견ᄃᆡ여 ᄉᆡᆼ젼코져 ᄒᆞ나 도금(到今)ᄒᆞ여ᄂᆞᆫ 양초(糧草) 아죠 업〈11b〉ᄂᆞᆫ지라. 짐이 일신(一身)을 위ᄒᆞ여 팔십만즁의 셩명(性命)을 앗기지 아니ᄒᆞ며 셔방(西方) 억만창ᄉᆡᆼ(億萬蒼生)이 도탄(塗炭)한지라. 짐이 엇디 텬하을 앗겨 ᄉᆞᄒᆡ ᄇᆡᆨ셩을 ᄉᆡᆼ각지 아니ᄒᆞ리오? 일즉이 귀슌(歸順)ᄒᆞ여 ᄉᆞ졸과 ᄇᆡᆨ셩을 구코져 ᄒᆞ미오 짐의 곤ᄒᆞ물 위ᄒᆞ미 아니니 경은 짐의 허물을 일오지 말나."

ᄒᆞ시고 인ᄒᆞ여 방셩ᄃᆡ곡(放聲大哭)ᄒᆞ시더라.

시시의 북토부원슈 대대인마(大隊人馬)을 모라 험츌녕을 지나 젹장 셕인을 ᄎᆞᆷᄒᆞ고 승셰ᄒᆞ여 일진(一陣)을 혼술(渾殺)ᄒᆞ니 고각함셩(鼓角喊聲)이 텬지진동ᄒᆞ여 산쳔(山川)이 문허지며 싸히 터지ᄂᆞᆫ 듯ᄒᆞ더라.

ᄎᆞ시 샹이 통곡ᄒᆞ시다가 이 소ᄅᆡ〈12a〉을 드로시고

딕경ᄒᆞ샤 좌우로 도라보아 왈,

"아지 못게라. 짐이 졍신이 아득ᄒᆞ고 안뎡(眼睛)[96]이 분명치 못ᄒᆞ여 그러ᄒᆞᆫ지 어딕로좃ᄎᆞ 구완이 와셔 흉악ᄒᆞᆫ 약딕를 물니치고 무슈ᄒᆞᆫ 도적을 헤쳐 짐을 구히ᄂᆞ냐? 젹병이 짐을 치고ᄌᆞ ᄒᆞ여 이러ᄒᆞ냐?"

ᄒᆞ시고 ᄉᆞᆫ을 부뷔고 뇽안(龍顔)이 ᄌᆞ로 변ᄒᆞ샤 무르시니 졔신(諸臣)과 졔장(諸將)이 텬자와 ᄒᆞᆫ가지로 ᄊᆞ이여 슈일을 먹지 못하고 쥭기만 고딕ᄒᆞ여 심졍이 상ᄒᆞ고 눈이 어두어 먼리 보지 못ᄒᆞᄂᆞᆫ지라.

졔장이 쥬왈,

"신등(臣等)도 ᄯᅩᄒᆞᆫ ᄌᆞ시 아지 못ᄒᆞ리로쇼이다."

셔로 도라보와 진위(眞僞)를 아지 못ᄒᆞ여 다만 분운〈12b〉ᄒᆞ더니 문득 보니 일원(一員) 쇼장(少將)이 필마단검(匹馬單劍)으로 젹진 동남(東南)을 헷치고 당션돌닙(當先突入)ᄒᆞ니 그 날ᄂᆡ미 졔비 ᄀᆞᆺ고 효용(驍勇)ᄒᆞ미 ᄆᆡᆼ호(猛虎) ᄀᆞᆺᄒᆞ며 ᄲᅡ르미 ᄉᆞᆯ 갓튼지라.

뎨와 졔쟝 군졸이 칭찬왈,

"이ᄂᆞᆫ 반다시 텬신이로다. ᄉᆞ름이 엇지 니럿틋 신긔

---

96) 안정(眼睛) : 눈동자.

ᄒᆞ리오?”

셔로 기리더니 밋 진젼의 다ᄃᆞ로ᄆᆡ ᄌᆞ시 보니 이ᄂᆞᆫ 북토병마ᄃᆡ원슈 도총ᄉᆞ 현슈문이라.

ᄐᆡ혹ᄉᆞ 두원츙이 급히 듕군의 드러와 쥬왈,

“북토ᄃᆡ원슈 현슈문이 진젼의 님ᄒᆞ여ᄉᆞ오니 폐ᄒᆞᄂᆞᆫ ᄇᆞᆺ비 표신(標信)을 보ᄂᆡ샤 진문(陣門)을 여려 드리게 ᄒᆞ쇼셔.”

샹이 이 말을 드르시고 ᄃᆡ경ᄃᆡ열(大驚大悅)ᄒᆞ샤 〈13a〉 어림장군(御臨將軍) 곽녕을 명ᄒᆞ여 급히 원슈를 마ᄌᆞ라 ᄒᆞ시고 친히 댱ᄃᆡ(將臺)의 나려 진문의 나샤 기다리시더니 이윽고 포셩(砲聲)이 나며 원슈 나아오다가 뎨(帝)의 계시을 보고 황망이 말긔 나려 복지현알(伏地見謁)ᄒᆞ온ᄃᆡ 상이 반기샤 능히 말ᄉᆞᆷ을 일우지 못ᄒᆞ시고 원슈 ᄯᅩᄒᆞᆫ 실셩쳬읍(失性涕泣)ᄒᆞ니 군신(君臣)의 쥬의을 뉘 알니오? 텬ᄌᆞᄂᆞᆫ 현슈문이 나가고 업기로 젹장과 싸와 ᄌᆞ로 픠ᄒᆞ여 무한ᄒᆞᆫ 욕을 당ᄒᆞ여 하마 항복고ᄌᆞ ᄒᆞ시던 일을 ᄉᆡᆼ각ᄒᆞ시고 뇽뉘(龍淚) 뇽포(龍袍)을 젹시며 원슈ᄂᆞᆫ 자긔 몸이 업기로 텬ᄌᆞ 뇽체를 ᄇᆞ리사 모진 오랑ᄏᆡ게 즁즁쳡쳡(重重疊疊) 싸이여 거의 위〈13b〉ᄐᆡ하믈 ᄉᆡᆼ각ᄒᆞ고 군신이 셔로 븟들고 긴긴이 늣기고 ᄋᆡᄋᆡ이 읍체(泣涕)ᄒᆞᄂᆞᆫ지라.

ᄎᆞ시 문무관원이 의복을 곳치며 정신을 정ᄒᆞ여 원슈와 서로 볼식 피차 말을 일우지 못ᄒᆞ고 믁믁히 셔셔 이익ᄒᆞᄂᆞᆫ지라.

두원츙이 비로쇼 하례왈(賀禮曰),

"이제 ᄉᆞ직(社稷)이 조모(朝暮)의 위틱ᄒᆞ여 아등(我等)이 일반(一般) 문무(文武)로 용우(庸愚)ᄒᆞᆫ 무리라. ᄒᆞᆫ갓 국녹(國祿)만 허비헐 ᄯᆞ름이라. 평안ᄒᆞᆫ ᄣᆡ의 교무양비(矯誣攘臂)ᄒᆞ여 눈섭을 츕츄며 말을 용악(用惡)히 ᄒᆞ더니 이제 ᄒᆞᆫ 약듸을 보고 믄득 탈긔(奪氣)ᄒᆞ여 목을 움치고 숨을 낫쵸와 들고 나지 아니니 약듸 곳 보면 업듸여 어린아희 〈14a〉 뇌정(雷霆)을 당ᄒᆞᆫ 듯 초뷔(樵夫) 밍호을 본드시 혼도불성(昏倒不省)[97]ᄒᆞ믹 시고로 도젹이 용약무비(勇躍無比)[98]ᄒᆞ여 아군(我軍)의 사름 업삼을 알고 더욱 승승ᄒᆞ믹 ᄂᆡ 일시 분을 춤지 못ᄒᆞ여 ᄌᆞ진(自盡)코자 ᄒᆞ나 ᄯᅩ한 득지 못ᄒᆞ고 지우금 투싱(偸生)이러니 하늘이 도으사 금일 원슈을 만나니 족히 송조 사직을

---

97) 혼도불성(昏倒不省) : 혼미 졸도해 제 몸에 벌어지는 일을 모를 만큼 정신을 잃은 상태.

98) 용약무비(勇躍無比) : 용감하고 뛰어나서 비길 데가 없음.

보젼ᄒᆞ고 텬ᄒᆞ을 졍ᄒᆞ고 셩상의 근심을 덜지라. 엇지 깃부고 다힝치 아니리오? 셩상의 친졍시의 최경덕의 쥬ᄉᆡ(奏辭) 여ᄎᆞ여ᄎᆞᄒᆞ고 님진ᄒᆞ여 한님 운ᄆᆡ 쥬ᄉᆡ 이러이러ᄒᆞ니 국녹이 엇지 앗갑지 아니리오?"

ᄒᆞ며 ᄎᆞᆷ연ᄒᆞᆫ 눈물을 흘니거ᄂᆞᆯ 원쉬 듯기을 다ᄒᆞ고 칭찬읍〈14b〉사왈,

"합하(閤下)의 말ᄉᆞᆷ이 과도(過度)하여이다. 문무졔신이 엇지 식녹(食祿)을 ᄒᆞ며 위군츙심(爲君忠心)이 업다 ᄒᆞ리오? ᄎᆞ역(此亦) 봉시불힝(逢時不幸)[99]이라. 연이나 ᄒᆞᆫ 약ᄃᆡ을 두려워 이러ᄒᆞ오니 가위 한심이라. 맛당이 약ᄃᆡ을 쥭여 셜한(雪恨)ᄒᆞ려니와 경덕 젹ᄌᆞ(賊子)을 쥭여 후인(後人)을 증계(懲誡)ᄒᆞᆯ지라. 또 도젹을 ᄉᆞ통(私通)ᄒᆞ미 잇도다."

즁관이 듯고 ᄎᆞᆷᄉᆡᆨ무언(慙色無言)ᄒᆞ여 감히 말을 못ᄒᆞ더라.

ᄐᆡᄉᆞ(太師) 고덕슌이,

"원슈 현슈문이 젹진 ᄑᆞᄒᆞ고 텬하을 졍ᄒᆞᆯ지라. 복원 셩상은 옥체 안보ᄒᆞ셔쇼."

99) 봉시불행(逢時不幸) : 공교롭게 아주 좋지 못한 때를 만남.

샹이 비로쇼 농누(龍淚)을 거두시고 댱ᄃᆡ의 올나 원슈를 위로ᄒᆞ시며 도젹의 형셰〈15a〉을 일오시니 원슈쥬왈,

“셰 급하오니 신이 밧비 약ᄃᆡ을 버혀 도라오리이다.”

언필(言畢)의 말긔 올나 나ᄂᆞᆫ 다시 ᄂᆡ다라 ᄊᆞ홈을 도도더라.

시시의 약ᄃᆡ 일진을 픠ᄒᆞ고 예긔(銳氣) 최찰(摧扎)ᄒᆞ여 진문을 구지 닷고 나지 아니터니 쇼졸(小卒)이 보ᄒᆞ되,

“젹장이 진문 밧긔와 ᄊᆞ홈을 도도나이다.”

약ᄃᆡ 듯고 불승분노(不勝忿怒)ᄒᆞ여 즉시 ᄆᆞᆯ긔 올나 진문 밧긔 ᄂᆡ다라 ᄭᅮ지져 왈,

“송쇼 져근 ᄋᆞ희ᄂᆞᆫ 어졔 쥭여 한을 풀거시로되 년쇼ᄒᆞ믈 불상이 넉여 병(兵)을 거두어 도라가미어날 굿타여 쥭고자 ᄒᆞ니 엇지 잔잉치 아니리오?”

언파(言罷)의 교봉(交鋒) 오십여 합의 불분승부(不分勝負)러니 약ᄃᆡ 방텬검(方天劍)을 드러 원슈〈15b〉의 견갑(堅甲)을 지로거ᄂᆞᆯ 슈문이 몸을 기우려 피ᄒᆞ고 다시 ᄊᆞ화 칠십여 합의 승뷔 업더니 원쉬 자룡검을 날녀 약ᄃᆡ을 치니 약ᄃᆡ ᄯᅩᄒᆞᆫ 몸을 기우려 피ᄒᆞ기ᄅᆞᆯ 오뉵 ᄎᆞ의 일으니 냥진(兩陣) 고각(鼓角)이 텬지진동ᄒᆞ고 냥쟝의 싀

살(廝殺)ᄒᆞ미 ᄆᆡᆼ회(猛虎) ᄐᆡ산(泰山)의 밥을 다토난 듯 쌍농(雙龍)이 벽ᄒᆡ(碧海)의셔 여의쥬를 닷토난 듯 냥군이 일시의 쇼ᄅᆡᄒᆞ여 칭션ᄒᆞ믈 마지아니터라.

진시(辰時)로부터 미시(未時)의 일으나 셔로 물너날 ᄯᅳᆺ지 업더니 냥진이 징을 쳐 군ᄉᆞ을 물니거날 원슈 도라와 뎨긔 쥬왈,

“신이 거의 젹장을 잡블너니 페ᄒᆡ 무슴 연고로 징을 치시니잇고?”

상 왈,

“약ᄃᆡᄂᆞᆫ 명장(名將)이라. 짐이 보니 경의 〈16a〉 탄 말이 곤ᄒᆞ여 닷지 못ᄒᆞᄆᆡ 혹 실슈ᄒᆞ미 잇슬싸 징을 쳐 부로괘라.”

원슈 한ᄒᆞ믈 마지아니코 물너가다.

시시 약ᄃᆡ 도라가니 양평공이 문왈,

“숑진 장쉬 엇던 ᄉᆞ름이며 그 용ᄆᆡᆼ을 보니 진실노 장군의 젹쉬라. 오날 숑뎨를 ᄉᆞ로잡아 거의 항복을 밧을너니 그 장슈의 용ᄆᆡᆼ을로 ᄯᅳᆺ을 일우지 못ᄒᆞ니 실노 분앙(憤怏)ᄒᆞ거니와 그 장슈의 용ᄆᆡᆼ이 엇더ᄒᆞ더뇨?”

약ᄃᆡ 답왈,

“그 장슈의 힘은 쇼장(小將)만 못ᄒᆞ나 극히 효용(驍勇)ᄒᆞ여 그 날냄과 칼쓰기와 ᄆᆞᆯ타미 심이 ᄋᆡᆨ고 갑옷시

가장 고이ᄒᆞ더이다. 쇼장의 방텬극이 여러 번 몸의 님ᄒᆞ나 살이 상치 아니ᄒᆞ고 여상(如常)ᄒᆞ니 〈16b〉 반다시 텬신이러이다."

양평공이 경아실ᄉᆡᆨ(驚訝失色)ᄒᆞ여 다시 숑황을 잡으며 슈문 버힐 계교을 ᄉᆡᆼ각ᄒᆞ여 군ᄉᆞ을 연습ᄒᆞ며 장ᄉᆞ을 쉬오더니 ᄎᆞ시 원쉬 젹진 ᄑᆞ할 묘칙을 정ᄒᆞ고 제장을 불너 분부ᄒᆞᄃᆡ,

"션봉장 뉴긔ᄂᆞᆫ 가히 오쳔 교도슈(校刀手)를 거나리고 셔흐로 삼심니(三十里)만 가면 화산이란 산이 이실거시니 그 산 우희 ᄆᆡ복ᄒᆞ얏다가 여ᄎᆞ여ᄎᆞᄒᆞ되 산벽(山壁) 쇼로(小路)로 좃차 봉각셩에 올나와 당익을 도으라."

ᄒᆞ고 또 당익을 불너 왈,

"그ᄃᆡ 가히 십만 쳘긔을 거나리고 금야 ᄌᆞ하산을 지나 화님원의 가 이리이리ᄒᆞ면 가히 젹을 파ᄒᆞ리라."

또 지용〈17a〉ᄐᆡ을 불너 왈,

"그ᄃᆡᄂᆞᆫ 화포군(火砲軍) 일만을 거나리고 자화산의 올나 군ᄉᆞ 삼쳔식 난화 동셔남북의 분발(分發)ᄒᆞ여 몸을 님간(林間)의 ᄀᆞᆷ초왓다가 밤 든 후 금고함셩(金鼓喊聲)을 지르고 여ᄎᆞ여ᄎᆞᄒᆞ라. 이ᄂᆞᆫ 도젹을로 ᄒᆞ여곰 경동(驚動)ᄒᆞ여 의혹(疑惑)게 ᄒᆞ미라."

분발(分發)ᄒᆞ기ᄅᆞᆯ 다허ᄆᆡ 명일(明日) 원슈 텬자을 청ᄒᆞ여 즁군이 되시게 ᄒᆞ고 친히 ᄃᆡᄃᆡ인마(大隊人馬)을 거나려 젹진의 나아가 ᄊᆞ홈을 도도더니 이ᄯᆡ 양평공이 문무을 모화 졍히 묘칙을 의논ᄒᆞ더니 쇼괴(小校) 급보왈(急報曰),

"숑진 장졸이 진문 밧긔 니ᄅᆞ러 장군을 질욕ᄒᆞ며 우리 ᄃᆡ왕과 군ᄉᆞ을 ᄭᅮ지져 〈17b〉 만단슈욕(萬端受辱)[100] ᄒᆞ나이다."

약ᄃᆡ 듯고 분긔ᄅᆞᆯ 이긔지 못ᄒᆞ여 니를 갈며 ᄆᆞᆯ긔 올나 왈,

"오날이야 이 필부을 잡지 못ᄒᆞ면 결단코 도라오지 아니ᄒᆞ리라."

양평공을 향ᄒᆞ고 왈,

"오날 맛당이 ᄎᆞ젹(此敵)을 버히고 숑황을 ᄉᆞ로잡와 텬ᄒᆞᄅᆞᆯ 졍ᄒᆞ리니 ᄇᆞ라건ᄃᆡ 군ᄉᆞ(軍師)ᄂᆞᆫ 져물지라도 징을 치지 말나."

언ᄑᆞ의 ᄂᆡ닷거ᄂᆞᆯ 양평공이 위로왈,

"모로미 숑ᄋᆞ(宋兒)을 경젹(輕敵)지 말나."

---

100) 만단수욕(萬端受辱) : 여러 가지 말로 모욕을 당함.

ᄒᆞ고 극진이 죠심ᄒᆞ라 약ᄃᆡ 진젼의 나아와 ᄃᆡ호왈,

"숑국 필부 도젹은 섈니 나와 ᄌᆞ웅(雌雄)을 결ᄒᆞ라."

원쉬 답지 아니코 교봉(交鋒)ᄒᆞ여 ᄇᆡᆨ여 합의 니로ᄃᆡ 승부를 결치 못〈18a〉ᄒᆞ더니 냥군이 각각 물너와 원쉬 일계(一計)을 ᄉᆡᆼ각고 숀외[101]를 진젼의 뭇고 명일 ᄊᆞ홈을 도도니 약ᄃᆡ ᄃᆡ질왈,

"오날은 네 머리를 버혀 숑황을 ᄉᆞ로잡아 우리 구축(驅逐)ᄒᆞ던 원슈를 갑고 나의 분(憤)을씨ᄉᆞ리라."

원쉬 ᄯᅩ한 답지 아니ᄒᆞ고 급히 나와 ᄊᆞ와 칠십여 합의 승부(勝負)을 결치 못ᄒᆞ더니 원쉬 문득 ᄆᆞᆯ을 두로혀 양ᄑᆡ도쥬(佯敗逃走)[102]ᄒᆞ니 약ᄃᆡ ᄃᆡ믹왈(大罵曰),

"필부ᄂᆞᆫ 닷지 말나."

급히 진젼의 이르러 원슈을 잡고져 ᄒᆞᆯ식 양평공이 냥진 승픽을 보다가 크게 놀나 징을 울녀 군ᄉᆞ을 거두니 약ᄃᆡ 군ᄉᆞ을 물리려 ᄒᆞᆯ제 ᄆᆞᆯ리 숀외의 것쳐 것〈18b〉구러지니 숑진 장졸이 일시의 ᄂᆡ다라 약대을 올가잡으니 약ᄃᆡ 몸을 흔들며 머리로 ᄉᆞᄅᆞᆷ을 밧고 ᄇᆞᆯ로 ᄎᆞ며 두 숀

---

101) 쇠뇌의 오기.

102) 양패도주(佯敗逃走) : 거짓으로 패한 체하고 달아남.

으로 사람을 집어더지니 제장등(諸將等)이 능히 당치 못ᄒᆞ여 약딕을 노하 ᄇᆞ린지라. 약딕 호혈(虎穴)를 버셔나 본진을 바라고 도망ᄒᆞ여 ᄎᆡ즁(寨中)의 다다ᄅᆞ니 투고와 의갑(衣甲) 다 상ᄒᆞ고 방텬극이 부러지며 면상(面上)이 남은 곳지 업시 다 뮈여졋더라.

양평공이 위로왈,

"그딕 아니면 뉘 능히 ᄉᆞ라오리오?"

약딕 분긔을 참지 못ᄒᆞ여 쇼릭를 질너 왈,

"딕장뷔 셰상의 쳐ᄒᆞᄆᆡ 몸이 장슈로 도젹을 치다가 젼장(戰場)의 쥭어 ᄆᆞᆯ가쥭의 ᄊᆞ이여 도라오미 남ᄋᆞ〈19a〉의 쾌ᄉᆡ(快事)어놀 엇지 녹녹히 쥭기을 두려ᄒᆞ리오?"

ᄡᅱ롤기를 마지아니ᄒᆞ니 군즁이 그 의긔(意氣)를 장히 너겨 위로ᄒᆞ더라. 원슈 약딕을 잡앗다가 노치고 심히 ᄋᆡ달나 ᄒᆞ더니 이날 양평공이 ᄒᆞᆫ 계교를 ᄉᆡᆼ각고 ᄎᆞ야(此夜)의 바로 몰라 송진을 불노 치려 화구(火具)를 쥰비ᄒᆞ고 밤 들기을 딕후ᄒᆞ더니 문득 드로니 ᄌᆞ하산의셔 함셩이 딕진커놀 크게 놀나 탐지(探知)ᄒᆞ니 아모 것도 업더니 또 뇌고함셩(雷鼓喊聲)이 텬지진동ᄒᆞᄂᆞᆫ지라. 다시 탐쳥(探聽)ᄒᆞᄆᆡ 일인(一人)도 업난지라.

양평공이 가장 의아ᄒᆞ여 왈,

"이ᄂᆞᆫ 반다시 현가 쇼ᄋᆡ(小兒) 요악(妖惡)ᄒᆞᆫ 계교로 우리을 의혹(疑惑)케 ᄒᆞ미로다. 졔장은 쇼요(騷擾) 경동(輕動)〈19b〉치 말고 오날 밤의 당당이 숑황을 자부리라."

졔장을 불너 각각 계교을 가르치고 약딕을 불너 왈,

"그딕ᄂᆞᆫ 여ᄎᆞ여ᄎᆞᄒᆞ여 숑황을 잡으라."

약딕 청녕(聽令)ᄒᆞ고 이튼날 진젼의 ᄂᆡ다라 졉젼(接戰)ᄒᆞ기를 ᄌᆡ쵹ᄒᆞ니 원쉬 딕로ᄒᆞ여 나 졉응(接應)ᄒᆞ니 약딕 원슈을 가라쳐 왈,

"필뷔 암계(暗計)을 힝ᄒᆞ여 나를 잡고져 ᄒᆞ나 ᄂᆡ 엇지 쥐 갓튼 도젹의게 잡히리오?"

원쉬 부답(不答)ᄒᆞ고 바로 약딕를 취ᄒᆞ여 삼십여 합의 불분승뷔러니 약딕 양픽이쥬(佯敗而走)여ᄂᆞᆯ 원쉬 승셰(勝勢)ᄒᆞ여 ᄯᆞ로니 약딕 ᄯᅩ 십여 합을 ᄡᆞ오다가 닷거ᄂᆞᆯ 원쉬 불승분노(不勝忿怒)ᄒᆞ여 ᄯᆞ로니 ᄌᆞ하산 호셕곡의 갓〈20a〉가왓더니 ᄎᆞ시 양평공이 원슈의 업사물 보고 본부병(本部兵)을 움작일ᄉᆡ 이ᄯᆡ 텬ᄌᆡ 졔장을 거ᄂᆞ려 딕상을 직희지 안얏더라. 양평공이 일군을 모라 죰불 노코 금고함셩이 천지진동ᄒᆞ며 부지불각(不知不覺)의 돌입ᄒᆞ니 그 셰를 뉘 능히 당ᄒᆞ리오? 셕상왕의 부하 밍장이 천ᄌᆞ를 둘너ᄡᆞ고 ᄲᆞᆯ리 항복ᄒᆞ라 ᄒᆞ난 쇼ᄅᆡ 셩화 ᄀᆞᆺ튼지라. 텬ᄌᆡ 무심즁(無心中)의 여ᄎᆞ지변을 당ᄒᆞ샤 아모리 ᄒᆞᆯ 쥴 모로시더니 원쉬 약딕을 ᄯᆞ로더니 슈히(手下)

급보왈(急報曰),

"본진의 즁불이 일며 금고함셩이 쳔지진동ᄒᆞᆫ다."

ᄒᆞ거ᄂᆞᆯ 원슈 차언(此言)을 듯고 크게 놀나 약ᄃᆡ을 〈20b〉 바리고 급히 본진을로 도라오니 셕샹왕의 부장 ᄆᆡᆼ담이 ᄒᆡ심즁(垓心中)의 녀코 핍박왈(逼迫曰),

"송뎨ᄂᆞᆫ ᄲᆞᆯ리 나와 항복ᄒᆞ라."

ᄒᆞᄂᆞᆫ지라.

원쉬 ᄎᆞ경(此境)을 보ᄆᆡ 노긔(怒氣)ᄅᆞᆯ 이기지 못ᄒᆞ여 달녀와 자룡검을 드려 ᄆᆡᆼ담을 버히고 평ᄉᆡᆼ 긔력(氣力)을 다ᄒᆞ여 좌츙우돌ᄒᆞ니 뉘 감히 그 봉예(鋒銳)ᄅᆞᆯ 당ᄒᆞ리오? 셕샹이 양평공을로 더부러 보다가 그 용ᄆᆡᆼᄒᆞᆫ 형셰을 당치 못ᄒᆞ여 쳔ᄌᆞ을 바리고 ᄃᆞ라나거ᄂᆞᆯ 원쉬 분노ᄒᆞ여 왕과 양평공을 잡으려 적진의 달녀드러 칼을 두ᄅᆞ고 좌우로 짓쳐오니 곳곳이 현슈문이라. 장졸이 낙담상혼(落膽喪魂)ᄒᆞ여 목슘을 도망ᄒᆞ거ᄂᆞᆯ 양평공이 진을 〈21a〉 밋쳐 거두지 못ᄒᆞ여 거의 잡히게 되얏더니 약ᄃᆡ 방쳔극을 두로고 와 셕샹왕을 구ᄒᆞᆫᄃᆡ 상왕이 밋쳐 숀을 놀니지 못ᄒᆞ여 ᄌᆞ하산을 바라고 닷더니 지용ᄐᆡ의 복병(伏兵)이 ᄂᆡ다라 적진의 뒤흘 치고 양긔ᄂᆞᆫ 압흘 당ᄒᆞ여 젼후로 ᄶᅧ치니 상왕이 ᄃᆡᄑᆡ(大敗)ᄒᆞ여 봉각셩을 바라고 다라나더니 ᄯᅩ 한 장슈 텰긔을 거나려 즈쳐오니 상왕이 갈 길히 업난지라.

양평공을 도라보아 왈,

"압히ᄂᆞᆫ ᄃᆡ강(大江)이오 뒤히ᄂᆞᆫ 츄병(追兵)이 급한지라. 진을 잠간 머물고 요슐(妖術)을 ᄒᆡᆼᄒᆞ여 적군이 놀나 물너가게 ᄒᆞ쇼셔."

양평공이 즉시 진젼의 나와셔 입으로 진언(眞言)을 염ᄒᆞ며 안ᄀᆡ을 토ᄒᆞ니 〈21b〉 지쳑(咫尺)을 분변치 못할너라. 그사이의 션봉을 모라 강을 건너고져 ᄒᆞ더니 차시 원슈 적진의 안ᄀᆡ 일어나믈 보고 왈,

"이ᄂᆞᆫ 반다시 양평공의 요슐이라."

ᄒᆞ고 즉시 ᄉᆞᄆᆡ로좃차 단져을 ᄂᆡ여 부니 안ᄀᆡ 쇼삭ᄒᆞ고 일광(日光)이 명낭ᄒᆞ고 하날이 청고(淸高)ᄒᆞ거날 ᄌᆞ시 보니 적진 션봉이 발셔 강변의 이로러 건너고져 ᄒᆞ거날 원슈 긔을 둘너 군ᄉᆞ을 모라 적병을 ᄶᅩ로고 함셩을 도도니 양평공이 ᄃᆡ경ᄒᆞ여 고요이 셔셔 슈문의 져 쇼ᄅᆡ을 듯고 발굴너 왈,

"아등(我等)의 명(命)이 금일(今日) 이곳의 와 엇지 맛찰 쥴 알이오? ᄃᆡ송 ᄃᆡ원슈의 ᄌᆡ조와 지혜을 금일이야 쾌히 알니로다. 나의 슐〈22a〉법과 풍운(風雲)을 혯쳐 바리니 가장 두렵고 ᄯᅩ 져 쇼ᄅᆡ을 드르니 이난 셔천 셔역국 지령ᄉᆞ 일광ᄃᆡᄉᆞ의 옥져 쇼ᄅᆡ오 검슐은 신검(神劍)이라.

엇지 두렵지 아니리오? 슬프다. 가셕도다. 즁원을 무인지경(無人之境)으로 아랏더니 금일 차인을 만나 십년 공뷔(工夫) 허식(虛事)로다. 쇽졀업시 쥭을 ᄯᅡ람이로다.”

ᄒᆞ고 진을 구지 닷고 나지 아니커ᄂᆞᆯ 원슈 진젼의 치빙(馳騁)ᄒᆞ며 분긔를 도도와 ᄊᆞ홈을 ᄌᆡ쵹ᄒᆞ니 약ᄃᆡ 분노ᄒᆞ여 쒸여 ᄂᆡ다라니 냥평공이 급히 말여 왈,

“불가불가ᄒᆞ다. 가히 경젹치 못ᄒᆞ리라.”

약ᄃᆡ 쇼ᄅᆡ 질너 왈,

“군ᄉᆞᄂᆞᆫ 겁ᄂᆡ지 말나. ᄂᆡ 의갑(衣甲)을 벗고 ᄊᆞ화 ᄌᆞ웅을 결단〈22b〉ᄒᆞ리니 징 쳐 군을 거두지 말나.”

ᄒᆞ고 즉시 투구와 갑옷살 벗고 말긔 올나 진밧긔 나와 교봉 슈합의 원슈의 자룡검이 번듯ᄒᆞ며 약ᄃᆡ의 머리 ᄯᅥ히 나려지고 등신(等身)만 말 타고 닷난지라. 원슈 임의 약ᄃᆡ을 참ᄒᆞ고 쥰마을 모라 젹진 즁의 드러가니 셔상왕이 약ᄃᆡ을 일코 엇지 살기을 바라리오? 다라나고져 ᄒᆞ나 좌우의 강병 ᄆᆡᆼ쟝이 둘너 잇고 앏히ᄂᆞᆫ ᄃᆡ강이 막혀ᄂᆞᆫ지라. 쇽졀업시 사로잡혀 함거(檻車)의 실어 숑진의 보닌 빈 되고 젹장을 낫낫치 잡으나 홀노 양평공이 업거ᄂᆞᆯ 원슈 가장 근심ᄒᆞ더니 ᄎᆞ시 양평공이 셰 불길(不吉)ᄒᆞ물 보고 급히 변ᄒᆞ여 젹〈23a〉뉴ᄆᆡ(赤騮馬) 되여더니 원슈 양평을 일코 두로 살펴보니 ᄒᆞᆫ 님ᄌᆞ 업ᄉᆞᆫ 말이 봉천

강을 향ᄒᆞ여 급히 쒸여 닷거날 원슈 ᄉᆡᆼ각ᄒᆞ되,

'분명이 양평공이 변하여 도망ᄒᆞ도ᄃᆞ.'

ᄒᆞ고 급히 져을 ᄂᆡ여 말을 향ᄒᆞ여 부니 그 말니 홀연 변ᄒᆞ여 ᄌᆞ하관(紫霞冠)을 쓰고 숑학의(松鶴衣)을 입고 숀의 단검(短劍)을 쥐고 업더지니 이곳 양평공이라. 원슈 ᄃᆡ열(大悅)ᄒᆞ여 경히 잡고져 ᄒᆞ더니 문득 변ᄒᆞ여 졔비 되야 다라나거ᄂᆞᆯ 원쉬 ᄯᅩ 진언(眞言)을 념ᄒᆞ여 져를 부니 그 졔비 절노 써러져 나지 못ᄒᆞ거ᄂᆞᆯ 다라드러 잡아 왕과 ᄒᆞᆫ가지로 함거의 가도고 크게 승젼ᄒᆞ고 본진으로 도라오니라. ᄎᆞ시 텬ᄌᆞ ᄆᆡᆼ담의게 〈23b〉 넉살 일코 진졍치 못ᄒᆞ시더니 텬만의외의 원쉬 약ᄃᆡ를 벼히고 양평공을 ᄉᆡᆼ금(生擒)ᄒᆞ여 도라온단 말을 듯고 ᄃᆡ희ᄒᆞ샤 졔신을 도라보사 왈,

"즁원 강산은 다 현슈문을 쥬리라."

ᄒᆞ시더라.

원쉬 승젼곡(勝戰曲)을 울니고 ᄃᆡ흥슈ᄍᆞ긔(大興帥字旗)의 약ᄃᆡ의 머리을 달고 번왕과 양평공을 함거의 너허 도라오니 텬ᄌᆞ 젼진의 나오사 친히 말곳비를 붓드시고 하례ᄒᆞ시니 원쉬 급히 말게 나려 부복(俯伏)ᄒᆞ니 상이 원슈의 숀을 잡으시고 뉴체왈(流涕曰),

"짐의 목슘을 두 번 살와나기는 다 원슈의 덕이라. 이

런 공덕(功德)을 무어시로 갑흐리오? 약쇼ᄒᆞ나 쳔니강산(千里江山)을 사양〈24a〉치 말나.”

ᄒᆞ시고 원슈을 다리시고 장ᄃᆡ의 들어가 좌정ᄒᆞ시ᄆᆡ 만죄(滿朝) ᄎᆞ례로 드러와 치하(致賀)를 분분이 ᄒᆞ고 만셰(萬歲)를 부로더라. 상이 번왕 토왕과 양평공 등을 진젼의 ᄭᅮᆯ니고 슈죄(數罪) 후 무ᄉᆞ(武士)을 명ᄒᆞ여 원문(轅門) 밧긔 ᄂᆡ어 참ᄒᆞ여 효슈(梟首)ᄒᆞ고 우승상 노연츙으로 번왕을 봉ᄒᆞ여 직시 본국(本國)의 도읍(都邑)ᄒᆞ라 ᄒᆞ시니라.

원쉬 쥬왈,

“셔텬 인심(人心)이 불슌(不順)ᄒᆞ와 ᄇᆡᆨ셩이 도망ᄒᆞ며 반ᄒᆞ다 ᄒᆞ오니 진무(鎭撫)ᄒᆞ여 안졉(安接)ᄒᆞᆫ 후 도라오리니다.”

상이 희왈,

“딤의 ᄯᅳᆺ지 그러ᄒᆞ나 경이 젼진구치(戰陣驅馳)ᄒᆞ여 시ᄆᆡ 발셜(發說)치 못ᄒᆞ엿더니 경이 가려ᄒᆞ니 짐심(朕心)이 ᄯᅩᄒᆞᆫ 편ᄒᆞ리로다. 셔쳔 길이 〈24b〉 멀고 국가 즁지(重地)라. 경곳 안이면 가히 ᄇᆡᆨ셩을 진무치 못ᄒᆞ리니 삼가 조심ᄒᆞ여 슈이 도라오물 ᄇᆞ라노라.”

원쉬 ᄉᆞ은(謝恩)ᄒᆞ고 이날 ᄒᆞ직ᄒᆞᆫ 후 ᄃᆡ원슈 인슈(印綬)를 밧치고 삼군을 머무려 호궤ᄒᆞ게 ᄒᆞ고 여간(如干)

츄종(騶從)을 거느려 셔텬으로 향ᄒᆞ니라.

샹이 즁군을 휘동ᄒᆞ샤 환군(還軍)ᄒᆞ신 후 삼군을 호상ᄒᆞ시며 츌젼쟝졸(出戰將卒)을 작상(爵賞)을 더으시고 만죠즁관이 산호만셰(山呼萬歲)ᄒᆞ더라.

각셜(却說). 현원슈 셔쳔의 니로러 군민을 안무(按撫)ᄒᆞ고 창고(倉庫)을 여러 긔민을 진휼(賑恤)ᄒᆞ니 ᄇᆡᆨ셩이 ᄐᆡ반(太半)이나 오야로 가ᄂᆞᆫ지라. ᄇᆡᆨ셩의 가ᄂᆞᆫ 거쳐ᄅᆞᆯ 무러 각각 본〈25a〉향(本鄕)을로 돌여보ᄂᆡ니 허다(許多) ᄉᆞ민(四民)이 원슈의 은혜ᄅᆞᆯ 샤례ᄒᆞ더라.

그즁의 한 부인이 눈물을 흘니고 ᄇᆡᆨᄇᆡ치ᄉᆞ(百拜致謝)ᄒᆞ거ᄂᆞᆯ 원슈 자시 보니 그 부인이 턱 아ᄅᆡ 알 ᄀᆞᆺ튼 혹이 달녀것ᄂᆞᆯ 문득 모친을 ᄉᆡᆼ각ᄒᆞ고 눈물을 흘니더니 인ᄒᆞ여 흉격(胸膈)이 막혀 답답ᄒᆞᄆᆡ ᄉᆡᆼ각ᄒᆞ되,

‘ᄉᆞ뷔 일으시되 긔운이 막히거든 봉서(封書)를 ᄲᅥ혀 보라 ᄒᆞ여시니 금일 보리라.’

ᄒᆞ고 봉셔을 ᄲᅥ혀보니 갈와시되,

‘갑자년(甲子年) 츄구월(秋九月) 신츅삭(辛丑朔) 이십오일(二十五日) 갑자(甲子)의 ᄃᆡ공(大功)을 일우고 오야의 드러가 모친을 상봉ᄒᆞᆯ 거시니 가히 반갑다. 그ᄃᆡ을 위하여 하려(賀禮)ᄒᆞ노라.’

ᄒᆞ엿더라.

원쉬 간파(看罷)〈25b〉의 크게 놀나 부인을 청ᄒᆞ여 단상(壇上)의 오로게 ᄒᆞ니 그 부인이 아모 연괸 쥴 모로고 겸양(謙讓)ᄒᆞ다가 좌정ᄒᆞ니 원쉬 그 부인의 근본을 무론ᄃᆡ 답왈,

“노쳡(老妾)은 본ᄃᆡ 경셩 ᄉᆞ룸을로서 셔쳔 무양도의 니거(移居)ᄒᆞ여더니 이졔 명공(明公)의 덕을로 환귀고토(還歸故土)[103] ᄒᆞ니 ᄇᆡᆨ골난망(白骨難忘)이로쇼이다.”

원쉬 우문왈,

“부인의 쇼쳔(所天)이 계시며 ᄉᆞ부녀ᄌᆡ(士夫女子)시닛가?”

부인이 탄왈,

“노쳡(老妾)은 ᄉᆞ문(士門) 녀ᄌᆞ로 쇼쳔을 상니(相離)ᄒᆞ고 이곳의 누락ᄒᆞ니이다.”

원쉬 우문왈,

“자녀간(子女間) 잇나니잇가?”

부인이 ᄌᆞ녀 무로믈 고히 너겨 탄식왈,

“쳡의 쇼쳔은 니부시랑으로셔 무양도의 젹거(謫居)

---

103) 환귀고토(還歸故土) : 객지에 나가 있던 사람이 자기 고향으로 돌아오거나 돌아감.

ᄒᆞ고 쳡이 홀노 금〈26a〉능 ᄯᅡ희셔 사더니 슈십 년 젼의 아자(兒子)를 난즁의 일코 의탁ᄒᆞᆯ 곳지 업ᄉᆞ 쇼쳔의 젹쇼(謫所)로 왓삽더니 다시 난을 만나 이곳의 왓삽고 다른 자녀ᄂᆞᆫ 업나이다."

원쉬 차언을 듯고 ᄃᆡ경왈,

"그리면 자졔 일홈이 무어시며 나히 얼마나 ᄒᆞ니잇고?"

부인이 늣겨 왈

"ᄌᆞ식의 셩명은 현슈문이오 오셰의 상실(喪失)ᄒᆞ여시니 금년이 이십눅이로쇼이다."

원쉬 방셩ᄃᆡ곡ᄒᆞ며 면관히ᄃᆡᄒᆞ고 복지고왈(伏地告曰),

"틱틱(太太)[104]ᄂᆞᆫ 불쵸자(不肖子) 슈문을 ᄉᆡᆼ각ᄒᆞ시나잇가?"

부인이 쳔만몽ᄆᆡ(千萬夢寐)[105] 밧 ᄎᆞ경을 당ᄒᆞᄆᆡ 일희일비(一喜一悲)ᄒᆞ고 여취여광(如醉如狂)[106]ᄒᆞ여 아

---

104) 태태(太太) : 어머니를 예스럽게 이르는 말.

105) 천만몽매(千萬夢寐) : 아주 꿈속에서나.

106) 여취여광(如醉如狂) : 미친 듯도 하고 취한 듯도 하다는 뜻으로,

모리 ᄒᆞᆯ 쥴 모로다가 이윽고 정신을 슈습ᄒᆞ〈26b〉여 묵묵반향(默默半晌)[107]의 말이 업시니 원쉬 울며 고왈,

"쇼ᄌᆡ 어려셔 모친 슬상(膝上)의 안자 턱 아ᄅᆡ 혹을 어로만지며 노던 일을 ᄉᆡᆼ각ᄒᆞ오며 부친 차자 멀니 젹쇼로 간다 ᄒᆞ시던 일을 엇지 모로리잇가?"

ᄒᆞ고 일광ᄃᆡ사의 봉셔을 올이니 그제야 진젹(眞的) ᄒᆞᆫ 쥴 알ᄆᆡ 드립더 원슈의 숀을 잡고 통곡왈,

"ᄂᆡ 일즉 너를 일코 오ᄆᆡ불망(寤寐不忘)[108]ᄒᆞ여 쥬야 슬허ᄒᆞ더니 이거시 진녀(眞歟)냐 몽여(夢歟)냐!"

ᄒᆞ고 셔로 붓들고 실셩통곡(失性痛哭)ᄒᆞ니 쵸목(草木) 금쉬(禽獸) ᄃᆞ 위하여 슬허ᄒᆞ더라.

원쉬 모친이 상ᄒᆞ실가 두려 우름을 긋치고 다시곰 비감(悲感)ᄒᆞ다가 부인긔 고왈,

"부친이 어ᄃᆡ 계시니잇고?"

부인 왈,

"네 부친이 〈27a〉 날과 ᄒᆞᆷ긔 무계산의 가 피란ᄒᆞ다가

이성을 잃은 상태를 비유적으로 이르는 말.

107) 묵묵반향(默默半晌) : 한참 동안 말이 없음.

108) 오매불망(寤寐不忘) : 자나 깨나 잊지 못함.

양식이 진ᄒᆞ기로 양식을 어드려 간 사이의 ᄂᆡ 이리로 잡혀 와시니 사라시면 무양도의 계실 거시니 무사ᄒᆞ실 쥴 엇지 알니오?"

언파의 다시곰 통곡ᄒᆞ니 원쉬 슬푸믈 억제ᄒᆞ고 화안이셩(和顏怡聲)109)으로 위로ᄒᆞ더라.

ᄎᆞ셜(且說). 현 시랑이 무계산 갓다가 양식이 진ᄒᆞ거ᄂᆞᆯ 부인과 ᄎᆡ셤을 두고 동ᄌᆞ를 다리고 별장(別將)의게 양식을 구ᄒᆞ여 오니 부인과 ᄎᆡ셤이 업시니 망극ᄒᆞ여 두로 ᄎᆞ자며 무로니 혹 난즁의 쥭엇다 ᄒᆞ고 혹 오야로 갓다 ᄒᆞ여 진적ᄒᆞᆫ 쇼식을 알 길이 업셔 쥬야 슬허ᄒᆞ더니 이ᄯᆡ 쳔ᄌᆡ 반ᄉᆞ(班師)하신 후 현ᄐᆡᆨ지 무죄(無罪)ᄒᆞ물 ᄉᆡᆼ각ᄒᆞ사 계양ᄐᆡ슈〈27b〉을 하이시고 급히 도임(到任)ᄒᆞ라 ᄒᆞ시ᄆᆡ 즉시 계양쇼의 도임하ᄂᆞ 부인과 슈문을 ᄉᆡᆼ각고 슬허ᄒᆞ더니 시랑이 도임한 후 토졸(土卒)110) 인민이 혹 쥭으며 혹 오야로 도라가며 ᄉᆞ방(四方)을로 피란ᄒᆞ여 인ᄀᆡ(人家) 뷔엿난지라. 별장이 쇼적(小敵)의게 죽고 신관(新官)이 나려와 ᄂᆞᆨ노 ᄇᆡᆨ셩을 구휼허더라. 원쉬 역

109) 화안이성(和顏怡聲) : 온화한 얼굴과 부드러운 목소리.

110) 토졸(土卒) : 고향을 지키던 병졸.

노(歷路)의 부친 쇼식을 광문(廣問)ᄒᆞ나 알 길이 업시니 원슈 모지 상봉ᄒᆞᆫ 셜화(說話)를 죠졍의 계달(啓達)[111] ᄒᆞ고 창고을 여러 오야 긔민(飢民)을 진휼(賑恤)ᄒᆞ고 써날 ᄉᆡ 텬지 원슈의 픽문(牌文)을 보시고 긔특히 너기사 벼살을 도도와 금자광녹ᄐᆡ후 우상상 겸 계림후 위국공 삼도 슌무도어사를 ᄒᆡ이시고 봉〈28a〉인(封印) 직쳡(職牒)을 보ᄂᆡ사 영친(榮親)ᄒᆞ게 ᄒᆞ시니 ᄉᆞ명(使令)이 망야(罔夜)ᄒᆞ여 교지(敎旨)[112]을 젼ᄒᆞ니 원슈 북향사은 후 각관(各官)의 션문(先文)ᄒᆞ고 모부인(母夫人)을 뫼셔 올나올ᄉᆡ ᄃᆡ승상을로 각도 슌무ᄉᆞ을 겸ᄒᆞ여 올나오니 쇼과(所過) 녈읍(列邑)이 분분 영졉(迎接)ᄒᆞ여 도ᄂᆡ(道內) 진동ᄒᆞ더라.

승상이 모친 말솜을 드로ᄆᆡ 금릉 고ᄐᆡᆨ(故宅)이 잇다 ᄒᆞ고 션문(先文)을 쇼흥현으로 노코 오더니 평능의 일으러 셕 참졍 집 쇼식을 탐쳥ᄒᆞ니 혹 왈,

“셕 참졍 부인이 집이 간난ᄒᆞ여 이웃 ᄇᆡᆨ셩의게 양식

111) 계달(啓達) : 임금에게 알림.

112) 교지(敎旨) : 임금이 벼슬아치에게 주던 사령(辭令) 즉 왕명서(王命書)를 말함.

을 구ᄒᆞ니 아니 쥬ᄆᆡ 그 ᄇᆡᆨ셩의 계집을 잡아다가 악형(惡刑)을로 쥭이니 관부(官府)의셔 셕 공의 아달을 잡아다가 가도고 〈28b〉 치문(馳聞)한 지 지금 삼일이라."

ᄒᆞ거ᄂᆞᆯ 승상이 방시의 과악(過惡)을 졀치(切齒)ᄒᆞ나 셕침을 불상이 너겨 ᄐᆡ슈다려 왈,

"셕 참졍의 아자 침이 살인(殺人)ᄒᆞ고 슈금즁(囚禁中)의 잇다 ᄒᆞ니 상사(上司)의 고ᄒᆞ고 노흐라. ᄂᆡ 명일 다리고 셕 공 산쇼(山所)의 쇼분(掃墳)허려 ᄒᆞ니 졔젼(祭奠)을 쥰비ᄒᆞ여 ᄃᆡ후ᄒᆞ라."

ᄒᆞ고 셕침을 부로니 침이 ᄉᆡᆼ각ᄒᆞ되,

'혹 부친의 벗인가?'

드러가 뵈니 승상 왈,

"네 날을 알쇼냐?"

침이 공슈ᄃᆡ왈,

"하방의 미쳔ᄒᆞᆫ 션비 엇지 조졍 ᄃᆡ신을 알니잇고?"

승상 왈,

"네 날을 자시 보라."

침이 슉시양구(熟視良久)[113]의 왈

113) 슉시양구(熟視良久) : 자세히 보고 얼마 있다가.

"의의(依依)ᄒᆞ나 ᄉᆡᆼ각지 못ᄒᆞᆯ쇼이다."

승상 왈,

"나ᄂᆞᆫ 곳 현슈문이라. 〈29a〉 네 ᄆᆡ시(妹氏)114) 무양(無恙)ᄒᆞ시냐?"

침이 ᄃᆡ경ᄒᆞ여 다라드러 승상을 잡고 눈물 흘여 왈,

"현형이 나가신 후로 쇼식이 돈졀(頓絕)ᄒᆞ더니 엇지 져리 귀히 되여 ᄃᆡ승상 위의 거ᄒᆞ시니잇고? 침의 눈이 둔ᄒᆞ여 아지 못ᄒᆞ여너이다. ᄆᆡ졔ᄂᆞᆫ 불ᄒᆡᆼᄒᆞ여 세상을 바려ᄂᆞ이다."

승상이 모로ᄂᆞᆫ 쳬ᄒᆞ고 탄식왈,

"진실노 쥭단 말가?"

침이 ᄃᆡ왈,

"형이 나가신 후 병입골슈(病入骨髓)115)ᄒᆞ여 ᄇᆡᆨ약(百藥)이 무효(無效)ᄒᆞ여 세상을 바려ᄂᆞ이다."

승상 왈,

"연즉 산쇼를 어ᄃᆡ 쓴요? ᄂᆡ 명일 악장(岳丈) 산쇼의 쇼분ᄒᆞ고 버거 부인 산쇼의 곡ᄒᆞ고져 ᄒᆞᄂᆞ니 너ᄂᆞᆫ 몬져

114) 매씨(妹氏) : 손위 누이를 일컫는 말.

115) 병입골수(病入骨髓) : 병이 골수 깊이 스며들 정도로 깊고 중함.

가 기다리라."

침이 모친의 일을 발셜치 못ᄒᆞ고 힝혀 탈노(綻露)ᄒᆞᆯ가 두〈29b〉려 쥬져ᄒᆞ다가 왈,

"형이 엇지 ᄂᆡ 집 일을 모로시ᄂᆞ니잇가? 이곳이 번거ᄒᆞ니 종용이 셜화(說話)ᄒᆞ리라."

ᄒᆞ고 즉시 도라오며 ᄉᆡᆼ각ᄒᆞ되,

'명일 승상이 쇼분 후 져져의 분묘(墳墓)을 가로치라 ᄒᆞ면 어ᄂᆡ 분묘을 갈라치리오? 실노 일오면 차자ᄂᆡ라 ᄒᆞ실 거시니 출하리 옥즁의셔 쥭음만 갓지 못ᄒᆞᆯ노다.'

ᄒᆞ고 집의 도라오니 방시 ᄃᆡ경ᄒᆞ여 노혀 온 연고(緣故)을 뭇거ᄂᆞᆯ 침이 ᄃᆡ왈,

"ᄃᆡ원슈 ᄃᆡ승상 겸 슌무어새 날을 구ᄒᆞ니 이곳 현낭이라. 일언(一言)의 ᄐᆡ쉬(太守) 쇼자를 노커ᄂᆞᆯ 나아가 보니 누의 안부를 뭇거ᄂᆞᆯ ᄎᆞᆼ황즁 답헐 말이 업셔 쥭다 ᄒᆞ니 그 분묘을〈30a〉뭇거ᄂᆞᆯ 션영(先塋) 칙하라 ᄒᆞ여시니 명일 부친 분묘의 쇼분ᄒᆞ고 가리라 ᄒᆞ니 뉘 분묘을 다히리오? 바로 도망ᄒᆞ다 ᄒᆞ면 ᄃᆡ원슈의 위엄으로 차자ᄂᆡ라 ᄒᆞ리니 쾌히 옥즁의셔 쥭어 모로미 맛당ᄒᆞᆯ쇼이다."

방시 이 말을 듯고 ᄃᆡ경실ᄉᆡᆨ왈,

"침아. 일을 엇지 ᄒᆞᆯ고? 공이 ᄌᆡ시(在時)의 현낭을 귀히 되리라 ᄒᆞ시더니 과연 올흔지라. 어ᄂᆡ ᄉᆡ이의 이ᄃᆡ지

귀히 되뇨? 명일 오거든 산하(山下) 아모 분묘나 가로치면 제 엇지 알니뇨? 네 그 말을 잘ᄒᆞ도다. 만일 누셜(漏泄)하면 장ᄎᆞᆺ 엇지 ᄒᆞ리오?"

침이 난쳐ᄒᆞ여 위로왈,

"모친은 근심치 마로쇼셔. 현낭은 관홍군ᄌᆞ(寬弘君子)[116]라. 사쇼한 혐의을 ᄀᆡ렴치 아니〈30b〉리니 부ᄃᆡ 젼일을 샤죄ᄒᆞ쇼셔. 연이나 가장 난쳐ᄒᆞ오믄 져졔 도망ᄒᆞ다 ᄒᆞ면 반다시 차자ᄂᆡ라 ᄒᆞ리니 장ᄎᆞᆺ 엇지 ᄒᆞ리잇고?"

방시 차언을 듯고 심신이 산란ᄒᆞ여 난향을 불너 왈,

"네 말을 듯다가 ᄃᆡ환(大患)을 당케 되여시니 이는 다 네 탓시라. 그ᄶᅴ 현낭을 쥭여시면 무삼 후환(後患)이 이슬리오?"

난향이 노왈,

"방덕의 약을 두 번 먹여도 쥭지 아니코 나간 후 쇼져를 방덕다려 겁측ᄒᆞ라 ᄒᆞ여 쇼졔 그 일을 지긔(知機)ᄒᆞ고 몬져 도망ᄒᆞ여시니 그는 ᄂᆡ 몬져 일러 나가니잇고? 명일 승상 오시거든 ᄂᆡ 그 사연을 다ᄒᆞ리이다."

방시 ᄃᆡ경왈,

---

116) 관홍군자(寬弘君子) : 너그러운 군자.

“ᄀᆞᆺ하여 네게 미루미 아니라 네 비록 비ᄌᆡ(婢子)〈31a〉나 ᄋᆞ시(兒時)로븟터 자라날 ᄲᅮᆫ 아니라 명슈누쥬(命數奴主)나 실은 동긔(同氣) 갓거ᄂᆞᆯ 네 엇지 일언(一言) 말을 ᄒᆞ나뇨?”

열 번이나 당부ᄒᆞ고 밤이 맛도록 잠을 일우지 못ᄒᆞ고 명조(明朝)의 침을 당부ᄒᆞ고 또 난향을 쳔 번이나 당부ᄒᆞ더라.

익일(翌日)의 승상이 위의을 ᄀᆞ쵸와 벽계촌 단원(壇苑)의 일으니 금은갑쥬(金銀甲冑)ᄒᆞᆫ 장졸이 좌우의 옹위ᄒᆞ되 도창긔치(刀槍旗幟) 일광(日光)을 가리오고 ᄇᆡᆨ모황월(白旄黃鉞)은 길을 인도ᄒᆞ며 ᄂᆞᆫ봉(鸞鳳) 그린 긔치ᄂᆞᆫ 위의을 돕더라. 홍냥산(紅陽傘)이 나븟기ᄂᆞᆫ 곳의 일위 쇼년 ᄌᆡ상이 머리의 자금관(紫金冠)을 쓰고 몸의 쇄금포(瑣金袍)을 닙고 허리의 ᄉᆞ마ᄃᆡ대(司馬大帶)ᄅᆞᆯ 씌고 가삼의 일품흉ᄇᆡ(一品胸背)을 붓치고 숀〈31b〉의 일월(日月) 봉미션(鳳尾扇) 드러시니 도로(道路) 관광ᄌᆡ(觀光者) 칭션치 아니 리 업더라. 승상이 원즁의 일으니 방시 이녀(二女)와 이셔(二壻)ᄅᆞᆯ 거나리고 동각(洞閣)117)의 나와 위의을 구경ᄒᆞ더니 승상이 일엇틋 장ᄒᆞ물 보고 ᄃᆡ경실색ᄒᆞ더라.

원쉬 셕 공 묘젼의 졔물을 진셜(陳設) ᄇᆡ례(拜禮)ᄒᆞ

며 졔문(祭文)을 고셩ᄃᆡ독(高聲大讀)ᄒᆞ니 기문(其文)의 갈와시되,

'모년(某年) 월일(月日)의 금자광녹ᄐᆡ우 겸 우승상 계림후 위국공 도춍병마ᄃᆡ원슈 각도 슌무사 현슈문은 삼가 비박지젼(鄙薄之奠)[118]을로 감쇼고우(敢昭告于)[119] 악장 ᄐᆡ즁ᄐᆡ우 문현각 ᄐᆡ학ᄉᆞ 니부상셔 ᄃᆡ홍노 츄밀부ᄉᆞ 참지졍ᄉᆞ 셕 공 ᄃᆡ인 〈32a〉 영하의 고하ᄂᆞ니다. 오호통ᄌᆡ(嗚呼痛哉)[120]며 오호ᄋᆡᄌᆡ(嗚呼哀哉)[121]라. ᄋᆡ셔(愛壻) 현슈문이 어려셔 부모를 상니ᄒᆞ고 도로(道路)의 표박(漂迫)ᄒᆞ니 이는 곳 걸인이라. 폐의(弊衣)[122]을 불착(不着)ᄒᆞ고 누슬(陋蝨)[123]이 만면(滿面)ᄒᆞ니 인환위귀

---

117) 동각(洞閣) : 마을 사람들이 모이는 집.

118) 비박지전(鄙薄之奠) : 보잘것없는 제사 음식.

119) 감소고우(敢昭告于) : 감히 밝혀 아뢴다는 뜻으로, 흔히 제문(祭文)이나 축문(祝文)에서 신(神)에게 고하려고 쓰는 말.

120) 오호통재(嗚呼痛哉) : 아! 슬프다!

121) 오호애재(嗚呼哀哉) : 오! 슬프도다!

122) 폐의(敝衣) : 해진 옷.

123) 누슬(陋蝨) : 누추한 이.

(人換爲鬼)[124] ᄒᆞ고 뇽변위ᄉᆡ(龍變爲蛇)[125]라. 여ᄎᆞ지시의 명ᄌᆡ(命者)[126] 슈유(須臾)이러니 ᄃᆡ인이 일견의 고목ᄉᆡᆼ화지은(枯木生花之恩)[127]을 드리오사 거두어 문하의 양휵ᄒᆞ시니 희라. ᄉᆡᆼ아ᄌᆞ(生我者)ᄂᆞᆫ 부모(父母)요 ᄌᆡᄉᆡᆼᄌᆞ(再生者)ᄂᆞᆫ ᄃᆡ인이시다. 슈문의 빈쳔누질(貧賤陋質)를 혐의치 아니샤 명쥬보옥(明珠寶玉)을로 쌍을 일우시니 슈문이 일ᄀᆡ(一介) 목동(牧童) 쳔인(賤人)으로 ᄐᆡ우의 ᄋᆡ셰 되여 쥬문화각(朱門畫閣)[128]의 길드리ᄆᆡ 엇지 귀환위션(鬼換爲仙)[129] ᄒᆞ며 어변셩뇽(魚變成龍)[130]이

---

124) 인환위귀(人換爲鬼) : 사람이 변해 귀신이 됨.

125) 용변위사(龍變爲蛇) : 용이 변해 뱀이 됨.

126) 명자(命者) : 목숨.

127) 고목생화지은(枯木生花之恩) : '고목생화'는 말라 죽은 나무에서 꽃이 핀다는 뜻으로, 곤궁한 처지에 빠졌던 사람이 행운을 만나서 잘됨을 비유적으로 이르는 말이다. 따라서 고목생화지은은 고목생화한 은혜를 이름.

128) 주문화각(朱門畫閣) : 단청을 곱게 해 아름답게 꾸민 누각이라는 뜻으로, 권문세가를 이르는 말.

129) 귀환위선(鬼換爲仙) : 귀신이 변해 신선이 됨.

130) 어변성용(魚變成龍) : 물고기가 변해 용이 됨.

아니라 〈32b〉 ᄒᆞ리오? 통ᄌᆡ며 ᄋᆡᄌᆡ라. 슈문이 여ᄋᆡᆨ(餘厄)이 미진(未盡)ᄒᆞ여 ᄃᆡ인의 귀쳔지일(歸天之日)[131]을 ᄌᆡ촉ᄒᆞ시니 ᄃᆡ인의 님죵쇼탁(臨終所託)과 실인(室人)의 형세을 엇지 이즐리오? ᄃᆡ인지교(大人之敎) 직히고져 ᄒᆞ나 나의 잇사물 ᄉᆡ긔ᄒᆞ고 호ᄉᆡ다ᄆᆡ(好事多魔)라. 가즁ᄉᆡ(家中事) 날노 어지러오니 엇지 ᄃᆡ인 문하을 ᄯᅥ나고져 ᄒᆞ리오마ᄂᆞᆫ 머물고져 ᄒᆞᆫ즉 독약이 무상ᄒᆞ고 가고져 ᄒᆞ나 실노 갈곳지 업난지라. 쥬사야탁(晝思夜度)ᄒᆞ여 탈신완구지ᄎᆡᆨ(脫身完救之策)을 ᄉᆡᆼ각ᄒᆞ나 진실노 암약불통(闇弱不通)ᄒᆞᆫ지라. 쥬역(周易)의 죠흔 괘(卦)와 슌풍의 영ᄒᆞᆫ 졈을 엇지 못하고 낙미지ᄋᆡᆨ(落眉之厄)[132]과 쇼쟝지변(蕭墻之變)[133]을 쟝찻 당ᄒᆞᆯ지라. 녕녀(令女)의 〈33a〉 도량(度量)이 슈문의 우히라. 일만 가지 비회을 셔리담고 슈문의 나가물 청ᄒᆞ나 실노 쇼향무젹(所向無敵)이라. 녕녀의 지휘로죠차 ᄃᆡ인 문하을 니

131) 귀천지일(歸天之日) : 죽는 날.

132) 낙미지액(落眉之厄) : 눈앞에 닥친 재앙.

133) 소장지변(蕭墻之變) : 담장 안에서의 변란이라는 뜻으로, 집안에서 발생한 변사(變事).

별홀ᄉᆡ 쟝찻 어듸로 지향ᄒᆞ리오? 오호이ᄌᆡ라. ᄃᆡ인 ᄌᆡ텬지녕(在天之令)이여 슈문이 당ᄎᆞ시(當此時)ᄒᆞ여ᄂᆞᆫ 위극인신(位極人臣)ᄒᆞ고 부극공휘(富極公侯)라. 셕일 명박구축지ᄉᆡ(命薄驅逐之事)[134] 가위 일장츈몽이오 다시 부모을 만나 듕효 완젼ᄒᆞ고 장부지사(丈夫之事)와 인셰지낙(人世之樂)이 극하나 셕일 ᄃᆡ인 지우지은(知遇之恩)[135]을 엇지 이즐리오만ᄂᆞᆫ 부귀 영춍을로뼈 ᄃᆡ인 은혜을 갑지 못ᄒᆞ고 금일 두어 쥴 글과 비박지젼을로 ᄃᆡ인 녯날 지ᄋᆡ(至愛)ᄒᆞ시든 졍회(情懷)〈33b〉을 고ᄒᆞ옵나니 복유(伏惟)[136] 존녕(尊靈)은 슈문의 무졍지죄(無情之罪)을 용셔ᄒᆞ시고 흠향(歆饗)ᄒᆞ쇼셔.'

ᄒᆞ엿더라.

닑길 파ᄒᆞᄆᆡ 방셩ᄃᆡ곡ᄒᆞ니 시위(侍衛) 졔인(諸人)이 다 슬허ᄒᆞ더라.

위공이 셕침을 도라보고 즘짓 문왈,

---

134) 명박구축지사(命薄驅逐之事) : 운명과 재수가 기박해 내쫓긴 일.

135) 지우지은(知遇之恩) : 자기의 인격이나 학식을 알아 잘 대우해 준 은혜.

136) 복유(伏惟) : 삼가 생각건대.

"네 미씨의 분묘 어딕뇨?"

침이 쥬져 딕왈,

"산ᄒᆞ의 잇거이와 산뇌(山路) 험쥰ᄒᆞ오니 형이 이곳의 머무시면 침이 가 단여오리이다."

공 왈,

"연즉 닉 여긔 이슬 거시니 슈이 단여오라."

침이 산하의 나려와 허위(虛位)의 제(祭)할ᄉᆡ 젼후사를 ᄉᆡᆼ각ᄒᆞ고 욕사무지(欲死無地)[137]라. 슬푸미 복발(復發)ᄒᆞ여 ᄋᆡ호(哀號) 일셩(一聲)의 셩음(聲音)이 회졀(回折)ᄒᆞ여 닙을로 슈승(數升) 홍혈(紅血)을 〈34a〉 토ᄒᆞ고 혼졀하니 시직(侍子) 나찰 싸고 우는지라.

공이 딕경ᄒᆞ여 급히 약물노 침을 구ᄒᆞ며 탄왈,

"방시의 포악으로 니런 군자을 ᄉᆡᆼᄒᆞ니 이는 셕 공의 젹덕여음(積德餘蔭)[138]이라."

ᄒᆞ더라.

침이 인ᄉᆞ을 졍ᄒᆞᆫ 후 승상이 와시물 보고 딕경 참괴

---

137) 욕사무지(欲死無地) : 죽으려고 해도 죽을 만한 곳이 없다는 뜻으로, 매우 분하고 원통함을 이르는 말.

138) 적덕여음(積德餘蔭) : 덕행을 많이 쌓아 자손이 복을 받음.

(慙愧)ᄒᆞ여 말을 아니코 머리을 슉여 묵묵ᄒᆞ거ᄂᆞᆯ 승상이 침으로 더부러 본틱의 도라오니 방시 ᄃᆡ경ᄒᆞ여 아모리 ᄒᆞᆯ 쥴 모로더라. 승상이 참졍 사묘(四廟)의 ᄇᆡ알(拜謁)ᄒᆞ고 ᄌᆡ셩각의 일으러 셕사을 ᄉᆡᆼ각ᄒᆞᄆᆡ 슬푸물 니긔지 못할지라. ᄂᆡ당의 드러가 방시을 보니 방시 비록 입이 잇ᄉᆞ나 무삼 말을 하리요? 안ᄉᆡᆨ(顔色)이 여토(如土)ᄒᆞ여 일〈34b〉언을 못ᄒᆞ난지라.

승상 왈,

"부인은 별후(別後) ᄒᆡ포[139] 되오니 신후(愼候) 무양(無恙)ᄒᆞ시닛가? 드르니 녕녜 쥭다 ᄒᆞ니 더욱 비감(悲感)ᄒᆞ여이다."

언파의 시비로 퇴물(退物)을 갓다가 방시 압희 노코 친히 잔을 젼ᄒᆞ여 왈,

"이 잔의 독긔(毒氣) 업사니 마시쇼서."

방시 더욱 참괴ᄒᆞ여 치신무지(置身無地)[140]하나 마지못ᄒᆞ여 밧거날 승상이 웃고 연ᄒᆞ여 ○○○ 권ᄒᆞ니 방시 거사리지 못ᄒᆞ여 숀숀이 마시니 임의 ᄃᆡ취(大醉)ᄒᆞ

139) 해포 : 한 해가 조금 넘는 동안.

140) 치신무지(置身無地) : 부끄럽거나 두려워 몸 둘 바를 모름.

여ᄂᆞᆫ지라. 붓그러옴과 두려오미 업셔 광언망셜(狂言妄說)을 무슈이 ᄒᆞ니 침이 민망ᄒᆞ믈 니긔지 못ᄒᆞ여 좌불안셕(坐不安席)ᄒᆞ거날 승상이 긔특히 여겨 니러나고져 ᄒᆞ니 방시 왈,

"현세(賢壻) 니ᄉᆡᆼ 진ᄉᆡᆼ을 〈35a〉 불너 보소셔."

승상 왈,

"삼군이 오ᄅᆡ 두류(逗留)ᄒᆞ기 어려오니 셔로 보지 못하고 ᄯᅥ나오니 후일 상봉ᄒᆞᆯ ᄯᆡ 잇슬지라. 부인은 보즁ᄒᆞ쇼셔."

언파의 시비을 불너 니 부인과 진 부인긔 젼어왈(傳語曰),

"슈문의 가진 ᄇᆡ 졀월(節鉞)이 심이 즁ᄒᆞ온지라. 감히 사실의 올ᄅᆡ 지완치 못ᄒᆞ여 도라가나니 황죠(皇朝)의 나아가 복명(復命)ᄒᆞ온 후 다시 나아와 악댱 분묘의 닙셕(立石)141)ᄒᆞ올 ᄯᆡ의 셔로 보사이다."

ᄒᆞ고 뉸거(輪車)ᄅᆞᆯ 모라 나오니 보난 ᄉᆞᄅᆞᆷ이 모다 칭찬왈,

"승상이 방시ᄅᆞᆯ 보고 가니 이ᄂᆞᆫ 쳔근(千斤) ᄃᆡ량(大

141) 입석(立石) : 돌로 만든 비갈(碑碣)이나 이정표 따위를 세움.

量)이라."

ᄒᆞ더라.

승상 모부인을 모셔 계양을로 가더니 지경의 다다라 ᄐᆡ슈 영졉드리거날 보니 계양〈35b〉ᄐᆡ슈 현ᄐᆡᆨ지라 ᄒᆞ여거ᄂᆞᆯ 승상이 의아ᄒᆞ여 혹 동셩명(同姓名)인가 ᄒᆞ여 계양의 일으러 ᄌᆞ사(刺史) 슈령(守令)의 녜을 밧고 모부인긔 문후고왈(問候告曰),

"계양ᄐᆡ슈의 셩명이 부친과 ᄒᆞᆫ가지오ᄆᆡ 의심되ᄂᆞ니다."

부인이 희왈(喜曰),

"금일 교즁의셔 일몽을 어드니 시랑이 명명이 니로ᄃᆡ 부인을 차자오다가 아자을 만나 다리고 왓노라 ᄒᆞ며 셔로 통곡ᄒᆞ다가 ᄭᆡ다르니 심신(心身)의 경송(驚悚)ᄒᆞ여 장찻 너ᄅᆞᆯ 불너 보고져 ᄒᆞ더니 네 몬져 니르니 고이ᄒᆞ도다."

승상 왈,

"텬하의 동셩명(同姓名)이 업샤리잇고?"

부인 왈,

"몽ᄉᆞ(夢事) 고이ᄒᆞ니 ᄌᆞ시 살피라."

승상이 부친을 ᄉᆡᆼ각ᄒᆞᄆᆡ 쳔지 망망ᄒᆞ고 긔운〈36a〉이 막혀 ᄉᆞᆺ쳐질 듯ᄒᆞ더니 문득 사부의 셕 장 봉셔ᄅᆞᆯ ᄯᅥ혀보

니 갈와시되,

'갑자(甲子) 동(冬) 십일월(十一月)의 그ᄃᆡ 셔쳔을 진무ᄒᆞ고 벼살이 우승상 위국공의 이르러 계양을 지나다가 부ᄌᆡ 상봉ᄒᆞ여 쳔뉸(天倫)이 완젼ᄒᆞ리니 엇지 반갑지 아니리오?'

ᄒᆞ엿더라.

승상이 간파의 크게 깃거 즉시 ᄐᆡ슈을 청ᄒᆞ니 ᄐᆡ쉬 드러와 뵈거ᄂᆞᆯ 각별 답네ᄒᆞ고 즉시 보니 반ᄇᆡᆨ 노인 체뫼(體貌) 단엄(端嚴)ᄒᆞ거ᄂᆞᆯ 승상이 공경문왈,

"년셰 언마나 ᄒᆞ시이닛고?"

ᄐᆡ슈 왈

"쳔ᄒᆞᆫ 나히 뉵십삼셰로쇼이다."

승상이 모부인 말삼을 드럿ᄂᆞᆫ지라 의심ᄒᆞ여 왈,

"이곳의 도임ᄒᆞ신 지 오ᄅᆡ니잇가?"

ᄐᆡ쉬 왈,

"불과 슈삭(數朔)이〈36b〉로쇼이다."

승상 왈,

"영윤(令胤)이 몃치나 잇나니잇가?"

ᄐᆡ쉬 탄식왈,

"무자(無子)ᄒᆞ여이다."

승상이 차언을 듯고 셔운ᄒᆞ여 ᄒᆞ거ᄂᆞᆯ ᄐᆡ쉬 허희탄왈

(歔欷歎曰),

“불감ᄒᆞ오나 합하(閤下)의 년긔(年紀) 언마나 ᄒᆞ오시니잇고?”

승상 왈,

“금년이 이십칠이로쇼이다.”

텬쥐 칭찬왈,

“삼십 년 젼의 지용(智勇) 겸젼(兼全)ᄒᆞ샤 냥국 도젹을 멸ᄒᆞ고 텬자를 도와 죵사를 보젼ᄒᆞ시며 위거삼공(位居三公)142)ᄒᆞ시니 영화의 극ᄒᆞ시미 쳔고(千古)의 드문 일이로쇼이다.”

승상이 피셕ᄃᆡ왈(避席對曰),

“팔ᄌᆡ 긔박ᄒᆞ여 영효(榮孝)을 고할 곳지 업나이다.”

텬쥐 문왈,

“연즉 부뫼 구몰(俱沒)ᄒᆞ시니잇가?”

승상이 슈류왈(水流曰),

“오세의 난을 만나 부모를 일코 〈37a〉 도로의 표박ᄒᆞ다가 국은을 입사와 셔쳔을 진무ᄒᆞ다가 ᄌᆞ모(慈母)를

142) 위거삼공(位居三公) : 삼공(三公), 즉 삼정승의 자리에 이른다는 뜻으로, 높은 벼슬에 오름을 말함.

만나 뫼셔오나 엄부(嚴父)를 찻지 못ᄒᆞᄆᆡ 쳔지간 죄인니라. 쥬야 슬허ᄒᆞᄂᆞ니다."

ᄐᆡ쉬 차언을 듯고 유쳬왈(流滯曰),

"하관(下官)도 사십일셰의 난을 만나 오셰 아자를 일삽고 ᄯᅩ 실인(室人)을 마ᄌᆞ 실니ᄒᆞ오니 쳑신(隻身) 고단(孤單)ᄒᆞ여 ᄆᆡ양 비감ᄒᆞ나이다."

승상이 쳥파의 분명 부친니로다 ᄒᆞ여 피셕체읍왈,

"녕낭(令郞)를 난즁의 실리ᄒᆞ여시니 부인은 어ᄃᆡ셔 실산ᄒᆞ시니잇고?"

ᄐᆡ쉬 왈,

"본ᄃᆡ 금능 ᄉᆞ롬을로 외람이 쳥직(淸職)[143]이 몸의 당ᄒᆞ와 ᄐᆡ학사 니부시랑의 잇더니 셔쳔 무량도의 젹거 〈37b〉ᄒᆞ여 난을 만나 ᄋᆞᄌᆞ와 부인을 일헛ᄂᆞ니다."

승상이 쾌히 부친일 쥴 알고 관을 벗고 당의 나려 체읍고왈,

"불쵸자(不肖子) 슈문이 오야의 와 모친을 만나 뫼셔오나이다."

---

143) 청직(淸職) : 주로 임금의 자문 기관인 홍문관의 벼슬아치를 이르는 말로, 문명(文名)과 청망(淸望)이 있는 청백리를 말함.

ᄒᆞ고 일광ᄃᆡ사의 글월을 드리니 ᄐᆡ쉬 아모리 ᄒᆞᆯ 쥴 모로나 나리다라 승상을 븟들고 통곡ᄒᆞᆯ시 부인이 이 쇼식을 듯고 츈셤을 보ᄂᆡ여 자시 아라 오니 셤이 황망이 고ᄒᆞ되,

"ᄐᆡ슈ᄂᆞᆫ 곳 우리 시랑 노애(老爺)로쇼이다."

부인이 이 말을 듯고 여취여광(如醉如狂)ᄒᆞ여 묵묵(默默) 무언(無言)니러니 ᄌᆞ사(刺史) 슈령(守令)이 이 긔별(奇別)을 듯고 모다 하례ᄒᆞ더라. 승상이 부친을 뫼시고 모친 계신 곳의 드러와 〈38a〉 부부(夫婦) 부자(父子)며 노쥬(奴主) 사인(四人)이 셔로 비읍(悲泣)ᄒᆞ고 ᄐᆡ쉬 비창(悲愴)ᄒᆞ물 계유 진정ᄒᆞ고 문왈,

"오아ᄂᆞᆫ 울기을 긋치라. 우리 부부 부ᄌᆞ 삼인이 ᄉᆡᆼ젼 상봉ᄒᆞ니 너는 엇지 이ᄃᆡ도록 귀히 되며 어ᄃᆡ가 의탁ᄒᆞ며 뉘계 ᄇᆡ혼뇨?"

승상이 긔운을 진정ᄒᆞ고 화언(和言)으로 ᄃᆡ왈,

"이ᄂᆞᆫ 다 남악산 일광ᄃᆡ사의 갈아친 ᄇᆡ로쇼이다."

시랑이 청파의 ᄃᆡ경칭찬왈,

"네 아시로붓터 말타기와 병셔를 죠와ᄒᆞ더니 이ᄂᆞᆫ 하날이 너를 ᄂᆡ사 송실 사직을 보젼케 ᄒᆞ시미로다."

승상이 ᄯᅩᄒᆞᆫ 부ᄌᆞ 상봉ᄒᆞᆫ 연유(緣由)을 계달(啓達)ᄒᆞ고 슈령 방ᄇᆡᆨ을 청ᄒᆞ여 경연(慶宴)을 여〈38b〉러 즐길ᄉᆡ

진헌(進獻) 녜단(禮緞)이 불가승쉬(不可勝數)러라.

ᄎᆞ시 텬ᄌᆡ 승상의 쥬문(奏文)을 보시고 크게 긔특이 너기사 계량ᄐᆡ슈 현ᄐᆡᆨ지로 양현후 쇼국공 ᄐᆡᄌᆞᄐᆡ부ᄅᆞᆯ 봉ᄒᆞ샤 사관을 쥬야로 보ᄂᆡ시다. 사관이 쥬야ᄇᆡᆨ도(晝夜倍道)ᄒᆞ여 황지(皇旨)ᄅᆞᆯ 젼ᄒᆞ니 ᄐᆡ사 부ᄌᆡ 북향ᄉᆞᄇᆡᆨᄒᆞ고 인ᄒᆞ여 사관을 관ᄃᆡᄒᆞ여 보ᄂᆡ고 금능의 이로러 고ᄐᆡᆨ을 차자니 집이 황연(晃然) 뷔여 슈풀이 무셩ᄒᆞ고 진ᄋᆡ(塵埃) 가득ᄒᆞᆫ지라. 심ᄉᆡ 비챵ᄒᆞ여 션산의 쇼분ᄒᆞᆫ 후 황셩으로 향ᄒᆞ니라.

텬ᄌᆡ 승상의 오난 션문을 듯고 십니 외의 마자시니 승상 부ᄌᆡ 황공ᄒᆞ여 고두쥬왈(叩頭奏曰),

"폐ᄒᆡ 신등을 이ᄀᆞᆺ〈39a〉치 위ᄃᆡᄒᆞ시니 황공무지(惶恐無地)로쇼이다."

상이 위로왈,

"짐이 불ᄒᆡᆼᄒᆞ여 승샹을 슈만니 ᄒᆡᆼ녁(行役)을 당케 ᄒᆞ니 도로혀 공의 덕을 이젓도다. 승상은 죵사의 쥬셕(柱石)이오 짐의 괴굉(股肱)[144]이라. 짐을 두 번 구한 은혜

144) 고굉(股肱) : 고굉지신(股肱之臣)의 준말로 다리와 팔같이 중요하거나 임금이 가장 신임하는 신하를 이르는 말.

ᄅᆞᆯ 간폐(肝肺)의 삭여ᄂᆞ니 엇지 안져 마자리오?"

ᄒᆞ시고 승상의 ᄉᆞᆫ을 잡고 어막(御幕)의 드로샤 부모 상봉ᄒᆞᆷ과 셔쳔 진무ᄒᆞᆫ 공뇌ᄅᆞᆯ 못ᄂᆡ 칭찬ᄒᆞ시며 어쥬(御酒)로 승상 부ᄌᆞᄅᆞᆯ 사급(賜給)ᄒᆞ시고 심이 반기시니 ᄐᆡᄉᆡ 황은을 감츅ᄒᆞ여 안쉬(眼水) 죵횡(縱橫)ᄒᆞ며 ᄉᆞᆫ복(損福)ᄒᆞᆯ가 두리더라. 승상이 환궁(還宮)ᄒᆞ시물 쥬ᄒᆞ니 상이 양현후로 반슈(伴隨)145)사마 환궁ᄒᆞ시니라. 양현휘 부인으로 금교로 도라올ᄉᆡ 장<39b>ᄉᆡ 갑쥬ᄅᆞᆯ 션명이 ᄒᆞ고 ᄎᆡ의(彩衣) 시비와 아올너 옹위ᄒᆞ여시니 위의 일노(一路)의 부셩(敷盛)ᄒᆞ더라.

ᄎᆞ시 ᄎᆞ복이 승상 부인을 뫼시고 나와 ᄐᆡ사 ᄂᆡ외을 영졉ᄒᆞ여 고ᄐᆡᆨ으로 도라올ᄉᆡ 이 집은 금능으로 갈제 슈로(首奴) 차복을 맛지고 갓든 ᄇᆡ라. 차복이 비로쇼 승상이 졔 쥬인인 쥴 알고 못ᄂᆡ 즐겨ᄒᆞ며 승상이 ᄯᅩᄒᆞᆫ 긔특이 너기더라. ᄐᆡ사긔 ᄎᆞ복이 유공(有功)ᄒᆞ물 고ᄒᆞ고 ᄃᆡ쇼범사(大小凡事)ᄅᆞᆯ 다 춍찰(總察)케 ᄒᆞ니라. 셕 부인이 구고(舅姑)ᄅᆞᆯ 지효(至孝)로 봉양(奉養)ᄒᆞ니 진실노 당셰(當世)의 드믄지라. 승상과 ᄐᆡ사 부뷔 ᄃᆡ열ᄒᆞ더라. 쳔ᄌᆡ ᄃᆡ

145) 반수(伴隨) : 윗사람이 가는 곳을 짝이 되어 따름.

연(大宴)을 진셜(陳設)ᄒᆞ시고 열후(列侯) 종친(宗親)과 츌젼(出戰) 졔장(諸將)을 모화 경〈40a〉하ᄒᆞ시더라.

ᄎᆞ시 졔남후 됴길은 황졔의 ᄉᆞ촌이라. 젼일 ᄃᆡ역 연평왕의 여당(餘黨)으로 찬역(簒逆)ᄒᆞᆯ 뜻을 두어 현신(賢臣)을 모ᄒᆡᄒᆞᄂᆞᆫᄃᆡ 니부시랑 현ᄐᆡᆨ지를 강직(剛直)을 써려 초사(招辭)에 너엇더니 당금(當今)ᄒᆞ여ᄂᆞᆫ 현슈문을 둘려 감히 군을 니의지 못ᄒᆞ더니 우ᄉᆞ긔라 ᄒᆞᄂᆞᆫ ᄉᆞ람은 용녁(勇力)이 유여(有餘)ᄒᆞᆫ지라. 됴길과 동심(同心)ᄒᆞ며 됴돈 등으로 상통(相通)ᄒᆞ여 황졔 계신 미양궁(未央宮)의 ᄌᆡ변(災變)이 ᄌᆞᆺ기로 ᄐᆡ양궁으로 이어(移御)ᄒᆞ시더니 ᄒᆞᆫ ᄉᆞ람이 뎐젼(殿前)의 ᄂᆡ다라 왈,

“숑실 사직이 지금 위ᄐᆡᄒᆞ거ᄂᆞᆯ 엇지 살피지 아니ᄒᆞ시ᄂᆞ잇가?”

샹이 ᄃᆡ경ᄒᆞ여 연고를 무른ᄃᆡ 우사긔 품으로셔 일검(一劍)을 ᄲᆡ혀 쥬왈,

“승상 현슈문이 냥국을 파ᄒᆞᆫ 공이 듕원 강산 졀반이 죡ᄒᆞ거ᄂᆞᆯ 셔쳔(西川) ᄒᆞᆫ듕(漢中) 〈40b〉 박디(薄地)로 왕작위명(王爵位名)만 ᄒᆞᄃᆞ ᄒᆞ와 이 칼를 신을 쥬며 어좌(御座)를 범ᄒᆞ라 ᄒᆞ오나 신도 숑됴 신ᄒᆡ라. 엇지 역젹의 괴쉬(魁帥) 되리잇고? 죽기를 무릅쓰고 알외나이다. 복원 폐ᄒᆞ는 반역(反逆)을 급히 다살리소셔.”

제신이 다 놀나며 뎐ᄌᆡ ᄃᆡ로ᄒᆞ샤 쌜니 ᄒᆡᆼ궁(行宮)ᄒᆞ시며 금천문에 젼좌(殿座)ᄒᆞ시고 급히 조회를 ᄌᆡ쵹ᄒᆞ시니 승샹 부ᄌᆡ 문외(門外)예 ᄃᆡ죄(待罪)ᄒᆞ엿더라.

샹이 보시고 체읍왈,

"현슈문이 갓흔 튱효는 하ᄂᆞᆯ 위엄으로도 요동치 못ᄒᆞᆯ ᄃᆡ 죠고만 도젹이 우리 군신간 모ᄒᆡᄒᆞ니 세샹 인심을 슬허ᄒᆞ노라."

ᄒᆞ시고 무사를 호령ᄒᆞ야 우ᄉᆞ긔를 ᄂᆡ입ᄒᆞ여 뇌졍갓치 ᄃᆡᄆᆡ왈(大罵曰),

"네 셩명이 우ᄉᆞ긔 아닌다?"

답왈,

"그러ᄒᆞ여이ᄃᆞ."

"네 긔셩별쟝으로 현원슈의게 죄 당ᄒᆞ미 잇ᄂᆞ냐?"

우ᄉᆞ긔 함원(含怨)〈41a〉ᄒᆞ물 계달ᄒᆞ오니 상이 연ᄒᆞ여 ᄭᆡ달으시샤 가로샤ᄃᆡ,

"국가 ᄃᆡ사을 결단ᄒᆞᄆᆡ 경의 부ᄌᆡ 업시 눌로 더부러 국가 듕사를 의논ᄒᆞ리오? 경등이 만일 구지 사양ᄒᆞᆯ진ᄃᆡ 짐이 친히 가 청ᄒᆞ리라."

승상 부ᄌᆡ 할일업셔 이에 옷살 벗고 사모(紗帽)를 바리며 옥계(玉階)의 머리을 두다려 쥭기로 청ᄒᆞ니 상이 근시로붓드러 의관을 쥬시고 옥음(玉音)을 열어 갈오샤ᄃᆡ,

"짐이 무ᄌᆡ박덕(無才薄德)으로 황고(皇考)[146]의 업(業)을 니어 만민을 다사리ᄆᆡ 위왕 부ᄌᆡ 님군 보기을 부모갓치 하고 국사를 졔집 일갓치 ᄒᆞ며 보과습유(補過拾遺)[147]의 면절정징(面折廷爭)[148]은 장⟨41b⟩구령(張九齡)의 정직(正直)과 급암(汲黯)의 직언(直言)이 잇고 상좌천자(上座天子)ᄒᆞ며 하부ᄇᆡᆨ셩(下附百姓)ᄒᆞ며 니음양(理陰陽) 슌사시(順四時)ᄒᆞ며 외친졔후(外鎭諸侯)ᄒᆞ믄 한신(韓信) 쇼하(蕭何)요 위상(魏相) 병길(丙吉) ᄀᆞᆺᄐᆞ니 이졔 죠고만 도젹이 감히 짐을 업슈이 너겨 ᄇᆡᆨ간모사지언(百奸謀事之言)으로 튱신(忠臣)을 모ᄒᆡᆨᄒᆞ니 상국(相國) 부ᄌᆡ(父子) 엇지 짐으로 만민(萬民)의 치쇼(嗤笑)를 춰ᄒᆞᄂᆞ뇨?"

ᄒᆞ신ᄃᆡ 승상 부ᄌᆡ 머리를 두라려 뉴쳬쥬왈,

"미신 현ᄐᆡᆨ지의 부ᄌᆡ 포의(布衣) 한ᄉᆡ(寒士) 폐하의 간발(揀拔)ᄒᆞ시므로 셩은(聖恩)이 늉즁(隆重)ᄒᆞ시니 신

---

146) 황고(皇考) : 임금의 돌아가신 아버지.

147) 보과습유(補過拾遺) : 임금의 잘못을 바로잡아 고치게 함.

148) 면절정쟁(面折廷爭) : 임금의 면전에서 허물을 기탄없이 직간하고 쟁론함.

등(臣等)이 간뇌도지(肝腦塗地)ᄒᆞ오나 다 갑지 못ᄒᆞ올가 쥬야우구(晝夜憂懼)ᄒᆞ옵거니와 우튱(愚衷) 불민(不敏)ᄒᆞ와 망극ᄒᆞᆫ 죄명(罪名)이 일신의 져져시니 졍히 〈42a〉 부월(斧鉞)의 쥭기ᄅᆞᆯ 앙망(仰望)ᄒᆞ옵고 다시 뇽누봉졍(龍樓鳳亭)149)의 시위(侍衛)치 못할가 슬허하옵더니 폐하 일월의 빗긴 부운(浮雲)을 헤치샤 은춍(恩寵)이 여ᄎᆞᄒᆞ오니 신의 부ᄌᆡ 무삼 사람이완ᄃᆡ 셩상의 지우지은(知遇之恩)을 입사와 금일 이후ᄂᆞᆫ 다 폐하의 쥬신 셰월이라. 폐ᄒᆡ 미신을 지우ᄒᆞ시미 여ᄎᆞᄒᆞ시니 금셕슈재나 무한이로쇼이다."

상이 간신 등을 잡아 국문(鞫問)ᄒᆞ시며 좌우를 호령ᄒᆞ샤 국형(鞠刑) 엄문(嚴問)ᄒᆞ시니 우ᄉᆞ긔 비록 강직ᄒᆞ나 텬위지하(天位之下)의 오형(五刑)을 당ᄒᆞᄆᆡ 피육(皮肉)이 써러지고 ᄃᆞ리 ᄊᆡ여지니 견ᄃᆡ지 못ᄒᆞ여 개개히 복쵸(服招)ᄒᆞ니 졔람후 죠길이 쵸사 누셜ᄒᆞᄆᆡ 샹이 젼일 현ᄐᆡ지 ᄋᆡᄆᆡᄒᆞ〈42b〉물 더옥 크게 노ᄒᆞ샤 죠길을 즉ᄀᆡ으로 쥭이고 젼가ᄅᆞᆯ 뇌젹ᄒᆞ실ᄉᆡ 궁녀 노비 등을 다 자바오

149) 용루봉정(龍樓鳳亭) : 용이나 봉 따위를 새겨서 아름답게 만든 누각. 즉 궁궐을 말한다.

라 ᄒᆞ시더라.

ᄎᆞ시 간신 등이 쟉란ᄒᆞ며 상통ᄒᆞ더니 슈셩 병ᄉᆡ 급쥬왈,

"죠길이 벽하장ᄉᆞ를 거나려 궐문을 쳐드러오나이다."

상이 ᄃᆡ경ᄎᆞ로(大驚且怒)ᄒᆞ샤 농안(龍顔)이 변ᄒᆞ거ᄂᆞᆯ 승상이 차시을 당ᄒᆞ여 분긔을 이긔지 못ᄒᆞ여 탑하(榻下)의 나가 쥬왈,

"신이 원컨ᄃᆡ ᄂᆞ아가 ᄎᆞ젹의 머리를 버혀 오리이니다."

상이 ᄃᆡ열왈,

"그ᄃᆡ가 원슈를 갑흐라. 짐이 무ᄉᆞᆷ 념녀ᄒᆞ리오?"

ᄒᆞ시고 입직(入直) 어림군(御臨軍) 삼쳔을 죠발(調發)ᄒᆞ여 쥬시니 승상이 융복(戎服)을 갓쵸고 토산마을 타고 자룡검을 빗겨 〈43a〉 금문(禁門)의 나오니 졔람 죠길의 군ᄉᆡ 궐문의 니르럿ᄂᆞᆫ지라.

위왕이 녀셩ᄃᆡ미왈,

"무지ᄒᆞᆫ 필부ᄂᆞᆫ 쳔시(天時)를 아지 못ᄒᆞ고 찬억지의(簒逆之意)를 두어 머리 업산 귀신 되고져 ᄒᆞ난냐?"

죠길이 ᄃᆡ로ᄒᆞ여 ᄭᅮ지져 왈,

"혼군(昏君)이 무도(無道)ᄒᆞ여 현신(賢臣) 츙냥(忠良)을 멀니ᄒᆞ고 여비(汝輩) 간악지유(奸惡之類)를 갓가

이ᄒᆞ여 쳔ᄒᆡ(天下) 불구(不久)의 타인(他人)의 ᄉᆞᆫ의 도라갈지라. 이러무로 ᄂᆡ 슈명어쳔(受命於天)ᄒᆞ여 숑국 사직을 다란 ᄉᆞ름의게 도라보ᄂᆡ지 아니ᄒᆞ려 하나니 네 비록 한번 양국을 쳐 승젼ᄒᆞ여시나 네 아비 극한 녁젹(逆賊)이라. 이제 너 머리을 베혀 죵사의 졔ᄒᆞ리라."

ᄒᆞ고 ᄃᆞ라ᄃᆞ니 위왕 왈,

"너는 ⟨43b⟩ 텬하에 용납지 못ᄒᆞᆯ 도젹이요 나의 원쉬라."

자룡검 니러나며 죠길의 머리 ᄆᆞ하의 나러지ᄂᆞᆫ지라. 그 머리를 긔의 달고 드러오니 이ᄯᅢ 쳔ᄌᆡ 양현후로 더부러 농봉누(龍鳳樓)의 올나 승상의 싸호ᄂᆞᆫ 양을 보시더니 참장 승젼ᄒᆞ물 보시고 크게 깃거 갈라사ᄃᆡ,

"삼국젹 죠자룡(趙子龍)도 족키 당ᄒᆞ리로다. 짐이 무삼 복으로 경의 부자을 두언난고?"

ᄒᆞ시고 칭찬ᄒᆞ시고 죠길의 가속(家屬)을 다 잡아 죽이고 노비 젼답은 젹믈(籍沒)ᄒᆞ시니라.

각셜(却說). 덕경후 노연츙이 셔토(西土)의 도읍(都邑)ᄒᆞᆫ 후 번왕 토왕의 가속(家屬)을 다 잡아다가 쳐참(處斬)ᄒᆞ고 양평공의 가속과 낙ᄃᆡ의 가속을 다 쳐참ᄒᆞ고 가ᄌᆡ(家財)를 젹믈ᄒᆞᆯᄉᆡ 양평공의 ᄯᆞᆯ ⟨44a⟩ 계양츈과 약ᄃᆡ의 ᄯᆞᆯ 녹양츈이 도망ᄒᆞ여 무계산의 드러가 언약ᄒᆞ되,

"우리 죠상이 번국(蕃國) 군신(君臣)이라. 우리 부친이 불힝ᄒᆞ여 슈인(讐人) 현슈문의 죽은 ᄇᆡ 되고 노연츙이 우리 가속을 다 죽이고 가자 젼답을 다 쇽공(屬公)ᄒᆞ니 이ᄂᆞᆫ 다 슈문의 죠홰(造化)라. 들으니 슈문이 그 공으로 셔천 한즁을 버혀 위왕을 봉ᄒᆞᄆᆡ 위국을 창ᄀᆡ(創開)ᄒᆞ엿다 ᄒᆞ니 국ᄀᆡ(國家) 쵸셜(初設)ᄒᆞᄆᆡ 시녀를 구ᄒᆞᆯ지라. 몸을 굴ᄒᆞ여 위왕을 셤기면 위왕은 소년 남ᄌᆡ라. 필연 우리 등을 갓가이ᄒᆞ리니 그ᄯᆡ을 당ᄒᆞ여 부형(父兄)의 원슈을 갑고 우리 등이 죽으면 황쳔(黃泉) 타일(他日)〈44b〉의 부형을 ᄃᆡᄒᆞ려니와 그러치 아니면 하면목(何面目)으로 셰상의 쳐ᄒᆞ리오?"

ᄒᆞ고 위국으로 오니라.

위왕 현슈문이 길흘 차려 한즁으로 갈ᄉᆡ 상씌 하직 숙비ᄒᆞ온ᄃᆡ 상이 십니 외의 젼숑ᄒᆞ시니라. 왕이 두 부인과 ᄐᆡ상왕(太上王)을 뫼시고 셔천 군마와 제신이 시위ᄒᆞ여시니 위엄과 빗나미 쟝녀(壯麗)ᄒᆞ더라. 길이 장찻 쇼흥을로 가ᄂᆞᆫ지라. 쇼흥의 다다라 분부ᄒᆞ되 벽계촌 셕참졍 부즁으로 사쳐ᄒᆞ라 ᄒᆞ니 셔천 슈령드리 분쥬ᄒᆞ여 참졍ᄐᆡᆨ으로 샤쳐을 졍ᄒᆞ니라.

차셜(且說). 방시 침과 양녀를 슈축ᄒᆞ니 가산이 졈졈 ᄑᆡᄒᆞ여 〈45a〉 젼만 못ᄒᆞ니 죠셕(朝夕) 공궤(供饋) 극난

(極難)ᄒᆞᆫ지라. 쳔만의외(千萬意外)의 위왕이 사쳬ᄒᆞᄃᆞᆫ 말이 들니며 슈령 방ᄇᆡᆨ이 촌듕의 메웟ᄂᆞᆫ지라. 참졍ᄐᆡᆨ ᄂᆡ외 ᄀᆡᆨ실(客室)을 슈보(修補)ᄒᆞ니 촌즁이 진동ᄒᆞ더라. 위왕이 졍궁(正宮)으로 더브러 벽계촌으로 드러가니 방시 이ᄶᅴ ᄌᆞ녀를 ᄃᆞ리고 누의 올나 위왕의 거마(車馬)를 구경ᄒᆞ니 삼쳔 군ᄆᆡ 황금갑(黃金甲)의 순은 투고로 좌우의 옹위ᄒᆞ엿고 일쳔 시녜 위비의 금년(金輦)을 시위ᄒᆞ여 나오니 구실노 ᄭᅮ몃고 진쥬로 얼근 쥬렴이 녕농ᄒᆞ여 드러오니 관광재(觀光者) 길히 메여 구경ᄒᆞ며 왈,

"엇던 ᄉᆞᄅᆞᆷ은 져런 ᄌᆞ손을 두엇ᄂᆞ뇨?"

ᄒᆞ며 셔로 도라보아 칭예(稱譽)ᄒᆞᄂᆞᆫ 소ᄅᆡ 진동ᄒᆞ더라.

〈45b〉 왕이 먼져 드러가 침을 브르니 침이 황망이 실죠ᄒᆞ여 복지ᄒᆞ니 왕 왈,

"그ᄉᆞ니 무사ᄒᆞ며 녕ᄃᆡ인(令大人) 분피와 녕ᄆᆡ(令妹) 산쇼 퇴락(頹落)지 아니ᄒᆞ냐?"

침이 아모란 쥴 모로더니 차언을 듯고 대경ᄃᆡ왈,

"위국으로 도읍ᄒᆞ시ᄂᆞᆫ 길히시니잇가?"

왕 왈,

"그러ᄒᆞ거이와 괴(孤)[150] 드러가 부인긔 뵈오려 ᄒᆞ니 너ᄂᆞᆫ 몬져 드러가 통ᄒᆞ라."

침이 젼지도지(顚之倒之)ᄒᆞ여 드러가 방시긔 고ᄒᆞ니

방시 크게 놀나 왈,

"뉘 산쇼의 셕물(石物)ᄒᆞ려 ᄒᆞ더뇨? 만일 운혜 도망ᄒᆞᆫ 쥴 알면 우리 다 쥭을 거시니 너희들도 젼ᄃᆡ로 ᄒᆞ라."

당부ᄒᆞ고 위왕을 마자니 왕이 드러와 서로 볼ᄉᆡ 옥 갓튼 이마의 통쳔관(通天冠)을 쓰고 쵹〈46a〉금(蜀錦) 진홍(眞紅) 황룡포(黃龍袍)를 입고 ᄇᆡᆨ옥ᄃᆡ(白玉帶)를 ᄯᅴ고 왕복(王服)을 빗ᄂᆡ여시니 실노 젹강(謫降) 신션(神仙)이러라.

방시 한 번 보ᄆᆡ ᄃᆡ경(大驚)ᄒᆞ고 두 번 보ᄆᆡ 실ᄉᆡᆨ(失色)ᄒᆞ여 졍신이 아득ᄒᆞ고 혼ᄇᆡᆨ(魂魄)이 비월(飛越)ᄒᆞ니 감히 입을 열어 말을 못ᄒᆞ거늘 왕이 흠신문왈(欠身問曰),

"그ᄉᆞ이 무양ᄒᆞ시며 죠션향화(祖先香火)와 망녀(亡女)의 졔(祭)나 궐(闕)치 아니ᄒᆞ시니잇가?"

방시 쥭기를 무릅ᄡᅧ ᄃᆡ왈,

"고사를 잇지 아니ᄒᆞ시고 무로시니 황공ᄒᆞ온지라. 상공 졔사와 망녀의 졔ᄉᆞ를 엇지 궐ᄒᆞ리잇가? 녀ᄋᆡ 청츈의 죽엇사오며 원귀(冤鬼) 되엿ᄉᆞ오니 쳡이 비감(悲感)ᄒᆞ여 여러 ᄒᆡ 되되 잇지 못ᄒᆞ여 지금가지 조셕상식(朝夕

150) 고(孤) : 임금이나 제후가 스스로 겸손히 이르던 말.

上食)[151]을 지ᄂᆡ옵더〈46b〉니 금년(今年) 당ᄒᆞ여 가산(家産)이 탕진(蕩盡)ᄒᆞ엿기로 긋쳐ᄂᆞ이다.”

왕 왈,

“이번은 두 분뫼의 셕물을 ᄒᆞ고 가려 ᄒᆞ오ᄆᆡ 제 ᄉᆡᆼ시(生時)의 쓰던 긔물(器物)이 잇거든 ᄀᆡ사쵸(改莎草)할 ᄯᆡ의 한데 뭇고 가려 ᄒᆞ오니 ᄂᆡ슈셔.”

방시 심즁의 더옥 놀나 ᄃᆡ왈,

“과연 셰간 즙물 만삽더니 졔 병의 다 파라 쓰고 바히 업ᄂᆞ이다.”

말을 맛지 못ᄒᆞ여셔 난향이 드러와 고ᄒᆞ되,

“졍궁 힝치 ᄌᆡ셩각의 드로시며 곡셩(哭聲)이 나거ᄂᆞᆯ 보오니 시비 취셤이 한가지로 우더이다.”

방시 왈,

“뇨망(妖妄)ᄒᆞᆫ 년이로다. 쇼졔와 ᄒᆞᆫ가지로 쥭은 취셤이 엇지 다시 살ᄋᆞ올리오?”

할지음의 시비 분쥬ᄒᆞ며 연ᄒᆞ여 고왈,

“위국 즁젼 낭낭(娘娘)〈47a〉이 부인을 뵈러 ᄒᆞ나이다.”

방시 놀나 왈,

151) 조석상식(朝夕上食) : 아침저녁으로 영좌(靈座)에 올리는 음식.

"위국 냥냥은 지극(至極)하신 귀인(貴人)이오 나는 산야(山野) 쳔인(賤人)이어날 냥냥이 몬져 굴ᄒᆞ신단 말이 되난가?"

ᄒᆞ며 침이 졍이 피ᄒᆞ고져 ᄒᆞ거늘,

"침은 나의 남미라. 엇지 피ᄒᆞ리오?"

ᄒᆞᆫᄃᆡ 침이 자리을 피ᄒᆞ여 셧더니 위비 칠보화관(七寶花冠)의 운무의(雲霧衣)을 입고 명월픽(明月牌)을 차며 셔셔이 나와 시네 홍군(紅裙) 취슈(彩袖)로 쌍쌍이 인도ᄒᆞ여 드러오거늘 잠간 보미 옥경션지(玉京仙子)오 엇지 인간녀지(人間女子) 갓ᄐᆞ리오? 침은 나려 복지(伏地)ᄒᆞ고 방시는 계하(階下)의 셧더니 위비 나아와 절ᄒᆞ거늘 방시 업더져 엿자오되,

"냥냥이 향쵼(鄕村)의 폐인(廢人)을 보시고 셩네을 과히 ᄒᆞ시니 황감무지(惶感無地)로쇼이다."

<47b> 졍언간(停言間)의 취셤이 나아와 고두쥬왈(叩頭奏曰),

"쇼비(小婢)는 취셤이러니 우리 쇼져는 곳 위 냥냥이시라. 부인은 그ᄉᆞ이 존휘(尊候) 안강(安康)ᄒᆞ시니잇가?"

방시 이 말을 듯고 급한 벽녁이 ᄯᅥᆨ되의 임ᄒᆞᆫ 듯 실식져상ᄒᆞ여 눈이 멀거ᄒᆞ여 위비와 취셤을 보다가 업더지며 ᄋᆡ호왈(哀呼曰),

“침아. 이ᄅᆞᆯ 엇지ᄒᆞ리오? 이제ᄂᆞᆫ 우리 모다 쥭을이로다.”

ᄒᆞ고 ᄉᆞᆫ을 부븨며 치밀거날 왕이 ᄯᅩ 그 거동(擧動)을 보고 ᄯᅩ 침을 보니 침이 계ᄒᆞ의 나려 긔망(欺罔)ᄒᆞᆫ ᄌᆈ을 청ᄒᆞ거ᄂᆞᆯ 위비 붓그럽고 ᄯᅩ한 슬허 붓드러 안치고 위로 왈,

“모친은 참괴(慙愧)ᄒᆞ여 말으쇼서. 쳡이 비록 불민ᄒᆞ나 엇지 젼일을 긔렴ᄒᆞ리잇고? 부자유친(父子有親)은 쳔뉸(天倫)의 쎳쎳ᄒᆞ오니 모친〈48a〉은 비록 쳡을 구박(驅迫)ᄒᆞ나 쳡이 엇지 혐의(嫌疑)ᄒᆞ리잇고?”

ᄌᆡ삼 위로ᄒᆞ니 묵언(默言)ᄒᆞ여 ᄒᆞᆫ 말도 못ᄒᆞ고 쥭은 사람갓치 안자더니 위비 침을 잡고 비읍(悲泣)ᄒᆞ고 침으로 더부러 사묘(四廟)의 나아가 실셩체읍(失聲涕泣)ᄒᆞ니 보ᄂᆞᆫ ᄌᆡ 아니 슬허ᄒᆞ 리 업더라. 위비 침을 어로만져 안심ᄒᆞ라 ᄒᆞ니 일노 볼작시면 동긔지정(同氣之情)이 지즁(至重)ᄒᆞ물 알니러라.

차야(此夜) ᄌᆡ셩각의 침쇼할ᄉᆡ 셕사(昔事)ᄅᆞᆯ ᄉᆡᆼ각ᄒᆞᄆᆡ ᄉᆡ로이 슬허ᄒᆞ니 왕이 위로ᄒᆞ고 못ᄂᆡ 슬허ᄒᆞ더라.

이튼날 방시을 하직ᄒᆞ고 침을 불너 왈,

“위국의 도읍ᄒᆞᆫ 후 명관을 보ᄂᆡ여 부를 거시니 ᄒᆞᆫ가지로 오라.”

ᄒᆞ고 발힝ᄒᆞ니 위비 방시와 양제(兩弟)ᄅᆞᆯ 〈48b〉 하직ᄒᆞ고 왕을 좃차갈ᄉᆡ 취셤도 ᄯᅩ한 ᄎᆡ교(彩轎)ᄅᆞᆯ ᄐᆞ고 시위ᄒᆞ여 가니 방시 니ᄅᆞᆯ 보고 ᄆᆞ음이 ᄋᆡ듧고 분ᄒᆞ여 병이 되이 긔진(氣盡)ᄒᆞ여 죽거ᄂᆞᆯ 침이 네로ᄡᅧ 션산(先山)의 장ᄒᆞ니라.

차셜(且說). 위왕이 셔천의 니르러 도읍ᄒᆞ니 ᄇᆡᆨ관이 산호쳔세(山呼千歲)ᄒᆞᆫ 후 진하(進賀)ᄒᆞᆯᄉᆡ 궁궐을 크게 지어 부친 ᄐᆡ상왕을 뫼시고 졔신과 만민을 인의(仁義)로 다사리니 셔토(西土) 인민(人民)이 격양가(擊壤歌)을 불너 왈,

"우리 쥬상(主上)은 부귀다남자(富貴多男子)ᄒᆞ며 쳔만세(千萬世)나 누리쇼셔."

ᄒᆞ더라.

차졍ᄒᆞ위(且聽下回)152)ᄒᆞ쇼.

152) 차청하회(且聽下回) : 고전소설에서 자주 사용되는 표현으로, '다음 회를 기다리며 들어 보라' 혹은 '다음 이야기를 기대하라'는 의미.

원문

현슈문젼(玄壽文傳) 권지삼(卷之三)

〈1a〉 각셜(却說). 계양츈 등이 무계산의 드러가 도원결의(桃園結義)을 본바다 심밍(心盟)ᄒᆞᆫ 후 밍셰(盟誓)를 하ᄂᆞᆯ긔 고ᄒᆞ고 남복(男服)을 기착(改着)ᄒᆞ고 위국의 나아가니 ᄆᆞ참 친ᄒᆞᆫ 바 미양을 인연(因緣)ᄒᆞ여 궁즁의 드러가니 인물 졀ᄉᆡᆨ(絶色)이오 녀공(女工)이 비상(非常)ᄒᆞ니 궁인이 이 말 듯고 다토와 귀경ᄒᆞ야 차차(次次) 젼ᄒᆞ여 왕이 드르시고 젼지(傳旨)ᄒᆞ샤 양츈 등을 죠현(朝見)하라 ᄒᆞ시니 미양이 양츈 등을 다리고 나아가 복지(伏地)ᄒᆞᆫᄃᆡ 왕이 양츈을 보시고 ○○ᄒᆞ샤 왈,

"이ᄂᆞᆫ 요죠슉네(窈窕淑女)로다."

ᄒᆞ시고 문왈,

"네 엇던 ᄉᆞ람이며 엇지ᄒᆞ여 궁금(宮禁)의 투신(投身)ᄒᆞ여시〈1b〉며 나흔 언마나 ᄒᆞ고 셩명은 무어시라 ᄒᆞᄂᆞ뇨?"

계양츈이 ᄃᆡ왈,

"신쳡(臣妾)은 셔쥐 냥녀(良女)로 부뫼 일즉 구몰(俱沒)ᄒᆞᄆᆡ 의탁ᄒᆞᆯ 곳지 업사와 궁인 미양이 신쳡의 종형(從兄)이라. 미양을 인연ᄒᆞ와 궁즁의 드러왓사오니 나흔 십팔이오 아의 나흔 십뉵이ᄋᆞᆸ고 신쳡의 일홈은 계양츈이오 아오의 일홈은 녹양츈이로쇼이다."

왕 왈,

"녀등(汝等) 얼골이 녕이(穎異)ᄒᆞ니 능히 글자를 ᄋᆞ난다?"

ᄃᆡ왈,

"냥가 쳔인이 엇지 글ᄌᆞ를 알니잇가? 연이나 긔셩명(記姓名)ᄒᆞᆯ ᄯᆞ람이로쇼이다."

왕이 이윽히 보다가 문득 놀나 왈,

"아직 물너가라."

ᄒᆞ니 미양이 다리고 나오ᄆᆡ 양츈 등이 쇼원을 일우매라 ᄒᆞ고 〈2a〉 희ᄉᆡᆨ(喜色)이 만면(滿面)ᄒᆞ더라.

명일(明日)의 죠신(朝臣) 죠회(朝會)ᄒᆞᆯᄉᆡ 좌승상 노자경이 쥬왈,

"신이 듯자오니 궁즁의 일ᄉᆡᆨ미인(一色美人)이 드러와 젼혀 친히 불너 보시고 깃그샤 후궁(後宮)을 졍코자 ᄒᆞ신다 ᄒᆞ오니 삼가 살피쇼셔."

왕이 우어 왈,

"과연 근삼십(近三十)이나 졍궁(正宮)의 농장지경(弄璋之慶)[153]이 업ᄉᆞᄆᆡ 복쳡(卜妾)을 어더 혹 농장지경을 불가 ᄒᆞ더니 맛참 셔쳔 냥가 녀ᄌᆡ 왓다 ᄒᆞᄆᆡ 불너 본

153) 농장지경(弄璋之慶) : 아들을 낳는 경사.

즉 냥미(兩眉)의 요음(妖陰)이 잇고 기차(其次)ᄂᆞᆫ 양미의 살긔(殺氣) 등등(騰騰)ᄒᆞ니 필경(畢竟) 상부(喪夫)ᄒᆞᆯ지라. 이러몰로 물니쳣노다."

자경 쥬왈,

"그러ᄒᆞ면 후궁의 간셥ᄒᆞ리잇고?"

왕 왈,

"아직 날회라."

ᄒᆞ시니 미양이 이 말을 듯고 양츈다려 일으니 〈2b〉 양츈이 가장 놀나 탄복ᄒᆞ나 위왕을 희치 못ᄒᆞᄆᆡ 그를 ᄒᆞᆫᄒᆞ고 인ᄒᆞ여 미양을 ᄒᆞ직고 남의(男衣)를 입고 쳔니쥰ᄎᆞᆼ(千里駿驄)을 타고 셔북 진번의 나라으로 가더라.

각셜(却說). 진왕이 ᄃᆡ장 우골대로 더부러 ᄆᆡ양 의논ᄒᆞ되 토번이 지혜 적고 ᄭᅬ 없난 거시 망녕(妄靈)되이 긔병(起兵)ᄒᆞ엿다가 앗가온 장졸만 쥭이고 우리 보기를 붓그려 현슈문의 ᄌᆡ죠을 자랑ᄒᆞ니 그런 용녈(庸劣)ᄒᆞᆫ 거시 업고 셔번왕 됴안은 모사(謀士) 양평공을 졔갈냥(諸葛亮)의게 비기고 대장 약대로 쵸ᄑᆡ왕(楚沛王)의게 비기더니 현슈문의게 다 쥭고 맛참내 복죵절사(覆宗絶嗣)154)ᄒᆞ며 노연츙의게 아이고 가쇽(家屬)을 다 쥭여시니 그런 용우(庸愚)ᄒᆞᆫ 거시 어ᄃᆡ 잇살[리]〈3a〉오? 그윽이 즁원을 범코져 ᄒᆞ나 오히려 ᄉᆡᆼ의(生意)치 못ᄒᆞ노라 ᄒᆞ

더니 이젹의 양츈 등이 진국의 니르러 궁인을 사괴여 궁즁의 드러가니 진왕이 양츈 등의 오물 듯고 크게 깃거 불너 보고 딕경칭찬왈,

"여추 졀식이 쳔하의 젼파치 아니ᄒᆞ뇨? 이는 하날이 졍하신 닉 부인이로다."

ᄒᆞ고 계양츈으로 우골딕의 복쳡(卜妾)을 삼고 녹양츈의게 혹ᄒᆞ여 왈,

"그딕 부형(父兄)이 현슈문의게 다 함몰(陷沒)ᄒᆞ다 ᄒᆞ믹 듯고 기연탄식(慨然歎息)ᄒᆞ더니 그딕는 엇지 도망ᄒᆞᆫ다?"

양츈이 울며 딕왈,

"쳡이 팔지(八字) 긔험(崎險)ᄒᆞ와 아비 젼장(戰場)의 쥭습고 일가죵족(一家宗族)이 다 함몰ᄒᆞ오니 엇지 살 뜻지 잇사오리잇〈3b〉가마는 도망ᄒᆞ믄 아븨 원슈을 갑고져 ᄒᆞ와 이리 오미오 기시(其時)의 듯자오니 젼히 우리 국왕의게 시쳡(侍妾)을 구ᄒᆞᆫ다 ᄒᆞ오시니 양평공의 녀와 결의 형졔ᄒᆞ옵고 왓사오니 복원 셩상은 아비 원슈를 갑하 쥬시물 바라나이다."

---

154) 복종절사(覆宗絕嗣) : 나라가 망하고 대가 끊어짐.

왕이 이 말을 듯고 크게 깃거 왈,

"그ᄃᆡ 부형의 원슈 갑기ᄂᆞᆫ ᄯᅩᄒᆞᆫ ᄂᆡ게 잇거니와 아직 밧부랴?"

ᄒᆞ고 차야(此夜)의 동침(同寢)하ᄆᆡ 녹양츈이 교언녕ᄉᆡᆨ(巧言令色)으로 왕을 ᄃᆡ혹(大惑)게 ᄒᆞ니 이후로 국사(國事)을 젼폐(全廢)ᄒᆞ고 녹양츈의 하자 ᄒᆞᄂᆞᆫ ᄃᆡ로 ᄒᆞ니 이후로는 일국(一國) 정ᄉᆞ(政事) 츌어(出於) 녹양츈이러라. 죠졍이 대란(大亂)ᄒᆞ고 우골ᄃᆡ ᄯᅩᄒᆞᆫ 계양츈의게 고혹(蠱惑)ᄒᆞ여 쇼원ᄃᆡ로 신쳥(信聽)ᄒᆞ〈4a〉니 양츈 두 사람이 득의(得意)ᄒᆞ여 깃거 서로 만나면 긔병(起兵)ᄒᆞ믈 의논ᄒᆞ더라.

일일은 녹양츈이 진왕을 ᄃᆡᄒᆞ여 웃고 왈,

"ᄃᆡ왕이 헷장만 ᄒᆞ시고 실은 업ᄂᆞᆫ가 ᄒᆞ나이다."

왕이 ᄃᆡ쇼왈,

"그 어인 말고?"

녹양츈이 정ᄉᆡᆨ왈,

"맛참ᄂᆡ 긔병ᄒᆞ시ᄂᆞᆫ 일 업ᄉᆞ오니 실이 업ᄂᆞᆫ가 ᄒᆞ나이다."

왕이 쇼왈,

"ᄂᆡ 어이 실이 업ᄉᆞ리오마는 죠졍의 말을 들으니 현슈문이 ᄌᆡ죄 유여(有餘)ᄒᆞ고 장냑(將略)이 겸비(兼備)

ᄒᆞ여 당셰(當世)의 ᄃᆡ두(擡頭)ᄒᆞ 리 업ᄉᆞ니 허슈이 긔병ᄒᆞ다가ᄂᆞᆫ 셔변의 뒤흘 죠찰가 ᄒᆞ나이다 ᄒᆞᄆᆡ 내 삼가 ᄉᆡᆼ각ᄒᆞ노라."

녹양츈이 박장쇼왈(拍掌笑曰),

"ᄃᆡ왕이 진실노 지혜 업난 군자오 좌졍관쳔(坐井觀天)[155]으로 널니 보지 못ᄒᆞ〈4b〉고 ᄒᆞ나만 아나이다. 이제 급히 강병 ᄆᆡᆼ쟝을 모라 함곡관을 치면 셰작(細作)이 밋쳐 쳔자긔 보치 못할 거시오 ᄯᅩ 변방(邊方)의 쟝계(狀啓) 업사면 엇지 긔병ᄒᆞ기를 ᄃᆡ후(待候)ᄒᆞ리오? 급히 황셩(皇城)의 일은즉 비로쇼 문을 닷고 슈셩군(修城軍)만가 도울 거시니 이러ᄒᆞᆫ즉 황셩을 여러 겹으로 ᄊᆞ면 양식(糧食)과 시최(柴草) 진(盡)ᄒᆞᆯ 거시니 궁즁이 다 굴머 죽글지라. 여차ᄒᆞᆫ즉 숑황이 나아와 무릅흘 ᄭᅮᆯ어 항복ᄒᆞᆯ 거시니 심도 ᄒᆞ나흘 허비(虛費)치 아니ᄒᆞ고 칼날을 상치 아니ᄒᆞ야 쳔자와 ᄐᆡ후을 어들 거시니 엇지 쾌치 아니ᄒᆞ리오? 쳔자와 ᄐᆡ후을 어드면 현슈문이 비〈5a〉록 ᄌᆡ죄 잇스나 슈쳔 리 외의 잇ᄂᆞᆫ지라. 졔 엇지 밋쳐 와 구ᄒᆞ리오?"

155) 좌정관천(坐井觀天) : 우물 속에 앉아 하늘을 본다는 뜻으로, 견문이 매우 좁음을 이르는 말.

진왕이 말을 듯고 ᄃᆡ희왈,

"범의 삿기 ᄀᆡ 아니 된단 말이 올토다. 그ᄃᆡ 부형의 지혜ᄅᆞᆯ 젼쥬ᄒᆞ엿도다."

ᄒᆞ고 즉시 겨화문의 젼좌(殿座)ᄒᆞ고 됴정의 하됴왈(下詔曰),

'ᄃᆡ국을 칠 거시니 명일노 ᄀᆡ병허라.'

ᄒᆞ고 우골대로 션봉(先鋒) 삼고 마골대로 후군장(後軍將) ᄒᆞ이고 호골대로 즁군장(中軍將)을 ᄒᆞ이고 기여(其餘) 졔장(諸將)은 각각 쇼임(所任)을 맛기고 진왕이 친이 ᄃᆡ병을 거나려 화관산 너란 들의 군사을 됴련ᄒᆞᆫ 후 상마츌ᄒᆡᆼ(上馬出行)ᄒᆞᄆᆡ 녹양츈이 웃고 갈오ᄃᆡ,

"녜날 쵸ᄑᆡ왕 항젹(項籍)도 우미인(虞美人) 다리고 젼진(戰陣) 단녀난지라. 쳡도 우희(虞姬)ᄅᆞᆯ 〈5b〉 효측ᄒᆞ여 ᄃᆡ왕을 ᄯᆞ라 죵군(從軍)소자 ᄒᆞ나니다."

진왕이 ᄃᆡ희ᄒᆞ여 쾌허(快許)ᄒᆞ고 쳔리쥰구(千里駿駒)ᄅᆞᆯ ᄐᆡ와 가니라. 우골대 션봉이 되야 물미듯 드러오며 함곡관 직흰 됴영을 버히고 불분쥬야(不分晝夜)ᄒᆞ야 황도(皇都)로 달녀오니 뉴셩ᄆᆡ(流星馬)[156] 밋쳐 보치 못

156) 유성마(流星馬) : 파발마.

ᄒᆞ엿더라.

잇ᄯᅢ 황졔 사방이 무사ᄒᆞ고 국ᄀᆡ ᄐᆡ평ᄒᆞ기로 군믈(軍務)을 신칙(申飭)지 아니ᄒᆞ엿더니 쳔만의외(千萬意外)의 셔북(西北) 슈문쟝(守門將) 왕약싊 급보왈(急報曰),

“북노 진번이 오십만 ᄃᆡ병을 모라 황셩의 갓ᄀᆞ이 드러왓사ᄋᆞ니 폐하ᄂᆞᆫ ᄲᆞᆯ리 막으쇼셔.”

쳔ᄌᆞ ᄃᆡ경실삭(大驚失色)ᄒᆞ여 셔북(西北) 냥문(兩門)을 급히 다드라 ᄒᆞ시고 아무리 ᄒᆞᆯ 쥴 모로더니 ᄯᅩ 남(南) 슈문장 마희〈6a〉달이 밧비 쥬ᄒᆞ되 난ᄃᆡ업ᄂᆞᆫ 젹병이 만산텬야(萬山千野)ᄒᆞ야 셩을 둘러쌋다 ᄒᆞ거ᄂᆞᆯ 쳔ᄌᆞ 앙쳔탄왈(仰天歎曰),

“흉노 진번은 강악(强惡)ᄒᆞᆫ 오랑ᄏᆡ라. 짐이 평ᄉᆡᆼ의 써리더니 이졔 대군을 몰아 드러와시니 이ᄂᆞᆫ 젹지 아닌 근심이로다. 이졔 됴졍의 명장(名將) 모ᄉᆞ(謀士) 다 업고 ᄯᅩ 츌장입상(出將入相)[157]ᄒᆞ난 현슈문이 위토의 도라가고 지용ᄐᆡ 병드러 용군(用軍)치 못ᄒᆞ며 비록 님긔

157) 출장입상(出將入相) : 나가서는 장수가 되고 들어와서는 재상이 된다는 뜻으로, 문무를 다 갖추어 장상(將相)의 벼슬을 모두 지냄을 이르는 말.

등 약간 졔장이 이시나 젹을 엇지 당ᄒᆞ리오? 숑나라 종ᄉᆡ(宗社) 위틱ᄒᆞ리로다."

ᄒᆞ시고 하날을 우러러 탄식ᄒᆞ시거날 사예교위(司隸校尉) 진복장군(鎭北將軍) 영양후 님긔 쥬왈,

"외셩(外城) 슈셩(守城) 슈문장(守門將)을 신칙(申飭)ᄒᆞ여 문을 구지 닷고 슈셩군으로 셩쳡(城堞)을 구지 〈6b〉 직희쇼셔. 사면 젹병을 젼쳐로 치지 못ᄒᆞ리이다."

쳔ᄌᆞ 올히 너기사 즉시 슈셩군을 됴발ᄒᆞ샤 셩두(城頭)의 ᄇᆡ립(排立)ᄒᆞᆫ 후 졔장을 분부ᄒᆞ사 각각 쇼임을 졍ᄒᆞ신 후 대사마(大司馬) 댱긔로 ᄃᆡ도독(大都督)을 삼아 슈셩군 십만과 어림군(御臨軍) 오쳔을 쥬사 셩즁의 유찰(留紮)ᄒᆞ게 ᄒᆞ시고 만됴ᄇᆡᆨ관으로 더부러 뇽봉누의 젼좌ᄒᆞ샤 도젹 파할 계교를 의논ᄒᆞ실ᄉᆡ 혹은 나가 빠오자 ᄒᆞ며 혹은 구지 닷고 잇자 ᄒᆞᄂᆞᆫ 니도 이시며 혹은 셩을 바리고 피란ᄒᆞ자 ᄒᆞᄂᆞᆫ 이도 이셔 의논이 분분ᄒᆞ거ᄂᆞᆯ 상이 졔장의 지용(智勇)이 업사물 보시고 위왕을 못ᄂᆡ 사모(思慕)ᄒᆞ시더라.

여ᄎᆞᄒᆞ연 지 여러 날이 되ᄆᆡ 셩즁의 싀량(柴糧)이 핍졀(乏絶)〈7a〉ᄒᆞ여 ᄇᆡᆨ셩이 집도 헐며 도셩(都城) 만민(萬民)이 쥬려 쥭게 되니 쳔ᄌᆞ 망극ᄒᆞ샤 젹진 물니칠 묘ᄎᆡᆨ을 ᄉᆡᆼ각ᄒᆞ되 ᄇᆡᆨ계무ᄎᆡᆨ(百計無策)ᄒᆞ신지라.

당긔 쥬왈,

"신이 셔흐로 셔변을 칠ᄉᆡ 션봉이 되여 양국 ᄃᆡ장을 버히고 도적을 멸ᄒᆞ여ᄉᆞ오나 이졔 됴고만 진번의게 ᄊᆞ이여 곤ᄒᆞ믈 보리잇고? 신이 비록 늙어시나 셔문을 열고 나아가 진번을 멸ᄒᆞ리이다."

상이 당긔의 용녁(勇力)을 아로시나 나히 만흔지라. 의아ᄒᆞ시나 힝혀 물리칠가 깃그샤 슈셩군 ᄉᆞᆷ만을 쥬시니 당긔 셔문을 열고 ᄂᆡ다라 급히 치니 우골대 셔문을 직희엿더니 당긔 치물 보고 ᄃᆡ로ᄒᆞ여 ᄆᆞᆯ을 노화 당긔을 취ᄒᆞ여 〈7b〉 이십여 합의 이로되 승뷔 업더니 우골ᄃᆡ 진력(盡力)ᄒᆞ여 이의 비사검이 ᄒᆞᆫ번 번듯ᄒᆞ며 당긔 말긔 나려지거ᄂᆞᆯ 우골ᄃᆡ 당긔 머리을 써여들고 셔문으로 지쳐 드러가니 당긔의 군ᄉᆡ 밋쳐 손을 놀니지 못ᄒᆞ여 ᄇᆞᆲ펴 쥭ᄂᆞᆫ 거시 부지기쉬(不知其數)라. 우골대 승세ᄒᆞ여 ᄃᆡ군을 모라 드러가니 쳔ᄌᆡ ᄃᆡ경ᄒᆞ샤 급히 궁즁의 드러가시고 슈셩병마ᄉᆞ 님긔로 진을 직희라 ᄒᆞ신 후 양화로 궁셩 호위ᄒᆞ여 군사을 신칙게 ᄒᆞ시고 상이 농봉누의 올나 방셩ᄃᆡ곡ᄒᆞ시고 만됴쳔관(滿朝千官)이 아니 울 니 업더라.

차시(此時) 진왕이 녹양츈 다리고셔 셩문누의 올나 군즁의 호령ᄒᆞ여 급히 치니 셰 ᄃᆡᄊᆞ림 갓더라.

각셜(却說). 〈8a〉 위왕이 쳔자긔 됴회허려 ᄒᆞ고 군사(軍士) 졍졔(整齊)ᄒᆞ여 위국을 ᄯᅥ나 황됴(皇都)로 나아오더니 진교녁의 니ᄅᆞ니 관장(官長)이 황졔의 급ᄒᆞ믈 젼ᄒᆞ거ᄂᆞᆯ 왕이 듯고 ᄃᆡ경실ᄉᆡᆨᄒᆞ여 일쳔삼ᄇᆡᆨ 니을 반일(半日)의 가니 토산ᄆᆡ 곤ᄒᆞ여 쉬지 못ᄒᆞ거ᄂᆞᆯ 쥭을 어더 머기고 잠간 쉬며 피란ᄒᆞᄂᆞᆫ ᄇᆡᆨ셩다려 젹진 쇼식을 무로니 도젹이 셔문을 치고 드러가 쟝슈을 벼히고 궁셩을 아사시니 셩즁 만민이 거의 다 쥭게 되여다 ᄒᆞ거ᄂᆞᆯ 위왕이 망극ᄒᆞ여 말을 ᄎᆡ쳐 황셩을 바라고 닷더니 댱긔의 군ᄉᆡ 다라나다가 위왕을 보고 댱긔 쥭으믈 고ᄒᆞ고 젹진 형셰 급하믈 고ᄒᆞ니 위왕이 젹장의 ᄌᆡ죠을 므ᄅᆞ니 군ᄉᆡ 고왈,

"쇼〈8b〉신 등(小臣等)이 ᄃᆡ왕을 ᄌᆞᆺ차 토번과 셔번을 쳐 멸ᄒᆞ여사오나 젹장 우골ᄃᆡ 마골ᄃᆡ 호골ᄃᆡ 졔골ᄃᆡ 이 네 장슈와 기여(其餘)ᄂᆞᆫ 부지기쉬라. 엇지 알니잇가?"

위왕 왈,

"쳔자ᄂᆞᆫ 어ᄃᆡ 게시며 아직 항복지 아니ᄒᆞ야 계시냐?"

쇼괴(小校) 왈,

"셔문으로 젹병이 드러와ᄲᅡ오니 기간사(其間事)는 아지 못ᄒᆞ거이와 항복ᄒᆞ려 ᄒᆞ신다 ᄒᆞ더니다."

위왕이 이 말을 듯고 분ᄒᆞ미 가삼이 놉ᄂᆞ 말을 ᄎᆡ쳐 셔문을 바라며 ᄉᆡᆼ각ᄒᆞ되,

'녯날 상산(常山) 죠자룡(趙子龍)이 필마단창(匹馬單槍)을로 아두(阿斗)을 픔고 쟝양 잔판괴(長坂橋)의셔 됴죠(曹操)의 빅만군즁(百萬軍中)의 드러가 독젼참장(督戰參將)158)ᄒᆞ고 일홈이 쳔하의 진동ᄒᆞ엿ᄂᆞ니 내 엇지 진번 사쟝(四將)을 두려〈9a〉ᄒᆞ리오?'

ᄒᆞ고 나는 다시 드러가니 이ᄯᅢ 셔문누의셔 번왕이 ᄃᆡ희ᄒᆞ여 녹양츈다려 왈,

"그ᄃᆡ 남ᄌᆡ 도얏던들 지혜로ᄡᅧ 쳔자을 항복 밧고 놉누봉젼의 놉히 안자 쳔하강산을 차지ᄒᆞ고 사방졔후(四方諸侯)의 됴공(朝貢)을 바들랏다. ᄂᆡ 이졔 그대 계칙으로 쳔하을 엇게 되니 이 일은 쳔고에 드믄 희식(希事)라. 내 위(位)의 즉ᄒᆞ는 날 그대로ᄡᅧ 황후(皇后)을 봉ᄒᆞ여 빅년을 년낙(宴樂)ᄒᆞ리라."

양츈이 사례왈,

"쇼쳡(小妾)을 과렴(過念)ᄒᆞ신다."

ᄒᆞ고 양양(揚揚) 자득(自得)ᄒᆞ더라. 위왕이 셔문의 이르러 보니 도젹이 의심치 아녀 문을 크게 열고 문우희 진왕이 안져 호령ᄒᆞ여 왈,

---

158) 독전참장(督戰參將) : 전장에서 군대를 감독하고 전투를 독려함.

"텬자을 잡아ᄂᆡ라."

ᄒᆞ거늘 위왕이 더옥 ᄃᆡ로ᄒᆞ〈9b〉여 토산마을 칙쳐 드러가니 번병(藩兵)이 안심자략(安心自若) 희호(熙皞)159)ᄒᆞ더니 부지불각(不知不覺)의 위왕을 만난지라. 만군 쟝졸이 밋쳐 숀을 놀니지 못ᄒᆞ여서 위왕의 칼 니라는 곳의 군사의 머리 츄풍낙엽(秋風落葉) 갓트니 번병이 ᄃᆡ란 상실ᄒᆞ여 그즁 위왕의 일홈 들은 자는 당젼(當戰)치 아니ᄒᆞ고 목숨 도모ᄒᆞ여 다라나니 이러므로 군즁이 ᄃᆡ른(大亂)ᄒᆞᆫ지라. 진왕이 녹양츈의 무릅흘 베고 누엇다가 군즁이 요란ᄒᆞ믈 보고 니러나 진즁(陣中)을 살펴보니 목 업산 장졸이 무슈ᄒᆞ거늘 ᄃᆡ경ᄒᆞ여 문왈,

"이 엇던 사ᄅᆞᆷ이뇨?"

졔장이 고왈,

"앗가 엇던 장슈 필마(匹馬)로 나는 다시 드러오며 니ᄅᆞ난 곳의 장졸의 머리 나러지니 그 일홈〈10a〉은 아지 못ᄒᆞ나니다."

진왕이 크게 놀나 군문(軍門)을 춍집(總集)ᄒᆞ더니 이ᄯᆡ 위왕이 국셔문의 다다라 크게 워여 왈,

---

159) 희호(熙皞) : 즐겁고 화평함.

"무도흔 번젹이 우리 쳔자을 업슈이 여겨 당돌이 황셩을 침노흐니 오날놀 네 머리을 버혀 우리 죵사의 졔흐리라."

흐고 크게 쑤지져 왈,

"급히 나와 목을 느리혀 내 칼흘 ᄇ드라."

흐고 나아드러 셔로 ᄲ와 두어 합이 못흐여 자룡검이 번듯흐며 졔골딕의 머리 ᄯ러지는지라. 칼노 그 목을 질너 ᄆ긔 달고 다시 츙돌흐니 우골딕 궁셩을 둘너ᄊ더니 군식 급히 고왈,

"엇던 쟝쉬 필마로 드러와 졔골딕를 버히고 군즁 횡힝(橫行)흐ᄂ니다."

우골딕 딕경〈10b〉흐여 궁셩을 바리고 닉다ᄅ 졉응흐거늘 위왕이 졍신을 가다드마 좌츙우돌(左衝右突)흐니 쥭엄이 뫼 갓고 피 흘너 닉 되엿는지라. 동을 향흐는 듯 셔흘 치고 셔흘 향흐는 듯 동을 치니 말은 비룡(飛龍) 갓고 자룡검은 번ᄀ 갓트며 우골딕 멀이 ᄯ러지는지라. 쟝졸이 셔로 아지 못흐여 셔로 즛바라 쥭는 ᄌ 슈를 아지 못흐더라. 위왕이 칼을 두로며 왈,

"무지(無知)흔 번왕(藩王)은 어딕 잇는뇨?"

흐며 군즁의 횡힝흐니 이난 진실노 날ᄀ 돗친 사람 갓더라. 진왕이 냥골대 쥭으믈 보고 딕경황망흐여 군즁

의 젼령ᄒᆞ되,

'그 쟝슈의 니ᄅᆞ는 곳의는 간ᄃᆡ로 ᄃᆡ젹(對敵)지 말나.'

ᄒᆞ고 금고(金鼓)와 함셩(喊聲)을 요란이 ᄒᆞ여 긔운 〈11a〉이 쇠잔(衰殘)케 ᄒᆞ라 ᄒᆞ니 뉵십만 군ᄉᆡ 일시의 고함ᄒᆞ고 다라드니 ᄯᆞ히 ᄭᅥ지고 하날이 문허지는 닷ᄒᆞ니 ᄎᆞ시 쳔ᄌᆞ 시신과 만죠를 ᄃᆞ리고 궁즁의셔 통곡ᄒᆞ시며 문을 열러 항복ᄒᆞ려 ᄒᆞ시고 한님ᄒᆞᆨ사(翰林學士)로 ᄒᆞ여금 항셔(降書)를 쓰이시더니 궁문(宮門)이 크게 요란ᄒᆞ거날 쳔ᄌᆞ ᄃᆡ경ᄒᆞ샤 ᄃᆡ상(臺上)의 올나 보시니 ᄒᆞᆫ 쟝싊 필마로 군즁의 횡ᄒᆡᇰᄒᆞᄆᆡ 감히 당ᄒᆞ 리 업고 쟝슈 칼빗치 셔리 ᄀᆞᆺ거날 상이 희동안ᄉᆡᆨ왈(喜動顔色曰),

"이 위왕이 아니면 쳔신(天神)이로다."

ᄒᆞ시더니 ᄎᆞ시 위왕이 젹쟝을 무슈이 버히고 독ᄒᆡᇰ참젹(獨行斬敵)160) ᄒᆞ니 호골대 분ᄒᆞ믈 참지 못ᄒᆞ여 비사검 들고 내다라며 마골ᄃᆡ을 불너 뒤흘 좃ᄎᆞ라 ᄒᆞ고 다라 〈11b〉드러 뉵십여 합을 ᄡᅡ호되 능히 승부를 결치 못ᄒᆞ더니 위왕이 자룡검 드러 소릐를 지르고 호골ᄃᆡ의 엇게

---

160) 독행참적(獨行斬賊) : 혼자서 용감하게 적진을 돌파하며 싸우는 모습을 나타내는 표현.

를 치니 골딕 급히 비사검으로 칼을 막으니 비사검이 두 죠각의 나난지라. 골딕 놀나 다라날식 마골딕 다라들러 삼모창(三矛槍)으로 위왕을 질으니 창날이 보신갑(保身甲)의 다흐며 부러지니 마골딕 대경ᄒᆞ여 다라나거ᄂᆞᆯ 위왕이 급히 ᄯᆞ로여 ᄌᆞ룡검을 드러 마골대를 버혀 나리치니 슈하군이 산쥬(散走)ᄒᆞ거날 마골딕의 머리을 말긔 다니 합삼장(合三將)의 머리를 달고 ᄯᅩ ᄌᆞᆺ쳐 드러가니 호골딕 진의 들고 나지 아니ᄒᆞ니 위왕이 크게 워여 왈,

“나ᄂᆞᆫ 위왕 현슈문이라. 네 날을 모로거든 토번의 가 무르라.”

좌〈12a〉츙우돌ᄒᆞ니 능히 딕젹ᄒᆞ 리 업더라. 궁셩문을 헤치고 드러가니 슈문장 지뇽틱 문을 구지 닷고 드러 잇거날 위왕이 ᄆᆞᆯ을 머물고 딕호왈,

“슈문장은 황상(皇上)긔 급히 고ᄒᆞ라. 위왕 현슈문이 홀노 삼장(三將)을 버혀 머리을 진상(進上)ᄒᆞ믈 알외라.”

ᄒᆞᆫ딕 지용틱 크게 깃거 급히 황뎨긔 고ᄒᆞ니 상이 이 말을 드르시고 반신반의(半信半疑)ᄒᆞ시며 ᄎᆞ경ᄎᆞ희(且驚且喜)[161]ᄒᆞ여 신을 벗고 젼지도지(顚之倒之) 문을 열

161) 차경차희(且驚且喜) : 한편으로 놀라면서 한편으로는 기쁨.

나 ᄒᆞ시고 급히 마즈시니 위왕이 ᄆᆞᆯ긔 ᄂᆞ려 복지(伏地) ᄒᆞ니 텬ᄌᆡ 왕의 몸을 어로만지시며 왈,

"용녈박덕(庸劣薄德)ᄒᆞᆫ 날을 위ᄒᆞ여 ᄉᆞ디(死地)예 드러와 독젼참장(督戰參將)ᄒᆞ여 송실(宋室)을 회복(回復)게 ᄒᆞ니 이 은혜을 쟝ᄎᆞᆺ 엇지 갑흐리오?"

ᄒᆞ시고 왼몸을 ᄌᆞ시 슐피시니 피 〈12b〉 빗치 젼포(戰袍)의 사못차ᄂᆞᆫ지라.

상이 옥누(玉淚)ᄅᆞᆯ 나리오고 ᄀᆞ로사ᄃᆡ,

"박덕(薄德)ᄒᆞᆫ 날을 위ᄒᆞ여 쳔금 갓튼 몸을 마찰 번ᄒᆞ니 엇지 한심(寒心) 차악(嗟愕)지 아니ᄒᆞ리오? ᄯᅩ 엇지 짐을 구허미 이리 ᄉᆡᄅᆞ뇨?"

왕이 황언(皇言)을 감츅(感祝)ᄒᆞ여 쥬왈,

"됴회ᄒᆞ라 오읍더니 진교녁의 와 듯자오니 놀납고 망극ᄒᆞ와 시신과 군마을 다 ᄇᆞ리고 필마단검으로 왓ᄂᆞ니다."

샹이 ᄃᆡ찬왈,

"그ᄃᆡᄂᆞᆫ 하늘이 위ᄒᆞ여 ᄂᆡ시미로다."

ᄒᆞ시고 못ᄂᆡ 위로ᄒᆞ시니 만됴ᄇᆡᆨ관이 드러와 치하(致賀)ᄒᆞ거날 상이 ᄀᆞᆯ로사ᄃᆡ,

"됴졍의 지농ᄆᆡᆼ장(智勇猛將)이 업셔 짐이 거의 쥭게 되엿더니 위왕의 덕으로 명(命)을 보젼ᄒᆞ여시나 젹진

(敵陣)이 오히려 물〈13a〉너가지 아니ᄒᆞ여시니 일을 쟝찻 엇지ᄒᆞ리오?"

ᄒᆞ시더니 믄득 슈문쟝이 급히 고왈,

"진젹이 진을 프러 셔문으로 나아가오이다."

ᄒᆞ거ᄂᆞᆯ 위왕이 쥬왈,

"비록 삼곧ᄃᆡ를 버혀시나 진왕을 마ᄌᆞ 잡아 후환(後患)을 덜니이다."

ᄒᆞ고 토산마을 잇그러ᄂᆡ니 이러셧다가 것구러져 죽거ᄂᆞᆯ 위왕이 말 머리를 븟들고 통곡왈,

"토산마 네 날을 바리고 죽ᄂᆞᆫ다?"

ᄒᆞ며 슬허 우니 쳔ᄌᆞ 위로왈,

"이 말이 비록 즘싱이나 충실을 위ᄒᆞᆫ 말이라."

ᄒᆞ시고 ᄎᆡ단(綵緞)으로 몸을 ᄊᆞ 무드라 ᄒᆞ시니 위왕이 낙심쳔만(落心千萬)ᄒᆞ여 죽은 말을 경계왈,

"네 날노 더부러 삼국(三國)을 승젼(勝戰)ᄒᆞ믄 다 네 공(功)이라. 네 이제 〈13b〉 죽으니 ᄂᆡ 엇지 만국(萬國)의 횡힝ᄒᆞ리오?"

ᄒᆞ며 못ᄂᆡ 슬허ᄒᆞ니 쳔ᄌᆞ 위로ᄒᆞ시고 ᄐᆞ시든 대완말을 샤급(賜給)ᄒᆞ시니 위왕이 군사 삼쳔과 제장 삼십여원을 거ᄂᆞ려 님긔로 션봉을 삼고 즉시 힝군ᄒᆞ여 젹의 뒤흘 좃차가니라.

차시 젹병이 오쟝원을 지나 곡강(曲江)을 거너더니 후군(後軍)이 고왈,

"숑진이 좃차오나이다."

ᄒᆞ거ᄂᆞᆯ 진왕이 군사ᄅᆞᆯ 직쵹ᄒᆞ여 강을 건너 ᄉᆞ곡의 진 치라 ᄒᆞ니 호골ᄃᆡ 왈

"산곡의 은신(隱身)ᄒᆞ여 도젹이 치면 엇지ᄒᆞ리잇가? 군ᄉᆞᄅᆞᆯ 직쵹ᄒᆞ여 사곡으로 나아가미 올흘가 ᄒᆞᄂᆞ이다."

진왕이 대로왈,

"만일 이ᄅᆞᆯ 바리고 지나가면 뒤을 좃차 블로 치면 골은 좁고 초목(草木)은 무〈14a〉셩(茂盛)ᄒᆞᆫᄃᆡ 갈 곳지 업사리니 엇지ᄒᆞ리오? 이난 지혜 업ᄉᆞᆫ 말이라. ᄉᆞ곡을 등지고 곡강을 사이ᄒᆞ여 진을 치면 졔 어이 우리 진을 범ᄒᆞ리오?"

골ᄃᆡ ᄃᆡ왈,

"만일 블노 쳐 ᄑᆡᆨ홀진ᄃᆡ 어대로 가리오?"

진왕이 대로왈,

"그ᄃᆡ 쇼임이 뉵십만 대병을 ᄎᆞ지허ᄂᆞᆫ ᄃᆡ쟝이라. 엇지 현슈문을 두려 도망ᄒᆞᄆᆞᆯ ᄭᅬᄒᆞ리오? 너ᄅᆞᆯ 굴녕(軍令) 시힝(施行)ᄒᆞ염즉 호되 츄병(追兵)이 급ᄒᆞᄆᆡ 용사ᄒᆞ나니 ᄎᆞ후 다시 그름이 이시면 두 죄(罪)ᄅᆞᆯ 함ᄭᅴ 벌ᄒᆞ리라."

ᄒᆞ니 호골대 무안(無顔)ᄒᆞ여 물너 도라와 진왕의 녕ᄃᆡ로 ᄉᆞ곡을 등지고 진을 쳐 곡강을 압ᄒᆞ여더니 숑군이 보ᄒᆞ되,

"진병이 사곡을 등지고 진을 치나이다."

ᄒᆞ거날 〈14b〉 위왕이 크게 깃거 왈,

"졔 ᄑᆡᄒᆞ리로다."

졔쟝이 문왈,

"대왕이 진번의 진 치물 보시고 엇지 깃거ᄒᆞ시ᄂᆞ니잇가?"

왕 왈,

"진번의 지혜 업ᄉᆞ믈 웃노라. 사곡을 지나면 평원광야(平原廣野)ᄒᆞᆫ 들이라. 이놈의 말이 ᄃᆡ완ᄆᆡ니 하로 슈ᄇᆡᆨ 니ᄅᆞᆯ ᄃᆞ라날 거시니 우리 군사로 엇지 ᄡᆞ로리오? 졔 나라의 도라간즉 쟝강이 굿고 뉵군(六軍)이 오히려 만흐니 ᄀᆞ쟝 념녀ᄒᆞ더니 이ᄌᆡ ᄉᆞ곡을 등지고 곡강을 ᄃᆡᄒᆞ여 진 치믄 우리로 하여곰 ᄇᆡ슈진(背水陣)을 치게 ᄒᆞ미라. 내 엇지 이 ᄭᅬᄅᆞᆯ 모로이오?"

ᄒᆞ고 마원슈로 일쳔 군을 쥬어 왈,

"그대ᄂᆞᆫ 강을 건너지 말고 진의 잇닷가 오날 밤 삼경의 강을 건너 뉴쥬령 건너며 〈15a〉 사곡 셔편의 노원이란 들이 이시니 ᄇᆡᆨ니장원(百里莊園)의 갈이 무셩ᄒᆞᆫ지

라. 그곳의 가 복병(伏兵)ᄒᆞ엿ᄶᅡ가 ᄉᆞ곡의셔 불이 니러 나거든 긔계(器械)를 쥰비ᄒᆞ엿다가 젹군이 픽ᄒᆞ여 그리로 갈 거시니 일시(一時)의 불노 치고 이리이리ᄒᆞ라."

ᄒᆞ고 ᄯᅩ 지농틱를 불너 왈,

"그ᄃᆡ난 오빅 군을 거나려 오날날 사경의 ᄡᅥ나 사곡 동편 좌우의 ᄆᆡ복ᄒᆞ엿다가 젹군이 반다시 도망ᄒᆞ여 그리로 갈 거시니 일시의 불노 치라."

ᄒᆞ고 위왕이 일쳔오빅 군을 거나리고 강을 건너 사곡을 ᄃᆡᄒᆞ여 곡강을 등지고 빅슈진을 치니라.

각셜(却說). 진번이 장ᄃᆡ의 올나 위왕의 진치믈 보고 크게 깃거 왈,

"현슈〈15b〉문을 뉘라셔 지혜 잇다 ᄒᆞ더요? 일노 불쟉시면 지혜 업슨 줄을 가히 알니로다. 약간 군사를 빅슈진을 치니 엇지 내 계교의 드지 아니ᄒᆞ리오?"

호골ᄃᆡ 왈,

"현슈문이 지혜와 장냑이 졔갈양의게 비ᄒᆞᄂᆞ니 져근 군사로 빅슈진을 치ᄆᆡ 무숨 ᄭᅬ 잇는가 ᄒᆞ나이다. 사곡이 의산ᄒᆞ고 골이 좁으니 힝혀 불노 치면 엇지ᄒᆞ리오? ᄃᆡ왕은 가빅야이 보지 마로쇼셔."

진왕이 ᄃᆡ로왈,

"졔 어ᄃᆡ로 드러가 복병(伏兵)ᄒᆞ리오? 그ᄃᆡ는 념녀치

말고 가라."

ᄒᆞ다.

각셜(却說). 마원슈와 지용티 녕을 듯고 군사을 쵸경의 밥 머이고 삼경의 ᄶᅥ나 각각 녕ᄃᆡ로 힝ᄒᆞ니라.

위왕이 진을 일운 후 〈16a〉 군즁의 호령왈,

"진젹이 우리로 ᄒᆞ여곰 이곳의 진치게 ᄒᆞ미니 오날은 긔계를 쥰비치 못ᄒᆞ여실 거시니 명일은 젹진을 불노 치리니 졔장은 각각 힘을 다ᄒᆞ여 불지를 긔계를 쥰비ᄒᆞ라."

ᄒᆞ고 이날 밤의 군사로 경졈(更點)과 쇽발 울녀 즘을 자지 못ᄒᆞ게 ᄒᆞ더니 날이 ᄉᆡ거날 군사을 밤 먹여 ᄃᆡ후ᄒᆞ더니 진번이 군을 졍졔ᄒᆞ여 먼져 진문을 열고 나아와 ᄊᆞ호믈 도도거늘 위왕이 ᄯᅩᄒᆞᆫ 갑쥬(甲冑)를 ᄀᆞᆺ초고 ᄆᆞᆯ을 문긔(門旗) 아ᄅᆡ ᄂᆡ여 고셩ᄃᆡᄆᆡ왈(高聲大罵曰),

"필마단검으로 너히 뉵십만 군즁의 드러가 ᄃᆡ장 셰흘 베히고 횡힝ᄒᆞ엿거날 이졔 군식 족ᄒᆞ고 졔장이 유여ᄒᆞ니 엇지 젹ᄌᆞ〈16b〉의 머리 버히믈 근심ᄒᆞ리오? 오날날 능히 ᄃᆡ젹지 못ᄒᆞ거든 항복ᄒᆞ여 죽기을 면ᄒᆞ라."

호골대 크게 ᄒᆞᆫ쇼ᄅᆡ를 지ᄅᆞ고 ᄂᆡᄃᆞ라 셔로 ᄊᆞ화 삼십여 합의 이로ᄃᆡ 승부를 결치 못ᄒᆞ더니 호골ᄃᆡ 거즛 ᄑᆡᄒᆞ여 ᄃᆞ라나거날 위왕이 의심ᄒᆞ여 ᄯᆞ로지 아니ᄒᆞ고 도로 오니 진왕이 바라보고 크게 놀나 왈,

"슈문은 진실노 영웅이로다. 칼 쓰난 법과 말달니난 거시 나ᄂᆞᆫ 졔비 갓고 ᄯᅩᄒᆞᆫ 골ᄃᆡ 픽ᄒᆞ여 다라나되 ᄶᆞ로지 아니ᄒᆞ고 믈너가니 지혜 족ᄒᆞᆫ지라. 가ᄇᆡ야이 파치 못ᄒᆞ리로다."

ᄒᆞ고 근심ᄒᆞ믈 마지아니ᄒᆞ거날 골ᄃᆡ ᄃᆡ쇼왈,

"슈문은 낭즁취물(囊中取物)이라."

ᄒᆞ더라. 위⟨17a⟩왕이 본진의 도라오니 졔장이 문왈,

"호골ᄃᆡᄅᆞᆯ ᄶᆞ로지 아니믄 엇진잇고?"

위왕 왈,

"진번이 쐬 만ᄒᆞᆫ 쥴 ᄂᆡ 아나니 젼면(前面)의 숀외와 구령이며 올모을 무슈히 무더시니 내 엇지 범연(汎然)이 ᄶᆞ로리오? 블연(不然)ᄒᆞ면 엇지 셔셔히 굴니오?"

ᄒᆞ니 졔장이 다 항복ᄒᆞ더라.

호골ᄃᆡ 다시 와 ᄡᆞ호믈 도도거날 위왕이 ᄯᅩ 졉젼ᄒᆞ여 이십여 합의 골대 다라나니 왕이 ᄯᅩᄒᆞᆫ ᄶᆞ로지 아니ᄒᆞ고 본진으로 도라오니 이러틋 ᄒᆞ기ᄅᆞᆯ 여러 슌 ᄒᆞ되 위왕이 ᄶᆞ로지 아니ᄒᆞ니 진왕이 할일업셔 징쳐 군을 거두고 이날 밤의 블노 칠 묘칙을 의논ᄒᆞ더라.

각셜(却說). 위왕이 본진의 도라와 졔장을 ⟨17b⟩ 블너 왈,

"오날 밤의 젹군이 반ᄃᆞ시 우리 진을 블노 칠 거시니

일쳔 군ᄉᆡ 각각 젼포(戰袍)을 버셔 챵ᄃᆡ의 ᄆᆡ야 강슈(江水)의 젹셔다가 진젼의셔 불이 이려나거든 일시의 ᄂᆡ다라 물 무든 젼포로 블을 치라.”

ᄒᆞ고,

“말안장을 벗기지 아니ᄒᆞ고 항오(行伍)을 ᄯᅥ나지 말며 진즁의 블을 혀지 말고 경점을 긋치고 숄발을 흔드지 말나. 자난 다시 이스라. 이러ᄒᆞᆫ즉 명일 뉴림원의 가 호골대을 베히고 번왕을 ᄉᆡᆼ금(生擒)ᄒᆞ리라.”

ᄒᆞᆫᄃᆡ 졔쟝이 녕을 듯고 각각 ᄃᆡ후ᄒᆞ더라.

각셜. 호골ᄃᆡ 본진(本陣)의 도ᄅᆞ와 진왕을 보고 왈,

“쇼쟝(小將)의 챵날이 다 상ᄒᆞ여시니 챵이 슈문〈18a〉의 갑쥬(甲冑)의 여러 번 드러가나 창날은 상ᄒᆞ여시되 살은 범치 못ᄒᆞ여시니 비록 ᄇᆡᆨ근(百斤) 쳘갑(鐵甲)이라도 지르면 우무갓치 드러가더니 슈문의 갑옷ᄉᆡᄂᆞᆫ 좀시 드ᄂᆞᆫ 일이 업나니 고히코 의심되더이다.”

ᄒᆞ고 위왕의 ᄌᆡ죠을 기리니 진왕이 ᄯᅩ한 의아ᄒᆞ여 군즁의 하녕왈(下令曰) 염초(焰硝)와 화약(火藥)을 만히 쥰비ᄒᆞ고 홰ᄅᆞᆯ ᄆᆡ혀 군사들이 들고 친이 군사ᄅᆞᆯ 니라혀 차야(此夜) 삼경의 말긔 방울을 ᄯᅥ히고 인마(人馬) 함긔 숑진을 겁탈(劫奪)ᄒᆞ려 ᄒᆞ고 탐지(探知)ᄒᆞ니 군ᄉᆡ 즉시 보ᄒᆞ되,

"숑진의 블ᄅᆞᆯ 쓰고 자더이다."

ᄒᆞ거날 진왕이 ᄃᆡ열왈(大悅曰) 이졔 군을 니ᄅᆞ혀 향코져 ᄒᆞ더니 양츈이 고왈,

"쳡이 간밤의 〈18b〉 일몽(一夢)을 어드니 부친이 니라사되 '숑진을 블노 치려 ᄒᆞ거이와 슈문이 임의 알고 쥰비ᄒᆞ여시니 삼가 죠심ᄒᆞ라' ᄒᆞ고 명명(明明)이 와 가라치니 대왕은 살피쇼셔."

왕이 쇼왈,

"쑴을 인ᄒᆞ여 ᄃᆡ사(大事)ᄅᆞᆯ 그라게 ᄒᆞ리오? 그ᄃᆡᄂᆞᆫ 믈념(勿念)ᄒᆞ라."

ᄒᆞ고 션봉을 ᄌᆡᄎᆞᆨᄒᆞ여 숑진의 다다라 화구(火具)을 뭇거 진의 쏘며 블을 지르니 화광(火光)이 츙쳔(衝天)ᄒᆞ여 하날의 다핫더라. 일셩방포(一聲放砲)의 숑진의 일시의 금고(金鼓)와 납함(吶喊)162) ᄒᆞ여 ᄃᆞᄅᆞ드니 숑진 장ᄃᆡ의셔 ᄯᅩᄒᆞᆫ 포셩(砲聲)이 일어나며 물 무친 젼포로 블을 일시의 쓰며 진즁의 블이 명낭(明朗)ᄒᆞ며 문득 위왕이 말을 달녀 젹진을 즛치니 번병이 밋쳐 슈족(手足)을 〈19a〉 놀이지 못ᄒᆞ여 무망즁(無妄中)의 변(變)을 당ᄒᆞ니

---

162) 납함(吶喊) : 적진을 향해 돌진할 때 군사가 일제히 고함을 지름.

군ᄉᆡ 항오을 일코 아모리 할 쥴 모로고 분주ᄒᆞ더니 위왕이 자룡검을 두로며 ᄃᆡ호왈,

“근사한 진젹은 어ᄃᆡ 잇ᄂᆞ뇨?”

ᄒᆞ며 나난 다시 츙돌ᄒᆞ니 쟝졸의 머리 츄풍낙엽 갓더라. 호골ᄃᆡ 삼모창(三矛槍)으로 자룡검을 방비(防備)ᄒᆞ며 진왕을 보호ᄒᆞ며 다라나거날 ᄎᆡ쳐 ᄯᆞ로니 군ᄉᆡ 셔로 즛바라 죽ᄂᆞᆫ ᄌᆡ 무슈ᄒᆞ더라.

번왕이 차경(此境)을 보ᄆᆡ ᄃᆡ경ᄒᆞ여 밋쳐 진을 일우지 못ᄒᆞ고 사곡을 바라고 ᄃᆞ라나니 왕이 군ᄉᆡ 사곡으로 다라나믈 알고 군사ᄅᆞᆯ 호령ᄒᆞ여 급히 ᄯᆞ로더라. 차시(此時) 번왕이 ᄉᆞ곡을 너머 ᄒᆞᆫ 곳의 〈19b〉 니르러 보니 슈목(樹木)이 춍잡(叢雜)[163] ᄒᆞ고 층암절벽(層巖絶壁)이 듕듕(重重)ᄒᆞ거날 경쳐(景處)ᄅᆞᆯ 구경ᄒᆞ며 숨을 쉬더니 좌우 산곡(山谷)으로셔 믄득 함셩(喊聲)이 ᄃᆡ진(大振)ᄒᆞ며 화광이 츙쳔ᄒᆞ고 시셕(矢石)이 비 오듯 ᄒᆞ니 진왕이 평ᄉᆡᆼ 긔력을 다ᄒᆞ여 화광즁 시셕을 무릅쓰고 죽도록 ᄲᆞ와 계오 버셔나 뉴님의 니ᄅᆞ러 군사ᄅᆞᆯ 졈고(點考)ᄒᆞ니 ᄐᆡ반(太半)이나 죽어더라.

163) 총잡(叢雜) : 나무가 무더기로 자라서 빽빽함.

밤이 ᄉᆡ도록 군사을 모라가매 일오ᄃᆡ,

"현슈문이 만일 이곳의 복병(伏兵)ᄒᆞ고 갈밧ᄐᆡ 블을 지ᄅᆞ면 우리 어ᄃᆡ로 가리오?"

ᄒᆞ며 호호탕탕(浩浩蕩蕩)이 나아가더니 말이 맛지 못ᄒᆞ여 일셩표향(一聲砲響)의 함셩이 ᄃᆡ진ᄒᆞᄂᆞᆫ 곳의 마원쉬 일천 군(一千軍)을 거나려 가ᄂᆞᆫ 〈20a〉 길흘 막으며 ᄃᆡ호왈,

"진젹은 슈히 말긔 날려 목을 느리혀 ᄂᆡ 칼흘 바드라. 네 이졔 어ᄃᆡ로 가리오?"

ᄒᆞ니 진왕이 호골ᄃᆡ를 븟들고 양츈을 도라보아 왈,

"이를 장찻 엇지ᄒᆞ리요? 그 말을 듯던들 엇지 이 환(患)을 당ᄒᆞ리오? 그ᄃᆡ 부친이 비록 죽어시나 날을 위ᄒᆞ여 그ᄃᆡ의게 현몽(現夢)ᄒᆞ엿던가 시부되 내 ᄉᆡᆼ각지 못ᄒᆞ여 긔군(起軍)ᄒᆞ여다가 이 환을 당ᄒᆞ니 눌을 한(恨)ᄒᆞ며 눌을 탓ᄒᆞ리요? 쳔지망아(天之亡我)오 비젼지죄(非戰之罪)[164]로다."

---

164) 천지망아(天之亡我) 비전지죄(非戰之罪) : '하늘이 나를 망하게 하는구나!'라는 뜻으로, 싸움에서 진 것이 아니라 운수가 나빠서 실패함을 한탄해 이르는 말. 항우가 해하(垓下)의 싸움에서 패하고 난 뒤 탄식하며 한 말에서 유래했다.

언파(言罷)의 방셩ᄃᆡ곡ᄒᆞ니 졔장 군졸이 더옥 ᄉᆡᆼ홀 마음이 업셔 슬허ᄒᆞ더라. 위왕이 사곡녕의 올나보니 무림(茂林) 좌우의 화광이 창천(漲天)〈20b〉ᄒᆞ며 함셩이 ᄃᆡ진ᄒᆞ거날 대희(大喜)ᄒᆞ여 군사을 ᄌᆡ촉ᄒᆞ여 젹진 후군을 ᄌᆞᆺ쳐 드러가니 진군이 겁ᄒᆞ여 숀을 묵거 항복ᄒᆞ난지라. 호골대 분노ᄒᆞ물 참지 못ᄒᆞ여 진을 헷치고 ᄃᆞ라들거날 위왕이 자룡검 드러 호골ᄃᆡ의 머리를 버혀 마하(馬下)의 나리치니 목궁그로셔 흰 긔운이 무지게ᄀᆞᆺ치 진젼을 쎄쳐 가니 진실노 쳔하(天下)의 명장(名將)이라. 만일 위왕 곳 아니면 엇지 ᄃᆡ젹ᄒᆞ여 버히리오? 진왕이 호골대의 죽으믈 망극ᄒᆞ여 아모리 할 줄 모로더니 삼군이 승셰(勝勢)ᄒᆞ여 고함ᄒᆞ고 일시의 다ᄅᆞ드러 왕을 쳘통갓치 ᄊᆞ니 진왕이 셰궁녁진(勢窮力盡)〈21a〉ᄒᆞ여 하날을 우러러 통곡ᄒᆞ고 칼을 ᄲᆡ혀 녹양츈을 죽이고 스살로 목질너 죽으니 일ᄉᆡᆨ(日色)이 참참(慘慘)ᄒᆞ더라. 번군이 각각 항복ᄒᆞ니 지용티 군을 거두고 진왕의 머리을 버혀 긔의 달고 승젼곡(勝戰曲) 울리며 항졸(降卒)을 뭇지르고 진을 거두어 힝군ᄒᆞ더니 믄득 녹양츈의 머리 진젼의 발피거날 위왕이 살펴보니 몸의 비록 남복(男服)을 입어시나 그 얼골이 녀인이라. 자시 보니 위국의 왓든 녹양츈이라. 놀라고 고히 녀기더라.

이의 군을 모라 황셩으로 나아가더니 차시 황상(皇上)이 위왕을 젼쟝(戰場)의 보닉고 침식(寢食)이 블평(不平)ᄒᆞ시더니 승젼(勝戰)〈21b〉ᄒᆞᆫ 장문(狀文)을 보시고 농안(龍顏)이 딕열(大悅)ᄒᆞ샤 졔신(諸臣)을 도라보아 ᄀᆞᆯ와시딕,

"위왕의 ᄌᆡ죠 지모(智謀)ᄂᆞᆫ 쳔고(千古)의 업사리라. 이 사ᄅᆞᆷ의 공뇌(功勞)을 무어스로 갑흐리오?"

ᄒᆞ시며 사관을 하로 셰 번식 보닉고 반사(班師)ᄒᆞ믈 ᄌᆡ촉ᄒᆞ시더니 도라오믈 드르시고 친히 동가(動駕)[165]ᄒᆞ샤 삼십 니 외 나와 마ᄌᆞ실식 위왕이 황공(惶恐) 감사(感謝)ᄒᆞ여 복지쥬왈(伏地奏曰),

"옥쳬(玉體) 먼니 닉림(來臨)ᄒᆞ시니 신이 몸 둘 바을 아지 못ᄒᆞ나이다."

상이 위왕의 숀을 잡고 차탄왈,

"짐이 무삼 복녁(福力)으로 그딕을 어더 사직(社稷)을 보젼(保全)ᄒᆞᄂᆞ뇨?"

ᄒᆞ시며 도젹을 파ᄒᆞ던 말ᄉᆞᆷ를 무로시니 위왕이 차례로 쥬달(奏達)ᄒᆞ온딕 쳔ᄌᆡ 드ᄅᆞ시고 대희ᄒᆞ시며 위왕으

165) 동가(動駕) : 임금의 수레가 대궐 밖으로 나감.

로 션〈22a〉봉을 ᄉᆞᆷ아 황셩으로 도라오시니 모든 죵실ᄃᆡ신(宗室大臣)이며 졔왕열후(諸王列侯) 살림쳐ᄉᆞ(山林處士)와 만죠ᄇᆡᆨ관(滿朝百官)이며 도셩(都城) 억만창ᄉᆡᆼ(億萬蒼生)이 거리거리 모다 단ᄉᆞ호장(簞食壺漿)[166]으로 위왕을 마ᄌᆞ며 쳔자긔 하례(賀禮)ᄒᆞ니 상이 ᄯᅩᄒᆞᆫ 즐거운을 이긔지 못ᄒᆞ샤 뇽안의 화ᄉᆡᆨ(和色)이 무로녹아 환궁(還宮)ᄒᆞ실ᄉᆡ 죵묘(宗廟)의 나아가 ᄇᆡ알(拜謁)ᄒᆞ시고 졔국(諸國)의 승젼(勝戰)ᄒᆞ물 반포(頒布)ᄒᆞ시니 ᄉᆡ방졔휘(四方諸侯) 닷토와 드러와 됴회ᄒᆞ고 위왕의 공을 표쟝(表章)ᄒᆞ며 긔린각(麒麟閣)의 안졍(安定)ᄒᆞ고 치ᄉᆞ(致謝)ᄒᆞ니 위왕이 ᄯᅩᄒᆞᆫ 숀복(損福)할가 두려ᄒᆞ더라. 쳔ᄌᆡ 졔쟝을 알아 벼슬을 차례로 도도시고 진왕의 가쇽을 잡아 참ᄒᆞ고 호골대의 ᄉᆞ족(四族)을 멸ᄒᆞ니 복쳡 계양츈〈22b〉이 변을 당ᄒᆞ여 남복(男服)을 ᄀᆡ착(改着)ᄒᆞ고 도망ᄒᆞ여 녀진국(女眞國)을 향ᄒᆞ니라.

각셜. 쳔ᄌᆡ 위왕을 위ᄒᆞ여 삼일(三日) ᄃᆡ연(大宴)ᄒᆞ

166) 단사호장(簞食壺漿) : 대나무 그릇에 밥을 담고 항아리에 국을 담아 군사에게 대접한다는 뜻으로, 전쟁에서 승리한 군대가 돌아올 때, 백성들이 환영하며 음식을 대접하는 모습을 이르는 말.

시고 졔국(諸國)의 진공(進貢) 바든 녜단(禮緞)과 모든 보화(寶貨)를 위왕을 주시니 왕이 황공(惶恐)ᄒᆞ여 듕원(中原) ᄇᆡᆨ셩의 호셰(戶稅)로 보화를 환슈(還收)ᄒᆞ며 츌젼(出戰) 장사(將士)을 차례로 상급(賞給)ᄒᆞ고 나믄 거ᄉᆞᆫ 가지고 위국으로 도라갈ᄉᆡ 상이 십 니의 나아가사 젼송ᄒᆞ시고 못ᄂᆡ 슬허ᄒᆞ시니 왕이 ᄯᅩᄒᆞᆫ 눈물흘여 하직(下直)ᄒᆞ고 본국(本國)의 도라가 ᄌᆡ믈(財物)을 흣터 가ᄂᆞᆫᄒᆞᆫ ᄇᆡᆨ셩을 난화 주니 만민(萬民)이 위왕의 셩덕(盛德)을 감은(感恩)ᄒᆞ며 만셰(萬歲)을 브ᄅᆞ더라.

ᄎᆞ일(此日) 왕이 대왕ᄃᆡ비젼(大王大妃殿)의 현알(見謁)ᄒᆞ시니 왕비(王妃) 반〈23a〉겨 사랑ᄒᆞ시며 ᄉᆞ디(死地)의 갓던 일을 더옥 슬허ᄒᆞ시니 왕이 위로ᄒᆞ시고 왕비 셕시 자녀를 다리고 왕의 도라오시믈 반겨ᄒᆞ물 긔록ᄒᆞ지 못ᄒᆞᆯ네라. 이젹의 왕이 셕침 다려다가 노비(奴婢) 젼답(田畓)과 긔믈(器物)을 갓초와 쥬시고 벼슬을 ᄒᆞ이시니 침이 졍셩을 다ᄒᆞ여 셤기니 왕이 ᄯᅩᄒᆞᆫ 사랑ᄒᆞ여 ᄎᆞᄎᆞ 벼살을 도도와 졍승(政丞)을 삼으니 부귀(富貴)ᄒᆞ미 일국(一國)의 드므더라.

위왕이 즁젼(中殿)의게 삼남일녀(三男一女)를 두고 시위(侍位)게 칠자삼여(七子三女)을 나흐니 그 영복(榮福)이 제국(諸國)의 읏듬이라. 부친을 효로 셤겨 ᄐᆡ상왕

(太上王)으로 계시다가 칠십삼셰의 냥위(兩位) 다 승하(昇遐)ᄒᆞ시니 왕이 ᄋᆡ통(哀痛)ᄒᆞ〈23b〉시고 금능 션산의 쟝ᄒᆞ시고 못ᄂᆡ 슬허ᄒᆞ시더라.

이ᄢᆡ의 위왕이 일 년의 한 번식 됴회(朝會)ᄒᆞ니 쳔ᄌᆞ 위왕을 보시면 상빈네(上賓禮)로 ᄃᆡ졉ᄒᆞ시며 못ᄂᆡ 반겨ᄒᆞ시니 위왕이 쳔은(天恩)을 망극ᄒᆞ여ᄒᆞ더라.

쳔ᄌᆞ 젼(傳敎)ᄒᆞ시되,

‘짐이 나히 마ᄒᆞ니 후(后)의게 ᄐᆡᄌᆞ(太子) 이스나 긔업(基業)을 니어 치국안민(治國安民)ᄒᆞ믈 졍치 못ᄒᆞ리니 ᄯᅩᄒᆞᆫ 됴졍의 어진 신ᄒᆡ 업고 간신이 유의ᄒᆞ니 경의 아달 ᄒᆞᆫ나ᄒᆞᆯ 주어 태자을 돕게 ᄒᆞ라.’

ᄒᆞ시니 왕이 복지쥬왈,

“신의 됴션(祖先)이 숑실(宋室) 신ᄒᆡ(臣下)라. 엇지 ᄒᆞ교(下敎)ᄅᆞᆯ 거역(拒逆)ᄒᆞ리잇가? 신의 졔이자(第二子) 현담으로 ᄐᆡ자ᄅᆞᆯ 돕게 ᄒᆞ리이다.”

쳔ᄌᆞ 크게 그 말을 깃거ᄒᆞ샤 즉시 사(使)을 보ᄂᆡ여 현담을 부〈24a〉로니 담이 승명(承命)ᄒᆞ여 올나와 샤은슉ᄇᆡ(謝恩肅拜)ᄒᆞ니 쳔ᄌᆞ 크게 반기샤 ᄃᆡ졉ᄒᆞ기을 위왕과 갓치 ᄒᆞ니 위왕이 쥬왈,

“ᄇᆡᆨ마쳔 진슈하와 녀동후 이 셰 ᄉᆞᄅᆞᆷ은 치세지능신(治世之能臣)이오 난셰지영걸(亂世之英傑)[167]이라. ᄐᆡ

ᄌᆞᆺ을 도으면 무슴 념녀 이시리잇고?”

쳔ᄌᆡ ᄃᆡ희ᄒᆞ샤 삼인을 부ᄅᆞᄉᆞ 젼교ᄒᆞ시되,

‘그ᄃᆡ 등을 위왕이 쳔거(薦擧)ᄒᆞ기로 사직(社稷)의 웃듬 신하을 삼나니 현담과 ᄒᆞᆫ가지로 삼가 ᄐᆡ자을 도와 숑실을 븟들나.’

ᄒᆞ시니 삼인이 복지샤은(伏地謝恩)ᄒᆞ고 나와 위왕긔 치사(致謝)ᄒᆞ니 왕이 삼인의 숀을 잡고 왈,

“복(僕)이 그ᄃᆡ 등을 나라ᄒᆡ 쳔거ᄒᆞ여시니 부ᄃᆡ 나의 자식으로 국사를 부즐런이 ᄒᆞ되 황상(皇上)이 년만(年晩)⟨24b⟩ᄒᆞ시니 ᄐᆡᄌᆡ 즉위(卽位)ᄒᆞ시면 복은 자로 됴회 못ᄒᆞᆯ 거시니 그ᄃᆡ 등은 삼가 조심ᄒᆞ여 사직을 보젼ᄒᆞ여 공신(功臣)이 되게 ᄒᆞ라.”

ᄒᆞ고 ᄇᆡᆨ마쳔 등으로 말ᄒᆞ되,

“그ᄃᆡ는 나의 벗지라. 부ᄃᆡ 공경ᄒᆞ게 ᄒᆞ라.”

이날 쳔자긔 하직ᄒᆞ니 상이 위왕의 숀을 잡고 옥누(玉淚)를 나리와 ᄀᆞ로샤ᄃᆡ,

“짐이 나히 만흐ᄆᆡ 다시 보기을 바라리오? 경의 나히

---

167) 치세지능신(治世之能臣) 난세지영걸(亂世之英傑) : 태평할 때는 재능 있는 신하요, 어지러울 때는 영걸이라.

ᄯᅩᄒᆞᆫ 만흐니 황쳔(黃泉)의 가 군신(君臣)이 반기고 삼웅(三雄)의 쳔거ᄒᆞᆫ 은혜ᄅᆞᆯ 갑호리라.”

쳔ᄌᆡ 이리 니르시며 ᄯᅩ 니르되,

“ᄐᆡᄌᆡ 나히 어리고 덕이 업사니 짐이 죽은 후 ᄐᆡ자ᄅᆞᆯ 날 본다시 도아 샤직을 안보케 ᄒᆞ라.”

ᄒᆞ시고 눈물을 나리ᄋᆞ시니 왕이 ᄯᅩᄒᆞᆫ 눈물 흘〈25a〉녀 왈,

“신이 국은(國恩)이 망극(罔極)ᄒᆞ와 외람(猥濫)이 왕작(王爵)을 밧자ᄋᆞᆸ고 폐ᄒᆡ 니러ᄐᆞᆺ 지우탁고(知遇託孤)168)ᄒᆞ시니 신이 ᄯᅩᄒᆞᆫ 나히 만사오니 폐하의 뒤흘 조차 뫼시리이다. 복원 셩샹은 만슈무강(萬壽無疆)ᄒᆞᄋᆞᆸ쇼셔.”

ᄒᆞ고 ᄡᅥ나 본국(本國)으로 도라오니라. 차회라. 시운(時運)이 불ᄒᆡᆼ(不幸)ᄒᆞ고 황쳔(皇天)이 부됴(不助)ᄒᆞ샤 황제 위왕을 보ᄂᆡ시고 결연(缺然)ᄒᆞ믈 이긔지 못ᄒᆞ샤 환휘(患候) 니러나샤 ᄇᆡᆨ약(百藥)이 무효(無效)ᄒᆞᆫ지라.

상이 ᄐᆡ자ᄅᆞᆯ 불너 왈,

“내 병이 즁ᄒᆞ여 사지 못ᄒᆞᆯ가 시브니 내 죽은 후 네 일

---

168) 지우탁고(知遇託孤) : 자신의 인격이나 재능을 알고 잘 대우하며 자식의 장래를 믿고 부탁함.

신(一身)이 고단(孤單)ᄒᆞᆯ ᄲᅮᆫ 아니라 현슈문이 쳔리외(千里外)의 잇스니 정사을 능히 돕지 못ᄒᆞᆯ 거시오 됴정의 간신이 만히 잇ᄂᆞᆫ지라. 네 인사을 하마 알듯ᄒᆞ되 간〈25b〉신의 쇽으면 사직(社稷)이 보젼치 못ᄒᆞᆯ 거시니 삼가 ᄒᆞ여 위왕이 비록 먼니 이시나 이ᄂᆞᆫ 국가의 츙량지신(忠良之臣)169)이라. 어려온 일이 잇거든 사신(使臣)을 보ᄂᆡ여 위왕의 갈ᄅᆞ친 ᄃᆡ로 ᄒᆞ면 그란 일이 업슬 거시니 짐의 오날날 말을 잇지 말며 쏘 현담의 직간(直諫)을 드ᄅᆞ면 조흘 거시고 ᄇᆡᆨ마쳔 삼인은 위왕의 쳔거ᄒᆞᆫ ᄇᆡ라. 이 사ᄅᆞᆷ의 말을 드러 국정(國政)을 다사리면 텬ᄒᆡ 안민(安民)ᄒᆞᆯ 거시니 삼가 짐의 유언(遺言)을 잇지 말나."

ᄒᆞ시고 이날 승하하시니 오회(悟悔)라. 일광(日光)이 빗치 업고 음운(陰雲)이 참참(慘慘)ᄒᆞ더라. 좌각노(左閣老)와 우승상(右丞相) 쥬겸과 ᄉᆞ마(司馬) 허죵과 상셔(尙書) ᄇᆡᆨ마쳔 ᄐᆡ학ᄉᆞ(太學士) 진슈하 등이 쵸상(初喪)을 녜(禮)로 차리며 〈26a〉 ᄐᆡ자 위의 즉ᄒᆞ시고 제국의 반포(頒布)ᄒᆞ니 위왕이 황제 승하ᄒᆞ시물 듯고 망극ᄒᆞ여 북향(北向)ᄒᆞ여 통곡(慟哭)ᄒᆞ니 그 졍을 다 긔록지 못ᄒᆞ더라.

---

169) 충량지신(忠良之臣) : 충성스럽고 선량한 신하.

됴졍이 모다 장사(葬事)를 극진이 지닉고 쳔자를 밧드러 졍ᄉ를 도으니 황슉(皇叔) 등이 산즁의 피ᄒ엿다가 쳔ᄌ 붕ᄒ시믈 듯고 모다 드러와 쳔ᄌ을 도으나 교언(巧言)으로 쳔자를 달닉여 간신이 되니 쳔ᄌ 부왕(父王)의 유교(遺敎)를 이ᄌ시고 간인의 교언을 미ᄃ시고 현신(賢臣)을 의심ᄒ시니 졍ᄉ(政事) 날노 어자로오니 혀담 등이 크게 념녜ᄒ여 왈,

"블구(不久) 둉ᄉ(宗社) 망홀 거시니 이를 엇지ᄒ리오?"

ᄒ고 모다 간ᄒ니 쳔ᄌ 딕로ᄒ샤 모단 딕신(大臣)을 파직(罷職)ᄒ시고 즉시 죠돈 〈26b〉 등으로 벼살을 ᄒ이시니 좌졍이 쥬왈,

"현슈문이 비록 쳑촌지공(尺寸之功) 이스나 션제(先帝) 간발(揀拔)ᄒ시믈 인ᄒ여 셔천 한즁을 버혀 왕작(王爵)을 봉(封)ᄒ시니 은혜(恩惠) ᄇᆡᆨ골난망(白骨難忘)이어늘 션제 ᄉᆡᆼ시(生時)의는 일년(一年) 일차(一次) 납공(納貢) 입됴(入朝)ᄒ여 신졀(臣節)을 찰히옵더니 션제 붕ᄒ신 후는 ᄒᆞᆫ 번 입됴치 아니ᄒ오니 이난 폐하를 만모(慢侮)ᄒ미라. 그져 두어는 반다시 후회 되리니 사자(使者)을 보닉여 셔천 한즁 두 곳 즁 한 곳을 환슈(還收)ᄒ라 ᄒ시고 진공(進貢) 녜단(禮緞)을 타국(他國)과 갓치

ᄒᆞ게 ᄒᆞ쇼셔.”

상이 올히 너겨 즉시 사를 보ᄂᆡ니 위왕이 향안(香案)을 ᄇᆡ셜(排設)ᄒᆞ고 황사(皇使)을 마자 됴셔(詔書)을 ᄣᅥ허보니 ᄒᆞ여시되,

〈27a〉 ‘션졔 붕ᄒᆞ시니 일국 ᄉᆡᆼ민이 쳔붕지통(天崩之痛)을 이긔지 못ᄒᆞ거날 경이 한 번도 입됴치 아니ᄒᆞ여 션졔 지우지은(知遇之恩)170)을 잇고 덕(德)을 ᄇᆡ반(背叛)ᄒᆞ니 맛당이 나ᄅᆡ문죄(拿來問罪)171)ᄒᆞᆯ 거시로되 션졔 춍ᄋᆡ(寵愛)ᄒᆞ시던 ᄯᅳᆺ을 고렴(顧念)ᄒᆞ여 아직 안셔(安徐)ᄒᆞ나 공(功)은 젹고 국은(國恩)이 ᄐᆡ과(太過)ᄒᆞᆫ지라. 셔천 한즁 두 곳 즁 ᄒᆞᆫ ᄯᅡ흘 환슈ᄒᆞ고 진공졀차(進貢節次)을 타국(他國) 녜(禮)로 갓치 ᄒᆞ여 신졀(臣節)의 외람ᄒᆞ미 업게 ᄒᆞ라.’

ᄒᆞ엿더라.

왕이 견필(見畢)의 ᄃᆡ로ᄒᆞ여 사신을 ᄭᅮ지져 ᄂᆡ치고 즁관(重官)을 모화 황지(皇旨)을 뵈여 왈,

---

170) 지우지은(知遇之恩) : 임금이 자기의 인격이나 학식을 알아 잘 대우해 준 은혜.

171) 나래문죄(拿來問罪) : 죄인을 잡아들여 죄를 물음.

"쳔직 간신을 심임(信任)ᄒᆞ니 쳔히 쟝ᄎᆞᆺ 어즈러워 〈27b〉 동ᄉᆡ 위틱ᄒᆞ리니 엇지 앗갑고 분치 아니ᄒᆞ리오?"

ᄒᆞ고 표(表)을 지어 ᄉᆞ명을 쥬어 보ᄂᆡ니 ᄉᆞ신이 도라와 표을 올니고 위왕의 말을 ᄯᅩᄒᆞᆫ 허언(虛言)으로 쥬츌(做出)ᄒᆞ여 알외니 상이 노하ᄉᆞ 표을 보시니 ᄒᆞ여시되,

'위왕 현슈문은 돈슈빅비(頓首百拜)ᄒᆞ옵고 황졔 폐하게 표을 올니나니 신이 우츙(愚衷)[172]을 다ᄒᆞ여 션졔을 도와 동졍셔벌(東征西伐)ᄒᆞ와 난신젹자(亂臣賊子)을 믈니치고 현신츙냥(賢臣忠良)을 나와 ᄡᅧ 션졔로 보졍(輔政)[173]ᄒᆞ와 사방(四方) 틱평(太平)ᄒᆞ고 각국(各國)의 일이 업셔 만민(萬民)이 함포고복(含哺鼓腹)ᄒᆞ며 격양가(擊壤歌)을 부르더니 이졔 폐히 즉위(卽位)ᄒᆞ사 현신을 〈28a〉 멀니ᄒᆞ고 쇼인을 갓가이ᄒᆞ사 션졔 유교을 져ᄇᆞ리시니 대숑 사직이 블구의 타인의 숀의 도라가오리니 엇지 ᄋᆡ둛고 슬프지 아니리잇고? 션졔계오셔 미신(微臣)의 져근 공뇌(功勞)을 포댱ᄒᆞᄉᆞ 셔쳔 한즁의 봉ᄒᆞ시니 신이 ᄆᆡ양 복(福)이 숀(損)ᄒᆞᆯ가 쥬야우구(晝夜憂

172) 우충(愚衷) : 자기의 참된 마음을 겸손하게 이르는 말.

173) 보정(輔政) : 도와서 나라를 다스림.

懼)[174] ᄒᆞ옵더니 이제 한즁을 환슈ᄒᆞ라 ᄒᆞ시니 이는 신의 쇼원(所願)이라. 거시리지 아니ᄒᆞ옵거니와 션졔 할토봉왕(割土封王)ᄒᆞ신 거슬 환슈ᄒᆞ오면 폐하 졍식의 누덕(累德)[175]이 되올 거시니 자져ᄒᆞ옵난 바는 션졔 붕ᄒᆞ신 후 별사(別使)을 보ᄂᆡ여 납공봉표(納貢封表)[176]ᄒᆞ여 ᄉᆞ오니 〈28b〉 번신(藩臣)의 도리(道理) 극ᄒᆞ거날 폐히 간언(奸言)을 신청(信聽)ᄒᆞᄉᆞ 녑됴치 아니믈 칭죄(稱罪)ᄒᆞ시니 이난 션졔 긔국안민(綺國安民)ᄒᆞ시던 ᄯᅳᆺ지 아니라. 신이 과연 차탄(嗟歎)ᄒᆞ옵ᄂᆞ니 원 폐하는 신의 우츙의 격발(激發)ᄒᆞᆫ 직언(直言)을 출납(察納)ᄒᆞ시며 션졔 유교을 봉ᄒᆡᆼ(奉行)ᄒᆞ샤 간신을 멀니ᄒᆞ시고 츙언을 신청(信聽)ᄒᆞ샤 됴졍이 ᄐᆡ평ᄒᆞ고 쳔ᄒᆡ 일이 업셔 사직이 위ᄐᆡ게 말오시믈 쳔만 바라나이다.'

ᄒᆞ엿더라.

상이 남필(覽畢)의 죠돈 등 일반됴신(一般朝臣)을 뵈시고 의논ᄒᆞ시니 죠돈이 쥬왈,

---

174) 주야우구(晝夜憂懼) : 밤낮으로 근심함.

175) 누덕(累德) : 덕을 욕되게 하거나 그런 행위.

176) 납공봉표(納貢封表) : 조공을 바치며 올리는 공식 문서 또는 표문.

"위왕은 쳐치 못ᄒᆞ오나 현담을 나슈(拿囚)[177]ᄒᆞ고 ᄉᆞ신을 보ᄂᆡ미 가ᄒᆞᆯ 듯ᄒᆞ니이다."

〈29b〉 각셜(却說). 황뎨 ᄉᆞ신을 발ᄒᆞ여 위국의 니를러 황지(皇旨)를 드리니 위왕이 황제 무도(無道)ᄒᆞ물 한ᄒᆞ다가 회듀(回奏)[178]도 아니ᄒᆞ고 다만 사신을 ᄃᆡᄒᆞ여 니로ᄃᆡ,

"션졔 쥬신 한듕을 엇지 환슈ᄒᆞ리오? 그ᄃᆡ는 이ᄃᆡ로 고ᄒᆞ라."

ᄒᆞ니 ᄉᆞ신이 도라와 이ᄃᆡ로 고ᄒᆞᆫᄃᆡ 텬ᄌᆡ ᄃᆡ로ᄒᆞ여 현담을 구리산의 가도시니 ᄇᆡᆨ마쳔 등이 격분(激奮)ᄒᆞ여 간ᄒᆞᆫᄃᆡ 샹이 그 간ᄒᆞ물 익노(益怒)ᄒᆞᄉᆞ ᄇᆡᆨ마쳔 등을 파직(罷職)ᄒᆞ여 ᄂᆡ치니 삼인이 분노ᄒᆞ여 가속을 거ᄂᆞ려 위국의 도라와 텬ᄌᆞ의 무도ᄒᆞ물 니ᄅᆞ니 위왕이 ᄯᅩᄒᆞᆫ 분격(憤激)ᄒᆞ여 션뎨 지우ᄒᆞ시던 은혜를 ᄉᆡᆼ각고 슬허ᄒᆞ더니 ᄯᅩ ᄉᆞ신이 니르럿다 ᄒᆞ거ᄂᆞᆯ 왕이 ᄉᆞ신을 〈29b〉 보지 아니ᄒᆞ니 ᄉᆞ신이 도라와 그 쇼유(所由)를 고ᄒᆞᆫᄃᆡ 텬ᄌᆡ ᄃᆡ로ᄒᆞᄉᆞ ᄀᆡ병문죄(起兵問罪)[179]코져 ᄒᆞ거ᄂᆞᆯ 만되 일시

177) 나수(拿囚) : 죄인을 잡아 가둠.

178) 회주(回奏) : 임금에게 회답함.

의 간왈,

"만일 병을 니로혀면 반다시 위왕의게 픽ᄒᆞ리니 현담을 젓 다마 슈문의게 보ᄂᆡ시면 슈문이 격분(激奮)ᄒᆞ여 스ᄉᆞ로 긔병ᄒᆞ리니 그ᄯᅢ예 슈문을 잡아 죽기고 셔쳔 한즁을 다 아ᄉᆞ드리미 맛당ᄒᆞ오니 이는 곳 만젼지칙(萬全之策)일가 ᄒᆞᄂᆞ이다."

텬ᄌᆡ 딕희ᄒᆞᄉᆞ 그리ᄒᆞ라 ᄒᆞ시니 만됴 등이 크게 깃거 현담를 젓 담아 ᄉᆞᄌᆞ를 위국의 보ᄂᆡ니 ᄎᆞ시 위왕이 담의 고기를 보고 크게 통곡ᄒᆞ고 ᄯᅩᄒᆞᆫ 딕로ᄒᆞ여 ᄉᆞ신을 잡아 ᄂᆡ여 죽이고져 ᄒᆞ거ᄂᆞᆯ 좌승샹 〈30a〉 셕침이 간왈,

"불가ᄒᆞ여이다. 텬ᄌᆡ 무도ᄒᆞ여 ᄌᆞ식의 고기를 그 아비게 보ᄂᆡ여신덜 이제 왕이 ᄉᆞ신을 죽이면 후세(後世)의 죄명(罪名)을 들으리니 ᄉᆞ신을 돌아보ᄂᆡ시고 조공(朝貢)을 폐(廢)ᄒᆞ쇼셔."

위왕이 분긔쳘텬왈(憤氣徹天曰),

"ᄌᆞ식의 고기를 그 아비게 보ᄂᆡ니 이는 쳔고의 듯지 못ᄒᆞ던 일이라. ᄉᆞ신을 버히고 병(兵)을 니로혀면 혼군(昏君)이 ᄯᅩᄒᆞᆫ 긔병졉응(起兵接應)ᄒᆞ리니 그ᄯᅢ의 간신악뉴

---

179) 기병문죄(起兵問罪) : 군을 일으켜 죄를 물음.

(奸臣惡類)를 다 버혀 ᄌᆞ식의 원슈를 갑고져 ᄒᆞ노라."

석침 왈,

"만일 그러ᄒᆞ온즉 뎐하 루덕(累德)이 후세의 이슬가 ᄒᆞᄂᆞ이다."

위왕이 침음냥구(沈吟良久)의 왈,

"그ᄃᆡ 말이 올타."

ᄒᆞ고 이의 ᄉᆞᄌᆞ를 ᄉᆞ(赦)ᄒᆞ니 〈30b〉 ᄉᆞ신이 목숨을 보젼ᄒᆞ여 쥐 숨듯 도라와 황뎨긔 쇼유를 고ᄒᆞ니 텬ᄌᆞ 일변(一邊) 무안(無顔)ᄒᆞ고 일변(一邊) 분노(忿怒)ᄒᆞ시믈 참지 못ᄒᆞ시거ᄂᆞᆯ 죠돈 등이 간계(奸計)를 ᄂᆡ여 쥬왈,

"위왕을 모로게 셔번 진번의 ᄉᆞ신을 보ᄂᆡ여 긔병ᄒᆞ여 셔쳔을 치라 ᄒᆞ시고 승시(乘時)ᄒᆞ여 ᄃᆡ병을 니로혀 도셩(都城)을 아스면 슈문이 아모리 능ᄒᆞᆫ들 삼국 ᄃᆡ병을 엇지 당ᄒᆞ리잇고? 이는 극ᄒᆞᆫ 묘계(妙計)니 황샹은 섈니 비밀리ᄒᆞ샤 냥국의 ᄉᆞ신를 보ᄂᆡ쇼셔."

황뎨 크게 깃그샤 ᄉᆞ신을 냥국의 보ᄂᆡ니라. ᄎᆞ시 위국 쵸ᄆᆡ(哨馬) 보ᄒᆞ되,

"ᄃᆡ국(大國) ᄉᆞ신이 냥국(兩國) 번왕(藩王)의게 가ᄂᆞ이다."

ᄒᆞ거ᄂᆞᆯ 왕이 ᄉᆡᆼ각ᄒᆞ〈31a〉되,

'텬ᄌᆞ 냥번을 쳐결ᄒᆞ여 날을 치고져 ᄒᆞ미라.'

ᄒᆞ고 졔ᄌᆞ왕숀(諸子王孫)을 불너 계교(計巧)을 가르치고 왈,

"만일 셔번이 올진ᄃᆡ 반다시 셔평관을 칠 거시며 ᄯᅩ ᄒᆞᆫ 진번의 병이 올진ᄃᆡ ᄒᆞᆫ즁을 범ᄒᆞᆯ 거시오 ᄯᅩ ᄃᆡ국 병마(兵馬)는 도셩을 칠 거시니 현후는 셔평관 ᄉᆞ십일쥬(四十一州) 병마를 거ᄂᆞ려 ᄃᆡ후ᄒᆞ라."

ᄒᆞ고 졔삼ᄌᆞ(第三子) 현우을 불너 갈오ᄃᆡ,

"너는 ᄒᆞᆫ즁의 나아가 숨십륙쥬 군마를 조련ᄒᆞ여 진번의 오기를 ᄃᆡ후ᄒᆞ라. 나는 이곳의셔 ᄉᆞ긔를 탐지ᄒᆞᆫ 후 장슈와 군냥을 보ᄂᆡ리라."

ᄒᆞ다.

잇튼날 왕숀(王孫)는 녕군(領軍)ᄒᆞ여 셔평관으로 가고 현우는 〈31b〉 계교를 가르쳐 보ᄂᆡᆫ 후 왕이 군ᄉᆞ를 쥰비ᄒᆞ여 냥쳐(兩處) 쇼식을 탐지ᄒᆞ더라.

어시(於是)의 ᄉᆞ신이 번국의 니르니 번왕이 향안을 ᄇᆡ셜ᄒᆞ고 됴셔(詔書)를 보니 갈와시되,

'위왕 현슈문이 셔쳔 한듕을 웅거(雄據)ᄒᆞ여 장ᄎᆞᆺ 반심(叛心)을 두어 텬ᄌᆞ를 능멸(凌蔑)ᄒᆞ며 됴공(朝貢)을 젼폐(全廢)ᄒᆞ여 짐과 결울 ᄯᅳᆺ을 두니 그 죄를 뭇고져 ᄒᆞ되 슈문의 ᄌᆡ죠와 용ᄆᆡᆼ이 오히려 쇠치 아냣시믜 ᄃᆡ국이 홀노 당키 어려워 ᄉᆞ신을 보ᄂᆡᄂᆞ니 모월(某月) 모일(某

日)의 긔병ᄒᆞ여 셔천을 치면 짐이 ᄯᅩᄒᆞᆫ 뉵군을 거ᄂᆞ려 졉응ᄒᆞᆯ 거시오 한듕은 진번이 〈32a〉 칠 거시니 삼가 긔약을 어긔지 말지어다.'

ᄒᆞ엿더라.

번왕이 남필의 문무졔신을 모화 의논ᄒᆞᆫᄃᆡ 졔신이 쥬왈,

"위왕의 용녁이 가쟝 두려온지라. 아모커나 ᄃᆡ국 병ᄆᆡ 오리니 부득이 허락지 아니치 못ᄒᆞ리이다."

ᄒᆞ고 ᄉᆞ신을 관ᄃᆡᄒᆞ여 보ᄂᆡ니라.

ᄎᆞ시 ᄉᆞ신이 황지를 가지고 진번의 ᄂᆞ아가 젼ᄒᆞ니 진왕이 보고 침음미결(沈吟未決)[180]이어ᄂᆞᆯ 졔신이 쥬왈,

"이ᄂᆞᆫ 우리나라 션왕(先王)의 원슈를 갑고져 쥬야(晝夜) 원ᄒᆞᄂᆞᆫ ᄇᆡ요 ᄯᅩ 황뎨의 칙지(勅旨) 여ᄎᆞᄒᆞ오니 가히 ᄯᅢ를 만난지라. 엇지 죠셔를 거역(拒逆)ᄒᆞ리잇고? 왕샹(王上)은 ᄲᆞᆯ니 허ᄒᆞ샤 지류(遲留)치 말르쇼셔."

왕 왈,

"현슈문은 ᄃᆡ국 듕신이라. 불〈32b〉구의 ᄃᆡ국이 망ᄒᆞ리로다. 경등(卿等)은 신ᄒᆞ되여 위국지심(爲國之心)이

---

180) 침음미결(沈吟未決) : 속으로 깊이 생각하나 결정을 내리지 못함.

업ᄉᆞ랴?”

마지못ᄒᆞ여 긔병ᄒᆞ무로 회답ᄒᆞ고 셜연젼숑(設宴餞送)181) ᄒᆞ니 냥국 ᄉᆞ직 도라가 회쥬ᄒᆞ니 황제 ᄃᆡ희ᄒᆞ샤 장슈를 갈횔ᄉᆡ 병마ᄉᆞ(兵馬使) 뉴돈으로 ᄃᆡ원슈(大元帥)를 ᄒᆞ이고 한단목으로 참모(參謀)를 삼아 군ᄉᆞ 삼십만과 장슈 쳔여원을 발ᄒᆞ여 쥬시니 뉴돈 등이 ᄉᆞ은ᄒᆞ고 긔병츌ᄉᆞ(起兵出師)ᄒᆞ야 셩도로 호호탕탕히 나아가니라.

각셜(却說). 셔번이 군ᄉᆞ 이십만을 발ᄒᆞ여 ᄃᆡ장 진골ᄃᆡ로 ᄒᆞ여금 셔평관을 치러 보닐ᄉᆡ 왕이 당부왈(當付曰),

“현슈문은 아국(我國)으로 더불어 원쉬 업고 부친을 친홀 ᄲᅮᆫ 아니라 ᄯᅩᄒᆞᆫ 황친국족(皇親國族)〈33a〉이오 슈문의 용녁(勇力)과 검슐(劍術)이 과인(過人)ᄒᆞᆫ지라. 이제 마지못ᄒᆞ여 죠서를 봉힝ᄒᆞᄂᆞ니 힘ᄡᅥ ᄊᆞ호지 말고 조심ᄒᆞ라.”

ᄒᆞ더라.

이젹의 셔번 ᄃᆡ쟝 진골ᄃᆡ 이십만 졍병을 거ᄂᆞ려 셔평관을 친다 ᄒᆞ거늘 현휘 부왕(父王)의 명을 바닷ᄂᆞᆫ지라. 미리 쥰비ᄒᆞ고 ᄯᅩ 한듕 쇼식을 탐쳥(探聽)ᄒᆞ더니 과연

---

181) 설연전송(設宴餞送) : 잔치를 열어 예를 갖추어 떠나보냄.

진번이 삼십만 ᄃᆡ군을 조발(調發)ᄒᆞ여 한듕으로 온다 ᄒᆞ니 현휘 부왕의 약쇽ᄃᆡ로 예비ᄒᆞ고 병을 기ᄃᆞ리며 현휘 셕침으로 더부러 ᄒᆡᆼ계(行計)ᄒᆞᆯ시 삼십만 군을 죠발ᄒᆞ여 셔강원의 진치고 남쥐셩 ᄇᆡᆨ셩을 다 피란ᄒᆞ라 ᄒᆞ고 물너와 탐지ᄒᆞ더라. 진골ᄃᆡ 군ᄉᆞ를 거ᄂᆞ려 〈33b〉 남쥐셩의 들어가니 ᄇᆡᆨ셩이 ᄒᆞ나토 업고 셩듕이 뷔엿거ᄂᆞᆯ 진골ᄃᆡ 크게 놀나 군ᄉᆞ로 밥을 지여 먹으라 ᄒᆞ더니 현휘 번군이 셩의 들물 보고 군을 나와 급히 ᄊᆞ고치며 ᄯᅩ ᄐᆡ산의 올나 큰 긔를 ᄭᅩᆺ고 군ᄉᆞ로 크게 웨여 왈,

"셔번이 엇지 혼군(昏君)의 쳥병(請兵)ᄒᆞᆷ을 듯고 감히 셔쳔을 범ᄒᆞᄂᆞᆫ다? 너희 군이 올 쥴 알고 미리 셩을 뷔혀 가도와시니 이제 네 어ᄃᆡ로 갈다? 젼일 양평공과 우골ᄃᆡ ᄂᆡ 칼의 죽어시니 네 마ᄌᆞ ᄂᆡ 칼의 죽고져 ᄒᆞᄂᆞ냐? 나를 원(怨)치 말고 숑 텬ᄌᆞ를 원ᄒᆞ라."

ᄒᆞ며 화젼(火箭)으로 셩듕의 쏘니 화염(火焰)이 챵텬(漲天)ᄒᆞ여 불이 ᄌᆞ옥ᄒᆞ니 번군이 견ᄃᆡ지 못〈34a〉ᄒᆞ여 황망이 ᄂᆡ를 무릅쓰고 다라나더니 문득 위진의 막킨 ᄇᆡ 되니 셔로 즛ᄇᆞ라 죽는 ᄌᆡ 무슈ᄒᆞ더라.

진골ᄃᆡ 탄왈,

"위왕은 만고영웅(萬古英雄)이라. 인력(人力)으로 못ᄒᆞ리라."

ᄒᆞ고 항복ᄒᆞ여 왈,

"우리 군왕이 빠호려 ᄒᆞ미 아니라 텬ᄌᆞ의 교령(敎令)이 잇기로 마지못ᄒᆞ여 범ᄒᆞ여시니 복원 장군은 물니시면 군ᄉᆞ를 회군(回軍)ᄒᆞ리이다."

ᄒᆞ거ᄂᆞᆯ 현휘 즉시 군을 물녀 왈,

"너희를 죽길 거시로되 아국(我國)과 본ᄃᆡ 친ᄒᆞ고 긔병ᄒᆞ미 본졍(本情)이 아니라 ᄒᆞᄆᆡ 노화 보ᄂᆡ거니와 ᄎᆞ후는 텬죠(天朝)의 조공(朝貢)치도 말나. 만일 죠공치 아니ᄒᆞᆫ다 ᄒᆞ고 침노⟨34b⟩ᄒᆞ거든 즉시 위국의 통ᄒᆞ라. 이후로 너희 위국과 화친(和親)ᄒᆞ는 일를 국왕(國王)게 고ᄒᆞ라."

ᄒᆞ니 진골ᄃᆡ ᄉᆞ례ᄒᆞ고 군을 거ᄂᆞ려 도라가니라.

ᄎᆞ셜(且說). 진번 ᄃᆡ장 구골ᄃᆡ 쳔병만마(千兵萬馬)를 모라 한등을 ᄇᆞ라고 나아오더니 잇ᄊᆡ 현위 군ᄉᆞ를 정제ᄒᆞ여 진번의 군마를 기다리더니 이의 진군이 ᄂᆞ오물 보고 슈하장(手下將) 도관을 불너 삼십만을 쥬어 진 치고 ᄯᅩᄒᆞᆫ ᄇᆡᆨ셩으로 약속ᄒᆞ야 보ᄂᆡ니라. 구골ᄃᆡ 군ᄉᆞ를 모라 제현(諸縣)의 니르니 ᄇᆡᆨ셩드리 길가의셔 ᄇᆡᆨ묘젼(百畝田)[182]을 갈거ᄂᆞᆯ 구골ᄃᆡ 문왈,

"여등(汝等)은 어ᄂᆡ 곳 ᄇᆡᆨ셩이뇨?"

답왈,

"본현(本縣) ᄇᆡᆨ셩이어니와 쟝군이 엇지 무르시ᄂᆞ뇨?"

〈35a〉 골ᄃᆡ 우문왈,

"이곳의셔 위국 도셩이 언ᄆᆞ나 ᄒᆞ뇨?"

ᄇᆡᆨ셩이 답왈,

"뉵ᄇᆡᆨ 니어니와 이ᄉᆞ이 듯ᄌᆞ오니 셔번이 셔쳔을 치고 ᄃᆡ국 병ᄆᆡ 위국 도셩을 치니 왕이 당치 못ᄒᆞ와 듕궁(中宮)과 모든 왕ᄌᆞ(王者)와 뉵궁비빙(六宮妃嬪)이며 시신ᄇᆡᆨ관(侍臣百官)을 거ᄂᆞ려 거챵산셩으로 피란ᄒᆞ다 ᄒᆞ더이다."

구골ᄃᆡ 이 말를 듯고 ᄃᆡ희ᄒᆞ여 갈오ᄃᆡ,

"여긔셔 거챵산셩이 얼마나 ᄒᆞ며 ᄯᅩ 어ᄃᆡ로 가ᄂᆞ뇨?"

답왈,

"상거(相距)ᄂᆞᆫ 구십 니오 화음셩으로 가ᄂᆞ이다."

골ᄃᆡ ᄉᆡᆼ각하되,

'위왕이 계궁녁진(計窮力盡)ᄒᆞ여 산셩(山城)의 숨어시니 이ᄯᆡ를 타 치면 ᄃᆡ공(大功)을 세우리니 엇지 깃부지 아니리〈35b〉요?'

---

182) 백묘전(百畝田) : 정전제(井田制)에서 한 농가가 배정받은 전지(田地)를 말함.

바로 거챵셩을 향ᄒᆞ여 나아가니 잇ᄯᅥ 현위 뎡도관으로 화약 염초를 갓초와 산셩으로 보ᄂᆡ고 셩듕 ᄇᆡᆨ셩을 치워 젹병을 기달이더니 구골ᄃᆡ 군마를 몰라 화음현의 니ᄅᆞ러ᄂᆞᆫ ᄇᆡᆨ셩드리 길히셔 울거늘 문왈,

“너희 엇지 우ᄂᆞ뇨?”

ᄇᆡᆨ셩이 ᄃᆡ왈,

“위왕이 셔번국의 ᄑᆡᄒᆞ여 거챵산의 드러 ᄇᆡᆨ셩을 모와 군을 삼으니 ᄇᆡᆨ셩들리 도망ᄒᆞ여 갈ᄉᆡ 져마다 일가 친쳑을 니별ᄒᆞ고 우ᄂᆞ이다.”

구골ᄃᆡ ᄎᆞ언을 듯고 ᄃᆡ열왈,

“하놀이 나를 셩공케 ᄒᆞ시도다.”

ᄒᆞ고 션봉를 모라 거챵산셩을 향ᄒᆞ고 급히 드러가니 만쳡험노(萬疊險路)의 〈36a〉 슈목(樹木)이 총잡(叢雜)ᄒᆞ여 능히 가기 어렵더라.

션봉이 고왈,

“산이 놉고 골이 험ᄒᆞ여 좌우 셕벽(石壁)이 병풍(屛風) 두른 듯ᄒᆞ니 반ᄃᆞ시 간계(奸計) 잇ᄂᆞᆫ가 ᄒᆞᄂᆞ이다.”

구골ᄃᆡ 대쇼왈,

“이러몰오 위왕이 여긔 웅거(雄據)ᄒᆞ여시니 션봉은 념네 말고 급히 나아가 위왕을 잡으라.”

ᄒᆞ고 ᄌᆡ촉ᄒᆞ여 나아가더니 산샹(山上)의 다ᄅᆞ라 크

게 북치고 살펴보니 셩상(城上)의 긔치(旗幟) 나렬(羅列)ᄒᆞ엿ᄂᆞᆫ지라. 문을 ᄭᆡ치고 들어가니 군ᄉᆡ 다 초인(草人)이오 셩듕의 사ᄅᆞᆷ이 ᄒᆞ나토 업ᄉᆞᆫ지라.

골ᄃᆡ 놀나 왈,

"이제 다른 길이 업고 오던 길노 갈지라. 만일 복병이 이스면 버서나지 못ᄒᆞ리로다. 위왕이 늙어시나 지뫼(智謀) 〈36b〉 겸젼(兼全)ᄒᆞ니 죠심ᄒᆞ라 ᄒᆞ더니 과연 올토다."

ᄒᆞ고 앙텬탄식(仰天歎息)ᄒᆞ더니 잇ᄯᅢ 현위 화친현의 진치고 젹세(敵勢)를 탐지ᄒᆞ더니 구골ᄃᆡ 거챵산으로 가는 말를 듯고 크게 깃거 즉시 진을 옴겨 산님원의 하ᄎᆡ(下寨)ᄒᆞ고 복명덕으로 산곡(山谷) 좌우로 복병ᄒᆞ라 ᄒᆞ니 명덕이 응명(應命)ᄒᆞ고 가니라.

이젹의 졍동원이 군ᄉᆞ 일만을 거ᄂᆞ려 ᄌᆞ비산셩의 잇더니 체탐(體探)이 보ᄒᆞ되 진젹이 거챵산셩의 드럿다 ᄒᆞ거ᄂᆞᆯ ᄃᆡ희ᄒᆞ여 군ᄉᆞ를 거ᄂᆞ려 듀현의 진치고 ᄉᆞ졸노 ᄒᆞ여곰 사셕(沙石)을 구울녀 화젼(火箭) 화포(火砲)를 노흐니 셩듕의 불이 곳곳이 니러나 연염(煙焰)이 챵텬ᄒᆞ니 군ᄉᆡ 견〈37a〉ᄃᆡ지 못ᄒᆞ여 돌도 마ᄌᆞ며 불의도 타며 셔로 즛ᄇᆞ라 죽는 ᄌᆡ 무슈ᄒᆞ고 구골ᄃᆡ ᄯᅩᄒᆞᆫ 낙심상혼(落心喪魂)[183]ᄒᆞ여 아모리 ᄒᆞᆯ 줄 모로고 다만 군을 ᄌᆡ촉ᄒᆞ

여 연긔를 무릅쓰고 셩문을 ᄇᆞ라며 나오더니 좌우 산곡으로 조ᄎᆞ 함셩이 ᄃᆡ진ᄒᆞ고 산상 산ᄒᆞ의 돌이 물 나리듯 ᄒᆞ며 살이 비 오듯 ᄒᆞ니 죽엄이 뫼 갓고 피 흘너 나히 되엿더라. 구골ᄃᆡ 죽기를 무릅뼈 ᄑᆡ군을 거두어 산 밧그로 가더니 위병이 ᄯᅩ 가ᄂᆞᆫ 길을 막고 튱살(衝殺)ᄒᆞ거늘 구골ᄃᆡ 앙텬탄식ᄒᆞ며 투고를 벗고 창을 쓰을며 ᄆᆞᆯ긔 ᄂᆞ려 업ᄃᆡ여 살기를 비니 현위 군ᄉᆞ를 호령ᄒᆞ여 잡〈37b〉아드리라 ᄒᆞᆫᄃᆡ 무ᄉᆡ 일시의 구골ᄃᆡ를 잡아 날리와 장ᄒᆞ에 ᄭᅮᆯ니고 현위 녀셩즐왈(厲聲叱曰),

"우미(愚迷)ᄒᆞᆫ 거시 텬됴(天朝) 간신의 교도(敎導)를 듯고 감히 아국지계(我國之界)를 침범(侵犯)ᄒᆞ니 그 죄(罪) 가살(可殺)이라."

ᄒᆞ고 듕티(重笞) 삼십 도를 쳐 내치니 골ᄃᆡ 감은(感恩)ᄒᆞ여 목숨을 보젼ᄒᆞ야 쥐 숨듯 거창셩으로 가다가 쟝쳬(杖處)[184] 덧나 죽으니 모든 군ᄉᆡ 죽엄을 싯고 진번의가 고ᄒᆞ니 진왕이 ᄃᆡ경왈,

"망녕도이 ᄀᆡ병ᄒᆞ엿다가 앗가온 쟝졸를 다 죽이고 ᄯᅩ

---

183) 낙심상혼(落心喪魂) : 몹시 놀라거나 마음이 상해서 넋을 잃음.

184) 장처(杖處) : 장형(杖刑)으로 곤장이나 태장을 맞은 자리.

위국과 결원(結怨)ᄒᆞ니 누를 원(怨)ᄒᆞ리오? ᄎᆞ후는 위디를 범치 못ᄒᆞ리로다."

ᄒᆞ고 구골ᄃᆡ를 네로ᄡᅧ 장ᄒᆞ고 국도(國都)를 딕희여 뎡ᄉᆞ를 어질이 다ᄉᆞ리더라.

ᄎᆞ시 ᄃᆡ국 〈38a〉 원슈 유돈이 참모(參謀)로 더부러 군을 거ᄂᆞ려 위국을 ᄇᆞ라고 물미듯 드러오니 초미 위국의 고ᄒᆞ니 위왕이 군ᄉᆞ를 거ᄂᆞ려 셩듕의 웅거ᄒᆞ여 타연이 잇시니 됴졍이 간왈,

"숑병이 슴십 니의 니르러거ᄂᆞᆯ 엇지 타연 무심ᄒᆞ시난 잇가?"

왕 왈,

"ᄂᆡ 엇지 모로리오? 그ᄃᆡ 등은 념녀 말나. 괴(孤) 스ᄉᆞ로 혜아림이 잇시리라."

ᄒᆞ고 즉시 호령ᄒᆞ되,

"연긔도 ᄂᆡ지 말고 인민이 츌입지 말게 ᄒᆞ여 군ᄉᆞ를 좌우골의 ᄆᆡ복ᄒᆞ라."

ᄒᆞ고 왕이 친이 보신갑 닙고 ᄌᆞ룡검을 들고 쳔니ᄃᆡ완마을 ᄃᆡ후ᄒᆞ엿더니 ᄇᆡᆨ셩이 남녜노쇼 업시 오장원으로 가더니 ᄇᆡᆨ셩덜을 〈38b〉 뉴돈이 길의셔 보고 문왈,

"너희는 어ᄃᆡ로 가는다?"

답왈,

“위왕이 셔쳔으로 가시고 세ᄌᆡ 또ᄒᆞᆫ 한듕으로 가시ᄆᆡ 우리 등도 피란ᄒᆞᄂᆞ이다.”

ᄒᆞ거ᄂᆞᆯ 원슈 ᄃᆡ희ᄒᆞ여 ᄉᆡᆼ각하되,

‘위왕이 우리 ᄃᆡ군이 니ᄅᆞᄆᆡ ᄃᆡ젹지 못ᄒᆞᆯ 쥴 알고 셩을 ᄇᆞ리고 피ᄒᆞ엿도다.’

ᄒᆞ고 마음을 노코 완완이 드러가더니 홀연 일셩표향(一聲砲響)의 긔치(旗幟) 나붓기며 금고홈셩(金鼓喊聲)이 텬디진동(天地震動)ᄒᆞ며 위왕이 ᄆᆞᆯ를 모라 나오며 크게 웨여 왈,

“네 혼군(昏君)을 간계(奸計)로 돕ᄂᆞᆫ 젹ᄌᆡ(賊子)라. ᄂᆡ 비록 늙어시나 칼은 늙지 아냐시니 나의 ᄌᆡ조 엇더ᄒᆞᆫ고 보라.”

ᄒᆞ고 칼흘 들고 ᄂᆡ다ᄅᆞ니 칼이 빗나ᄂᆞᆫ 곳의 쟝죨의 멀이 츄풍〈39a〉락엽 ᄀᆞᆺᄒᆞ니 진실노 그 용ᄆᆡᆼ을 나ᄂᆞᆫ 졔비라도 밋지 못ᄒᆞᆯ너라.

유돈이 ᄃᆡ경ᄒᆞ여 아모리 ᄒᆞᆯ 쥴 모르고 쇽슈ᄃᆡᄉᆡ(束手待死)[185]러니 위왕의 ᄌᆞ룡검이 번듯ᄒᆞ는 곳의 유돈과

185) 속수대사(束手待死) : 손이 묶인 것처럼 어쩔 수 없어 죽음만 기다림.

한단목의 머리 일시의 ᄡᅡ히 쎨어지니 남은 쟝졸이 손을 묵고 목을 느리혀 칼흘 바드니 삼십만 ᄃᆡ군이 반나마 죽엇ᄂᆞᆫ지라.

위왕이 크게 이기고 ᄀᆡ가(凱歌)를 불너 드러가니 졔신이 치ᄒᆞ왈,

“뎐ᄒᆞ(殿下)의 용녁은 삼국적 오호ᄃᆡ장(五虎大將軍)이라도 밋지 못ᄒᆞ리로소이다.”

ᄒᆞ더라.

이윽고 왕ᄌᆞ 등이 각각 승쳡(勝捷)을 알외니 왕이 더욱 깃거 삼군을 샹ᄉᆞᄒᆞ고 ᄃᆡ연(大宴)을 ᄇᆡ셜(排設)ᄒᆞ여 ᄇᆡᆨ셜원의셔 즐<39b>기더라.

ᄎᆞ셜(且說). 텬ᄌᆡ 삼노병(三路兵)이 ᄑᆡᄒᆞ물 듯고 놀나 챠탄왈,

“위왕은 과연 텬신이로다. 삼국 병마를 능히 안져셔 ᄒᆞᆫ ᄡᆞ홈의 이럿틋 파ᄒᆞ니 이러커든 션황이 아니 각별 ᄃᆡ졉ᄒᆞ여 계시랴? 짐이 간신의 말를 고지듯고 튱냥을 희ᄒᆞ괘라. 타일(他日) 디ᄒᆞ(地下)의 가 하면목(何面目)으로 션제긔 뵈오리오?”

ᄒᆞ고 일노조차 침식(寢食)이 불평ᄒᆞ여 지ᄂᆡ더라.

이ᄯᆡ 튱신 녈ᄉᆞ 등이 황뎨의 뉘웃ᄎᆞ물 보고 머리를 옥계(玉階)에 두ᄃᆞ려 쳬읍쥬왈,

“폐ᄒᆞ 위를 치샤 한듕을 환슈코져 ᄒᆞ시다가 돌오여 ᄑᆡᄒᆞᆫ ᄇᆡ 되니 폐하의 실덕(失德)ᄒᆞ시물 그윽이 븟그리옵ᄂᆞ니 위왕은 션뎨〈40a〉의 쥬셕지신(柱石之臣)이오 샤직(社稷)의 졔일공신(第一功臣)이라. 션뎨 텬하강산을 다 슈문의게 사양ᄒᆞ시되 슈문이 죽기로써 ᄉᆞ양ᄒᆞᄆᆡ 셔쳔과 한듕을 버혀 위왕을 봉ᄒᆞ시니 이ᄯᆡ를 당ᄒᆞ여 션뎨 흉젹(凶賊)을 ᄌᆞ장격지(自將擊之)[186]ᄒᆞ실ᄃᆡ 약ᄃᆡ의게 ᄡᆞ이여 급ᄒᆞ시더니 위왕이 퇴병(退兵)ᄒᆞ여 약ᄃᆡ를 조ᄎᆞ간 ᄉᆞ이의 ᄯᅩ ᄆᆡᆼ학의게 무릅흘 ᄭᅮ러 거의 망케 되엿거늘 위왕이 약ᄃᆡ를 ᄇᆞ리고 돌아와 ᄆᆡᆼ학을 버히고 션졔 급화(急禍)를 구ᄒᆞ며 ᄯᅩ 위왕이 쳔니밧긔 잇다가 조회ᄒᆞ려 경ᄉᆞ의 올나오다가 셔번의 쇼식을 듯고 필마단검(匹馬單劍)으로 달녀와 급화를 구ᄒᆞ여〈40b〉시니 이만 큰 공이 업고 송실(宋室) 흥복(興復)ᄒᆞ미 젼혀 위왕의 공이어ᄂᆞᆯ 폐ᄒᆞ는 션뎨의 유교를 져발이시고 한듕을 환슈ᄒᆞ라 ᄒᆞ며 그 아ᄃᆞᆯ 사지(四肢)를 갈나 젓 담아 그 아비게 보ᄂᆡ시고 ᄯᅩ 셔번 진번의 죠셔ᄒᆞ여 셔쳔 한듕을 치라 ᄒᆞ고 ᄃᆡ군을 발ᄒᆞ여 위국 도셩을 치다가 장졸이 다 쥭으니 만

186) 자장격지(自將擊之) : 몸소 군사를 거느리고 싸움.

일 ᄉᆞ방의 불의지변(不意之變)이 ᄂᆞ면 폐ᄒᆡ 눌로 더부러 ᄃᆡ적ᄒᆞ려 ᄒᆞ시ᄂᆞ잇고? 위왕의 츙의(忠義)를 폐ᄒᆡ 모로시ᄂᆞᆫ지라. 만일 일분(一分)이나 ᄉᆞ오나온 ᄆᆞ음이 잇슬진ᄃᆡ 엇지 그 ᄌᆞ식의 고기를 보고 무단이 잇스리잇고? 한 번 칼흘 들면 반ᄃᆞ시 듕원이 바스라질지라. ᄋᆡᄌᆞ지〈41a〉심(愛子之心)은 인ᄀᆡ유지(人皆有之)로ᄃᆡ 본ᄃᆡ 튱심(忠心)이 쳘텬(徹天)ᄒᆞ고 ᄃᆡ의(大義)를 젼쥬(專主)ᄒᆞᄂᆞᆫ 고로 ᄉᆞ혐(私嫌)을 ᄉᆡᆼ각지 아냐 즁원을 흔치 아니코 션뎨 유교를 직희여 국사의 급ᄒᆞᆫ 일이 잇ᄉᆞ온나 돕지 아니홀가 ᄒᆞᄂᆞ니다. 복원 폐하ᄂᆞᆫ 세 번 ᄉᆡᆼ각ᄒᆞ소셔. 신등(臣等)이 당돌이 쥭기를 무릅쓰고 폐하의 허물을 알외나니 신등의 말ᄉᆞᆷ을 좃치ᄉᆞ 좌우의 영신(佞臣)을 ᄂᆡ치시고 현신(賢臣)을 쓰시며 엇지 당우지치(唐虞之治)를 니로지 못홀가 근심ᄒᆞ며 현슈문 일인을 귀슌(歸順)치 못ᄒᆞ리잇가?"

황뎨 졔신의 쥬ᄉᆞ(奏辭)를 들으시고 침음냥구의 왈,

"과연 경등(卿等)의 말이 올흐나 〈41b〉 이왕지ᄉᆞ(已往之事)ᄂᆞᆫ 할일업ᄉᆞ니 이졔 엇지면 조흐리오? 경등은 ᄇᆞᆰ히 갈으치라."

졔신이 쥬왈,

"ᄉᆞ신을 위국의 보ᄂᆡ샤 실덕(失德)을 니르시고 듯지 아니커든 폐히 친님(親臨)ᄒᆞ신즉 위왕이 듯지 아니리잇고?"

샹이 좃ᄎᆞ ᄉᆞ신을 위국의 세 번 보ᄂᆡ되 쏫치여 오니 샹이 근심ᄒᆞ샤 친힝(親行)코져 ᄒᆞ시니 간신 조건 등이 쥬왈,

"폐히 위국의 친힝코져 ᄒᆞ시니 만일 슈문이 나지 아니면 무류ᄒᆞ미 막심(莫甚)ᄒᆞ오리이다. ᄌᆞ고로 만승텬ᄌᆞ(萬乘天子) 제후왕(諸侯王)의게 ᄉᆞ죄(謝罪)ᄒᆞ랴 ᄒᆞ와 친힝ᄒᆞ시미 업ᄉᆞ오니 마옵쇼셔. 신등이 죽ᄉᆞ와도 현슈문은 둘렵지 안ᄉᆞ오니 원 폐ᄒᆞ는 근심 마옵쇼셔."

〈42a〉 샹이 글어히 네계 현슈문을 ᄒᆡ홀 묘칙을 ᄉᆡᆼ각더라.

ᄎᆞ시의 흉뇌(匈奴) 듕원(中原)을 엿보더니 송 텬ᄌᆞ 무도암약(無道闇弱)[187]ᄒᆞ여 위왕의 아달를 젓 다마 보ᄂᆡ며 셔번 진번 삼로병이 다 픽ᄒᆞ물 듯고 ᄃᆡ희ᄒᆞ여 닐오ᄃᆡ,

"송 텬ᄌᆞ 망홀지라도 위왕은 구치 아니리니 당ᄎᆞ시(當此時)ᄒᆞ여 션득ᄌᆞ위쥐(先得者爲主)ᄅᆞ."

187) 무도암약(無道闇弱) : 도가 없고 어리석음.

ᄒᆞ고 ᄃᆡ장 굴통을 불너 슈말를 니ᄅᆞ고 굴통으로 ᄃᆡ원슈를 ᄇᆡᄒᆞ고 졍병 팔십만을 발ᄒᆞ여 발힝ᄒᆞ여 바로 함곡관을 흠몰ᄒᆞ고 황셩으로 향ᄒᆞᆯ시 소과군현(所過郡縣)이 ᄃᆡ젹ᄒᆞᆯ 지 업더라. 이ᄯᆡ예 텬ᄌᆡ 음황무도(淫荒無道)ᄒᆞ여 탐쥬호ᄉᆡᆨ(貪酒好色))으로 세〈42b〉월를 보ᄂᆡ더라.

일일은 탐ᄆᆡ(探馬) 보ᄒᆞ되,

“흉뇌 친이 졍병 ᄇᆡᆨ만을 거나려 굴통으로 션봉을 삼아 취우(驟雨) 갓치 황셩으로 향ᄒᆞ오니 급ᄒᆞ오미 경ᄀᆡᆨ이로소이다.”

황제 ᄃᆡ경ᄒᆞ여 ᄇᆡᆨ관을 모화 의논ᄒᆞ샤 위급이 당두ᄒᆞ니 뉘 능히 져 도젹을 물니칠고? 죠신 듕 일인도 응ᄒᆞᆯ 리 업난지라. 죠졍이 의논ᄒᆞ여 병마도춍사(兵馬都摠使) 당긔빅으로 ᄃᆡ원슈를 ᄒᆞ이고 졍병 칠십만과 쳘긔 오만을 죠발ᄒᆞ여 즉일 츌사(出師)ᄒᆞ여 여러 날만의 화람셩의 다다라 젹진을 만나 학림순을 등지고 일ᄌᆞ쟝ᄉᆞ진(一字長蛇陣)을 치고 문긔 ᄒᆞ에 긔빅이 황금투고의 슌〈43a〉은갑(純銀甲) 닙고 쟝창(長槍)을 빗기고 ᄃᆡ완마를 타고 젹세(敵勢)를 살피더라.

ᄎᆞ시 흉뇌 강을 등져 ᄇᆡ슈진 치고 숑진 형세를 살피고 ᄃᆡ희왈,

“숑장(宋將)의 진세(陣勢)를 보니 위염(威嚴)이 업ᄉᆞ

니 명장과 모시 업도다. 금일(今日) 격셔를 보ᄂᆡ고 명일(明日) 도젼ᄒᆞᆯ이라."

ᄒᆞ고 격셔를 젼ᄒᆞ니 ᄒᆞ여시되

'ᄇᆡ은망덕(背恩忘德) 무도(無道)ᄒᆞᆫ 송 텬자의 휘ᄒᆞ장(麾下將)은 진시 나와 항복ᄒᆞ여 ᄂᆡ의 션봉이 되여 지로군이 되여 황셩을 취ᄒᆞᆫ 후 네 공을 세우리라.'

ᄒᆞ엿더라.

송 원슈 격셔를 보고 뮛쳐 발리고 ᄉᆞ자를 오십 장을 쳐 원문(轅門) 밧긔 ᄂᆡ치니 굴통이 ᄃᆡ로⟨43b⟩ᄒᆞ여 일진(一陣)을 몰라 엄살(掩殺)ᄒᆞ니 굴통은 용ᄆᆡᆼ이 비호(飛虎) 갓고 그 형세(形勢) 승승(乘勝)ᄒᆞ여 소향무적(所向無敵)188)이라. 송진의셔 미쳐 손 놀리지 못ᄒᆞ여 십 니를 물너와 진 치고 긔빅이 제장을 거날이고 굴통을 ᄃᆡ적ᄒᆞᆯ세 교젼 십여 합에 엇지 굴통을 당ᄒᆞ리요? 굴통의 검광(劍光) 니러나는 곳의 긔빅의 멀리 마ᄒᆞ(馬下)에 쩌러지니 좌우츙돌(左衝右突)ᄒᆞ여 장졸의 멀이 츄풍낙엽(秋風落葉)이라. 삼군을 함몰ᄒᆞ니 피 흘너 나히 되엿더라.

188) 소향무적(所向無敵) : 어느 곳을 가더라도 대적할 상대가 없다는 것을 이르는 말.

ᄀᆡ가(凱歌)를 불으고 승승장구(乘勝長驅)ᄒᆞ여 즛바라 드러가니 그 셰 급ᄒᆞᆫ 살 ᄀᆞᆺᄐᆞ여 황셩의 니르ᄆᆡ 소과쥬현(所過州縣) 망풍도쥬(望風逃走)[189]ᄒᆞ니 황제 들으시고 ᄃᆡ경실ᄉᆡᆨᄒᆞ여 〈44a〉 셩문을 구지 닷고 방비ᄒᆞ며 제신으로 샹의ᄒᆞ더라. 굴통이 군을 ᄌᆡ촉ᄒᆞ여 황셩을 겹으로 ᄊᆞ고 팔문(八門)을 엄살(掩殺)ᄒᆞ니 뉘 능히 당ᄒᆞ리오?

샹이 앙텬탄왈,

“ᄀᆡᄇᆡᆨ이 ᄃᆡ군을 ᄑᆡᄒᆞ고 ᄯᅩ 외완병(外援兵)이 업ᄉᆞ니 슈셩군(修城軍)으로 엇지 당ᄒᆞ리요?”

ᄒᆞ시고 슈셩장(守城將)의게 뎐교(傳教)ᄒᆞ샤 ᄊᆞ호지 말고 구지 방비(防備)ᄒᆞ라 ᄒᆞ니라.

굴통이 듀야(晝夜)로 치ᄃᆡ 능히 함몰치 못ᄒᆞ고 일계(一計)를 ᄉᆡᆼ각ᄒᆞ여 셩쳡(城堞)의 운제(雲梯)[190]를 모호고 무수ᄒᆞᆫ 화젼 화포를 셩듕의 노흐니 불이 별 흐르듯 ᄒᆞᄂᆞᆫ지라. 군ᄉᆡ며 ᄇᆡᆨ셩이 견ᄃᆡ지 못ᄒᆞ여 곡셩(哭聲)이 텬디진동ᄒᆞ니 샹이 그 경샹을 ᄎᆞ마 보지 못ᄒᆞ샤 시신(侍臣)을 거ᄂᆞ려 〈44b〉 ᄎᆞ야의 도망ᄒᆞ여 구리산으로 다라

189) 망풍도주(望風逃走) : 멀리서 바라보고 도망함.

190) 운제(雲梯) : 성을 공격할 때 쓰던 높은 사다리.

나시니 굴통이 군을 모라 ᄯᆞ로더라.

이젹의 치ᄉᆞ(致仕)ᄒᆞᆫ 승샹(丞相) 진단이 슈양산의 은거(隱居)ᄒᆞ엿더니 흉노의 ᄃᆡ세(大勢)를 듯고 쳔니마를 ᄐᆞ고 위국의 와 왕을 보고 텬ᄌᆞ의 무도ᄒᆞ물 개탄(慨嘆)ᄒᆞ고 왈,

"왕과 우리는 세세(世世) 국녹지신(國祿之臣)이라. 이제 흉뇌 긔병ᄒᆞ여 승승장구ᄒᆞ여 하람셩의 웅거ᄒᆞ엿다 ᄒᆞ니 슌식(瞬息)의 황셩(皇城)의 니르리니 됴졍(朝廷)의 모ᄉᆞ(謀士) ᄆᆡᆼ장(猛將)이 업고 묘당(廟堂)의 쥬셕지신(柱石之臣)이 업ᄉᆞ니 송실 샤직이 흉노의게 도라갈지라. 왕이 아니면 회복지 못ᄒᆞ리니 젼일(前日)를 ᄀᆡ회(介懷)치 말고 노신(老臣)이 불원쳔니(不遠千里)ᄒᆞ여 온 슈고와 션뎨 각별 부탁ᄒᆞ신 유교(遺敎)를 ᄉᆡᆼ각ᄒᆞ라."

위왕이 〈45a〉 정ᄉᆡᆨ왈(正色曰),

"혼군(昏君)이 무단이 내 ᄌᆞ식을 둑여 젓 다마 보ᄂᆡ고 ᄯᅩ 긔병ᄒᆞ여 치니 ᄂᆡ 엇지 혼군을 구ᄒᆞ리오? 노형(老兄)은 다시 니ᄅᆞ지 말나."

진단 왈,

"왕의 말이 그르도다. 왕의 아들은 곳 나의 ᄉᆞ회라. 내 마음이 엇지 안연(安然)ᄒᆞ리오마는 ᄒᆞᆫ ᄌᆞ식을 위ᄒᆞ여 션뎨를 져ᄇᆞ리지 못ᄒᆞᆯ 거시오 송실 죵ᄉᆞ를 위ᄒᆞ미오

암군(暗君)을 위ᄒᆞ미 아니라. ᄇᆞ라건ᄃᆡ 왕은 ᄌᆡ삼 ᄉᆡᆼ각ᄒᆞ라."

왕이 그 튱언(忠言)을 듯고 하루왈(下淚曰),

"ᄂᆡ 션뎨 유교를 엇지 니ᄌᆞ리오? 부탁ᄒᆞᆫ 말ᄉᆞᆷ이 귀예 사뭇ᄎᆞ시며 은혜 쌔의 삭엿ᄂᆞ니 혼군을 위ᄒᆞ여ᄂᆞᆫ 츄호도 돌아보지 아닐 거시로ᄃᆡ 션뎨 지우지은(知遇之恩)을 ᄉᆡᆼ각ᄒᆞ고 ᄯᅩ 형의 튱언〈45b〉을 감동ᄒᆞ여 이제 ᄀᆡ병ᄒᆞ여 갈 거시니 형은 념네 말나."

진단이 ᄃᆡ희ᄒᆞ여 ᄂᆡ궁(內宮)의 들어가 녀아(女兒)를 보고 이튼날 위왕의 ᄀᆡ병ᄒᆞ물 보고 하직(下直)ᄒᆞ고 슈양산으로 가니라.

위왕이 즉시 군마를 몰라 경ᄉᆞ(京師)로 나아갈ᄉᆡ 쳘긔 십만과 정병 십만을 ᄌᆡ촉ᄒᆞ여 경ᄉᆞ의 니ᄅᆞ니 셩듕이 뷔엿거ᄂᆞᆯ ᄇᆡᆨ셩ᄃᆞ려 무르니 황뎨 적군의 좃치여 구리산셩으로 피란ᄒᆞ여 가시ᄆᆡ 적병이 ᄯᆞ라가 ᄊᆞ고 급히 치오니 지금 망ᄒᆞ게 되엿다 ᄒᆞ거ᄂᆞᆯ 왕이 탄식고 녕군(領軍)ᄒᆞ여 구리산으로 향ᄒᆞ다.

ᄎᆞ시 텬ᄌᆡ 적병의 ᄊᆞ이여 만분 위급ᄒᆞᆫ 듕 냥최(糧草) 진ᄒᆞ여 시신 쟝졸이 죽ᄂᆞᆫ ᄌᆡ 무수ᄒᆞ니 샹이 〈46a〉 앙텬탄식(仰天歎息)ᄒᆞ시며 셩문을 열고 항코져 ᄒᆞ더니 문득 남녁히 틧글이 니러나며 ᄃᆡ군이 풍우(風雨)갓치 몰아오

다가 굴통으로 더부러 싸호니 텬직 가장 고이히 너기고 놀나 시신을 다리고 셩누(城樓)의 올나 ᄇᆞ라보시더니 위왕의 션봉이 구리산의 니ᄅᆞ러ᄂᆞᆫ 위왕이 ᄌᆞ룡검을 두르며 크게 소ᄅᆡ 질너 왈,

“위왕을 아ᄂᆞᆫ다?”

ᄒᆞ며 발로 굴통을 취ᄒᆞ여 전불슈합(戰不數合)[191]의 굴통의 머리 마하의 ᄂᆞ려지거늘 그 슈급(首級)을 들고 젹진을 풀 볏듯 ᄒᆞ여 무인지경(無人之境)갓치 ᄌᆞᆺ치니 소향무젹(所向無敵)이라.

흉뇌 위왕의 형세를 보고 ᄃᆡ경실ᄉᆡᆨᄒᆞ여 ᄌᆡᆼ쳐 군을 물녀 쥐 숨듯 도망ᄒᆞ여 쥬야로 가거늘 〈46b〉 위왕이 젼령(傳令)ᄒᆞ여 궁ᄒᆞᆫ 도젹을 ᄯᆞ로지 말나 ᄒᆞ고 ᄌᆡᆼ쳐 군을 거두어 셩하의 돌아와 하ᄎᆡᆨᄒᆞ고 굴통의 머리를 셩듕의 ᄃᆞ려 보ᄂᆡ고 ᄃᆡ호왈,

“나ᄂᆞᆫ 위국공 현슈문이러니 오날놀 텬ᄌᆞ를 위ᄒᆞ미 아니라. 션졔 유교를 밧ᄌᆞ와시ᄆᆡ 송실 샤직을 위ᄒᆞ여 흉노를 물니치고 ᄃᆡ쟝을 버혀 샤직을 안보ᄒᆞ고 도라가ᄂᆞ니 일후(日後) 다시 보기 어렵도다.”

191) 전불수합(戰不數合) : 몇 합 싸우지 않고.

ᄒᆞ고 진을 프러 호호탕탕이 도라가거늘 텬ᄌᆡ 누샹의셔 이 거동을 보시고 ᄃᆡ경ᄃᆡ참(大驚大慙)ᄒᆞ샤 왈,

"위왕은 실노 튱냥의 영웅이로다. 만일 위왕 곳 아니면 나의 불명(不明)을 혐의(嫌疑)치 안코 구ᄒᆞ여 흉노를 파ᄒᆞ리오?"

〈47a〉 ᄒᆞ며 위왕을 보아 치샤(致謝)코져 ᄒᆞ시거늘 승샹(丞相) 됴건 등이 간왈(諫曰),

"슈문의 말이 션데를 ᄉᆡᆼ각ᄒᆞ미요 폐하를 위ᄒᆞ미 아니라 ᄒᆞ거늘 폐ᄒᆡ 엇지 ᄒᆞ당(下堂)ᄒᆞ여 번신(藩臣)의게 하례ᄒᆞ시리오? 급히 환궁(還宮)ᄒᆞᄉᆞ이다. 폐ᄒᆡ 더ᄃᆡ시면 무삼 난이 잇ᄉᆞ올지 몰오나이다."

샹이 그러이 네기샤 황셩으로 돌아오니 만되 만셰를 불너 즐기더라. 이ᄯᅢ 위왕이 본국의 돌라와 쳔셰를 불너 화락(和樂)ᄒᆞ며 쟝졸을 샹ᄉᆞ(償賜)ᄒᆞ더라.

ᄎᆞ시 계양츈이 쳔니마를 ᄐᆞ고 녀진으로 향ᄒᆞ더니 진강 산하의 니ᄅᆞ러 인ᄀᆡ(人家) 업고 길이 긋쳣ᄂᆞᆫ지라.

앙쳔탄왈,

"녀ᄌᆞ의 몸이 여ᄎᆞ 번거ᄒᆞ미 〈47b〉 만고(萬古)의 업ᄉᆞ미러니 맛ᄎᆞᆷᄂᆡ 이곳의셔 죽으리로다."

ᄒᆞ고 슬허 통곡ᄒᆞ더니 문득 먼니 ᄇᆞ라보니 일위(一位) 노옹(老翁)이 갈건포의(葛巾布衣)로 듁쟝(竹杖)을

집고 산샹(山上)으로 ᄂᆞ려오거늘 크게 깃거 나아가 녜ᄒᆞ고 왈,

"션싱은 길을 가르치쇼셔. 쇼ᄌᆞ(小子)는 진국의 잇삽더니 녀진으로 가려 ᄒᆞᄂᆞ이다."

노옹(老翁) 왈,

"나는 산듕 기인(奇人)이어니와 그ᄃᆡ 아뷔 원슈를 갑고져 ᄒᆞ여 녀화위남(女化爲男)으로 텬ᄒᆞ를 둘우 단니며 엇지 길를 몰오고 날ᄃᆡ려 뭇ᄂᆞ뇨?"

계양츈이 ᄃᆡ경왈,

"션싱이 임의 근본을 아르시니 엇지 은휘(隱諱)ᄒᆞ리잇고?"

ᄒᆞ고 드ᄃᆡ여 젼후슈말을 고ᄒᆞ니 노옹 왈,

"그ᄃᆡ 졍셩이 지극ᄒᆞᆫ지라. 하늘이 그ᄃᆡ 원수를 〈48a〉 갑게 ᄒᆞ시도다. 이제 일모셔산(日暮西山)ᄒᆞ고 인ᄀᆡ 업ᄉᆞ니 어ᄃᆡ로 가리오? 날을 조차올소냐?"

양츈 왈,

"엇지 ᄯᆞ로지 아니리잇고?"

ᄒᆞ고 노인을 조차 산듕으로 드러가니 만쳡쳥산(萬疊靑山)이 하늘의 다흔 듯ᄒᆞ여 표묘(縹緲)ᄒᆞᆫᄃᆡ 봉(峰)의 올나가니 인젹(人跡)이 니ᄅᆞ지 아닌 곳이다. 노인이 양츈을 문 밧긔 세우고 드러가더니 쳥의동ᄌᆡ(靑衣童子)

나와 양츈을 드리고가며 왈,

"이곳은 범인(凡人)이 츌입지 못ᄒᆞᄂᆞ니 공ᄌᆞᄂᆞᆫ 욕실(浴室)의 목욕(沐浴)ᄒᆞᆫ 후 션싱긔 뵈오라."

양츈이 목욕ᄒᆞ고 동ᄌᆞ를 ᄯᆞ라 드러가니 경개(景槪) 졀승(絶勝)ᄒᆞ여 무릉도원(武陵桃源) 갓더라. 노인을 향ᄒᆞ여 사례ᄒᆞ고 공슌이 안ᄌᆞ니 노인이 동자를 명⟨48b⟩ᄒᆞ여 ᄎᆞ를 닉여 딕졉ᄒᆞ고 인ᄒᆞ여 셕반(夕飯)을 먹이거늘 마시 가장 향긔롭고 빅불으더라. 노인이 신통(神通)ᄒᆞᆫ 슐법(術法)과 변홰(變化) 무궁(無窮)ᄒᆞ여 긔상(氣像)이 단엄(端嚴) ᄉᆡᆨᄉᆡᆨᄒᆞ니 ᄇᆞ로 보지 못ᄒᆞᆯ너라.

노인 왈,

"그ᄃᆡ 오문 부친의 원수를 갑고져 ᄒᆞ여 위국의 갓다가 햐수(下手)치 못ᄒᆞ고 진번의 가 골ᄃᆡ를 셤겨 긔병ᄒᆞ엿다가 픠ᄒᆞ고 녀진으로 가다가 우연이 날을 만나거니와 위왕은 쳔츅국 일광ᄃᆡᄉᆞ의 슐법을 빅화 텬ᄒᆞ의 횡힝ᄒᆞ니 뉘 능히 당ᄒᆞ리오? ᄂᆡ 텬문(天文)을 보니 송 텬ᄌᆡ의 틱ᄌᆡ 즉위ᄒᆞ여시나 팔 년을 간신이 농권(弄權)ᄒᆞ여 위왕을 박ᄃᆡᄒᆞ리니 연즉 송실이 망ᄒᆞᆯ지라. 그ᄃᆡ 효셩(孝誠)이 ⟨49a⟩ 지극ᄒᆞ니 엇지 하늘이 돕지 아니리오? 틱ᄌᆡ 비록 위왕을 박ᄃᆡᄒᆞ여시나 ᄒᆞᆫ 번 공을 갑고 다시는 아니 도울 거시니 그ᄃᆡᄂᆞᆫ 진국의 드러가 진튱(盡忠)ᄒᆞ여 셤기면 반ᄃᆞ시 ᄃᆡ공을 세우고 텬ᄌᆞ(天子) ᄃᆡ위(大位)를 어더 황휘(皇后) 될리니 엇지 쾌치 아니리오?"

계양츈이 ᄇᆡ샤왈(拜謝曰),

"그럴진ᄃᆡ 엇지 궁듕(宮中)의 반연(攀緣)192)ᄒᆞ여 드러가리잇고?"

노인 왈,

"그ᄂᆞᆫ ᄌᆞ연 되리니 무ᄉᆞᆷ 념녀 이시리오? 이제 밧비 가라."

ᄒᆞ고 환약(丸藥) 세흘 주어 왈,

"그ᄃᆡ 날과 ᄉᆞ제지분(師弟之分)이 이시니 엇지 돕지 아니리오? 이 환약 ᄒᆞ나흔 개용단(改容丹)이오 ᄒᆞ나흔 ᄯᅩ 보명단(保命丹)이오 ᄒᆞ나흔 회면복양단(回面復樣丹)이니 졔일개(第一個) ᄀᆡ용단은 녀진의 들어갈 제 먹고 보명단〈49b〉은 ᄃᆡ국과 격진ᄒᆞᆯ 제 ᄌᆞᄀᆡᆨ(刺客)을 먹여 보ᄂᆡ고 복양단도 ᄒᆞᆫ가지라. 듕원의 명장이 남아시니 만일 ᄌᆞᄀᆡᆨ 곳 아니면 엇지 제어(制御)ᄒᆞ리오? 그ᄂᆞᆫ 조심ᄒᆞ려니와 진왕은 텬ᄌᆞ 될 긔상이 이시나 텬문이며 지용(智勇)과 장냑(將略) 잇ᄂᆞᆫ 도인(道人)을 만나야 ᄒᆞᆯ 거시니

192) 반연(攀緣) : 무엇에 이르기 위한 연줄로 삼음.

그듸 가다가 화룡순 하의 가 도인을 만나리니 기인(其人)의 셩명(姓名)은 신비회라. 나히 삼십 젼 쇼년이나 직죄 신츌귀몰(神出鬼沒)ᄒᆞ여 당시(當時) 무젹(無敵)이라. 부듸 군ᄉᆞ(軍師)를 삼게 ᄒᆞ라."

ᄒᆞ고 인ᄒᆞ여 니별ᄒᆞ니 계양춘이 빅사(拜謝)ᄒᆞ고 하직(下直)고 써나가다가 화룡산의 니르니 큰물이 가로질너 ᄀᆞ쟝 깁고 인젹이 업ᄉᆞ믹 건널셰 업셔 방황ᄒᆞ더라.

차청하위(且聽下回)ᄒᆞ오.

원문

현슈문젼(玄壽文傳) 권지사(卷之四)

〈1a〉 ᄎᆞ셜(且說). 계양츈이 진강도ᄉᆞ를 니별ᄒᆞ고 화룡산 ᄒᆞ에 ᄃᆡ강(大江)을 만나 졍히 갈 바를 아지 못ᄒᆞ더니 문득 일인(一人)이 쇼요관(逍遙冠) 쓰고 낙ᄃᆡ를 들어 물가의 안졋다가 양츈을 보고 나오며 놉히 놀ᄋᆡ 불너 왈,

"녀화위남(女化爲男)193)의 형ᄉᆡᆨ(形色)이 쳐량(凄涼)ᄒᆞ도다. 진강도ᄉᆞ를 니별ᄒᆞ니 심ᄉᆡ(心思) 더욱 감챵(感愴)ᄒᆞ도다. 화룡산의 션쳑(船隻)이 업ᄉᆞ니 건너기 어렵도다. 화향(化向) 녀진국(女眞國)ᄒᆞ면 소원(所願)을 일우리로다."

양츈이 심하(心下)의 놀나 ᄉᆡᆼ각ᄒᆞ되,

'이는 분명 노인의 니라든 신비회로다.'

ᄒᆞ고 급히 나아가 절ᄒᆞ니 기인(其人)이 본 체 아니코 가거늘 감히 다시 말을 〈1b〉 못ᄒᆞ고 기인의 가는 곳만 ᄇᆞ라보고셔 슬○○러니 강상(江上)으로셔 일쳑(一隻) 소션(小船)이 나는 ᄃᆞ시 오거늘 밧비 소ᄅᆡᄒᆞ여 왈,

"나는 타국(他國) 사람으로셔 녀진으로 가려 ᄒᆞ되 물을 건너지 못ᄒᆞᄂᆞ니 빌건ᄃᆡ 션듀(船主)는 물를 건네게

193) 여화위남(女化爲男) : 여자가 변해 남자가 됨.

ᄒᆞ라."

기인이 즉시 ᄇᆡ를 다히거ᄂᆞᆯ 샤례ᄒᆞ고 ᄇᆡ의 오르니 슌식간(瞬息間)의 건넌지라.

ᄉᆞ공 왈,

"이 물이 깁고 본ᄃᆡ ᄇᆡ 업ᄉᆞ니 져마다 건너지 못ᄒᆞ더니 금일(今日) 공ᄌᆞ는 우연의 나를 만나 건너시니 션가(船價)나 후히 주쇼셔."

양츈 왈,

"ᄂᆡ 여러 날 길희 오ᄆᆡ 푼젼이 업ᄂᆞ니 엇지ᄒᆞ리오?"

션인 왈,

"연즉 후일 만ᄂᆞ거든 만히 주쇼셔."

ᄒᆞ고 ᄇᆡ를 져허 가ᄂᆞᆫ지라.

양츈이 뮐을 ᄐᆞ고 슈일만의 니⟨2a⟩ᄅᆞ니 진국 궁녀(宮女) 봉셰란 사ᄅᆞᆷ을 텬ᄒᆡᆼ(天幸)으로 만나 ᄉᆞ괴여 궁듕의 드러갈ᄉᆡ 개용단을 삼키니 인물이 아ᄅᆞᆷ답고 몸이 날ᄂᆡ며 의ᄉᆡ(意思) 층츌(層出)ᄒᆞᄆᆡ 텬하ᄉᆞ(天下事)를 능히 혜아릴 듯ᄒᆞ더라. 궁녜 등이 닷토와 ᄉᆞ괴며 칭찬ᄒᆞᄂᆞᆫ 소ᄅᆡ 진동ᄒᆞ니 왕이 ᄎᆞ언을 듯고 불너 보ᄆᆡ 과연 졀ᄃᆡ가인(絶代佳人)이라.

왕이 ᄃᆡ희ᄒᆞ여 셩명(姓名)을 물으니 양츈이 ᄃᆡ왈,

"쇼쳡(小妾)은 진강도인의 ᄯᆞᆯ이라. 어미 일즉 죽고 아

비 후취(後娶)ᄒᆞ여 계뫼(繼母) 박ᄃᆡ(薄待) ᄐᆡ심(太甚)ᄒᆞ오ᄆᆡ 견ᄃᆡ지 못ᄒᆞ여 도망ᄒᆞ야 이의 니르럿ᄂᆞ이다."

왕이 더욱 깃거 칭찬왈,

"진강도인의 일흠은 드럿시나 보지 못ᄒᆞ엿더니 이는 진실노 션녜(仙女)로〈2b〉다. 이는 하랄이 날를 위ᄒᆞ여 그ᄃᆡ를 만나게 ᄒᆞ시미라."

ᄒᆞ고 뎐의 드려 일야(一夜)를 동숙(同宿)ᄒᆞ고 졍의 비길 ᄃᆡ 업더라.

이리구러 쥬년(周年)[194]이 되ᄆᆡ 양츈이 슈ᄐᆡ(受胎)ᄒᆞ여 남아(男兒)를 ᄉᆡᆼᄒᆞ니 왕이 원간 무ᄌᆞ(無子)ᄒᆞ다가 ᄎᆞᄋᆞ(此兒)를 어드니 더욱 침혹(沈惑) 과ᄋᆡ(過愛)ᄒᆞ고 만됴(滿朝) 치하(致賀)ᄒᆞ며 ᄇᆡᆨ셩이 쳔세(千歲)를 브르더라.

양츈이 국졍(國政)을 춍집(叢集)ᄒᆞ여 지략(智略)과 용ᄆᆡᆼ(勇猛)을 갈회여 왈,

"엇지 ᄆᆡ양 번왕(藩王)으로 칭신(稱臣)ᄒᆞ리오? 이제 군마(軍馬)를 죠련(調練)ᄒᆞ여 ᄒᆞᆫ번 듕원(中原) 강산(江山)을 닷토와 볼지라. 엇지 변방(邊方) ᄒᆞᆫ 곳을 직희여

194) 주년(周年) : 어떤 사건이나 일이 일어난 그날로부터 1년이 되는 날.

세월(歲月)을 보ᄂᆡ리오? 원(願) 왕은 ᄌᆡ삼 ᄉᆡᆼ각ᄒᆞ쇼셔."

왕 왈,

"ᄂᆡ ᄯᅩᄒᆞᆫ 이 ᄯᅳ지 이스나 위왕 현슈문의 도으물 아ᄂᆞ니 뎌의 지혜와 용ᄆᆡᆼ〈3a〉을 져허 감히 ᄉᆡᆼ의(生意)치 못ᄒᆞ노라."

양춘이 쇼왈,

"왕이 널리 견문(見聞)치 못ᄒᆞ여 계시도다. 위왕은 셔역 일광ᄃᆡᄉᆞ의 슐법을 ᄇᆡ화시니 실노 명쟝(名將) ᄀᆡ쟝(奇將)이라. 삼국(三國)을 항복(降伏) 바든 공(功)으로 숑황(宋皇)이 셔쳔 한듕을 버혀 위왕을 봉ᄒᆞ엿더니 그 후 ᄐᆡᄌᆡ(太子) 즉위(卽位)ᄒᆞ여 간신(奸臣)의 말를 듯고 한듕을 환슈(還收)ᄒᆞ라 ᄒᆞᄆᆡ 왕이 불납(不納)ᄒᆞ니 텬ᄌᆡ 그 아들을 젓 담고 셔번 진변을 쳐결ᄒᆞ여 위를 치다가 ᄑᆡᄒᆞ엿더니 그 후 흉뇌(匈奴) 듕원(中原)을 쳐 거의 망케 되엿더니 위왕이 션뎨(先帝) 지우(知遇)를 ᄉᆡᆼ각고 흉노를 물니쳐 주니 텬ᄌᆡ 치샤(致謝)코져 ᄒᆞ며 ᄯᅩ 간신의 말닌 뵈 되어 못보고 그져 돌아가니 이〈3b〉러무로 다시 돕지 아닐 거시니 위왕은 념녀치 말으쇼셔."

왕이 ᄃᆡ희왈,

"그ᄃᆡ는 진즛 신션의 ᄯᆞᆯ이오 녀듕군ᄌᆡ(女中君子)로다. ᄂᆡ 엇지 ᄀᆡ병(起兵)치 아니리오?"

양츈 왈,

"만일 긔병ᄒᆞᆯ진ᄃᆡ 모ᄉᆞ(謀士)를 어더야 ᄒᆞ리니 쳡이 부친(父親) 말삼을 듯ᄉᆞ오니 화룡강의 신비회란 도ᄉᆡ 신츌귀몰(神出鬼沒)ᄒᆞ다 ᄒᆞ오니 현신(賢臣)으로 ᄒᆞ여곰 녜단(禮緞)을 보ᄂᆡ여 쳥ᄒᆞ쇼셔."

왕이 즉시 곽슈의로 더부러 녜물를 츌혀 단긔(單騎)로 화룡강의 가 신비회의 집을 ᄎᆞᄌᆞ가니 동ᄌᆡ 나와 곽공을 인도ᄒᆞ거늘 슈의 드러가 진왕이 친림(親臨)ᄒᆞ여시믈 뎐ᄒᆞ니 비회 ᄃᆡ경ᄒᆞ여 마자 당상(堂上)의 녜필(禮畢)의 왈,

"ᄃᆡ왕이 누샤(陋舍)의 친림ᄒᆞ시니 쇼되(小道) 〈4a〉 불승황감(不勝惶感)이로소이다."

왕이 답샤(答謝)ᄒᆞ고 공경ᄒᆞ여 소회(所懷)를 베프니 신공이 고개 조아 왈,

"쇼되(小道) 나히 어리고 ᄌᆡ죄 박ᄒᆞᄆᆡ 왕교(王敎)를 엇지 봉ᄒᆡᆼ(奉行)ᄒᆞ리잇고?"

ᄉᆞ양ᄒᆞ거ᄂᆞᆯ 왕이 ᄌᆡ삼 간쳥ᄒᆞ니 신공이 마지못ᄒᆞ여 비로소 허ᄒᆞᆫᄃᆡ 왕이 ᄃᆡ희ᄒᆞ여 다리고 도라와 즉시 아골ᄃᆡ로 션봉을 삼고 칠십만 ᄃᆡ군을 조발(調發)ᄒᆞ여 갑ᄌᆞ일(甲子日)의 츌ᄉᆞ(出師)ᄒᆞ려 ᄒᆞ더라.

양츈이 고왈,

"녯날 초ᄑᆡ왕(楚霸王)이 우미인(虞美人)을 ᄃᆞ리고 츌

ᄉᆞᄒᆞ엿나니 쳡도 ᄒᆞᆫ가지로 가고져 ᄒᆞᄂᆞ이다."

왕이 깃거 군복(軍服)을 닙히고 쳔니농춍마를 ᄐᆡ와 츌ᄉᆞᄒᆞ니라. 이젹의 텬ᄌᆡ 위왕의 도으믈 닙어 흉노의 핍박(逼迫)ᄒᆞ물 면ᄒᆞ〈4b〉고 죵사(宗社)를 보젼ᄒᆞ여시나 심히 암약(闇弱)ᄒᆞ여 쏘 간신의 말를 듯고 한듕을 ᄎᆞᆺ고져 ᄒᆞ더니 ᄎᆞ시(此時) 위왕이 ᄉᆡᆼ각ᄒᆞ되,

'ᄂᆡ 몬져 한듕을 드리리라.'

ᄒᆞ고 한듕을 버혀 텬ᄌᆞ긔 드리니 텬ᄌᆡ ᄃᆡ희ᄒᆞ야 즐기더라.

일일(一日)은 지경(地境) 쵸ᄆᆡ(哨馬) 보ᄒᆞ되 녀진국 아골ᄃᆡ 대군(大軍)을 거ᄂᆞ려 ᄃᆡ경의 니르럿다 ᄒᆞ거늘 황뎨 ᄃᆡ경ᄒᆞ여 만됴(滿朝)를 모화 의논ᄒᆞ되,

"뉘 젹병(敵兵)을 막으리오?"

ᄃᆡ사마(大司馬) 댱계원이 츌반쥬왈(出班奏曰),[195]

"신(臣)이 무ᄌᆡ(無才)ᄒᆞ오나 젹을 버혀 텬하 근심을 덜니이다."

샹이 깃거 뉵십만 ᄃᆡ군과 쳔여원 댱ᄉᆞ를 주시고 인ᄒᆞ여 젼숑ᄒᆞ시니 도독(都督)이 군ᄉᆞ를 조련ᄒᆞ여 명일(明

195) 출반주왈(出班奏曰) : 조정 대신들의 무리에서 나와 아룀.

日) 츌ᄉᆞᄒᆞ니라. 당계원이 ᄒᆡᆼ군ᄒᆞ여 풍쥬셩〈5a〉의 니ᄅᆞ러 젹진(敵陣)을 탐지(探知)ᄒᆞ니 아골ᄃᆡ 군마(軍馬)를 거ᄂᆞ려 몬져 오고 ᄯᅩ 진왕이 삼십만을 거날려 후응(後應)ᄒᆞᆫ다 ᄒᆞ거늘 군ᄉᆞ로 예비(豫備)ᄒᆞ더라.

아골ᄃᆡ 텬병(天兵)196)이 츙쥐셩의 쉬오물 듯고 왕긔 고ᄒᆞᄃᆡ 신비회 겻ᄒᆡ 잇다가 아골ᄃᆡᄃᆞ려 왈,

“그ᄃᆡᄂᆞᆫ 녕군(領軍)ᄒᆞ여 구리셩의 진치라.”

ᄒᆞ고 후군(後軍) 산골ᄃᆡ로 일쳔군 거날여 ᄇᆡᆨ농강을 건너가 이리이리ᄒᆞ라 ᄒᆞ고 진골ᄃᆡ다려 왈,

“그ᄃᆡ난 금야(今夜) 삼경(三更)의 나아가 여ᄎᆞ여ᄎᆞᄒᆞ라.”

제장(諸將)이 각각(各各) 쳥녕(聽令)ᄒᆞ고 군을 거ᄂᆞ려 가니라.

ᄎᆞ시 당원쉬 풍쥬셩의 진 치고 ᄊᆞ홈을 도도니 아골ᄃᆡ의 부쟝(副將) 됴관이 츌마ᄃᆡ호왈,

“나를 ᄃᆡ젹(對敵)ᄒᆞᆯ ᄌᆡ 잇〈5b〉거든 나오라.”

숑쟝 됴만이 ᄂᆡ달라 ᄊᆞ와 삼십여 ᄒᆞᆸ의 승뷔(勝負) 업더니 신공이 아골ᄃᆡ다려 왈,

196) 천병(天兵) : 천자의 군사.

"금일 ᄊᆞ홈을 보니 숑장이 용밍ᄒᆞᆫ지라. 간ᄃᆡ로 핍박지 못ᄒᆞ리니 오날 그ᄃᆡ 여ᄎᆞ여ᄎᆞᄒᆞ라."

골ᄃᆡ 깃거 진의 돌아와 소뇌와 올모를 진젼(陣前)의 뭇고 납함(吶喊)ᄒᆞ며 졉젼(接戰)ᄒᆞ다가 거즛 픠ᄒᆞ여 다라나니 송군이 승세ᄒᆞ여 급히 ᄯᆞ로더니 진젼의 다ᄃᆞ라는 말이 올모의 걸녀 것구러지거늘 아골ᄃᆡ 긔를 두로며 불노 치니 송진 쟝졸이 다 죽고 남은 ᄌᆡ는 겨오 도망ᄒᆞ니 송 원쉬 분ᄒᆞ여 친히 나 ᄊᆞ호고져 ᄒᆞᆫᄃᆡ 제장이 말니되 듯지 아니코 ᄆᆞᆯ를 ᄯᅱ여 나오며 웨여 왈,

"너희 쥐 무리 조고만 ᄭᅬ로ᄡᅧ 엇지 〈6a〉 ᄃᆡ군을 희ᄒᆞᄂᆞ뇨?"

ᄒᆞ고 ᄊᆞ호물 도도ᄃᆡ 골ᄃᆡ 구지 나지 아니니 원쉬 진젼의셔 즐욕(叱辱)ᄒᆞ다가 도라가니라.

ᄎᆞ야의 신공이 아골ᄃᆡ로 더부러 왈,

"ᄂᆡ 군ᄉᆞ로 굴헝을 마니 파고 허공(虛空)의 달이를 노왓나니 명일 제장으로 졉젼ᄒᆞ라."

아골ᄃᆡ 진의 나와 ᄊᆞ호쟈 ᄒᆞ니 원쉬 츌마(出馬)ᄒᆞ여 교젼(交戰)ᄒᆞᄆᆡ 진즛 젹쉬(敵手)라. 십여 합의 골ᄃᆡ 양픠(佯敗)ᄒᆞ여 달아나니 송 원쉬 급히 ᄯᆞ로더니 허공(虛空)을 드ᄃᆡ여 인ᄆᆡ(人馬) 다 굴헝의 ᄲᅡ지니 젹진 쟝졸이 일시의 즛치거ᄂᆞᆯ 제장이 ᄂᆡᄃᆞ라 구ᄒᆞ니 원쉬 겨요 버셔

나 분ᄒᆞ물 니긔지 못ᄒᆞ여 다시 ᄊᆞ홀ᄉᆡ 골ᄃᆡ의 창ᄉᆞᆺ희 면뫼(面貌) 상(傷)ᄒᆞ며 투괴 버셔져 급ᄒᆞ더니 졔장이 겨오구〈6b〉ᄒᆞ여 가니라. 진국 쟝졸이 신공의 묘슐(妙術)을 칭찬ᄒᆞ고 당원슈 미구(未久)의 잡히리라 ᄒᆞ더라.

신공 왈,

“금야 삼경의 겁칙ᄒᆞ면 크게 니긔리라.”

ᄒᆞ고 군듕의 젼령ᄒᆞ니라.

이ᄯᆡ 당원슈 샹쳐의 약을 바르고 쟝듕(帳中)의 누어 분을 참지 못ᄒᆞ더니 삼경(三更)의 함셩(喊聲)이 ᄃᆡ진(大振)ᄒᆞ며 겁칙ᄒᆞ거늘 원슈 밋쳐 의갑(衣甲)을 출이지 못ᄒᆞ고 군ᄉᆡ 능히 긔계를 ᄎᆞᆺ지 못ᄒᆞ여 ᄇᆡᆨ농강을 바라고 다라ᄂᆞ니 아골ᄃᆡ 뒤흘 ᄯᆞ로며 엄살(掩殺)ᄒᆞᆫᄃᆡ 셔로 즛ᄇᆡ라 죽ᄂᆞᆫ지라. 강슈(江水)의 다다라 물을 먹더니 문득 물결이 하ᄂᆞᆯ의 다하오니 군ᄉᆡ 혼야듕(昏夜中) 보지 못ᄒᆞ여 다 ᄡᆡ져 죽오니 이ᄂᆞᆫ 신공이 미리 ᄇᆡᆨ농강 샹뉴(上流)를 막앗더니 ○○을 〈7a〉 듯고 터노후미라.

ᄎᆞ시 산골ᄃᆡ 오국셩의 웅거(雄據)ᄒᆞ여 긔를 누이고 ᄌᆞᄂᆞᆫ 다시 잇다가 숑진 ᄃᆡ군의 오물 보고 일시의 ᄂᆡ다라 치니 모다 명(命)을 도망ᄒᆞ여 본국(本國)으로 다라나니라. 텬ᄌᆡ 쟝계원을 보ᄂᆡ시고 승ᄑᆡ를 몰나 근심ᄒᆞ더니 ᄑᆡᄒᆞᆫ 쇼식을 듯고 ᄃᆡ경ᄒᆞ샤 급히 박녀신으로 삼십만 군을

주어 원슈를 구ᄒᆞ라 ᄒᆞ시다.

화셜(話說). 계양츈이 왕긔 고왈,

"쳡이 지식이 업ᄉᆞ오나 냥진(兩陣) 형셰(形勢)를 보니 비록 ᄒᆞᆫ번 니긔여시나 ᄯᅩ ᄑᆡᄒᆞ기 쉬오니 진문(陣門)을 닷고 나지 말르쇼셔. 쳡이 금야(今夜)의 냥장(兩將)의 멀리를 버혀오리이다."

왕이 즉시 군듕의 젼령ᄒᆞ니 신공 등이 의혹왈(疑惑曰),

"ᄒᆞᆫ 녀ᄌᆡ 엇지 냥쟝의 머리〈7b〉를 버히리요?"

ᄒᆞ고 의아ᄒᆞ더라.

이날 양츈이 진도관을 불너 왈,

"ᄂᆡ 그ᄃᆡ ᄌᆡ조를 아ᄂᆞ니 그ᄃᆡ 맛당이 ᄌᆞᄀᆡᆨ(刺客)이 되어 숑진의 들어가 냥쟝의 머리를 버혀 올소냐?"

도관이 왈,

"드러가면 버혀 오려니와 드러가기 어려올가 ᄒᆞᄂᆞ이다."

양츈 왈,

"ᄂᆡ게 긔이ᄒᆞᆫ 약이 이시니 일홈은 혼신보명단(昏身保命丹)이니 이를 먹으면 겻히 ᄉᆞ람이 몰나보ᄂᆞ니 엇지 드러가기를 근심ᄒᆞ리오?"

ᄒᆞ니 도관이 응낙(應諾)고 약을 가지고 밤을 기ᄃᆞ려

비수(匕首)를 품고 송진의 나아가 약을 솜키니 과연 곗히 군식 아지 못ᄒᆞ거늘 방심(放心)ᄒᆞ고 완완(緩緩)이 ᄃᆡ예 다ᄃᆞ라 보니 박녀신은 촉(燭)을 도도고 칼흘 어로만지며 병셔(兵書)를 닑고 〈8a〉 당계원은 샹쳐를 알아 셔안(書案)을 의지ᄒᆞ여 신음(呻吟)ᄒᆞ거늘 도관이 비슈를 날녀 녀신을 치니 촉영(燭影)의 검광(劍光)이 빗나며 머리 나려지난지라. 쏘 칼을 드러 당계원을 버혀 두 슈급(首級)을 가지고 나오되 군듕의 알 니 업더라.

도관이 본진(本陣)의 도라와 양츈의 고ᄒᆞ니 왕이며 제장이 칭찬불이(稱讚不已)[197]ᄒᆞ고 낭장의 슈급을 긔예 달라 송진을 뵈여 왈,

"너희 ᄃᆡ장의 머리를 어더 와시니 ᄎᆞ자가라."

ᄒᆞ니 송군이 ᄃᆡ경실ᄉᆡᆨ(大驚失色)ᄒᆞ여 장의 드러가 보니 과연 낭장의 시신만 샹의 것구러졋ᄂᆞᆫ지라. 엇지 이런 고이ᄒᆞᆫ 변이 이스리오? 제장이 ᄃᆡ경황겁(大驚惶怯)ᄒᆞ여 다만 하늘를 우러러 송을 돕지 아〈8b〉니물 차탄(嗟歎)ᄒᆞ고 급히 됴정(朝廷)의 보ᄒᆞ니 샹이 ᄃᆡ경ᄒᆞ고 신민(臣民)이 엇지ᄒᆞᆯ 쥴 몰나 통곡ᄒᆞ더라.

---

197) 칭찬불이(稱讚不已) : 칭찬해 마지않음.

문득 일인(一人)이 쥬왈,

"요ᄉᆞ이 듯ᄉᆞ오니 진국 아골ᄃᆡᄂᆞᆫ 텬하 명장이오 모ᄉᆞ 신비호ᄂᆞᆫ ᄌᆡ죄 와룡션ᄉᆡᆼ(臥龍先生)의 지ᄂᆞ니 상통텬문하달디리(上通天文下達地理)[198] ᄒᆞᄂᆞᆫ지라. 다만 현슈문 곳 아니면 ᄃᆡ적ᄒᆞ 리 업ᄉᆞ오니 급히 위국의 ᄉᆞ(使)를 보ᄂᆡ여 젼후ᄉᆞ를 샤례ᄒᆞ고 그 마음을 위로ᄒᆞ시고 다만 션뎨의 탁고(託孤)ᄒᆞ시물 도라보와 둉묘(宗廟)와 사직(社稷)을 구ᄒᆞ여 짐의 젼과(前過)를 기회치 말나 간청ᄒᆞ쇼셔."

ᄒᆞ거ᄂᆞᆯ 모다 보니 ᄐᆡᄒᆞᆨ사(太學士) 진담이라.

샹 왈,

"그ᄃᆡ 말이 가장 유리ᄒᆞᄂᆞ 이제 한듕을 환슈ᄒᆞ엿고 뎌를 박ᄃᆡ(薄待)ᄒᆞ여 그 아〈9a〉다를 졋 담아 보ᄂᆡ고 삼노병(三路兵)을 보ᄂᆡ여 치다가 ᄑᆡᄒᆞᆫ 후 흉노의 난을 구ᄒᆞ여 주고 갈제도 짐이 치ᄒᆞ(致賀)도 못ᄒᆞ엿ᄂᆞ니 무삼 낫ᄎᆞ로 급ᄒᆞ다 ᄒᆞ여 ᄉᆞ자(使者)를 보ᄂᆡ리오? 녯 셩인(聖人)이 니르사ᄃᆡ 어려온 일은 남의게 밀위지 말ᄂᆞ ᄒᆞ엿나

198) 상통천문하달지리(上通天文下達地理) : 위로는 천문을 통하고 아래로는 지리에 통달한다는 뜻으로 세상사를 통달함을 이름.

니 젼일 평안ᄒᆞᆫ ᄣᅢ는 박ᄃᆡᄒᆞ고 어려온 ᄣᅢ는 구ᄒᆞ라 ᄒᆞ미 ᄯᅩᄒᆞᆫ ᄒᆞᆯ ᄇᆡ 아니니 짐이 ᄎᆞ마 못ᄒᆞ리라. 지금 당ᄒᆞ여 젼과(前過)을 뉘웃치나 엇지 밋ᄎᆞ리오?”

누쉬여우(淚水如雨)ᄒᆞ니 진담이 쥬왈,

“일이 급ᄒᆞ오니 폐하는 ᄉᆞ렴을 도라보지 마르쇼셔.”

졔신이 일시의 쥬ᄒᆞ니 샹이 사세(事勢) 급ᄒᆞᆷ을 보고 ᄒᆞᆯ일업셔 통곡ᄒᆞ며 왈,

“죠정의 간신의 말를 신쳥(信聽)ᄒᆞ〈9b〉다가 급화(急禍)를 당ᄒᆞ니 뉘 나를 위ᄒᆞ여 구ᄒᆞ리오?”

ᄒᆞ고 ᄉᆞ자를 위예 보ᄂᆡ니 위왕이 황지(皇旨)를 보고 변ᄉᆡᆨ왈(變色曰),

“ᄂᆡ 나히 만하 긔력(氣力)이 쇠모(衰耗)ᄒᆞ여시니 엇지 젼일 쇼년 ᄣᅢ 갓ᄒᆞ리오? 그ᄃᆡ 등은 몰오미 진튱갈력(盡忠竭力)ᄒᆞ여 뎨를 도와 만세무강(萬世無疆)ᄒᆞ고 늙근 나를 ᄉᆡᆼ각지 말고 돌아가 텬ᄌᆞ긔 늙근 몸이 병이 깁허 응됴(應助)치 못ᄒᆞ물 알외라.”

ᄒᆞ고 안연부동(晏然不動)[199]ᄒᆞ니 ᄉᆞ신이 민망ᄒᆞ여 여러 날 머무러 가유(開諭)ᄒᆞ되 ᄒᆞᆯ일업셔 도라와 이ᄃᆡ

199) 안연부동(晏然不動) : 태연하게 움직이지 않음.

로 복명(復命)ᄒᆞ온ᄃᆡ 텬ᄌᆡ 쳬읍(涕泣)ᄒᆞ시고 셩듕이 물ᄭᅳᆯ 틋ᄒᆞ며 통곡ᄒᆞ되,

"간신 등이 어린 황뎨를 속혀 ᄇᆡᆨ셩을 잔ᄒᆡ(殘害)ᄒᆞ며 국ᄀᆡ(國家) 망ᄒᆞ게 ᄒᆞ도다."

〈10a〉 ᄒᆞ더라.

ᄎᆞ셜(且說). 뉴셩ᄆᆡ(流星馬) 급고왈(急告曰),

"아골ᄃᆡ 승승쟝구(乘勝長驅)ᄒᆞ여 황셩(皇城)으로 온다."

ᄒᆞ거늘 텬ᄌᆡ 망죠(亡兆)ᄒᆞ여 ᄉᆞ신을 ᄯᅩ 위국의 보ᄂᆡ여 한듕은 도로 보ᄂᆡ오니 션뎨 림죵시(臨終時) 탁고(託孤)를 ᄉᆡᆼ각ᄒᆞ오며 죵ᄉᆞ를 위ᄒᆞ와 짐을 구ᄒᆞ라 ᄒᆞ엿더라. 위왕이 ᄉᆞ신을 보지 아니ᄒᆞ고 밧그로 ᄃᆡ졉ᄒᆞ여 병들어 ᄒᆡᆼ치 못ᄒᆞ노라 칭ᄒᆞ고 종시(終是) 부동(不動)ᄒᆞ니 황ᄉᆡ(皇使) 타루(墮淚)ᄒᆞ며 돌라와 연유(緣由)를 쥬ᄒᆞ니 텬ᄌᆡ ᄒᆞ릴업셔 셩쳡(城堞)을 굿게 ᄒᆞ고 군ᄉᆞ를 불너 방비ᄒᆞ더니 아골ᄃᆡ 황뎨 친이 셩을 ᄌᆞ희물 듯고 ᄃᆡ쇼군을 모라 둘너ᄊᆞ고 치되 셩쳡이 놉고 ᄒᆡᄌᆡ(垓字) 깁허 급히 〈10b〉 치기 어려온지라.

신공이 ᄒᆞᆫ 계교를 ᄉᆡᆼ각ᄒᆞ고 왕의게 나아갓더니 양츈이 왕게 고왈,

"셩문을 됴련니 파키 어려온지라. 쳡이 비록 ᄌᆡ죄 업

ᄉᆞ오나 금야(今夜)의 셩문 열게 ᄒᆞ올 거시니 셩 갓가이 제장을 ᄆᆡ복(埋伏)ᄒᆞ엿다가 응ᄒᆞ쇼셔.”

왕이 깃거 젼령ᄒᆞ니 군듕이 밋지 아니ᄒᆞ되 젼일를 보와시ᄆᆡ 셔로 즐겨ᄒᆞ며 신공은 짐작ᄒᆞ되,

‘진강도ᄉᆞ의 약으로 셩공ᄒᆞ려 ᄒᆞ미로다.’

ᄒᆞ더라.

이날 양츈이 진도관을 불너 왈,

“금야의 숑진 북문(北門)을 ᄉᆞᆷ경(三更)의 열 거시니 군ᄉᆞ 신공의게 통ᄒᆞ고 착실이 쥰비ᄒᆞ라.”

ᄒᆞ니 진도관이 의아ᄒᆞ나 젼일를 ᄉᆡᆼ각ᄒᆞ고 〈11a〉 즉시 신공게 고ᄒᆞ니 신공이 의아ᄒᆞ나 그 약이 잇ᄂᆞᆫ 쥴 아난지라.

즁군장(中軍將) 두여긔을 블너 니르되,

“너난 군사 삼쳔을 거ᄂᆞ리 남문(南門) 십니(十里)의 남보단이란 곳의 가 ᄆᆡ복ᄒᆞ여다가 여챠여챠ᄒᆞ라.”

ᄒᆞ고 아골대 불너 왈,

“그대난 금야 삼경의 북문을 열 거시니 셩 밧긔 ᄆᆡ복ᄒᆞ여다가 숑 황졔 나가거든 니리니리ᄒᆞ라.”

ᄒᆞ고 ᄯᅩ 산골대을 블너 왈,

“각진(各陣)이 궁셩(宮城)의 돌립(突入)ᄒᆞ거든 숑황이 도망ᄒᆞᆯ 거시니 그ᄯᅢ을 승시(乘時)ᄒᆞ여 ᄇᆡ로 우리 대

왕을 황극젼의 뫼시고 호위(護衛)ᄒᆞ라.”

ᄒᆞ고 졔장을 분빅(分配)ᄒᆞ고 밤 들기을 기다려 일을 일우게 ᄒᆞ라. 이날 황혼(黃昏)의 〈11b〉 양츈이 셔웅을 불너 왈,

“그ᄃᆡ 의용(義勇)을 아니니 오날밤의 셩을 너머 셩문을 열가 시부냐?”

셔웅 왈,

“셩은 넘기 어렵지 아니ᄒᆞ오나 다만 슈문(守門) 장졸(將卒)이 거긔 직희여시리니 단신(單身)으로 엇지ᄒᆞ리오?”

양츈 왈,

“용밍이 족홀진ᄃᆡ 슈문장(守門將)을 졔여(制御)홀 슐(術)리 잇스니 그ᄃᆡ는 념녀치 말나.”

셔웅 왈,

“무슴 슐법이 잇ᄂᆞ뇨?”

양츈이 금낭(錦囊)으로셔 ᄒᆞᆫ 환약(丸藥)을 ᄂᆡ여쥬며 왈,

“이 약 일홈은 ᄒᆡ명보향단이니 먹은즉 겻틔 사ᄅᆞᆷ이 아득ᄒᆞ여 졀노 ᄡᅳ러지ᄂᆞᆫ지라. 이 약을 셩 넘을 ᄯᅦ의 먹고 넘으라.”

셔웅이 바다 가지고 셩 밋틔 가 먹으니 눈이 밝고 용

(勇)이 ᄇᆡ(倍)나 더ᄒᆞ여 몸이 날 듯〈12a〉ᄒᆞᆫ지라. 몸을 쇼쇼와 능히 셩을 넘어가니 셩 직흰 댱졸이 셔로 ᄡᅳ러지ᄂᆞᆫ지라. 문의 니ᄅᆞ러 보니 슈문(守門) 쟝쉬(將帥) 위의(威儀)을 갓쵸고 금고(金鼓)을 울니며 검극(劍戟)이 츄샹(秋霜) 갓트여 엄슉(嚴肅) 졍제(整齊)ᄒᆞ더니 셔웅을 보고 졀노 ᄡᅳ러지며 무슈ᄒᆞᆫ 군ᄉᆡ 셔웅의 눈이 가는 ᄃᆡ로 모도 것구러지니 웅이 그졔야 문을 크게 열고 반포(頒布)ᄒᆞ니 아골대 군사을 모라 일시의 고ᄒᆞᆷᄒᆞ고 드러가니 슈문 쟝졸이 방비(防備) ᄂᆞᆫ(難)커니와 목슘을 보젼ᄒᆞ여 사산분쥬(四散奔走)ᄒᆞ니 차시(此時) 쳔ᄌᆞ 황극젼의 계시다가 불의(不意)예 셩이 ᄑᆞᄒᆞ믈 드르시고 망극ᄒᆞ여 시신(侍臣)을 거나리고 궐문을 ᄂᆡ다라 〈12b〉 북문을 향ᄒᆞᆯᄉᆡ 산골ᄃᆡ 압흘 막고 급히 칠ᄉᆡ 쳔ᄌᆞ 망극ᄒᆞ여 앙쳔탄왈(仰天歎曰),

"쟝찻 엇지ᄒᆞ리요?"

ᄒᆞ고 실셩통곡(失性慟哭)ᄒᆞ니 제신(諸臣)이 이 경상을 당ᄒᆞ여 망극ᄒᆞ믈 먹음고 쥭도록 ᄊᆞ화 겨유 ᄒᆞᆫ 믄을 헤치고 남보단을 바라고 ᄃᆞ라ᄂᆞ더니 일셩표향(一聲砲響)의 두 편 ᄆᆡ복ᄒᆞᆫ 군ᄉᆡ ᄂᆡ다ᄅᆞ 즛치니 쳔ᄌᆞ 산곡(山谷)을 향ᄒᆞ고 도망ᄒᆞ니라. 산골대 진왕을 호위ᄒᆞ여 황극젼의 뫼시고 군을 거두고 ᄇᆡᆨ셩을 안무(按撫)ᄒᆞ고 즉시 젼

의 올나 시신 만됴을 ᄃᆞ리고 연셕(宴席)을 열며 숑 황졔의 가쇽(家屬)을 다 거두어 구리셩의 가도고 아골대는 숑 황졔을 좃차 ᄯᆞ로니 이ᄯᆡ 황졔 사지(死地)ᄅᆞᆯ 버셔〈13a〉나 동녁흘 향ᄒᆞ고 쥭도록 다ᄅᆞ나니 하로 사이의 몃 니을 힝ᄒᆞᆫ지 모을네라.

경양현이란 ᄯᆞ의 ᄃᆞᄃᆞ라 아골대을 맛ᄂᆞ니 근본 아골ᄃᆡ 노약을 덜고 졍당군을 모라 ᄯᆞ라왓더라. 쳔ᄌᆡ 주야로 모라가니 인곤마핍(人困馬乏)[200]ᄒᆞᆯ 즁 ᄯᅩᄒᆞᆫ 도젹을 만나ᄆᆡ 엇지 살기을 ᄇᆞ라리요. 시신을 도라보사 갈오ᄉᆡ되,

"적셰(敵勢) 급ᄒᆞ여 ᄯᅩᄒᆞᆫ 갈 길이 막혀시니 이랄 엇지 ᄒᆞ리요?"

ᄒᆞ시고 다만 하날을 울어러 통곡ᄒᆞ시니 산쳔이 위ᄒᆞ여 슬어ᄒᆞ는 듯ᄒᆞ더라.

아골대 군을 ᄌᆡ쵹ᄒᆞ여 납함ᄒᆞ며 드러가니 쳔지(天地) 아득ᄒᆞ고 일월(日月)이 무광(無光)ᄒᆞᆫ지라. 슬프다. 츙신(忠臣) 육슈뷔(陸秀夫) 쳔자을 업고 물〈13b〉의 ᄭᅱ여드러 죽으니 ᄎᆞ화즁(此禍中)의 숑이 인ᄒᆞ여 망ᄒᆞ니라. 츙신 녈ᄉᆡ 졔(帝)을 좃ᄎᆞ 다 ᄒᆞ슈(河水)의 ᄲᆡ져 죽고

200) 인곤마핍(人困馬乏) : 사람과 말이 모두 지쳐 피곤함.

상이 박ᄃᆡᄒᆞ든 신ᄒᆞ는 ᄌᆞᆺᄎᆞ 죽고 사랑ᄒᆞ든 됴돈 등 일반은 다 항복ᄒᆞ니 아골대 군을 거두어 도라가다.

잇ᄯᆡ 진왕이 남악문의 젼좌(殿座)ᄒᆞ여 산골대ᄅᆞᆯ 마자 군을 거나려 호위ᄒᆞ고 뇽누봉궐(龍樓鳳閣)201)의 즉위(卽位)ᄒᆞ고 시신(侍臣) 군죨(軍卒)ᄅᆞᆯ 논공(論功)ᄒᆞ여 벼ᄉᆞ을 ᄒᆞ이고 ᄃᆡᄉᆞ쳔ᄒᆞ(大赦天下)ᄒᆞ며 산골대을 명ᄒᆞ여 진국의 보ᄂᆡ여 가쇽을 거나려 오라 ᄒᆞ고 계양츈을 봉ᄒᆞ야 황후(皇后)을 ᄉᆞᆷ고 기자(其子) 봉취로 ᄐᆡ자을 삼다. 계양츈이 운문의(雲霧衣)을 닙고 뇽봉관(龍鳳冠)을 슉여 밧고 옥루상(玉樓上)의 〈14a〉 좌뎡(坐定)ᄒᆞ고 졔신의 됴회을 밧고 인ᄒᆞ여 죵묘의 ᄇᆡ알(拜謁)ᄒᆞᆫ 후 궁즁의 드러오니 영춍(榮寵)이 비길 ᄃᆡ 업더라.

황뎨 즉위 후 모ᄉᆞ 신비회ᄅᆞᆯ 봉ᄒᆞ여 진왕을 ᄉᆞᆷ으니 신공이 구지 사양ᄒᆞ고 봉작(封爵)을 원치 아니ᄒᆞ거ᄂᆞᆯ 텬ᄌᆞ 갈오사ᄃᆡ,

"그ᄃᆡ의 공은 가히 텬고(千古)의 드무니 엇디 반상(班賞)의 ᄉᆡᆨ양ᄒᆞ리요? ᄆᆞ츰 왕좨(王座) 뷔여시니 특별이

201) 용루봉궐(龍樓鳳闕) : 궁궐 혹은 호화롭게 잘 지은 집을 이르는 말.

그ᄃᆡ를 봉ᄒᆞ여 진왕을 숨ᄂᆞ니 나아가 안국(安國) 치민(治民)ᄒᆞ라."

ᄒᆞ고 츌젼제장(出戰諸將)을 각각 봉쟉ᄒᆞ미 민세(民稅)를 덜고 환과고독(鰥寡孤獨) 곤궁자(困窮者)를 고호(顧護)ᄒᆞ니 이후로 ᄉᆞ방(四方) 제후(諸侯) 다 됴회ᄒᆞ되 오직 셔쳔과 셔번과 셔양국이 죠회ᄒᆞᄂᆞᆫ 일 업고 ᄉᆞ신(使臣)으로 진공(進供)ᄒᆞᄂᆞᆫ 일도 〈14b〉 업거ᄂᆞᆯ 텬ᄌᆡ ᄃᆡ로ᄒᆞ사 긔병문죄(起兵問罪)202)코져 ᄒᆞ신ᄃᆡ 신공이 쥬왈,

"폐ᄒᆡ 셔텬을 치고져 ᄒᆞ시니 위왕의 용ᄆᆡᆼ이 쇠잔치 아니ᄒᆞ고 긔력이 유여(有餘)ᄒᆞ오니 만일 픽ᄒᆞᆫ즉 도로혀 ᄃᆡ위(大位)을 보젼치 못ᄒᆞ오며 위ᄐᆡᄒᆞ오리니 사신을 보ᄂᆡ여 동졍(動靜)을 보와 쳐치(處置)ᄒᆞ쇼셔."

샹이 올이 녀겨 ᄉᆞ신을 양국에 보ᄂᆡ니라.

잇ᄯᆡ 신공이 하직ᄒᆞ고 진국으로 드려갈ᄉᆡ 당졸을 거ᄂᆞ려 ᄒᆡᆼ군ᄒᆞ니 진국 졔신이 ᄇᆡᆨ 니예 ᄂᆞ와 마ᄌᆞ 즉위ᄒᆞ고 ᄉᆞ신을 화룡산의 보ᄂᆡ여 가쇽을 ᄃᆞ려오고 나라을 다ᄉᆞ리니 진국 ᄇᆡᆨ셩드리 격양가(擊壤歌)을 부르고 쳔세(千

202) 기병문죄(起兵問罪) : 군사를 일으켜 죄를 묻는다는 뜻으로, 정벌함을 이름.

歲)을 츅슈(祝壽)ᄒᆞ니 시졀이 풍양(豐穰)ᄒᆞ야 산무도젹(山無盜賊)ᄒᆞ며 도불습유(道不拾遺)[203]ᄒᆞ니 진⟨15a⟩국이 ᄃᆡ치(大治)ᄒᆞ더라.

ᄎᆞ시 ᄉᆞ신이 셔쳔의 니르러 황지를 젼ᄒᆞ니 위왕이 칭병(稱病)ᄒᆞ고 승상(丞相) 셕침으로 마ᄌᆞ 말ᄒᆞ니 ᄉᆞ신이 노ᄒᆞ여 셕침을 칙ᄒᆞ거늘 왕게 고ᄒᆞᆫᄃᆡ 왕이 ᄃᆡ로ᄒᆞ여 ᄉᆞ신을 버히고ᄌᆞ ᄒᆞᆫᄃᆡ 졔신이 간ᄒᆞ여 버히지 아니ᄒᆞ나 박ᄃᆡ(薄待) ᄌᆞ심(滋甚)ᄒᆞ며 등 오십을 쳐 ᄂᆡ치니 ᄉᆞ신이 돌라와 그ᄃᆡ로 듀ᄒᆞ니 샹이 ᄃᆡ로ᄒᆞ여 긔병문죄코져 ᄒᆞᆫᄃᆡ 양츈이 쟝복(章服)을 벗고 계ᄒᆞ(階下)의 날려 쥬왈,

“신쳡(臣妾)이 폐ᄒᆞ를 긔망(欺罔)ᄒᆞ고 황후(皇后)의 위(位)의 거ᄒᆞ오니 엇지 죄 업ᄉᆞ릿가? 쳡은 본ᄃᆡ 셕상국 양평공의 ᄯᆞᆯ이라.”

일즉 아비 원슈를 갑고져 ᄒᆞ와 도망ᄒᆞ와 위국의 갓던 말이며 진번으로 조ᄎᆞ 진강도ᄉᆞ를 만나던 ⟨15b⟩ 일를 ᄃᆡ강 고ᄒᆞ며,

---

203) 산무도적(山無盜賊) 도불습유(道不拾遺) : 산에는 도적이 없고 길에 떨어진 물건을 줍는 자가 없다는 뜻으로 풍요롭고 태평한 시대를 이르는 말.

"위왕은 아비 ᄒᆡᄒᆞᆫ 원쉬라. 폐하를 권ᄒᆞ여 아비 원슈를 갑고져 ᄒᆞ오나 위왕은 텬하 영웅이라. 위엄(威嚴)을 두려 감히 발뵈지 못ᄒᆞ옵나니 이제 폐ᄒᆡ 위왕을 치고ᄌᆞ ᄒᆞ시나 쳡의 마음은 진실노 두려온지라. 그러나 모ᄉᆞ 신공이 업ᄉᆞ오니 위왕을 뉘 당ᄒᆞ리잇고? 원 폐ᄒᆞ는 깁피 ᄉᆡᆼ가ᄒᆞ쇼셔."

샹이 후(后)의 말를 올히 너겨 니로ᄃᆡ,

"그ᄃᆡ는 실노 녀즁군ᄌᆞ(女中君子)라. 삼국의 횡ᄒᆡᆼ(橫行)ᄒᆞ여 아비 원슈를 갑고 황휘 되니 고금(古今)의 드물리로다."

ᄒᆞ더라.

셔번국의 갓던 ᄉᆞ신이 도라와 쥬ᄒᆞ되,

"번왕이 위국과 화친(和親)ᄒᆞ여 텬ᄌᆞ를 박ᄃᆡᄒᆞ여 신졀(臣節)을 ᄒᆡᆼ치 아니ᄒᆞ더이〈16a〉다."

ᄒᆞ니 됴신 듕 의논이 분분(紛紛)ᄒᆞ여 혹 치ᄌᆞ ᄒᆞ며 결치 못ᄒᆞ거늘 텬ᄌᆡ 신공의게 계교(計巧)를 결단(決斷)코져 ᄒᆞ여 오기를 기달이더라.

이젹의 위왕이 황ᄉᆞ(皇使)를 쳐 ᄂᆡ치고 갈오ᄃᆡ,

"ᄃᆡ국(大國)이 필연(必然) 우리를 칠 거시니 미리 쥰비ᄒᆞ라."

ᄒᆞ더니 셔번국 ᄉᆞ신이 와 니로ᄃᆡ,

"요ᄉᆞ이 황ᄉᆡ 제국(弟國)의 니르믹 박ᄃᆡᄒᆞ여 보ᄂᆡ엿ᄉᆞ오니 응당(應當) 긔병문죄ᄒᆞᆯ지라. 엇지ᄒᆞ시려 ᄒᆞᄂᆞ잇가?"

위왕 왈,

"아국(我國)도 황ᄉᆡ 왓기로 버히려 ᄒᆞᄃᆞ가 제신의 간ᄒᆞᆷ으로 그져 돌녀보ᄂᆡ시나 실은 분ᄒᆞᆫ지라. 셰상의 무인지경(無人之境)으로 알고 필연 칠 거시니 각각 군긔(軍器) 병마(兵馬)를 쥰비ᄒᆞ라."

ᄒᆞ더라.

잇ᄯᆡ 신비회 돌아오니 황졔 갈오ᄃᆡ,

〈16b〉 "위왕 현슈문이 왕화(王化)을 모로고 텬ᄉᆞ을 쥭기려 ᄒᆞ며 박ᄃᆡ 자심ᄒᆞ니 딤이 긔병문죄코져 호ᄃᆡ 결단치 못ᄒᆞ여 그ᄃᆡ을 청ᄒᆞ여 결단ᄒᆞ려 ᄒᆞ미니라."

진왕 왈,

"위왕의 ᄌᆡ죄을 보지 못ᄒᆞ여ᄊᆞ온나 신이 산즁(山中)의 이슬 ᄯᆡ의 듯사오니 실노 ᄌᆡ죄 비상(非常)ᄒᆞ고 슐법이 셰상의 비ᄒᆞᆯ 리 업다 ᄒᆞ오니 두렵거니와 당시(當時) ᄒᆞ여는 나히 만ᄉᆞ오니 지혜는 비록 감치 아니ᄒᆞ여ᄉᆞ오나 뇽녁(勇力)은 당년(當年) 횡힝ᄒᆞᆯ ᄯᆡ와 달나 필경(畢竟)은 만이 감ᄒᆞ여슬인니 폐ᄒᆡ 부ᄃᆡ 치고ᄌᆞ ᄒᆞ실진ᄃᆡ 승픠는 병가(兵家)의 상ᄉᆞ(常事)라. 엇지 긔탄(忌憚)ᄒᆞ리요? 만일 ᄑᆡᄒᆞ오면 위을 위왕계 젼ᄒᆞ미 되리니 원컨ᄃᆡ 폐하는 셰 번 ᄉᆡᆼ각ᄒᆞ사 살피쇼셔."

황뎨 〈17a〉 갈오ᄃᆡ,

"만일 그러ᄒᆞ면 짐이 친히 뉵군을 거ᄂᆞ려 가리니 경은 짐을 도으라."

ᄒᆞ시니 신공이 쥬왈,

"신이 비록 ᄌᆡ죄 업ᄉᆞ오나 견마(犬馬)의 힘을 다ᄒᆞ와 폐하를 도와 위를 파ᄒᆞ리이다."

텬ᄌᆡ ᄃᆡ희ᄒᆞ여 왈,

"위왕의 ᄌᆡ죄 잇ᄉᆞ오나 반다시 경의셔 더ᄒᆞ지 못ᄒᆞ리니 엇지 근심ᄒᆞ리오?"

즉시 츌ᄉᆞᄒᆞᆯ 제쟝을 졍ᄒᆞᆯᄉᆡ 아골ᄃᆡ로 ᄃᆡ원슈(大元帥)를 삼고 산골ᄃᆡ로 션봉(先鋒)을 ᄒᆞ이고 진골ᄃᆡ로 후군장(後軍將)을 삼아 냥쵸(糧草)를 슈운(輸運)ᄒᆞ게 ᄒᆞ고 진왕 신공으로 ᄎᆞᆷ모(參謀)를 ᄒᆞ이고 칠십만 졍병을 죠발ᄒᆞ여 몬져 위국으로 보ᄂᆡ니라.

ᄎᆞ시 위왕이 날마다 군ᄉᆞ를 죠련ᄒᆞ며 년습ᄒᆞ더니 문득 쵸ᄆᆡ(哨馬) 급보왈,

"ᄃᆡ국 션봉 산골ᄃᆡ 칠십만 ᄃᆡ군을 거ᄂᆞ려 ᄃᆡ원슈 〈17b〉 아골ᄃᆡ와 모ᄉᆞ 신비회로 한듕 구계현의 니르럿다."

ᄒᆞ거날 위왕이 급히 밀셔(密書)를 봉ᄒᆞ여 셔번의게

보ᄂᆡ며 삼ᄌᆞ 현의를 불너 분부왈(分付曰),

"너ᄂᆞᆫ 군마 십만을 거ᄂᆞ려 하슈(河水) 쇼로(小路)로 가만이 나아가며 젹군의 쳬탐군(體探軍)을 만나거든 진녁(盡力)ᄒᆞ여 버혀뼈 쇼식을 통케 말고 급히 황도(皇都)로 나아가 여ᄎᆞ여ᄎᆞᄒᆞ라. 이ᄂᆞᆫ 묘ᄒᆞᆫ 계교니 ᄐᆡ만(怠慢)ᄒᆞ면 ᄃᆡᄉᆡ(大事) 그릇되리라."

ᄒᆞ고 ᄯᅩ 오ᄌᆞ를 불너 니ᄅᆞᄃᆡ,

"너ᄂᆞᆫ 이곳을 직희여 그ᄅᆞ게 말나. ᄂᆡ 들으니 신비회ᄂᆞᆫ 지뫼(智謀) 만타 ᄒᆞ니 응당 쟝슈를 보ᄂᆡ여 도셩을 칠 거시니 이리이리ᄒᆞ라."

ᄒᆞ고 약속을 ᄀᆞᄅᆞ치며 ᄇᆡᆨ슈길을 불너 니로ᄃᆡ,

"그ᄃᆡ는 담략(膽略)이 과인(過人)ᄒᆞ고 말를 잘 ᄒᆞᄂᆞ니 이 소임(所任)을 족히 당ᄒᆞ리라."

ᄒᆞ니 슈길 왈,

〈18a〉 "무ᄉᆞᆷ 일이니잇고? 슈홰(水火)라도 ᄉᆞ양치 아이ᄒᆞ리이다."

왕 왈,

"ᄃᆡ국 병ᄆᆡ 지경을 범ᄒᆞᄆᆡ ᄇᆡᆨ셩이 요란ᄒᆞᆯ 거시니 ᄂᆡ 군을 거ᄂᆞ려 청광산셩 지굴현의 이실 거시니 그ᄃᆡ ᄃᆡ국 진즁(陣中)의 나아가 여ᄎᆞ여ᄎᆞᄒᆞ면 골ᄃᆡ 결단코 청광산으로 군을 거ᄂᆞ려 올 거시니 ᄃᆡ국 병마 산셩(山城)의 든

즉 치기 쉬온지라. 이 소임을 능히 당ᄒᆞᆯ쇼냐?"

슈길 왈,

"ᄉᆞ즉ᄉᆞ의(死則死矣)[204]라. 신ᄌᆡ(臣子) 되여 엇디 이만 일을 ᄉᆞ양ᄒᆞ리요?"

왕이 ᄃᆡ희ᄒᆞ야 약속을 가라쳐 보ᄂᆡ다. 왕이 슈셩군 삼쳔을 두고 남은 군ᄉᆞ를 거ᄂᆞ려 지굼현으로 가며 ᄇᆡᆨ셩을 불너 약속을 ᄀᆞ라치다. 아골ᄃᆡ 대군을 거날려 한듕을 지나 셔쳔의 니ᄅᆞ니 잇ᄯᆡ ᄇᆡᆨ슈길이 아골〈18b〉ᄃᆡ를 만나ᄆᆡ 진젼(陣前)의 나아가 군ᄉᆞ로 ᄒᆞ여곰 닐너 갈오ᄃᆡ,

"셔쳔의 잇ᄂᆞᆫ ᄇᆡᆨ슈길이 원슈긔 고ᄒᆞᆯ 말삼이 잇ᄂᆞ니 진문(陣門)을 여러 달나."

ᄒᆞ니 아골ᄃᆡ 드러오라 ᄒᆞ거늘 슈길이 들어가 관(冠)을 벗고 복디(伏地)ᄒᆞ여 왈,

"쇼쟝(小將)은 본ᄃᆡ 셔쳔 사람이 아니라. 토번국 모ᄉᆞ 신양공의 아달이옵더니 아비 일즉 원슈 현슈문의 손의 죽ᄉᆞ오ᄆᆡ 원슈를 갑고져 ᄒᆞ여 셩명을 고치고 위를 셤겨 원슈를 갑흐려 ᄒᆞ되 ᄯᆡ를 엇지 못ᄒᆞ여 하슈(下手)치 못ᄒᆞ고 몸이 맛ᄎᆞᆯ가 ᄒᆞ엿더니 하늘이 도으샤 긔회(機

---

204) 사즉사의(死則死矣) : 죽으면 죽을 따름이다.

會)를 만나오니 비록 지죄 업ᄉᆞ오나 원컨ᄃᆡ 션봉이 되여 위를 쳐 하나은 원슈를 갑고 둘지ᄂᆞᆫ 황샹을 위ᄒᆞ여 공을 세우고져 〈19a〉 ᄒᆞ여 몸을 더져 항복ᄒᆞ오니 복원 원슈는 의심치 마르시고 칼을 빌니시면 현슈문 노젹(老賊)을 ᄃᆡ젹ᄒᆞᆯ지라. 노젹이 방금 나히 만코 용녁이 쇠ᄒᆞ여시ᄆᆡ ᄃᆡ병을 당치 못ᄒᆞ여 군마를 거ᄂᆞ려 쳔광산셩의 피란ᄒᆞ엿ᄉᆞ오니 위젹 버히기ᄂᆞᆫ ᄂᆡ ᄒᆞᆫ칼의 잇ᄂᆞᆫ지라. 쟝군은 잠간 허락ᄒᆞ쇼셔."

아골ᄃᆡᄂᆞᆫ ᄒᆞᆫ 필뷔(匹夫)라. 이 말을 듯고 ᄃᆡ희ᄒᆞ여 쟝듕의 올녀 좌를 주고 슐를 주어 위로ᄒᆞ고 위왕의 쇼식을 뭇고 비슈를 주어 션봉을 삼거ᄂᆞᆯ 슈길이 깃거 거즛 군ᄉᆞ를 신칙(申飭)ᄒᆞ더니 신비회 듯고 ᄃᆡ경ᄒᆞ여 왈,

"슈길의 투항(投降)이 반ᄃᆞ시 간ᄉᆞᄒᆞᆫ지라. 삼가 죠심ᄒᆞ라."

골ᄃᆡ ᄃᆡ왈,

"토번국 신양공이 현슈문의게 죽은 줄 뉘 몰로리오? 이ᄂᆞᆫ 의심 〈19b〉 업ᄂᆞ이다."

신공 왈,

"위왕은 실노 두려온지라. 간ᄉᆞ 이슬 거시니 션봉을 삼지 말고 후군쟝 진골ᄃᆡ로 ᄒᆞ여곰 위왕 업ᄂᆞᆫ 쌔를 트도셩을 치미 냥칙(良策)이니 진골ᄃᆡ을 몬져 보ᄂᆡ고 슈

길은 쵸ᄎᆞ 보ᄂᆡ미 가ᄒᆞ니라.”

ᄒᆞ거늘 아골ᄃᆡ 듯고 오릐게야 슈길을 쳘긔 삼쳔을 쥬어 진골ᄃᆡ의 션봉을 삼아 셔쳔으로 가라 ᄒᆞ다. 아골ᄃᆡ 슈길을 보ᄂᆡ고 ᄃᆡ군을 모라 쳔광산으로 가며 ᄇᆡᆨ셩ᄃᆞ려 셔쳔 소식을 탐문(探問)ᄒᆞ니 져마다 니르ᄃᆡ,

“위왕이 쳔광산으로 가다.”

ᄒᆞ더라.

잇ᄯᆡ 위왕이 지굴현의 웅거(雄據)ᄒᆞ고 쳔광산의 올나 냥초를 지굴현으로 옴기고 다만 화약 염쵸를 만히 ᄡᅡ아 일지군(一枝軍)을 셩을 직희고 긔치(旗幟)를 세우며 북문을 〈20a〉 크게 여러 톄탐군을 놉흔 산봉(山峯)마다 올녀 아골ᄃᆡ 골의 들거든 급히 긔를 들나 ᄒᆞ고 뎡도원으로 일쳔군을 거나려 ᄂᆡ산(內山)의 ᄆᆡ복ᄒᆞ엿다가 이리이리ᄒᆞ라 ᄒᆞ고 제쟝을 불너 각각 약속을 졍ᄒᆞ고 북문 밧긔 쇠ᄉᆞ슬과 올모를 만히 뭇고 지함(地陷)을 파 군ᄉᆞ를 ᄆᆡ복ᄒᆞ고 인젹(人跡)을 엄금(嚴禁)ᄒᆞ여 기다리더니 호련 보ᄒᆞ되 ᄃᆡ국 션봉이 쳔광산으로 온다 ᄒᆞ거ᄂᆞᆯ 뎡도원이 급히 진을 옴겨 셩중 초현으로 옴기고 긔를 동셔(東西)로 세우며 짐즛 셔로 요란 분쥬ᄒᆞ여 셩듕이 ᄌᆞ연 소동케 ᄒᆞ여 문을 구지 단난 체ᄒᆞ니 아골ᄃᆡ 셩듕이 요란ᄒᆞ물 보고 군ᄉᆞ를 ᄌᆡ촉ᄒᆞ여 문을 치니 셩문이 갈나〈20b〉져 크게 열니거ᄂᆞᆯ 군을 모라 ᄇᆡ로 드러가니 셩중이 일공(一空)ᄒᆞ엿더라.

신공이 크게 놀나 계교의 ᄲᅡ진 줄 알고 버셔날 계교를 ᄉᆡᆼ각ᄒᆞ더니 뎡도원이 셩듕의 잇ᄃᆞ가 젹군이 문의 들물 보고 가마니 복병(伏兵)을 약쇽ᄒᆞ고 나가 ᄐᆡ산(泰山)의 올나 긔를 두르니 진골ᄃᆡ ᄐᆡ산의 복병을 보고 왈,

"져거시 위왕이라."

ᄒᆞ여 션봉을 ᄌᆡ쵹ᄒᆞ여 북문으로 나가더니 일셩포향의 쇠노히 일시의 발ᄒᆞ니 말 발리 걸녀 마골ᄃᆡ 지함의 ᄈᆡ져 발리 쇠ᄉᆞ슬에 올가 걸녀시ᄆᆡ 다만 공듕의 ᄃᆞᆯ녀 버동버동ᄒᆞᄂᆞᆫ지라. 졍도원이 ᄯᅩ 긔를 둘너 쳘통 갓치 ᄊᆞᄂᆞᆫ지라. 셩듕으로셔 불리 니러나 화약 염초의 다하 〈21a〉 장졸이 다 타 죽넌지라.

아골ᄃᆡ 신공을 붓들고 통곡왈,

"션ᄉᆡᆼ아 이를 엇지ᄒᆞᆯ리오?"

ᄒᆞ며 불를 무릅쓰고 다라나니 위왕이 지굴현의 잇다가 아골ᄃᆡ 쳔강산의 들물 보고 군ᄉᆞ를 몰라 골어귀의 진치고 젹군을 기ᄃᆞ리더니 젹군이 좃치여 압흐로 오거ᄂᆞᆯ 위왕이 슈ᄌᆞ긔(帥字旗)를 두르며 북을 울녀 사면 복병이 뇌고(雷鼓) 납함(吶喊)ᄒᆞ고 ᄂᆡ다르니 텬지 진동ᄒᆞᄂᆞᆫ지라. 골ᄃᆡ 산곡의 ᄊᆞ이여 아몰리 ᄒᆞᆯ ᄌᆞᆯ 몰오고 혼비ᄇᆡᆨ

산(魂飛魄散)이라. 신비회 무삼 슐를 ᄒᆞ고져 ᄒᆞ나 힝ᄒᆞ다가 위왕의게 잡힐 거시니 ᄇᆡᆨ계무ᄎᆡᆨ(百計無策)이라 방황ᄒᆞ더니 뎡됴원이 뒤흘 엄습(掩襲)ᄒᆞ여 즛치니 신공과 골ᄃᆡ 앙텬통곡(仰天慟哭)ᄒᆞ〈21b〉며 왈,

"영웅호걸이 우리ᄲᅮᆫ인가 ᄒᆞ엿더니 금일 이곳의셔 맛츌 쥴 엇지 알니요?"

ᄒᆞ더니 문득 위왕이 ᄌᆞ룡검 들고 말를 셔셔히 몰라 들어오며 호령왈(號令曰),

"모ᄉᆞ 신비회와 ᄃᆡ쟝 아골ᄃᆡᄂᆞᆫ 엇지 심심(深深) 산곡듕의 슬피우ᄂᆞᆫ다? 나ᄂᆞᆫ 위왕이라. 너희 엇지 이 늙은 사람을 당치 못ᄒᆞ여 이ᄃᆡ도록 곤ᄒᆞ냐? 너희 쟝쉬 되며 모ᄉᆡ 도여 남의 우음을 깃치ᄂᆞ뇨? ᄲᆞᆯ니 항복ᄒᆞ여 목슘을 보젼ᄒᆞ러니와 그러치 아니ᄒᆞ면 죽기를 도망치 못ᄒᆞ리라."

신비회 위왕의 관후(寬厚) ᄃᆡ덕(大德)을 흠모(欽慕)ᄒᆞ던 ᄇᆡ라. 드ᄃᆡ여 ᄆᆞᆯ게 ᄂᆞ려 손을 뭇거 비니 아골ᄃᆡ ᄯᅩᄒᆞᆫ 투고를 벗고 업ᄃᆡ여 비ᄂᆞᆫ지라.

위왕이 무ᄉᆞ를 명ᄒᆞ여 냥인을 잡아 ᄒᆞᆷ거의 〈22a〉 녀코 본진으로 돌아오니 뎡도원이 산골ᄃᆡ를 잡아 휘ᄒᆞ의 ᄃᆡ령ᄒᆞ엿거ᄂᆞᆯ ᄒᆞᆫᄃᆡ 가도고 ᄃᆡ국 졔쟝의게 ᄒᆞ령왈(下令曰),

"너희ᄂᆞᆫ 무죄(無罪)ᄒᆞ니 군을 거두어 이곳의 류진(留

陣)ᄒᆞ엿다가 텬ᄌᆞ와 진골ᄃᆡ를 다 잡아 오거든 보라."

ᄒᆞ니 황감(惶感)ᄒᆞ여 불감앙시(不敢仰視)205)ᄒᆞ며 신비회와 아골ᄃᆡ 등이 더욱 황겁(惶怯)ᄒᆞ더라. 잇ᄃᆡ의 ᄇᆡᆨ슈길이 진골ᄃᆡ로 셔쳔의 들러가니 현의 군을 ᄆᆡ복ᄒᆞ고 남문 밧긔 지함(地陷)을 ᄑᆞ며 거쟝을 쥰비ᄒᆞ고 기ᄃᆞ리더라. 슈길이 문을 당ᄒᆞ여 션봉으로 바로 쳐드러오니 진골ᄃᆡ 깃거 군을 ᄌᆡ촉ᄒᆞ여 드러오더니 진골ᄃᆡ의 ᄐᆞᆫ ᄆᆞᆯ이 허공의 ᄲᅡ져 것구러지니 좌우 복병이 일시의 ᄂᆡ달아 진골ᄃᆡ를 치우니 〈22b〉 ᄃᆡ국 쟝졸이 그 광경을 보고 살기를 도모ᄒᆞ여 ᄃᆞ라나ᄂᆞᆫ ᄌᆡ 부지기쉬(不知其數)라.

션봉 슈길이 진골ᄃᆡ를 ᄎᆡᆨᄒᆞ여 왈,

"무숨 연고로 져리 못되엿ᄂᆞᆫ고? 경상(景狀)도 ᄎᆞᆷ혹(慘酷)ᄒᆞ도다. 우리 대왕의 소문도 듯지 못ᄒᆞ엿더냐?"

무수이 죠롱ᄒᆞ니 골ᄃᆡ 결박듕(結縛中)의 말을 듯고 분한(忿恨)ᄒᆞᆫ들 엇지ᄒᆞ리오? 잡혀 위왕 진으로 가니라. ᄎᆞ시 셔번국 ᄃᆡ쟝 방골ᄃᆡ 정병 십만를 거날려 셔천으로 와 현위와 ᄒᆞᆸ군ᄒᆞ여 하슈 소로로 드러가며 ᄎᆞᄎᆞ 체탐(體探)을 버히고 황셩으로 졈졈 드러가니 체탐이 업ᄂᆞ지라.

205) 불감앙시(不敢仰視) : 두려워 감히 쳐다보지 못함.

텬ᄌᆡ 몰오고 다만 츌젼(出戰) 제장(諸將)의 쳡셔(捷書)를 기달리더니 홀연 남문 직흰 쟝쉬 급고왈,

"군병이 남보단으로 드러오나이다."

ᄒᆞ거늘 텬ᄌᆡ ᄃᆡ경ᄒᆞ여 자셔〈23a〉이 알나 ᄒᆞ니 위국 션봉이 거즛 아골ᄃᆡ의 션봉인 쳬ᄒᆞ고 위왕의게 ᄑᆡᄒᆞ여 온다 쇼문을 젼ᄒᆞ니 ᄇᆡᆨ셩드리 ᄆᆞ음을 노코 의구히 져ᄌᆡ를 파치 아니ᄒᆞ더라.

텬ᄌᆡ 이 쇼문을 듯고 실망ᄒᆞ여 급히 남문으로 갓더니 잇ᄃᆡ 경히 황혼(黃昏)이라. 슈문쟝이 살피니 이곳 위병이며 셔번국 군ᄆᆡ라. 크게 놀나 칼를 들고 ᄂᆡ다르니 방골ᄃᆡ 비슈를 드러 슈문쟝을 버히고 궁셩을 ᄇᆞ라고 무인지경(無人之境) 갓치 즛쳐 드러오니 텬ᄌᆡ 시신을 거ᄂᆞ리고 신비회를 녕졉(迎接)ᄒᆞ려 나오다가 쳔만의외(千萬意外)예 광경을 당ᄒᆞᄆᆡ 숀도 놀니지 못ᄒᆞ여 방골ᄃᆡ 달아들어 부지불각(不知不覺)의 텬ᄌᆞ를 잡아ᄂᆡ니 무ᄉᆞ(武士)의 시위(侍衛) 업고 문관(文官) 슈ᄇᆡᆨ여인이라. 〈23b〉 현위 무ᄉᆞ를 명ᄒᆞ여 텬ᄌᆞ를 함거의 가도고 군ᄉᆞ를 호령ᄒᆞ여 삼군을 츙살(衝殺)ᄒᆞ며 승승쟝구(乘勝長驅)ᄒᆞ여 텬광손으로 올ᄉᆡ 텬ᄌᆡ 함거의 드러오며 ᄉᆡᆼ각ᄒᆞ되,

'위왕의 지혜는 소문의셔 지ᄂᆡ도다. 신비회와 아골ᄃᆡ 등이 필경 다 쥭도다.'

무수히 통곡ᄒᆞ며 오더라.

ᄎᆞ시 ᄇᆡᆨ슈길이 진골ᄃᆡ를 잡아 위왕긔 드리니 왕이 ᄃᆡ희ᄒᆞ여 신비회 등과 ᄒᆞᆫᄃᆡ 가도니 셔로 보고 잡힌 연고를 물으며 놀나 위왕의 지혜를 탄복ᄒᆞ더라. 방골ᄃᆡ 텬ᄌᆡ 잡히여 함거의 실어 오물 위왕긔 쥬달(奏達)ᄒᆞ니 왕이 ᄃᆡ희ᄒᆞ여 위의(威儀)를 엄슉키 ᄒᆞ고 장ᄃᆡ의 놉히 안ᄌᆞ 날ᄂᆡᆫ 군ᄉᆞ와 건장ᄒᆞᆫ 제장을 좌우의 버리고 〈24a〉 뇽신긔(龍神旗)와 황신긔(黃神旗)를 진문(陣門)의 ᄭᅩᆺ고 무ᄉᆞ를 호령ᄒᆞ여 엄슉ᄒᆞᆫ 위엄을 뵈고 텬ᄌᆞ 너흔 함거를 몬져 드리라 ᄒᆞ니 무ᄉᆡ 청녕(聽令)ᄒᆞ고 함거를 계하(階下)의 ᄃᆡ령(待令)ᄒᆞ거늘 계상(階上)의 올니라 ᄒᆞ고 ᄯᅩ 신비회 등을 ᄲᅢᆯ니 잡아드리라 ᄒᆞᆫᄃᆡ 여러 무ᄉᆡ 일시의 결박ᄒᆞ여 계ᄒᆞ의 ᄭᅮᆯ니거늘 위왕이 텬ᄌᆞ의 함거를 친이 열고 ᄂᆡ여 노흐니 신비회 등이 보고 실ᄉᆡᆨ망극(失色罔極)ᄒᆞ여 ᄒᆞᄂᆞᆫ 지라.

위왕이 텬ᄌᆞ를 계상의 셰우고 일오ᄃᆡ,

"늙은 날를 ᄃᆡ젹지 못ᄒᆞ며 ᄯᅩ 죄 업시 침노ᄒᆞ니 장졸만 죽이고 번신(藩臣)의게 잡혀 슈욕(受辱)만 보문 엇지뇨?"

텬ᄌᆡ 망극ᄒᆞ여 답지 못ᄒᆞᆫᄃᆡ 위왕이 약간 슈죄(數罪)ᄒᆞ고 장ᄃᆡ의 올녀 동편 〈24b〉 좌의 안치고 신비회 골ᄃᆡ 등 삼인을 ᄭᅮ지ᄌᆞ 왈,

"너희 등은 송실 긔업을 슈히 너겨 황셩을 함몰ᄒᆞ고 텬ᄌᆞ를 ᄂᆡ쳐 텬의(天意)를 앗고 변방(邊方)의 무심(無心)이 잇는 ᄂᆡ 나라흘 침노ᄒᆞ니 ᄂᆡ 엇지 무단ᄒᆞ리오? 신비회 ᄌᆡ죄 유여(有餘)타 ᄒᆞ더니 엇지 늙근 ᄂᆡ게 잡힌다? 너희 쥐 무리 등을 버힐 거시로ᄃᆡ 텬ᄌᆞ의 낫출 보와 ᄉᆞ로ᄂᆞ니 일후(日後)는 외람(猥濫)ᄒᆞᆫ 쓧을 ᄇᆞ리라. ᄂᆡ 송을 흥복(興復)고져 ᄒᆞ나 송 텬ᄌᆡ 무도ᄒᆞ여 텬의 발셔 녀진의 도라갓기로 텬의를 역지 못ᄒᆞ여 다 무ᄉᆞ이 돌녀보ᄂᆡᄂᆞ니 텬ᄌᆞ를 모시고 돌아가 튱을 다ᄒᆞ여 후인(後人)의 우음을 면ᄒᆞ라. 이후 십팔 년이면 녀진이 위틱ᄒᆞ고 원(元)이 셜 거시니 〈25a〉 너희 등은 몰오미 삼가고 조심ᄒᆞᆯ지어다. 욕심이 과ᄒᆞᆫ즉 망ᄒᆞᄂᆞ니 이후는 부ᄃᆡ 타국을 침노치 말나."

모든 쟝쉬 쏘 놀나 위왕의 덕을 못ᄂᆡ 칭송ᄒᆞ며 감격ᄒᆞ여 ᄒᆞ더라.

위왕이 텬ᄌᆞ긔 청ᄒᆞ여 왈,

"송 텬ᄌᆡ 무도ᄒᆞ기로 텬하를 일허시니 그 암약(闇弱)ᄒᆞ미 걸쥬(桀紂)의 지나 튱냥(忠良)[206]을 박살(撲殺)ᄒᆞ

---

206) 충량(忠良) : 충량지신(忠良之臣). 충성스럽고 선량한 신하.

며 간신(奸臣)을 신임(信任)ᄒᆞ여 불의(不義)를 힝ᄒᆞ다가 ᄆᆞᆺ참ᄂᆡ 망ᄒᆞ시니 누를 한ᄒᆞ리오마ᄂᆞᆫ 션제의 유교(遺敎)를 밧ᄌᆞ와 송실를 돕더니 텬ᄌᆡ 무도ᄒᆞ기로 변역(變易)ᄒᆞ여시니 회복(回復)지 못ᄒᆞ려니와 션제의 죵묘(宗廟)ᄂᆞᆫ 갈 곳지 업ᄉᆞ니 한듕을 쥬시면 션제의 말ᄌᆞ(末子) 양평ᄃᆡ군이 이시되 나히 어리나 죡히 한듕을 보젼〈25b〉ᄒᆞᆯ 만ᄒᆞ오니 앗기지 말으시고 허ᄒᆞ시며 ᄯᅩ 들으니 황후(皇后)와 ᄃᆡ군(大君)을 구리셩의 가도와 계시니 노화 보ᄂᆡ시리잇가?”

텬ᄌᆡ 겨오 죽기를 면ᄒᆞ고 졍신을 ᄎᆞᆯ혀 위왕의 상을 보니 늙어시나 흉듕(胸中)의 텬디죠화(天地造化)를 ᄀᆞᆷ초고 귀격(貴格)이며 튱회(忠孝) 얼골의 나ᄐᆞ나 사람을 놀ᄂᆡᄂᆞᆫ지라. 실ᄉᆡᆨ답ᄉᆞ왈(失色答謝曰),

“왕의 쳥ᄒᆞ시ᄂᆞᆫ 바ᄂᆞᆫ 슈화라도 감히 좃지 아니ᄒᆞ리오? 피ᄎᆞ ᄉᆡᆼ젼(生前)의 셔로 구호(救護)ᄒᆞᄉᆞ이다.”

ᄒᆞ고 급히 됴셔(詔書)를 지어 ᄂᆞ리와 한듕을 허ᄒᆞ고 구리셩의 가 황후 ᄃᆡ군을 다 노흐라 ᄒᆞ거ᄂᆞᆯ 위왕이 ᄃᆡ희ᄒᆞ여 녜로써 ᄃᆡ졉ᄒᆞ니 쳔ᄌᆡ 특별이 셔쳔 한듕은 ᄆᆡ년(每年) 녜단을 업시 ᄒᆞ고 돌오여 ᄃᆡ국(大國)이 위문ᄉᆞ(慰問使)를 ᄆᆡ년 〈26a〉 보ᄂᆡ게 ᄒᆞ며 양평ᄃᆡᄃᆡ군을 봉ᄒᆞ여 ᄒᆞᆫ왕을 삼으니 위왕이 ᄃᆡ희ᄒᆞ여 사례ᄒᆞ고 ᄯᅩ 갈오ᄃᆡ,

“간신 됴돈 등 십팔 명을 ᄂᆡ여 쥬시면 ᄌᆞ식의 원슈를 갑고져 ᄒᆞᄂᆞ이다.”

텬ᄌᆡ ᄃᆡ왈,

“이 ᄉᆞ람을 ᄂᆡ게 두면 국ᄀᆡ(國家) ᄒᆡ로올지라. 돌오여 은혜라.”

ᄒᆞ고 즉시 잡아 쥬시니 위왕이 다 오ᄎᆡ(五體)의 쓰져 호령ᄒᆞ니 ᄃᆡ국 신민(臣民)이 ᄎᆞ탄ᄒᆞ여 쾌히 너기지 아니 리 업더라.

텬ᄌᆡ 위왕긔 치ᄉᆞ(致謝)ᄒᆞ고 써날ᄉᆡ 위왕이 십 니의 나와 젼송ᄒᆞ여 보ᄂᆡ니 ᄃᆡ국 쟝졸이 다 즐겨 못ᄂᆡ 칭찬ᄒᆞ고 위왕의 튱셩은 신민이 놀ᄋᆡᄒᆞ여 쳘텬ᄒᆞ더라. 위왕이 도셩의 환궁ᄒᆞ니 졔신이 쥬왈,

“텬ᄌᆞ를 임의 잡아와시니 무단이 노화 〈26b〉 보ᄂᆡ시니 엇진 일이니잇고?”

왕 왈,

“텬ᄌᆡ의 긔상(氣像)을 보니 ᄒᆞᆫ ᄣᆡ 텬ᄌᆡ 될 긔상이로ᄃᆡ 오ᄅᆡ 루리지 못ᄒᆞᆯ지라. 그런 고로 돌아보ᄂᆡ미요 숑 텬ᄌᆡ 망ᄒᆞᄆᆡ 황후며 가쇽을 구리셩의 가도다 ᄒᆞᄆᆡ 한듕을 쳥ᄒᆞ여 숑실를 계시게 ᄒᆞ며 션뎨 죵묘를 봉향(奉香)케 ᄒᆞ고 졀사(絶嗣)케 아니미라. 경등(卿等)은 고히이 녀기지 말나.”

졔신이 모다 그 튱셩을 항복ᄒᆞ더라.

위왕이 거마와 왕위를 ᄀᆞ쵸와 구리셩으로 보ᄂᆡ여 ᄃᆡ군과 황후를 뫼셔 돌아올ᄉᆡ 현의를 황셩의 보ᄂᆡ여 영귀ᄒᆞ니 텬ᄌᆡ 각별 호송ᄒᆞ더라. 현의 부왕의 셔찰(書札)를 ᄃᆡ군긔 드린ᄃᆡ 양평ᄃᆡ군이 위왕의 〈27a〉 셔간을 보고 눈물 흘니며 그 튱셩을 탄복흠 마지아니ᄒᆞ더라. 즉일 발힝(發行)ᄒᆞ여 일노(一路)의 무ᄉᆞ이 득달(得達)ᄒᆞ여 한듕의 니르미 쟉호(爵號)를 한왕이라 ᄒᆞ니 시년(時年)이 이십륙세러라.

텬ᄌᆡ 환궁ᄒᆞ신 후 계양츈을 보고 위왕의 관후장ᄌᆡ(寬厚長者)[207]물 칭찬ᄒᆞ니 양츈이 왈,

"쳡이 엇지 그릇 알고 알외여시리잇고? 위왕을 금세상(今世上)에는 업ᄂᆞ 튱의(忠義)오며 만고무쌍(萬古無雙)이라. 엇지 감히 의논ᄒᆞ리잇가?"

텬ᄌᆡ 칭복ᄒᆞ더라.

ᄎᆞ시 현의 황후와 ᄃᆡ군을 모시고 셔쳔의 니르니 위왕이 셩의 나와 마즐ᄉᆡ 붓들고 통곡ᄒᆞ니 산쳔초목(山川草木)이 슬허ᄒᆞ며 일광이 무ᄉᆡᆨᄒᆞ더라. 위왕이 〈27b〉 션제

207) 관후장자(寬厚長者) : 너그럽고 후하며 점잖은 사람.

가묘(家廟)를 붓들고 통곡ᄒᆞ니 인비목셕(人非木石)[208] 이라도 뉘 아니 울니요? 즉시 ᄉᆞ신을 하슈(河水)의 보ᄂᆡ여 송 텬ᄌᆞ와 튱신 뉵슈부와 츙렬ᄉᆞ의 신체를 낫낫치 다 건져 녜로ᄡᅥ 장(葬)ᄒᆞ고 혼ᄇᆡᆨ(魂魄)을 위로ᄒᆞ여 묘당(廟堂)과 비(碑)를 세워 고츅(告祝)ᄒᆞ고 한즁에 궁궐를 필역(畢役)ᄒᆞ여 한왕을 안위(安慰)ᄒᆞ고 ᄆᆡ사(每事)를 두호(斗護)ᄒᆞ니 심산(深山)의 숨엇던 현신(賢臣) 냥장(良將)이 다 도라와 졍ᄉᆞ(政事)를 도으니 ᄇᆡᆨ셩이 격양가(擊壤歌)를 브르고 국틱민안(國泰民安)ᄒᆞ더라.

시시(時時)의 위왕에 나히 칠십예세라. 일일은 ᄃᆡ연을 ᄇᆡ셜ᄒᆞ여 셔번왕과 한듕왕을 노장원으로 쳥ᄒᆞ고 열후(列侯) 죵실(宗室) 졔신(諸臣)을 다 모화 연셕(宴席)을 졍ᄒᆞᄆᆡ 문무졔신이 각각 〈28a〉 시위ᄒᆞ기를 뭇ᄎᆞᆫ 후 삼국 풍뉴를 일시의 쥬ᄒᆞ니 그 영덕(令德)이 텬하(天下)에 구비(具備)ᄒᆞ더라.

위왕이 갈오ᄃᆡ,

"금일은 도시 션뎨의 쥬신 ᄇᆡ라. 은덕(恩德)이 골슈

208) 인비목석(人非木石) : 사람은 목석이 아니라는 뜻으로, 사람은 누구나 감정과 분별력을 가지고 있음을 이르는 말.

(骨髓)의 박혀시니 엇지 무심(無心)ᄒᆞ리오?"

ᄒᆞ고 눈물을 흘니니 졔왕 군졸이 그 튱셩을 감복(感服)ᄒᆞ여 위로 차탄홈 마지아니ᄒᆞ더라. 삼일 ᄃᆡ연의 각국 군신이 승흥ᄃᆡ취(乘興大醉)209)ᄒᆞ여 각각 나라흐로 도라갈ᄉᆡ 위왕이 젼별(餞別)ᄒᆞ고 돌아와 갑오슬 보니 보신갑이 편편(片片)이 조각이 나 ᄶᅥ러지고 ᄌᆞ룡검이 스ᄉᆞ로 ᄇᆞ아지니 위왕이 탄왈,

"이거시 오날ᄂᆞᆯ 스ᄉᆞ로 몬져 니별ᄒᆞ니 이제는 나도 죽으리로다."

ᄒᆞ고 이후로〈28b〉ᄂᆞᆫ 왕이 졍신이 쇠ᄒᆞ여 침식이 불안ᄒᆞ여 눕고 니지 못ᄒᆞ니 왕이 후(后)의게 이ᄌᆞ(二子)요 후궁(後宮)의게 칠ᄌᆡ(七子)라. 기듕(其中) 졔오ᄌᆞ(第五子) 쳠을 ᄉᆞ랑ᄒᆞ여 상히 니로ᄃᆡ,

"내 죽은 후의 쳠이 ᄂᆡ 뒤흘 니으리라."

ᄒᆞ더니 위왕이 당금(當今) 칠십뉵세의 구ᄌᆞ삼녀(九子三女)를 두엇ᄂᆞᆫ지라.

병세(病勢) 듕ᄒᆞᄆᆡ 자녀를 모호고 슬허ᄒᆞ다가 셰ᄌᆞ(世子)와 현쳠을 불너 왈,

209) 승흥대취(乘興大醉) : 기분이 좋아서 한껏 취함.

"시녀 츈셤과 ᄎᆡ셤 등의 ᄌᆞ손(子孫)을 만히 ᄡᅳ라."

ᄒᆞ고 현쳠의 손잡고 니로ᄃᆡ,

"ᄂᆡ 죽은 후 네 몸이 빗날 거시니 ᄂᆡ 보지 못ᄒᆞᆷ을 ᄒᆞᆫᄒᆞ노라. 삼년샹(三年喪)을 지ᄂᆡᆫ 후 남졍산으로 가면 자연 구ᄒᆞᆯ 사람이 이시이라."

ᄒᆞ고 이날 훙(薨)ᄒᆞ니 궁듕이 발샹ᄋᆡ통(發喪哀痛)[210] ᄒᆞ고 일〈29a〉국이 거ᄋᆡᄋᆡ통(擧哀哀慟)ᄒᆞ며 왕후(王后) 셕시 니어 익일(翌日)의 졸(卒)ᄒᆞ니 일국(一國)이 더욱 망극(罔極)ᄒᆞ더라.

텬ᄌᆡ 위왕의 과인ᄃᆡ덕(過人大德)을 잇지 못ᄒᆞ여 자조 ᄉᆞ신을 보ᄂᆡ더니 이날 ᄒᆞᆫ 관원(官員)이 쥬ᄒᆞ되,

"셔방(西方)의 쟝셩(張星)이 ᄯᅥᆯ러지고 두우셩(斗牛星)이 향ᄒᆞ엿ᄂᆞ이다."

황뎨 고히 녀기시더니 위왕의 훙ᄒᆞ물 듯고 통곡ᄒᆞ시며 황셩 신민이 다 통곡 슬허ᄒᆞ물 마지아니ᄒᆞ더라. 텬ᄌᆡ 즉시 됴문ᄉᆞ(弔問使)를 보ᄂᆡ며 녜단을 후이 보ᄂᆡ더라. 이ᄯᆡ 한왕이며 번왕(藩王)이 위왕 훙ᄒᆞ물 듯고 ᄃᆡ셩통곡ᄒᆞ며 냥국 제신과 챵ᄉᆡᆼ(蒼生)이 다 슬허ᄒᆞ더라.

---

210) 발상애통(發喪哀慟) : 부고를 알리고 깊은 슬픔에 잠김.

위 졔지(諸子) 상구(喪具)를 밧들어 금능의 장ᄒᆞᆫ 후 쳠이 쵸토(草土)[211]를 ᄆᆞᆺ고 〈29b〉 ᄆᆞ음이 호탕ᄒᆞ여 산ᄒᆡᆼ(山行)ᄒᆞ기와 검술을 ᄇᆡ호며 궁마지ᄌᆡ(弓馬之才)를 일삼아 단니더니 일일른 부왕 ᄐᆞ던 쳔니마를 ᄐᆞ고 산ᄒᆡᆼᄒᆞ노라 가더니 쇼식이 업ᄂᆞᆫ지라. 위국 졔지 둘오 ᄎᆞᄌᆞ되 죵젹을 듯지 못ᄒᆞ더라.

현쳠이 ᄆᆞᆯ를 노화 ᄒᆡ쥬 디경의 니ᄅᆞ러 져물ᄆᆡ ᄒᆞᆫ 집을 ᄎᆞ자 드러가니 쥬인이 쥬찬(酒饌)을 ᄂᆡ여 ᄃᆡ졉ᄒᆞ고 친근ᄒᆞ거늘 쳠이 샤례왈,

“과ᄀᆡᆨ(過客)을 니럿틋 관ᄃᆡ(寬待)ᄒᆞ시니 불감(不堪)ᄒᆞ여이다.”

그 쥬인 노인이 니로ᄃᆡ,

“약간 쥬찬으로 엇지 치ᄒᆞ하리오? 나는 최 공이라. 나히 구십의 남ᄌᆡ 업고 말년(末年)의 일녀(一女)를 두어시니 나히 이팔이라. 어진 사람을 구ᄒᆞ더니 ᄆᆞᆺ츰 졀강 쇼아적이란 〈30a〉 사ᄅᆞᆷ을 보니 ᄉᆞ쥬(四柱) 보기를 잘 ᄒᆞᆯ ᄲᅮᆫ 아니라 관상(觀相)도 ᄒᆞ고 신통(神通)이 비상(非常)ᄒᆞ

211) 초토(草土) : 거적자리와 흙 베개라는 뜻으로, 상중에 있음을 이르는 말.

여 쟝후사(將後事)를 능통(能通)ᄒᆞᄂᆞᆫ지라. ᄌᆞ식의 ᄉᆞ쥬를 보고 ᄃᆡ찬왈(大讚曰) ‘ᄇᆡ우(配偶)ᄂᆞᆫ 위왕의 제오ᄌᆡ라’ ᄒᆞ거늘 ᄌᆞ셔이 무르니 모월(某月) 모일(某日)의 군(君)이 집으로 올 거시니 셜파ᄒᆞ여 마즈라 ᄒᆞ던 거시ᄆᆡ 그ᄃᆡ를 금일 상봉(相逢)ᄒᆞ며 셩명을 들으니 더욱 반가온지라. 그럿치 아니ᄒᆞ면 쳔 니 밧긔 잇ᄂᆞᆫ ᄉᆞ람이 ᄂᆡ 집의 오리오? ᄯᅩᄒᆞᆫ 이 일이 텬졍ᄇᆡ필(天定配匹)이라. 아모 의아 말고 샤양치 말지어다.”

쳠이 듯고 고히 너겨 왈,

“ᄉᆡᆼ이 나이 장셩ᄒᆞᆫ 고로 임의 취쳐(娶妻)ᄒᆞ여시니 난쳐(難處)ᄒᆞ여이다.”

노인이 왈,

“나는 지식이 쳔단(淺短)ᄒᆞ거니와 그ᄃᆡ 삼부인(三夫人)을 둘 거시니 엇지 혐의(嫌疑)ᄒᆞ리오? 머물너 인연(因緣)〈30b〉을 일우고 가라.”

쳠 왈,

“연즉(然則) 텬졍(天定)을 엇지 어긔리오?”

ᄒᆞ고 인ᄒᆞ여 삼일(三日)를 머무러 셩친(成親)ᄒᆞ니 최 소져의 아름다오미 비상ᄒᆞᆫ지라. 현쳠이 심히 깃거ᄒᆞ고 최 공 ᄯᅩᄒᆞᆫ 현ᄉᆡᆼ을 ᄉᆞ랑ᄒᆞ여 ᄯᅩ 수일(數日)을 머물럿더니 최 공이 홀연 탄왈,

“ᄂᆡ 나히 만흐니 이번 니별 후 그ᄃᆡ를 다시 보기 어려온지라. 이제 그ᄃᆡ 어ᄃᆡ로 향ᄒᆞ여 가려ᄒᆞᄂᆞ뇨?”

첨이 ᄉᆞ왈,

“남정산으로 가려 ᄒᆞ나이다.”

공이 ᄃᆡ희왈,

“ᄂᆡ ᄒᆞᆫ 아이 이시니 일홈은 쥬령이오 나는 쥬평이니 ᄂᆡ 아이 그 산의 잇ᄂᆞᆫ 엄 도ᄉᆞ의 제ᄌᆡ(弟子)니 쇼식을 젼ᄒᆞ라.”

ᄒᆞ고 셔간을 쥬며 ᄯᅩ ᄀᆞᆯ오ᄃᆡ,

“수이 올 줄를 모로니 ᄂᆡ게 ᄒᆞᆫ 보ᄇᆡ 이셔 셰젼지물(世傳之物)이라. 다른 ᄌᆞ식 업고 ᄯᅩ 쁠ᄃᆡ업ᄉᆞ니 그ᄃᆡ 가져가라.”

ᄒᆞ고 협실(夾室)를 열고 삼쳑(三尺) 보검(寶劍)⟨31a⟩을 ᄂᆡ여 쥬며 왈,

“이 칼이 본ᄃᆡ 경ᄒᆡ 룡왕(龍王)의 요물(妖物)이라. 나의 부친이 울남(雲南)의 ᄉᆞ신 가 계실 제 경ᄒᆡ의 니ᄅᆞ러 어부들이 큰 거복을 잡아먹으려 ᄒᆞ거늘 은(銀)을 만히 쥬고 밧고와 도로 물ᄒᆡ 너헛더니 계양 ᄊᆞ 쥬졈(酒店)의 드러가니 텬지 아득ᄒᆞ고 뇌정벽력(雷霆霹靂)ᄒᆞ며 운무(雲霧)를 ᄐᆞ고 ᄒᆞᆫ 동ᄌᆡ 압ᄒᆡ 와 ‘ᄂᆞ난 경ᄒᆡ 농왕의 아달이옵더니 ᄃᆡ인 은혜를 갑노라’ ᄒᆞ고 젼ᄒᆞ고 가니 부친이 가

져와 계시되 쓸되업셔 감초왓더니 그되를 보니 되장뷔라. 짐즛 영웅호걸이오 이졔 남졍산의 가 엄 도ᄉ를 ᄎᄌ 직조를 빅호고져 ᄒ니 이 사름은 텬디됴화을 아는지라. 이 칼를 보면 그되로 ᄒ여곰 검슐를 ᄀ라칠 거시니 이 칼를 가져 천하의 횡힝ᄒ기를 〈31b〉 근심ᄒ리오?"

첨이 칼를 보고 되희ᄒ여 최 공게 ᄒ직ᄒ고 내당(內堂)의 들어가 최시를 니별ᄒ고 남졍산으로 향ᄒ여 가더니 옥쳥산의 다ᄃ라 ᄐ고 가던 ᄆ이 업되여 눈물을 흘니고 죽거ᄂᆯ 첨이 놀나 ᄆ을 어로만지며 슬허ᄒ다가 부왕(父王)의 ᄐ시던 ᄆ이오 공(功)이 만ᄒ ᄒ여 닙엇든 오ᄉᆯ 버셔 ᄊ 산하(山下)의 뭇고 산듕으로 거러 들어가며 엄 도ᄉ를 ᄎᄌ가더니 ᄒᆫ곳의 니ᄅ러 보니 슈간쵸옥(數間草屋)이 구름 쇽의 은은ᄒ거ᄂᆯ 머리를 들러 살펴보니 일위(一位) 노옹(老翁)이 단상의 엄연이 안ᄌ거ᄂᆯ 첨이 공슌이 녜(禮)ᄒᆫ되 노인이 왈,

"엇던 쇼년이완되 심산(深山) 궁곡(窮谷)의 들어와 누를 찻너뇨?"

첨이 되왈,

"쇼ᄌ(小子)ᄂᆫ 셔천 〈32a〉 사름 현첨이로소이다."

노인 왈,

"그되 위왕의 자제(子弟)로다."

쳠이 경ᄋᆞᄒᆞ여 근본(根本)을 고ᄒᆞᄃᆡ,

"위왕은 만고 영웅호걸이오 숑실 듀셕츙신(柱石忠臣)이라. 아지 못게라. 그ᄃᆡ 이곳의 무삼 연고로 오뇨?"

ᄃᆡ왈,

"부러 션싱긔 뵈오려 ᄒᆞ오미로소이다."

ᄒᆞ니 노인 왈,

"나는 엄 션싱이 아니오 쵀 공이로다."

ᄒᆞ니 쳠이 문득 반겨 셔간을 드리니 쵀 공이 보고 크게 반겨 왈,

"형쟝(兄丈)이 말년(末年)의 ᄒᆞᆫ 녀ᄋᆞ를 두고 ᄇᆡ필을 만나지 못ᄒᆞ여 ᄒᆞ더니 그ᄃᆡ를 ᄉᆞ회를 삼으니 ᄀᆞ장 깃부도다. 우리 션싱이 이 산 너머 계시니 날과 ᄒᆞᆫ가지로 가쟈."

ᄒᆞ고 쳠으로 ᄒᆞᆫ곳의 니ᄅᆞ니 경ᄀᆡ(景槪) 절승(絶勝)ᄒᆞ고 세상의 보지 못ᄒᆞ던 금싊(禽獸) ᄀᆞ득ᄒᆞ더라. 〈32b〉 쵸려(草廬) 정ᄌᆞ(亭子) 운무(雲霧)를 희롱(戲弄)ᄒᆞ니 쏘 ᄒᆞᆫ 별유건곤(別有乾坤)212)이러라.

쵀 공을 좃ᄎᆞ 드러가니 ᄇᆡᆨ발 노인이 갈건(葛巾) ᄒᆞᆨ챵

---

212) 별유건곤(別有乾坤) : 좀처럼 볼 수 없는 아주 좋은 세상.

의(鶴氅衣)로 흔 도동(道童)으로 흐여곰 학(鶴)을 춤추이더니 최 공을 보고 반겨 뭇거놀 최 공이 딕왈,

"형의 스회 현낭을 드려왓느이다."

흐니 션싱 왈,

"긔특흐고 반갑도다."

흐고 청흐여 당의 올으라 흐니 쳠이 나아가 빈복(拜伏)흐니 도식 왈,

"간밤의 텬문(天文)을 보니 댱셩(張星)이 남졍산의 빗취엿거놀 고히이 너겻더니 그딕를 보니 심상(尋常)흔 사롬이 아니로다."

흐고 거쥬(居住)와 셩명(姓名)을 뭇거놀 즈셔이 고흐니 도식 왈,

"과연 그러흐도다. 위왕은 남악 일광딕스에 졔직라. 닉 으시(兒時)의 일광션싱의 졔즈로 이실 제 위왕이 부모〈33a〉를 일코 거리로 든닐 제 보왓도다. 삼년 젼의 쟝셩이 써러지믹 의심흐엿더니 위왕이 죽도다. 그딕의 이리 오미 무숨 연괴뇨?"

쳠 왈,

"셩싱(先生)을 뵈옵고져 불원쳔니(不遠千里)흐고 왓느이다."

도식 침음냥구(沈吟良久)213)의 왈

"닉 나히 만흔지라. 엇지 졔즈로 더부러 무숨 의논을 ᄒᆞ리오? 그듸 빙숙(聘叔)이 도덕이 그ᄅᆞ미 업ᄂᆞ니 게 가 머물나."

최 공이 답왈,

"현싱의 소원(所願)이 졔즈와 다르오니 션싱 곳 아니시면 졔 허힝(虛行)ᄒᆞᆯ가 ᄒᆞᄂᆞ이다."

도ᄉᆡ 묵연(默然)ᄒᆞ다가 갈오듸

"닉 이제 긔력이 어렵도다."

최 공 왈,

"졔즈의 ᄂᆞᆺ촐 보샤 슬하(膝下)의 두실가 ᄇᆞ라ᄂᆞ이다."

도ᄉᆡ 허ᄒᆞ고 쳠을 머무으게 ᄒᆞ니라.

일일은 후원당의 올나 텬문을 보고 니로듸,

"무〈33b〉어슬 ᄇᆡ호고져 ᄒᆞᄂᆞ뇨?"

쳠 왈,

"소원이 세 가지오니 칼 쓰기와 진 치기와 믈 드니기를 ᄒᆞ고져 ᄒᆞᄂᆞ이다."

도ᄉᆡ 왈,

"그러하면 텬문죠화(天文造化)와 병셔(兵書)를 몬져

213) 침음양구(沈吟良久) : 속으로 깊이 생각한 지 오랜 뒤.

ᄇᆡ호라.”

ᄒᆞ고 뉵도삼냑(六韜三略)을 ᄀᆞ른치며 온ᄀᆞᆺ 법술(法術)과 병법(兵法)을 ᄀᆞᄅᆞ치니 능통(能通)ᄒᆞᄂᆞᆫ지라.

니로ᄃᆡ,

“그ᄃᆡ 몸의 ᄀᆞ진 거시 무어시뇨?”

쳠이 ᄃᆡ왈,

“악공(岳公)[214]의 젼ᄒᆞ신 바 칼리로소이다.”

도ᄉᆡ 보ᄌᆞ ᄒᆞ여 보고 크게 놀나 왈,

“텬하 보검(寶劍)이라. 숑졔 시졀의 그ᄃᆡ 션왕(先王)의 ᄌᆞ룡검을 ᄃᆡᄒᆞ리니 칼을 볼진ᄃᆡ 텬하의 ᄡᅡᆼ 업슨 보검이라. ᄂᆡ 텬긔(天機)를 보니 녀진이 통일 후 십팔 년이면 몽고(蒙古)의게 망ᄒᆞ리니 그ᄃᆡ 몽고를 셤기라. 그ᄃᆡ ᄌᆡ조를 보니 엇지 텬하를 근심ᄒᆞ리오? 그ᄃᆡ 빙슉이 쳔니 〈34a〉 뇽구(龍駒)를 어더 기르ᄂᆞ니 밧비 긔국으로 나아가라.”

ᄒᆞ니 쳠이 슈명(受命)ᄒᆞ고 ᄒᆞ직을 고홀ᄉᆡ 연연ᄒᆞᆷ을 마지아니ᄒᆞ여 눈물을 흘니고 참아 ᄯᅥ나지 못ᄒᆞ여 늣기거늘 도ᄉᆡ 위로왈,

---

214) 악공(岳公) : 아내의 아버지. 장인.

"일후(日後) 샹봉홀 날이 이스니 너모 셔오이 말느."

마지못ᄒᆞ여 ᄯᅥ날ᄉᆡ 지삼 산슈(山水)를 도라보며 참아 니졍(離情)을 이긔지 못ᄒᆞ여 최 공의 쵸당(草堂)으로 오니 공이 션싱의 지휘를 바다 산간(山間)의 갓다가 일필(一匹) 뇽죵준마(龍種駿馬)[215]를 어더 오니라. 쳠을 보고 ᄆᆞᆯ를 쥬니 쳠이 크게 깃거 그 ᄆᆞᆯ를 보니 키 칠쳑(七尺)이오 빗치 불 갓고 눈을 보ᄆᆡ 은방울 ᄀᆞᆺ더라. 인ᄒᆞ여 최 공을 하직ᄒᆞ고 승마(乘馬)ᄒᆞ여 긔국으로 가니라.

원ᄂᆡ 몽고〈34b〉왕(蒙古王) 홀필녈(忽必烈)이 듕원(中原)을 범(犯)코져 ᄒᆞ나 졸연이 싱의(生意)치 못ᄒᆞ여 ᄒᆞ더니 일일(一日)은 졔쟝을 다리고 노양원에 가 산힝(山行)ᄒᆞ더니 홀연 멀니 ᄇᆞ라보니 남다이로 ᄒᆞᆫ 쇼년이 필마단챵(匹馬單槍)으로 지나가거늘 긔왕이 보다가 갈오ᄃᆡ,

"진즛 텬신이로다. 셰샹의 이런 ᄉᆞ름이 잇ᄂᆞ뇨?"

ᄒᆞ고 즉시 ᄉᆞ름으로 ᄒᆡ여곰 청ᄒᆞ라 ᄒᆞ니 ᄉᆞ직(使者) ᄂᆞ아가 마두(馬頭)의 니ᄅᆞ되,

"긔국 ᄃᆡ왕이 마참 산힝ᄒᆞ다가 그ᄃᆡ를 보고져 ᄒᆞ셔

---

215) 용종준마(龍種駿馬) : 뛰어나게 좋은 말.

쟝군을 쳥ᄒᆞ시더이다."

쳠이 쳥파(聽罷)의 심듕의 깃거ᄒᆞ나 엇지 몸을 가뷔야이 ᄒᆞ리오? 언연이 나아가 뵈온ᄃᆡ 긔왕 왈,

"금일 위연이 츌렵(出獵)ᄒᆞ엿더니 이곳의 와 그ᄃᆡ를 샹봉ᄒᆞ니 〈35a〉 다힝ᄒᆞ도다."

ᄒᆞ고 ᄌᆞ시 살피니 샹뫼(相貌) 비범(非凡)ᄒᆞ고 의표(儀表)와 거동(擧動)이 세샹 사름과 다른지라.

왕이 관ᄃᆡᄒᆞ고 거쥬셩명을 무르며,

"어ᄃᆡ로 간ᄂᆞ뇨?"

쳠이 ᄃᆡ왈,

"복은 셔쳔 ᄉᆞ람이러니 녀진으로 나아가고져 ᄒᆞᄂᆞ이다."

긔왕 왈,

"셔쳔의 이스면 위왕을 아ᄂᆞ다? 엇지 본국을 바리고 녀진국으로 가ᄂᆞ뇨?"

쳠 왈,

"위왕은 곳 복의 부왕(父王)이시라. 녀진의 진왕 신비회를 구ᄒᆞᆯ 일이 잇더니 보고져 ᄒᆞᄆᆡ 가ᄂᆞ이다."

긔왕이 듯고 놀나 왈,

"과연 물낫도다. 위왕은 송실 튱신이라. 졔국(諸國)의 유명ᄒᆞ신 말른 드러시나 보지 못ᄒᆞ물 흔ᄒᆞ더니 그ᄃᆡ

를 보민 위왕을 뵈옵는 듯훈지라. 드르니 그딗 부〈35b〉친이 홍ᄒᆞ신 후 아골딗 등이 텬ᄌᆞ를 권ᄒᆞ여 신비회로 더부러 셔쳔 셔번 한듕을 쳐 앗고져 훈다 ᄒᆞ더니 그딗 이 일를 위ᄒᆞ여 진국의 가는도다."

쳠이 쳥필의 딗경ᄒᆞ여 왈,

"그는 과연 몰오나이다."

왕 왈,

"그딗 셔쳔으로붓터 오면 ᄎᆞᄉᆞ(此事)를 몰오며 쳔니 밧 녀진의 가는뇨?"

쳠 왈,

"복(僕)의 형졔 여러히 다 뜻지 오활(迂闊)ᄒᆞ여 산힝을 일삼으믹 형이 믹양 엄금(嚴禁)ᄒᆞ기로 복의 마음딗로 못ᄒᆞ여 산힝ᄒᆞ며 녀진국으로 가ᄂᆞ이다."

긔왕 왈,

"과인(寡人)이 산힝ᄒᆞ기를 죠화ᄒᆞ나니 여긔 머물러 훈가지로 이시미 엇더ᄒᆞ뇨?"

쳠이 싱각ᄒᆞ다가 짐즛 허락ᄒᆞ니 왕이 딗희ᄒᆞ여 군졸를 직촉ᄒᆞ여 셔악산의 니ᄅᆞ러 〈36a〉 훈 빅회(白虎) ᄉᆞ름을 물고 나는 다시 노변(路邊)을 건너가거늘 왕이 딗경ᄒᆞ여 제장을 도라보와 골오딗,

"삼쳔근(三千斤) 빅악회로다. 잡는 지 이시면 쳔금상

(千金賞)의 즁쟉(重爵)을 쓰리라."

좌위 두려 용납지 아니ᄒᆞ거ᄂᆞᆯ 쳠이 쥬왈,

"복이 비록 ᄌᆡ죄 미(微)ᄒᆞ고 ᄒᆡᆼ녁(行役)의 피곤ᄒᆞ오나 잡으리다."

ᄒᆞ고 칼를 들고 ᄆᆞᆯ를 몰라 두어 니를 좃ᄎᆞ ᄇᆡᆨ호를 만난지라. 악회(惡虎) 공듕으로 ᄯᅱ여 소ᄉᆞ 다라드러 오거ᄂᆞᆯ 크게 쇼ᄅᆡᄒᆞ고 몸을 날녀 검을 들어 입속을 지ᄅᆞ니 ᄭᅩ리를 치고 업더지거ᄂᆞᆯ ᄒᆞᆫ 손의 ᄭᅦ여 들고 도라오니 왕과 졔신이며 군졸들이 이 거동을 ᄒᆞᆫ밧탕 구경ᄒᆞᄆᆡ 실ᄉᆡᆨ지 아니 리 업더라.

쳠이 〈36b〉 쟝ᄃᆡ 압희 악호를 ᄂᆞ리노코 드러오니 왕이 칭찬왈,

"현 공이 부친 ᄌᆡ조를 모습(模襲)ᄒᆞ도다. 일즉 션왕계셔ᄂᆞᆫ 이럿틋 ᄒᆞᆫ 악호 잡다 ᄒᆞ시미 업더니 그ᄃᆡ는 진즛 명쟝이로다."

ᄒᆞ고 칭찬ᄒᆞ더라.

즉시 환궁ᄒᆞ여 별당(別堂)을 정ᄒᆞ여 후ᄃᆡ 극진ᄒᆞ고 시시로 ᄎᆞᄌᆞ 답논(答論)ᄒᆞ니 지식이 실노 긔특ᄒᆞᆫ지라. 더욱 공경ᄒᆞ더니 일일은 왕이 ᄀᆞᆯ오ᄃᆡ,

"그ᄃᆡ 놉흔 도덕을 허ᄒᆞᆯ진ᄃᆡ 북텬(北天)을 둘희 난화 은혜를 표ᄒᆞ리라."

첨 왈,

“ᄃᆡ왕이 그 씃을 두시고 복을 쓰고져 ᄒᆞ실진ᄃᆡ 복이 엇지 ᄉᆞ양ᄒᆞ리오?”

왕이 깃거 왈,

“과인이 이 씃을 두언 지 올ᄋᆡ되 사람을 만나지 못ᄒᆞ엿더니 이제 〈37a〉 그ᄃᆡ를 만ᄂᆞ시니 엇지 듕원을 근심ᄒᆞ리오? 금일(今日) 위시(爲始)ᄒᆞ여 군신지의(君臣之義)를 ᄆᆡᄌᆞ리라.”

ᄒᆞᆫᄃᆡ 첨이 ᄯᅩᄒᆞᆫ 칭신왈(稱臣曰),

“이제로븟터 ᄃᆡ왕을 셤기리이다.”

왕이 ᄃᆡ희ᄒᆞ여 즉일에 첨으로 병ᄆᆡᄃᆡ도독(兵馬大都督)을 삼고 군무ᄉᆞ(軍務事)를 맛기니 첨이 샤은(謝恩)ᄒᆞ고 이날븟터 군긔(軍紀)를 슈칙(守則)ᄒᆞ며 장졸을 훈연(訓練)ᄒᆞ더라. 이ᄯᆡ의 대국 ᄉᆞ신이 진국의 니르러 진왕을 급히 입시(入侍)ᄒᆞ라 ᄒᆞ니 신비회 텬ᄌᆞ의 심의(心意)를 짐작ᄒᆞ고 칭병(稱病)ᄒᆞ여 가지 아니ᄒᆞ니라. ᄉᆞ신이 돌아가 글를 올닌ᄃᆡ 텬ᄌᆡ 보고 쥬져ᄒᆞ거날 아골ᄃᆡ 등이 쥬왈,

“위왕 현슈문이 임의 죽어시니 삼국은 ᄀᆡ ᄀᆞᆺᄒᆞᆫ지라. 복원 폐ᄒᆞᄂᆞᆫ 념네치 마르쇼셔.”

텬ᄌᆡ 허〈37b〉락ᄒᆞ니 골ᄃᆡ 등이 ᄃᆡ희ᄒᆞ여 ᄌᆞ미위로

도원슈(都元帥)를 삼고 진골디로 션봉을 삼고 곽즈긔로 모亽를 삼고 진도관으로 듕군디장을 삼고 츄긔란으로 냥쵸장을 삼고 군사흔으로 후군디장을 삼아 오십만 웅병(雄兵)을 몰아 삼국으로 향ᄒᆞ니라.

이ᄯᅢ 긔국 쳬탐이 넌겹ᄒᆞ여 디국 쇼식을 셰셰히 고ᄒᆞᄂᆞᆫ지라. 헌첨이 디희ᄒᆞ여 군졍을 졍졔ᄒᆞ며 긔왕긔 고왈,

"디국 제장이 방금 셔쳔 셔번 한듕 삼국을 치오니 잇ᄯᅢ를 타 긔쥬관을 치고 물미듯 들러가면 슌식(瞬息)의 쳔ᄒᆞ를 도모ᄒᆞ올리니 튁일(擇日) 츌ᄉᆞ(出師)ᄒᆞ옵게 ᄒᆞ쇼셔."

왕이 디희ᄒᆞ여 허락ᄒᆞ니 쳠이 삼만 쳘긔와 밍장〈38a〉을 튁ᄒᆞ여 각각 소임을 맛기고 위엄을 엄슉히 ᄒᆞ여 사풍취우(斜風驟雨)216)갓치 황셩으로 향ᄒᆞ니라.

ᄎᆞ셜(且說). 텬ᄌᆞ 삼골디와 모든 쟝졸을 다 보ᄂᆡ고 시신을 거ᄂᆞ려 궁궐의 안거(安居)ᄒᆞ여 삼국 어들 묘칙을 깃거ᄒᆞ여 의긔양양(意氣揚揚)ᄒᆞ더니 쳔만의외예 하슈

---

216) 사풍취우(斜風驟雨) : 비스듬히 몰아치는 바람과 갑작스럽게 쏟아지는 소나기라는 뜻으로, 군대의 거센 기세나 전쟁터의 돌발적인 변화, 진격의 맹렬함을 비유적으로 이르는 말.

관쟝이 급쥬왈,

"긔국 ᄃᆡ장 현쳠이 ᄉᆞᆷ만 쳘긔와 ᄆᆡᆼ쟝 쳔여원을 몰라 긔쥐관을 치며 긔국 왕은 정병 십만을 몰라 후응(後應)ᄒᆞ여 쥬야로 오나이다."

ᄒᆞ엿거늘 텬ᄌᆞ ᄃᆡ경ᄒᆞ여 셩문을 구지 닷고 놉흔 ᄃᆡ의 올나 산골ᄃᆡ로 슈셩(守城)ᄒᆞ라 ᄒᆞ며 통곡ᄒᆞ더니 긔왕의 션봉이 발셔 셩을 ᄊᆞ고 화젼(火箭)으로 쏘니 ᄇᆡᆨ셩이 견ᄃᆡ지 못ᄒᆞ여 살기를 도〈38b〉망ᄒᆞ니 텬ᄌᆞ 밧비 시신을 거ᄂᆞ려 동문으로 도망ᄒᆞᆯᄉᆡ 늘근 군ᄉᆡ 슈ᄇᆡᆨ이 울며 셔로 니로ᄃᆡ,

"위왕은 텬신이로다. 우리 텬ᄌᆞ를 함거의 노흐며 십팔 년이면 위ᄐᆡᄒᆞ니 욕심을 덜고 타국(他國)을 범치 말나 ᄒᆞ더니 그 말이 우리는 잠들기 젼은 지금가지 귀예 ᄌᆡᆼᄌᆡᆼᄒᆞᆫᄃᆡ 남을 업수이 녀기고 셔쳔을 치다가 지금 공허ᄒᆞᆫ ᄡᆡ를 타 긔국지난을 당ᄒᆞ니 우리도 어셔 죽어 보지 말지여다."

ᄒᆞᄂᆞᆫ지라.

황제 그 말를 듯고,

"져 군ᄉᆞ덜은 셔쳔의 갓던 군ᄉᆡ로다."

ᄒᆞ고 통곡ᄒᆞ더라.

ᄎᆞ시 현쳠이 션봉을 분부ᄒᆞ여 ᄊᆞ로지 말고 왕샹(王

上)을 뫼셔 뇽누봉궐의 즉위(卽位)ᄒᆞ시게 ᄒᆞ고 〈39a〉 ᄇᆡᆨ셩을 안무(按撫)ᄒᆞ며 국호(國號)를 원(元)이라 ᄒᆞ고 ᄃᆡ사텬ᄒᆞ(大赦天下)하다.

삼골ᄃᆡ 등이 삼국을 치러 가다가 단구관의 들어 쉬더니 뉴셩ᄆᆡ 급보왈,

“긔왕이 ᄃᆡ병을 몰아 황셩을 치니 텬ᄌᆡ 망극ᄒᆞ샤 황지를 보ᄂᆡ시고 기달인다.”

ᄒᆞ거ᄂᆞᆯ 삼골ᄃᆡ 대경ᄒᆞ여 급히 군을 몰라 황셩으로 회군(回軍)ᄒᆞ더니 쳬탐이 현쳠의게 고ᄒᆞᆫᄃᆡ 쳠이 삼군을 모라 삼골ᄃᆡ를 ᄃᆡ젹ᄒᆞᆯᄉᆡ 단명관의 니으러 현쳠이 진세(陣勢)를 일우고 ᄆᆞᆯ를 문긔하(門旗下)의 셰우고 웨여 왈,

“나ᄂᆞᆫ 위왕국 오공ᄌᆞ 현쳠이라. 너의 등이 무도ᄒᆞ여 텬ᄒᆞ를 일키로 텬심을 응ᄒᆞ여 녀진을 방츅(放逐)ᄒᆞ고 원이 응텬슌인(應天順人)[217]ᄒᆞ여 텬ᄌᆞ 위의 즉위〈39b〉 ᄒᆞ여 계시니 너희 날를 ᄃᆡ젹지 못ᄒᆞᆯ 거시니 ᄲᆞᆯ니 항복ᄒᆞ여 잔명(殘命)을 보젼ᄒᆞ라.”

ᄒᆞ니 아골ᄃᆡ ᄂᆡ달라 교젼 칠십여 합의 불분승뷔(不分

---

217) 응천순인(應天順人) : 하늘의 뜻에 순응하고 백성의 뜻을 따름.

勝負)러니 현쳠이 거즛 ᄑᆡᄒᆞ여 달아나니 골ᄃᆡ 승세ᄒᆞ여 급히 ᄯᅩ로거ᄂᆞᆯ 현쳠이 몸을 도로혀며 아골ᄃᆡ 버혀 ᄆᆞᆯ 아ᄅᆡ 나리치니 진골ᄃᆡ 산골ᄃᆡ 일시의 ᄂᆡ달아 현쳠을 취ᄒᆞ기를 급히 ᄒᆞ니 현쳠이 분노ᄒᆞ여 졍신을 가다드마 마ᄌᆞ빠화 십여 합의 냥쟝의 머리 검광(劍光)을 좃ᄎᆞ 써러지ᄂᆞᆫ지라. 좌츙우돌(左衝右突)ᄒᆞ여 병을 ᄌᆞᆺ치니 망풍귀슌(望風歸順)218)ᄒᆞ거ᄂᆞᆯ 본진으로 도라오니 텬ᄌᆡ 남문누의 좌ᄒᆞ고 쳠의 손을 잡고 칭찬왈,

"그ᄃᆡᄂᆞᆫ 진실노 텬신이로다. 〈40a〉 텬ᄒᆞ에 그ᄃᆡ 뎍슈(敵手) 업ᄉᆞ리로다. 이 은혜를 무어스로 갑흐리오? 이졔 텬ᄌᆡ 도망ᄒᆞ여시니 반ᄃᆞ시 녀진으로 가 신비회로 더브러 텬하를 닷토고져 ᄒᆞᆯ 거시니 그ᄃᆡᄂᆞᆫ 군을 졍졔ᄒᆞ여 미리 쥰비ᄒᆞ게 ᄒᆞ라."

현쳠이 ᄃᆡ왈,

"신비회는 일ᄃᆞᆫ 셔ᄉᆡᆼ(書生)이라. 녀진을 도와 텬ᄌᆞ긔업을 닐위여시나 언불용(言不用)이며 ᄒᆡᆼ불합즉거의(行不合則去耳)219)로 셤기다가 녀진을 봉ᄒᆞᄆᆡ 지우금

218) 망풍귀순(望風歸順) : 덕망을 듣고 사모하여 반항하려는 마음을 버리고 스스로 복종함.

치국(治國)ᄒᆞ더니 폐제(廢帝) 삼국을 치자 청ᄒᆞ되 응치 아니ᄒᆞ옴은 폐제와 신비회 골ᄃᆡ 등이 다 부왕긔 잡혀와 실 ᄲᅥᆨ의 폐제 ᄋᆡ걸(哀乞)이 청ᄒᆞ되 ᄉᆡᆼ젼(生前)의 피ᄎᆞ(彼此) 환란상구(患亂相救)ᄒᆞ여지라 ᄋᆡ걸ᄒᆞ더니 부왕이 홍ᄒᆞ신 후 〈40b〉 삼국을 삼킬 마음이 뉵칠 년이오ᄆᆡ 신비회 무도ᄒᆞᆫ 양으로 아난지라. 폐뎨를 용납지 못ᄒᆞ게 자듕지난(自中之亂)이 날 거시오 혹 동심(同心)ᄒᆞᆫ다 ᄒᆞ와도 신비회는 쥐물리로 아나니 슈십 일 후 쳬탐을 보ᄂᆡ여 듯고 츌ᄉᆞᄒᆞ오려 ᄒᆞᄂᆞ이다."

텬ᄐᆡ ᄃᆡ경왈,

"그ᄃᆡ는 진즛 텬신이로다. 텬ᄒᆞᄉᆞ를 거울갓치 보난도다."

ᄒᆞ고 환궁ᄒᆞ여 황극젼의 젼좌ᄒᆞ고 ᄇᆡᆨ관의 됴회를 밧고 만세를 부르며 군졸를 샹사ᄒᆞ더라.

이ᄯᅢ의 폐제 계양츈을 ᄃᆞ리고 제신과 군졸 슈쳔을 몰아 쥬야로 녀진으로 향ᄒᆞ더니 양츈이 읍왈,

"폐ᄒᆡ 진국으로 향ᄒᆞ〈41a〉시나 신비회는 간웅(奸雄)

219) 언불용행불합즉거이(言不用行不合則去耳) : 간언이 쓰이지 않고 행동이 합치되지 않는다면 곧 떠나야 한다.

이라. 즐겨 궁궐를 뷔여 맛지 아니ᄒᆞᆯ 거시니 쳡은 근심ᄒᆞᄂᆞ이다."

폐졔 왈,

"비회ᄂᆞᆫ 튱신이라. 엇지 반심(叛心)이 이시리오?"

양츈 왈,

"당금(當今) 텬ᄒᆞ(天下)에는 위왕 현슈문의 튱의(忠義) 갓ᄒᆞᆫ ᄉᆞ람 업ᄉᆞᆸ고 복(福)이 무쌍ᄒᆞ도다. 긔국 ᄃᆡ쟝 현쳠은 위왕의 제오ᄌᆡ라 ᄒᆞ니 필련 영웅호걸일 거시오 일ᄒᆞᆸ의 삼골ᄃᆡ 등을 버히고 칠십만 ᄃᆡ군을 함몰ᄒᆞ다 ᄒᆞ오니 엇지 텬ᄒᆞ를 회복(回復)코져 ᄒᆞ시나잇가? 져즘음 긔 삼국을 치려 ᄒᆞ와 청ᄒᆞ되 슈ᄎᆞ(數次) 칭병(稱病)ᄒᆞ고 아니 왓다 ᄒᆞ오니 필연 씌 잇도쇼이다. 그ᄢᅴ예 회보(回報)를 엇지ᄒᆞ엿더니잇가?"

〈41b〉 폐뎨(廢帝) 왈,

"신병(身病)이 듕ᄒᆞ고 위왕이 우리를 살닌 그 은혜로 아니 온가 ᄒᆞ노라. 아모 의심도 말나."

ᄒᆞ며 가더니 ᄎᆞ시 신비회 텬ᄌᆡ 좃치여 오물 듯고 ᄉᆡᆼ각ᄒᆞ되,

'폐제는 욕심이 과ᄒᆞᆫ지라. 이곳의 의탁(依託)고져 ᄒᆞ미니 ᄂᆡ 엇지 용납ᄒᆞ리오? ᄎᆞᆯ하리 병(兵)을 보ᄂᆡ여 후환(後患)을 덜니라.'

ᄒᆞ고 뇽골ᄃᆡ를 불너 왈,

“쳘긔 삼만을 거날려 나아가 폐졔를 막으라.”

ᄒᆞ니 뇽골ᄃᆡ 응낙(應諾)ᄒᆞ고 녕병(領兵)ᄒᆞ여 가다가 룡강의셔 폐졔를 만나니 폐졔 진국 병마를 보고 크게 깃거 왈,

“신비회는 진실로 튱신이도다.”

ᄒᆞ고 깃거ᄒᆞ더니 용골ᄃᆡ 불의(不意)예 병을 몰라 폐졔를 즛치며 창을 빗기고 크게 워여 왈,

〈42a〉“텬ᄒᆞ는 ᄒᆞᆫ ᄉᆞ름의 텬ᄒᆡ 아니오 텬ᄒᆞ 삼람의 텬ᄒᆞ라. 텬위(天位)를 낫비 네겨 ᄯᅩ 타국을 도모(圖謀)ᄒᆞᆯ 분덜러 위왕의 은혜를 져ᄇᆞ리고 ᄇᆡ은망의(背恩忘義)ᄒᆞ는 텬ᄌᆡ 폐제 되여 구구이 살물 구ᄒᆞᄂᆞ니난 ᄌᆞ고(自古)로 업ᄂᆞ니 엇지 다시 살기를 ᄇᆞ라리오?”

언파의 바로 취ᄒᆞ니 세 급ᄒᆞᆫ지라. ᄆᆞᆯ를 몰라 강두에 다다라는 젼후로 협공ᄒᆞ니 폐졔 검혼이 될지라. 슬푸다. 탄 ᄆᆞᆯ은 ᄃᆡ완귀(大宛駒)라. 그 말이 북텬(北天)을 향ᄒᆞ여 슬피 슬익ᄒᆞ고 동셔남북을 돌아보고 ᄒᆞᆫ소ᄅᆡ예 바로 강즁류(江中流)의 빠져 죽으니 시신(侍臣)이 다 ᄯᅡ라 익슈이ᄉᆞ(溺水而死)〈42b〉ᄒᆞ는지라. ᄎᆞ시 계향츈이 칼를 들어 ᄌᆞ문(自刎)ᄒᆞ엿더라. 용골ᄃᆡ 여군(餘軍)을 엄살(掩殺)ᄒᆞ고 돌아가니라.

ᄎᆞ설(且說). 원 텬ᄌᆡ 고국(故國)에 가쇽을 다 치힝 영솔ᄒᆞ여 왓난지라. 궁궐를 필역(畢役)ᄒᆞᄆᆡ 각각 안둔(安屯)ᄒᆞ고 현쳠의 공을 표ᄒᆞ여 긔왕을 봉ᄒᆞ니 쳠이 황은(皇恩)을 슉ᄉᆞ(肅謝)ᄒᆞ고 거ᄆᆞ를 긔국의 보ᄂᆡ여 죵ᄉᆞ를 일우게 ᄒᆞ며 ᄉᆞ방의 반ᄉᆞᄒᆞ고 쳠이 텬ᄌᆞ긔 ᄒᆞ직ᄒᆞ고 금능으로 가 부친의 능침(陵寢)의 소분(掃墳)ᄒᆞ고 긔국으로 갈려ᄒᆞᆯ 제 ᄎᆞ시 텬ᄌᆡ ᄆᆡ제(妹弟) 명현 공쥐 나히 십칠세라. 얼골이 일월(日月) 갓고 힝실(行實)과 언에(言語) 숑쥭(松竹) ᄀᆞᆺᄒᆞ야 아물이 〈43a〉 급ᄒᆞᆫ 일이라도 언흘(言訖)[220]의 ᄆᆡ화(梅花) ᄀᆞᆺᄒᆞᆫ 안ᄉᆡᆨ(顔色)의 화긔(和氣) ᄌᆞ약(自若)ᄒᆞ니 경복(敬服)지 아니 리 업ᄉᆞᄆᆡ 녀듕군ᄌᆡ(女中君子)라. 이러모로 돌오여 셩혼(成婚)이 졈졈 늣더니 일일은 텬ᄌᆞ의 ᄭᅮᆷ의 션왕이 와 현쳠의 공을 칭찬ᄒᆞ고 ᄯᅩ 니로ᄃᆡ,

"현쳠은 나의 셔랑(壻郎)이라. 제 아몰이 츄탁(推託)ᄒᆞ여도 텬졍ᄇᆡ우(天定配偶)며 공쥐 위인(爲人)이 명쳘보국(明哲保國)ᄒᆞᆯ 인물이니 나는 현쳠을 일노 공(功)을 표(表)ᄒᆞ노라. 현쳠이 발셔 이쳐(二妻)를 두어시니 공쥬

220) 언흘(言訖) : 말을 끝냄.

로 삼부인(三夫人) 좌(座)를 주노라."

ᄒᆞ거늘 놀나 ᄭᆡ니 남가일몽(南柯一夢)이라. 마음히 심히 반갑고 다ᄒᆡᆼᄒᆞ여 평명(平明)의 ᄂᆡ당의 들어가 〈43b〉 황후와 공쥬를 ᄃᆡᄒᆞ여 몽ᄉᆞ(夢事)를 의논ᄒᆞ온ᄃᆡ 공쥐 엄연ᄃᆡ왈,

"쇼ᄆᆡ(小妹) 거야(去夜)의 몽듕(夢中)에 부왕(父王)이 손을 잡고 니ᄅᆞᄉᆞ되 부덕(婦德)을 닷그며 동렬(同列)를 화목(和睦)ᄒᆞ며 군ᄌᆞ(君子)를 현도(賢道)로 셤기라 누ᄎᆞ(屢次) 당부(當付)ᄒᆞ오실 제 학(鶴)의 소ᄅᆡ예 ᄭᆡ오니 마음이 의아ᄒᆞ여 질정(質定)221)치 못ᄒᆞ엿ᄂᆞ이다."

텬ᄌᆞ ᄃᆡ희ᄒᆞ여 됴회을 베풀고 졔신을 모호니 긔왕 현쳠이 참네ᄒᆞ엿는지라. 이 말삼을 셰셰히 졔신의게 니ᄅᆞ고 텬문관의 튁일ᄒᆞ니 슈삼 일이 격ᄒᆞ엿는지라. 현쳠도 아못 말삼 다시 쥬치 못ᄒᆞ고 길일(吉日)를 당ᄒᆞᄆᆡ 현쳠이 길복(吉服)을 갓〈44a〉초고 위의(威儀)를 차려 궁듕의 들어가 화쵹(華燭) ᄉᆞ이로 기러기를 뎐ᄒᆞ고 친영(親迎)ᄒᆞ는 녜를 파(罷)ᄒᆞᆫ 후 동방화쵹(洞房華燭)의 합친교ᄇᆡ(合親交配)222)홀ᄉᆡ 냥인의 겸손ᄒᆞᆫ 화안(和顔)과 옥모월

---

221) 질정(質定) : 갈피를 잡고 헤아려 정함.

틔(玉貌月態)는 쳥엽모란(靑葉牡丹)이 향풍(香風)을 만남 갓ᄒᆞ여 셔로 견권(繾綣)ᄒᆞᄂᆞᆫ 양을 다 측냥치 못ᄒᆞ리러라.

현쳠이 마음의 칭복ᄒᆞ며 삼일 후 텬ᄌᆞ긔 ᄒᆞ직ᄒᆞ고 위의 거마치듕(車馬輜重)[223]과 슈원국으로 돌아가지라 ᄒᆞᄂᆞᆫ 장졸 일만여 군을 휘동ᄒᆞ여 금능으로 와 부모 능침의 쇼분ᄒᆞ고 셔쳔으로 도라오니 모든 형졔 반기며 션왕의 지감(知鑑)[224]을 탄복(歎服)ᄒᆞ더라. 잔치를 빈셜ᄒᆞ여 즐〈44b〉기고 부인 됴시와 공쥬를 달이고 형제의게 ᄒᆞ직ᄒᆞ고 긔국으로 돌아올ᄉᆡ 최 공 집의 오니 최 공은 기세(棄世)ᄒᆞᆫ지라. 분묘(墳墓)의 가 졔물(祭物)과 츅문(祝文) 지여 졔(祭)ᄒᆞ여 고혼(孤魂)을 위로ᄒᆞ고 최시를 달이고 최 공의 죵족(種族)의게 ᄒᆞ직ᄒᆞ고 남경산 ᄒᆞ의 다다라 듕군(中軍)의 분부ᄒᆞ여 잠간 쉬여 군졸를 밥 지여 머기라 ᄒᆞ고 산듕의 들어가니 엄 도ᄉᆞ와 최 공이 간ᄃᆡ업더라.

---

222) 합친교배(合親交配) : 혼례를 올리고 부부가 됨.

223) 거마치중(車馬輜重) : 거마와 말이나 수레에 실은 짐.

224) 지감(知鑑) : 사람을 알아보는 능력.

울울(鬱鬱)ᄒᆞᆫ 마음을 금치 못ᄒᆞ고 본진으로 돌아와 일힝을 직촉ᄒᆞ여 긔국의 니르러 즉위ᄒᆞ니 군신이 쳔셰(千歲)를 부ᄅᆞ며 군공삭상(軍功索賞)[225]을 후이ᄒᆞ고 치민(治民) 안락(安樂)ᄒᆞ니 산무〈45a〉도적(山無盜賊)ᄒᆞ며 도불습유(道不拾遺)ᄒᆞ고 ᄇᆡᆨ셩이 격양가를 불으고 튱냥지신(忠良之臣)이 만됴(滿朝)ᄒᆞ더라.

왕후(王后) 삼부인(三夫人)이 각각 도덕을 닷가 긔왕을 셤기며 친ᄋᆡ(親愛)ᄒᆞ미 동긔(同氣)예셔 더ᄒᆞ니 예셔 더ᄒᆞᆫ 복(福)은 고금(古今)에 듯지 못ᄒᆞ엿더라. 삼휘(三后) ᄉᆡᆼ산(生産)ᄒᆞᄆᆡ 됴시는 삼남이녀(三男二女)요 최시는 일남일녀(一男一女)요 공쥬는 이남일녀(二男一女)를 ᄉᆡᆼᄒᆞᄆᆡ 다 부풍모습(父風母習)[226]ᄒᆞ여 ᄃᆡ인군ᄌᆞ(大人君子) 아니면 영웅호걸(英雄豪傑)이요 녀ᄌᆞ는 다 요죠숙녀(窈窕淑女)러라. 장자(長子) 현극으로 ᄐᆡᄌᆞ(太子)를 봉ᄒᆞ고 최시의 ᄌᆞ 현셩은 뉵 세의 최 공이 엄 도ᄉᆞ

225) 군공삭상(軍功索賞) : 전쟁에서 세운 공로에 대해 상을 요구하거나 포상을 청하는 일.

226) 부풍모습(父風母習) : 모습이나 언행이 아버지와 어머니를 고루 닮음.

셔간을 가지고 와 왕의게 젼ᄒᆞ고 황쳐ᄉᆞ 녀ᄌᆞ와 셩혼(成婚)ᄒᆞ며 도학(道學)을 〈45b〉 갈으칠 거시며 사십 년 후 ○○ 상봉ᄒᆞ자 ᄒᆞ고 간 후 쇼식이 업ᄉᆞ며 공쥬의 졔일ᄌᆞ(第一子) 현린은 텬ᄌᆡ 특별이 틱원과 안읍을 봉ᄒᆞ여 됴국왕을 삼으시니 위왕의 덕으로 ᄌᆞ숀(子孫)이 녈굴(列國) 왕작(王爵)을 누리되 틱평셰계(太平世界)로 젼지무궁(傳之無窮)ᄒᆞᄂᆞ니 녁ᄃᆡ(歷代)를 살필지어다.

己未十二月初一日下帶洞潭溪畢.

해 설

19세기에 창작된 것으로 추정되는 《현수문전》은 조선 후기의 대표적인 영웅소설로, 전통적인 영웅소설의 서사 문법을 뛰어넘는 파격적인 서사 전개와 독창적인 창작 방식으로 주목받는 작품이다. 또한 필사본, 방각본, 세책본, 활자본 등 16종 이상의 다양한 이본이 현전하고 있어 당대 상당한 인기를 누렸던 작품임을 알 수 있다.

이 책에서 소개하는 《현수문전》은 선행 연구를 통해 서사적 유기성이 뛰어나고 원작 서사에 가장 가까운 선본(善本)으로 평가되는 홍윤표 소장 필사본이다. 현재는 국립한글박물관에서 소장하고 있으며, 표제는 '玄壽文傳', 내제는 '현슈문젼'이다. 전체 4권 4책으로 각 권의 분량은 1권 49장, 2권 48장, 3권 49장, 4권 45장으로 총 151장으로 구성되어 있다. 또한 4권의 마지막 장에는 '己未十二月初一日下帶洞潭溪筆'이라는 필사기가 있어, 1859년(기미년) 음력 12월 초하루에 담계(潭溪)라는 사람이 현재의 서울 성동구 왕십리 일대인 하대동(下帶洞)에서 필사한 것으로 추정된다.

영웅소설의 서사 문법을 깬 파격적인 영웅담

대체로 중국을 배경으로 한 영웅소설은, 부모의 치성(致誠)으로 태어난 주인공이 어린 시절의 고난을 이겨 내고 타고난 능력과 조력자의 도움으로 과거에 급제한 뒤 외적의 침입으로 인한 국가의 위기를 해결하고 성공한다는 내용을 담고 있다. 또한 이러한 서사는 주인공 한 사람을 중심으로 전개되며, 마지막에는 주인공이 만복을 누리고 자손이 대대로 번창했다는 짧은 서술로 마무리되는 일대기적 형식을 취한다.

하지만 《현수문전》은 이러한 전형적인 서사 구조를 완전히 뒤흔든다. 이 작품은 수문이 외적의 침입으로부터 송나라를 구하고 위왕이 되었다는 성공담에서 끝나지 않는다. 다시 말해, 그 이후에도 이야기는 계속되어 송나라가 여진에 의해 멸망하고 18년 후 원나라가 건국되는 새로운 서사적 국면들이 이어진다. 더 놀라운 점은 송나라가 현수문의 방관 속에서 멸망한다는 것이다. 작중 수문을 아꼈던 선제(先帝)와 달리, 신천자는 간신의 말을 듣고 현수문의 땅을 빼앗고자 그의 아들을 죽일 뿐 아니라, 끝내는 위국을 침략했다가 현수문에게 대패한다. 분노한 현수문은 여진의 침입으로 곤경에 처한 송나라를 몸이 아프다는 핑계로 돕지 않았고, 그 결과 송나라는 여진에게 망한다.

이처럼 주인공의 외면으로 영웅소설의 배경이 되는 왕조가 '오랑캐'로 인식되던 이민족 국가에 의해 멸망한다는 것은 여타의 작품들에서는 찾아볼 수 없는 파격적인 내용이다. 게다가 이 작품은 현수문의 일대기에서 끝나는 것이 아니라 현수문 사후 그의 아들인 현첨의 성공담을 이어간다. 다시 말해, 수문 사후 현첨은 몽골왕 홀필렬(쿠빌라이)을 도와 여진을 멸망시키고, 원나라 건국에 큰 공을 세워 기왕이 된다. 그런데 조선 후기에 만연했던 중화 의식 속에서 영웅소설의 주인공을 당대 부정적으로 인식되던 원나라 건국의 주역으로 설정한 것 또한 파격 그 자체라 할 수 있다.

이처럼 《현수문전》은 이야기의 구성은 물론, 인물의 설정과 역사 인식의 측면에서도 일반적인 영웅소설의 서사 문법을 과감히 넘어선 독창적인 작품이라 할 수 있는데, 어쩌면 이 작품의 파격성은 그 창작 방식에서부터 예고되었는지도 모르겠다.

당대 큰 인기를 얻은 《현씨양웅쌍린기》의 서사 수용

《현수문전》에 앞서, 18세기에 창작된 《현씨양웅쌍린기(玄氏兩雄雙麟記)》는 현수문 · 현경문 형제가 혼사 과정에서 겪는 사건들과 이들의 국가적 활약상을 다룬 국문 장편소설로 《명주기봉(明珠奇逢)》 · 《명주옥연기합록(明珠玉緣奇合錄)》 · 《현씨팔룡기(玄氏八龍記)》로 이어지는 4부작 소설의 첫 번째 작품이다. 《현씨양웅쌍린기》와 《현수문전》은 모두 송나라를 배경으로 하며, 현택지와 장씨 사이에서 태어난 현수문을 주인공으로 설정하고 있다는 공통점을 가진다. 또한 신이한 능력을 지닌 '일광대사', 반란을 꾀하는 국척(國戚) '제남후 조길', 적의 모사(謨士) '신비회' 등 성명뿐 아니라 서사적 역할까지 동일한 인물이 여럿 등장한다. 게다가 《현수문전》에서 수문이 운남의 반란 조짐을 수습하기 위해 사신으로 파견된다는 내용은, 《현씨양웅쌍린기》에서 그의 아우인 현경문이 운남을 방문하는 에피소드와 유사하며, 제남후 조길의 모반 역시 두 작품에서 비슷하게 전개된다. 이러한 서사적 유사성은 《현수문전》이 당시 큰 인기를 누렸던 《현씨양웅쌍린기》의 서사를 적극적으로 활용했음을 보여 준다.

그러나 《현수문전》은 자기만의 뚜렷한 개성을 지닌 작

품이다. 《현씨양웅쌍린기》가 수문 · 경문 형제와 이들의 아내인 주 소저 등을 공동 주인공으로 삼아 가문 전체의 창달을 그렸다면, 현수문 한 사람의 영웅적 삶에 초점을 맞춘다. 또한 《현씨양웅쌍린기》에서 군담(軍談)은 형제의 영웅성을 강조하거나 부부 간 애정 갈등을 해소하는 장치로 기능하는 데 그쳤다면, 《현수문전》에서는 수문의 영웅성뿐 아니라 송나라의 위기와 왕조 교체의 정당성을 부각하는 데 보다 본격적으로 활용된다. 더불어 《현수문전》은 《소대성전》, 《장풍운전》 등 다른 영웅소설의 서사까지 수용함으로써 결과적으로 가문의 번영을 지향하는 《현씨양웅쌍린기》와는 전혀 다른 방향을 지닌 독자적인 영웅소설로 다시 태어났다. 그렇다면 왜 《현수문전》은 당대에 큰 인기를 얻은 《현씨양웅쌍린기》를 빌려 왔을까? 이 물음에 대한 실마리는 현전한 다양한 이본(異本)들에서 찾아볼 수 있을 것이다.

원작에 대한 반발? 결말이 다른 여러 이본 생성

일본이나 중국과 달리, 한국의 고소설, 특히 영웅소설과 같은 한글 고소설은 작자와 창작 연대를 명확히 알 수 없는 경우가 많다. 상업 출판이 활발하지 않았고 소설에 대한 사회적 인식도 낮았기 때문에 상업적으로 출간된 작품은 일부에 불과하고 주로 필사본으로 유통되었기 때문이다. 이러한 유통 방식은 다양한 이본의 생성을 불러왔으나 대부분 수동적으로 전사(傳寫)된 까닭에 서사적 골격, 즉 줄거리에는 큰 변화가 없었다. 예를 들어, 조선 후기에 큰 인기를 누린《조웅전》은 약 3백 편에 이르는 이본이 전하지만 내용상 독립된 이본으로 인정받을 만큼의 서사 차이를 보이는 경우는 거의 없다.

그런데《현수문전》의 경우, 선본과 뚜렷한 서사적 차이를 보이는 이본들이 존재한다. 특히 그 차이는 어린 시절 수문의 고난과 성공을 다룬 전반부가 아닌 후반부의 중심 사건이 되는 왕조 교체 부분에서 두드러진다. 따라서 현전하는《현수문전》이본들은 왕조 교체의 양상과 배경 왕조에 대한 인식을 기준으로 몇 가지 유형으로 구분될 수 있다. 먼저 이 책의 저본인 홍윤표 소장 필사본을 비롯해 세책본이나 이를 모본으로 한 구활자본은 '왕조 연속 교체형'으로, 송 → 여진 → 원으로 이어지는 연속적인 왕조 교체를 다룬다. 그러나 몇몇 이본은 이와는 다른 방향으로 서사를 전개한다. '왕조 단일 교체형'인 일본 천리대 소장 필사본은 여진 왕을 천자로 인정하고 송 선제의 말자를 한

중 땅의 왕으로 봉하는 점까지는 동일하나, 이후 수문이 선정(善政)을 베풀다 죽고 왕세자 현문이 복록을 누리는 것으로 서사가 종결된다. 따라서 현첨과 원나라 건국 서사는 등장하지 않는다. 이러한 서사 변개는 선본에 가까운 작가 의식을 유지하면서도 급진적 질서 붕괴에 대한 이질감을 완화한 결과로 해석된다. 한편 '왕조 유지형'인 경판본은 송나라가 결국 멸망하지 않고 유지되는 결말을 보여 준다. 위왕 현수문이 자기 아들을 죽이고 위국을 공격한 신천자를 여진의 침입으로부터 구원하며, 현첨도 무도한 신천자에게 충성을 다하는 등 왕조 교체는 일어나지 않는다. 따라서 경판본은 극한의 상황에서도 대를 이어 충성하는 수문 부자의 충절 의식을 강조하려는 필사자의 의식이 돋보이는 작품으로 평가된다. 마지막으로, '왕조 긍정형'인 박순호 소장 필사본은 수문의 충성으로 송나라가 유지되는 전반부에서 서사를 종결하고 있어 체제 수호를 지향하는 일반적인 영웅소설과 크게 다르지 않다. 특히 신천자를 성군으로 형상화함으로써, 다른 이본에 비해 송나라에 대한 긍정적 인식을 보다 강하게 드러낸다는 점이 특징적이다.

이처럼 《현수문전》은 여타 고소설 작품들에 비해 서사적 변별성이 뚜렷한 이본들을 다수 지닌 매우 독특한 작품이다. 이는 단순한 이야기의 변개가 아니라, 당대 독자와 필사자들의 시대 인식과 가치관이 투영된 결과로 이해할 수 있다.

문학을 통한 다양한 대외 인식 표출

《현수문전》은 결말이 다른 다양한 이본들을 가지고 있다. 소설의 결말은 작품의 주제 의식이나 작자 혹은 필사자의 세계 인식이 집약된 부분이라는 점에서, 이 같은 양상은《현수문전》 이본들이 서사적 다양성뿐만 아니라 복수의 주제 의식을 담고 있음을 시사한다. 다양한 이본 생성의 근본적인 원인은 선본에서 다루어진 이민족에 의한 두 차례의 왕조 교체 서사에 있다.《현수문전》은 한족이 세운 송나라의 멸망과 함께, 여진과 몽골이라는 이민족이 각각 세운 금나라(1115~1234)와 원나라(1271~1368)의 건국을 차례로 그린다. 게다가 이 작품에서 신천자는 나라를 잃을 정도로 무도하고 무능하게 형상화되며, 이러한 인물상은 작품의 서사와 유기적으로 결합해, 이민족 왕조의 건국을 천명(天命)으로 수용하게 만든다.

그러나《현수문전》의 창작 시기로 추정되는 19세기 초

반은 청나라가 중원을 차지한 지 상당한 시간이 흘렀으나 여전히 명나라에 대한 의리(義理)에서 비롯된 화이관(華夷觀)이 강하게 남아 있던 시기였다. 그렇기에 《현수문전》 속 송나라의 멸망은 곧 명나라의 멸망에 대한 은유적 재현으로 읽혔을 수 있으며, 이에 따라 이 작품의 서사는 동시대 독자들에게 심리적 거부감이나 반발을 불러일으켰을 가능성이 있다. 결과적으로 이러한 독자 반응이 원작 서사에 대한 비판적 개입, 즉 다양한 이본의 생성을 추동한 것이다. 이와 같은 상황을 염두에 둔다면 《현수문전》이 《현씨양웅쌍린기》의 주인공과 일부 사건을 차용한 것도, 급진적 서사가 야기하는 독자들의 이질감과 반감을 완화하려는 일종의 전략이 아니었을까?

한편 영웅소설의 주인공은 일반적으로 체제 수호자의 성격을 띠며, 그 핵심은 국가에 대한 절대적인 충성심이다. 그러나 《현수문전》의 주인공 현수문은 신천자와의 갈등으로 송나라의 멸망을 방조한다. 더 나아가 차세대 주인공이라 할 수 있는 현첨은 몽골왕 홀필렬을 도와 원나라 건국에 참여한 체제 전복형 영웅으로 그려진다. 이러한 인물 형상은 영웅소설을 통해 체제 수호의 가치를 확인하고자 했던 당대 독자들의 기대와 어긋났을 수 있다. 그 결과, 원작과 달리 두 주인공을 절대적인 충신으로 형상화한 다양한 이본이 생성되었으며, 이는 독자들의 요구에 대한 필사자의 서사적 응답으로 해석할 수 있다. 결국 이 작품에 나타난 연속적인 왕조 교체와 주인공들의 파격적인 인물 형상은 독자들에게 문제의식을 유발했고, 이는 곧 결말이 상이한 다양한 이본들의 생성으로 이어졌다. 다시 말해, 《현수문전》은 한글 고소설 독자들이 필사라는 방식으로 자신들의 역사 인식과 가치관을 적극적으로 표출한 대표적인 사례다.

이러한 양상은 한글 고소설이 통속적 재미만을 추구한 것이 아니라, 당대의 다양한 사유와 인식을 투영하고 나눌 수 있는 하나의 공론장으로 기능했음을 보여 준다. 동시에 고소설 읽기가 일방적 수용이 아닌, 쌍방향의 향유 문화로 자리 잡고 있었음을 잘 보여 주는데, 이는 《현수문전》이 갖는 또 다른 소설사적 의의라 하겠다.

참고문헌

주수민, 〈《현수문전》 이본 연구〉, 《한국학》 134, 한국학중앙연구원, 2014.

주수민, 〈《현수문전》의 창작 방식 연구－대장편소설 《현씨양웅쌍린기》와의 관계를 중심으로〉, 《고전과 해석》

17, 고전문학한문학연구학, 2014.
주수민, 〈한글 고소설 이본 확산의 일 경향과 그 의미〉, 《고소설연구》 42, 한국고소설학회, 2016.
주수민, 〈박순호본 〈현수문전〉 연구〉, 《한국학》 154, 한국학중앙연구원, 2019.

옮긴이에 대해

주수민(周修旼)은 한국학중앙연구원 한국학대학원에서 고소설을 공부하고 2017년 〈고전소설에 나타난 중국 인식 연구-원·청 배경 작품을 중심으로〉라는 논문으로 박사 학위를 받았다. 홍익대학교 및 남서울대학교에서 시간 강의를 했으며, 홍익대학교에서 박사후연구원으로 2년간 근무한 뒤 2020년부터 현재까지 한국학중앙연구원 전통한국연구소에서 학술연구교수로 재직 중이다.

처음에는 중국 배경 작품들이 다수를 차지하는 고소설의 서사적 특성을 고려해 고소설의 '중국 배경'에 학문적 관심을 가지고 해당 작품들에 나타난 중국에 대한 작자 인식을 연구했고 이를 통해 중국 배경 고소설 작품들이 중국에 대한 소설 향유자들의 인식을 상당히 입체적으로 반영하고 있다는 사실을 확인했다. 그 과정에서 고소설의 시공간 배경에 대한 실증적인 검토의 필요성을 인식하고 현전하는 상당수의 작품을 검토의 대상으로 해 유형별로 배경 연구를 수행하기도 했다. 현재는 중국의 역사적 왕조를 배경으로 서사를 전개하고 있는 조선 후기 장편소설 작품들을 대상으로 각 작품에 나타난 중국의 역사담이 어떠한 서사적 기능을 수행하고 있는가를 연구하고 있다. 〈《장백전》의 형성동인과 주제의식〉 및 〈《현수문전》 이본 연구〉를 비롯해 〈조선 후기 가문소설의 시·공간 배경과 재위 황제〉, 〈한국 가전체소설 작품들의 존재 현황에 대한 종합적 이해〉, 〈《양현문직절기》에 나타난 당나라 현종 연간의 역사 수용 양상과 그 의미〉 등 여러 편의 논문을 학계에 발표했다.

현수문전,
자룡검 날랜 칼로 천자를 겨누다

작자 미상
옮긴이 주수민
펴낸이 박영률

초판 1쇄 펴낸날 2025년 12월 19일

커뮤니케이션북스(주)
출판등록 제313-2007-000166호(2007년 8월 17일)
02880 서울시 성북구 성북로 5-11
전화 (02) 7474 001, 팩스 (02) 736 5047
commbooks@commbooks.com
www.commbooks.com

지만지한국문학은
커뮤니케이션북스(주)의 한국 문학 출판 브랜드입니다.

ISBN 979-11-430-1575-4 03810

책값은 뒤표지에 있습니다.